Micaela Jary

Die Pastellkönigin

Roman

W0004197

Weltbild

Besuchen Sie uns im Internet:
www.weltbild.de

Genehmigte Lizenzausgabe für Verlagsgruppe Weltbild GmbH,
Steinerne Furt, 86167 Augsburg
Copyright der Originalausgabe © 2005 by Micaela Jary
Copyright der deutschsprachigen Ausgabe bei Droemer Verlag,
ein Unternehmen der Droemerschen Verlagsanstalt
Th. Knaur Nachf. GmbH & Co. KG, München
Umschlaggestaltung: zeichenpool, Design und
Kommunikation, München
Umschlagmotiv: Bridgeman Art Library, Berlin/
www.shutterstock.com
Gesamtherstellung: CPI Moravia Books s.r.o., Pohorelice
Printed in the EU
ISBN 978-3-86800-353-6

2013 2012 2011 2010
Die letzte Jahreszahl gibt die aktuelle Lizenzausgabe an.

Februar 1965

Der Maler verleiht der Gestalt Seele,
der Dichter dem Gefühl und Gedanken Gestalt.

Nicolas Chamfort
(1741–1794)

1

Der Akrobat wagte die ersten Schritte auf dem Hochseil. Zögernd, fast übertrieben vorsichtig setzte er einen Fuß vor den anderen.

Ein kurzer Blick in die Tiefe. Es schien, als sei der Seiltänzer nicht schwindelfrei. Er erschrak wohl, taumelte …

Die Zuschauer hielten den Atem an. Ob aus Sensationslust, Neugier oder Aufregung war schwer zu sagen, denn die Venezianer waren ein verwöhntes Publikum, und jeder Gaukler musste sich schon etwas Besonderes einfallen lassen, um beim Karneval Erfolg zu haben. Der Spaziergang über das quer über den Markusplatz gespannte Hochseil war ebenso Tradition wie die Stierhatz auf dem Campo Santo Stefano, die mit der Enthauptung eines Stieres endete, oder der *Türkenflug*, wenn zwölf lebende Schweine aus neunzig Metern Höhe vom Campanile herabgestürzt wurden.

Verzweifelt versuchte der Seiltänzer, sein Publikum mit ein wenig Effekthascherei zu fesseln. Da er schon bei den ersten Schritten mit dem Gleichgewicht zu kämpfen hatte, hoffte er, die Aufmerksamkeit der Menge einige Minuten länger auf sich ziehen zu können, bevor die ersten Zuschauer übersättigt von dem Angebot des bunten Treibens in einen der Ballsäle, ins Theater oder in eine Taverne flohen – oder ganz einfach zu einem anderen Schausteller abwanderten. Niemals durften sich die Masken bei einem Spektakel langweilen. Das war das Ende eines jeden Akteurs. Doch allzu leicht wurden Einheimische wie Touristen abgelenkt von den vielen anderen Attraktionen: von glutäugigen Feuerschluckern aus dem Orient, Fakiren aus Indien, Schlangenmenschen aus China, Jongleuren, Clowns, Pantomimen, Schauspielern der *Commedia dell'arte* oder den besten Orchestern aus ganz Italien, die unter den Arkaden der Prokuratien zum Tanz aufspielten. Die Gefährlichkeit des Spaziergangs in luftiger Höhe allein reichte deshalb nicht aus, ein bisschen Balancieren brachte nicht den großen Beifall. Vom Applaus hing der verzweifelt ersehnte Lohn ab: eine Arbeit im *Arsenale* und damit lebenslange Sicherheit. Der Artist, der sein Publikum am besten unterhielt, würde den Kontrakt erhalten. Der Mehrzahl der Gaffer war dies jedoch nicht bekannt oder ganz einfach gleichgültig.

Rosalba Carriera legte den Kopf in den Nacken und kniff die Augen zusammen, um besser sehen zu können. Sie hatte ihren Verkaufsstand so aufgestellt, dass sie sowohl von dem Treiben auf dem Markusplatz profitieren als auch den meisten Attraktionen zuschauen konnte. Durch die guten Kontakte ihres Vaters zur *Signoria* hatte sie einen der heißbegehrten Plätze am Ende der Piazza San Marco zugewiesen bekommen – ein Glücksfall im doppelten Sinne. Es war fast, als throne sie in einer der Logen der *Nobili*. Zwar zog es ein bisschen von den Arkaden her, aber im Vergleich zu den erheblich ungünstigeren Verhältnissen auf dem Hochseil war der stete Wind wie ein Kinderkuss.

Im Gegensatz zu den meisten Zuschauern wusste Rosalba, warum sich der junge Mann da oben auf dem Seil so abmühte. Ihr Vater war Kanzleischreiber bei der Militärbehörde und hatte ihr erzählt, was es mit manchen Laienakrobaten auf sich hatte, die ihr Glück beim Karneval in Venedig versuchten. Es tat der kaum Zwanzigjährigen weh, mit ansehen zu müssen, wie der arme Teufel in der Hoffnung auf Arbeit zur Belustigung der Massen sein Leben riskierte. Finanzielle Schwierigkeiten waren ihr nicht fremd. Andrea Carriera war kein reicher Mann, lebte aber mit seiner Gattin und den drei Töchtern in einem so großbürgerlichen Stil, dass die weiblichen Mitglieder des Haushalts zum Unterhalt beitragen mussten. Deshalb saß das älteste der Carriera-Mädchen täglich bis tief in die Nacht hinein an seinem Stand auf der berühmtesten Piazza der

Welt und hoffte, möglichst viele Waren unter das Volk brin-
gen zu können. Dass es bitterkalt war und ihre Zehen in den
Überschuhen aus Filz entsetzlich froren, spielte keine Rolle.
Hauptsache, ihre Finger blieben warm und beweglich, denn
die Hände waren wie die Augen das Kapital – und die einzige
Mitgift – des jungen Mädchens.

Seit frühester Kindheit schon war Rosalba eine vortreffliche Künstlerin, die es verstand, modische Spitzenkragen
und -manschetten zu entwerfen oder – wie es die neueste
Mode verlangte – Miniaturen und Tabaksdosen mit zauber-
haften Portraits anzufertigen. Sie besaß das Talent, das Antlitz
eines gewöhnlichen Menschen mit der sanften Sinnlichkeit
eines Engels zu versehen, was ihren Kunden immer wieder Be-
geisterungsrufe entlockte. Ihre Klientel bestand hauptsächlich
aus Reisenden, vornehmlich den allerorts anzutreffenden englischen Touristen, die auf der Suche nach einem besonderen
Souvenir aus Venedig waren.

Vielleicht gelang Rosalba die feine Zeichnung eines Portraits
so ausnehmend gut, weil ihr der Hochmut der meisten Schönheiten fehlte. Selbst von den wohlwollendsten Schmeichlern
wurde sie nur als »ganz hübsch« bezeichnet, und tatsächlich
war sie eine eher durchschnittliche Person. Schließlich war sie
zu schmal, ihr Haar zu dünn, das Gesicht zu spitz, ihre Augen
zu klein und stechend und ihre Lippen zu voll. Als Ausgleich
für die mangelnde äußere Attraktivität besaß sie jedoch neben
ihrer Begabung eine wundervolle Stimme, einen wachen Verstand und eine große Portion Humor. Sie liebte Gesellschaf-
ten und Musik, nahm Klavierunterricht und Gesangsstunden,
lernte regelmäßig französische Vokabeln. Wie die meisten
jungen Mädchen wünschte sie sich, einmal in ihrem Leben
zu einem der großen Bälle geladen zu werden, wo die präch-
tige Garderobe und der kostbare Schmuck der Damen mehr
wert waren als die Lagerbestände in den Handelskontoren am
Rialto. Doch das würde wohl ein Traum bleiben, denn kein
Mann hatte Rosalba bisher um die Ehre ihrer Begleitung gebe-

ten. Nicht einmal ein vielversprechender Heiratskandidat war in Sicht.

Der Artist auf dem Hochseil drehte sich plötzlich um und trat seinen Rückweg an. Ein empörtes Raunen ging durch die Menge. Doch bevor sich die Masken zerstreuen konnten, griff der junge Mann in einen Seesack, den er an die Strickleiter gehängt hatte, über die er nach oben geklettert war.

Ein mit seinen gestutzten Flügeln wild flatternder Papagei tauchte im milchigen Licht der Abenddämmerung auf. Der Vogel gab schauerliche Töne von sich, als habe er mörderische Absichten. Selbst vier Meter unter ihm zuckten die Zuschauer unter der imaginären Bedrohung zusammen. Eine Frau stieß einen spitzen Schrei des Entsetzens aus, als sich die Krallen des Papageis in den Haaren des Akrobaten verfingen und der Vogel sich auf dem Kopf des jungen Mannes niederließ.

Erneut setzte sich der Seiltänzer in Bewegung. Anfangs schritt er überraschend sicher aus, doch dann taumelte er wieder und schien diesmal in ernste Schwierigkeiten zu geraten. Das Tier krächzte wie verrückt, pickte auf sein Haupt ein und schlug mit den Flügeln, woraufhin der Artist das Gleichgewicht verlor. Er stolperte, schwankte – und das Publikum starrte in die Höhe, um keine Sekunde des Spektakels zu verpassen ...

»Ich kann gar nicht mehr hinsehen«, hörte Rosalba eine zwitschernde Frauenstimme in ihrem Rücken. »Es ist so aufregend ...!«

»Eine perfekte Inszenierung«, antwortete ihr Begleiter in stark gefärbten Italienisch, »wenngleich etwas zu durchsichtig für meinen Geschmack.«

»Ach? Ihr meint, es lohnt gar nicht, dem Artisten und seinem Papagei zuzuschauen?«

Ohne lange nachzudenken, fuhr Rosalba herum. »Wie könnt Ihr nur so grausam sein?«, herrschte sie den Kritiker an.

Es war absolut ungehörig, sich in die Unterhaltung fremder Menschen einzumischen. Zumal der Mann offenbar ein

Tourist aus England und damit ein potentieller Kunde war, den sie nicht vergällen durfte. Darüber hinaus waren Herren in Begleitung einer Dame stets freigebiger. Vermutlich verdarb sie sich gerade ein gutes Geschäft, aber ihr Gerechtigkeitssinn war stärker als ihr kaufmännischer Instinkt.

»Ihr könnt natürlich nicht verstehen, was ein armer Mann alles tun muss, um seinen Lebensunterhalt zu sichern, aber Ihr solltet nicht auch noch stolz auf Eure Oberflächlichkeit sein.«

Die schwarze Perücke des Mannes und der elegante Schnitt seines Umhangs ließen erkennen, dass er wohlhabend war. Da er eine Maske trug, konnte sie seine Augen nicht sehen, wohl aber seinen Mund. Seine Lippen teilten sich zu einer zornigen Antwort, doch die Worte blieben ihm wohl vor Staunen im Halse stecken. Sicherlich war er es nicht gewohnt, von einer einfachen Händlerin derart angefahren zu werden. Schlagartig wurde sich Rosalba ihrer Situation bewusst und wollte zu einer Entschuldigung ansetzen, als die Überraschung des vornehmen Herrn einem breiten Grinsen wich.

»Mir scheint, Ihr habt das Herz auf dem rechten Fleck, Signorina«, schmunzelte er. »Verzeiht, wenn ich es so deutlich heraussage, aber ich finde Eure kratzbürstige Art wesentlich anregender als das Geflatter des hässlichen Vogels da oben.« Er neigte leicht den Kopf und warf einen raschen Blick auf das Spektakel in schwindelnder Höhe. »Oh! Seht! Euer Freund hat das Ende des Seils wohlbehalten erreicht. Und der Papagei – im Übrigen – auch.« In diesem Moment brandete Beifall auf. Enttäuscht blickte Rosalba von dem fremden Mann auf das Ende des Hochseils, wo sich der Artist unter dem Applaus seines Publikums ungelenk verbeugte; der Papagei thronte friedlich auf der Schulter seines Herrn. Rosalba ärgerte sich, dass sie sich hatte ablenken lassen. Ihr bedeuteten traditionelle Werte ebensoviel wie althergebrachte Spektakel. Und nun hatte sie das glückliche Ende verpasst. Dem allgemeinen Geräuschpegel nach zu schließen, war der junge Mann seinem Arbeitsvertrag einen großen Schritt näher gekommen.

Doch so enthusiastisch der Beifall aufgebrandet war, so schnell legte er sich wieder. Die Menge zerstreute sich. Elegante Paare schlenderten Seite an Seite mit dem einfachen Volk unter den Arkaden entlang, schauten, staunten, plapperten und lachten. Der eine oder andere blieb an Rosalbas Stand stehen und betrachtete die Auslagen. Sie musste sich auf die vielen Hände konzentrieren, die ihre Spitzen prüften oder die Tabatieren nahmen, um sie näher in Augenschein zu nehmen, denn der Karneval war auch ein Fest für Diebe. Dennoch hob sie immer wieder den Kopf, um einen raschen Blick auf den Mann in Schwarz zu werfen.

Sie spürte, dass er sie ansah. Er lehnte gegen eine Säule und beobachtete sie, ignorierte dabei die Dame neben sich, die sich gelangweilt umschaute und wohl darauf hoffte, Bekannte zu treffen. Trotz der Maske war deutlich zu erkennen, wem die ungeteilte Aufmerksamkeit ihres Begleiters galt. Ein Interesse, das Rosalba verwirrte. Mit welcher Geduld er zusah, wie sie ihre Waren feilbot und die Münzen in ihrem kleinen Beutel verschwanden, wenn sie ein Stück verkaufte …!

Besonders gut ging das Geschäft allerdings nicht. Die Leute gafften mehr, als dass sie wirklich zugriffen. Wahrscheinlich waren die wohlhabenden Passanten zu übersättigt von dem reichen Angebot. Die Ärmeren sparten für einen Theaterbesuch, der in dieser Saison immerhin einen halben Dukaten Eintritt pro Person kostete. Selbst in der größten Handelsmetropole der Welt wurde das Geld knapper. Die vielen Kriege gegen die Türken zehrten an den Guthaben von Staat und Privatpersonen. Militärische Erfolge gingen nicht mehr einher mit wirtschaftlichem Gewinn, wie dies jahrhundertelang der Fall gewesen war, und Niederlagen belasteten den Säckel eines jeden um so stärker.

Nachdem der Andrang etwas abgeebbt war, löste sich der Mann von seinem Platz und trat vor den Stand, um Rosalbas Auslagen zu begutachten. Sie schlug die Augen nieder, nahm jedoch durch den Schleier ihrer hellen Wimpern wahr, dass die

Dame, die sich zuvor in seiner Gesellschaft befunden hatte, verschwunden war.

»Diese Tabaksdosen sind von ausgesuchter Qualität«, bemerkte der Engländer, während er die eine oder andere Tabatiere in die Hand nahm. Die Emailledeckel zierten überwiegend die Portraits von reizenden jungen Frauen, was seinem Sinn für das weibliche Geschlecht durchaus entgegenkam. »Was verlangt Ihr hierfür?«, fragte er schließlich und hielt ihr ein Döschen hin, das sie mit dem Konterfei ihrer Schwester Angela versehen hatte.

Rosalba hatte sich überlegt, dass sich eine Sammlung mit Miniaturen venezianischer Schönheiten hervorragend als Souvenirs eignen würde, und Angela gehörte im Gegensatz zu ihr selbst ganz gewiss zu dieser Gruppe einheimischer Mädchen. »Dreißig Zechinen«, sagte sie, während sie die Augen hob, um einzuschätzen, ob er tatsächlich ein potentieller Kunde oder nur ein aufdringlicher Kavalier war.

Nachdenklich betrachtete er die Tabatiere, fuhr mit dem Zeigefinger über den Deckel, prüfte den Verschluss. »Ich verrate Euch ein Geheimnis«, erklärte er schließlich. »Auch ich muss mir meinen Lebensunterhalt selbst verdienen. Mein Erbe ist längst *perdu.*«

»Ich bedauere, wenn Euch der Preis zu hoch erscheint«, erwiderte Rosalba höflich, aber bestimmt. »Die Herstellung einer Miniatur erfordert großes Geschick, ruhige Hände und ein gutes Auge. Auch die Anschaffung des Materials verschlingt viel Geld. Die Kosten sind genau berechnet. Ich kann keine Rabatte geben.«

»Dann seid Ihr selbst die Künstlerin, die dieses wundervolle Portrait angefertigt hat?«

Unwillkürlich erhellte ein Lächeln Rosalbas Miene. Die Bewunderung ihres Talents erfüllte sie stets mit Stolz. Schon als kleines Mädchen hatte sie mit den Farben ihres Großvaters Pasquale Carriera, eines Malers aus Chioggia, experimentiert. Den ersten Pinsel hatte sie gehalten, als sie noch kaum laufen konnte. Ihre Mutter, eine begabte Kunststickerin, hatte sie ebenso unterrichtet wie der Vater, der sich neben seiner Beamtenlaufbahn als Künstler verdingte. In einer geselligen Stadt wie Venedig war es darüber hinaus einfach, Kontakt zu anderen Meistern dieses Fachs zu finden, so dass Rosalba vor geraumer Zeit einem Miniaturmaler aus Frankreich begegnet war, der sie in seine Fertigkeit eingewiesen hatte. Schon nach den ersten Übungsstunden mit Temperafarben hatte sich ihre Passion gezeigt – und dank der Mode des Tabakschnupfens ein neues Einkommen, denn Tabatieren waren zum unverzichtbaren Accessoire für vornehme Damen wie Herren geworden.

»Euer Lob macht mich verlegen«, behauptete Rosalba wohlerzogen. »In der Tat, Signor Maschera, ich verkaufe nur Waren, die ich selbst hergestellt habe.« Dass es sich bei den Spitzen auch um Arbeiten ihrer Mutter handelte, spielte ihrer Ansicht nach in diesem Moment keine Rolle. Rosalba war ein junges Mädchen, dessen Eitelkeit ein wenig Bewunderung von einem attraktiven Herrn durchaus vertragen konnte.

»Wusste ich's doch gleich!«, rief er zu ihrer Überraschung aus. »Ihr seid eine Frau nach meinem Geschmack. Keine dieser Zicklein, die nichts als Stroh im Kopf haben und sich einbilden, auf diese Weise einem Mann zu gefallen.«

Rosalba wollte ihn gerade in seine Schranken weisen, als er etwas tat, das sie noch mehr verwirrte als seine Worte. Er nahm seine Maske ab. Rosalba sah sich plötzlich dem schönsten Mann gegenüber, den sie je gesehen hatte. Einem Mann, der ihr Herz schneller schlagen und ihren Verstand zum Schmelzen bringen ließ. Sprachlos starrte sie ihn an.

Dass der Fremde von ungewöhnlich großer, schlanker Statur war, hatte sie natürlich bereits bemerkt. Doch als hätten seine Körpergröße und athletische Figur nicht ausgereicht, ihn als attraktiven Mann zu kennzeichnen, hatte ihm die Vorsehung das Antlitz einer römischen Apollo-Statue geschenkt: Er besaß ein ovales Gesicht mit fein geschnittenen Zügen, einer Habichtsnase und einem üppigen Mund. Seine grünbraunen Augen wirkten unter den schweren Lidern ein wenig verträumt, ließen aber gleichzeitig auf einen klugen Verstand und einen heiteren, gutmütigen Charakter schließen. Es mochte schon sein, dass sein Erbe verlorengegangen war, doch dass er einst ein Vermögen besessen hatte, war ihm anzusehen. Rosalbas Verehrer war ein durch und durch nobler junger Herr von mindestens großbürgerlicher, wenn nicht gar adeliger Herkunft.

»Ihr seht mich an, als hättet Ihr Lust, ein Portrait von mir anzufertigen«, stellte er amüsiert fest.

Hektische rote Flecken leuchteten auf Rosalbas Wangen. In Anbetracht ihres vortrefflichen Geschmacks und ausgeprägten Schönheitssinns hatte der Engländer vermutlich recht, doch Rosalba wäre lieber im Boden versunken, als ihn auf eine Sitzung anzusprechen. Sie hätte den Auftrag zwar gut gebrauchen können, aber ihre Verlegenheit war im Augenblick größer als ihre sonst recht ausgeprägte Geschäftstüchtigkeit.

Er schnippte mit den Fingern. Seine Miene drückte gleichsam Eifer und Ernsthaftigkeit aus. »Verflixt … das ist eine gute Idee. Eine Tabaksdose mit meinem Bildnis ist ein wunderbares Geschenk. Ich möchte es der Dame verehren, die immer den wichtigsten Platz in meinem Herzen einnehmen wird …«

Der Geräuschpegel auf dem Platz schien lauter zu werden. Die Musik dröhnte plötzlich in schier unerträglicher Lautstärke in Rosalbas Ohren. Wie hatte sie nur annehmen können, der Fremde interessiere sich für sie? Er war natürlich verheiratet. Oder zumindest verlobt. Es war nur ein albernes Spiel, das er mit der kleinen venezianischen Künstlerin trieb; ein Zeitvertreib bis zur nächsten Attraktion irgendeines Artisten oder Akrobaten. Rosalba schämte sich für ihren Irrtum, ihre Träume und ihre Phantasie, die dem hässlichen kleinen Entlein ganz kurz die Illusion von eigener Schönheit geschenkt hatten. Der Verlust des flüchtigen Zaubers tat weh. In Rosalbas Schläfen pochten Kopfschmerzen. Wie hatte sie nur so dumm sein können, sich eine Tändelei vorzustellen?

In diesem Moment hörte sie ihn fortfahren: »Ich werde die Miniatur meiner Mutter nach Schottland schicken.«

»Eurer Mutter?«, hauchte Rosalba verblüfft.

»Ja, natürlich. Meiner Mutter. Oder dachtet Ihr, ich sei ein streunender Hund und hätte keine Familie?«

»Nein. Verzeiht.« Die Röte auf Rosalbas Wangen vertiefte sich, und sie hasste sich dafür. Wo war nur ihre in ihrer Familie fast sprichwörtliche Courage geblieben? Sie benahm sich schlimmer als die dümmste Gans, schalt sie sich in Gedanken. Dabei wollte sie dem Fremden so gerne gefallen. »Es war nicht meine Absicht, Euch zu beleidigen, Signor ...«

»Genug der Floskeln«, unterbrach er sie eine Spur ungehalten. »Ihr machtet mir anfangs den Eindruck, als würdet Ihr kein Blatt vor den Mund nehmen. Also langweilt mich jetzt nicht mit Eurer guten Erziehung, an der ich übrigens nicht zu zweifeln wage. Sprechen wir lieber über mein Geschenk.«

Er drehte und wendete sein Gesicht in verschiedene Richtungen, mal zeigte er ihr sein Profil, dann wieder blickte er sie geradeheraus an.

»Wie würdet Ihr mich gerne portraitieren?«

Rosalba lächelte. »Ich werde verschiedene Skizzen von Euch anfertigen, und dann könnt Ihr entscheiden, wie Ihr Euch am liebsten auf einer Tabatiere sehen möchtet. Keine Angst. Eure Zeit wird nicht länger beansprucht als unbedingt nötig. Ihr braucht dafür nicht lange Modell zu sitzen. Ich arbeite schnell und ...«

Erneut schnippte er mit den Fingern. »Da kommt mir eine Idee, die uns beide erheitern dürfte. Ihr blickt mich nämlich mit einer Eindringlichkeit an, die mich überrascht und – zugegebenermaßen – auch verwirrt ...« Als sie zu einer Antwort ansetzte, hob er die Hand, um sie daran zu hindern, und fügte hinzu: »Ich nehme an, es sind die taxierenden, kritischen Augen der Malerin. Würdet Ihr Euch meiner erinnern, wenn Ihr allein in Eurem Atelier weilt?«

»Selbstverständlich«, erwiderte sie, obwohl sie sich nicht

sicher war, ob es ihm um ein billiges Kompliment oder die Wahrheit ging. »Ich vergesse nie ein Gesicht.«

»Perfekt. Also werdet Ihr die Skizzen aus Eurem Gedächtnis heraus in meiner Abwesenheit anfertigen. Und wir werden anschließend sehen, wie gut Ihr mich getroffen habt. Als Gewinn für Eure Mühe erhaltet Ihr den doppelten Lohn, also sechzig Zechinen. Solltet Ihr mich jedoch vergessen haben, müsst Ihr unentgeltlich weiterarbeiten. Eine famose Wette, findet Ihr nicht?«

Er ist ein Spieler, fuhr es Rosalba durch den Kopf. Ein vornehmer junger Herr, der aus tragischen Umständen von dem ihm zustehenden Platz in der Gesellschaft vertrieben wurde und sich diesen nun im Casino zurückzuerobern sucht. Das war weder unrühmlich noch ungewöhnlich.

Es gab sogar einen eigenen Stand der Hasardeure, der durchaus mit den noblen Kreisen konkurrierte. Am Spieltisch wurden auf elegante Weise Kontakte geknüpft, die den meisten Glücksrittern in einem bürgerlichen Leben verwehrt geblieben wären. Venedig war die Metropole für all jene, die bereit waren, ihre Zukunft auf eine einzige Karte oder die Roulettekugel zu setzen. Neben den zahlreichen privaten Clubs gab es sogar ein öffentliches Casino, das über die Grenzen der Republik hinaus berühmte *Ridotto*. Wahrscheinlich hatte dieses auch den Fremden aus Schottland in die Lagunenstadt gelockt, dachte Rosalba.

Laut sagte sie: »Euer Vorschlag ist reichlich unverfroren, Signor, doch besitze ich ausreichend Selbstvertrauen, um ihm zuzustimmen. Wann wünscht Ihr, dass ich Euch die Skizzen vorlege?«

»Eine Frau nach meinem Geschmack. In der Tat. Wer hat doch gleich behauptet, Stolz sei eine Sünde? Nun, einerlei …« Er grinste. »In ein oder zwei Tagen werde ich wieder hierherkommen. Gleich nach Sonnenuntergang. Seid Ihr damit einverstanden?«

Der Gedanke, dass sie ihn wiedersehen und dann noch stärker beeindrucken würde, schnürte ihr die Kehle zu. Stumm nickte Rosalba.

Mit einer eleganten Geste setzte er die Maske wieder auf. Rosalba konnte seine Augen nun nicht mehr gut genug erkennen, aber sie glaubte, einen verschwörerischen Blick daraus aufgefangen zu haben. Er beugte sich über den Tisch und griff nach der Tabaksdose mit dem Portrait ihrer Schwester Angela, die er zuvor eingehend betrachtet und für exzellent befunden hatte. »Als Anzahlung kaufe ich Euch diese Tabatiere ab. Sie gefällt mir, und ich könnte ein neues Gefäß für meine gelegentliche Prise gebrauchen.«

»Nehmt sie als Pfand…«

Die Worte waren heraus, bevor Rosalba überhaupt darüber nachgedacht hatte. Noch nie hatte sie einem Kunden ihre Ware umsonst angeboten, sie gab ja nicht einmal Rabatte. Ihr Gehirn schien jedoch nicht mehr wie gewohnt zu funktionieren, und ihr Herz schlug Purzelbäume vor Aufregung.

Mit einem formvollendeten Kratzfuß verbeugte sich der Kavalier. »Ihr beschämt mich, Signorina. Dennoch nehme ich Euer Geschenk dankbar entgegen. Ich bin sicher, es wird mir Glück bringen. Ich wünsche Euch einen angenehmen Abend. Auf Wiedersehen…«

Er griff über den Tisch hinweg nach ihrer Hand und küsste sie.

Die Menge verschlang ihn, kaum dass er sich umgewandt hatte. Trotzdem hielt Rosalba Ausschau nach ihm. Sie vertrieb sogar eine weibliche Maske, die sich für einen Spitzenkragen interessierte. Doch trotz seiner Körpergröße gelang es Rosalba nicht, die Gestalt des weitgereisten Fremden in dem bunten Treiben auszumachen. Sie spürte noch immer seine Lippen auf ihrer Haut, als ein Harlekin auf Stelzen in ihr Sichtfeld geriet.

2

John Law ließ sich vom Strom der Menge durch die Gassen treiben. Er fühlte sich so wohl wie an keinem anderen Tag in den vergangenen Wochen. Dass ihn seine Begleitung, eine eher flüchtige Bekanntschaft, während seiner Unterhaltung mit der Malerin einfach hatte stehenlassen, berührte ihn nicht weiter. Dieses offensichtliche Desinteresse an seiner Person trübte seine Hochstimmung nicht. Die junge Dame hatte ihn ohnehin zu langweilen begonnen. Rund um den Markusplatz gab es so viele amouröse Chancen, dass sich ein Kavalier ihrer eher erwehren musste, als der Gefahr ausgesetzt zu sein, lange alleine zu bleiben. Immerhin war Venedig für einen Mann so etwas wie das Paradies, und speziell für einen Glücksritter wie John Law war das gesellschaftliche Leben der Lagunenstadt wie geschaffen.

Die Tatsache, dass das Wort Casino im Italienischen sowohl Spielclub als auch Bordell bedeutete, sprach für eine gewisse Anrüchigkeit der hiesigen Etablissements. Schon an seinen ersten beiden Tagen in Venedig hatte John herausgefunden, dass sich die verruchtesten Spielhöllen am Campo San Polo befanden, wo die Huren mit entblößtem Busen in den Fenstern standen und auf Freier warteten. Eleganter, aber ebenso freizügig, waren die Casini in der Frezzaria nahe der Piazza San Marco, wo auch das *Ridotto* zu finden war. Hier wie dort wurde auf die eine oder andere Art dem Laster gehuldigt, doch waren es im staatlichen Casino wie auch in den privaten Clubs überwiegend Damen aus nobelster Gesellschaft, die im Schutz der Maske sündigten. Frauen also, die ihren Charme und Witz nicht mehr hinter den verschlossenen Zimmertüren ihrer Wohnungen verkümmern ließen, wie etwa ihre Geschlechtsgenossinnen in London.

Der Strudel aus Wollust, Trunkenheit und Spielleidenschaft riss jeden unweigerlich mit, der sich ins schamlose Vergnügen zu stürzen bereit war. Ganz egal, ob es Mann oder Frau war. Wer verfügte schon über einen so nüchternen Verstand, dass er den anzüglichen Gemälden an den Wänden trotzen konnte? Wer besaß die moralische Stärke, seine Ohren vor den schlüpfrigen Versen einer Dichterlesung zu verschließen und sich nicht von der Sinnlichkeit der Musik einlullen zu lassen? Und dann gab es da die verheißungsvollen Berge von Dukaten, die sich auf den Spieltischen türmten, von der Bank gehalten wurden und nur darauf warteten, gewonnen zu werden!

Der vierundzwanzigjährige John Law hatte die meiste Zeit seines Erwachsenenlebens als Spieler verbracht. Nicht, dass er es – wie manch anderer Lebemann – nötig gehabt hätte, sich auf diese Weise Herkunft, Vermögen und Ansehen zu verschaffen. Johns früh verstorbener Vater, ein einflussreicher Goldschmied und Großgrundbesitzer, hatte das Münzprägerecht in Edinburgh besessen. Die Erziehung des Knaben John entsprach daher den Standards des schottischen Adels. Doch John nahm seine Schulausbildung überhaupt nicht ernst, sein Vergnügen dafür um so mehr. Als das ausschweifende Leben des Jugendlichen ein wenig zu bunt wurde, schickte ihn seine Mutter nach London. Zehn Reisetage von seiner Heimat entfernt, tobte sich John fortan in der anrüchigen Atmosphäre Londoner Herrenclubs aus – mit katastrophalen Folgen: An seinem einundzwanzigsten Geburtstag hatte er sein nicht unerhebliches Erbe vollständig verprasst und darüber hinaus einen gewaltigen Schuldenberg angehäuft.

Da er seine Mutter nicht um Geld bitten wollte, blieb John damals wie jetzt wenig anderes übrig, als sich nach einer »Arbeit« umzusehen. Doch gelernt hatte er eigentlich nichts. Nicht einmal die Schule hatte er abgeschlossen, von einer Universitätsausbildung konnte erst recht nicht die Rede sein. Die lukrativste Erwerbsquelle, die obendrein seinen Fähigkeiten entsprach, schien ihm das Glücksspiel zu sein. Allerdings wollte er jetzt ein ernsthaftes Geschäft mit Fortuna eingehen. Vom Schicksal mit einer ungewöhnlich großen mathematischen Begabung ausgestattet, begann er also, die Sache systematisch anzugehen und den Zufall wie ein Buchhalter zu berechnen.

In relativ kurzer Zeit wurde John zum Meister der Wahrscheinlichkeitsrechnung. Er kalkulierte wie ein Stratege auf dem Schlachtfeld das Risiko, verwirrte seine Mitspieler mit seiner feingemeißelten, gleichmütigen Miene – und gewann. Man verdächtigte den plötzlich so Erfolgreichen rasch, mit gezinkten Karten zu spielen, aber beweisen konnte man ihm keine einzige Unredlichkeit. Statt dessen versuchten seine Kontrahenten, ihn zu beobachten und ihm sein Geheimnis zu entlocken. Man lud John zu Schaupartien in die Schlösser des englischen Hochadels ein, wo er die reichsten und vornehmsten Vertreter des Landes mit seiner Kunstfertigkeit und angenehmen Gesellschaft unterhielt. Auf Dauer langweilte es John, wie ein Tanzbär vorgeführt zu werden, und er verschaffte sich reichlich Abwechslung, indem er seine Stellung in den Boudoirs der Damen weidlich ausnutzte. Bald drehte sich sein Leben nur noch um Faro und Frauen. Und wieder nahm das Verhängnis seinen Lauf.

Eine kleine Affäre, ein Freundschaftsdienst, ein kompromittierender Briefwechsel, eine Intrige – im Grunde war es nur eine Frage der Zeit, wann der eher friedliebende John Law von einem Neider zum Duell gefordert werden würde. In einem Mann namens Edward Wilson hatten seine Feinde das willige Werkzeug gefunden, um den jungen Mann aus Schottland auszuschalten. Doch John war trotz seines Lebensstils seit jeher ein leidenschaftlicher Sportler gewesen, spielte hervorragend Tennis und hatte keine seiner Fechtstunden je nutzlos verstreichen lassen. Ein zur Faulheit neigender, übersättigter Gegner musste gegen diesen durchtrainierten Körper unweigerlich den Kürzeren ziehen.

Obwohl Zweikämpfe mit tödlichem Ausgang offiziell unter Strafe standen, wurden die Duellanten in der Regel nicht mit der ganzen Härte des Gesetzes verfolgt. Auch war der Mann, den John mit seinem Degen niedergestreckt hatte, einer der berüchtigtsten Lebemänner Londons und keineswegs von untadeligem Ruf gewesen. Die ganze Sache wäre demnach zu regeln gewesen, hätte die Familie des dahingeschiedenen Delinquenten nicht auf Rache gesonnen. Die adelige Verwandtschaft des toten Edward Wilson – möglicherweise angetrieben von den Feinden Johns in der Londoner Gesellschaft – sorgte dafür, dass John wegen Mordes angeklagt wurde. Obwohl einflussreiche Freunde versuchten, sein Leben zu retten, verlor er den Prozess. John, der immer wieder betonte, in Notwehr gehandelt zu haben, musste erkennen, dass die Familie seines Gegners Richter und Geschworene gekauft hatte. Beweise hatte er dafür nicht. John Law wurde zum Tode verurteilt.

Der Versuch, die zur Verfügung stehenden Rechtsmittel auszuschöpfen, schlug fehl. Eine Begnadigung des angeblichen Mörders wurde von höchster Stelle abgelehnt. Bei Hofe wurde der Fall zwar ausgiebig diskutiert, doch der König konnte sich zu keiner Entscheidung durchringen. Schließlich begann John, sich in sein tragisches Schicksal zu fügen und sich aufzugeben. Da wurde er überraschend in das wegen seiner mangelhaften Sicherheitsvorkehrungen berüchtigte King's-Bench-Gefängnis verlegt. Das war seine letzte Chance: in der Nacht nach Neujahr gelang John mit Hilfe seiner mächtigsten Freunde die Flucht.

Mit derselben Nachlässigkeit, mit der seine Zelle bewacht worden war, wurde der Flüchtige verfolgt. Die Polizei – und ein paar Tage später auch die Hofgesellschaft – ging davon aus, dass sich John Law im heimischen Schottland in Sicherheit bringen wolle. Deshalb wurden nur die Straßen nach Edinburgh kontrolliert, andere Wege dagegen blieben offen. Weitere offizielle Versuche, den geflohenen, verurteilten Schwerverbrecher wieder festzusetzen, gab es nicht. Eine Anzeige in der Londoner *Gazette,* die die Familie des toten Edward Wilson aufgab und in der ein Kopfgeld von fünfzig Pfund auf die

Ergreifung John Laws ausgesetzt wurde, brachte ebenfalls keinen Erfolg. Zum Zeitpunkt der Veröffentlichung befand sich der Gesuchte bereits wohlbehalten an Bord eines Postschiffes mitten auf dem Ärmelkanal.

Nach einem kurzen Gefängnisaufenthalt in Caen, wo man ihn einsperrte, weil seine Papiere nicht in Ordnung waren, verließ John Frankreich. Er suchte sich als Ziel den am weitesten von London entfernt gelegenen Ort aus, der seinen Ansprüchen, Bedürfnissen und Möglichkeiten entsprach. Eine Stadt, deren geographische Lage eine rasche Verfolgung unmöglich machte und wo ihn seine Feinde bestenfalls vermuten, aber nicht finden würden. Er reiste nach Venedig, was im Winter alles andere als angenehm war, da er eine Alpenüberquerung riskieren musste. Die Strapazen lohnten sich, denn kaum hatte er die *Serenissima* erreicht, wurde er eingehüllt vom Karneval mit seiner Fröhlichkeit, Frivolität und Anonymität.

Eine Brise frischte von der See auf, und wie mit langen Fingern griff der Nebel nach den Straßen und Plätzen der Lagunenstadt. Binnen kürzester Zeit verschlangen die feuchten Schwaden die Feiernden, und nur noch die flackernden Fackeln waren als deutliche Umrisse vor den Häuserzeilen zu erkennen. Schnelle Schritte klapperten auf dem alten Pflaster, und aus den Empfangsräumen eines Palazzo drangen Gelächter und Musik in die Gasse. Je weiter sich John von der Piazza San Marco entfernte, desto ruhiger wurde es, und die Menschen verloren sich im scheinbar undurchdringlichen Dunst. Es waren Ort und Stunde der Raubmörder, jener Verbrecher, die ihrem Handwerk im Verborgenen nachgingen und nicht – wie die kleinen Diebe – im hellen Tumult des Marktplatzes agierten.

Unwillkürlich tastete John in seinen Taschen nach dem Beutel mit seinem Gold. Das ihn an diesem Abend wie auf einer Wolke tragende Hochgefühl ließ ein wenig nach. Ihm waren Nebel und Gefahr aus London durchaus vertraut, doch fürchtete er, sich in dem unübersichtlichen Netz der venezianischen

Gassen zu verlaufen. Ein Tourist konnte hier sehr schnell in einer Gegend landen, die man besser meiden sollte, und in falsche Gesellschaft geraten.

John schritt rein instinktiv in nordöstlicher Richtung aus; wie ein Blinder tastete er sich durch den Plan der Lagunenstadt, auf der Suche nach einem geheimnisvollen Ort. Seine frühere Begleiterin hatte ihm von einem »Casino degli Spiriti« vorgeschwärmt, einem Spukhaus, welches am Rande der Lagune den Inseln von Murano und San Michele zugewandt lag. Die Schauermärchen um den »Pavillon der Geister«, hatten ihn neugierig gemacht, obwohl die junge Dame sie wahrscheinlich nur zu seiner Erheiterung erfunden hatte. Aber sie verliehen dem Ort Esprit – ebenso wie die Gemälde von Tizian, die in diesem Renaissance-Palazzo angeblich zu besichtigen waren. Für den Schöngeist John Law war das noch weitaus anziehender, und er hoffte aus ganzem Herzen, dass es sich bei deren Beschreibung nicht um Lügengeschichten handelte. Ihn, den Liebhaber italienischer Malerei, konnte nicht einmal der unwirtliche Weg von der Besichtigung der Kunstwerke abhalten.

Als er um eine Ecke bog und die Treppen zu einer schmalen Brücke emporstieg, die über einen kleinen Kanal führte, erfasste eine Böe seinen Umhang. Der kalte Windzug ging ihm durch Mark und Bein. Wie konnte es an einem südlichen Ort so kalt sein? fuhr es dem Touristen aus Schottland durch den Kopf.

Von irgendwoher hörte er ein Flüstern. Er verstand kein Wort, nahm vielmehr nur eine Stimme wahr. Die Worte verwischten im Nebel. Seine Finger schlossen sich fester um den Besitz in seiner Tasche.

Plötzlich identifizierte John andere Laute: einen Bootsrumpf, der gegen die Kaimauer schlug, ein Seil, das mit der Regelmäßigkeit der Wellen ins Wasser klatschte. Offenbar befand sich hier irgendwo in dem Dickicht von Dunkelheit und Dunst eine Anlegestelle. Eine Gondel wäre in seiner jetzigen Situation ein Geschenk des Himmels.

»*Gondole?*«, rief John in die Richtung, aus der die Geräusche klangen.

»*Si, si*«, antwortete eine heisere Stimme, deren Besitzer John jedoch nicht erkennen konnte. »Kommt her, Signor, kommt. Ich bringe Euch an jeden Ort, den Ihr mir befiehlt.«

John tastete sich die Uferbefestigung entlang bis zu einer Öffnung in der Balustrade. Erst jetzt erkannte er klar die Umrisse einer Gondel. Neben dem Baldachin schwang eine Laterne hin und her, ihr Licht warf blasse Streifen auf den roten Samt der Sitzpolster. Die Kerze reichte nicht aus, um ihm den Weg die steile, vom Hochwasser feuchte Steintreppe hinunter zur Anlegestelle zu weisen. John musste sich auf seine Füße konzentrieren, um keinen falschen Schritt zu machen und womöglich im Wasser oder, noch schlimmer, mit gebrochenem Genick auf der Kaimauer zu landen.

Ein Seufzer der Erleichterung entfuhr ihm, als er trockenen Fußes in der Gondel Platz nahm. »Casino Santo Spirito«, wies er den Venezianer an.

Fast lautlos glitt das Boot in den Kanal. Selbst als der Gondoliere das Ruder durchs Wasser zog, entstand so gut wie kein Geräusch. Der Nebel wurde noch dichter. Es schien, als pflüge die Gondel durch eine weiße Wand. In der Stille kam es John so vor, als sei er ganz alleine auf der Welt. Er legte den Kopf zurück und spürte, wie eine angenehme Trägheit seine Glieder erfasste.

Endlich ließen seine verkrampften Finger den Beutel mit seinen Goldmünzen los. Als er die Hand aus der Tasche zurückzog, ertastete er zufällig die Tabaksdose, die ihm vorhin von der jungen Malerin verehrt worden war. Offiziell ein Pfand, im Grunde aber ein Geschenk, das er auf seinem Weg durch die Gassen bereits wieder vergessen hatte.

Dabei war sein Angebot aufrichtig gewesen. Er hatte tatsächlich beabsichtigt, von den Portraitstudien Gebrauch zu machen und seiner Mutter eine Erinnerung zu schicken. Wenn er allerdings jetzt über seine Wette mit der venezianischen

Künstlerin nachdachte, erschien ihm die ganze Geschichte albern und überflüssig. Dabei fiel ihm ein, dass er sogar vergessen hatte, die Malerin nach ihrem Namen zu fragen. Er hatte sich ja nicht einmal selbst vorgestellt.

Obwohl er wusste, dass er die Miniatur bei der herrschenden Beleuchtung nicht erkennen würde, zog er die Tabatiere heraus und hielt sie versuchsweise in den fahlen Kerzenschimmer. Vergeblich, aber seine Erinnerung an das Bild eines wunderschönen jungen Mädchens stellte sich deutlich ein. Während seine Finger zärtlich über die kühle Emaille strichen, fiel ihm ein, dass er die Malerin nach ihrem Modell hätte fragen sollen.

Ein wunderschönes Portrait im Original zu erobern wäre eine prickelnde Erfahrung. Natürlich bestand die Möglichkeit, dass es sich bei der schönen Muse um eine rechtschaffene, gläubige Katholikin handelte, die das Keuschheitsgelübde ernst nahm und kein Interesse an einem anderen Kavalier als ihrem Verlobten verspürte. Einen Ehemann hatte das Mädchen sicher noch nicht, da Venezianerinnen häufig erst mit Ende Zwanzig heirateten, und diese Bürgerin der Republik war offensichtlich noch sehr jung. Andererseits glaubte er nicht an wirklich tugendhafte Frauen. Jedenfalls nicht in Venedig. In den Clubs erzählte man sich, dass sogar die jungen Novizinnen des Klosters auf der Insel Giudecca für Herrenbesuche aufgeschlossen waren. Er kannte den Mittelstand der Lagunenstadt zwar nicht, aber er konnte sich nicht vorstellen, dass sich hinter den Fassaden mancher Wohnungen ein anderer Lebensstil etabliert haben könnte als in den noblen Palazzi. Zumindest in diesem Punkt. Und selbst wenn, so machte das Wissen um die Sittsamkeit einer Angebeteten diese im Zweifel nur attraktiver.

Falls ihm später der Sinn noch danach stand, würde er sich nach der Identität der Portraitierten erkundigen, sobald er die Künstlerin wiedersah. Allerdings wollte er diese Frage davon abhängig machen, ob sich die Tabaksdose als Glücksbringer

bewähren würde. Gerade an den Spieltischen eines Gespens-
ter-Palazzos, in dem der Geist des großen venezianischen Malers Tizian umgehen sollte, würde das Bild einer kleinen Nachfolgerin seiner Profession der perfekte Talisman sein.

Mit diesem Gedanken und einem Lächeln auf den Lippen
döste er ein.

3

Ihre Absätze klapperten auf dem unebenen Kopfsteinpflaster, als Rosalba mit gerafften Röcken durch die dunkle Calle Cent'Anni hastete. Sie kam zu spät zum Essen und musste sich beeilen, um den zu erwartenden Ärger ihres Vaters in Grenzen zu halten. Was Pünktlichkeit betraf, war Andrea Carriera mehr Beamter denn Künstler. Die Entschuldigung, dass sie zu einem Besuch bei ihrem Lehrer Giovanantonio Lazzari gewesen war, würde der Papa nicht gelten lassen, wusste er doch, dass heute nicht der Tag ihrer Unterrichtsstunden war. Dabei handelte es sich nicht einmal um eine Ausrede; nur konnte sie Andrea Carriera kaum gestehen, dass sie sich in einer Herzensangelegenheit an Marina Lazzari, die elegante Gattin des Malers, gewandt hatte.

Giovanantonio Lazzari entstammte über die Linie seiner Mutter einem alten griechischen Adelsgeschlecht und führte seinen Haushalt entsprechend diesem Status. Er war ein Seigneur großen Stils, wie auch Rosalbas erster Lehrer, der inzwischen verstorbene Pietro Liberi. Mit dem Unterschied freilich, dass Lazzari die Kunst lediglich als Liebhaberei und nicht, wie Liberi, als Passion betrieb. Rosalba hatte sich bisher wenig für die Gepflogenheiten in den jeweiligen herrschaftlichen Häusern interessiert. Ihre Aufmerksamkeit galt den Bildern und nicht den Pinselstrichen auf ihren Wangen. Unter den gegebenen Umständen erschien es ihr allerdings zwingend notwendig, einige Nachhilfestunden zu nehmen, um etwas über den formvollendeten Auftritt einer Dame von Welt zu erfahren.

Bei Tag und bei Nacht beschäftigte der Tourist aus Schottland ihre Gedanken. Ihr Tun wurde beherrscht von dem Wunsch, diesem Mann zu gefallen. Sie kannte nicht einmal seinen Namen, aber sie fühlte sich wie eine Marionette, die sich nur in seinem Sinne bewegte. Er war nicht zu dem vereinbarten Zeitpunkt gekommen, und Rosalba tröstete sich damit, dass er aufgehalten worden war. Morgen – vielleicht auch erst übermorgen – würde er an ihrem kleinen Verkaufsstand erscheinen. Obwohl sie sich im tiefsten Inneren ihres Herzens vor der Ignoranz und Leichtfertigkeit fürchtete, die einen Kavalier in diesen Tagen kennzeichnen konnte, schloss sie aus, dass er sie vergessen haben könnte. Immerhin besaß er ein kostbares Pfand, und ein Ehrenmann würde eine kleine Kunsthandwerkerin nicht ausnutzen, indem er sich ohne Gegenleistung eine Tabaksdose aneignete.

Glücklicherweise funktionierte ihr Verstand noch so weit, dass sie sich im Klaren darüber war, aus ihrer eher nüchternen Erscheinung niemals eine *Femme fatale* machen zu können. Sie ahnte aber auch, dass junge Herren neben geschliffenen Umgangsformen großen Wert auf eine perfekte Frisur, Maquillage und Garderobe legten. Wenn der Fremde denn also endlich ihre Verabredung einhalten wollte, beabsichtigte ihn Rosalba nicht nur mit ihren Skizzen zu beeindrucken, sondern auch mit ihrer Weiblichkeit.

Sie hatte sich nicht getraut, ihre Mutter um Rat zu bitten. Es würde einen Aufruhr in ihrer Familie geben, wenn herauskäme, dass sich Rosalba für einen Mann interessierte. Die liebevollen Spötteleien ihrer Schwestern waren das mindeste, das Rosalba fürchtete. Trotz aller Entschlossenheit und Zuversicht hatte sie Angst, sich mit ihrer Schwärmerei lächerlich zu machen. Immerhin hatten die zwei Jahre jüngere Angela und das kaum zwölfjährige Nesthäkchen Giovanna nicht an Gekicher und Getuschel gespart, als sie herausfanden, dass Rosalba stundenlang an der Studie ein und desselben Gesichts gesessen hatte. Selbst der Hinweis auf einen »wichtigen neuen Auftraggeber« hatte die beiden nicht zum Schweigen bringen können, denn es stimmte sehr wohl, dass sich Rosalba sonst niemals so lange mit einer Skizze aufhielt wie in diesem speziellen Fall. Um für das erneute Zusammentreffen mit dem Fremden gewappnet zu sein, hatte sie also bei Marina Lazzari vorgesprochen, mit dem Ergebnis, dass sie zwar etwas dazugelernt hatte, aber zu spät nach Hause kam.

Andrea Carriera bewohnte mit Frau, Töchtern und einem Dienstmädchen das Haus seines Schwiegervaters im Sestiere Dorsoduro direkt am Canal Grande. Die vornehme Adresse entsprach allerdings nicht der Ausstattung der bescheidenen Casa Biondetti. Rosalbas Zuhause verfügte zwar über eine eigene Anlegestelle, ein geschwungenes Wasserportal und eine lorbeerbegrünte Terrasse, besaß aber nicht einmal ansatzweise die architektonische Schönheit der Gebäude in der Nachbarschaft, geschweige denn deren Pracht, etwa eine marmorverkleidete Fassade mit Verzierungen aus Gold und Lapislazuli wie die des Palazzo Dario ganz in der Nähe.

Die nur einstöckige, aus gelbem Sandstein erbaute Casa Biondetti war verhältnismäßig klein und im Inneren auch eher zweckmäßig eingerichtet, zumal sich das Familienleben praktisch nur auf einer Ebene abspielte, da man wegen der Hochwassergefahr Wohnung im ersten Stock genommen hatte. Die Carrieras leisteten sich einen eigenen Musiksalon und ein Klavichord, aber dieser Luxus reduzierte andere Annehmlichkeiten auf ein Minimum. So saß man an einem feuchtkalten Winterabend wie diesem in der Küche, um die Wärme des Ofens auszunutzen und kostbares Brennholz zu sparen, das zum Beheizen des Esszimmers nötig gewesen wäre.

Während sie die Steintreppe eilig hinauflief, zog Rosalba mit der einen Hand den Schal herab, den sie sich um den Kopf geschlungen hatte, und versuchte dabei mit der anderen, ihr Haar zu ordnen. Noch immer auf der Suche nach einer passenden Entschuldigung war sie so in Gedanken versunken, dass sie mit Angela zusammenprallte, die wie ein Wachposten auf der obersten Stufe stand.

»Aua!«, schrie Angela entrüstet auf. »Wer verfolgt denn dich, dass du so kopflos die Treppe heraufgerannt kommst?«

»Und warum stehst du hier im Weg herum?«

Ein Funken Schadenfreude lag in Angelas Stimme, als sie mit einer unter Schwestern ihres Alters typischen kleinen Boshaftigkeit stichelte: »Papa will dich unverzüglich sehen. Er verlangte schon vor einer Stunde nach dir. Aber keiner wusste, wo du warst. Er bat mich, dich sofort zu ihm zu schicken, sobald du auftauchst.«

Mit der Hand, die eben noch eine Haarsträhne hinter ihr Ohr geschoben hatte, fuhr sich Rosalba über die Augen. Sie zermarterte sich den Kopf nach einer Erklärung, die ihre Verspätung rechtfertigen würde. Da fiel ihr ein, dass Papa sie wohl kaum wegen des ausgefallenen Abendessens tadeln wollte, wenn er schon vor einer Stunde nach ihr gefragt hatte. Was mochte aber dann so wichtig sein, dass er sie unverzüglich zu sehen wünschte? Neugier regte sich und vertrieb die natürliche Furcht vor einer Maßregelung. Unwillkürlich strafften sich ihre Schultern, als sie sich an Angela vorbeischob, um über den Flur zum Zimmer ihres Vaters zu gehen …

»Was hast du denn da im Gesicht?« wurde sie von Angelas Stimme zurückgehalten.

Rosalba fuhr herum.

»Du solltest das Schönheitspflästerchen wegwischen, bevor du eine Unterredung mit Papa führst«, bemerkte Angela, und in ihren schönen Augen glitzerte der Schalk. Sie trat dicht an Rosalba heran und betrachtete mit gespielter Kennermiene die Schminke der Älteren. In verschwörerischem Ton fragte sie schließlich: »Hast du dich für deinen neuen Auftraggeber so herausgeputzt?«

Rosalba hatte das Gefühl, der Boden gebe unter ihren Füßen nach. »Nein …«, sie klang ein wenig heiser, räusperte sich und setzte noch einmal an: »Nein, natürlich nicht. Wieso auch?« In ihren Ohren klangen ihre Worte merkwürdig schrill, hohl und unglaubwürdig. »Ich war bei Signor Lazzari und …«

»… und da hast du seine Farbpalette gleich für ein wenig Rouge benutzt«, vollendete Angela kichernd. »Wirklich,

Rosa«, fügte sie etwas ernster hinzu, »mir kannst du nichts vormachen. Es gibt einen Mann in deinem Leben. Und es ist nicht zu übersehen, um wen es sich handelt. Sieht dein Kavalier tatsächlich so gut aus? Oder zeichnest du mit den Augen der Liebe?«

Angela verdrehte ihre Augen zur Decke, um Rosalba zu demonstrieren, was sie von derartiger Leidenschaft hielt.

»Dumme Gans!« Ohne darüber nachzudenken, fuhr Rosalbas Hand hoch, um Angela an der Haarlocke zu ziehen, die aus ihrer Spitzenhaube hervorlugte. »Ich bin nicht verliebt!« In Gedanken schalt sie sich dafür, dass sie so leicht zu durchschauen war.

Angela streckte ihr die Zunge heraus. »Wer's glaubt, wird selig. Selber dumme Gans. Warum malst du dich denn sonst an wie eine Kurtisane?«

»Halt endlich dein Schandmaul!«

Angela hüpfte von einem Bein auf das andere, drehte sich im Kreise und wich Rosalbas Drohgebärden dabei geschickt aus.

»Rosa ist verliebt … Rosa ist verliebt …«, skandierte sie provozierend.

»Warte nur! Dir zahl' ich's heim!«

»Fang mich doch … Du kriegst mich ja sowieso nicht … Du …«

In diesem Moment flog eine Tür auf.

»Was ist denn hier los?« Alba Carriera, die Mutter der Mädchen, klatschte energisch in die Hände. »Rosa, Angela! Hört auf, euch wie toll gewordene Recken aufzuführen. In diesem Haus herrscht Frieden. Unverzüglich.«

Obwohl sie von kleinerer Statur war als ihre Töchter, besaß sie die Autorität einer Riesin. Rosalba und Angela verharrten wie angewurzelt in ihren Bewegungen. Mit niedergeschlagenen Augen senkten sie die Köpfe. Ergeben warteten die beiden auf das unvermeidliche Donnerwetter. Die Hänselei war vergessen. Die Schelte der Mutter einte die beiden sofort wieder. Doch nichts von dem, was die Schwestern befürchteten, geschah.

Mit gemessener Stimme, als sei nichts gewesen, sagte Alba: »Rosa, Papa möchte dich sprechen. Komm bitte in sein Zimmer ... Na, komm schon und schau nicht so verängstigt. Papa muss morgen zu einer seiner Dienstreisen in die *terra ferma* aufbrechen und möchte dich dieses Mal mitnehmen.«

Rosalba riss die Augen auf. Vollkommen sprachlos starrte sie ihre Mutter an, während Angela beeindruckt wiederholte: »Papa will mit Rosa aufs Festland fahren!«

»Zur Villa Contarini in Piazzola und zu weiteren Stationen ins Veneto«, nickte Alba. In ihrem Ton schwang Stolz mit. Immerhin würden ihr Ehemann und ihre Tochter die Ehre haben, eines der schönsten und größten Herrschaftshäuser des Landes zu besuchen. Sie nahm Rosalba am Arm, als sei es nötig, ihre Älteste zu stützen angesichts des Wissens, in das Anwesen einer Familie geladen zu sein, die seit Jahrhunderten mehrere Dogen gestellt hatte.

»Aber ich will Papa nicht die Freude nehmen, es dir selbst zu erklären. Nun schau nicht so ungläubig. Es ist kein Traum! Papa und du, ihr werdet morgen mit dem ersten Postschiff die Brenta hinauffahren bis zur Villa Contarini. Ist das nicht wunderbar, Rosa? Du hast dir so eine Reise doch immer gewünscht.« Ihre Mutter hatte recht. Schon als kleines Mädchen hatte sich Rosalba oft an der Mole herumgetrieben und den Schiffen nachgesehen, die landeinwärts segelten. Mehrmals im Jahr stand ihr Vater an Bord des *posteggio,* des Postschiffes, um im Auftrag des Dogen ins Veneto zu reisen. Wenn er nach Tagen oder Wochen zurückkehrte, ließ er es zu, dass sich seine Lieblingstochter an seine Seite kuschelte, und er berichtete ihr unermüdlich von den Eindrücken, die er in der *terra ferma* irgendwo zwischen den Burgen des Friaul und den mittelalterlichen Kaufmannshäusern Veronas gesammelt hatte. Und jedes Mal versprach er ihr, sie mitzunehmen, wenn die Zeit reif dafür wäre. Das hieß: wenn sie alt genug und die Gelegenheit günstig wäre. Rosalbas Knie wurden weich.

Nie hatte sie an dem Versprechen ihres Vaters gezweifelt, aber eigentlich hatte sie zunächst an den Besuch in einer Kleinstadt gedacht. Für den Anfang wäre ein Ausflug nach Treviso genau richtig gewesen. Der Ort war an Kanälen errichtet und glich in mancher Hinsicht der berühmten Hauptstadt der Republik. Papa hatte Rosalba erzählt, dass die Fassaden der Häuser wunderschön bemalt waren und im Duomo Fresken von Tizian zu besichtigen wären. Musste es als erstes Reiseziel ihres Lebens also ausgerechnet die Villa Contarini sein? Würde sie nicht in Ohnmacht fallen angesichts der Architektur eines Feudalbaus, an dem angeblich sogar Palladia mitgearbeitet hatte? In keinem der anderen Anwesen wurden so legendäre Feste gefeiert wie in der Villa Contarini. Würde sie, die unbedeutende Rosalba Carriera, vor einer solchen Kulisse nicht untergehen wie ein Kieselstein im Canal Grande? Ach, wenn sie doch Marina Lazzari fragen könnte, wie man sich in einem Schloss benahm!

Während sie blind vor Zweifeln und Aufregung in das Zimmer ihres Vaters taumelte, fühlte sie sich zerrissen wie nie zuvor in ihrem Leben. Sicher, sie hatte sich stets danach gesehnt, einmal etwas anderes zu sehen als die vertrauten Bauten der *Serenissima*. Doch erschien es ihr wie ein Frevel, mit ihren Besichtigungen sozusagen an der Spitze des Eisbergs beginnen zu müssen. Eine kalte Hand griff nach ihrem Herzen und schnürte ihr den Brustkorb ein. Da begriff Rosalba plötzlich, dass es nicht nur die natürliche Scheu vor dem Fremden war, die ihre Freude über die Reisepläne ihres Vaters dämpfte. Der Puppenspieler zerrte unaufhörlich an den Fäden seiner Marionette.

Angelas Versuch, an der Tür zum Arbeitszimmer ihres Vaters zu lauschen, wurde durch die Mutter vereitelt, die sehr rasch dahinterkam, warum ihre mittlere Tochter scheinbar arglos durch den Flur schlenderte. Alba schickte Angela in die Küche, um bei der Zubereitung des Abendessens zu helfen.

Während Angela ungeduldig die Polenta rührte, dachte sie bei sich, welches Glück Rosalba hatte, dass sie mit Papa ins

Veneto fahren durfte. Auch sie wollte eines Tages hinaus in die Welt reisen und die Heimat der vielen andersartigen Menschen kennen lernen, denen sie in Venedig auf Schritt und Tritt begegnete. Stets war sie die Lebenslustigere und Mutigere der beiden älteren Carriera-Mädchen gewesen. Aber natürlich wusste sie, dass sie nicht nur zu jung als Papas Begleitung war, sondern in der Familienhierarchie hintanstehen musste. Doch Angela war davon überzeugt, dass sie eines Tages einem Kavalier begegnen würde, der ihr nur allzugern die Welt zeigen würde.

Noch ahnte Angela nur, wie bezaubernd schön sie war, aber die Blicke, die ihr die jungen Männer zuwarfen, bemerkte sie sehr wohl. Deshalb war sie trotz ihrer Jugend fest entschlossen, nur ein besonderes Exemplar als Gatten zu akzeptieren. Es musste ein Mann sein, der all ihre Sehnsüchte befriedigen könnte.

Später an diesem Abend, als die Schwestern in der gemeinsamen Schlafkammer unter dem Dach in ihren Betten lagen, brach die Neugier aus Angela heraus. Bis jetzt hatte sie sich zurückhalten können und die knappen Informationen der Eltern bei Tisch, die kaum über die vorangegangenen Erklärungen der Mutter hinausgingen, kommentarlos zur Kenntnis genommen. Zudem hatte sie gewartet, bis Giovannas Atem so tief und gleichmäßig wie der eines Babys war. Doch dann hielt sie es nicht mehr aus und fragte in die Dunkelheit: »Was ist das für ein Gefühl, Rosa, verreisen zu dürfen? Bist du sehr aufgeregt?«

Rosalba drehte sich auf die Seite, so dass sie aus dem kleinen Dachfenster blicken konnte. Sie hoffte, die Sterne zu sehen, doch der Himmel war vom Nebel verschleiert. Wenn sie sich aufrichten würde, könnte sie vielleicht als helle Punkte die Lichter der *sandolo,* der Lastkähne, auf dem Kanal erspähen. Die Rümpfe der Gondeln aber waren im Dunst kaum erkennbar und so verschwommen wie auf keinem Gemälde, das Rosalba kannte. Die Natur verwischte die Konturen, und keinem Maler mit Ölfarben war es bislang gelungen, dies auf einer Leinwand festzuhalten. Jedenfalls keinem, den Rosalba kannte. Obwohl sie hellwach war, stand sie nicht auf, um mit ihren Blicken den Wellen zu folgen, die sie kurz nach Sonnenaufgang davontragen würden. Sie stellte sich schlafend, da sie lieber ihren Gedanken nachhängen wollte, als Angelas Wissbegier zu befriedigen.

»Schläfst du etwa schon?«, drängte Angela prompt.

»Nein, ich denke nach.« Rosalba wälzte sich wieder auf den Rücken. »Aber du solltest schlafen. Und ich will Giovanna nicht mit unserem Gerede wecken.«

»Nanina schläft wie ein Murmeltier«, behauptete Angela und schwang die Beine aus ihrem Bett. Mit bloßen Füßen tappte sie über den eiskalten Steinboden, um keine Minute später unter Rosalbas Decke zu kriechen. »Rück mal, bevor ich mir eine Erkältung hole.«

»Du bist unverbesserlich«, seufzte Rosalba ergeben und schob sich dicht an die Wand, um Angela Platz in ihrem Bett zu machen. »Wenn Angela sich etwas in den Kopf gesetzt hat, bekommt sie es auch! Also, Zuanina, was willst du wissen?«

»Wie fühlt es sich an, eine Reisetasche zu packen? Was empfindest du, wenn du an morgen denkst? Glaubst du, dass du dein Zuhause vermissen wirst? Oder werden dich die Eindrücke in der Fremde so beschäftigen, dass du gar nicht mehr an uns denken kannst?«

Rosalbas leises Lachen unterbrach Angelas Eifer. »Halt, halt. Du holst ja nicht einmal Atem zwischen deinen Fragen. Wie soll ich dir das alles beantworten, wenn du dir nicht einmal selbst Zeit zum Luftholen lässt?«

»Ach, ich finde es schrecklich aufregend, dass du Papa begleiten darfst. Eine richtige Überraschung war das heute Abend, nicht wahr?«

»Allerdings. Wenn du es genau wissen willst: Ich hatte bis jetzt noch nicht einmal Zeit, wirklich darüber nachzudenken. Alles ging so schnell. Dabei dachte ich, als ich nach Hause kam, Papa würde mit mir schimpfen, weil ich zu spät war. Und dann war plötzlich alles ganz anders ...«

Rosalbas Worte verloren sich, und Angela fiel es plötzlich wie Schuppen von den Augen. Die Neuigkeit hatte sie dermaßen abgelenkt, dass sie ihre Neckerei völlig vergessen hatte. Wie hatte ihr das nur passieren können? Die andere Sache war doch fast ebenso interessant wie die bevorstehende Reise.

»Wird dein Verehrer auf dich warten, Rosa?«

Unwillkürlich versteifte sich Rosalbas Körper. Das genau war die Frage, die sie sich den ganzen Abend über gestellt hatte. Und die Antwort war ziemlich eindeutig: »Nein. Ich glaube, nicht. Warum sollte er auch?«

Sie hatte sich zwar überlegt, dass der schottische Tourist möglicherweise ein ehrliches Interesse an ihren Skizzen und dem damit verbundenen Geschenk für seine Mutter haben könnte und ihre Rückkehr daher vielleicht abwarten würde. Andererseits wusste sie nicht, wie lange er in Venedig bleiben wollte. Er würde seine Abreise ihretwegen kaum hinausschieben. Jedenfalls nicht im derzeitigen Stadium ihrer Bekanntschaft, fügte sie in Gedanken bedauernd hinzu. Außerdem war sie nicht so eitel, um nicht zu wissen, dass er auch anderswo eine schöne Miniatur erwerben könnte – vielleicht nicht von der Qualität, die ihr Geschick ihm bot, aber in der Regel handwerklich nicht wesentlich schlechter.

»Es ist doch immerhin anzunehmen, dass du dem Herrn gefällst«, meinte Angela nach einigem Nachdenken. »Ich weiß ja nicht, wie du wirklich zu ihm stehst, aber er könnte doch auch Sympathie für dich empfinden. Oder hast du ihm etwa noch nicht die Gelegenheit gegeben, dich richtig kennen zu lernen?«

»Richtig?« wiederholte Rosalba verbittert. Eine ähnliche Frage hatte ihr die lebenskluge Marina Lazzari auch gestellt. Was bedeutete schon, jemanden »richtig« zu kennen? Eine solche Begegnung war doch nur möglich, wenn es sich um einen Herrn handelte, der ihrer Familie nicht fremd war? Wenn sich etwa der Vater um den männlichen Umgang seiner Töchter kümmerte, wie dies häufig der Fall war. Rosalba *kannte* den Mann, der ihre Gedanken beherrschte, in diesem Sinne natürlich nicht, und doch glaubte sie, sein Wesen und seinen Charakter in seinen Gesichtszügen studiert zu haben. Wenn es darum ging, sein Innerstes zu erforschen, so war sie sicher, sich auf dem richtigen Weg befunden zu haben. Einem Weg, der ihr durch die Erfüllung eines anderen Traums nun abgeschnitten wurde.

Mit nüchterner Aufrichtigkeit gestand sie ihrer Schwester: »Wahrscheinlich sind das alles nur Hirngespinste. Wir sind einander nicht einmal vorgestellt worden. Er kam einfach an meinem Stand vorbei. Er ist der schönste Mann, den ich je gesehen habe. Der attraktivste Mensch, den du dir überhaupt nur vorstellen kannst. Er hat gesagt, dass ich …« Sie errötete und war dankbar für die Dunkelheit, die sie umgab, als sie sich an seine Worte erinnerte: »… dass ich eine Frau ganz nach seinem Geschmack wäre. Aber … aber mehr ist nicht geschehen, weißt du.«

»Ja, hat er sich dir gegenüber denn nicht interessiert gezeigt?« wollte Angela entrüstet wissen.

»Doch, doch. Irgendwie schon. Ich sollte die Skizzen anfertigen, damit er sich ein Portrait für eine Miniatur aussuchen könnte. Er wollte mich am Stand besuchen …« Rosalba spürte den Kloß in ihrem Hals, als sie hinzufügte: »Aber bis jetzt ist er nicht gekommen. Ich werde ihn wohl nie wiedersehen.«

Angela spürte die Tränen, die in den Augen der Schwester brannten.

Obwohl sie von Herzensdingen ebensowenig Ahnung hatte wie Rosalba selbst, fühlte sie sich verpflichtet, diese zu trösten.

»Ich werde dich würdig an deinem Stand vertreten«, versprach sie, während sie ihr zart über die Wange strich, als sei sie die Große. »Und wenn dein Kavalier erscheint, werde ich ihm sagen, dass er auf das wunderbarste Mädchen der Welt warten muss, sonst wird er niemals glücklich werden. Einerlei, wie lange es dauert, bis du wieder zu Hause bist.«

Rosalba lächelte amüsiert. »Wie willst du ihn denn erkennen, du Dummerchen? Wenn du mit jedem Herrn, der an unseren Stand kommt, so reden willst, wirst du bald das Stadtgespräch von Venedig sein.«

»Ich habe deine Skizzen gesehen«, erwiderte Angela voller Überzeugung. »Glaubst du, ich vergesse das Gesicht des ›schönsten Mannes der Welt‹?«

Doch genau das sollte geschehen.

4

Es gab einen Ort in Venedig, der John Law fast noch mehr reizte als die Spielclubs, und das war das Geschäftsviertel am Rialto.

Auf relativ engem Raum am Fuße der Rialto-Brücke befanden sich nicht nur die großen ausländischen Handelsgesellschaften, sondern auch die Steuerverwaltung der Republik und die venezianische Staatsbank. Wohlgeordnet nach ihren jeweiligen Zünften und Waren, gab es hier eine Reihe von Zweckbauten wie etwa die Hallen der Fischverkäufer, den Gemüsemarkt, die *fabbriche vecchie* der Tuchhändler und die traditionellen kleinen Läden der Goldschmiedemeister. Im Schatten dieser Institutionen feilschten die privaten Geldverleiher mit ihren Kunden, von denen sie in der Regel mehr als zwanzig Prozent Zinsen verlangten, und diskontierten Geldwechsler fremde Währungen, die sich – wie fast überall in Europa – an den Wechselkursen der venezianischen Zechinen und Dukaten orientierten. Unter diese bunte Versammlung von Kaufleuten, Seefahrern, Tagelöhnern und Händlern mischten sich die staatlichen Finanzkontrolleure, die vor allem darüber wachten, dass das Wertverhältnis von Waren und Münzen eingehalten wurde. Wer etwas kaufte, musste sein Geld auf den tatsächlichen Reinheitsgehalt, also auf seinen Wert, überprüfen lassen.

John erinnerte sich daran, wie sein verstorbener Vater über die vielen Fälschungen geklagt hatte, die immer wieder in Umlauf gelangten. Der alte Law hatte seinen Sohn stets davor gewarnt, mit manipulierten Münzen in Verbindung zu kommen. Ein geschickter Gauner konnte ein Vermögen machen, wenn er den Rand eines Geldstücks ein wenig abschliff. Aus dem so gewonnenen Gold- oder Silberstaub ließ sich rasch neues Geld prägen. Natürlich waren derartige Manipulationen verboten, doch hinderte es findige Geister nicht daran, sich auf diesem Wege zu bereichern. Deshalb mussten die Münzen immer wieder neu auf ihr Gewicht und damit ihren Wert geprüft werden.

Es war keinesfalls Heimweh oder die sehnsüchtige Erinnerung an seine Familie, die John zum Rialto führten. Sein Faible für Zahlen hatte sich in ein ausgeprägtes Interesse für wirtschaftliche Zusammenhänge entwickelt. Bei seinen Streifzügen durch das Handelsviertel und seinen Besuchen in der *Banco giro* fiel ihm auf, dass die Venezianer ihre Geschäfte nicht nur mit Münzen abwickelten, sondern auch einen bargeldlosen Zahlungsverkehr betrieben. In irgendeinem Londoner Spielclub hatte John einmal einen Glücksritter kennen gelernt, der von sogenannten »Bankschecks« als Zahlungsmittel schwärmte, die angenehmer zu handhaben waren als die schweren Münzen, die jedermann mit sich herumschleppen musste. John hatte diese Information jedoch lediglich als Versuch abgetan, die Zahlungsunfähigkeit zu überspielen, und den Spieltisch verlassen, an dem dieser Mann gesessen hatte. Er wusste zwar, dass es in jüngster Vergangenheit wiederholt Versuche der englischen Krone gegeben hatte, Metallgeld durch Noten zu ersetzen, doch waren diese – wie zuletzt in den amerikanischen Kolonien – stets fehlgeschlagen. Deshalb hatte er sich nicht weiter mit diesem Phänomen beschäftigt, bis er zum stillen Beobachter der Transaktionen in Venedig wurde.

Trotz des Karnevals herrschte rund um die *Banco giro* reges Treiben. Während des Tages schienen dieselben Massen am Rialto ihren Geschäften nachzugehen, die sich ab Sonnenuntergang auf der Piazza San Marco vergnügten. Die Bank hatte Räume im Palazzo dei Camerlenghi bezogen, in dem sich die Finanzverwaltung der Republik Venedig mit der Steuerbehörde und dem Schuldnergericht befand. Als John durch das mit Ornamenten und Pilastern reich verzierte Eingangsportal am Fuße der Rialto-Brücke trat, fand er sich unversehens in einem Gewimmel von Händlern unterschiedlichster Hautfarben und

Trachten wieder, die neben Beamten in ihren Magistratstalaren und Sekretariatsbediensteten in ihren typischen schwarzen Anzügen an ihm vorbeieilten. Johns Ziel war der halbüberdachte Markt im Innenhof des Gebäudes, wo es – abgewandt von den vergitterten Fenstern des im Erdgeschoss befindlichen Schuldnergefängnisses – im Wesentlichen um Valuta, Kredite und Wechselkurse ging.

Eine Weile lang streifte John scheinbar planlos umher, seine Augen aber waren unverwandt auf die Bänke gerichtet, auf denen die Geldtransaktionen stattfanden und nach denen Institute dieser Art benannt waren. Fasziniert beobachtete er, wie das Geschäft zweier Händler abgewickelt wurde: Ein Bankangestellter trug eine Notiz in sein Kassenbuch ein, die von einem der Männer gegengezeichnet wurde; anschließend bestätigte der zweite Mann eine weitere Eintragung mit seiner Unterschrift. Es folgte ein Handschlag, und man trennte sich in gütlichem Einvernehmen, ohne dass auch nur eine Münze den Besitzer gewechselt hätte. An anderer Stelle wurde ein Handel abgeschlossen, indem ein von einer Bank unterzeichnetes Dokument anstelle von Bargeld ausgegeben wurde. Es überraschte John, dass das Papier denselben Wert zu besitzen schien wie ein Beutel mit der entsprechenden Menge Dukaten; der Kaufmann war sichtlich zufrieden mit dem Scheck, den er in seinem Wams verstaute.

»Mit Verlaub, Signor, Ihr seht aus, als hättet Ihr ein Gespenst gesehen«, wandte sich der Mann, der den Handel eben abgeschlossen und das Dokument in seine Brusttasche geschoben hatte, an John. Dieser lehnte gegen eine Säule und war über die Tatsache, so direkt angesprochen zu werden, nicht weniger verwirrt als über die finanzielle Transaktion, die er soeben beobachtet hatte.

»Erlauben Sie mir, es Ihnen zu erklären: Der Kreditschein ist auf meinen Namen ausgestellt«, fuhr der Fremde fort, ein Herr in mittleren Jahren, dessen eleganter Mantel auf einen vermögenden Hintergrund schließen ließ. Für einen Kaufmann war er bei näherer Betrachtung zu prätentiös gekleidet, für einen Adeligen jedoch wiederum zu schlicht. »Außer meiner Wenigkeit kann der Scheck von niemandem eingelöst werden. Ein Dieb wird deshalb wenig Erfolg haben. Solltet Ihr also einen Gauner beobachtet haben, der es auf den Inhalt meiner Taschen abgesehen hat, so seid unbesorgt.«

»Nein«, erwiderte John, nachdem er seine Fassung endlich wiedergefunden hatte, »auf einen Spitzbuben bin ich nicht aufmerksam geworden. Ich bitte um Entschuldigung, dass ich Euch anstarrte. Es ist vielmehr so, dass mich die Art Eurer Valuta befremdet.«

»Oh! Ein Tourist!« Der Herr schmunzelte nachsichtig. »Ihr kennt Euch also mit den Gepflogenheiten des italienischen Bankensystems nicht aus, wie ich sehe. Aber es scheint von großem Interesse für Euch zu sein. Woher kommt Ihr, wenn ich so dreist sein darf zu fragen?«

»Direkt aus London.«

Der Herr verbeugte sich mit schwungvoller Grandezza. »Vittorio de Massa. Ich stehe in Diensten eines Privatbankiers in Genua und bin ebenfalls nur ein Tourist im wunderschönen Venedig. Nun ja, ein Tourist auf Geschäftsreise. Seid Ihr von England angereist, um das Finanzwesen der *Serenissima* zu studieren?«

»Ich komme ursprünglich aus Schottland«, verbesserte John freundlich. Er deutete einen Kratzfuß an und nannte dem Fremden seinen Namen. Dann fügte er hinzu: »In der Tat könnte man sagen, dass ich ein Student der Mathematik und der Wirtschaftswissenschaften bin.« Im Stillen dachte er, dass kein anderes Wissensgebiet von vergleichbar großem Interesse für ihn war. Wenn er etwas lernen wollte, so tatsächlich am liebsten die Hintergründe des Finanzwesens. Dieses war auf gewisse Weise ja auch ein Teil des Glücksspiels, das zu seiner Berufung geworden war.

»Es gibt sicher kein Pflaster auf Erden, wo man Finanzgeschäfte besser studieren kann als hier am Rialto«, behauptete

Massa schwärmerisch. »Immerhin wurden die ersten Privatbanken Venedigs schon im 12. Jahrhundert gegründet. Viel früher als anderswo. Es ist höchst bedauerlich, dass die großen Kreditinstitute wie etwa der Gritti oder Pisani wegen der Wirtschaftskrise schließen mussten. Irgendwie fehlt auf diese Weise ein wenig Farbe im Bankwesen der Stadt. Findet Ihr nicht?«

»Nun…« John trat ein wenig verlegen von einem Fuß auf den anderen, da er beim besten Willen keine Ahnung hatte, was er auf diese Bemerkung antworten sollte. Sein Wissen um die venezianischen Banken war so alt wie sein Aufenthalt in der Stadt. Der Handel am Rialto hatte ihn zwar in seinen Bann gezogen, aber er befand sich noch ganz am Anfang seiner Studien. Dies gestand er schließlich mit freundlicher Offenheit seinem Gesprächspartner.

»Ah!« Massa tippte sich mit den Fingerspitzen an die Stirn. »Was bin ich für ein Narr. Jetzt verstehe ich. Der mir übertragene Kreditschein hat Euch so überrascht, weil Ihr dergleichen nicht kennt. Nun ja, in Italien sind Schecks seit mehr als hundert Jahren ein beliebtes Zahlungsmittel. In Genua sogar noch länger als in Venedig, wenn ich mir diesen unbescheidenen Stolz auf meine Heimatstadt erlauben darf.«

»Und dieses Papier besitzt tatsächlich denselben Wert wie eine entsprechende Anzahl Münzen?«

»Aber ja. Mit dem Unterschied, dass man nicht so schwer daran zu tragen hat. Außerdem ist, wie ich schon eingangs sagte, die Gefahr eines Diebstahls geringer…«

»Dann könnten die Münzen als Zahlungsmittel eigentlich generell von Noten ersetzt werden«, überlegte John. Er sprach weniger zu dem Herrn aus Genua als zu sich selbst, fasziniert von den Möglichkeiten, die er sich in seinem Kopf auszumalen begann. So wäre etwa bei den ständig sich allerorts wiederholenden staatlichen Finanzproblemen eine Währungsreform mittels Papiergeld leichter durchzusetzen als mit dem mühseligen Einziehen von Münzen, deren Wert die jeweilige Krone in der Regel durch eine Neuprägung herabsetzte.

»Mir scheint«, bemerkte der Genueser, »Ihr seid tatsächlich interessiert an der Wissenschaft des Geldes. Gott allein weiß, warum, aber Ihr seid mir sympathisch. Was haltet Ihr davon, Eure Studien in meiner Heimatstadt fortzusetzen? In Genua könnt Ihr das Bankwesen unter meiner Aufsicht studieren, angefangen mit Sekretariatsarbeiten bis hin zur Abwicklung von Kreditgeschäften. Es sieht so aus, als wäre der Handel Euer Metier, und Ihr macht mir ganz den Eindruck eines jungen Edelmannes, den es sich lohnt zu unterstützen.«

John knickte zu einer tiefen Verbeugung ein. »Euer Angebot ehrt mich zutiefst, aber Ihr kennt mich doch gar nicht. Vielleicht bin ich nur ein Tunichtgut, ein Tagedieb, und Ihr setzt auf das falsche Pferd. Diesen Irrtum möchte ich Euch nicht zumuten.«

Vittorio de Massa schlug John väterlich auf die Schulter. »Das glaube ich nicht, Signor Law. Im Vertrauen: Ich sehe Euch heute nicht zum ersten Mal. Wer jeden Morgen pünktlicher als jeder Beamte der Finanzverwaltung vor der *Banco giro* erscheint, um den Handel zu beobachten, ist auf dem Weg, ein wahrer Fachmann zu werden. Darüber hinaus bin ich auf der Suche nach einem geeigneten Assistenten. Heutzutage laufen so viele Scharlatane und Aufschneider herum, dass ich bereits mehrere Angebote der Mitarbeit ausschlagen musste. Ein junger Mann, der seiner Berufung sozusagen freiwillig frönt, ist genau der Richtige für das Amt an meiner Seite.«

Genua, wiederholte John in Gedanken. Er wusste erschreckend wenig über diese Stadt, außer, dass sie seit Jahrhunderten sowohl als Seemacht wie auch als Handelsmetropole die größte Konkurrentin von Venedig war. In der *Serenissima* waren Glanz und Vergnügen zu Hause – in Genua mochten es prosperierende Geschäfte sein. Bislang war Genua eigentlich nicht das Wunschziel eines Hasardeurs, wie John Law es war. Andererseits tat ihm ein wenig bürgerliche Bildung sicherlich ganz gut. John dachte bei sich, dass das Studium der Wirtschaft für den Augenblick eine gute Alternative sei, die ihm irgendwann sicher nützlich sein würde. Auf jeden Fall bot der Vorschlag des Signor de Massa eine interessante Abwechslung, und da er an nichts und niemanden gebunden war, konnte er den Ort frei wählen, an dem er verweilen wollte.

John streckte die Hand aus. »Es klingt zwar alles ein wenig verrückt«, gab er seine letzten Zweifel zu, »aber ich bin einverstanden. Wenn Ihr mich an Eurer Seite haben wollt, könnt Ihr über mich verfügen.«

»Ich hatte nichts anderes erwartet«, versetzte der Genueser und schlug ein. »Allerdings sollten wir so schnell wie möglich an eine Reise denken. Das Wetter ist zur Zeit günstig, und wie Ihr selbst gesehen habt, habe ich meine Geschäfte in Venedig abgewickelt. Und ich muss zugeben, dass mir nicht der Sinn nach den ausschweifenden Vergnügungen des Karnevals steht. Jedenfalls nicht mehr. Das überlasse ich lieber der Jugend. Es wäre mir also sehr recht, wenn wir noch heute Abend das Postschiff nehmen würden. Könnt Ihr so schnell packen?«

»Das ist kein Problem«, versicherte John rasch. »Meine Habseligkeiten füllen nur eine Tasche.«

»Dann ist es also abgemacht. Wir treffen uns um fünf Uhr an der Mole. In der Zwischenzeit lasse ich Fahrkarten besorgen.« Massa lächelte vertraulich. »Das wird übrigens die letzte Formalität sein, die ich für Euch erledige, mein junger Freund. In Zukunft werdet Ihr diese Botengänge für mich verrichten müssen.«

»Ich stehe in Eurer Schuld.«

Dass er bereits eine andere Art Versprechen eingegangen war, hatte John zu diesem Zeitpunkt völlig vergessen. An die venezianische Künstlerin sollte er sich erst wieder erinnern, als er sich an Bord des Postschiffes eine Prise aus ihrer Tabaksdose genehmigte. Mit flüchtigem Bedauern dachte er an die Skizze und das Geschenk für seine Mutter, das er nun nicht nach Edinburgh würde senden können. Dann konzentrierte er sich nur noch auf das Abenteuer, das vor ihm lag.

ERSTER TEIL

Herbst 1719

Verlasst das Land der eitlen Metalle!
Kommt in das Reich der Phantasie, und ich verspreche
Euch Reichtümer, die Euch selbst
erstaunen werden.

Charles de Montesquieu (1689–1755),
Persische Briefe

1

Geplagt von Hustenanfällen lief Antoine Watteau durch den strömenden Regen. Er war auf der Suche nach einer Droschke, aber alle Mietkutschen schienen an diesem unwirtlichen Nachmittag besetzt zu sein. Als wären die Engländer wendiger im Herbeiwinken eines Wagens als der Gast aus Frankreich. Mühsam durchwatete Watteau den bis zu den Knöcheln reichenden Matsch auf den ungepflasterten Straßen und verwünschte seine Idee, zu dieser Jahreszeit nach London gereist zu sein.

Es war Gift für Watteaus Gesundheit, an einem regnerischen Tag wie diesem sein Quartier zu verlassen, aber Dr. Mead hatte ihm so kurzfristig keinen anderen Termin geben können. Und der berühmte Arzt war der Grund, warum Watteau das herbstlich schöne Paris gegen das feuchte London eingetauscht hatte. Er hoffte, endlich geheilt zu werden. Dr. Mead war ein Fachmann auf dem Gebiet der Infektionskrankheiten, und nach seinem ersten Besuch war Watteau überaus guter Dinge. Richard Mead war ein warmherziger, großzügiger Mann, der seinem Ruf gerecht zu werden schien und große Kompetenz ausstrahlte. Was konnte Watteau also das schlechte Wetter anhaben, angesichts der Aussicht, endlich geheilt zu werden?

Er war erst fünfunddreißig Jahre alt und von seiner lebensbedrohlichen Krankheit bereits stark gezeichnet: Seine Hautfarbe war blass, fast gräulich, seine Wangen eingefallen, und seine Nase stach unnatürlich schmal und spitz aus dem Gesicht hervor, wie dies bei Schwindsüchtigen häufig zu beobachten war. Für einen Ästheten wie ihn mochten diese äußeren Zeichen der Tuberkulose noch schlimmer sein als für einen »normalen« Patienten, zumal sie kaum in Einklang mit seiner eher aufgedunsenen Figur standen. In Paris hatte er keine Linderung erfahren. Im Übrigen vertraute er der Kunst der französischen Mediziner kaum noch, nachdem die Ärzte bei Hofe vor vier Jahren nicht einmal hatten verhindern können, dass innerhalb kürzester Frist der König und fünf seiner Thronfolger verstorben waren.

Völlig durchnässt und vor Kälte zitternd entdeckte Antoine Watteau schließlich »Button's Coffee House«. Er war kein besonders geselliger Mann, und doch hatte er sich selten so stark nach menschlicher Nähe gesehnt wie an diesem verregneten Nachmittag. Als er die Eingangstür öffnete, schlug ihm die dunstige Wärme des Lokals entgegen, in dem sich die Gäste um Tische und Tresen drängten. Es roch nach feuchter Wolle, nach Tabak und frisch gemahlenem Kaffee, nach dem Holzfeuer in dem riesigen Kamin, dem unvermeidlichen Haarpuder und einem Bouquet aus den verschiedenen Duftessenzen, mit denen sich die anwesenden Herren parfümiert hatten. Frische, trockene Luft wäre für Watteaus Atemwege wahrscheinlich besser gewesen, doch die Annehmlichkeit des Feuers ließ ihn in seinen Taschen unverzüglich nach Münzen kramen. Er bezahlte den obligatorischen Penny Eintritt und tauchte ein in das Kaffeehaus, das für seine politischen Debattierzirkel und unzensierten Pressemitteilungen berühmt war.

In dem Stimmengewirr war kaum zu unterscheiden, an welchem Tisch ein literarisches Gespräch im Gange war, wo ein Dichter sein Werk rezitierte oder die Tagesnachrichten kundgetan wurden. Von irgendwoher schnappte Watteau auf, dass König Georg I. den deutschen Hofkomponisten Händel beauftragt hatte, eine Royal Academy of Music zu gründen. Der Franzose verstand viel von Musik und hätte sich dem Gespräch gerne angeschlossen, doch war schwer auszumachen, an welchem Tisch es geführt wurde. »Button's Coffee House« war bei dem schlechten Wetter noch voller als sonst.

Watteau sah sich in dem Lokal um. Die Gestalt eines Mannes, der in Begleitung eines anderen vornehmen Herrn nahe der Fenster saß, fesselte seine Aufmerksamkeit. Er erkannte auf

Anhieb, dass es sich ebenfalls um einen Ausländer handelte. Der Fremde besaß eine eindeutig mediterrane Physiognomie, deren Schönheit das geschulte Auge Watteaus anzog. Der Mann erinnerte ihn an die Helden der Antike, da er über seine kräftigen Schultern einen leuchtend blauen Seidenmantel geworfen hatte, als sei dies eine Tunika. Bei näherem Hinhören erkannte Watteau, dass der Mann – vielleicht ein Italiener? – Französisch mit einem harten Akzent sprach, was seine Vermutung zu bestätigen schien.

»Angela und ich sind seit fünfzehn Jahren verheiratet und haben noch immer keine Kinder bekommen«, beklagte sich der Fremde in einem lässigen Tonfall, als sei Unfruchtbarkeit das natürlichste Thema der Welt. »Wir haben es mit Salbeisaft und Rotwein versucht, aber es klappt einfach nicht.«

»Tragt kühlende holländische Unterhosen«, schlug der Herr neben ihm vor, ein reichlich gezierter Engländer, der ganz eindeutig zur Upperclass gehörte. »Sie halten den Magen warm und den Rücken kalt. Glaubt mir, Antonio, das sind gute Voraussetzungen. Und trinkt starkes Gewürzbier mit Zucker. Mein Vater war ein großer Liebhaber dieses Getränks ...«

Der Mann, der Antonio genannt worden war, lachte lauthals. »Man sieht es Euch an. Allerdings bin ich überzeugt, dass Ihr Eure Geburt nicht allein dem Gewürzbier zu verdanken habt.«

»In der Tat«, stimmte der Engländer zu. »Der wesentlichste Punkt bei der Sache ist wohl, dass beide – Frau und Mann – Lust verspüren und sich zugetan sind.«

»Wenn es daran läge«, meinte Antonio ungerührt, »müssten wir bereits einen ganzen Stall von Nachkommen haben.«

»Eure Gemahlin ist eine wahre Schönheit und von besonderem Liebreiz. Eine wundervolle Frau. Ihr und Madame Pellegrini werdet uns fehlen. Ich bedaure zutiefst, dass Ihr abreisen wollt.«

Antonio Pellegrini veränderte seine Sitzhaltung, um sich aus Dankbarkeit für das Kompliment zu verneigen. Dabei streifte sein Blick den Gast, der ihn mit nachhaltigem Interesse beobachtete. Einen Moment lang fragte Pellegrini sich, ob er ihn kannte, konnte sich aber nicht an das bleiche Gesicht mit den dünnen, weiß gepuderten Haaren und die kränkliche Erscheinung erinnern. Also wandte er sich wieder seinem Freund zu.

»Wenn wir jetzt nicht abreisen, werden wir nicht mehr rechtzeitig vor dem Wintereinbruch in Venedig sein. Da wir noch Station in Paris machen, verzögert sich die Fahrt ohnehin um mehrere Tage.«

»Müsst Ihr wirklich über Paris reisen?« Der Gentleman klang überraschend besorgt. »Es soll dort drunter und drüber gehen. Niemand ist seines Lebens mehr sicher, heißt es. Seit diese Mississippi-Aktien auf dem Markt sind, soll es ein Spekulationsfieber geben, das seinesgleichen in der Welt sucht. Erst vor wenigen Wochen wurden in den Tuilerien elf Frauen von einer hysterischen Menge zu Tode getrampelt, und was im Pariser Geschäftsviertel los ist, will man gar nicht genau wissen.«

Watteau wusste natürlich, was seit Beginn des Sommers in der Rue Quincampoix, dem Handelszentrum von Paris, vor sich ging. Ein Geschäftsmann aus Schottland hatte vor geraumer Zeit das Ohr des Regenten gewonnen und die Möglichkeit erhalten, seine Ideen in die Tat umzusetzen. Als Direktor der *Banque Royale* und Geschäftsführer der Kolonialgesellschaft hatte John Law versprochen, nicht nur die nach dem Tod König Ludwigs XIV. in einer katastrophalen Situation befindlichen Staatsfinanzen zu sanieren, sondern jeden einzelnen Franzosen zu einem reichen Mann zu machen. Auch Watteau hoffte, sein bescheidenes Vermögen durch die neuen Aktien zu mehren. Es ging an der Börse lebhaft zu, gewiss, aber das Unglück in den Tuilerien hatte kaum etwas damit zu tun. Bestenfalls in dem Sinne, dass es seit dem Sommer mehr vermögende Leute gab als früher und sie alle zu gesellschaftlichen Ereignissen strömten, die zuvor nur einem kleinen Kreis vorbehalten gewesen waren. Anlässlich eines Festes zum Namenstag des heiligen Ludwigs, waren die Parkanlagen der Tuilerien deshalb entsetzlich überfüllt gewesen – sie waren zur tödlichen Falle geworden, weil ein Wärter vergessen hatte, alle Tore zu öffnen, und dadurch der Andrang für den vorhandenen Platz zu groß geworden war.

Statt die Finanzgeschäfte seiner Landsleute zu verteidigen, suchte sich Watteau aus den ausliegenden Wochenzeitungen den neuen *Guardian* heraus und tat, als könne er Englisch lesen, während er weiter das Gespräch der beiden Herren an dem Fenstertisch belauschte.

»Stimmt es wirklich, dass sich in Paris ein Kutscher seine eigene Kalesche kaufen kann?« wunderte sich der Engländer, in dessen Welt Bedienstete und ihre Herrschaft fest verankerte Plätze besaßen.

»Geld hat noch niemandem geschadet«, meinte Pellegrini trocken. »Was sollte ein bescheidener Maler wie ich dagegen haben, wenn sich mehr Leute als bisher Kunstwerke leisten können?«

Überrascht hob Watteau die Augenbrauen. Das also machte Pellegrinis Anziehungskraft aus! Er war Maler. Ein Kollege.

Antoine Watteau war ebenfalls Künstler. Als Sohn eines Dachdeckers in der französischen Provinz nahe der flämischen Grenze geboren, schien sein Talent auf den ersten Blick verschwendet, wäre ihm nicht zufällig das Glück in Person eines Bühnenbildners der Pariser Oper begegnet, dem der damals Achtzehnjährige in die Hauptstadt gefolgt war. Anfangs hatte er sich als Dekorationsmaler durchgeschlagen, später war er Mitarbeiter des Kurators der Königlichen Kunstsammlungen geworden und hatte sich schließlich – vor rund zehn Jahren – mit seinen eigenen Arbeiten durchsetzen können. Er gehörte zur Malerelite Frankreichs und war Mitglied der Pariser Akademie, was einem Ritterschlag gleichkam.

Watteau überlegte, ob er den Namen Pellegrini schon einmal gehört hatte, und bei näherer Betrachtung kam er ihm tatsächlich vage bekannt vor, aber sein Gedächtnis ließ ihn im Stich. Allerdings pflegte er in der Regel eher den Umgang mit

Händlern und Sammlern als mit anderen Malern. Wenn es um Künstler ging, zog er – mit wenigen Ausnahmen – den Kontakt zu Theaterleuten, speziell zu Schauspielern, vor.

»Die Nachfrage nach Fresken in Privathäusern ist eine großartige Sache, obwohl ich bezweifle, dass Kutscher den immens steigenden Immobilienpreisen in Paris Rechnung tragen können«, hörte Watteau den Kollegen sagen. »Ich bin Euch sehr dankbar, Mylord, dass Ihr mich mit Euren Freunden hier in London bekannt gemacht und mein Auftragsbüchlein so erfreulich gefüllt habt.«

»Eure Wandmalereien sind exquisit, Ihr arbeitet schnell und phantasievoll. Schon während meiner Zeit als Botschafter in Venedig wusste ich Eure Werke zu schätzen.« Der englische Diplomat prostete dem Maler mit seinem Kaffeebecher zu. Nachdem er einen Schluck getrunken und sich den Milchschaum von seiner Oberlippe abgewischt hatte, fuhr er fort: »Verratet mir, welches Palais werdet Ihr in Paris verschönern?«

Watteau ließ die Zeitung sinken. Sein Interesse an Pellegrini wich einer kaum zu verhehlenden Neugier. Jetzt glaubte er, sich an den Namen erinnern zu können als den eines italienischen Meisters der Wandmalerei, von dessen Oberflächlichkeit in der Akademie kürzlich die Rede gewesen war. Ein Scharlatan, hieß es, der sich eine Mode zunutze machte. Watteau hatte damals keinen Gedanken an den so geschmähten Kollegen verschwendet. Die Anziehungskraft, die Pellegrini jetzt auf ihn ausübte, ließ dessen Können jedoch in einem anderen Licht erscheinen.

»Der Aufenthalt in Paris wird eher privater Natur sein. Deshalb ist er auch relativ kurz bemessen. Meine Schwägerin Rosalba Carriera bat uns, einen Freund aufzusuchen: Pierre Crozat. Er ist Sammler und ein Mäzen der schönen Künste.«

Watteau zuckte zusammen. Der einflussreiche Bankier gehörte auch zu seinem Freundeskreis. Vor drei Jahren hatte er eine Reihe von Gemälden geschaffen, um Crozats Speisezimmer auszuschmücken – auf Leinwand, keine Fresken, wie Pellegrini sie vermutlich entworfen hätte. Später hatte Watteau fast ein ganzes Jahr lang im Hôtel Crozat an der Rue de Richelieu gelebt und in dieser Zeit die Muße gefunden, sein wohl bestes Bild zu malen. Der *Pilgerzug zur Insel Kythera* hatte ihm die Türen zur Akademie geöffnet. Darüber hinaus war Crozat verantwortlich für die große Popularität, die Watteau seither genoss. Es wäre unhöflich gewesen, einen Besucher seines Wohltäters ohne einen Gruß nach Paris gehen zu lassen.

»Verzeiht mir meine Indiskretion«, mischte sich Watteau mit einer tiefen Verbeugung in die Unterhaltung ein. »Ich wurde unfreiwillig …«, er räusperte sich, als er Pellegrinis amüsierten Blick bemerkte. »Nun, ich wurde Zeuge Eures Gesprächs, und da fiel ein Name, der mir bekannt ist …«

Ein Hustenanfall unterbrach seine Bemühungen, der Höflichkeit Genüge zu tun und sich angemessen vorzustellen.

»Ihr seid ganz durchnässt!«, stellte der Engländer freundlich fest. »Entledigt Euch Eures Mantels, wenn Ihr Euch nicht den Tod holen wollt, Monsieur, und dann setzt Euch zu uns.«

Es war nicht ungewöhnlich, einen Fremden an seinem Tisch willkommen zu heißen. Jedenfalls nicht in »Button's Coffee House«, wo jedermann, der den Eintritt bezahlen konnte, Einlass fand und gleichwertig behandelt wurde. Es machte sogar den Charme eines solchen Kaffeehauses aus, dass hier Arm und Reich jenseits gesellschaftlicher Schranken zusammentrafen.

Watteau überlegte, ob er wohl ein wenig von dem Mohnsaft nehmen sollte, den ihm der Arzt zur Beruhigung verschrieben hatte, fürchtete jedoch, auf diese Weise zu müde für eine angeregte Unterhaltung zu werden. Also winkte er einem Kellner, bestellte sich einen türkischen Mokka und warf seinen Mantel auf einen Haufen in der Ecke liegender Kleidungsstücke, die in der überhitzten Luft des Kaffeehauses trockneten. Währenddessen hatten ihn die beiden Herren an dem Fenstertisch schweigend beobachtet. Am Spitzenkragen seines Hemdes ziehend, verneigte sich der französische Gast noch einmal.

»Ich heiße Watteau. Jean Antoine Watteau. Ich bin ein Maler aus Paris und seit wenigen Tagen erst in London …«

Pellegrini sprang so temperamentvoll auf, dass sein Stuhl nach hinten umkippte. »Ihr seid Watteau, Monsieur? *Der* Watteau?«

Er lächelte schwach. »Nun, ich weiß nicht, ob es noch einen Mann dieses Namens gibt, mit dem Ihr mich verwechseln könntet. Wie ich Euch sagte, ich bin Maler und lebe für gewöhnlich in Paris. Es mag sein, dass Ihr von meinen Bildern hörtet.«

»Der Schöpfer der *Fêtes galantes!*«, rief Pellegrini aus. »Gütiger Himmel, die *Académie Royale de Peinture et de Sculpture* hat Euretwegen ein neues Genre zugelassen. Ihr seid ein Genie, Monsieur. Lasst Euch umarmen!«

Er vollzog seinen Wunsch mit südländischer Überschwenglichkeit. Watteau war erleichtert, als der Engländer Pellegrini zur Seite schob. »Zu viel Bescheidenheit von einer Berühmtheit«, bemerkte er und griff nach Watteaus kalten Händen. »Ich bin Charles Earl of Manchester und hocherfreut, Eure Bekanntschaft zu machen, Monsieur Watteau. Und hier haben wir Monsieur Pellegrini, einen Künstler aus Venedig. Einen Kollegen von Euch. Setzt Euch, setzt Euch endlich und seid mein Gast. Was führt Euch nach London, Monsieur Watteau?«, erkundigte sich der Graf, während Watteau seiner Aufforderung etwas umständlich nachkam. »Etwa die Unruhen in Paris?«

»Sir, von Unruhen im beängstigenden Sinne des Wortes kann nicht die Rede sein«, widersprach Watteau höflich. »Nein. Ganz und gar nicht. Lediglich der Wunsch, mit Aktien zu handeln, macht die Pariser recht umtriebig. Der Ruf eines Arztes brachte mich hierher. Wahrscheinlich kennt Ihr Doktor Mead ...« Ein trockenes Hüsteln ließ ihn verstummen.

»Ein hervorragender Mann, Leibarzt der verstorbenen Königin Anne. Schade, dass Ihr nicht zum Malen nach London gekommen seid. Für Eure feinen Interpretationen von galanten Festen solltet Ihr auch in England genügend Motive finden.«

»Ach, ich hoffe doch, dass ich ein wenig arbeiten kann«,

versicherte Watteau und dachte bei sich, dass seine Hoffnung tatsächlich darin bestand, mehr als nur ein wenig arbeiten zu können. Seit kurzem zehrte die Tuberkulose so sehr an seiner körperlichen Kraft, dass er oft nur noch wenige Stunden am Tag an der Staffelei stehen konnte. Die Hälfte seiner Zeit verbrachte er mit Ruhestunden, was seinem seelischen Wohlbefinden weitaus mehr zu schaden schien als die Schwindsucht. Auch dies war einer der Gründe für seine fluchtartige Abreise aus Paris. Dr. Mead sollte ihn heilen, sein Genie mit medizinischen Mitteln konservieren – und dafür wollte Watteau ihn fürstlich entlohnen. Die beiden Bilder, die sich der Arzt anstelle eines Honorars wünschte, waren in Watteaus Augen die geringste Gegenleistung.

»Kommt bitte auf mich zurück, wenn Ihr einen neuen Auftraggeber sucht.« Der Graf von Manchester reichte Watteau seine Karte.

»Woran arbeitet Ihr gerade?« wollte Pellegrini wissen.

Watteau nahm es als Fügung, dem Venezianer ausgerechnet in dieser schöpferischen Phase begegnet zu sein. Seit seiner ersten Begegnung mit dem Bühnenbildner fühlte der Franzose sich zum Theater hingezogen, dabei allerdings mehr zur Leichtigkeit der *Commedia dell'arte* als zur starren Struktur französischer Stücke. Seit Jahren beschäftigte er sich auf der Leinwand mit Jahrmärkten und Schauspielern, und seit dem Ausbruch seiner Krankheit hatte sich dieses Interesse verstärkt. Da keine andere Stadt so viele Theater wie Venedig unterhielt, schien es ihm erbaulich, sich mit Pellegrini auszutauschen. Da entsann er sich plötzlich des Namens, der zuvor so flüchtig in den Raum geworfen worden war, dass er ihn beinahe überhört hätte.

Statt sich über seine Arbeiten auszulassen, wie dies der Natur des nicht uneitlen Watteaus üblicherweise entsprach, stellte er Pellegrini eine Gegenfrage: »Ihr spracht von Eurer Schwägerin. Handelt es sich bei dieser um die Malerin Rosalba Carriera?«

Pellegrini war verblüfft.

»Ihr kennt sie?«

»Nun stellt das Licht Eurer Schwägerin nicht so in den Schatten«, kommentierte der Earl die Verwunderung seines Gastes. »Die Miniaturen von Madame Carriera erfreuen sich in Sammlerkreisen großer Beliebtheit. Deshalb erscheint es mir kaum erstaunlich, dass Rosalba Carriera einem so noblen Geist wie Monsieur Watteau ein Begriff ist.«

»Ich wusste nicht, dass ihr Ruf bis nach Frankreich reicht«, verteidigte sich Pellegrini. »Der König von Dänemark ist einer ihrer großen Förderer, gewiss, aber Rosalba Carriera ist viel zu bescheiden, um darüber hinaus eine Karriere in aller Welt anzustreben. Allein die Tatsache, dass sie trotz der höchsten Einladungen noch niemals außerhalb der Grenzen des Veneto gereist ist, beweist doch, wie sehr sie selbst versucht, im Hintergrund zu bleiben. Ich schätze ihre Kunstfertigkeit sehr und ich respektiere, aber bedaure gleichermaßen ihre Zurückhaltung.« Er wandte sich Watteau zu. »Nun, Monsieur, lüftet das Geheimnis: Woher kennt Ihr meine brillante Schwägerin? Seid Ihr ihr in Venedig begegnet?«

»Zu meinem größten Bedauern muss ich gestehen, dass ich noch niemals Gelegenheit fand, nach Italien zu reisen.« Wie zur Begründung seiner Worte entfuhr Watteaus Kehle ein heiseres Hüsteln, und er fügte tapfer hinzu: »Aber ich beabsichtige, dieses Versäumnis so bald wie möglich nachzuholen. Die Maler der italienischen Renaissance bedeuten mir alles. Unser gemeinsamer Freund Pierre Crozat machte mich mit den Meisterwerken Tizians, Raffaels, Giorgiones und Veroneses bekannt. Glücklicherweise verfügt Monsieur Crozat über eine umfangreiche, ganz ausgezeichnete Sammlung. Durch ihn lernte ich auch Sebastiano Ricci kennen, der während seines Aufenthaltes in Paris vor einigen Jahren im Hôtel Crozat logierte.«

»Sebastiano Ricci war in Venedig einer meiner Lehrer«, rief Pellegrini enthusiastisch aus. »Meine Arbeiten werden niemals an sein Können heranreichen, und doch versuche ich, das gebe ich freimütig zu, seinen Stil ein wenig zu kopieren. Kein lebender Maler ist meiner Ansicht nach in der Lage, Fresken so wundervoll zu gestalten wie Sebastiano Ricci. Darf ich mir die Freiheit erlauben, anzunehmen, dass die Begegnung mit meinem verehrten Lehrmeister auch bei der Entwicklung Eurer Kunst von Bedeutung war, Monsieur Watteau?«

»Das dürft Ihr, ohne Zweifel. Worauf ich aber eigentlich hinauswollte, ist, dass das Palais von Monsieur Crozat in der Rue de Richelieu für einen Künstler so etwas wie ein strahlendes Licht am Ende eines dunklen Tunnels ist. Ihr werdet selbst erleben, Monsieur Pellegrini, dass bei Monsieur Crozat mehr begabte Maler verkehren als in den intellektuellsten Salons von Paris. Durch ihn erfuhr ich kürzlich von der Unvergleichlichkeit der Arbeiten Eurer Schwägerin. Monsieur Crozat scheint mir ein großer Verehrer von Rosalba Carriera zu sein, und ich vertraue seinem Urteil.«

Hier brach Watteau ab. Obwohl er kein besonders geselliger Mann war, hörte er sich selbst gerne lamentieren. Außerdem gab es tatsächlich noch einiges zu sagen. So hätte er Pellegrini gerne gefragt, ob dieser von dem Brief wusste, den er Rosalba Carriera in einem Anfall von Begeisterung vor ein oder zwei Monaten geschickt hatte. Eine Freude, die wahrscheinlich durch Crozats Lob manipuliert worden war. Doch der lange Monolog hatte Watteau angestrengt. Auf seiner Stirn bildeten sich Schweißperlen. Die schwüle Wärme in dem Kaffeehaus tat ein übriges, um seine Glieder zu lähmen. Eine heftige Mattigkeit überfiel ihn. Watteau konnte seine Augen plötzlich kaum noch offenhalten, seine Stimme versagte ihm ihren Dienst. Mit zitternden Händen griff er nach seinem Kaffeebecher und stürzte den längst kalt gewordenen Mokka in einem Zug herunter. Der bittere Nachgeschmack verursachte ihm Übelkeit. Wieder musste er husten.

»Wo wohnt Ihr, Monsieur Watteau?«, erkundigte sich Pellegrini mit besorgter Miene. »Euch plagt offensichtlich ein heftiges Unwohlsein, und ich würde Euch gerne eine Droschke besorgen, die Euch in Eure Herberge bringt. Mit einer Verkühlung ist nicht zu spaßen.«

Ein schwaches Lächeln umspielte Watteaus blasse Lippen. »Da mögt Ihr sicher Recht haben. Versprecht mir, Monsieur Crozat nichts davon zu erzählen. Ich möchte meinen Freund nicht unnötig ängstigen, zumal ich sicher bin, dass ich geheilt nach Paris zurückkehren werde. Bitte richtet Monsieur Crozat meine herzlichsten Grüße aus und sagt ihm, es ginge mir ausgezeichnet.«

Pellegrini zögerte einen Moment. Seine dunklen Augen schienen bis auf den Grund von Watteaus Seele zu blicken. Er erkannte die Besorgnis hinter Watteaus Worten, die Angst um das eigene Leben. Pellegrini wünschte, die Bekanntschaft mit dem berühmten Mann vertiefen zu können, sich mit ihm über Malerei und die verfeinerten Techniken, die den Franzosen berühmt gemacht hatten, auszutauschen. Doch für diese Themen blieb keine Zeit. Watteaus Gesundheit gestattete keine Verzögerung. Der Mann gehörte dringend ins Bett, und er, Pellegrini, würde London morgen verlassen.

2

Rund zweitausend Kilometer entfernt von London stand Rosalba Carriera am Fenster des Musiksalons und blickte hinaus auf das bunte Treiben auf dem Canal Grande. Die Zeit schien stillzustehen, denn der Alltag auf der Wasser- und Lebensader der Stadt hatte sich nicht verändert, seit Rosalba denken konnte. Je mehr sich der Abend neigte, desto unübersichtlicher wurde der Verkehr. Die Gondolieri schrien einander an, wenn sie sich die Vorfahrt raubten oder ein Sandolo ihren Weg kreuzte. Die Dämmerung glitt langsam über die Dächer der Kirchen und Paläste und warf die letzten, langen Schatten eines sonnigen Herbstnachmittags in die dunklen Gassen. In den Palazzi auf der anderen Seite wurden die ersten Kerzen entzündet und tauchten die Ballsäle und Empfangsräume in gelbes Licht, das durch die Fenster nach draußen flutete und sich wie schwimmende Leuchtkäfer auf dem bewegten Wasser spiegelte.

Unwillkürlich dachte Rosalba, dass sie das letzte Licht zum Arbeiten nutzen sollte, anstatt am Fenster herumzustehen. Ihre Mutter hatte sie bei der Pflege ihres Vaters abgelöst, doch schien sie die Kraft zum Malen mit jedem Tag mehr zu verlieren, den ihr sterbenskranker Papa mit dem Tode rang. Sie fühlte sich ausgelaugt wie nie zuvor in den Wochen seines schweren Leidens. Heute erschien es ihr sogar, als könne sie allein den Geruch des Verfalls nicht länger ertragen – und doch ahnte sie, dass Andrea Carriera für das erlösende Ende noch nicht bereit war. Anfang Oktober hatte Rosalba ihren vierundvierzigsten Geburtstag gefeiert, aber angesichts des drohenden Verlustes fühlte sie sich so schwach und hilflos wie ein kleines Mädchen. Sie wünschte sich in die starken, tröstenden Arme eines

Beschützers, doch der einzige Mann, der diese Rolle in ihrem Leben ausgefüllt hatte, konnte nicht mehr für sie da sein.

Im Gegensatz zu ihrer Schwester Angela hatte sie nie geheiratet. Mehr als freundschaftliche Gefühle für einen Mann hatte sie nicht zugelassen. Nie wieder, so hatte sie sich vor langer Zeit geschworen, würde sie sich der Zurückweisung aussetzen. Dennoch hatte es in der Vergangenheit den einen oder anderen Verehrer gegeben, und heute noch gab es sogar Kavaliere, die Rosalba den Hof machten. Natürlich hatte sie im Laufe der Jahre Männer kennen gelernt, denen sie mehr als nur ihre Hochachtung entgegenzubringen bereit gewesen wäre – sie pflegte in der Regel sogar mehr Freundschaften zum anderen Geschlecht als zum eigenen. Doch es war dieser tief verwurzelte Wunsch nach persönlicher Unabhängigkeit, der sie stets davon abgehalten hatte, einen Antrag anzunehmen. Rosalba hatte es aus eigener Kraft so weit gebracht, dass eine Ehe nur Rückschritt bedeuten würde.

Das junge Mädchen, das einst an seinem Stand gesessen und Spitzen und Tabaksdosen an Touristen verkauft hatte, war zur Primadonna unter den Künstlern Venedigs herangereift. Rosalba hatte ihr früh erkennbares Talent zur Meisterschaft vervollkommnet. Sie besaß ein seltenes Geschick darin, Menschen so darzustellen, wie sie sich selbst sehen wollten. Vor allem Frauen portraitierte sie liebreizender, als sie es in Wirklichkeit meist waren. In den Bildern fing sie die süße Weiblichkeit einer Dame ein und verstärkte diese noch durch die weichen, zarten Farben, die sie benutzte.

Angefangen hatte alles mit ihren Tabatieren. Nachdem sich ein deutscher Prinz nicht nur in das Bild einer venezianischen Patrizierin verliebt hatte und ständig neue Miniaturen mit diesem Motiv bei Rosalba bestellte, sondern diese gleichzeitig auch seinen Freunden empfahl, waren die Dosen zu einem beliebten Sammelobjekt mondäner Herren geworden. Die zur selben Zeit wiederentdeckte Technik der sogenannten Trockenmalerei beflügelte ihre Karriere noch mehr. Ihre mit Pastellkreiden gezeichneten Werke erfreuten sich schnell wachsender Beliebtheit, zumal es einen großen Heiratsmarkt für weniger attraktive Prinzessinnen gab, die von ihren Vätern mittels der anmutigen Portraits von Rosalba Carriera an den Mann gebracht werden sollten. Inzwischen gehörten Könige ebenso zu ihrem Kundenkreis wie bürgerliche Sammler. Binnen weniger Jahre war Rosalba in die Akademien von Rom, Florenz und Bologna aufgenommen worden. Für jeden Mann war dies eine große Ehre – für eine Frau war es eine Sensation. Was konnte ihr also ein Ehemann mehr geben als das, was sie nicht bereits durch ihre Selbstständigkeit erreicht hatte? Im tiefsten Inneren ihres Herzens lauschte Rosalba auf Angelas Stimme, die ihr die Antwort auf ihre stille Frage gab: »Liebe!«

Doch hatte Angela mit der Verbindung zu Antonio Pellegrini seltenes Glück erfahren. Der Maler vergötterte seine Frau. Er weigerte sich, auch nur einen Tag ohne sie zu sein. Vom Anbeginn ihrer Ehe begleitete Angela ihn auf seinen zahllosen Reisen durch Italien, nach Deutschland, England und Frankreich. Pellegrini, der in die nobelsten Häuser eingeladen wurde, um diese mit seinen Fresken zu verschönern, beeindruckte seine Gastgeber nicht zuletzt auch mit Angelas Schönheit, ihrer Bildung, ihrem Geschmack und ihrer Intelligenz. Sie war die Königin an seiner Seite, und sie lebte in einer Welt, um die Rosalba sie beneidete, denn sie wusste, dass es nur wenige Männer in ihren Kreisen gab, die einer Frau ein vergleichbares Leben bieten konnten.

Mit einer energischen Geste stieß Rosalba das Fenster auf und trat hinaus auf die Terrasse. Einen Moment lang war sie geblendet von der Helligkeit der letzten Abendsonne und war versucht, wieder in die Dämmerung des Musikzimmers zu flüchten, doch die laue Abendluft tat ihrem schmerzenden Rücken so wohl, dass sie reglos verharrte, bis sich ihre Augen an die veränderten Lichtverhältnisse gewöhnt hatten. Sie hatte so lange am Bett ihres Vaters gewacht, dass sie ihre Glieder kaum noch spürte und ihre Muskeln ganz verkrampft waren. Unwillkürlich streckte sie sich, breitete die Arme aus und …

»Wollt Ihr die ganze Welt umarmen?«, fragte eine vertraute Stimme von der verglasten Doppeltüre her.

Rosalba glaubte, ihr Herzschlag müsse aussetzen. Gerade noch hatte sie sich über ihre Jungfernschaft Gedanken gemacht, da erschien Antonio Maria Zanetti unangemeldet auf der Bildfläche. Der einzige Mann, der imstande gewesen wäre, ihre Träume zu erfüllen. Doch Zanetti hatte niemals um ihre Hand angehalten. Vielleicht deshalb, weil der Zeitpunkt schon vor langer Zeit verstrichen war, um ihm ihre Gefühle zu offenbaren. Möglicherweise aber auch, weil seine Liebe zu ihr seit jeher brüderlicher Natur war. Rosalba vermied es, über den Grund ihrer verpassten Chance nachzudenken, geschweige denn, dass sie mit Zanetti darüber sprach. Zu groß war ihre Furcht, auf diese Weise seine Freundschaft zu verlieren.

Beide kannten sich seit knapp zwanzig Jahren, als sie noch eine unbekannte Miniaturistin und er der begabte Sohn eines wohlhabenden Vaters gewesen war. Das gemeinsame Interesse an der Kunst hatte das ungleiche Paar zusammengeführt, sowie die gemeinsame Bekanntschaft mit Sebastiano Ricci, bei dem Zanetti Unterricht genommen hatte, obwohl er nie ein wirklicher Maler werden sollte, sondern nur gelegentlich im Freundeskreis Karikaturen zeichnete. Während Rosalbas Renommee als Künstlerin im Lauf der Jahre stieg, machte Zanetti als Geschäftsmann Karriere. Sein Vater, ein angesehener Arzt in Venedig, hatte staunend beobachtet, wie sein Sohn nach einer erfolgreich absolvierten Kaufmannslehre in Bologna zu einem der vermögendsten Männer Italiens heranreifte. Bereits im Alter von dreiundzwanzig Jahren konnte es sich Zanetti leisten, Gemälde zu sammeln. Zum Spaß erlernte er die Herstellung von Holzschnitten und wurde über die Grenzen Venedigs hinaus ein anerkannter Fachmann in der Hell-Dunkel-Technik, dem sogenannten *Chiaroscuro,* die er vornehmlich bei der Vervielfältigung der in seinem Besitz befindlichen Werke von Raffael und Parmigianino anwandte.

Antonio Maria Zanetti war ein schöner Mann, ein zerbrechlich wirkender Beau, fünf Jahre jünger als Rosalba, mit feinen Gesichtszügen, intensiven Augen und einem Grübchen im Kinn. Die weiß gepuderte Lockenpracht seines Haares fiel über seine weichen Wangen, als er sich über Rosalbas Hand beugte.

»Ich bedauere, wenn ich Euch erschreckt habe. Offenbar hörtet Ihr mein Klopfen nicht. Ich verbat Eurer Haushälterin, mich anzumelden, da ich ohne ein Wort gegangen wäre, hätte ich bemerkt, ich würde Euch stören.«

Rosalba war in einem Alter, in dem eine starke Ausstrahlung, viel Würde und Persönlichkeit, ein eher schlichtes, bürgerliches Aussehen adelte. Zu einer Zeit, in der reife Frauen für ihre Erfahrung und Intelligenz geschätzt wurden, besaß die jung Gebliebene zwar keinen Seltenheitswert, aber eine große Bühne. Jetzt allerdings war sie in einer Verfassung, wie Zanetti sie noch nie erlebt hatte. Sie wirkte wie ein Häufchen Elend, so als würde sie gleich die Contenance verlieren. Ohne darüber nachzudenken, trat er einen kleinen Schritt zurück, um ihr und sich selbst die Peinlichkeit zu ersparen.

»Ach, ich kann ein wenig Aufheiterung gebrauchen«, gestand Rosalba bedrückt. »Papas Krankheit belastet mich so sehr…« Sie brach ab, kämpfte mit ihrer Selbstbeherrschung und dem überwältigenden Wunsch, sich in Zanettis Arme zu stürzen. Glücklicherweise siegte ihre Disziplin. Mit gestrafften Schultern wandte sie sich um.

»Wollen wir nicht hineingehen? Es spricht sich dort besser als auf dem Balkon.«

Zanetti folgte seiner Gastgeberin in den Musiksalon. Er wusste, dass dieser Raum wie kein anderer in der Casa Biondetti die Geschichte der Karriere Rosalba Carrieras erzählte. Die Sitzgruppe, auf der ihm ein Platz angeboten wurde, war so gestellt, dass man wie von einer Theaterloge auf das Klavichord, die kürzlich angeschaffte Harfe und das Stehpult für die Geigerin blicken konnte. Abgesehen von den venezianischen Schönheiten, Prokuratoren, Geistlichen und Patriziern, die Rosalba im Laufe der Zeit portraitiert hatte, waren hier schon viele Adlige, Diplomaten und Geschäftsleute aus dem Ausland Rosalbas Einladung gefolgt. Sogar Könige und gekrönte Häupter aus deutschen Fürstenhäusern hatten hier der anmutigen Stimme der unvergleichlichen Malerin gelauscht. Zanetti hatte Rosalba einmal gefragt, wie sie, die Frau aus bürgerlichen Verhältnissen, es schaffte, sich in diesen noblen Kreisen mit einer Nonchalance zu bewegen, als habe sie schon immer dazugehört. Sie hatte ihm geantwortet, dass Pietro Liberi und Giovanantonio Lazzari nicht nur ein großes Verdienst an der Vervollkommnung ihres Talents, sondern auch ihres Benehmens gehabt hätten.

Unwillkürlich streiften Zanettis Augen das Klavichord. Wenn er sich etwas hätte wünschen dürfen, hätte er Rosalba gebeten, eine Arie von Francesco Cavalli zu spielen und dazu zu singen. Aber das war unter den gegebenen Umständen natürlich nicht möglich. Seufzend setzte er sich auf einen hochlehnigen Stuhl.

»Kann ich Euch einen Kaffee oder ein anderes Getränk anbieten?«, fragte Rosalba höflich.

»Nein, vielen Dank, obwohl der Kaffee Eurer werten Frau Mutter der beste von ganz Venedig ist«, sagte er lächelnd. Er amüsierte sich über sich selbst, da er befürchtet hatte, Rosalba könnte in ihrer Verzweiflung die unsichtbare Grenze zwischen ihnen überschreiten und ihre Beziehung dadurch komplizieren. Aber nein, Rosalba verfügte über perfekte Umgangsformen. Ihre Lehrmeister hatten in jeder Hinsicht gute Arbeit geleistet.

»Ich wollte nur auf einen Sprung vorbeischauen, da ich Post aus Frankreich erhalten habe. Monsieur Crozat schrieb mir, und ich dachte, sein Brief könnte Euch interessieren.«

»O ja, das tut er«, bestätigte Rosalba, während sie Platz

nahm. »Allerdings muss ich bemerken, dass auch mich ein Schreiben von der Hand Monsieur Crozats erreicht hat. Er ist eine überaus treue Seele, nicht wahr?«

»Er ist einer der einflussreichsten Fürsprecher, die Ihr in Frankreich finden könnt«, berichtigte Zanetti und lehnte sich ein wenig vor, um die Eindringlichkeit seiner Worte zu verstärken. »Pierre Crozat und vor allem sein Bruder Antoine gehören zu den reichsten Männern des Landes, obwohl sie nur bürgerlicher Herkunft sind. Unser Freund ist ein Mäzen von wahrhaft fürstlichem Stil und darüber hinaus ein Kenner der Kunst wie kaum ein anderer. Seine Sammlung ist weltberühmt, Rosalba, und sein Wort besitzt ungeheuren Wert.«

Rosalba zupfte nervös am Spitzenbesatz ihres Mieders, da sie ahnte, worauf Zanetti hinauswollte. Der wohlmeinende Freund hatte sie Pierre Crozat vorgestellt, als dieser vor fünf Jahren zur Bereicherung seines Kunstcabinets nach Venedig gereist war. Der Gast aus Frankreich hatte die Casa Biondetti besucht und war nicht nur hingerissen gewesen von Rosalbas Bildern und der Leuchtkraft ihrer Farben, sondern auch vom Zauber ihrer Persönlichkeit. Zum Abschied hatte er ihr das Versprechen abgenommen, so bald wie möglich nach Paris zu kommen und in seinem Haus zu logieren. Eine Einladung, die er seither mit ungeahnter Ausdauer in jedem seiner Briefe wiederholte. Doch ein Selbstportrait, das sie ihm geschickt hatte, war das Einzige, das von ihr im Hôtel Crozat bisher Einzug gehalten hatte.

»Ich weiß, dass Pierre Crozat ein Kunstkenner und Sammler par excellence ist«, wich sie Zanetti aus, ohne ihn dabei anzusehen. »Deshalb habe ich ihn gebeten, meine Schwester und meinen Schwager zu empfangen, wenn Angela und Pellegrini nach Paris kommen. Ich bin überzeugt davon, dass Monsieur Crozat die beste Adresse für die beiden ist, und ich bin sehr dankbar, dass er meine Bitte erfüllen möchte, wie er mir in einem Schreiben versicherte.«

»Und was ist mit Euch?«, insistierte Zanetti prompt. »Wenn

Euch Eure Karriere am Herzen liegt, solltet Ihr Euch selbst ein wenig mehr auf die Verehrung von Monsieur Crozat stützen. Wie lange wollt Ihr ihn noch abweisen, Rosalba?«

Natürlich hatte Zanetti recht. Ihre dauernden Absagen erreichten inzwischen fast das Maß von Unhöflichkeit. Andererseits hatte sie Crozats Einladung stets auch unter dem Gesichtspunkt ausgeschlagen, dass eine unverheiratete Frau nun einmal nicht ohne männliche Begleitung auf Reisen gehen konnte. Vielleicht, wenn Papa nicht so krank geworden wäre... Vielleicht hätte sie ihre Entscheidung überdacht, wenn sie an der Seite ihres Vaters hätte fahren können. Rosalbas Herz krampfte sich zusammen, als sie sich wieder einmal bewusst wurde, dass ihre wunderschönen gemeinsamen Ausflüge ins Veneto unwiederbringlich vorüber waren. Mit Tränen in den Augen blickte sie Zanetti schließlich direkt an.

»Unter den gegebenen Umständen ist an keine Reise zu denken«, erklärte sie, und ihre sonst so sanfte Stimme klang in ihrer Trauer ungewöhnlich barsch. »Außerdem habe ich viel zu viele Aufträge hier in Venedig zu erfüllen. Abgesehen von Papas Gesundheitszustand ermöglicht mir meine Arbeit keine freie Stunde für eine Vergnügungstour.«

Zanetti lehnte sich seufzend zurück. »Nun gut. Für die Sorge um Euren Vater hat jeder Verständnis, Rosalba, nicht aber für Eure Ausflüchte.« Er nestelte in seiner Rocktasche nach dem Brief, den er mit der heutigen Post erhalten hatte, und legte ihn vor sich auf den Tisch. »Lest selbst: Pierre Crozat schlägt vor, dass ich Euch auf Eurer Reise nach Paris begleiten soll, und ich finde, das ist eine sehr gute Idee ...«

»Monsieur Crozat war so freundlich, mich von seinem Vorschlag zu unterrichten.« Ihr Mäzen hatte diesen Plan in der Vergangenheit schon mehrfach vorgebracht, aber Rosalba hatte nicht einmal im Traum gewagt, darüber nachzudenken. Zanetti war ein weitgereister Mann – erst kürzlich war er von einem Aufenthalt in Flandern nach Venedig zurückgekommen –, natürlich wäre er die perfekte Begleitung für eine allein reisende Dame. Doch Rosalba hatte nicht den Mut besessen, ihren Freund auf diese Möglichkeit anzusprechen. Eine gemeinsame Fahrt nach Paris sprengte ihrer Ansicht nach den engen Rahmen ihrer bisherigen Freundschaft, zumal es nach den geltenden gesellschaftlichen Regeln kaum opportun war, als unverheiratete Frau mit einem attraktiven Junggesellen sozusagen als Paar zu verreisen. Und welche weibliche Begleitung sollte sie aus Anstandsgründen einladen? Außer ihrer Mutter und ihren Schwestern besaß sie keine engen Freundinnen. Alba aber konnte und wollte nicht von der Seite Andrea Carrieras weichen, und Giovanna erschien Rosalba viel zu zart, um eine so weite Reise unbeschadet zu überstehen.

Da sie Zanetti nicht in ihre geheimen Überlegungen einweihen wollte, sagte sie mit zurückgewonnener Ruhe: »Es ist nicht die richtige Zeit, um einen Aufenthalt in Paris zu diskutieren. Das Wichtigste ist mir im Moment mein Vater, und ich werde geduldig warten, bis Gott über unser aller Schicksal entschieden hat. Darüber hinaus gibt es nichts, was ich zu tun gedenke.«

Zanetti nickte still. Er nahm den Brief an sich, den Rosalba nicht einmal eines Blickes gewürdigt hatte, und steckte ihn wieder ein. Einen Herzschlag lang verharrten seine Hände unschlüssig in seinem Schoß. Er verspürte den Wunsch, Rosalba zu berühren, was ihn selbst am meisten überraschte. Er unterdrückte dieses aufkommende Bedürfnis nach Zärtlichkeit, indem er sich brüsk erhob.

»Selbstverständlich respektiere ich Eure Sorge um Signor Carriera. Es war roh von mir, anzunehmen, Ihr könntet unter den gegebenen Umständen auch nur an eine Reise denken. Seid gewiss, dass ich stets zu Euren Diensten bin, solltet Ihr Eure Meinung ändern, und verzeiht meine Ignoranz.«

»Es ist überaus nett von Euch, mir Eure Begleitung anzubieten«, erwiderte Rosalba und stand ebenfalls auf. »Bitte glaubt nicht, dass ich Euch aus einem anderen Grund abweise als die

Sorge um Papa. Wir müssen einfach abwarten, was die Zeit bringt, nicht wahr?«

»Ich gebe zu, die Vorstellung, Euch eine Stadt wie Paris zu zeigen, mit all ihren Lichtern und Kunstschätzen, überwältigt mich, aber selbstverständlich fasse ich mich in Geduld. Danke, dass Ihr bereit seid, meine Anmaßung zu entschuldigen.« Ein feines Lächeln umspielte seine Lippen. »Ich sollte wohl besser gehen, bevor ich noch mehr Unsinn von mir gebe. Haltet mich bitte auf dem Laufenden, wie es um Signor Carriera steht.«

Rosalba verharrte eine Weile auf dem Platz im Musiksalon, wo sie gestanden hatte, als sich Zanetti verabschiedete. Sie starrte auf die Zimmertür, die sich längst hinter ihm geschlossen hatte, und entsann sich seines Gesichts, das sie, wie so viele andere auch, einmal hatte portraitieren dürfen. Diesen eigentümlichen Glanz in seinen tiefgründigen Augen hatte sie jedoch heute zum ersten Mal wahrgenommen. Während seine Worte in ihren Ohren nachklangen, spürte sie, dass sich ihr Herz plötzlich seltsam leicht fühlte.

3

Am Tag nach ihrer Ankunft in Paris saß Pellegrini neben Angela in Pierre Crozats Kutsche und ließ sich durch die Stadt chauffieren. Es war ein feudales Gefährt, das zu seinem Besitzer passte. Pierre Crozat war ein vornehmer Herr von neunundfünfzig Jahren, der sich das müßige Leben ebenso wie seine Sammelleidenschaft leisten konnte. Er besaß die stattliche Anzahl von fünfhundert Ölgemälden und neunzehntausend Zeichnungen und hatte zahllose Freunde unter den Künstlern seiner Zeit, die er warmherzig und großzügig umsorgte. Auch die Pellegrinis hatte er wie verlorene Kinder aufgenommen und es sich nicht nehmen lassen, ihnen die Sehenswürdigkeiten von Paris persönlich zu zeigen.

»Madonna!«, entfuhr es Angela. »Was ist das?«

Unvermittelt war Crozats Kutsche in einen Stau geraten. Die engen Gassen waren hoffnungslos von Fuhrwerken aller Art, von Pferden und Passanten verstopft. Von der Straße stieg der Gestank von Unrat auf, doch niemand schien sich daran zu stören.

Damen und Herren in vornehmster Garderobe stapften durch den Matsch, als sei ihr Weg mit Rosen gepflastert. Dabei wurden sie von Dienstboten zur Seite geschubst – und schienen auch daran keinen Anstoß zu nehmen. Würdenträger der Kirche mischten sich unter Adelige und Bürger, strebten eilig einem wenig christlichen Ziel entgegen.

Angela entdeckte einen grauhaarigen Priester im Ornat eines Bischofs, der mit einer stark geschminkten Frau feilschte, die entweder eine Kurtisane, eine Opernsängerin oder eine Schauspielerin war. Sie verschwendete kaum einen Gedanken daran, was der Kirchenmann mit einer solchen Person wohl zu bereden hatte, sondern fragte sich, wie man bei dem herrschenden Lärm sein eigenes Wort verstehen konnte.

Pierre Crozat betrachtete die Venezianerin mit einem amüsierten Blick. Hätte er ein wenig mehr für Frauen übrig gehabt, hätte ihm Angela durchaus gefallen. Obwohl zweiundvierzig Jahre alt, hatte sie sich ihre zarte Haut und die feinen Gesichtszüge in einem fast faltenlosen Gesicht bewahrt. Diese Schönheit wurde verstärkt durch ihre Grazie, ihre Lebensfreude und nicht zuletzt durch ihre Bildung. Sie erinnerte ihn in zauberhafter Weise an ihre ältere Schwester, deren Bekanntschaft und nun schon so lange während Brieffreundschaft er wie einen kostbaren Schatz in seinem Herzen bewahrte.

»Das ist die Rue Quincampoix«, antwortete Crozat endlich und schob das Kutschenfenster hoch, um Gestank und Lärm auszusperren. »Es dürfte einige Zeit dauern, bis wir durchkommen, aber es wäre unverzeihlich, Euch das Treiben im Pariser Handelszentrum vorzuenthalten.«

Pellegrini war überrascht. Obwohl er mit seinen fünfundvierzig Jahren viel gereist war, konnte er sich nicht erinnern, je ein Geschäftsviertel gesehen zu haben, das so sehr wie eine Gosse und so wenig wie eine Goldgrube wirkte. Eines der größten Finanzzentren Europas befand sich in Venedig, doch am Rialto ging es deutlich zivilisierter zu als in der französischen Metropole, die sich so gerne ihrer Kultur rühmte.

»Es sieht aus wie in Sodom und Gomorrha«, stellte der Maler zahlreicher mythologischer Bibelszenen fest.

»Auf gewisse Weise habt Ihr recht«, gab Crozat zu. »Seit die Franzosen den Aktienhandel kennen, scheint *tout le monde* verrückt geworden zu sein. Man sagt, das Geld fließe durch Paris wie die Wasser der Seine. Da darf man keine Zurückhaltung erwarten, nicht wahr?«

Die Kolonne setzte sich langsam in Bewegung, um nach ein paar Metern wieder stehenzubleiben. Die Rue Quincampoix war eine düstere Straße, die von wenig prätentiösen Häusern gesäumt war. Kein Ort, an dem man so viele Menschen vermuten würde, die noch dazu freiwillig herkamen. Es war so eng dort, dass man provisorische Schuppen in Hausdurchgänge gebaut und auch auf den flachen Dächern errichtet hatte. Ähnlich den hölzernen Terrassen auf den venezianischen Palästen, mit dem Unterschied freilich, dass jeder Altan eleganter war als die Behausungen in dieser merkwürdigen Gasse.

»Angeblich will man dem Andrang Einhalt gebieten und an den Zufahrtsstraßen Tore mit Wachposten errichten, um den Zustrom zu kontrollieren«, plauderte Crozat. »Monsieur d'Argenson, der Finanzminister Seiner Majestät, mag es nicht, auf dem Weg zu seinem Amtssitz im Stau steckenzubleiben. Nun«, ein bösartiges, hintergründiges Kichern entfuhr ihm, »wahrscheinlich mag er überhaupt nichts von dem, was er hier beobachten muss.«

»Dann ist dieser Auftrieb keine Ausnahme. Werden die Aktien wirklich jeden Tag von diesen Massen gehandelt?«, erkundigte sich Angela verblüfft.

»Genaugenommen, Madame, geht es nur um ein einziges Papier. Monsieur John Law, ein überaus schlauer Fuchs aus Schottland, darf sich der uneingeschränkten Aufmerksamkeit unseres Regenten, des Herzogs von Orléans, erfreuen. Der vermachte Law das Handelsprivileg mit den Kolonien in Amerika und kürzlich auch das mit Afrika und Indien. Gegenleistung war die Übernahme gewisser Staatsschulden. Monsieur Law verwandelte die sogenannte Mississippi-Kompanie, die dieses Handelsprivileg verwaltet, in eine Aktiengesellschaft ... und den restlichen Verlauf der Geschichte könnt Ihr hier beobachten.«

Pellegrini hatte gehört, dass die Staatssäckel nach dem Tode des Sonnenkönigs Ludwig XIV. vor vier Jahren praktisch leer gewesen waren. Die Ausgaben des französischen Staates waren damals mehr als doppelt so hoch wie die Steuereinnahmen gewesen. Für den Urenkel des Königs, den damals fünfjährigen Ludwig XV. und dessen Regenten, Herzog Philippe II. von Orléans, war es ein schwieriges Erbe. Doch nun herrschte überall Wohlstand. Auf seiner Reise von Calais nach Paris hatte Pellegrini blühende Landschaften und rauchende Schornsteine bemerkt. Tatsächlich schienen auch die Bürger von Paris protziger denn je zu leben. Wohin man sah, erblickte man kostbare Kutschen und wohlgenährte, gutgekleidete Menschen. Unwillkürlich fielen ihm die Worte des Grafen von Manchester ein.

»Ist es wahr«, fragte Pellegrini, »dass sich hierzulande gewöhnliche Lakaien ihre eigenen Kutschen kaufen können?«

Crozat hob die Hände und ließ sie in einer resignierten Geste wieder fallen. »Es kursieren allerlei Gerüchte. Angeblich soll ein Graf seinen Diener zu einem Börsenhändler in diese Straße geschickt haben, um zweihundertfünfzig der sogenannten Mississippi-Aktien für je achttausend *livre* zu verkaufen. Der Lakai erhielt jedoch zehntausend *livre* und steckte die Differenz ein. Ich nehme wohl an, dass dies seinem Herrn wenig ausmachte, vor allem, wenn er als einer der ersten im Frühjahr gekauft hat. Bei der ersten Emission wurden die Papiere für fünfhundert *livre* das Stück ausgegeben.«

»Mir schwirrt der Kopf von Euren Zahlen«, lachte Angela. »Wenn es so einfach ist, Profit zu machen, wäre ein Narr, wer sich nicht an dem Aufschwung beteiligte. Ich kann mir zwar nicht vorstellen, wieso ein derartig erfolgreicher Aktienhandel nur in Paris möglich ist und nicht in London, Amsterdam oder Venedig, aber offensichtlich lebt jedermann gut damit.«

»Sollte ich vielleicht auch ein wenig Geld anlegen?« überlegte ihr Mann.

»Ich würde es Euch nicht empfehlen, Monsieur Pellegrini…«, versetzte Crozat spontan und fuhr nach einer Gedankenpause diplomatisch fort, »aber auch nicht davon abraten. Finanzgeschäfte sind eine Entscheidung, die jeder alleine treffen muss. Zumal in diesem Fall. Der Erfinder des Systems ist ein Hasardeur. Monsieur Law machte sein Geld zunächst mit Karten und Würfeln. Niemand kann sagen, ob er die Nationalbank, deren Direktor er inzwischen ist, wie ein Casino führt. Wenn Ihr also ein Spieler seid, macht mit. Andernfalls lasst die Finger davon.«

Angela beobachtete durch das Kutschenfenster einen Bauern, der eine weiße Charolais-Kuh von seinem Karren zerrte. Der Nasenstrick, an dem er das Tier geführt hatte, wanderte in die Hände eines anderen Mannes, der dem Bauern ein paar Papiere gab. Derweil entleerte das Rindvieh seinen Darm auf der seidenen Schleppe einer Dame, die neben den Viehhändlern mit einem Aktienhändler um ihr glitzerndes Geschmeide feilschte. Sie hatte es sich mit einer fast hysterischen Bewegung vom Hals gerissen und konnte es kaum erwarten, als Gegenwert Aktien zu erhalten. Um den Fäkalienhaufen auf ihrem Saum scherte sie sich nicht einen Moment, scheinbar blind gegen die Dinge des Alltags, wie besessen von der Sucht, an den Finanzgeschäften teilzunehmen.

»Verzeiht, wenn meine Frage Euch vermessen erscheint, und entschuldigt meine Neugier«, wandte sich Angela an Crozat. »Aus Euren Worten klingt Skepsis. Warum?«

»Das Offensichtliche ist nicht immer das Sichere, nicht wahr?«, gab ihr Gastgeber prophetisch zurück. Als er die Verwirrung in ihren schönen bernsteinfarbenen Augen bemerkte, fügte er hinzu: »Mein Bruder besaß das Handelsprivileg mit den Kolonien, bevor Monsieur Law in Paris auf der Bildfläche erschien. Antoine investierte eineinhalb Millionen *livre* in die Mississippi-Konzession. Erfolglos, wie sich herausstellte.«

»Dann kennt Ihr den Wert der Aktien besser als jeder andere«, resümierte Angela nüchtern. »Jedenfalls genauer als …«, ihre schmale, in maisgelbe Spitzenhandschuhe gehüllte Hand deutete durch das Kutschenfenster auf eine Schlange müder Aktienhändler, die sich vor einer Garküche gebildet hatte, »… als diese Leute hier.«

»Informationen aus Amerika waren damals genauso spärlich wie heute. Man spricht zwar von Silberminen und einem unerschöpflichen Reichtum an Gold und Smaragden, aber wer weiß schon Genaues?« Crozat hob die Schultern und ließ sie wieder fallen. »Ich für meinen Teil investiere lieber in die Kunst. Der Erhalt von Schönheit, Madame, ist das Einzige, das uns wirklich unsterblich macht.«

Angela wechselte einen raschen Blick mit ihrem Mann. Ihr lag auf der Zunge, dass sich so hehre Worte nur aus dem Munde eines reichen Mannes plausibel anhörten. Der Maler oder Bildhauer, der die Kunst schuf, die ein Sammler wie Crozat konservierte, konnte ohne Geld nicht existieren. Eine schöpferische Tätigkeit hing ebenso vom schnöden Mammon ab wie jede andere auch.

»In dieser Beziehung besitzen Monsieur Law und ich viele Gemeinsamkeiten«, fuhr Angelas Gastgeber fort. »Der Finanzier des Regenten schätzt die Kunst ebenso hoch wie ich selbst. Ein Status quo, auf dem wir gesellschaftlich verkehren, obwohl wir einander sonst nicht viel Sympathie entgegenbringen ... Oh, schaut nur, Madame, ein Kuriosum!«

Er lehnte sich zurück, um Angela einen freien Blick aus dem kleinen Fenster zu ermöglichen. Am Straßenrand stützte sich ein armseliger, in Lumpen gekleideter, buckeliger Mann am Stamm eines Baumes ab, während sein Rücken als Schreibpult für zwei vornehm gewandete Herren diente, die offenbar einen Vertrag aufsetzten.

Lachend schüttelte sie den Kopf. »Du lieber Himmel, gibt es in dieser Gegend überhaupt einen Ort, an dem keine Geschäfte gemacht werden?«

»Nein, ich glaube nicht. Nein, sicher nicht. Der arme Teufel wird etwas für seine körperliche Unterstützung bekommen. Die Makler werden ihn gut entlohnen.«

»Wenn Ihr schon kein so großes Vertrauen in den Aktienmarkt habt, Monsieur Crozat, so verratet uns als Freund eine andere Möglichkeit, von dem Finanzgebaren dieses Monsieur Law und seines Systems zu profitieren«, bat Pellegrini. Er griff nach der Hand seiner Frau und drückte sie zärtlich. »Wir können doch nicht aus Paris abreisen, ohne die Chance ergriffen zu haben, ebenfalls Gewinne einzustreichen.«

Crozat hob seinen Spazierstock und klopfte mit dem goldenen, fein ziselierten Knauf gegen die vordere Wand der Kutsche. Der Wagen machte einen kleinen Ruck. Mit einem geheimnisvollen Lächeln erklärte Crozat seinen Gästen: »Es ist an der Zeit umzukehren. Ich habe mir erlaubt, ein Rendezvous für Euch zu vereinbaren. Monsieur, Madame: Ihr werdet Monsieur Law vorgestellt werden ...«

»Ihr sagtet aber ...«, hob Pellegrini an, wurde jedoch von Crozat unterbrochen: »Pardon, ich habe Euch nicht von der Bekanntschaft mit Monsieur Law abgeraten. Genaugenommen kommt man heutzutage in Paris gar nicht an John Law vorbei. Auf gewisse Weise gehört seine Person ebenso zu den Sehenswürdigkeiten dieser Stadt wie die Kathedrale von Notre-Dame, der Louvre oder das Handelszentrum hier.«

»Das klingt furchteinflößend«, meinte Angela. »Eure Beschreibung von Monsieur Law klingt, als müsste man Angst vor ihm haben.«

Crozat lächelte maliziös. »Ich nehme an, er wird Euch gefallen, Madame. Die Damenwelt ist ganz ...«, stirnrunzelnd suchte er nach dem richtigen Wort, »... ganz berauscht. In der Tat, so ist es. Selbst die Mätresse des Regenten liegt Monsieur Law zu Füßen.«

Er ging nicht näher darauf ein, um welche Geliebte es sich dabei handelte. Die Spatzen pfiffen von den Dächern, dass Philippe von Orléans keine Frau jemals so begehrt habe wie seine älteste Tochter. Seit dem Tod der lebensfrohen Marie Louise de Berry im Sommer hatte er so viele Gefährtinnen gehabt, dass selbst der interessierteste Beobachter die Übersicht verlor, obwohl die Marquise de Parabère als seine offizielle Favoritin galt.

»Unter diesen Umständen«, grinste Pellegrini, »würde ich eine Begegnung mit Monsieur Law lieber vermeiden«, woraufhin ihm Angela einen liebevollen Stoß mit dem Ellbogen in die Seite verpasste.

»In London habt Ihr Euch vergeblich um den Auftrag

bemüht, die Saint Paul's Cathedral auszumalen«, erwiderte Crozat. Als Pellegrini zu einer Antwort ansetzte, hob er die Hand, um seinen Gast an einer Erklärung zu hindern. »In Paris sollte Euch mehr gelingen. John Law sucht einen Künstler, um die Räume der Bank verschönern zu lassen. Verzeiht, dass ich Euch vor ein *Fait accompli* stelle, aber ich bin sicher, Ihr seid interessiert. Doch für eine befriedigende Order müsst Ihr Monsieur Law erst einmal kennen lernen, nicht wahr?«

Crozat lehnte sich auf seinem Sitz zurück und beobachtete mit Vergnügen die Überraschung in den Gesichtern des Malers und seiner Frau.

4

Wieviel angenehmer ist es doch, in diesen Räumen über Aktien zu verhandeln als auf der Rue Quincampoix«, meinte Louis-Henri de Bourbon, während er einen frisch gefüllten Sektkelch vom Tablett eines Lakaien nahm. »Ich liebe den Salon von Madame de Tencin.«

»In der Tat«, stimmte der Herzog von Richelieu zu und verstaute Banknoten im Wert von fünftausend *livre* in den Taschen seiner Brokatjacke, die er eben bei einer Wette um den aktuellen Aktienkurs gewonnen hatte. Der dreiundzwanzigjährige Lebemann, der ständig unter Geldmangel litt, liebte das Knistern der Scheine in seinen Händen. Er empfand es als großes Glück, dass John Law den Franzosen nicht nur den Aktienhandel schmackhaft gemacht, sondern auch das Papiergeld eingeführt hatte. Es schien ihm, als wechselten die Scheine irgendwie schneller den Besitzer als die alten Münzen, was Richelieu zu nutzen verstand. Während er nun seinen neuesten Gewinn einsteckte, fuhr er fort: »Es ist höchst bedauerlich, dass die Börse sich zu einem so ordinären Instrument des Volkes entwickelt hat. Sagt, Monsieur Law, wie konntet Ihr nur den Sitz der Mississippi-Gesellschaft vom Haus unserer verehrten Gastgeberin in die Rue Quincampoix verlegen?«

Da diese Frage rein rhetorisch war, wartete Louis de Richelieu die Antwort gar nicht ab, sondern stürzte auf seinen zwei Jahre älteren, ehemaligen Schulfreund François Marie Arouet zu, der unter dem Beifall einiger Anwesender eben den Raum betreten hatte.

Wie jeden Dienstag versammelte sich eine Vielzahl vornehmer Besucher zu intellektuellen Gesprächen, kleinen Flirts, Dichterlesungen, wirtschaftlichen Disputen oder der Inszenierung von Intrigen im berühmten Salon von Alexandrine de Tencin in der Rue St. Honoré. Mit außergewöhnlichem Geschick hatte die kluge Gastgeberin einen Kreis zusammengestellt, der seinesgleichen in den Pariser Salons suchte. Der Dichter François Marie Arouet, seit seinem ersten Erfolg »Voltaire« genannt, gehörte nicht zu den regelmäßig erscheinenden Gästen, da Madame de Tencin die Schriften Marivaux' bevorzugte, aber zweifellos gab seine Anwesenheit den Gesprächen zusätzlichen Esprit.

»Richelieu und Arouet sind ein wundervolles Paar«, lästerte Louis-Henri de Bourbon. »Der eine ist sehr dumm, der andere sehr klug, und beide haben nie Geld.«

John Law beobachtete achselzuckend die stürmischen Umarmungen des Herzogs von Richelieu mit dem eben eingetroffenen Voltaire. Die jungen Männer gaben wirklich ein attraktives Paar ab: Beide sahen gut aus und kleideten sich mit einer Extravaganz, die in entscheidendem Widerspruch zu ihren finanziellen Mitteln stand. Dagegen wirkten die anderen Gäste fast ein wenig farblos.

Selbst vier Jahre nach seinem Zuzug in Paris wunderte sich John noch immer über die oberflächliche Gelassenheit, mit der bestimmte Beaus in der vornehmsten französischen Gesellschaft agierten. Nirgendwo sonst war er so vielen gesellschaftlich angesehenen Schmarotzern begegnet wie in der französischen Hauptstadt. Nicht in seiner Lieblingsstadt Venedig, nicht in Genua und auch nicht in Den Haag, wo er gelebt hatte, bis er nach mehreren fehlgeschlagenen Versuchen endlich das Ohr des französischen Regenten erreicht hatte.

Inzwischen war er selbst nicht nur zu einem der mächtigsten Männer aufgestiegen, sondern nach außen hin ebenso oberflächlich geworden wie die Herren, die er im Stillen belächelte. Dabei verfolgte er ehrgeizig seine hochgesteckten Ziele, verlor aber nie seine Träume aus den Augen. Das gute Leben der vergangenen Jahre hatte ihn milde gestimmt, so dass die kantigen Züge in seinem ebenmäßigen Gesicht weicher geworden waren und seine Wangen sich gerundet hatten. Der Erfolg hatte seinen Charme und nonchalanten Witz nicht geschmälert, und das Auftreten des heute Achtundvierzigjährigen war eindrucksvoller denn je.

Er gehörte seit langem zum Zirkel um Madame de Tencin. Sein königlicher Förderer, Herzog Philippe von Orléans, hatte ihn eingeführt, und heute hatte er auch Madame de Tencin viel zu verdanken, nicht zuletzt, dass er in den nächsten Wochen in die Arme der katholischen Kirche würde sinken können. Der Übertritt des Protestanten Law war durch und durch pragmatischer Natur. Durch seine Freundschaft mit dem Regenten hatte er fast alles erreicht, was ein Bankier in Frankreich werden konnte, doch nur mit der richtigen Religion konnte er seine Karriere mit dem Amt des Finanzministers krönen. Madame de Tencin hatte die praktischen Details des Glaubenswechsels geklärt und ihren ebenso einfältigen wie korrupten Bruder, Abbé Pierre de Tencin, überredet, die Taufe vorzunehmen. Was bedeutete es schon, dass deshalb Aktien im Wert von zweihunderttausend *livre* den Besitzer wechselten? Die heilige Handlung war für John Law nicht mehr als ein gewöhnliches Börsengeschäft.

»Es ist mir schleierhaft, was ein kluger Kopf wie Voltaire an dem Einfaltspinsel Richelieu findet«, sagte John schließlich zu Louis-Henri de Bourbon.

Der uneheliche Enkel des Sonnenkönigs, fast zwanzig Jahre jünger als John Law und dennoch einer seiner engsten Freunde, lehnte sich auf dem zierlichen Stuhl gemütlich zurück, um seine langen, in seidene Hosen und silberbestickte Strümpfe gekleideten Beine von sich zu strecken.

»Gehe ich recht in der Annahme, dass Ihr den Geist Arouets… pardon… Voltaires deshalb so schätzt, weil dieser Euch kürzlich als das Schicksal Frankreichs bezeichnete?«, gab der Herzog von Bourbon grinsend zurück. Als John lediglich amüsiert sein Glas an die Lippen setzte und diese Bemerkung nicht kommentierte, fügte er ernst hinzu: »Es gibt keinen

Grund, warum sich Voltaire von anderen Literaten unterscheiden sollte. Er lässt sich aushalten und genießt Richelieus Gastfreundschaft, die durchaus exquisite Züge besitzt, wie ich neidvoll zugeben muss. Die von ihm in Mode gebrachten *repas adamiques* sind sehr anregende Zusammenkünfte.«

»Ach«, antwortete John aufrichtig überrascht, »ich ahnte nicht, dass sich Voltaire an Freizügigkeiten wie diesen beteiligt.«

»Haltet Ihr den Freigeist etwa für einen Kostverächter? Nur, weil ein Mann etwas mehr Intellekt besitzt als ein anderer, braucht er schließlich nicht auf die genussreichen Seiten des Lebens zu verzichten. Abgesehen davon: Die Fertigkeiten von Richelieus Koch bleiben dieselben, einerlei, aus welchem Anlass sie aufgetischt werden. Ich habe wirklich selten so exzellent zu Abend gegessen wie in Richelieus Haus. Allerdings auch noch nie so nackt. Zum Dessert legte sich neulich übrigens Anne de Gracé auf den Tisch, wie Gott sie schuf. Nun ja, Ihr wisst sicherlich, dass die zauberhafte Gräfin jegliche Selbstbeherrschung verliert, wenn sie betrunken ist.«

»Ich hörte davon«, erwiderte John gelassen, weder neugierig noch sonderlich beeindruckt. Er kannte Anne de Gracé: ein hübsches, wenn auch einfältiges junges Ding, dessen Gier nach Liebe vom eigenen Gatten nicht gestillt werden konnte, weshalb sie sich angeblich sogar ihren Dienstboten hingab. Sie besaß jene Mischung aus Frivolität und Dummheit, die auf viele Herren äußerst anziehend wirkte. John hingegen wusste wenig mit geistlosen Damen anzufangen. Seit jeher schätzte er Frauen, die ihren Verstand einzusetzen pflegten. Eine Vorliebe, die er mit Philippe von Orléans teilte, was gelegentlich zu gewissen Interessenkonflikten führte. Lediglich die kluge Madame de Tencin hatte ihm der Regent mit den Worten überlassen: »Ich mag keine Weiber, die im Bett über Politik reden.«

»Hörtet Ihr auch schon davon, dass unserem Freund de Soubise die Mätressen ausgehen?«, setzte Louis-Henri seine Mitteilsamkeit fort.

John seufzte. »Ach ja?«

»Es fing doch wohl alles damit an, dass Ihr ihm Madame de Nesle ausgespannt habt«, erinnerte der Herzog von Bourbon, offenbar immun gegen die zur Schau gestellte Langeweile seines Freundes. Er sah im Klatsch die wahre Würze eines Abenteuers. Heimliche Affären gehörten der Vergangenheit an. Seiner und vieler seiner Freunde Ansicht nach war eine Eroberung nur dann wirklich erfreulich, wenn damit auch ausreichend geprahlt werden konnte. »Allerdings kostet es Euch zehntausend *livre* im Monat, damit sie Euch besucht, wenn der gute Charles auf Reisen ist, nicht wahr?«

John verstand den süffisanten Unterton sehr wohl. Er ließ keinen Zweifel daran, dass es nur bestimmte Männer nötig hätten, sich die Gunst einer Frau mit Geld zu erkaufen. Bevor John auf die anmaßende Äußerung reagieren konnte, mischte sich der Herzog von Orléans in die Unterhaltung ein, der sich mit der für den Regenten typischen jovialen Art auf dem Stuhl Richelieus niederließ: »Stimmt es, dass mit Madame de Nesles Busen nicht mehr viel anzufangen ist? Der Dolch von Françoise de Polignac soll sie schwerer verletzt haben, als ursprünglich angenommen wurde.«

»Dafür trägt die Marquise de Polignac eine Narbe im Gesicht«, versetzte John trocken.

»Ein Damenduell am Südufer der Seine.« Louis-Henris Stimme nahm einen schwärmerischen Klang an. »Ich wünschte, ich wäre dabeigewesen. Und alles nur wegen Fürst Soubise, auf den Françoise de Polignac ein Auge geworfen haben soll, nachdem sie meines Halbbruders, des Prinzen Conti, überdrüssig geworden war. Es ist zu schön, um wahr zu sein.«

»Wahrscheinlich haben die Damen die falsche Lektüre gelesen«, gab John zu bedenken. »Ich bin sicher, die ganze Angelegenheit war nicht wirklich ernst gemeint.«

»Mit zwei Messern und einem Haufen Adjutanten?«, fragte Louis-Henri skeptisch.

Philippe von Orléans blickte John scharf an. »Oder ist diese

Eifersuchtsgeschichte um meinen Cousin erfunden worden, um Euch den Skandal zu ersparen? Haben sich die Marquisen gar Euretwegen geschlagen? Ihr habt doch so Eure Erfahrungen mit Duellen, nicht wahr?«

John hob zu einer scharfen Antwort an, aber von seinen Lippen drang kein anderer Laut als ein tiefes Schnauben. Er würde sich von niemandem, nicht einmal vom Regenten der größten Nation der Welt, den sicheren Panzer herunterreißen lassen, den er seit fünfundzwanzig Jahren um sich herum aufgebaut hatte. Sein ehrgeiziges Bestreben um Würde und gesellschaftliche Anerkennung ging tatsächlich auf jenes Ereignis damals in London zurück, als seine goldene Jugend mit einem Dolchstoß beendet worden war und die langen Jahre der Wanderschaft durch Europa begonnen hatten. Das Duell und seine Folgen hatten Johns Leben für immer geprägt, obwohl das Todesurteil gegen ihn kürzlich aufgehoben worden war.

Seine Gedanken wanderten von der unerfreulichen Erinnerung an seine Kerkerhaft und Flucht zu den kobaltblauen Augen und den üppigen Formen der blonden Félice de Nesle. Oh, wie verliebt war er in sie gewesen! Aber dieses Gefühl war verflogen wie bei all den anderen Affären. John hatte keine Ahnung, ob seine Frau unter den Gerüchten litt, die zweifellos auch in ihren Salon vordrangen. Sie hatte ihn nie auf seine Untreue angesprochen, und er war froh darum, denn er hätte ihr keine andere Erklärung geben können als die, dass niemand eine reife Frucht wegstößt, wenn sie einem in den Schoß fällt. Außerdem verhielten sich alle Männer seiner gesellschaftlichen Kreise so – und alle Frauen wahrscheinlich auch. Katherine war unter diesen Umständen eine Ausnahme, denn ihrer uneingeschränkten Treue und Liebe war er sich absolut sicher.

»Ihr wisst«, hörte John den Regenten durch den Nebel seiner Erinnerungen sagen, »dass ich dafür sorgen könnte, die beiden Marquisen in die Bastille zu werfen. Duelle sind schließlich verboten.«

Diese Drohung verriet John mehr als jedes andere Wort,

worüber sich der sonst so gutmütige Philippe von Orléans in Wirklichkeit ärgerte: Noch nie hatten sich zwei Damen der Hofgesellschaft um seinetwillen geschlagen. Dem Regenten, einem nur mittelgroßen und vom vielen Alkohol rotwangigen und leicht beleibten Mann, der wegen seiner Kurzsichtigkeit ständig die Augen zusammenkniff, fehlte die äußere Attraktivität seines Finanziers. Er machte diesen Mangel durch seinen sympathischen Charakter, Geist, Witz, seine Eleganz und natürlich auch durch seine uneingeschränkte Macht wett. Seine Männlichkeit mochten jedoch nicht nur die Spottverse eines Voltaire beschädigen, der die Liaison des Herzogs von Orléans mit der eigenen Tochter publik gemacht hatte. Er litt angesichts der derzeitigen öffentlichen Missachtung von Madame de Parabère die höllischen Qualen der Eifersucht wie ein einfacher Bauer.

»Bedauerlicherweise hat ein Gericht die Damen aus Paris und auf ihre Landgüter verbannt«, plapperte Louis-Henri. »Eine Fahrt in die Île-de-France ist zwar eine Abwechslung, aber doch sehr umständlich.«

»Dann stimmt es also, dass Ihr der neue Liebhaber von Madame de Polignac seid«, rief John amüsiert aus, um dann mit gespielter Zerknirschtheit hinzuzufügen: »Aber seid Ihr nicht auch irgendwann Madame de Nesle zugetan gewesen?«

Er ist ein schlauer Fuchs, fuhr es Philippe von Orléans anerkennend durch den Kopf, der kaum zuhörte, wie sich der Herzog von Bourbon plötzlich unter dem Eindruck zu winden begann, er sei der Grund für das Damenduell gewesen. John Law scheint eine Stärke zu besitzen, die ihresgleichen bei anderen Männern sucht. Er ist einfallsreich und wendig zu jeder Gelegenheit.

»Seid Ihr in Paris denn wirklich alle verrückt geworden?« wurden die Gedanken des Regenten von der erhobenen Stimme Voltaires unterbrochen. Der Dichter stand in einem Kreis Gleichgesinnter neben der schönen Alexandrine de Tencin, die – umgeben von ihren Verehrern – auf einem thronartigen Sessel Hof hielt. »Ich höre Euch nur von Millionen reden. Ist dies die Wirklichkeit? Oder eine Schimäre? Hat die halbe Nation in den Papiermühlen den sagenhaften ›Stein der Weisen‹ gefunden?«

»Es ist ganz simpel«, widersprach John ruhig, und aller Augen richteten sich bei diesen Worten auf den Bankier, der sich langsam von seinem Stuhl erhob, um sich stehend besser Gehör zu verschaffen. »Die Definition von Wert ist das Entscheidende. Wasser ist von großem Nutzen, doch von geringem Wert, da die vorhandene Menge größer ist als der Bedarf. Diamanten sind von geringem Nutzen, aber großem Wert, da die Nachfrage höher ist als ihre vorhandene Menge. Geld hingegen ist dazu da, um dafür etwas einzutauschen. Der Nutzen des Geldes besteht also darin, Güter zu erwerben. Für den Handel ist es deshalb gleichgültig, ob es aus Papier oder aus Silber gefertigt ist.«

Voltaire, bereits seit seiner Kindheit mit mehr oder weniger legalen Geldgeschäften vertraut, verneigte sich mit einem bezaubernden Lächeln vor dem Finanzier. »Es heißt, dass jeder, der wohlsituiert war, jetzt im Elend lebt, und jeder, der verarmt war, jetzt in der Fülle schwelgt«, behauptete er mit dem ihm eigenen Zynismus. »Das Sprichwort, Geld ist der Schlüssel für alle Türen, scheint sich auf beängstigende Weise zu bewahrheiten …«

Philippe von Orléans brach in schallendes Gelächter aus. »In der Tat, es öffnen sich die prunkvollsten Tore für die erstaunlichsten Menschen. Meine Mutter traf neulich eine aufgedonnerte alte Schachtel in der Oper, die sie zu kennen glaubte. Später stellte sich heraus, dass es ihre Köchin Marie war, die sich an den Spekulationen beteiligt hatte.« Fast jeder im Salon konnte sich die Reaktion der Herzogin von Orléans vorstellen. Die gebürtige Prinzessin Liselotte von der Pfalz war nicht nur bei Hofe für ihre unverblümte Sprache bekannt. Entsprechend erheiternd wirkte daher die Anekdote des Regenten.

»Mit Verlaub, Monsieur Law«, insistierte Voltaire. »Seid Ihr ein Gott, ein Schurke oder ein Scharlatan, dass Euch dieses möglich ist?«

»Nichts davon«, wehrte John freundlich ab. »Ich gehe nur nach der Prämisse vor, dass der Wert des Geldes durch die Handelsmacht, die es ausgibt, abgesichert ist und durch das Vertrauen der Öffentlichkeit in die ökonomische Zukunft des Landes gestützt wird. Deshalb ist Frankreich die reichste Nation der Welt.«

Louis-Henri de Bourbon sprang auf und hob sein Glas. »Es lebe Frankreich!«, rief er voller Enthusiasmus aus.

Wie bei einem Echo klangen daraufhin die Worte aus aller Munde: »*Vive la France!*«

Nachdem der Trinkspruch mit einem großen Schluck Champagner aus den jeweiligen Gläsern zelebriert worden war, zerstreuten sich die Gesprächsgruppen wieder. Es bildeten sich erneut verschiedene Kreise, in denen über Literatur, Musik und die Kunst debattiert oder dem Börsengeschäft gehuldigt wurde. Eine allgemeine Diskussion kam nicht wieder in Gang, die Gespräche schwappten wie das gleichförmige Murmeln der See mal hierhin und mal dorthin in Madame de Tencins Salon.

»Auf die Großartigkeit unserer Nation muss ich eine Prise nehmen«, meinte der Herzog von Bourbon, nachdem er einen Sektkelch geleert hatte. Mit wachsender Ungeduld klopfte er seine Rocktaschen ab, auf der Suche nach seiner Tabaksdose, wurde jedoch nicht fündig. »Verflixt! Ich habe meine Tabatiere verloren. Könntet Ihr wohl so freundlich sein, Law, und mir aushelfen?«

John reichte seinem Freund eine kleine, in ihrer Schlichtheit anrührende Dose aus Emaille. Im Gegensatz zu den meisten Tabatieren, die Kavaliere seiner gesellschaftlichen Schicht benutzten, war diese nicht mit Edelsteinen oder Goldornamenten verziert.

Sie zeigte allein eine zauberhafte Miniatur und das Bildnis eines wunderschönen jungen Mädchens. John hatte sich im Laufe der Zeit zwar eine ganze Kollektion von Tabaksdosen zugelegt, doch bevorzugte er dieses Exemplar, das ihn wie ein Talisman begleitete.

»Diese Tabatiere ist so etwas wie Euer Markenzeichen«, bemerkte der Herzog von Orléans mit leicht hochgezogenen Augenbrauen. »Bescheiden, aber von exquisiter Qualität.«

Tatsächlich lebte John Law zwar in großem Stil, aber keinesfalls so wie andere Männer, die seinen Status und sein Vermögen besaßen. Selbst die Garderobe, die der Direktor der Königlichen Bank trug, war zwar vorbildlich elegant, jedoch niemals von übertriebenem, aufdringlichem Schick. Philippe konnte diese Zurückhaltung kaum verstehen und schob sie auf den sprichwörtlichen Geiz der Schotten.

»Ich wollte Euch schon längst gefragt haben, wo es so feine Arbeiten zu kaufen gibt«, meinte Louis-Henri de Bourbon, während er das Deckelchen öffnete und mit geziert gespreizten Fingern nach dem Tabak langte.

»Ihr werdet es mir wahrscheinlich nicht glauben, aber ich weiß es nicht.«

»Wie? Ihr wißt nicht, wo man diese Tabaksdosen kaufen kann?« wunderte sich Louis-Henri.

»Das Geschenk einer Dame«, konstatierte Philippe von Orléans und klopfte seinem Cousin väterlich auf die Schulter. »Natürlich ist dem Adressaten nicht bekannt, wo sein Präsent erworben worden ist. Oder stellt Ihr Eure Mätressen erst den geeigneten Händlern vor, bevor sie etwas für Euch kaufen dürfen?«

Wie zur Entschuldigung hob John die Arme und ließ sie in gespielter Resignation wieder fallen. »Ihr werdet es mir nicht glauben, meine Herren, aber ich kann mich beim besten Willen nicht daran erinnern, woher diese Tabatiere stammt. Sie ist schon so lange meine Begleiterin, dass ich völlig vergessen habe, welchen Ursprungs sie ist.«

Nachdenklich betrachtete Louis-Henri das Portrait auf der Vorderseite der Dose. »Schade. Ich hätte Euch mit Vergnügen ein Tête-à-tête mit dieser jungen Dame gegönnt. Im Übrigen wäre ich dankbar gewesen, wenn Ihr mich ihr empfohlen hättet …«

»Oh, werter Louis-Henri«, stöhnte der Regent, »überschätzt Ihr nun nicht ein wenig Eure Manneskraft? Habt Ihr nicht genug mit Madame de Polignac zu tun? Und was sagt eigentlich die Marquise de Prie zu alldem? Ich dachte, die schöne Jeanne-Agnès sei Eure Favoritin …« Er unterbrach sich, als er bemerkte, dass ein Kellner frische Austern herumreichte. »Sieh an!«, rief er entzückt aus. »Euer Lieblingsmahl wird gerade serviert. Haltet Euch ran, Louis-Henri, ich denke, Ihr könnt ein wenig Aufmunterung gebrauchen …«

Und jeder, der diese Bemerkung gehört hatte, fiel in sein schallendes Gelächter ein.

5

Monsieur Crozat war so freundlich, uns in die Pariser Gesellschaft einzuführen«, schrieb Angela. »Bei einem Empfang begegnete ich Monsieur John Law, dem schönsten Mann, den ich je gesehen habe. Er sieht nicht nur gut aus, er ist auch charmant, geistreich und mächtig. Monsieur Law verwickelte mich in eine Unterhaltung und war so freundlich, zu behaupten, dass ich ihm von irgendwoher bekannt sei. Ich muss gestehen, dass ich von unserem Geplänkel sehr angetan war, obwohl ich natürlich sehe, dass Monsieur Law ein Charmeur sondergleichen ist. Schließlich weiß ich, dass wir einander noch nie vorgestellt worden sind – also kann ihm meine Person gar nicht im Gedächtnis geblieben sein. Aber es ist amüsant, zu hören, dass sich ein so vielbeschäftigter Mann meiner entsinnen will. Nein, es ist wirklich kein Wunder, dass sich die vornehmsten Damen um seine Bekanntschaft bemühen und stundenlang in seinem Vorzimmer warten, um eine Audienz zu erhalten. Selbst die hochmütigsten Herzoginnen werfen sich ihm im wahrsten Sinne des Wortes zu Füßen. Manche lassen ihre Kutschen vor seinem Haus umkippen, in der Hoffnung, von Monsieur Law gerettet zu werden. Offen gestanden: Ich kann jede von ihnen verstehen …«

Rosalba legte den Brief aus der Hand. Am liebsten hätte sie ihn zerrissen und in den Kanal geworfen. Ihre Finger nestelten nervös an einer Ecke, zerknitterten und zerfetzten den Papierrand.

Es belastete sie schwer, die fröhlichen Zeilen einer vergnügten Angela zu lesen, während sie selbst um ihren Vater trauerte. Natürlich hatte Angela noch nicht erfahren, dass Andrea Carriera seinem Leiden erlegen war, und als sie ihr Schreiben verfasst hatte, hatte Papa auch noch gelebt. Dennoch erschien es Rosalba wie ein Frevel, sich die vor Lebensfreude sprühende Schwester vorzustellen, während ihre Mutter, Giovanna und sie selbst in einem Meer von Tränen versanken. Aber das war es nicht allein, was Rosalba so zornig machte. Die Art, wie die Schwester über Monsieur Law sprach, versetzte sie in Aufruhr.

Obwohl Angela stets von Kavalieren umgeben war, hatte sie sich nie zu einer Unachtsamkeit hinreißen lassen. Sie genoss die Verehrung der elegantesten Herren, amüsierte sich sogar darüber, aber dabei war es in der Vergangenheit stets geblieben. Im Fall des mysteriösen John Law schien Angelas Standhaftigkeit offenbar ins Wanken zu geraten.

Rosalba wurde das ungute Gefühl nicht los, dass es nur eine Frage der Zeit war, bis Angela der Versuchung erliegen würde. Die Furcht vor dem Leichtsinn der Jüngeren raubte ihr die Ruhe. Schließlich gehörte der Glaube an die heiligen Sakramente und die Unantastbarkeit der Ehe zu den Fundamenten ihres Lebens. Außerdem nahm Rosalba an, dass Pellegrini auf die Untreue seiner Frau alles andere als großzügig reagieren würde. Und nicht zuletzt war da die Furcht vor einem Skandal, der Rosalba Carrieras tadellosen Ruf und glanzvolle Karriere zerstören könnte.

Sie hätte sich so gerne einem nahen Menschen anvertraut, ihre Sorgen um die Tugend ihrer Schwester geteilt. Doch ihre Mutter konnte sie in diesen ohnehin schweren Stunden nicht mit ihrem Verdacht behelligen, ebensowenig ihre jüngere Schwester Giovanna.

Seufzend strich Rosalba die zerknitterte Ecke des Briefes wieder glatt und legte ihn zu den anderen Schreiben auf ihrem Sekretär, bei denen es sich mit einer einzigen Ausnahme um Beileidskarten handelte. Angelas Siegel war das letzte, das sie aufgebrochen hatte, in der Hoffnung, die Worte ihrer Schwester könnten sie ein wenig aufheitern. Doch das Gegenteil war der Fall. Unwillkürlich fragte sie sich, ob sie das Schreiben aus Paris besser in der geheimen Schublade aufbewahren sollte, damit ihre Mutter den Brief nicht zufällig entdecken und lesen würde. Sie wollte Alba unter gar keinen Umständen zusätzliche Sorgen bereiten.

Während sie noch über die Frage nachgrübelte und dabei anderen Gedanken nachzuhängen begann, klopfte es, und kurz darauf meldete Cattarina, die Haushälterin, einen Kondolenzbesuch. Weniger schwungvoll als sonst, dem Anlass entsprechend dezent gekleidet und in seinen Gesten zurückhaltend, betrat Zanetti das Atelier. Mit einer tiefen Verbeugung machte er Rosalba seine Aufwartung.

»Wie lieb, dass Ihr gekommen seid«, begrüßte sie ihn mit gemessenem Ton, während sie sich von dem zarten Stuhl vor ihrem Sekretär erhob und auf ihn zuging. »Eure Anwesenheit ist mir eine unendlich große Stütze in dieser schweren Zeit.«

»Der Verlust Eures Vaters berührt auch mich zutiefst, obwohl meine Trauer nicht annähernd so groß sein kann wie die Eure und die Eurer Familie.«

»Auch Ihr kanntet Papa fast Euer ganzes erwachsenes Leben lang …«

Rosalba zog ein Spitzentuch aus dem Täschchen an ihrem Gürtel, um damit über ihre feuchten Augen zu tupfen. »Entschuldigt bitte«, sagte sie leise. »Es ist offenbar alles ein wenig viel. Während Papas langer Krankheit betete ich zu Gott, er möge ihn von seinen Leiden erlösen. Nun hat er mich erhört, und ich wünsche mir nichts sehnlicher, als noch einmal mit Papa sprechen zu dürfen. Es bleibt so viel ungesagt …« Sie hob den Kopf und versuchte sich an einem kleinen Lächeln. »Ich sollte nicht jammern, nicht wahr? Und undankbar sollte ich auch nicht sein. Papa wird es jetzt besser gehen, und das alleine zählt. Außerdem gibt es so viel zu tun und zu entscheiden. Ich weiß gar nicht, wo ich anfangen soll.«

»Es tut mir aufrichtig Leid, dass all die traurigen Pflichten allein auf Euren Schultern liegen. Wann erwartet Ihr Angela und Pellegrini zurück?« Als Rosalba nicht antwortete, fuhr Zanetti fort: »Es wird Zeit, dass Ihr von Eurer Schwester und ihrem Mann ein wenig aufgerichtet werdet. Eure Mutter hat ein Recht auf ihre Trauer, und Giovanna ist zu sensibel, um Euch bei all den Entscheidungen zur Hand zu gehen, die auf den Tod nun einmal folgen. Ihr seht müde aus, Rosalba. Wie viele Nächte habt Ihr am Bett Eures Vaters gewacht?«

Ihr alter Freund hatte natürlich Recht, aber Zanetti konnte nicht wissen, dass sie jetzt nicht mehr nur durch das Leiden ihres Vaters um den Schlaf gebracht werden würde.

»Gerade traf ein Brief von Angela ein. Sie haben die Abreise aus Paris verschoben«, erwiderte sie zögernd. »Ich hoffe nur, dass sie inzwischen aufgebrochen sind, damit sie die Alpen vor dem ärgsten Winter überqueren. Bei Schnee und Eis soll die Fahrt durch die Berge höllisch sein.«

Zanetti kniff die Augen zusammen, als wäre es ihm auf diese Weise möglich, bis in Rosalbas Seele zu blicken. Ihre fast greifbare Nervosität konnte er kaum allein mit Trauer und Überforderung erklären. Schon die Tatsache, dass sie ihm keinen Sitzplatz anbot, verriet, wie verwirrt sie war. Also blieb er stehen und versuchte aufs Geratewohl, ihre dunklen Gedanken zu zerstreuen.

»Ihr braucht Euch keine Sorgen zu machen. Die Reise mag anstrengend sein, gewiss, aber sie ist nicht so gefährlich, wie es den Anschein erweckt. Außerdem ist es nicht das erste Mal, dass Eure Schwester über die Alpen reist.«

Statt einer Antwort spielte sie nachdenklich mit dem Taschentüchlein in ihrer Hand.

Zanetti fühlte sich in der ungewöhnlichen Stille des Raumes mehr als unwohl. Wie üblich in einem Trauerhaus waren die Uhren angehalten worden, so dass selbst der sonst so beruhigende Schlag der Zeit fehlte. Die geisterhafte Leere in der Casa Biondetti begann sich auf Zanettis Gemüt zu legen. Deshalb drang er fast ein wenig zu barsch und mit einem beleidigten Unterton in seiner vorwurfsvollen Stimme in sie: »Was ist los? Vertraut Euch mir an, teuerste Freundin. Ich sehe doch, dass Euch etwas bedrückt, das nicht unmittelbar mit dem Tod Eures Vaters zu tun hat. Ihr steht herum und gebt Euch Tagträumereien hin. Es ist unübersehbar, dass Ihr Sorgen habt, die mit Trauer allein nicht zu erklären sind.«

»Angela und Pellegrini sind bestimmt schon unterwegs«, sagte Rosalba plötzlich und lauter als nötig, als hinge der Wahrheitsgehalt vom Klang ihrer Worte ab. »Wenn ich es recht bedenke, werden wir in absehbarer Zeit Nachricht von ihrer baldigen Ankunft erhalten.«

Zanetti nickte seufzend, nunmehr absolut sicher, dass sie ihm etwas verschwieg. Indem er sich demonstrativ nach einer Sitzgelegenheit umschaute, bemerkte er: »Gesteht mir, wenn ich Euch störe – dann gehe ich sofort. Solltet Ihr Euch an meiner Gesellschaft jedoch erfreuen, würde ich es vorziehen, mich irgendwo niederzulassen, um in Ruhe weiter mit Euch zu plaudern. Vielleicht kann ich ja helfen.«

Eine zarte Röte ließ ihre Wangen glühen. »Bitte...« Beschämt über ihre eigene Unhöflichkeit wies sie auf den Sessel, in dem üblicherweise ihre Modelle saßen. »Meine Nerven sind ein wenig angespannt, und ich bitte Euch, dies unter den gegebenen Umständen zu verzeihen.«

»Lasst uns offen zueinander sein«, schlug er vor, um dann direkt zu fragen: »Sind finanzielle Probleme die Ursache für Eure Echauffiertheit?« Immerhin wusste er, dass der Lebensstil der Carrieras durch die Beamtenbezüge des Familienoberhauptes niemals hatte gedeckt werden können. Nun war Andrea Carriera gestorben, und sein Ableben würde seine Hinterbliebenen mit Kosten belasten, mit denen wahrscheinlich niemand gerechnet hatte. Die Notwendigkeit, Geld zu verdienen, hatte Rosalba berühmt, aber niemals reich gemacht. Schließlich verlangte sie für ihre Portraits nicht das angemessen hohe Honorar, das sie ohne weiteres hätte erzielen können.

Während sie sich auf ihren Schreibtischstuhl sinken ließ und ihren Rock zurechtzupfte, redete sie plötzlich drauflos: »Nein, nein, um Geld geht es nicht. Jedenfalls nicht, sofern es mich betrifft. Angelas Brief beunruhigt mich. Paris scheint überwältigend zu sein. Sie schreibt, dort existiere eine Straße, in der jedermann auf vulgäre Weise mit Aktien handele. Unser Bankenviertel am Rialto sei dagegen ruhig und die Makler und Geldverleiher von einer Besonnenheit, die ihresgleichen in Paris suche, Und dann das ausschweifende Leben und die Feste, die dort gefeiert werden. Was für eine Pracht! Es erscheint mir schwer vorstellbar, wie meine Schwester und mein Schwager in dieser Welt zurechtkommen und …«

Atemlos brach sie ab und sah erwartungsvoll zu Zanetti auf, als könne er den Grund ihrer Unruhe hinter ihren schnell und ein wenig zusammenhanglos ausgestoßenen Worten erkennen.

»Nach dieser Beschreibung scheint sich die französische Metropole nicht wesentlich von Venedig zu unterscheiden, meine Liebe«, konstatierte Zanetti trocken. »Natürlich ist Paris nicht von Wasser umgeben, und die Ausdehnung der Stadt ist deshalb größer. Ja, wahrscheinlich werden auch die Geschäfte etwas lebhafter getätigt. Ich hörte bereits davon. Ansonsten jedoch …«, er hob die Hände zu einer Geste, die Ratlosigkeit darstellen sollte, »sehe ich keinen Grund zu der Annahme, eine Venezianerin und ihr weitgereister Gatte könnten dort nicht überleben.«

»Man wird in Paris von frivolen Gedanken verzaubert!«

»Ich habe nicht den Eindruck, dass Venedig ein besonders tugendhaftes Pflaster ist.«

Unwillkürlich vertiefte sich die Röte auf Rosalbas Gesicht. Sie richtete sich auf und saß nun kerzengerade. Dabei hielt sie die Hände im Schoß gefaltet, als wolle sie durch ihre Körpersprache die Sittsamkeit ihrer Heimatstadt beweisen. Es war ihr anzusehen, wie sehr sie mit sich kämpfte und nach den richtigen Worten suchte. Schließlich kapitulierte sie vor ihrer Sehnsucht nach einem Vertrauten.

»Wie mir scheint, ist Angelas Umgang in Paris nicht der allerbeste. Vielleicht sogar ein wenig verderblich. Sie berichtet ausführlich von einem Mann, der die Herzen aller Frauen erobern soll. Allerdings frage ich mich, ob der Charakter dieses Monsieur Law über jeden Zweifel erhaben ist.«

»Ach je, da geht Ihr aber ein wenig zu streng mit ihm ins Gericht«, antwortete Zanetti arglos. »John Law ist ein angenehmer Mensch, er ist charmant, witzig und intelligent. Ich wüsste nichts, was gegen ihn spräche. Im Gegenteil. Ich bin sogar sicher, auch Ihr würdet ihn sympathisch finden.«

Ihre Augen weiteten sich vor Überraschung. »Wie könnt Ihr so vertraulich von Monsieur Law sprechen? Es klingt ja beinahe, als würdet Ihr ihn kennen.«

»Selbstverständlich. Wenn ich jetzt darüber nachdenke, wundere ich mich sogar, dass Ihr ihm nie begegnet seid. Monsieur Law hielt sich mehrmals in Venedig auf. Er war ein gerngesehener Gast im *Ridotto* und ...«

»Ich besuche kein Casino«, fuhr Rosalba energisch dazwischen. »Weder ein privates noch das staatliche *Ridotto*. Das ist nicht meine Welt.« In der Tat ging sie sehr gerne ins Theater, in die Oper, zu einer Dichterlesung oder ins Konzert. Die Casini jedoch waren eher ein Forum für die freizügigeren Damen der Lagunenstadt, zu denen manche ihrer weiblichen Modelle, sie selbst aber nie, gehört hatten.

Zanetti erhob sich zu einer kleinen Verbeugung. »Ich bitte um Entschuldigung. Ich wollte Euch nicht brüskieren.«

»Natürlich kann ich verstehen, dass ein Casino für einen Herrn ein geeigneter Ort ist, um Freundschaften zu pflegen.« Sie schenkte Zanetti ein freundliches Lächeln, um den Tadel in ihren vorherigen Worten abzumildern. »So wurdet Ihr also Monsieur Law vorgestellt – und was weiter?«

Er zuckte gleichmütig die Achseln. »Nichts. Oder jedenfalls nichts Besonderes. John Law stammt ursprünglich aus Schottland, glaube ich, gilt aber gemeinhin als Engländer. Ich lernte ihn als angenehm kennen. Er ist sympathisch. Außerdem sind seine ökonomischen Ansichten sehr interessant. Er scheint ein mathematisches Genie zu sein und ist auf den unterschiedlichsten Gebieten bewandert. Seine Lehrjahre absolvierte er wohl in Genua und in Amsterdam, wie ich hörte. Er schrieb sogar ein oder zwei Bücher über seine Ideen, wie die verkrusteten Finanzstrukturen zu reformieren seien. Nebenbei sammelt er Gemälde der italienischen und niederländischen Renaissance … Sagt, Rosalba, warum erzähle ich Euch das eigentlich alles? Welchen Grund habt Ihr, Euch derart über Monsieur Law zu echauffieren?«

»Ich rege mich nicht auf«, stieß sie hervor. Ihre Gedanken überschlugen sich. Wie sollte sie Zanetti sagen, dass er diesen offenbar brillanten Monsieur Law mit fast denselben Worten charakterisiert hatte wie Angela und dass seine Beschreibung alles andere als dazu diente, ihr die Last von den Schultern zu nehmen, die ihr Angelas Brief aufgebürdet hatte? Wenn Zanetti den Mann schon so bewundernd schilderte, wie stark mochte dann der Eindruck sein, den er auf ihre Schwester gemacht hatte? Sollte sie sich jedoch irren und Zanetti, der auch ein Freund ihres Schwagers war, auf eine falsche Fährte führen, konnte dies ebenso fatale Folgen haben wie Angelas befürchteter Leichtsinn.

»Ich meine …«

»Was meint Ihr?«, fragte er geduldig.

Sie senkte die Augen. Ihre Finger krallten sich in das Taschentuch in ihren Händen, und die zarte Spitze riss ein. Das sagte ihm mehr als jede andere Erklärung.

Während die Dämmerung langsam ins Zimmer kroch und draußen auf dem Canal Grande das turbulente abendliche Treiben begann, sprach Zanetti aus, was Rosalba bewegte: »Ihr befürchtet, Monsieur Laws Charme könnte für Eure Schwester einnehmender sein, als es schicklich ist. Das ist es also, was Euch umtreibt und die Trauer um Euren Vater stört. Ich verstehe.«

Sie schluckte an dem Kloß in ihrem Hals. Langsam ging ihr auf, wie unmöglich sie sich benahm. Sie weihte Zanetti in ihre geheimsten Gedanken ein, die sie ganz gewiss nicht mit einem Mann debattieren sollte, der zwar ihr Freund, jedoch nicht ihr

Geliebter war – und selbst wenn sie intimer verbunden wären, hätte sie wahrscheinlich besser schweigen sollen. Wäre ihr Fauxpas zu verzeihen, wenn sie ihm vor Augen führen würde, dass die Belastungen, die ihr von allen Seiten zugemutet wurden, tatsächlich zu viel für sie waren? Aber: Wie sollte sie sich nur aus diesem Gespräch wieder herauswinden, in das sie sich so leichtfertig gestürzt hatte? Aus Furcht, noch größeren Schaden anzurichten, schwieg sie.

»Rosalba, seht mich an«, bat Zanetti, doch sie zuckte nur mit den Wimpern, so dass er seine Worte wiederholte. »Seht mich an, Rosalba.«

Als sie ihm widerstrebend in die Augen schaute, versuchte er, so viel Offenheit, Verständnis und Beruhigung in seinen Blick zu legen, wie er nur konnte. Unter anderen Umständen wäre es ihm vermutlich peinlich gewesen, mit Rosalba das Liebesleben ihrer Schwester zu diskutieren. Andererseits war es ganz amüsant, sich über die schöne Angela auszulassen. Tatsächlich aber ließ sich Zanetti mit aller Ernsthaftigkeit auf diese Unterhaltung ein, weil er wusste, wie streng Rosalba in vielerlei Hinsicht mit sich selbst und ihrer Familie ins Gericht ging, und weil er ihr eine Sorge von den Schultern nehmen wollte, die seiner Ansicht nach nur lächerlich war.

»Eure Schwester ist eine schöne Frau, die manches Mannes Herz höher schlagen lässt. Doch Ihr vergesst Pellegrini. Euer Schwager ist ein leidenschaftlicher, temperamentvoller Ehemann, der seine Frau vergöttert. Ihr braucht Euch nicht um sein Wohl zu sorgen und schon gar nicht um Angelas Treue. Pellegrini kann für sich und seine Liebe alleine sorgen. Welche Aufmerksamkeiten sollte auch ein Verehrer Angela schenken, die ihr nicht längst ihr eigener Gatte gab? Sie ist fast ebenso klug wie Ihr. Ich glaube nicht, dass sie in Versuchung geraten würde, und das nicht nur, weil der Preis zu hoch ist, den sie das kosten könnte. Angela liebt Pellegrini. Im Übrigen ist John Law verheiratet … oder war es zumindest, als ich ihm das letzte Mal begegnet bin.«

Das letzte Argument erzürnte sie. »Was hat eine Ehe in der noblen Gesellschaft schon zu bedeuten? Ihr habt sicher Recht, und Paris unterscheidet sich nicht von Venedig. Um so schlimmer. Wenn also etwa die Prokuratessa Mocenigo im Palazzo ihres Gemahls zur Geliebten eines deutschen Prinzen werden kann, wird sich auch ein Glücksritter wie dieser Monsieur Law kaum an die Gebote der Kirche halten.«

Zanetti setzte an, Rosalba zu widersprechen, aber er beschloss zu schweigen. Das Portrait der »Perle Venedigs« hatte Rosalbas Karriere begründet. Christian Ludwig, nunmehr Herzog von Mecklenburg-Schwerin, war so versessen darauf gewesen, ein Bild von Lucrezia Mocenigo zu erhalten, dass er eine komplette Schönheitengalerie erworben hatte. Die Miniaturen hatte er später dem König von Dänemark gezeigt, der seinerseits Gefallen an Rosalbas Stil fand, und so hatte sich ihre Kunst in den Herrschaftshäusern herumgesprochen. Mit den Aufträgen, die sie daraufhin vermehrt erhielt, hatten sich auch Rosalbas Einblicke in die mondäne Gesellschaft vergrößert.

»Ihr könnt im Moment nichts an den Gegebenheiten ändern«, resümierte Zanetti. »Entweder sind Eure Schwester und Pellegrini gerade mit Kofferpacken beschäftigt oder bereits auf dem Weg. Was auch immer in Paris geschehen sein mag – oder auch nicht –, Ihr werdet erst davon erfahren, wenn sie wieder in Venedig sind. Ich gestehe zwar, dass ich froh bin, zu hören, wie Euch Eure Sorgen um Angelas Tugend von Eurer Trauer ablenken, aber nun genug davon. Macht Euch Euer Leben nicht schwerer, als es im Augenblick ohnehin schon ist. Berichtet mir lieber, wie es um Eure Auftragslage steht? Seid Ihr trotz Eures großen Verlustes zum Malen gekommen?«

»Der Erbprinz von Modena wandte sich an mich, um ein Portrait seiner jungen Ehefrau zu bestellen«, antwortete sie automatisch, als sei sie eine Spieluhr, die er gerade aufgezogen hatte. »Franz von Este wurde mit Charlotte von Orléans verheiratet, der jüngeren Tochter des französischen Regenten

Philippe von Orléans. Sie soll sehr schön, aber auch sehr kokett sein …«

Sie stutzte, da dieses Thema ihre Gedanken unweigerlich zurück zu Angela lenkte. Energisch unterdrückte sie die aufsteigenden Tränen. Zanetti hatte Recht. Sie sollte nicht weiter über etwas sprechen, dessen Hintergründe sie nicht kannte. Es war sehr liebenswert von ihrem Freund gewesen, sich ihre Probleme geduldig anzuhören, doch nun musste sie ein Ende finden und ihn über ihre künstlerischen Aufgaben informieren, die ihn sicher weitaus mehr interessierten als Angelas Tugend.

»Monsieur Crozat war so freundlich, meine Arbeiten einem Kollegen in Paris zu empfehlen«, berichtete sie endlich. »Gerade las ich das Schreiben eines Herrn namens Antoine Watteau. Er schien beeindruckt von den Werken, die ihm Pierre Crozat zeigte. Nun bittet er mich, ihm ein Bild von meiner Hand zu überlassen. Als Gegenleistung möchte mir Monsieur Watteau ein Gemälde von sich selbst schicken.«

Zanettis Augen leuchteten auf. Nun befand er sich auf bekanntem Terrain. Gemütlich lehnte er sich zurück und begann, Rosalba zu erzählen, was er über Antoine Watteau wusste. Seine Kenntnis erstreckte sich nicht nur auf die in Sammlerkreisen bekannten Geschichten über die Genialität des Malers, sondern auch auf persönliche Aspekte, die ihm nicht nur seit längerem von Pierre Crozat in verschiedenen Briefen mitgeteilt worden waren, sondern auch zuletzt durch Pellegrini, der von seiner Begegnung mit Watteau geschrieben hatte, und schließlich von Zanettis langjährigem Freund Dr. Mead in London. Er steigerte sich in einen Monolog, der Rosalba ermüdete, und es dauerte nicht lange, und ihr fielen die Augen zu.

ZWEITER TEIL

Januar – Juli 1720

Eine weitere Ursache unserer Armut
sind unsere neuen Bedürfnisse.

Voltaire
(1694–1778)

1

Es war so kalt, dass die Fenster von Antoine Watteaus Zimmer beschlugen. Wie im Januar üblich, regnete es intensiv und häufig, so dass die Feuchtigkeit durch die Ritzen im Mauerwerk kroch und das Kaminfeuer in der Zugluft zischte. Die Funken sprühten und stoben auf wie Sternschnuppen, die vom Himmel fielen. Wenn er einen Wunsch frei gehabt hätte, wäre Pierre Crozat am liebsten auf der Stelle in seinen eigenen, gut geheizten Salon zurückgekehrt.

Während er die Nässe von seinem pelzgefütterten Mantel klopfte, schimpfte er: »London ist eine schreckliche Stadt. Doppelt so groß wie Paris, aber rückständig wie ein Dorf in der Auvergne. Bei dem Dauerregen hier sollte man doch wenigstens erwarten dürfen, dass die Straßen gepflastert sind. Aber nein, so fortschrittlich wie wir sind die Engländer nicht. Sie versinken lieber bis zu den Knöcheln im Matsch.«

Watteau rieb seine eiskalten Hände im wärmenden Schein des Kaminfeuers. »Was führt Euch an die Themse, wenn Ihr es so unbequem hier findet?«

»Der Wunsch nach Eurer Gesellschaft, mein lieber Watteau«, gab Crozat liebenswürdig zurück. »Die Neugier auf die Bilder, an denen Ihr in dieser rückständigen Stadt arbeitet und von denen Ihr mir in Euren Briefen berichtet habt.« Er legte eine Kunstpause ein, in der er seinen Mantel zum Trocknen über einen Stuhl neben dem Feuer legte, bevor er mit ernster Miene hinzufügte: »Und die Bank von England.«

Das anscheinend ungebrochene Interesse des Mäzens an seinem Werk beflügelte Watteaus Lebensgeister. Obwohl er durchgefroren war und sich sehr schwach fühlte, schritt er ungewohnt behände ans andere Ende des Raumes, wo er einige

Leinwände mit der Vorderseite zur Wand aufgestellt hatte. Selbst den aufsteigenden Hustenanfall unterdrückte er, eifrig darum bemüht, Crozat mit seiner ungebrochenen und künstlerischen Schaffenskraft zu beeindrucken.

Plötzlich hielt er mitten in der Bewegung inne und wandte sich wie im Zeitlupentempo zu seinem Gast um. »Wie? Die Bank von England? Was meint Ihr damit?«

Crozat hob die Schöße seines exzellent geschnittenen, taillierten Rocks, um sich auf dem zweisitzigen Sofa neben dem Kamin niederzulassen.

Mit hochgezogenen Augenbrauen musterte er den schäbigen Bezug, schnippte ein imaginäres Staubkorn mit den Fingern fort und beschloss, Watteau zu überreden, so bald wie möglich nach Paris zurückzukehren. Dr. Mead war zwar ein über die Grenzen Englands hinaus berühmter Arzt, und seine Kollegen in Paris genossen seit jeher einen eher zweifelhaften Ruf, aber bei diesem Klima und in dieser Umgebung würde Watteau niemals genesen.

»Ich versuche, mein Vermögen in Sicherheit zu bringen. Die Bank von England erscheint mir hierfür besser geeignet als die *Banque Royale,* um es vorsichtig zu formulieren.«

Watteau erbleichte. Seine teigige Gesichtsfarbe wurde noch kalkiger. »Ich kann Euch nicht ganz folgen…«, murmelte er betroffen.

»Wie es zu befürchten war, baut Monsieur Law auf sein Glück und führt die Nationalbank wie ein Casino«, sagte Crozat. »Mit dem Unterschied, dass jeder Direktor eines Spielclubs weiß, wie viele Chips er ausgibt. Der Herzog von Orléans bedient sich so fleißig an der Notenpresse, dass der neue Generalkontrolleur der Finanzen ebenso schnell die Übersicht über den Druck seines Papiergeldes verloren haben dürfte, wie er in sein Amt befördert wurde. Was John Law selbst verheimlichen möchte, hat sich jedoch herumgesprochen. Kaum jemand glaubt noch an den Wert der Zettel, die die *Banque Royale* so großzügig als Barvermögen ausgibt. Also sind die meisten

Leute wieder weitgehend dazu übergegangen, ihr Vermögen in Münzgeld anzulegen.«

Der zuvor unterdrückte Husten bemächtigte sich mit aller Kraft Watteaus Bronchien. Er war so geschwächt, dass seine Knie nachzugeben drohten und er sich mit der Hand an der Wand abstützen musste, um sich auf den Beinen zu halten.

»Wie ich hörte, weigern sich neuerdings die Viehhändler auf dem Markt in Poissy, eine andere Währung als Gold oder Silber anzunehmen«, fuhr Crozat in dem vergeblichen Bemühen fort, Watteaus Anfall zu überspielen. »Kein Wunder bei der Papiergeldinflation. Die Preise steigen so schnell, wie die Zeiger der Uhr sich vorwärts bewegen. Die Teuerungsrate liegt in Paris bei derzeit fünfundzwanzig Prozent.«

»Die Aktien …«, krächzte Watteau. »Was ist mit den Aktien?«

Allmählich dämmerte Crozat, welche Sorgen den Künstler bei diesen Schreckensmeldungen plagen mussten. Er wusste, dass Watteau seinen ganzen Besitz vor seiner Abreise nach England in Mississippi-Aktien angelegt hatte.

»Sie steigen«, versicherte er rasch. »An der Börse gibt es keine Schwierigkeiten. Monsieur Law bediente sich bei der Gesellschafterversammlung Anfang des Jahres einer genialen Geschäftslist: Er legte die Dividende nicht entsprechend dem Gewinn der Mississippi-Kompanie fest, über den es bis heute keine ausreichenden Informationen gibt, sondern entsprechend dem Preis, den die Aktie auf dem Markt erzielt. Damit blieb die Zuversicht der Öffentlichkeit in die Investition erhalten, und der Kurs steigt weiter.« Es lag ihm auf der Zunge, hinzuzufügen, dass die anhaltende Hausse nur mittels Unmengen von Papiergeld finanziert werden konnte, das wiederum stündlich an Wert verlor. Doch er entschloss sich, diese Tatsache zu verschweigen.

In Watteaus bleiche Wangen kehrte etwas Farbe zurück, und Crozat gratulierte sich zu seiner schauspielerischen Begabung, die es ihm ermöglicht hatte, so viel unerschütterliche Zuversicht in seine Worte zu legen.

Der Maler brauchte noch etwas Zeit, um sich gänzlich zu fangen. Umständlich zog er ein Batisttüchlein aus seiner Rocktasche, entfaltete es mit einer Gewissenhaftigkeit, als handele es sich um seinen wertvollsten Besitz, und fuhr sich damit endlich über die schweißnasse Stirn. Mit derselben übertriebenen Genauigkeit legte er es wieder zusammen und steckte es zurück. Danach erst schien er erholt genug für seine drängendste Frage.

»Warum schafft Ihr dann Euer Vermögen außer Landes? Eure Ausführungen klingen in meinen Ohren, als sei die Französische Nationalbank ebenso sicher wie die Bank von England.«

Crozat wünschte, er hätte das Thema nicht angeschnitten. Die unübersichtliche Situation auf dem französischen Finanzmarkt würde Watteau nur belasten. Auf der anderen Seite besaß der Maler ein Recht auf Informationen aus erster Hand, und Crozats Ansicht nach war eine Inflation mit verheerenden Folgen nur eine Frage der Zeit.

Unwillkürlich richtete er sich auf dem unbequemen, durchgesessenen Sofa etwas auf. Er versuchte, Watteaus Augen zu begegnen und so viel Gelassenheit wie möglich in seinen Blick zu legen.

»Ihr wisst, dass ich dem ganzen System nie wirklich getraut habe. Deshalb dürfte es Euch nicht verwundern, dass ich so viel Geld wie möglich schon frühzeitig wieder in Münzen angelegt habe. Im Übrigen stehe ich nicht allein, denn viele meiner Freunde bringen ihr Vermögen derzeit ins Ausland. Niemand kann voraussagen, wie Monsieur Law künftig mit den Reserven umgehen wird. Bislang hat er sich immer wieder einen brillanten Zug einfallen lassen, um nicht schachmatt gesetzt zu werden. Ob dies künftig zum Wohle der Anleger geschieht, weiß ich nicht. Mag sein, mag auch nicht sein. Im Gegensatz zu Monsieur Law genießt die Bank von England allerdings mein vollstes Vertrauen.« Crozat lächelte begütigend. »Obwohl London als Stadt nicht unbedingt meine Wahl ist.«

Der Regen trommelte gegen die Fensterscheiben, aufgepeitscht vom Nordseewind, der in den Schornsteinen tobte und das Feuer im Kamin zischen ließ. Ein Holzscheit knackte und fiel glimmend auf den Boden, so dass sich Crozat erhob und diesen mit einer bereitliegenden Eisenzange wieder in die Flammen zurücklegte. Nachdem er auf diese Weise einen drohenden Zimmerbrand abgewendet hatte, drehte er sich um und trat neben Watteau.

Crozat beschloss, das Thema auf ein freundlicheres Terrain zu lenken. »Ich habe mir erlaubt, einige Druckgraphiken von Euren Arbeiten in Auftrag zu geben«, hob er an. »Es wird Zeit, Euer Werk in größerem Umfang zu veröffentlichen. Mir wurde dafür von Eurem Akademiekollegen François Lemoyne ein junger Mann namens François Boucher empfohlen, der Euch tief verehrt.«

Watteau nickte, unschlüssig, welche Antwort von ihm erwartet wurde. Da die Betrachtung von Gemälden gewöhnlich nur dem einzelnen Käufer und einem von diesem ausgesuchten Kreis offenstand, gab es Stimmen, die meinten, Kunstwerke sollten einem größeren Publikum zugänglich gemacht werden. Dies war in erster Linie durch Drucke möglich, mit denen sich wiederum ein gutes Geschäft machen ließ, wenn das allgemeine Interesse an dem Maler groß genug war. Watteau war der beliebteste französische Künstler seiner Zeit, und so stand es außer Frage, dass es einen Markt für derartige Kopien seiner Werke gab. Dennoch war Watteau unschlüssig, ob er Crozats Vorgehen billigen sollte. Seine Eitelkeit war zweifellos dafür, aus finanzieller Sicht fürchtete er jedoch eine Überschwemmung des Handels. Er malte lieber im Akkord, um möglichst viele Originale direkt zu verkaufen, als den Gewinn einem anderen zu überlassen.

Watteau griff nach den auf Holzrahmen gezogenen Leinwänden. Er schwieg, da er Crozat mit seiner Meinung nicht brüskieren wollte. Eine Weile war es still in dem Zimmer. Hüstelnd prüfte der Maler seine Werke und fragte sich, welches davon vorzeigbar war. Sein Gast wartete geduldig, wohl wissend, dass unverschämte Neugier einem sensiblen Künstler schadete. Schließlich hob Watteau ein etwa zwei Ellen langes wie breites Ölgemälde hoch und stellte es vorsichtig auf eine Kommode. Das Licht von Kerzenstumpen, deren Wachs auf die Mahagoniplatte des Möbelstücks tropfte, fiel auf die helle Farbkomposition. Die Darstellung war so zart, dass sie wie von Pastellkreiden hingeworfen wirkte.

»*Diana im Bade*«, erklärte Watteau. »Was haltet Ihr davon? Euer Urteil bedeutet mir viel. Ich beabsichtige, Doktor Mead dieses Bild zum Geschenk zu machen.«

Crozat legte seinen Kopf ein wenig schief, während er das Gemälde begutachtete. Es war eine ungewöhnlich strenge Komposition. »Euer Motiv erinnert mich ein wenig an die Venus in Eurem Bild *Liebesunterricht*. Zweifellos ist Euer Stil seither gereift.«

»Danke, aber ich wollte eigentlich keine Verbindung zu meinem eigenen Werk herstellen. Ich habe die Darstellung an ein Gemälde von Louis de Boullogne angelehnt.«

»Ah!«, schmunzelte Crozat. »Deshalb der etwas kreidige Ton. Louis de Boullogne ist bekannt für seine Pastellmalerei und …«

»Die Venezianerin Rosalba Carriera hat mich inspiriert«, warf Watteau ein. Er wandte sich wieder dem Kamin zu, um seine steifen Glieder zu wärmen. »Erinnert Ihr Euch? Ihr zeigtet mir vor geraumer Zeit einige Werke von ihrer Hand. Im Übrigen begegnete ich kürzlich ihrem Schwager. Hat Euch Monsieur Pellegrini keine Grüße bestellt, als er Paris besuchte? Ich bat ihn ausdrücklich, Euch meine besten Wünsche auszurichten, was er mir auch zu tun versprach.«

»Doch. Natürlich. Doch, doch«, murmelte Crozat gedankenverloren, noch immer in die Betrachtung der *Diana im Bade* versunken. »Monsieur Pellegrini plauderte eine Weile über seine Begegnung mit Euch …«

Er unterbrach sich und besah noch eine Weile still die Leinwand. Dann trat er neben den Maler an die Feuerstelle. »Diese sogenannten *Coffee Houses* sind auch so eine primitive englische Einrichtung«, meinte er dabei. »Man versucht die französischen Salons nachzuäffen, ist aber zu sehr auf Distanz zu seinen Gesprächspartnern versessen, so dass man nicht in den eigenen vier Wänden empfangen will. Ganz zu schweigen von unseren italienischen Vorbildern …«

Crozat räusperte sich, als ihm seine Instinktlosigkeit bewusst wurde. Ihm war bekannt, wie viel Watteau an einer Reise nach Italien lag. Ein Traum, den er in Anbetracht von Watteaus bedauernswertem Gesundheitszustand für unerfüllbar hielt.

»Haltet Ihr Kontakt zu Monsieur Pellegrini?«, fragte er betont munter, während er es sich wieder auf dem unbequemen Sofa gemütlich zu machen versuchte.

»In der Tat, wir korrespondieren. Ich war so frei, mich durch den Ratschlag von Monsieur Pellegrini von der lockeren Malerei des Aktes überzeugen zu lassen.«

Crozat lächelte vor sich hin. »Und wie steht es mit der unvergleichlichen Madame Carriera?«

»Auf Eure Empfehlung hin habe ich mir erlaubt, die Dame um ein Gemälde zu bitten. Im Gegenzug möchte ich ihr ein Bild von meiner Hand überreichen. Eine Antwort habe ich noch nicht erhalten, doch mein Brief liegt auch noch keine sechs Wochen zurück.«

»Ich werde ein Wort für Euch einlegen«, versprach Crozat. »Vielleicht gelingt es mir aber auch, Madame Carriera endlich zu einer Reise nach Paris zu überreden. Es scheint mir eine wunderbare Idee zu sein, einen unverwechselbaren Künstler wie Euch und die illustre Dame aus Venedig zusammenzubringen. Ja, verflixt. Ich bin sicher, Ihr würdet Euch verstehen. Da wir gerade beim Thema sind: Wann beabsichtigt Ihr, das verregnete London zu verlassen und endlich wieder nach Paris zurückzukehren?«

»Sobald Doktor Meads Behandlung abgeschlossen ist«, versicherte Watteau, hustete und suchte mit verzweifelter Eile nach seinem Taschentuch, um den blutigen Schleimauswurf hineinzuspucken. »Ich fühle ... nein ... ich weiß, er wird mich geheilt entlassen.«

Crozats besorgten und von Zweifel erfüllten Gesichtsausdruck sah er glücklicherweise nicht.

2

Obwohl in Venedig Karneval gefeiert wurde, war es in der Casa Biondetti so still, dass Rosalba ihren Rötelstift über das Papier kratzen hörte, während sie die Portraitskizze eines Geistlichen vollendete. Sie war allein im Haus, da ihre Mutter und Schwester einen Besuch beim Pfarrer von San Vito e Modesto machten, wo sich die Familiengruft befand und Andrea Carriera beigesetzt worden war. Giovanna war Rosalba zwar eine unersetzliche Hilfe bei der Arbeit, aber sie hatte sie geschickt, die in ihrer Witwenschaft noch immer untröstliche Alba zu begleiten.

Es war einer der ersten Tage des noch jungen Jahres, an denen die schüchternen Sonnenstrahlen eines nur zu erahnenden Frühlings durch den bleichen Winterhimmel lugten und sich die Nebelschwaden über dem Wasser lichteten. Rosalba überlegte, ob sie einen Augenblick ausruhen und hinaus auf den Balkon treten sollte, um das bunte Treiben auf dem Kanal zu beobachten. Doch bevor sie eine Entscheidung treffen konnte, vernahm sie eine vertraute Stimme auf der Treppe, und kurz darauf flog die Tür zu ihrem Atelier auf. Atemlos und mit geröteten Wangen stand Angela da, ganz in schwarzen Taft gehüllt, mit leuchtenden Augen, die die Trauerkleidung zu einem modischen Requisit machten.

»Antonio ist mit Monsieur Law handelseinig geworden«, verkündete sie strahlend und ohne eine Begrüßungsfloskel. »Spätestens Ostern werden wir wieder nach Paris fahren.«

Rosalba hatte das Gefühl, ihr Herzschlag setze für einen Moment aus. Die Bekanntschaft ihrer Schwester mit diesem angeblich so wundervollen Mann lastete nach wie vor schwer auf ihrer Seele. Angela sprach ohne Unterlass von John Law, und die Zeit, die seit ihrer ersten Begegnung vergangen war, schien nur dazu zu dienen, die Erinnerung an ihn zu verklären. Von ihren Besuchen in den Schlössern von Versailles, Marly und Meudon sprach Rosalbas Schwester statt dessen kaum. Genaugenommen hatte Rosalba zunächst nur aus einem Brief von Pierre Crozat erfahren, dass die Pellegrinis sogar dem Regenten vorgestellt worden waren, und später dann durch Berichte ihres Schwagers von dieser Ehre gehört. Angela hingegen schien die Person des Finanziers des Herzogs von Orléans weitaus aufregender zu finden.

»Schon wieder so eine weite Reise«, kommentierte Rosalba die Neuigkeit mit besorgter Stimme, obwohl ihre Beunruhigung wenig mit der Fahrt zu tun hatte. Sie räusperte sich und versuchte sich an einem Lächeln, als sie wohlwollender und unter Verwendung von Angelas Kosenamen hinzufügte: »Meine Güte, Zuanina, ihr beide seid noch keine sechs Wochen aus Paris zurück. Gefällt es dir in Venedig nicht mehr?«

Angelas Finger kämpften mit den verknoteten Hutbändern, was sie für einen Moment einer Antwort enthob. Als sie nach einer Weile ihre Kopfbedeckung abnahm, erwiderte sie: »Es geht nicht darum, ob ich mich in Venedig wohl fühle oder nicht. Monsieur Law will Antonio zehntausend venezianische Dukaten für ein Deckenfresko bezahlen. Das ist sehr viel, wie du weißt. Wer könnte unter diesen Umständen schon die Strapazen einer Alpenüberquerung fürchten? Der Lohn ist fürstlich.«

Angela legte ihren Hut auf eine Kommode, raffte ihre Röcke und setzte sich auf den Schemel neben Rosalba, der für gewöhnlich Giovanna vorbehalten war. Zu Beginn von Rosalbas Karriere, als sie alle drei zusammengearbeitet und Miniaturen hergestellt hatten, war auch Angelas Platz an diesem Tisch gewesen. Dann hatte sie geheiratet und das Elternhaus verlassen – die Nähe zu ihrer Familie war jedoch Bestandteil ihres Lebens geblieben, auch wenn sich ihre Mitwirkung im »Studio Carriera« zwangsläufig reduzieren musste. Manchmal, wenn es ihre Zeit in Venedig erlaubte, kam sie vorbei und bot ihre Hilfe an.

»Zehntausend venezianische Dukaten?« wiederholte Rosalba. Sie selbst arbeitete für wesentlich weniger Honorar. Ein Portrait kostete zwischen zwanzig und dreißig, eine Miniatur wegen des größeren Arbeitsaufwandes rund fünfzig Zechinen. »In der Tat, das ist viel Geld.«

Sie wagte nicht zu fragen, ob dem reichen Herrn in Paris wirklich nur an Pellegrinis Werk gelegen war. In ihrem Kopf überschlugen sich die Gedanken daran, dass Antonios Auftraggeber ganz bewusst die Gattin des Malers beeindrucken wollte. John Law würde sich damit zwar eines schwindelerregend hohen Betrags bedienen, aber Angela hatte ihn als so vermögend geschildert, dass seinen Wertvorstellungen wahrscheinlich andere Maßstäbe zugrunde lagen. Wer konnte ahnen, was ihm eine Liebesnacht wert war?

»Außerdem«, sinnierte Angela mit einem verklärten Lächeln, »ist es wundervoll, in Paris zu sein. Dieser Glanz und die vielen gesellschaftlichen Ereignisse und …«

»Wir befinden uns in Trauer!«, protestierte Rosalba. »Wie kannst du da von dem ausschweifenden Leben in Paris sprechen? Ich bitte dich, versündige dich nicht.« Nach einer kleinen Pause, in der sie an Zanetti dachte, fügte sie etwas weniger angriffslustig hinzu: »Außerdem wird sich das Vergnügen in Paris ja wohl kaum von vergleichbaren Anlässen hierzulande unterscheiden. Heißt es nicht, Venedig sei die amüsanteste Stadt der Welt?«

»Es heißt, dass Venedig das größte Bordell der Welt ist«, korrigierte Angela mit gespieltem Ernst. In ihren Augen glitzerte der Schalk, und bevor sie wegen ihres wenig damenhaften Kommentars gerügt werden konnte, stieß sie aufgeregt hervor: »Du solltest uns begleiten.«

»Wie bitte?«

»Ja, wirklich, komm mit uns mit nach Paris. Antonio und ich haben schon alles besprochen. Bis zu unserer Abreise ist noch genug Zeit. Du kannst deine Aufträge erfüllen und in Ruhe eine Garderobe für den Aufenthalt in Frankreich zusammenstellen. Es gibt nichts, was dagegenspricht, dass wir gemeinsam auf Reisen gehen.«

Einen Moment lang war Rosalba so verblüfft, dass sie keinen Ton herausbrachte. Sie starrte Angela aus ihren kleinen, stechenden Augen fassungslos an. Dann hoben sich ihre breiten Augenbrauen, und sie fragte bitter: »Nichts?« Ohne eine Antwort abzuwarten, schob sie ihren Stuhl zurück und sprang auf. »Wie verantwortungslos bist du eigentlich? Ich hätte nie von dir gedacht, dass du Mama und Giovanna als nichts bezeichnest. Glaubst du wirklich, ich würde meine Familie zum jetzigen Zeitpunkt verlassen?«

Angela lehnte sich ein wenig vor und stützte die Ellbogen auf den Tisch, um Rosalbas Wutausbruch aus einer bequemen Position über sich ergehen zu lassen.

»Pass auf, dass du meine Zeichnung nicht zerknitterst«, wurde sie von Rosalba angeherrscht. »Es wäre unverzeihlich, wenn du auch noch das Portrait von Abbé Metastasio ruinierst.«

Mit einem ergebenen Seufzer schob Angela die Skizze zur Seite. »Sei ehrlich, Rosa, du bist gar nicht böse, weil ich so vermessen bin, dich während des Trauerjahrs von Papas Grab wegzuholen«, sagte sie. »Du bist ärgerlich, weil du befürchtest, deine Träume blieben für immer unerfüllt. Antonio und ich bieten dir nun die Möglichkeit, eine wunderbare Reise zu unternehmen, wie du sie immer machen wolltest, und dein Zorn ist nichts anderes als deine Angst vor deiner eigenen Courage.«

Rosalba öffnete den Mund zu einer scharfen Erwiderung, schloss ihn jedoch wieder, da sie befürchtete, Angela etwas Unentschuldbares an den Kopf zu werfen. Schweigend wandte sie sich zum Fenster um und starrte in das letzte Licht. Die Dämmerung glitt langsam über die Dächer der Kirchen und Paläste, und die Sichel des Mondes stand bereits am blassblauen Winterhimmel.

Das Schlimme ist, ging es Rosalba durch den Kopf, dass Angela nicht ganz Unrecht hat. Die so plötzlich offerierte Möglichkeit, in Begleitung von Schwester und Schwager nach Paris zu reisen, war mehr als nur verlockend. Es war in der Tat die Erfüllung eines Traums. Doch zu viel sprach dagegen. Die Etikette, die verlangte, dass das Trauerjahr um Andrea Carriera eingehalten wurde; die Sorge, ihre Mutter und Giovanna mit ihren Tränen zurückzulassen, während sie den Verlust des Vaters in der französischen Hauptstadt wahrscheinlich rasch verschmerzen würde; die Befürchtung, dass sie als das fünfte Rad am Wagen über kurz oder lang unerwünscht sein würde; letztlich diese schreckliche Schwermut, die sich ihres an und für sich positiven Geistes hin und wieder bemächtigte und ihren Wünschen trotzig im Wege stand …

Das Rascheln von Taftröcken unterbrach ihre Gedanken. Angela trat hinter Rosalba und sagte mit sanfter Stimme: »Du darfst dir keine Sorgen machen, Liebste. Es ist alles geregelt. Im Übrigen ist es nicht mehr zu entschuldigen, dass du die wiederholten Einladungen des reizenden Monsieurs Crozat immer wieder aufs Neue ausschlägst.«

Rosalba drehte sich nicht zu Angela um. Sie sah, wie die schwarzen Gondeln mit ihren rotsamtenen Baldachinen wie eine elegante Prozession unter ihrem Fenster vorüberglitten.

»Was heißt: Es ist alles geregelt?«, fragte sie.

»Wie kannst du denn annehmen, ich hätte nicht an Mama und Giovanna gedacht? Die beiden werden selbstverständlich mit uns nach Paris reisen.«

Ein feines Lächeln glitt über Rosalbas Züge. Die tatkräftige Angela schien wirklich an alles gedacht zu haben. Sie war schon immer eine hervorragende Organisatorin gewesen. Dennoch wandte Rosalba ein: »Vielleicht will Mama gar nicht verreisen … Und du weißt, wie schwach Giovannas Gesundheit ist … Die Fahrt wird viel zu anstrengend für sie sein …«

Angela legte ihre Hände auf Rosalbas Schultern und drehte die Schwester zu sich herum. Im Zwielicht verschwammen die

Konturen in Rosalbas Gesicht, fast wie in einem ihrer schmeichelnden Portraits. Ihre Augen glänzten.

»Deine Vorbehalte sind Unsinn, das weißt du. Mama wird der Tapetenwechsel gut tun, und Giovanna ist nicht krank, sondern nur sehr zart.«

»Wie immer bist du unendlich überzeugend, Zuanina«, seufzte Rosalba eine Spur erleichtert. »Trotzdem brauche ich ein wenig Bedenkzeit. Ich möchte mich mit Mama besprechen. Ihre Meinung zu einer so weiten Reise ist mir ebenso wichtig wie Giovannas. Meine endgültige Entscheidung hängt einzig und allein von dem Wohlbefinden der anderen ab.«

Im Hintergrund des Raumes war es dunkel geworden. Angela ließ Rosalba los und drehte sich, auf der Suche nach einem Zündstein, mit dem sie die Kerzen entzünden konnte, um. Während sie sich ans Werk machte, plauderte sie munter drauflos. »Stell dir vor, Rosa, du wirst Kunstwerke sehen, von denen du immer geträumt hast, und dich in der fortschrittlichsten Stadt aufhalten, die du dir nur vorstellen kannst …«

»Ich dachte, Venedig sei die fortschrittlichste Stadt der Welt …«

»Ach«, tat die Schwester Rosalbas Einwand ab, »seit dem Krieg mit den Türken und dem Verlust der venezianischen Kolonien am Peloponnes und in Dalmatien ist hierzulande alles irgendwie rückwärtsgewandt.«

Der flackernde Lichtschein einer Kerze warf helle Kreise auf Angelas schönes Gesicht. Ihre Züge nahmen einen schwärmerischen Ausdruck an, als sie fortfuhr: »Weißt du, in Paris ist es ganz anders. In der Stadt ist so viel Geld im Umlauf, dass sich fast jeder alles leisten kann. Natürlich wird auch investiert, etwa in dekorative Kunstwerke, vor allem aber in Immobilien, die die Stadt zum Blühen bringen. Nimm zum Beispiel Monsieur Law. Kürzlich kaufte er die Sümpfe an den Champs-Élysées. Er will sie trockenlegen lassen und urbanisieren, um die inzwischen ziemlich enge Innenstadt auszudehnen. Das ist Fortschritt! Nicht die Eröffnung eines Kaffeehauses. Das

›Caffè Florian‹ scheint mir jedoch das einzige, was in Venedig derzeit neu entsteht.«

»Ich weiß wirklich nicht, was du gegen Kaffeehäuser hast«, meinte Rosalba lakonisch und begann, ihre Stifte und Pastellkreiden zusammenzuräumen, da sie keine Muße mehr zum Arbeiten verspürte. In ihrem Gehirn drehten sich Überraschung, Vorfreude und Zweifel zu einem Tanz, der ihr Kopfschmerzen bereitete. Sie hoffte, dass ihre Mutter und ihre jüngste Schwester bald heimkehren würden, damit das Abendessen aufgetragen werden und sie sich zur Ruhe legen konnte.

»Seit ich in London feststellen musste, dass der Besuch von *Coffee Houses«,* Angela sprach das englische Wort absichtlich exaltiert aus, »nur Herren vorbehalten ist, habe ich eine Menge dagegen.«

»Andere Länder, andere Sitten. Gerade du bist weit genug gereist, um zu wissen, dass Frauen anderswo weniger … hm … akzeptiert leben als in Venedig. Es ist wohl kein Wunder, dass die erste Doktorandin der Welt von hier stammt und die Universitäten Padua und Bologna immer wieder Frauen zur Promotion zulassen.«

Rosalba fügte nicht hinzu, dass ihr eigenes hohes Bildungsniveau in anderen Ländern absolut ungewöhnlich war.

»Das intellektuelle Leben Frankreichs wird sehr wohl von Damen bestimmt«, konterte Angela. »Die Salons in Paris werden von Frauen geführt, die in der Regel über das Schicksal eines Künstlers entscheiden, egal, ob er Maler, Dichter oder Musikant ist. Monsieur Law hat …«

»Du lieber Himmel!« Entnervt blickte Rosalba auf. »Gibt es irgend etwas in Paris, das in keinem Bezug zu diesem sagenhaften Monsieur Law steht?«

»Nein. Nichts.«

Rosalba schluckte. Es war an der Zeit, dass sie die Angelegenheit klärte, die ihr seit Wochen auf der Seele lag. Ihre Hände zitterten ein wenig, als sie die Pastellstifte in den dafür bestimmten Kasten aus Mahagoni legte.

Dann wies sie auf den Hocker, auf dem Angela zuvor gesessen hatte.

»Bitte«, sagte sie, »wir müssen uns aussprechen.«

Mit verwunderter Miene ließ sich Angela nieder. »Ich wusste, dass dir etwas auf der Seele brennt. Was ist los?«

»Das frage ich dich.« Rosalba nahm ebenfalls wieder auf ihrem Stuhl Platz, beschäftigte sich einen gedankenvollen Augenblick mit ihren Röcken und platzte schließlich heraus: »Du sprichst immerzu von Monsieur Law, Zuanina. Ich bin beunruhigt, dass du dich durch diesen Mann zu einer Tat hinreißen lassen könntest, die du dein Leben lang bereuen würdest. Sag mir, ist dir die schnelle Reise zurück nach Paris so wichtig, um … um ihn wiederzusehen?«

Überraschung, Bestürzung und Belustigung wechselten sich in Angelas Gesichtsausdruck ab. Sie brauchte eine Weile, um Rosalbas Verdächtigung zu verdauen. Zunächst lag ihr auf der Zunge, ihre Schwester darauf hinzuweisen, dass Antonio Pellegrini nicht ohne seine Frau auf längere Reisen ging, weshalb sie ihn von Anfang an quer durch Europa begleitet hatte und also auch nach Paris begleiten würde. Auch hätte sie Rosalba sagen können, dass ihr Ehemann den aufbrausenden, eifersüchtigen Charakter eines Süditalieners besaß und sie sich allein aus diesen Gründen vorsehen musste. Überdies könnte sie schlicht antworten, dass sie ihren Gatten liebte. Doch Angela entschied sich für eine philosophische Erwiderung.

»Du brauchst dir keine unnötigen Gedanken zu machen, Rosalba. Monsieur Law ist der attraktivste Mann, den du dir vorstellen kannst, aber ich fühle mich allen Versuchungen gewachsen. Stell dir vor, ich sei ein griechischer Weiser in weiblichem Gewande. Würde sich dieser von der Flüchtigkeit eines leidenschaftlichen Augenblicks hinreißen lassen?«

Wohlklingende Worte, die Rosalba bedeuteten, dass sie nicht weiter in Angela dringen durfte. Eine Zerstreuung ihrer Ängste bewirkten sie jedoch nicht.

»Gut, gut«, meinte die Ältere schließlich launig. »Da du gegen den bewundernswerten Monsieur Law resistent bist, wie du behauptest, wird es mir wohl ebenso ergehen. Oder besteht die Gefahr, dass ich ihm nicht vorgestellt werden würde, wenn wir in Paris sind?«

Angelas Augen leuchteten auf. »Ich glaube«, versprach sie verschmitzt lächelnd, »eine Begegnung ließe sich arrangieren. Aber dafür musst du natürlich nach Paris mitkommen...«

3

Ist es wahr, was die Leute sagen?«

John sah von seinem Schreibtisch auf. Er war gerade dabei, die Schubladen seines Sekretärs nach einem verloren geglaubten Gegenstand zu durchsuchen. Obwohl er sich dabei nur ungern stören ließ – er stöberte bereits den halben Vormittag in der einen oder anderen Ecke herum –, unterbrach er seine Tätigkeit und lächelte seine Frau zärtlich an.

Katherine Knollys war seit über zwanzig Jahren seine Gefährtin. Sie nannte sich seine *Frau* und »Madame Law«, obwohl sie nicht verheiratet waren, und inzwischen schienen die Umstände in Vergessenheit geraten zu sein, unter denen sie John Law kennen und lieben gelernt hatte. Es war 1698 in Paris gewesen, genaugenommen in dem Vorort Saint-Germain-en-Laye, wo der englische Exilkönig James II. damals Hof hielt und der Glücksritter Law auf seiner Wanderschaft mehr oder weniger zufällig vorbeikam. Katherine, eine englische Adlige, war bereits mit einem französischen Edelmann verheiratet, doch das änderte wenig an ihrer Anziehungskraft. Sie war zwar keine Schönheit, aber sie verfügte über ungewöhnlich viel Mut, Stolz und Entschlossenheit. Eigenschaften, die sie aus ihrer Ehe ausbrechen und mit John durchbrennen ließen. Über den Skandal, den die beiden damit verursachten, war im Laufe der Zeit Gras gewachsen, und jedermann glaubte, Katherine sei die rechtmäßige Ehefrau John Laws, nicht zuletzt, da sie ihm zwei Kinder geboren hatte.

»Woher soll ich wissen«, fragte er geduldig, »was die Leute reden?«

Sie schöpfte Atem, bevor sie die Ungeheuerlichkeit wiederholte, die man ihr in ihrem Salon zugetragen hatte. »Ich habe gehört, dass Ihr von Prinz Conti betrogen worden seid. Stimmt es, dass er in die Bank stolziert ist, Papiergeld in Höhe von insgesamt viereinhalb Millionen *livre* auf den Tisch legte und die Einwechslung in Münzen verlangte?«

»Nun, es ist sein gutes Recht, den Gegenwert der *billets* in Gold oder Silber zu fordern. Prinz Conti hat mich deswegen nicht betrogen, Katherine.«

Sie schnappte noch immer nach Luft und rang nun noch die Hände, eine in ihrem Kummer rührende Gestalt, die ihn zwang, um seinen Schreibtisch herumzugehen und die Arme nach ihr auszustrecken. Liebevoll zog er sie an seine Brust. »Ihr solltet Euch nicht meinen Kopf zerbrechen. Alles ist gut.«

»Nein«, widersprach sie, sich energisch aus seiner Umarmung befreiend. Die Augen der sonst so gelassenen, in sich ruhenden Katherine schimmerten von ungeweinten Tränen. »Nichts ist gut. Der Prinz tat sein Misstrauen gegen Euer System kund und beschädigt Euren Ruf. Dieses Verhalten könnte zu einem abrupten Ende Eures Erfolges führen. Was kann daran gut sein?«

John seufzte. »Als ich den Franzosen Geld aus Papier gab, versicherte ich ihnen, sie könnten die *billets* in ihre gewohnten Münzen eintauschen, wann immer sie es wollten. Nun hatte Prinz Conti eben diesen Wunsch, und er wurde ihm erfüllt. Das ist die ganze Geschichte …«

Das stimmte zwar nicht ganz, und er nahm an, dass Katherine das wusste, doch statt ihr anzuvertrauen, was ihn seit geraumer Zeit bedrückte, rettete er sich in Spott: »Prinz Conti musste drei Fuhrwerke kommen lassen, um seine Münzen abzutransportieren. Ein ziemlich komischer Anblick, kann ich Euch versichern. Die ganze Rue de Richelieu war auf den Beinen.«

»Um so schlimmer. Prinz Conti ist ein Vorbild für die Öffentlichkeit. Als ich kürzlich im Theater war, sah ich, wie er das Signal für den Applaus gab, und, stellt Euch vor, das gesamte Publikum folgte ihm wie eine Meute bei der Fuchsjagd.«

»Nun ja, zwischen dem Theater, einer Jagdgesellschaft und der Bank gibt es vielleicht doch einen kleinen Unterschied.«

Seine Ironie verunsicherte und verärgerte sie. Eifersüchtig fürchtete sie, plötzlich sein Vertrauen verloren zu haben. Statt das Gespräch zu beenden, wie andere Frauen es in dieser Situation getan hätten, raffte sie ihre Röcke, schritt demonstrativ an ihm vorbei zu seinem Schreibtisch und ließ sich auf den Besucherstuhl fallen.

»Wie könnt Ihr nur so mit mir sprechen, während ein Sturm aufzieht? Habe ich nicht bewiesen, dass ich Euer Leben in guten wie in schlechten Zeiten zu teilen bereit bin? Wir sind jahrelang durch Europa gezogen auf der Flucht vor Euren Skandalen, ohne ein sicheres Zuhause zu besitzen, aber mit unserer Liebe im Gepäck, die allen Stürmen, Rückschlägen und Anfeindungen standhielt. Ich kann und will nicht glauben, dass Ihr mir jetzt etwas so Wichtiges wie Probleme mit der Bank verschweigen wollt.«

»Die Zukunft der Bank ist gesichert…«, hob er an, unterbrach sich dann aber, um schließlich zuzugeben: »Ihr habt recht. Plötzlich läuft nicht mehr alles so, wie ich es mir wünsche. Aber das ist kein Grund zur Besorgnis. In der Finanzwirtschaft geht es zu wie beim Spiel. Das Glück kommt und geht und kommt. Jeder Baisse folgt eine Hausse.«

Er wandte sich zu dem zierlichen Beistelltisch aus Nussbaumholz, auf dem sich einige frisch gefüllte Karaffen aus böhmischem Kristall und eine Reihe von Gläsern befanden. »Möchtet Ihr einen Sherry?«, fragte er über seine Schulter.

»Ja, bitte.« Schweigend beobachtete sie, wie er einen Flakon entkorkte und die samtene, bernsteinfarbene Flüssigkeit aus der Karaffe in die Gläser laufen ließ. Als er ihr den Kelch reichte, blickte sie in seine Augen und sagte: »Wenn Prinz Conti derart öffentlich sein Misstrauen zeigt, wird auch der Herzog von Orléans über kurz oder lang nicht mehr an Euch glauben.«

»Das braucht Ihr nicht zu befürchten«, erwiderte er sanft und strich mit seiner freien Hand über ihr hoch aufgetürmtes Haar. »Seine Hoheit machte mich zum Herrscher über den

Handel mit den Kolonien, zum Verwalter der Münze, zum Direktor der Nationalbank. Er gab mir das Recht, Steuern einzutreiben, und ernannte mich schließlich zum Finanzminister. Philippe kann es sich nicht leisten, seine Entscheidung so rasch wieder zurückzunehmen, selbst wenn er es wollte.«

»Es geht das Gerücht, immer mehr Aktionäre würden ihre Papiere verkaufen und in Münzen umtauschen«, insistierte Katherine. »Könnte es sein, dass die Menschen nicht mehr an die goldenen Berge glauben, die ihnen die Mississippi-Kompanie versprach?«

»Habt Ihr vergessen, dass die Gesellschaft am letzten Tag des alten Jahres eine Dividende von zweihundert *livre* pro Aktie ausgeschüttet hat?«, konterte John mit einer Zuversicht, die er im Grunde seines Herzens nicht mehr empfand. Natürlich war die unvorhersehbare, unerklärliche Flucht in das alte Münzgeld nicht nur ein Thema in Katherines Salon. Er wusste, dass viele der neuen Millionäre begonnen hatten, ihre Aktiengewinne in Gold und Silber einzutauschen, diese aber nicht wieder investierten, sondern horteten oder ins Ausland schafften.

»Das einzige Problem – und ich gebe Euch gegenüber freimütig zu, dass es dieses gibt –, ist das nachlassende Interesse am Papiergeld auf der einen und der enorme Bestand von Noten auf der anderen Seite.«

Ihre Augen weiteten sich vor Entsetzen. »Wollt Ihr damit sagen, es wären zu viele Geldscheine gedruckt worden? Ist etwa mehr Papier im Umlauf, als die Bank an Münzreserven besitzt? O John!«

»In der Tat, einen Auftritt wie den des Prinzen Conti wird sich die Bank nicht mehr häufig leisten können«, versetzte er und trank etwas Sherry, um sie nicht anschauen zu müssen. Er wollte nicht, dass sie die Beunruhigung in seinem Blick bemerkte. »Der Markt verlangte das ständige Nachdrucken der *billets*. Nur mit Hilfe von großen Mengen an Papiergeld konnte der Aktienmarkt florieren und die französische Wirtschaft angekurbelt werden. Um die inzwischen kaum noch überschaubare Ausgabe von Banknoten einzudämmen, habe ich mich schon im Dezember entschlossen, keine Darlehen mehr zu bewilligen. Der Schlüssel zu meinem System, Katherine, ist das Papiergeld – ich glaube fest an seine Zukunft. Jeder ökonomisch gebildete Mensch muss sich damit langfristig auseinandersetzen. Es mag ein wenig dauern, bis das alle begreifen, aber dazu wird es früher oder später kommen.«

»Nicht, wenn Leute wie Prinz Conti Euch zu ruinieren versuchen.«

Ein bitteres Lächeln umspielte seine Mundwinkel. »Er wollte ein Darlehen und war beleidigt, weil ich es ihm verweigerte wie jedem anderen Bankkunden auch. Aus Wut sorgte er für diese öffentliche Brüskierung, nicht aus Misstrauen gegen das Papiergeld.«

»Ihr zieht Feinde an wie Motten das Licht. Graf d'Argenson etwa wird Euch nie verzeihen, dass er Euretwegen als Finanzminister entmachtet wurde. Das Amt des Königlichen Siegelverwahrers scheint ihm keine angemessene Gegenleistung zu sein.«

»Es ist für einen korrupten Mann wie d'Argenson weniger lukrativ«, gab John leichthin zurück. »Im Übrigen hasst er mich, seit wir uns das erste Mal begegnet sind. Erinnert Ihr Euch nicht, dass er mich vor zehn Jahren aus Paris ausweisen ließ, als er noch Polizeipräfekt war? Es gab damals wie heute keinen Grund für seinen Hass, und ich nehme an, sein Verhalten liegt einfach darin begründet, dass er der alten Hofgesellschaft angehört, die aus den verschiedensten eigennützigen Gründen jede Reform zu hintertreiben versuchen. Diese Leute sind mir nicht wohlgesinnt, das stimmt, aber alle mächtigen Männer haben nun einmal Feinde. Das ist der Preis. Wer beliebt ist, wird es nie zu etwas bringen.« Die energische Geste, mit der er den Sherry in seinem Glas mit einem Zug hinunterstürzte, strafte seine letzten Worte Lügen.

»Doch Ihr wolltet stets beliebt sein. Habt Ihr nicht immer

124

wieder betont, dass der Wunsch, Gutes zu tun und den Menschen zu Glück und Erfolg zu verhelfen, Euch stärker ansporne als das Verlangen nach persönlichem Reichtum oder Ansehen?«

»Auf den freundschaftlichen Beistand von Männern wie Prinz Conti lässt sich ebensowenig ein festes Fundament bauen wie auf offene Gegner«, brummte John. »Der Rückhalt von seinesgleichen hängt von ihrer Einschätzung der aktuellen Situation ab. Conti weiß, dass er durch mich viel gewonnen hat und ohne mich viel verlieren kann, aber er würde seine eigene Position niemals gefährden, um sich hinter mich zu stellen. Leute wie er haben viel zuviel Angst davor, mit den falschen Entscheidungen in Zusammenhang gebracht zu werden. Der einzige Mensch bei Hofe, auf den ich mich absolut verlasse, ist Philippe von Orléans.«

Als sei der Alkohol ein wichtiges Bindeglied ihrer Freundschaft, ließ John einen neuen Schluck des kostbaren Sherrys, der eigens für seinen Keller aus dem andalusischen Jerez eingeführt wurde, in seine Kehle rinnen. Dann lächelte er Katherine an. »Ich bin sicher, Louis François Conti wird seinen riesigen Berg an Münzen zum nächsten Aktienmakler bringen und wieder in Mississippi-Papiere anlegen.«

Sie zuckte mit den Achseln, während sie ihrerseits an ihrem Glas nippte. »Und wenn nicht? Philippe von Orléans könnte …«, murmelte sie schließlich vage und brach in beredtem Schweigen ab.

»Der Regent liebt mich. Ich habe seine Staatskasse saniert, vergesst das nicht …«

Ein Klopfen unterbrach ihn. Mit zwei Schritten war er an der Tür und riss sie, verärgert über die Störung, auf. Vor ihm, in dem kleinen Antichambre zwischen dem Vestibül und seinem Arbeitszimmer, stand ein hochgewachsenes Mitglied der Schweizer Garde, die schon vor geraumer Zeit zur Bewachung der gesamten Familie Law engagiert worden war. Sowohl in Katherines Salon als auch in Johns Empfangszimmer fanden sich zumeist so viele Besucher ein, dass eine stattliche Anzahl

Wachleute notwendig war, um den Ansturm unter Kontrolle zu halten. Der livrierte Posten verneigte sich.

»Verzeihung, Euer Gnaden, Seine Exzellenz Botschafter Lord Stair wartet im Vorzimmer und bittet, vorgelassen zu werden.«

John nickte stumm, woraufhin der Wachmann sich ehrerbietigst zurückzog.

»Noch ein angeblicher Freund, der sich zum Feind entwickelt hat«, bemerkte Katherine. Nervös strich sie über die Fülle von feinstem Mohair, die sich um ihre Beine bauschte. »Die Herren sollten einen Club aufmachen.«

»Kein Zynismus, bitte. Wir sind alte Freunde. Sir John teilte stets meine Leidenschaft für das Glücksspiel. Allerdings lebte er immer etwas freigebiger als ich, und ich denke, von den drei Millionen *livre*, die er mit dem Aktienhandel gewann, wird nicht mehr allzuviel übrig sein. Wahrscheinlich ist er verärgert, weil er mir – in seiner Blindheit für die eigenen Fehler – die Schuld an einem möglichen Kursverlust zuschreibt.«

»Ihr seid zu gutmütig für die Welt, in der Ihr Euch bewegt.« Sie erhob sich und schwebte graziös an ihm vorbei, drehte sich an der Tapetentür, die in ihr Boudoir führte, jedoch noch einmal um und kehrte zurück, um ihm einen Kuss auf die Wange zu hauchen. »Ihr braucht nicht freundlich zu Eurem falschzüngigen Besucher zu sein. Es heißt, Lord Stairs brillante diplomatische Laufbahn habe ein plötzliches Ende gefunden, und er würde in absehbarer Zeit nach London zurückgerufen werden.«

John lächelte. »Danke. Euer Salon ist der beste Nachrichtendienst, den ich mir wünschen kann. Apropos: Da Ihr alles wisst, Katherine, ist Euch vielleicht aufgefallen, wo ich meine Tabatiere habe liegen lassen? Ich suche seit Stunden nach dem alten Döschen mit der hübschen Miniatur, das ich fast immer bei mir trage. Merkwürdigerweise scheint es verschwunden.«

»Das tut mir Leid, aber ich habe keine Ahnung. Ihr müsst die Tabaksdose irgendwo verlegt haben. Ein Mitglied des Personals hat sie sicher nicht genommen. Es gibt wertvollere Sachen bei Euch zu finden. Erinnert Ihr Euch, wo Ihr sie zuletzt benutzt habt?«

»Wenn ich das wüsste…« John hob in einer Geste der Resignation die Arme und ließ sie anschließend wieder fallen. »Wahrscheinlich bei der Sitzung des Regentschaftsrates… In der Tat, das wird es sein. Ihr seid großartig, Katherine.« Er beugte sich zu ihr hinunter und küsste zärtlich ihren Mund. »Ich werde den Haushofmeister bei meiner nächsten Audienz im Palais Royal nach der Tabatiere fragen. Aber nun sollte ich Lord Stair nicht länger warten lassen, obwohl ich die nächste Stunde viel lieber mit Euch alleine verbringen würde.«

»Der Wunsch zählt auch«, versicherte sie ihm und rauschte leichtfüßig durch die Tapetentür in ihre Räumlichkeiten.

4

John fand keine Gelegenheit, sich bei seinem nächsten Besuch im Palais Royal nach seiner Tabaksdose zu erkundigen, denn seine Audienz wurde von wichtigeren Dingen überschattet. Das *Système du Law* begann dem Herzog von Orléans über den Kopf zu wachsen.

Anfangs hatte er in den Vorschlägen des Reformators die Lösung aller finanziellen Probleme, in dem schottischen Ökonomen so etwas wie den Heiland des französischen Geldmarktes gesehen. Tatsächlich waren die Staatsschulden in Höhe von über zwei Milliarden *livre* durch das System getilgt worden. Doch die goldenen Zeiten sollten nur von kurzer Dauer sein. Im Grunde hatten sie nur ein paar Monate angehalten, und die ersten Anzeichen der Inflation waren inzwischen unübersehbar. Darüber hinaus hatte der plötzliche Wohlstand die ohnehin zur Verschwendung neigenden Franzosen verwöhnt, so dass die Proteste gegen den Generalkontrolleur der Finanzen und die Regierung zunahmen. Anfang Februar befürchtete der Regent eine Staatskrise.

Nicht, dass ihm das gemeine Volk viel bedeutet hätte. Dass ein Huhn, die legendäre Lieblingsspeise des Bürgertums, inzwischen zweihundert *livre* kostete und eine Hausfrau das Vier- bis Fünffache für einen Laib Brot zahlen musste, der im vergangenen Herbst für einen Sou zu haben gewesen war, interessierte Philippe von Orléans wenig. Als deutlich besorgniserregender erschien ihm der Unmut der Höflinge, angeführt von Marc-René d'Argenson. Nicht nur, dass John Law Darlehen für Adlige ebenso verweigerte wie für Franzosen niederer Herkunft; kaum war er zum Finanzminister ernannt, schlug er vor, den Kauf von Staatsämtern abzuschaffen, und plante die

Entlassung von Hofbeamten und Parlamentariern, die mittels finanzieller Zuwendungen zu ihrer Stellung gelangt waren und anschließend von den hohen Gehältern bei Hof profitierten.

Philippe hatte eingewilligt, die Korruption auf diese Weise zu beseitigen, und dies als wichtigste innenpolitische Entscheidung seiner Regentschaft gefeiert. Er hatte jedoch nicht mit der breiten Front seiner Widersacher gerechnet. Plötzlich sah er sein eigenes ausschweifendes Dasein gefährdet und sich selbst in einer Zwangslage, falls sich die Feinde John Laws zu einer Verschwörung verbrüderten. Darüber hinaus witterte er Verrat.

Auf Anraten seines obersten Finanziers hatte er drei Wochen nach dessen Amtsantritt einer Verfügung zugestimmt, die ein Ausfuhrverbot von Münzen und ungemünzten Edelmetallen vorsah. Damit sollten die Rücklagen der Königlichen Bank geschützt und der Geldfluss ins Ausland gestoppt werden. Doch es passierte nichts anderes, als dass selbst die ehrenwertesten Leute zu Schmugglern wurden. Hinter vorgehaltener Hand erzählte man sich die Geschichte eines Aktienhändlers, der eine Million *livre* in Münzen auf einen Karren geladen und mit Mist zugedeckt haben sollte. Anschließend hatte er den Wagen als armer Bauer verkleidet nach Amsterdam kutschiert, um sein Vermögen der dortigen Bank anzuvertrauen.

Der Herzog von Bourbon, bekanntlich ein Intimus sowohl des Regenten als auch dessen Generalkontrolleurs, hatte unmittelbar vor Inkrafttreten des neuen Gesetzes bei der Bank fünfundzwanzig Millionen *livre* in Goldmünzen eingetauscht, was in der Öffentlichkeit zu der Annahme führte, er profitiere von einem Geheimwissen. Sogar über John Law hieß es, er habe zu seiner persönlichen Bereicherung beträchtliche Mengen Silbers nach London geschafft und im Haus eines englischen Bankiers eingelagert. Infame Lügen vielleicht, aber der Stachel des Zweifels stach in Philippes Fleisch.

Als John zur Audienz im Palais Royal erschien, war der Regent zutiefst erbost über all die Gerüchte, die sich inzwischen in fast ebenso unüberschaubarer Zahl im Umlauf befanden wie die Banknoten. Der Herzog von Orléans saß auf dem Abortstuhl und verrichtete gerade seine Notdurft. Um sich abzuputzen, benutzte er Toilettenpapier, welches nach Meinung seiner Mutter keinen geringeren Wert mehr besaß als die Zettel, die als Geld verkauft wurden. Ein Gedanke, der seine Wut maßlos steigerte. Mit heruntergelassenen Hosen stürzte er auf seinen Finanzier zu.

»Warum zerstört Ihr, was wir aufzubauen versuchten? Wollt Ihr mein Vertrauen untergraben?«

Da John sich verneigte, blieb dem Regenten die Bestürzung in seinem Gesicht verborgen. Nur selten hatte John den Herzog in so schlechter Stimmung erlebt. Abgesehen von kleinen Eitelkeiten oder harmlosen Eifersüchteleien, die sich gelegentlich einstellten, war Philippes Gutmütigkeit fast sprichwörtlich. Peinlich berührt von der offenen Demütigung, die ihm das andere Gesicht des sonst so freundlichen Herzogs von Orléans offenbarte, gingen Katherines Worte durch Johns Kopf. Er dachte an die Skepsis, mit der sie kürzlich über seine Männerfreundschaften gesprochen hatte. Unwillkürlich beschlich ihn der Verdacht, dass die Urteilskraft seiner Frau besser war als seine eigene. Seine Geschäfte basierten auf seiner guten Beziehung zu Philippe, seine Pläne bauten auf ihr gegenseitiges Vertrauen. Er konnte es sich nicht erlauben, Philippes Ohr zu verlieren. Allerdings – Frankreich konnte sich das ebensowenig leisten.

Obwohl sein Selbstbewusstsein ein wenig zu wanken begann und John den Regenten am liebsten angeschrien hätte, hatte er sich, als er sich aufrichtete, wieder so weit unter Kontrolle, dass sein Mienenspiel Gelassenheit und Zuversicht ausstrahlte.

»Es würde mir niemals einfallen, dem französischen Staat oder Euch persönlich zu schaden. Unehrlichkeit ist nicht meine Sache, Königliche Hoheit.«

»Ich lasse Euch in die Bastille werfen, wenn Ihr mich belügt…«

Die Hose glitt aus seinen Händen und rutschte bis zu den Knöcheln herab. Ärgerlich winkte Philippe nach seinem Kammerdiener, der pflichtteiligst erschien, um seinen Herrn wieder anzukleiden. Währenddessen kümmerten sich im Hintergrund zwei Pagen um den Inhalt des Abortstuhls – und hielten dabei Augen und Ohren offen, um auch möglichst jede Neuigkeit zu erfahren. Das Personal im Palais Royal war eine sichere Quelle für die Übermittlung von Nachrichten aller Art, und nirgendwo sonst in Paris wurde so viel geschwatzt wie in den Dienstbotenquartieren und an den Lieferanteneingängen. Auf diese Weise machten Intimitäten auf schnellstem Wege die Runde, und John fürchtete, dass die Begleitumstände seiner heutigen Audienz noch vor Sonnenuntergang in den Salons seiner Feinde bekannt sein würden. Der Regent empfing seinen Generalkontrolleur der Finanzen beim Defäkieren ...«

»*Merde!*«, fuhr es John durch den Kopf, dessen Entsetzen rasch einem nüchternen Pragmatismus Platz machte. Er fragte sich, wie wohl die Aktienkurse auf diese Blamage reagieren würden.

»Der Zorn der Öffentlichkeit ist enorm«, herrschte Philippe seinen Finanzminister an. »Das ist kein Scherz. Ich werde Euch wirklich in die Bastille werfen lassen, wenn sich nicht bald alles zum Besseren wendet.« John knickte noch einmal zu einer ehrfürchtigen Verbeugung ein. »Mit Verlaub, Königliche Hoheit, Ihr werdet von Gerüchten geleitet, die von den Feinden meines Systems zum eigenen Vorteil bewusst gestreut und genutzt werden. Ich beschwöre Euch, diesen Unsinn nicht zu glauben.«

Philippe reagierte mit einer wegwerfenden Handbewegung. »Vergesst diese Worthülsen. Drückt Euch ungeniert aus und sprecht frei heraus. Die Situation erfordert Offenheit und keine höflichen Floskeln. Was wollt Ihr unternehmen, um die von Euren Feinden angeblich betriebene Zerstörung unseres Finanzsystems aufzuhalten?«

Die Tür klappte, als die beiden Diener den Abortstuhl

endlich aus dem Arbeitszimmer des Regenten trugen. Wie ein gehetztes Tier wandte John den Kopf in Richtung des Geräusches. Philippe verstand. Er wedelte noch einmal mit der Hand, diesmal als Aufforderung an seine Lakaien, ihn mit seinem Besucher alleine zu lassen. Nachdem die Tür geschlossen worden war, atmete John auf. Mit festem Blick sah er den Regenten an.

»Die Gefahr erkenne ich wohl. Deshalb möchte ich Euch mehrere Möglichkeiten darlegen, wie das Steuer herumzureißen ist«, schlug er kühn vor. »Wenn zwischen Münzen und Papiergeld kein ausgeglichenes Verhältnis mehr hergestellt werden kann, müssen die Münzen abgeschafft werden. Erst wenn niemand mehr mit Gold und Silber Handel betreiben kann, wird das Vertrauen in die Banknoten wieder wachsen.«

»Ihr seid ein Narr!«, schnaubte Philipp. »Seit Abraham, der das Grab Sarahs mit barem Gold bezahlte, benutzen alle zivilisierten Nationen Münzen als Zahlungsmittel. Die Franzosen sind ein traditionsverbundenes Volk. Wie soll ich im Namen Seiner Majestät etwas verbieten, was unserer Kultur eingebrannt ist wie die Prägung auf einem *Louisdor*?«

John bemerkte den kritischen Ton, aber er ignorierte ihn. In seinem Bemühen, die Inflation zu verhindern, begann er mit der Stimme eines Universitätsprofessors zu dozieren und vor dem Regenten auf und ab zu marschieren, während er sprach: »Das Ausfuhrverbot hat wenig gebracht, nicht wahr? Wer sich nicht als Schmuggler betätigt, legt sein Geld heutzutage in Diamanten oder anderen Edelsteinen an, um diese dann offiziell ins Ausland zu schaffen. Da sich die Investoren auf Juwelen und Luxusgüter verlegt haben, kaufen sie keine Aktien mehr, obwohl der Kurs unverändert stabil ist. Die Lösung zur Stärkung des Systems besteht meiner Ansicht nach einzig darin, das Interesse von den Edelmetallen und Edelsteinen auf andere Investitionen umzuleiten. Das geht aber nur, wenn der Wert dieser Mittel höher ist.«

Unvermittelt blieb er vor Philippe stehen, der sich bislang

nicht gerührt, sondern lediglich nachdenklich seine vorbildlich manikürten Fingernägel betrachtet hatte.

»Wenn Euch das Verbot, Münzen zu benutzen, auf Anhieb zu drastisch erscheint, schlage ich vor, zunächst nur den Kauf und das Tragen von Diamanten und Perlen … Juwelen insgesamt … zu untersagen und …«

»Wie meinen?«, fragte Philippe verblüfft. Unwillkürlich blickte er auf die zahlreichen glänzenden Ringe an seinen Fingern. »Ein Schmuckverbot kann nicht Euer Ernst sein. Die gesamte Hofgesellschaft würde Amok laufen.«

»Nicht die gesamte, Monsieur«, widersprach John mit einem schwachen Lächeln. »Euch ist zumindest eine Dame bekannt, für die ein solcher Erlass keine Einschränkung sein dürfte.«

Die Mutter des Regenten trug seit dem Tod des alten Herzogs von Orléans falsche Perlen, da sie, kaum Witwe geworden, mit ihren kostbaren Juwelen die Schulden ihres Gemahls hatte bezahlen müssen. John empfand eine tiefe Wertschätzung und großen Respekt für Liselotte von der Pfalz. Die Achtundfünfzigjährige lag ganz auf seiner Linie.

»Stimmt. Meiner Mutter könnte ich es erklären, aber sonst wohl niemandem.«

»Es handelt sich ja nur um eine vorübergehende Maßnahme. Und wenn Ihr den Damen mit schönen Kopien schmeichelt, dürften falsche Steine bald *en vogue* sein, und niemand wird sich beklagen.«

Jetzt verharrte John ruhig an seinem Platz mitten im Raum, während Philippe durch sein schönes Arbeitszimmer wanderte, gelegentlich innehielt, um einen verschnörkelten Kerzenleuchter aus reinstem Silber zu berühren, eine emaillierte Schmuckdose an einen anderen Platz zu legen und eine Miniatur in goldenem Rahmen zurechtzurücken, die über einer mit kostbaren Intarsien verzierten Kommode hing. Neben einer Schale aus feinstem Meissener Porzellan, in der frische Früchte dekorativ angerichtet worden waren, blieb er schließlich stehen. Eine Weile lang betrachtete er nachdenklich Äpfel, Birnen und Orangen, sog den Duft ein und wirkte dabei weit entrückt. Dann sah er plötzlich auf.

»Die Leute werden Luxusgüter kaufen, wenn man ihnen ihre Juwelen nimmt. Silbergeschirre und Goldwaren. Was macht es unter diesen Umständen für einen Unterschied, dass der Kauf und das Tragen von Edelsteinen verboten sind? Man wird in andere Werte investieren, die auf einer festlich gedeckten Tafel fast ebenso glänzen wie ein Collier am Hals einer schönen Frau. Oder wollt Ihr den Leuten auch verbieten, ihren Haushalt auszustatten?«

John atmete tief durch. »Nach meinen Schätzungen befinden sich Münzen und ungemünzte Edelmetalle im Wert von zwölftausend Millionen *livre* außer Umlauf, das heißt, wir haben keine Ahnung, wo sich das Gold und Silber, welches aus französischen Reserven stammt, befindet. Der Rückfluss dieser Werte auf die *Banque Royale* muss oberste Priorität haben. Deshalb steht mein Vorschlag auf drei Säulen: erstens auf dem Verbot von Juwelen; zweitens auf einem Gesetz, das die Herstellung und den Verkauf aller Luxusgüter unter Strafe stellt.« Er zögerte kurz. »Ausgenommen natürlich sakraler Gegenstände. Einen Disput mit der Kirche halte ich nicht für besonders einträglich.«

»Großer Gott!«

John wartete, ob Philippe zu einem weiteren Kommentar ansetzen würde, doch er schwieg. Der Regent starrte seinen Generalkontrolleur der Finanzen mit einer Fassungslosigkeit an, die jedes Wort ersetzte. Für einen Moment fürchtete John, mit seiner schonungslosen Offenheit tatsächlich die Verhaftung zu riskieren. Andererseits war Philippe nicht dumm, und es musste ihm einleuchten, dass nur drastische Maßnahmen die Situation verbessern konnten. Nach einer Weile erwachte Philippe aus seiner Erstarrung. Kraftlos, fast wie gelähmt, deutete er auf die kleine Sitzgruppe vor dem Kamin.

»Nehmt Platz. Wie mir scheint, werden Eure Ausführungen mehr Zeit in Anspruch nehmen, als ich für die Audienz vorgesehen hatte. Dabei spricht es sich im Stehen ausgesprochen schlecht. Setzt Euch, setzt Euch endlich.«

Während sich John anschickte, dieser Aufforderung nachzukommen, betätigte Philippe den Klingelzug neben dem Kamin.

»Mein Schneider wartet vermutlich bereits im Vorzimmer«, erklärte er. »Ich hatte ihn um diese Zeit bestellt. Nun, er soll seine Tatkraft nicht vergeuden und sich wieder in sein Nähzimmer begeben.«

Kaum, dass der Regent die Kordel losgelassen hatte, öffneten sich die Flügeltüren, und ein Lakai erschien auf der Bildfläche, der die Anweisung erhielt, Monsieur Conchard an seinen Arbeitsplatz zu entsenden. Als der Regent und sein Generalkontrolleur wieder alleine waren, bemerkte Philippe plötzlich überraschend leutselig: »Hörtet Ihr schon davon, dass sich der Herzog von Richelieu neuerdings Unterhosen aus spanischem Leder schneidern lässt, die er mit einem Parfüm aus fast reinem Moschus tränkt? Seine Duftfahne ist so groß, dass gewisse, in manchen Salons bekannte Personen bereits Spottverse auf ihn dichten.«

Obwohl John befürchtete, dass sich das Gespräch nun um Dichter wie Voltaire drehen würde, die offene Kritik am Herrscherhaus und den bestehenden Erbgesetzen übten, durfte er nicht riskieren, unhöflich zu sein oder den Regenten zu verärgern.

Ergeben setzte er ein neugieriges Gesicht auf und blickte Philippe interessiert an.

Prompt rezitierte der Herzog von Orléans:

> »*Erscheint Richelieu in einem Raum,*
> *halte man sein Herz im Zaum –*
> *und seine Nase zu …*«

Philippe amüsierte sich köstlich über seinen Witz, brach in schallendes Gelächter aus und schlug sich auf die Schenkel.

Auch John lachte, obwohl ihm ganz und gar nicht heiter zumute war.

Das Lachen des Regenten nahm schließlich ab, bis es ganz verklang. Dann zog Philippe ein Spitzentüchlein aus seinem reich bestickten Rock und hielt es sich unter die Nase, als sei diese vom Körpergeruch des Herzogs von Richelieu unmittelbar betroffen. Er ließ sich auf einem Sessel nieder und forderte John mit einer Handbewegung auf weiterzusprechen.

»Ein köstlicher Spaß«, murmele John, uneins darüber, ob er mit seinen Vorschlägen zur Sanierung des angeschlagenen Geldmarktes fortfahren oder sich intensiv über die Geheimnisse des Parfümierens auslassen sollte. Doch Philippe erinnerte: »Eure dritte Säule habt Ihr noch nicht erläutert. Bitte sprecht frei heraus.«

»Wie ich schon sagte, der Markt kann letztlich nur kontrolliert werden, indem Münzen aus dem Handel gezogen werden. Ich schlage deshalb vor, dass Ihr ein Edikt unterzeichnet, wonach der Besitz von gemünzten Edelmetallen im Wert von mehr als fünfhundert *livre* für ungesetzlich erklärt und verfügt wird, dass alle Zahlungen von mehr als hundert *livre* in Papiergeld getätigt werden müssen. Ein Vermögen, das die genannte Höchstgrenze übersteigt, muss bei der *Banque Royale* in Noten eingetauscht werden. Mit einer Frist von mehreren Monaten sollten Münzen als Zahlungsmittel ganz aus dem Handel verschwinden, so dass das gesamte französische Finanzwesen nur noch auf dem System der Banknoten ruht. Auf diese Weise wird das Papiergeld stabil gehalten, und die Bank verfügt über ausreichende Goldreserven.«

Die Hand mit dem Tüchlein sank. Es war Philippe anzusehen, dass er angestrengt nachdachte. John schwieg, während der Regent offenbar jedes einzelne Wort seines Vorschlags in seinem Geiste Revue passieren ließ, drehte und wendete und überlegte, ob seine Empfehlung sinnvoll und durchführbar war. Nach einer Weile stellte Philippe fest: »Wie uns das permanent unterlaufene Verbot der Ausfuhr von Edelmetallen zeigt, würden die neuen Erlasse nur angenommen werden, wenn empfindliche Strafen gegen jedermann verhängt werden, der das Gesetz bricht. Hausdurchsuchungen dürften notwendig sein, um die Abgabe der Münzen zu kontrollieren. Mein Cousin, der Herzog von Bourbon, wird der erste sein, dessen Besitzungen lustriert werden müssten ... Ich glaube nicht, dass ein derartiges Verhalten dazu anregt, Euch beliebt zu machen, Monsieur le Ministre.«

John zuckte gleichmütig mit den Achseln. »Darum geht es nicht, oder? Auch meine Feinde werden über kurz oder lang einsehen müssen, dass mit Hilfe der Banknoten das Geld wieder verbilligt wird, die Zinssätze fallen und damit die Senkung der Preise und eine Belebung der gesamten Wirtschaft einhergehen.«

»Euer englischer Dichter, dieser Shakespeare, schrieb in einem seiner Stücke – es ist mir entfallen, in welchem: ›Ich weiß kein Mittel gegen diese Auszehrung des Geldbeutels. Borgen zieht es bloß in die Länge, aber die Krankheit ist unheilbar.‹«

John wünschte, der Herzog von Orléans wäre weniger belesen. Mit aller Energie und Überzeugungskraft, die er aufbringen konnte, erwiderte er: »Königliche Hoheit, ich glaube fest an die Bedeutung des Kreditwesens für Gesellschaft und Handel und auch an die Vorzüge des Papiergeldes.«

»Auf drei Säulen stützt Ihr also Euer Finanzwesen«, sinnierte Philippe. »Kennt Ihr ein Haus, welches nur von drei Säulen getragen wird?«

Da John nicht antwortete, sondern seinem Blick standhielt, gab der Regent schließlich nach. »Ich werde meinen Sekretär rufen und in Eurem Sinne einen Erlass aufsetzen lassen. Gott sei mit Euch.« Zwei Stunden später diktierte der Regent:

»Trotz der Fürsorge Seiner Majestät, einen leichteren Geldumlauf herzustellen, gehen Übelwollende darauf aus, das Vertrauen zu untergraben. Wir halten es deshalb zugunsten des Handels und Geldumlaufs für nötig, über diejenigen Strafen zu verhängen, die das Bargeld aufspeichern ...«

5

Mitte März waren in der Casa Biondetti die Vorbereitungen für die Fahrt nach Paris in vollem Gange. Ein Durcheinander aus den in Venedig zeitgemäßen, sogenannten »italienischen« Reifröcken aus Korbgeflecht, mit Rosshaar gefütterten Miedern, Strümpfen und anderen Wäschestücken, mit üppigen Schleifen verzierten Abendroben, eleganten Tageskleidern und Schals, Hüten, Handschuhen und Schuhen türmte sich zu einem bunten Chaos. Die Garderobe und alle anderen Utensilien warteten darauf, in den großen Reisekisten aus Büffelleder verpackt zu werden, doch konnten sich Madame Carriera und ihre Töchter nicht entscheiden, was mitgenommen werden sollte und was nicht.

Weder Alba noch Rosalba oder Giovanna kleideten sich nach der allerneuesten Mode, aber Angelas Warnung hatte sie dennoch ein wenig aufgeschreckt.

»Die Französinnen sind sehr launisch, wenn es um ihre Garderobe geht, ziemlich originell und schnell entschlossen. Heute ist etwas modern und morgen schon wieder altmodisch. Ich habe gehört, dass eine Frau, die Paris wegen eines Aufenthalts auf dem Lande für weniger als sechs Monate verließ, bei ihrer Rückkehr gefragt wurde, ob sie die alten Kleider ihrer Großmutter auftrage. Im vorigen Herbst war glücklicherweise gerade der italienische Stil angesagt, so dass ich als *très chic* galt. Aber das hat sich bis zu unserer Ankunft bestimmt wieder geändert. Ich weiß wirklich nicht, was ich euch raten soll. In Paris ist man anscheinend nicht davor gefeit, unerträglich gestrig auszusehen.«

Zwar waren die Damen Carriera noch in Trauer, aber unter diesen Umständen erschien Angelas Mutter und Schwestern praktisch alles, was sie besaßen, nicht fein genug für die gesellschaftlichen Verpflichtungen, die sie als Gäste von Crozat erwarteten.

Rosalbas Entscheidung, nach Paris zu fahren, war von Pierre Crozat mit Freude aufgenommen worden. Darüber hinaus zeigte sich Crozat eifrig bemüht, ihren Aufenthalt zu einem Ereignis zu gestalten, indem er schon im Vorfeld und an höchster Stelle für den Besuch aus Venedig warb. Pastelle, die ihm Rosalba zu Weihnachten geschickt hatte, legte er dem Regenten vor, und der Herzog von Orléans zeigte sich sehr angetan davon. Crozat schrieb Rosalba mit Begeisterung von diesem königlichen Lob, das seiner Ansicht nach der Grundstein für eine große Karriere in Paris sei. Die Vorbereitungen schienen sich also besser zu entwickeln, als Rosalba es zu träumen gewagt hatte.

Um sich von ihren Freunden zu verabschieden, baten die Damen Carriera ihren engsten Kreis zu einem leichten Imbiss. Ein Musikabend kam noch nicht in Frage, ein Beisammensein musste genügen. Zu aller Überraschung ließ sich Antonio Zanetti etwas verfrüht als erster Gast bei Rosalba melden. Eine übertriebene Pünktlichkeit, die sonst nicht seine Art war und ihren Herzschlag in freudige Erregung versetzte.

Seit sie wegen Rosalbas Sorge um Angelas Tugend so ungewöhnlich offen zueinander gewesen waren, fühlte Rosalba zwar stets eine leichte Beklemmung, wenn sie sich begegneten, aber die auf diese Weise neu entstandene Nähe wollte sie um nichts auf der Welt missen. Deshalb betrachtete sie die bevorstehende räumliche Entfernung zu Zanetti heimlich als einzigen Nachteil ihrer Paris-Reise.

Ihr Freund verneigte sich formvollendet. Dabei wirkte er ein wenig aufgelöst und keineswegs so gelassen wie gewohnt.

»Entschuldigt, Rosalba, dass ich so früh erscheine. Wahrscheinlich findet Ihr meine Eile völlig unpassend, aber ich wollte Euch unbedingt alleine antreffen. Ich denke, wir haben ein oder zwei Minuten für ein wichtiges Gespräch, bevor Eure Familie und Gäste Eure Aufmerksamkeit verlangen.«

Sein drängender, fast ein wenig atemloser Ton irritierte Rosalba. Sie deutete auf die Sitzgruppe, die das Musikzimmer zum Theatersaal machte. »Bitte, nehmt doch Platz. Was habt Ihr auf dem Herzen, das nicht warten kann?«

Bei einem anderen Mann hätte sie vielleicht vermutet, dass sich dieser ihrer Zuneigung versichern wollte, bevor sie abreiste, und sich deshalb zu einem Heiratsantrag entschlossen hätte. Auf ein solches Wort von Zanetti hatte sie allerdings schon so viele Jahre gewartet, dass sie nicht mehr daran glauben mochte. Andererseits war er ein viel zu großer Verehrer ihrer Kunst, um ihre Karriere zum jetzigen Zeitpunkt durch eine Ehe behindern oder gar beenden zu wollen.

»Gerade erhielt ich eine Depesche aus Paris, deren Inhalt mich zutiefst beunruhigt«, berichtete Zanetti, während er darauf wartete, dass sie sich auf dem Sofa niederließ; anschließend setzte er sich auf einen Stuhl, ohne auf seine seidenen Rockschöße zu achten.

Rosalba starrte ihn erschrocken an. Ihre Stimme war nur ein heiseres Wispern, als sie kaum hörbar fragte: »Ist Monsieur Crozat ein Leid zugestoßen?«

»Crozat?« Zanettis schön geschwungene Augenbrauen hoben sich.

»Crozat?« wiederholte er perplex. »Nein. Wieso? Habt Ihr ebenfalls Nachricht aus Paris erhalten?«

»Nein, aber ich dachte …« Hilflos brach Rosalba ab. Aus dem blanken Entsetzen, das sie für einen Moment erfasst hatte, wurde tiefe Verwunderung. Ratlos blickte sie von Zanetti auf ihre Hände, die sie wie zum Gebet gefaltet hielt. Im ersten Moment hatte sie tatsächlich geglaubt, dass Zanetti so überstürzt gekommen war, um sie auf eine schwere Krankheit oder gar den Verlust von Pierre Crozat vorzubereiten.

Als habe er ihre Gedanken gelesen, beruhigte er sie. »Monsieur Crozat erfreut sich meines Wissens bester Gesundheit. Ihr braucht Euch um Euren Gastgeber keine Sorgen zu machen.« Er legte eine Denkpause ein, um dann energisch fortzufahren:

»Meine Aufregung gilt ganz allein Eurem Wohle... und natürlich dem Eurer Frau Mutter und Schwester. Wie ich erfahren musste, ist es in Paris bei weitem nicht so sicher, wie wir annehmen durften. Die schnelle Bereicherung der Franzosen durch die Aktien von Monsieur Law hat offenbar einen allgemeinen Sittenverfall zur Folge, der ein nie dagewesenes Ausmaß an Kriminalität mit sich bringt.«

Die Erleichterung, die Rosalba ergriff, war so groß, dass sie sich zusammennehmen musste, um Zanetti nicht auszulachen. In Gedanken fragte sie sich, welcher Teufel ihren sonst so besonnenen Freund geritten haben mochte, sich zu einem Auftritt wie diesem hinreißen zu lassen. Ein gewisses niederträchtiges Gesindel gab es überall, auch in Venedig, und sie hatte nicht die Absicht, sich die Vorfreude auf ihre Reise nach Paris durch Zanettis übertriebene Schwarzmalerei verleiden zu lassen. Sie war absolut sicher, dass ihr Gastgeber um ihre Sicherheit und die ihrer Mutter und Schwestern besorgt sein würde. Pierre Crozats gesellschaftliche Kontakte ließen darüber hinaus auf eine absolut heile Welt schließen.

»In Monsieur Crozats Obhut werde ich mich ganz gewiss nicht eine einzige Minute lang zu fürchten brauchen«, sagte sie.

Zanetti schüttelte den Kopf. »Das weiß ich nicht, Rosalba. Ich weiß es einfach nicht. Wie es scheint, ist man in Paris nicht einmal mehr in den eigenen Kreisen geborgen. Wenn ein Mitglied des Königshauses zum Raubmörder wird, scheinen die traditionellen Werte mit Füßen getreten zu werden. Das sieht schon eher nach Sodom und Gomorrha aus als nach der zivilisiertesten Stadt der Welt.«

»Ein Mitglied des Königshauses wurde zum Raubmörder?« wiederholte Rosalba, ohne den Sinn dieser Worte zu erfassen. »Wovon redet Ihr?«

»Nun, eigentlich ist der Graf de Horn nur entfernt verwandt mit dem Herzog von Orléans, aber immerhin fließt fürstliches Blut in seinen Adern...«

141

Rosalba verlor langsam die Geduld. Entnervt unterbrach sie ihren Freund: »Bitte sprecht endlich offen aus, was geschehen ist. Ihr wisst, dass ich sehr wohl jede Wahrheit vertrage, und ich hasse es, wie ein rohes Ei behandelt zu werden. Ich wäre Euch dankbar, wenn Ihr mir endlich sagen würdet, was Euch so echauffiert.«

»Wahrscheinlich war es nur eine Frage der Zeit, bis nach Monaten hysterischen Aktienhandels ein Unglück geschehen würde«, sinnierte Zanetti statt einer Antwort. Da aber diese Aussage für Rosalba jeglichen Sinn entbehrte, funkelte sie ihn aus ihren kleinen, stechenden Augen wütend an.

Seufzend beugte sich Zanetti ihrer stummen Forderung und gab seine Bemühungen auf, sie schonend auf die schlimmste Geschichte vorzubereiten, die er seit Jahren gehört hatte. »Wie mir berichtet wurde, wird in den Salons von Paris von nichts anderem mehr gesprochen als vom Raubmord des Marquis de Horn. Die Nachrichten verbreiten sich in ganz Europa und erschrecken viele Leute, Rosalba, nicht nur mich. Es ist ganz ungeheuerlich und überhaupt nicht vorstellbar, dass es ein junger Graf nötig hat, einen ehrenwerten Mann zu überfallen, auszurauben und brutal zu ermorden. Was ist aus unserer Welt geworden, wenn sich Aristokraten auf das Niveau von Verbrechern begeben?«

Rosalba erfasste nicht recht, was ihr erzählt wurde. Sie blinzelte nervös und fragte: »Was hat das mit mir zu tun?«

»Die Verhältnisse in Paris können Euch nicht verborgen bleiben. Ich mache mir Sorgen, dass Ihr vom Strom dieser seltsamen Zeiten mitgerissen werdet. Habgier und Neid scheinen in Frankreich an der Tagesordnung zu sein. Wenn sich sogar der Spross einer Adelsfamilie und dessen Freunde nicht zu schade dafür sind, einen Aktienmakler zu erstechen, weil sich die jungen Herren bereichern wollen, frage ich mich, wie drei Damen nur in Begleitung eines einzigen Mannes die Fahrt über Land wagen können.«

Ein enger Freund hatte Zanetti über die ungeheuerlichen Ereignisse informiert. Der Kunstkritiker Jean Mariette war selbst gerade erst von einer längeren Reise nach Paris zurückgekehrt und hatte sich dort den gewandelten Verhältnissen ausgesetzt gesehen. In seinem Eilbrief hatte er sich über die erschreckenden Veränderungen in seiner Heimatstadt geäußert und Zanetti dringend um Vorsicht gebeten. Brutale Raubüberfälle im Börsenviertel schienen seit Wochen an der Tagesordnung zu sein, und die Berichte darüber waren mehr als nur ein schauerliches Thema in den eleganten Salons.

Die immer neuen Dekrete des Regenten und seines Generalkontrolleurs der Finanzen verunsicherten die Menschen, und die große Flut an Bargeld, die die Franzosen dank der Papiernoten täglich neu überschwemmte, führte zu einem unaufhaltsamen Sittenverfall. Die Gier nach unermesslichem Reichtum hatte nun nicht einmal mehr vor einem entfernten Verwandten der königlichen Familie haltgemacht. Gemeinsam mit zwei Komplizen hatte Antoine Joseph de Horn im Hinterraum einer Taverne in der Rue Quincampoix einen reichen Makler namens Lacroix überfallen und brutal erstochen. Zeugen hatten den jungen Grafen jedoch gesehen, und er wurde auf der Flucht verhaftet.

Wie ein ganz gewöhnlicher Krimineller kam er vor Gericht und wurde zum Tode durch das Rad verurteilt. Eine weitere Ungeheuerlichkeit, da Mitglieder der Aristokratie üblicherweise nicht wie gemeine Verbrecher hingerichtet wurden. Doch auch die Intervention seiner Angehörigen hatte die Strafe nicht mildern können, ebensowenig das Entsetzen ihrer Freunde bei Hofe. Der Hinweis auf die Familienehre war von Philippe d'Orléans mit der Bemerkung abgetan worden: »Das Verbrechen bedeutet Schande und nicht das Schafott…«

Eine Haltung, die John Law offenbar teilte und die von einer Reihe hochrangiger Persönlichkeiten mit Beunruhigung beobachtet wurde. Mariette schrieb, dass die Exekution die mächtigen Anhänger der veralteten Politik des verstorbenen Königs gegen den Regenten und dessen Günstlinge aufbrachte. Eine schwierige gesellschaftliche Situation, die auf eine mehr oder weniger allein reisende Dame nicht gerade einladend wirken konnte.

»Nichts gegen Euren Schwager«, fuhr Zanetti fort und strich sich dabei nachdenklich über die Stirn, »aber ich bin sicher, dass Antonio Pellegrini als Schutz für seine Frau, Schwiegermutter und Schwägerinnen ziemlich überfordert sein dürfte.«

»Papperlapapp«, gab Rosalba unerwartet brüsk zurück. »Ich kann sehr gut auf mich alleine Acht geben.«

Sie wusste, dass sie sehr unhöflich klang, aber die Strenge ihrer Erklärung war mehr die Antwort auf ihre schlimmsten Befürchtungen als auf Zanettis wohlmeinende Worte. Zwar reichten Schauergeschichten nicht aus, um sie von ihrem Entschluss abzubringen, nach Paris zu reisen, aber die Angst, Alba oder Giovanna könnten es sich auf Grund der unerwarteten Gefahren anders überlegen, stand so greifbar vor ihr wie die Instrumente in ihrem Musikzimmer – und sie würde es den beiden nicht einmal verdenken können. Unter diesen Umständen müsste sie ihre Pläne freilich ändern, und wann sich eine zweite Gelegenheit für die Fahrt bieten würde, stand dann in den Sternen. Unwillkürlich sah Rosalba ihren Lebenstraum vor sich zerplatzen wie eine Seifenblase. Verzweiflung packte sie. Enttäuschung und Zorn auf ihren alten Freund, der das Bild ihrer heiteren Reise zu zerstören begann. Ich muss Zeit gewinnen, dachte sie. Nachdenken. Sie musste sich überlegen, wie sie ihre Mutter und Schwester auf den Skandal in Paris möglichst schonend vorbereiten könnte, bevor noch ein anderer Freund ihrer Familie voller Sensationslust darauf zu sprechen kam.

»Eure Warnung ist sehr freundlich«, sagte sie und stand auf. »Ich danke Euch sehr. Wenn Ihr mich nun aber entschuldigen wollt. Ich habe noch einiges mit Cattarina zu besprechen, bevor die anderen Gäste kommen. Darf ich Euch eine Erfrischung bringen lassen?«

Zanetti war über diese Abfuhr so verblüfft, dass er alle Umgangsformen vergaß und sich nicht einmal ansatzweise erhob. »Aber ich habe Euch das Wichtigste doch noch gar nicht gesagt«, protestierte er.

Rosalba blieb mitten im Musikzimmer stehen. Eine kleingewachsene, energische Furie, die sich darüber ärgerte, dass ihr der Abend und die Vorfreude verdorben worden waren. »Ach ja?«, fragte sie spitz. »Mir kam es nicht so vor, als sei Eure Sorge um meine Sicherheit nur die Ouvertüre.«

»Nein. So ist es auch nicht. Es ist vielmehr der Akkord ...« Er straffte seine Schultern. Die anfängliche Mattigkeit schien er abzustreifen wie einen lästigen Mantel. Ganz strahlender Held verkündete er: »Ich bin hier, um Euch um die Erlaubnis zu bitten, Euch begleiten zu dürfen.«

Sie bedauerte, dass sie nicht sitzen geblieben war. Ihre Knie fühlten sich plötzlich unerträglich schwach an, und irgendwie hatte sie das Gefühl, der Boden schwanke unter ihr wie auf einer Gondel. Unsinnigerweise erinnerte sie sich in diesem Moment an die vielen Touristen, die gelegentlich davon berichteten, dass sie sich in den Straßen und auf den Plätzen Venedigs wie auf stürmischer See vorkamen, was natürlich reine Einbildung war, da die Stadt auf einem festen Fundament errichtet war, auch wenn dieses nur aus Millionen von versteinerten Holzpfählen bestand. Aber die Casa Biondetti schien zu wanken.

Enttäuschung breitete sich auf Zanettis Miene aus. »Ihr wirkt nicht sehr erpicht auf meine Gesellschaft ...« Im nächsten Moment sprang er auf und trat neben sie. »Ihr seid ja ganz bleich! Lieber Himmel, womit habe ich Euch denn einen solchen Schrecken eingejagt? Macht Euch keine Sorgen: Ich werde Euch vor jedem Angreifer beschützen.«

Seine letzte Bemerkung brachte die Lebendigkeit in Rosalbas Glieder zurück. Die Vorstellung, Zanetti mit einem potentiellen Raubmörder kämpfen zu sehen, erheiterte sie. Für einen Millionär wie ihn war jede körperliche Anstrengung eine Zumutung, und die Androhung von Gewalt würde ihn wahrscheinlich sogar mehr erschrecken als sie selbst. Andererseits galt allein die Begleitung eines Mannes als Abschreckung. Eine Frau konnte sich in Begleitung eines Kavaliers – auch wenn dieser seinen Degen bisher nur bei einem wohlmeinenden, gut bezahlten Fechtlehrer ausprobiert hatte – demnach sicherer fühlen, als wenn sie sich auf ihre eigene Tatkräftigkeit verließ.

Schmunzelnd neigte sie den Kopf.

»Was ist denn nun so komisch? Mein Vorschlag war nicht als Scherz gemeint.«

»Ich freue mich«, gab sie unumwunden zu. Ohne darüber nachzudenken, hob sie die Hand und berührte mit den Fingerspitzen seine glattrasierte Wange. »Es wird uns allen eine Freude sein, mit Euch gemeinsam nach Paris reisen zu dürfen. Vor allem meinem Schwager dürfte es angenehmer sein, sich während der Fahrt mit einem Herrn auszutauschen, als nur auf Weibergeschwätz hören zu müssen.«

Er griff nach ihrer Hand und führte sie an seine Lippen. »Mir ist wichtig, Euch willkommen zu sein.«

Ihr Herz schien auszusetzen, um anschließend mit donnerndem Pochen seine Arbeit wiederaufzunehmen. Was geschah mit ihnen beiden, dass sie die bisherigen Grenzen ihrer Freundschaft seit einiger Zeit immer weiter überschritten und unvorsichtiger wurden, fuhr es Rosalba durch den Kopf. Auf welchem Weg würde diese sich anbahnende Nähe wohl enden? Zunächst einmal auf der Straße nach Frankreich, dachte sie froh. Lächelnd entzog sie ihm ihre Hand.

»Ich glaube, wir sollten Mama und Giovanna von der Neuigkeit berichten«, schlug sie vor, um zögernd hinzuzufügen: »Aber, bitte, haltet Euch mit Euren Mörderlegenden etwas zurück. Wir wollen die beiden doch nicht so erschrecken, dass sie am Ende nicht auf Euren Schutz vertrauen und überhaupt nicht mehr fahren wollen.«

6

Erwartungsgemäß empfanden alle Mitglieder der kleinen Reisegruppe Zanettis Begleitung als willkommen. Tatsächlich war seine Anwesenheit bei der beschwerlichen Fahrt von großem Nutzen, zumal er mindestens ebenso reiseerfahren war wie Pellegrini. Dennoch musste auch Zanetti mit seiner männlichen Tapferkeit kämpfen, da sich die Reise schlimmer gestaltete, als er in seinen kühnsten Träumen befürchtet hatte. Zwar lauerte ihnen kein Diebesgesindel auf, aber kaum hatten sie Venedig mit dem Postboot nach Padua bei schwerer See verlassen, kam es auf dem Festland zu einem leichten Erdbeben, welches, von Stürmen und Gewittern gefolgt, die Kutschpartie zu einem Alptraum hochschaukelte.

Am resistentesten gegen die Naturgewalten zeigte sich Rosalba, die nur ihr Ziel vor Augen hatte und sich von nichts die Freude nehmen ließ, endlich ihren größten Wunsch zu verwirklichen. Wie zur Entschädigung für die katastrophale Fahrt herrschte bei ihrer Ankunft in Lyon herrlichstes Frühlingswetter, so dass schon der erste Blick auf die schöne und reiche Handelsstadt am Zusammenfluss von Rhône und Saône schwärmerische Gefühle in ihr auslöste. Auf dieser letzten Etappe ihrer Reise zeigte sich Frankreich von der zauberhaftesten Seite, und Rosalba konnte kaum glauben, dass sie jetzt nur noch vier Kutschen von Paris entfernt war.

Die Reisegesellschaft aus Venedig nahm Quartier in einer Poststation nahe dem Kloster Saint-Pierre und dem Rathaus, zwischen unzähligen kleinen Webereien und Geschäften gelegen, in denen es die herrlichsten Brokate und Seiden zu kaufen gab, für die Lyon weltberühmt war. Von den meisten Gästezimmern aus konnte man auf die gemächlich dahintreibende

Rhône sehen, was Rosalba ein heimatliches Gefühl vermittelte. Der Blick auf das dunkle Wasser des Stromes war fast ebenso beruhigend wie der auf den Canal Grande, und die Schiffe, die nach Süden segelten, erinnerten an ihr Zuhause. Doch war sie nach der späten Ankunft viel zu müde, um vor dem Schlafengehen noch den von Zanetti vorgeschlagenen Spaziergang am Wasser zu unternehmen.

Sie entschuldigte sich gleich nach dem Abendessen bei den anderen und zog sich in die Kammer zurück, die sie mit ihrer Mutter und der jüngsten Schwester teilte. Dabei bekam sie nicht einmal mehr Zanettis Unmut mit, als dieser die Zeche mit venezianischen Zechinen bezahlen wollte und erfuhr, dass kürzlich in Frankreich alle Münzen aus dem Verkehr gezogen und Anfang des Monats sogar abgewertet worden waren. Glücklicherweise erklärte der Wirt jedoch, er würde bis morgen warten, wenn die Filiale der *Banque Royale* wieder geöffnet und der Herr sein Metallgeld dort in französische Banknoten gewechselt habe.

Alba und Giovanna folgten bald Rosalbas Beispiel, bevor Zanetti, Angela und Pellegrini in ihre jeweiligen Zimmer gingen. Rosalbas Mitbewohnerinnen schliefen sofort ein, sie selbst aber, die im Schankraum noch befürchtet hatte, ihre Beine würden sie keinen Meter mehr tragen, konnte keinen Schlaf finden, gleichsam übermüdet und aufgedreht von den Strapazen und Eindrücken der Reise.

Während sie sich auf der harten Matratze hin- und herwälzte, wurde es ruhig in der Herberge. Die letzten Gäste begaben sich zur Nachtruhe. Schließlich wurde es auch auf der Straße stiller, und die Tore wurden geschlossen. Laute, die für die Venezianerin ungewohnt waren, wie das Knarren von Kutschenrädern und das Klappern von Pferdehufen auf dem Kopfsteinpflaster, verklangen. Später vernahm sie die näherkommenden Schritte eines Nachtwächters, der vor dem Haus für einen Moment verharrte und sich dann wieder entfernte.

Seufzend zerrte Rosalba an dem ungewohnten Federbett,

das erst zu schwer auf ihrem Körper lastete, dann nicht ausreichend wärmte und schließlich viel zu warm für die milde Zimmertemperatur war. Sie versuchte, ihre Gedanken auf eine besonders schöne Erinnerung in ihrem Leben zu konzentrieren, die ihre Trägheit in einen wundervollen Traum verwandeln würde, als sie von einem Geräusch abgelenkt wurde. Zuerst dachte sie, die Schritte kämen von der Straße. Vielleicht hatte sie ihr Zeitgefühl verloren, und der Nachtwächter befand sich bei seinem Rundgang wieder auf dem Rückweg. Doch dann orientierte sie sich in der Dunkelheit der Kammer.

Ihr wurde bewusst, dass in dem Raum über ihr eine Art Tanz aufgeführt wurde. Irgend jemand trampelte dort herum, blieb abrupt stehen, machte ein paar leichtfüßige Schritte, um gleich darauf wieder wütend aufzustampfen. Dumpf und ohne die Worte zu verstehen, vernahm sie die Stimme eines Mannes. Es klang wie Gesang oder der Vortrag eines Gedichtes.

Unwillkürlich richtete sich Rosalba in ihrem Bett auf, lauschte auf das Schnarchen ihrer Mutter und den gleichmäßigen Atem ihrer Schwester. Der Ruhestörer in der Kammer über ihnen schien weder Alba noch Giovanna geweckt zu haben. Also sank sie wieder in die Kissen, sehnsüchtig auf Schlaf hoffend. Doch je intensiver sie sich um den Schlummer bemühte, desto munterer wurde sie. Die unaufhörlichen Schritte im zweiten Stock begannen in ihrem Kopf zu klingen wie der Hammer eines Schmiedes auf seinem Amboss, und eine Migräne legte sich wie ein Eisenring um Stirn und Schläfen. An Schlaf war nun überhaupt nicht mehr zu denken.

Rosalba schlug die Bettdecke zurück und schwang die Beine aus dem Bett. Sie hatte lange genug in das nächtliche Halbdunkel der Kammer gestarrt, so dass sich ihre Augen an das mangelnde Licht gewöhnt hatten und sie die Konturen von Möbeln und Reisekisten erkennen konnte. Auf diese Weise fand sie ihre Pantoffeln und einen Hausmantel, ohne Lärm zu verursachen und ihre beiden Mitbewohnerinnen zu wecken. Mit neuerwachter Energie beschloss sie, in die obere Etage zu gehen und bei dem Gast in der Kammer über der ihren heftig zu protestieren.

So leise wie eine Katze schlich sie sich aus dem Raum. In der Steinmauer neben der hölzernen Treppe waren schmiedeeiserne Kerzenhalter eingelassen, in denen kleine Fackeln schwaches Licht spendeten. Rosalba hob den Saum ihres Spitzennachtgewandes und des samtenen Hausmantels und huschte die Stufen hinauf, bemüht, auch hier keinen Lärm zu machen. Überrascht registrierte sie, dass auf ihrem Weg nach oben kein Laut auf Treppe oder Flur drang. Wahrscheinlich waren die Wände massiver gebaut als die Decken und Fußböden. Dann stand sie vor der über ihrem Zimmer gelegenen Kammer. Vor der Tür war es so still, dass sie nur ihren eigenen Atem hörte.

Beschämt wich sie zurück. Was hatte sie sich nur dabei gedacht, mitten in der Nacht bei einem fremden Mann anklopfen zu wollen? Mit ihrer überstürzten, unüberlegten Handlungsweise hätte sie sich beinahe in eine peinliche Situation gebracht, deren Folgen sogar einen Skandal hätten auslösen können. Nicht auszudenken, wenn ein dergestalt böser Klatsch zu Pierre Crozat vorgedrungen wäre. Was sollte ihr Gastgeber von ihr denken, wenn er erführe, dass sie zu später Stunde durch die Gänge schlich, um sich bei irgendwelchen Herren zu beschweren? Nüchtern betrachtet, gab es unter den gegebenen Umständen also keine Möglichkeit, sich gegen die Ruhestörung zur Wehr zu setzen. Seufzend entschloss sich Rosalba zum Rückzug …

In diesem Moment wurde die Tür aufgerissen.

»Aha! Habe ich mich also doch nicht getäuscht. Ich glaubte, jemanden zu hören. Warum steht Ihr da herum und lauscht, Madame?«

Zuerst registrierte Rosalba den reich bestickten Hausmantel, der eines Königs würdig war. Dann legte sie den Kopf in den Nacken und sah zu dem riesigen Mann auf. Er trug keine Perücke, und sein dunkles, von grauen Fäden durchzogenes Haar hing ihm in wirren Strähnen in die Stirn, was sein despo-

150

tisches Äußeres auf rührende Weise verletzlich machte. Seine tiefliegenden Augen zeugten von Schlaflosigkeit.

»Starrt mich doch nicht so an«, knurrte er, und seine tiefe Stimme gab dabei ein Geräusch von sich, wie Rosalba es von den dressierten Bären kannte, die eine der Karnevalsattraktionen in Venedig waren. »Ich werde Euch keinen Einlass in mein Schlafgemach gewähren, Madame, auch wenn Ihr mich auf Knien darum bittet. Ein Aktienpaket werdet Ihr auf diese Weise ebenfalls nicht erhalten. Mir steht nicht der Sinn nach einer Tändelei, und der Wertpapierhandel ist seit einigen Tagen ausgesetzt. Gott weiß, wie Ihr herausgefunden habt, wer ich bin, obwohl ich inkognito reise.«

Seine harschen Worte weckten sie aus ihrer starren Haltung. Eine tiefe Röte überzog ihr Gesicht. Ihr wurde bewusst, wie hässlich sie zu dieser Stunde aussehen musste, vor allem, weil ihr Haar unter einer Schlafmütze aus weißer Wolle verborgen war, die zwar praktisch, aber sicher nicht hübsch anzusehen war. Würde sie etwa Zanetti in dieser Aufmachung begegnen, wäre es um ihre Fassung geschehen. In Anbetracht der Selbstherrlichkeit ihres Gegenübers spürte sie jedoch glühende Wut in sich aufsteigen.

»Woher soll ich wissen, wer Ihr seid?«, stieß sie hervor. »Ich kann Euch versichern, Monsieur, dass mir Eure Person gänzlich gleichgültig ist. Ich weiß nur, dass Ihr meine Nachtruhe stört.«

»Bitte?«

»Ja. Allerdings. Ihr wandert und tanzt durch Eure Kammer, ohne Euch darüber im Klaren zu sein, dass andere Reisende ihren Schlaf brauchen. Seid Ihr Schlösser mit doppelten Wänden gewohnt, die es Euch erlauben, des Nachts herumzutoben?«

Während sie sprach, begann er zu schmunzeln. Sein amüsiertes Lächeln erfüllte sein müdes Gesicht und erreichte sogar seine Augen. Es war einnehmend und verführerisch, machte ihn zum attraktivsten Mann, den sie je gesehen hatte. Wie vom Blitz getroffen starrte sie ihn an.

»Ihr seht mich an, als hättet Ihr Lust, ein Portrait von mir anzufertigen...«

In diesem Moment erkannte sie ihn. Erkannte die Züge, die sie ohne Unterlass gezeichnet hatte, als sie noch jünger und konturierter gewesen waren. Sie erinnerte sich der vielen Skizzen, die sie immer wieder aufs Neue angefertigt hatte, um seinem guten Aussehen gerecht zu werden, seine Persönlichkeit detaillierter zu erfassen und ihn selbst damit zu beeindrucken. Es hatte eine Zeit gegeben, in der sie sein Gesicht ebensogut gekannt hatte wie ihr eigenes Spiegelbild. Tage und Nächte hatte sie damit zugebracht und seitenweise Papier verschwendet für ein Portrait, das dann doch niemand hatte haben wollen.

»Ich werde verschiedene Skizzen von Euch anfertigen, und dann könnt Ihr entscheiden, wie Ihr Euch am liebsten... sehen möchtet... Ich vergesse nie ein Gesicht.«

Obwohl fünfundzwanzig Jahre vergangen waren, hatte sie den Touristen aus Schottland nicht vergessen. Sie entsann sich deutlich des naiven jungen Mädchens, das geglaubt hatte, einen so weitgereisten Kavalier mit seiner Kunst für sich einnehmen zu können. Mit jeder Faser ihres Körpers spürte sie noch heute den Schmerz, als sie vergeblich auf das versprochene Wiedersehen gewartet hatte. Als sie nach einer Woche von der Reise mit ihrem Vater nach Venedig zurückgekehrt war, hatte sie Angela der Lüge bezichtigt, weil diese behauptet hatte, niemand sei mit einem Pfand an Rosalbas Stand gekommen. Erst nach einer Weile war sie bereit gewesen, der Schwester zu glauben, bat sie um Verzeihung und schwor sich, die Glaubwürdigkeit eines Herrn künftig wesentlich kritischer zu behandeln. Auf gewisse Weise war ihre Traurigkeit von damals so etwas wie der Grundstein für ihre Vorsicht gegenüber Verehrern geworden.

Wie durch dichten Nebel vernahm sie seine Entschuldigung.

»Verzeiht, Madame, offenbar liegt hier ein Missverständnis vor. Ich verwechselte Euch wohl mit einer Dame, die mehr an... hm... meiner Gegenwart interessiert sein könnte als an ihren Träumen.«

152

Er erinnert sich nicht an mich, fuhr es ihr durch den Kopf. Gleich darauf formulierte sie in Gedanken etwas gnädiger: Er erkennt mich nicht. Angesichts ihrer Aufmachung und der Situation ihres Wiedersehens mochte ihr dieser Umstand einerseits recht lieb sein, andererseits aber verletzte seine Nichtbeachtung nicht nur ihre Eitelkeit, sondern auch ihre Seele.

»Meine Schlaflosigkeit ist anscheinend nicht nur mein Problem«, räumte er gutgelaunt ein. »Ich wandere gerne in meiner Kammer umher. Dabei lässt es sich ausgezeichnet denken, versteht Ihr? Es tut mir Leid, dass Ihr unter meinen Geistesblitzen leiden musstet. Selbstverständlich wird es mir eine Ehre sein, Madame, Euretwegen nunmehr leise aufzutreten.«

Sie öffnete den Mund, um zu einer Antwort auszuholen. Doch alles, was ihr einfiel, passte nicht. Und außerdem war da dieser Kloß, der tief in ihrem Hals zu wachsen begann und Tränen in ihre Augen beförderte, von denen sie geglaubt hatte, dass sie sie seit damals nicht mehr besaß. Wie viele Nächte hatte sie seinetwegen geweint?!

»Nun, Madame, anscheinend wollt Ihr mich mit Eurem Schweigen strafen. Dann bleibt mir leider nichts anderes, als Euch eine gute Nacht zu wünschen.«

Ihrer Kehle entrang sich ein Schnauben. Es mochte ärgerlich klingen, aber eigentlich war es nur der Laut eines waidwunden Tieres. Ihre übliche Souveränität war verschwunden. Unter seinem belustigten Blick war sie verloren. Sie fühlte, dass sie gleich etwas sagen würde, was sie einen Moment später wahrscheinlich bedauern würde. Es war unmöglich, ihn daran zu erinnern, dass er vor fünfundzwanzig Jahren ein Versprechen gebrochen hatte. Deshalb wandte sie sich abrupt ab und marschierte mit wehendem Hausmantel den Flur entlang und die Treppe hinunter. Dabei spürte sie, wie er ihr nachsah. Ebenso intensiv wie zuvor. Genauso wie damals beim Karneval in Venedig…

Erst als sie wieder in ihrem Bett lag, fiel ihr ein, dass er ihren Namen nicht kannte und auch sie nicht wusste, wer er war.

7

Bei Rosalba Carrieras Ankunft in Frankreich war das langge-
priesene *Système du Law* ins Wanken geraten. Die Abschaffung
von Münzgeld und das Handelsverbot mit Juwelen und Edelmetallen hatten die Inflation nur noch gefördert. Die Hand-
pressen der Bank liefen Tag und Nacht, um den Bedarf an
Papiergeld zu decken, den vor allem die unersättliche Clique
des Herzogs von Orléans benötigte.

Innerhalb weniger Wochen war der Notenumlauf von
sechshundert Millionen auf über eine Milliarde *livre* gestiegen.
Darüber hinaus zwangen die auf hohem Niveau stagnierenden
Aktienkurse den Generalkontrolleur der Finanzen, den Noten-
druck zusätzlich anzukurbeln, denn immer mehr Menschen
wollten ihre Wertpapiere einlösen. Um diesen Ausverkauf einzudämmen, war die Börse geschlossen und der Handel mit
Mississippi-Aktien eingefroren worden, aber diese Maßnahme
brachte nicht mehr als den lautstarken Protest der Öffentlichkeit.

Viele Franzosen wandten sich in dem Moment gegen John
Law, als ihr Portemonnaie sich nicht mehr wie von selbst füllte.
Ihr einflussreichster Fürsprecher – und gleichsam der selbst-
ernannte Anführer des *alten Hofes* – war Marc-René Marquis
d'Argenson. Ein furchterregend hässlicher Moralist, dessen
größtes Vergnügen darin bestand, andere Leute auszuspionie-
ren und bei dem kleinsten Vergehen anzuzeigen. Dieses Faible
hatte den Achtundsechzigjährigen unter Ludwig XIV. zum
Oberkommandanten der Pariser Polizei gemacht. Daher war
ihm als solcher bereits vor Jahren ein gewisser Hasardeur aus
Schottland ein Dorn im Auge gewesen. Welche Schmach, dass
er seine Position als Finanzminister ausgerechnet für diesen

Mann hatte räumen müssen. Auch wenn ihm der Verlust des lukrativen Amtes durch die angesehene Rolle des Siegelverwahrers versüßt worden war, so versiegte d'Argensons Groll gegen seinen Nachfolger nie.

Genaugenommen hatte es sich René d'Argenson zur Lebensaufgabe gemacht, gegen John Law zu intrigieren. Dabei hatte ihm dieser persönlich nie etwas getan. Doch als er John Law vor zehn Jahren des Landes verweisen konnte, hatte d'Argenson diesen Abschied als Triumph gefeiert. Kaum, dass der König verstorben war, kehrte Law mit dem Segen des Regenten wieder zurück. Damit hatte d'Argenson ebensowenig gerechnet wie mit der tiefen Freundschaft, die Law und Philippe von Orléans verband. Von Anfang an betrachtete d'Argenson sowohl die Tatsache, dass Law in Paris wieder hatte Wohnsitz nehmen und seine Finanzpläne umsetzen können, wie auch die Verbundenheit der beiden Männer als persönliche Beleidigung. Doch an diesem Tag Ende März war sich d'Argenson sicher, dass seine Stunde der Rache gekommen war. Nicht zuletzt hatte er dafür den Augenblick gewählt, in dem sich das Ziel seines Hasses auf Reisen befand.

Der Herzog von Orléans empfing seinen Siegelverwahrer an einem sonnigen Vormittag, als er sich gerade einer seiner bevorzugten Freizeitbeschäftigungen hingab: der Kunst. Die Zeit, die Hofmaler Antoine Coypel gebraucht hatte, um die Decken des Palais Royal auszuschmücken, hatte Philippe zu einem eifrigen Studium genutzt. Unter hochkarätiger Anleitung lernte er zeichnen und malen und übte sich darin, die großen Meister der italienischen Renaissance und des Barock zu imitieren, deren Originale an den Wänden seiner Residenz hingen. Philippe machte das inzwischen ganz gut, aber gerade deshalb begann ihn dieses Vergnügen allmählich zu langweilen.

Demnach alles andere als verärgert über die Störung, legte er Kohlestift und Skizzenblock beiseite, als d'Argenson mit einer tiefen Verbeugung das Arbeitszimmer betrat.

Mit einer raschen Bewegung forderte Philippe seinen Besucher auf, Platz zu nehmen.

»Euer Erscheinen wirkt zu dramatisch, wenn Ihr im Raum herumsteht«, bemerkte er mit feinem Humor. Im Geheimen gestand er sich ein, dass d'Argenson selbst im Sitzen zum Fürchten aussah.

Die finster blickenden, tiefliegenden dunklen Augen sahen Philippe durchdringend an, und er erinnerte sich, gehört zu haben, wie jemand d'Argensons Seele mit der schwarzen Perücke verglich, die dieser trug.

»Nun, Marquis, seid Ihr zu einer gemütlichen Plauderei gekommen? Lasst mich rasch ein wenig Schokolade bestellen.«

»Pardon, Hoheit«, wagte d'Argenson einzuwenden, »mein Besuch ist eher von ernster Natur.«

Die Hand, die gerade nach einem zierlichen Porzellanglöckchen greifen wollte, erstarrte in der Luft. »Also, dann keine Schokolade«, konstatierte Philippe. Wissend, dass ihm nun wohl seine gute Laune abhanden käme, unterdrückte er ein Seufzen. »Was habt Ihr auf dem Herzen, Marquis?«

»Meine Sorge um Frankreich und das französische Volk zwingt mich, Eure Zeit in Anspruch zu nehmen.«

»Dann haben wir eine Gemeinsamkeit: Auch Unser Interesse gilt ausschließlich dem Wohle des Staates und seiner Bürger.«

D'Argenson erhob sich leicht, um sich wieder zu verneigen.

Philippe erinnerte ihn nicht daran, wieder Platz zu nehmen. Der Regent wartete diese Demonstration von Unterwürfigkeit stumm ab, während er sich in Gedanken fragte, ob wohl etwas an dem Klatsch dran sei, dass d'Argensons Hässlichkeit jede Frau abschrecke. Selbst seine Gattin und Mutter seiner beiden Söhne sollte nur für viel Geld bereit gewesen sein, ihren ehelichen Pflichten nachzukommen. Eine amüsante Betrachtung angesichts der Tatsache, dass sich d'Argenson als Polizeipräsident besonders gerne der vielen Huren als Informantinnen bedient hatte. Zwar war die Prostitution in Paris eigentlich verboten, aber solange die Kupplerinnen über ihre Besucher Buch führten, waren sie vor Geldstrafen, Züchtigungen und Verbannung sicher. Gleichgültig, welchen Ranges ihre Kunden waren. Je höher die Kreise, in denen die Huren verkehrten, desto beliebter waren deren Berichte bei René d'Argenson.

»Noch niemals, Königliche Hoheit, wurde souveräne Macht so heftig angegriffen wie in diesen Tagen«, brach es aus dem Siegelverwahrer des Königs heraus. »Der tosende Strudel, der durch die großen Gewinne und Verluste an der Börse aufgewirbelt wurde, reißt die Welt entzwei. Nie wurden in Paris so viele Überfälle, Entführungen und Morde gemeldet wie seit dem Münzverbot.«

Der Herzog von Orléans gestattete sich eine wegwerfende Handbewegung. »Ich weiß, dass die Affäre Horn kein Einzelfall war. Die Kriminalität ist gestiegen, aber auch der Mob wird sich daran gewöhnen müssen, dass wichtige finanzielle Transaktionen ihren Tribut fordern. Bald wird wieder Ruhe einkehren.«

»In nicht mehr als zehn Tagen wurden aus der Seine fünfundzwanzig Leichen geborgen«, berichtete Argenson. »Keine Suizide, sondern Bürger, die einem Raubmord zum Opfer fielen. Die Zahl derer, die auf offener Straße bestohlen, gemeuchelt, umgebracht und anschließend einfach liegengelassen wurden, nicht mitgerechnet. Königliche Hoheit, ich befürchte, dass sich die Öffentlichkeit über kurz oder lang gegen den Hof stellen wird, wenn keine entscheidenden Maßnahmen abzusehen sind.«

»Die Öffentlichkeit stellt sich gerne gegen den Hof, wenn ihr ein Gesetz nicht passt«, entgegnete Philippe mit überraschender Ruhe angesichts des ihn versteckt, aber erkennbar persönlich angreifenden Tons. »Andererseits jubelt der Pöbel, wenn es Freibier gibt. Diese Menschen richten ihre Nase stets nach dem Wind und ihrem eigenen Vorteil. Wisst Ihr noch, wie es zu Protesten kam, als Ihr seinerzeit die Tabaksteuer erhöht habt? Ich kann mich entsinnen, dass Eure Beliebtheit als Generalkontrolleur der Finanzen auch nicht immer von Begeisterung getragen war ...«

In beredtem Schweigen brach er ab. Zu gut erinnerte er sich daran, dass damals viele Leute meinten, der Marquis habe schlichtweg keine Ahnung von Geldgeschäften.

Allerdings – und das musste der Regent bei allem Missfallen berücksichtigen – verfügte d'Argenson über eine erstaunlich große Lobby bei Hofe. Selbst Philippes Mutter hielt den Siegelverwahrer für eine Art traditionellen Nothelfer des französischen Königshauses. Er konnte sich zwar nicht vorstellen, warum die alte Herzogin Sympathie ausgerechnet für einen Moralisten wie d'Argenson empfand, aber wahrscheinlich schätzte sie dessen Loyalität – und er vertraute nun einmal seit jeher auf ihren Rat. »Monsieur d'Argenson wäre ein probates Heilmittel«, hatte Liselotte gemeint, als sie Philippe bei seinem letzten Besuch in ihrem Wohnsitz in Saint-Cloud auf die Klagen aus der Bevölkerung angesprochen hatte, die an sie herangetragen worden waren.

Mit einer Freundlichkeit, die der Regent nicht wirklich empfand, richtete er sich an d'Argenson: »Setzt Euch, Marquis, damit wir uns in Ruhe unterhalten können. Ich nehme an, Ihr wollt mir Vorschläge unterbreiten, wie die gegenwärtigen Probleme zu lösen sind.«

D'Argenson hob seine Rockschöße, um sich auf dem Hocker niederzulassen, auf dem er bereits zuvor kurz Platz genommen hatte. Er brauchte eine Weile, seinen Rock zurechtzuziehen und die Rüschen an seinen Manschetten zu ordnen. Obwohl er weder mondän noch geschmackvoll gekleidet war, schien er peinlich genau auf den Sitz seiner Garderobe zu achten. Tatsächlich nutzte d'Argenson geschickt die Zeit, um sein weiteres Vorgehen zu überdenken. Er durfte nicht zu brüsk sein, wollte die Geduld des Herzogs von Orléans nicht überstrapazieren und musste gut überlegen, wie er seinen Angriff plazierte.

»Als ich mein Amt als Generalkontrolleur der Finanzen antreten durfte«, hob d'Argenson schließlich an, »glaubte ich zur Sanierung der Staatsfinanzen an eine Aufwertung der alten Münzen.« Er legte eine kleine Pause ein, um sich der Aufmerksamkeit seines Zuhörers zu versichern. Als Philippe höflich nickte, fuhr er fort: »Heute schlage ich vor, dass der Preis von Aktien und Banknoten sofort halbiert wird. Mit dieser konzentrierten Aktion wird Frankreich in die natürlichen Grenzen des Münzgeldes zurückkehren und sich dieses Ozeans von Papieren entledigen, den Monsieur Law uns aufgebürdet hat.«

Mit einer gewissen Genugtuung bemerkte d'Argenson, dass das Interesse des Herzogs geweckt worden war. Philippes Augen glitzerten verräterisch, obwohl er sich eher gelangweilt in seinem Sessel zurücklehnte. Doch d'Argenson, geschult als Spion des Sonnenkönigs, war ein viel zu guter Beobachter, um sich auch nur die kleinste Regung entgehen zu lassen. Ihm war klar, dass sich der Herzog von Orléans nicht auf Anhieb von seinem Finanzminister abwenden würde. In der Freundschaft des Regenten mit dem Schotten lag das Risiko seines Vorhabens. Doch d'Argenson wusste auch um die Plausibilität, die hinter seinen Worten stand.

»Weiter«, sagte Philippe. »Sprecht weiter, Marquis. Euer finanztheoretisches Konzept mag einleuchtend klingen, aber glaubt Ihr tatsächlich, damit die Massen zu beruhigen?«

»Nicht die Arbeit, nicht realisierbare unternehmerische Projekte haben zu Reichtum geführt, sondern Spekulation, Korruption und Betrug.« D'Argenson schwitzte, da er nun zum Angriff auf den amtierenden Generalkontrolleur der Finanzen überging. »Den soliden Bürgern wurde mit dem System von Monsieur Law großer Schaden zugefügt. Die Schuldner aber, die sich ihrer Hypotheken und Kredite entledigen konnten, machten kaltschnäuzig Gewinn.«

Der Regent dachte daran, dass die französischen Staatsschulden dank John Laws Finanzkonzept von zwei Komma fünf Milliarden *livre* beim Tod Ludwigs XIV. auf inzwischen eins Komma fünf Milliarden *livre* gesunken waren. Unwillkürlich schmunzelte er. Der größte Schuldner war offenbar auch der größte Nutznießer des Systems. Konnte man den Staat deshalb der Schiebung anklagen?

D'Argenson missverstand das Lächeln des Herzogs. Er nahm es als Zustimmung, woraufhin er sich mutig einen Schritt weiter wagte. »Das System von Monsieur Law stellt eine heimtückische Bedrohung dar. Ich darf mir erlauben, Euch daran zu erinnern, Königliche Hoheit, dass ich Euch bereits vor Jahren auf Monsieur Laws geheime Mission hinwies. Er ist ein Ausländer. Ein Agent des britischen Königs.«

»Ach, d'Argenson, nur weil Ihr ein Spion seid, braucht Ihr nicht jeden anderen dafür zu halten. Und bezüglich Eures Vorurteils gegen Ausländer möchte ich anmerken, dass Ihr selbst in der Fremde geboren wurdet. Es ist doch richtig, dass Ihr aus Venedig stammt, oder?«

Amüsiert beobachtete Philippe, wie sich d'Argensons Hautfarbe zu ändern begann. Sein fahlgraues Gesicht wurde bleich, während sich gleichzeitig rote Flecken von den Wangenknochen her ausbreiteten. Der arme Mann sah ein wenig aus, als würden ihn die Masern befallen. Philippe spürte Mitleid in sich aufsteigen für den rechtschaffenen Grafen, der es trotz aller Bemühungen niemals geschafft hatte, einem Mann wie John Law auch nur das Wasser zu reichen. D'Argenson war intelligent, aber ihm fehlten Geist, Persönlichkeit und Esprit. Dennoch hatte er mit seinen Ausführungen recht. Eine Überlegung, die sich der Regent trotz aller Antipathie gegen d'Argenson freimütig eingestand.

»Wir werden Eure Anregungen überdenken«, entschied der Herzog von Orléans. »Gebt mir ein wenig Bedenkzeit …« Er unterbrach sich, als sei ihm ein unerwarteter Geistesblitz gekommen, schnippte mit den Fingern und deutete auf den verblüfften d'Argenson: »Ihr wollt wieder Generalkontrolleur der Finanzen werden, nicht wahr? Nun gut, auch diese Möglichkeit werden wir in Erwägung ziehen. Aber was ratet Ihr mir? Wie soll ich mit dem amtierenden Minister verfahren?«

»Last Law hängen.«

»Wie bitte?«

D'Argensons Gesichtsausdruck sollte ein Lächeln sein, glich aber mehr einer bösartigen Fratze. »Woher will man wissen, ob sich Monsieur Law nicht eines noch größeren Verbrechens als der Korruption des französischen Volkes schuldig gemacht hat«, sinnierte er und griff in seine Rocktasche, um sich aus seiner Tabaksdose eine Prise zu gönnen. Immerhin verlief das Gespräch besser, als er erwartet hatte, und nun lag es an ihm, seinen letzten Trumpf auszuspielen. Er hatte nicht nur lange auf seine Rache gewartet – er hatte sie auch gut vorzubereiten verstanden. »Wenn ein Graf de Horn fähig war, ein Raubmörder zu werden, sind vielleicht auch andere Männer für vergleichbare Taten verantwortlich.«

»Ich bitte Euch. Doch nicht John Law. Das ist absurd.« Philippe dachte flüchtig an seine Mutter und seine eigenen Feinde bei Hofe, die wiederum die Freunde d'Argensons waren. Obwohl ihm danach war, den Siegelverwahrer unverzüglich aus seinem Zimmer und dem ihm verliehenen Amt zu werfen, hielt er sich in Anbetracht der Folgen zurück. Mit einer lässigen Handbewegung tat er die Äußerung seines Besuchers als schlechten Scherz ab. »Ihr beliebt zu scherzen, Marquis, aber ich muss zugeben, dass ich Euren Witz nicht besonders inspirierend finde und schon gar nicht lustig.«

»Würdet Ihr mir glauben, Hoheit, wenn ich Euch einen Beweis brächte?« Sprachlos starrte Philippe sein Gegenüber an. Die Behauptung d'Argensons war aberwitzig. Nie würde der Graf beweisen können, dass John Law ein Mörder war. Dessen war sich Philippe so sicher wie seines eigenen Gewissens. Er glaubte also, nichts verlieren zu können, als er mit einer fast großzügigen Geste erklärte: »Nun gut, dann tut, was Ihr nicht lassen könnt. Bringt mir, was Ihr wollt, und ich werde eine Entscheidung im Sinne des Gesetzes treffen.«

D'Argenson steckte seine Tabaksdose wieder ein und schickte im Stillen ein Stoßgebet zum Himmel. Er dankte Gott für die Eingebung, John Laws Tabatiere an sich zu nehmen, als dieser sie bei einer Versammlung des Regentschaftsrates zufällig auf den Tisch gelegt hatte. Im Eifer einer Diskussion mit dem Herzog von Bourbon hatte der Generalkontrolleur der Finanzen die Dose anscheinend vergessen und sich später auch nicht gleich darum gekümmert, dass er einen persönlichen Gegenstand verloren hatte. Es war ihm offenbar nicht einmal aufgefallen. Eine Reaktion, die d'Argensons mögliche Bedenken zusätzlich rechtfertigte, war sie für ihn doch ein Synonym für Laws Übersättigung und Verschwendungssucht. Glücklicherweise war niemand d'Argensons kleiner Diebstahl aufgefallen, so dass er sein tödliches Netz in aller Ruhe weiterspinnen konnte.

Er erhob sich. »Mit Eurer Erlaubnis, Königliche Hoheit, werde ich mich an die Arbeit machen. Ich danke Euch für die Zeit, die Ihr meinem Vortrag gewidmet habt. In der Angelegenheit des Monsieur Law werdet Ihr wieder von mir hören. Darf ich mich empfehlen?«

»Tut, was Ihr nicht lassen könnt«, brummte der Regent.

Ohne darauf zu achten, ob d'Argenson das Zimmer bereits verlassen hatte, wandte sich der Herzog von Orléans wieder seiner Malerei zu. Als ihm auffiel, dass er seinen Pinsel wie von selbst in schwarze Farbe getaucht hatte, brach er in hysterisches Lachen aus.

John Law ein Mörder!

Was für ein Witz.

Doch das Lachen blieb ihm in der Kehle stecken, als ihm klar wurde, dass d'Argenson noch niemals zu Späßen aufgelegt gewesen war. *Eine Seele so schwarz wie seine Perücke ...* Philippe schüttelte sich, als sei er von der Anwesenheit seines Siegelverwahrers beschmutzt worden.

8

Immer wieder fragte sich Rosalba, warum die nächtliche Begegnung sie so tief getroffen hatte. Ihrer Ansicht nach sollte eine Frau ihres Alters mit Gelassenheit auf Erinnerungen an die Jugend reagieren können, selbst wenn diese schmerzlich waren. Sie schob ihre Empfindungen deshalb auf die große Erschöpfung, die sie nach der langen Reise ergriffen hatte. Doch als sie am nächsten Morgen zum Frühstück in die Schankstube trat, wanderten ihre Blicke wie selbstverständlich über die Köpfe der anderen Gäste, auf der Suche nach dem Schwarm ihrer Mädchenzeit, und sie wusste nicht, ob sie es bedauern oder sich freuen sollte: Er war nicht da. Und er blieb auch für die nächsten Tage, die sie mit ihrer Reisegesellschaft in Lyon verbrachte, verschollen. Vergeblich lauschte sie in den folgenden Nächten auf seine Schritte. Offenbar hatte er die Stadt wieder verlassen.

Jeder Gedanke an diesen Mann trat jedoch bald in den Hintergrund, denn auch Rosalbas Weiterfahrt stand an, und als sie schließlich Paris erreichte, hatte sie ihn fast vergessen. Überwältigend war der herzliche Empfang, den Pierre Crozat ihr und ihrer Familie bereitete. Während Angela mit Pellegrini Räume in der *Banque Royale* bezog und Zanetti Quartier in einem der unteren Gästezimmer nahm, richteten sich Rosalba, ihre Mutter und Giovanna in einer eigens für sie ausgestatteten Attika-Wohnung unter dem Dach des Hôtel Crozat in der Rue de Richelieu Nummer 16 ein.

Wegen des in diesen Räumen sanfter einfallenden Lichts hatte Crozat die nach Norden gehende Zimmerflucht gewählt. Von hier aus gab es einen wunderschönen Blick auf die Hügel von Montmartre, auf die Windmühlen und Kirchturmspitzen. Außerdem grenzte diese Wohnung direkt an Crozats berühmte Galerie, welche die ganze Stirnseite des nur einstöckigen Gebäudes ausmachte, so dass Rosalba jederzeit die erlesene Kunstsammlung des Hausherrn besichtigen konnte.

Die Ausstattung der Sammlung war inzwischen von vielen Nachahmern kopiert worden, doch handelte es sich bei dem Kernstück, dem achteckigen Cabinet mit den wertvollsten Besitztümern des Mäzens, selbst um eine Imitation: Crozat hatte seinen Lieblingssalon ebenso eingerichtet wie einst Lorenzo di Medici den seinen in Florenz – einschließlich der italienischen Beleuchtung und dem Blick in den großen Garten mit dem alten Baumbestand, den Antoine Watteau während seines Aufenthalts hier gemalt hatte. Crozat hoffte, dass dies ein Ort war, an dem sich sein bevorzugter Gast aus Venedig heimisch fühlen konnte.

Immer wieder hatte er Künstlern angeboten, in seinem Palais an der Rue de Richelieu Logis zu nehmen, doch nicht einmal Watteau hatte den Rosalba Carriera zu Füßen gelegten Luxus erlebt und sich auch keiner eigenen Tafel erfreuen dürfen. Darüber hinaus war für das persönliche Wohlergehen der Damen Carriera ausreichend Personal eingestellt worden, so dass sie selbständig haushalten und Gäste bewirten konnten. Die absolute Krönung war jedoch die eigene Equipage, die Rosalba von ihrem Wohltäter zur Verfügung gestellt wurde.

Doch Crozats Großzügigkeit endete nicht bei Geschenken, die Rosalbas Aufenthalt so angenehm wie möglich gestalten sollten. Seit seiner ersten Begegnung mit ihr vor fünf Jahren in Venedig war er tief beeindruckt vom Kolorit ihrer Bilder, vom Zauber ihrer Persönlichkeit, vom Scharfblick ihrer klugen Augen und ihrem fast männlich anmutenden, nüchternen Verstand. Diese Frau von Format wollte Crozat zum Liebling der Pariser Gesellschaft machen. Er beabsichtigte, die Pastellportraits der Carriera zum Exquisitesten zu stilisieren, das man zur Zeit erwerben konnte. Eine derartige Karriere erforderte jedoch nicht nur künstlerisches Geschick, sondern vor allem gesellschaftliches Feingefühl.

Ihre ersten Tage in Paris wurden von Crozat so straff organisiert, dass Rosalba kaum eine Minute zum Nachdenken fand und nicht einmal die Zeit hatte, ihren Freunden in Venedig von ihrer glücklichen Ankunft zu schreiben. Kaum konnte sie die vielen Eindrücke verarbeiten, die gleich zu Beginn ihres Aufenthaltes allein bei der Betrachtung von Crozats unschätzbarer Gemäldesammlung auf sie einstürzten. Allerdings wurde sie der Termine niemals überdrüssig. Sie war stets bemüht, ihrem Gastgeber zu Gefallen zu sein. Was machte es da schon, dass sie eigentlich zu müde war und lieber mit einer Augenbinde ins Bett gegangen wäre als ins Theater? Klaglos akzeptierte sie Crozats Einladung zur Premiere eines neuen Dramas von Voltaire in der *Comédie Française* und legte einfach ein wenig mehr Rouge auf, um ihrem Gesicht jene Frische zu verleihen, die ihm fehlte.

Wie Rosalba schnell feststellte, unterschied sich ein Theaterbesuch in Paris wenig von einem ebensolchen Ereignis in Venedig. Eine Prozession aus vornehmsten Kaleschen mit livrierten Dienern, deren Anzahl und Uniformen einander die Schau zu stehlen schienen, bewegte sich im Schrittempo, um ihre elegante Fracht in das Foyer zu entladen. Seiden in den modischen Pastelltönen schimmerten im Licht der Straßenbeleuchtung, und wegen des Verbots von Juwelen verzierten die Damen ihren Busen mit üppigen Rüschen und Schleifen. Eine bunte Mischung aus Privilegierten und Literaturfreunden schob sich durch den Eingang zu den Logen oder ins Parkett.

Wer das Geld für einen gepolsterten Sitzplatz besaß, interessierte sich in der Regel mehr dafür, gesehen zu werden, als für das, was auf der Bühne geboten wurde. Die meisten der noblen Damen und Herren trafen sich an der Seine ebenso wie am Canal Grande einzig zur Sünde in ihren Logen, wobei es sich um kulinarische wie auch erotische Genüsse handelte. An der Aufführung selbst war eigentlich nur das Publikum im Parkett interessiert. Da es für diese Theatergemeinde keine Bestuhlung gab, verfolgte man das Geschehen im Stehen –

aufmerksam und kritisch, ohne durch ein Souper oder eine schöne Frau abgelenkt zu sein. Für Pierre Crozat erfüllte die Uraufführung von Voltaires Drama *Artémire* jedoch in erster Linie gesellschaftliche Zwecke, und selbstverständlich besaß er eine eigene Loge.

Rosalba konnte sich die vielen Namen der eleganten Herrschaften nicht merken, die ihr von ihrem Wohltäter vorgestellt wurden. Ihr schwirrte schon bald der Kopf, und sie sank ebenso dankbar wie erschöpft auf den ihr zugewiesenen Stuhl direkt an der Logenbrüstung, von dem aus sie einen vortrefflichen Blick in das Rund des Theatersaals hatte.

Es herrschte das übliche Durcheinander vor einer Vorstellung, jedermann schien seinen Platz zu suchen, gleichgültig, ob man den Logen oder dem Parkett zustrebte. Im anschwellenden Stimmengewirr wurden Freunde begrüßt, man ließ sich auf Disputationen über das zu erwartende Stück oder den Autor ein, tauschte den neuesten Klatsch aus, flirtete ungeniert, lachte lauthals. Unbekannte Gesichter verschwammen vor Rosalbas Augen zu Bildern, Menschen wurden zu Pastellportraits.

»*Tout Paris* scheint gekommen zu sein, um Voltaires Premiere zu sehen. Ist dieser junge Mann tatsächlich der neue Fixstern am Himmel der französischen Kultur?«, hörte Rosalba unter sich im Zuschauerraum einen Herrn fragen.

»Wer will das beurteilen?«, erwiderte eine andere Männerstimme eher gelangweilt. »Seid Ihr etwa hier, um Euch Voltaires Aufführung anzusehen? Du liebe Güte, ich dachte, Ihr wolltet Euch vergnügen.«

»Nun ja, immerhin spielt Adrienne Lecouvreur die Hauptrolle ...«

»Wie man hört, nur deshalb, weil ein mit Voltaire befreundeter Kritiker bei der ersten Lektüre des Manuskripts bitterlich geweint haben soll. Die Tatsache, dass der arme Mann so ergriffen war, dass er vor lauter Tränen sogar einen Schnupfen davontrug, soll für die Lecouvreur ein untrügliches Zeichen für die Qualität des Stücks sein.«

»Voltaire soll mit dieser Tragödie den Ruhm der antiken Dichter zum Verblassen bringen – und alles in den Schatten stellen, was seither geschrieben wurde.«

»Oh, mein lieber Freund, verderbt mir doch bitte nicht den Abend. Wenn es sich so verhält, muss ich ja aufmerksam beobachten, was auf der Bühne geschieht, und darüber hinaus auch noch zuhören.«

Unwillkürlich lächelte Rosalba. Bisher hatte sie die Dekadenz mancher venezianischer Herren für unübertroffen gehalten. Hier wurde sie eines Besseren belehrt. Da sie gerne andere Menschen beobachtete, amüsierte sie sich hervorragend.

In der Loge zu ihrer Linken knallte ein Sektkorken.

»Habt Ihr schon von den Liebespfaden gehört, auf denen Euer Freund Richelieu neuerdings wieder wandelt?«, drang die Stimme einer Dame klar und deutlich herüber.

Gläser klirrten. Offenbar wurde der eben geöffnete Champagner eingegossen. »Natürlich weiß ich davon. Armand soll sich wieder mit der Herzogin von Modena eingelassen haben«, hörte man einen Mann antworten.

Neugierig drehte Rosalba sich in die Richtung, aus der die Unterhaltung kam. Sie wagte es nicht, sich über die Brüstung der Loge zu beugen, da sie sich nicht beim Lauschen ertappen lassen wollte. Dennoch interessierte sie das Gespräch, da sie die junge Herzogin von Modena kannte. Charlotte Aglaé d'Orléans war die Tochter des Herzogs von Orléans und durch ihre kürzliche Heirat unweit von Venedig beheimatet. Sie besaß eine Vorliebe für Tabaksdosen, womit sie fast zwangsläufig zur Bewunderin von Rosalbas Miniaturen wurde.

»Pikant, nicht wahr?« Die Dame nebenan gluckste vor Vergnügen.

»Alle Welt dachte, Richelieu ließe die Finger von Mademoiselle de Valois, nachdem sie den Erbprinzen von Modena heiratete. Immerhin konnte sie sich glücklich schätzen, dass sie überhaupt eine angemessene Partie gemacht hat. Was für ein Skandal, als der Prinz von Piemont die schon lange ausgehandelte Verlobung löste, weil herauskam, dass Richelieu Charlottes Geliebter war. Dabei hatte der Regent stets so eifersüchtig über die Tugend seiner Tochter gewacht.«

»Richelieu war der erste, dem es gelang, sie anzurühren. Er ist eben ein einfallsreicher Liebhaber ... Trinken wir auf unseren Freund!« Nach einer Weile fügte die gesichtslose Männerstimme hinzu: »Wusstet Ihr, dass er damals direkt unter den Augen ihrer Anstandsdame in Charlottes Schlafgemach marschiert ist? Er verkleidete sich als Charlottes Zofe und brachte Mademoiselle ein Nachtgewand. Während ihre Gouvernante im Vestibül Karten legte, vergnügten sich Charlotte und Armand hinter verschlossener Tür ...«

Rosalba wünschte plötzlich, nicht Zeuge dieses Gesprächs zu sein. Ihre Phantasie hatte noch nie Gefallen an amourösen Abenteuern gefunden. Sie gehörte zu den wenigen Vertreterinnen ihrer Generation und Kreise, die den unerhörten Geschichten anderer Leute Affären nichts abgewinnen konnte. Ihr war es lieber, nicht zu viel über die Verderbtheit der gesellschaftlichen Welt zu wissen, in der sie sich bewegte, was andererseits jedoch einem Selbstbetrug gleichkam, da sie gelegentlich den Auftrag erhielt, ein Liebespaar nackt zu portraitieren.

Sie wandte sich auf der Suche nach einer unverfänglichen Unterhaltung mit ihrem Begleiter um, doch Crozat stand in der Logentür und diskutierte mit einem Kellner über die Temperatur des eben servierten Champagners.

Um dem Klatsch in der Loge links zu entgehen, lehnte sie sich ein wenig über die Brüstung und drehte sich nach rechts, wo sie hinter der mit rotem Samt bespannten Wand einen Mann und eine Frau beobachtete, die mit dem Rücken zum Theatersaal standen und sich angeregt unterhielten. Stimmenfetzen wehten zu Rosalba herüber, der Name »Madame de Parabère« erklang wiederholt neben anzüglichem Gekicher, und schließlich hörte sie deutlich die Bemerkung der Dame. »Sie ist seit neun Jahren Witwe und macht nicht den geringsten Hehl daraus, neuen Mutterfreuden entgegenzusehen. Dabei fürchte ich, dass sie nicht einmal selbst genau weiß, wer der Vater ist.«

»Welche Frage!«, stöhnte der Herr daneben auf. »Marie-Madeleine de Parabère ist die offizielle Mätresse des Regenten ...«

»Wir wissen aber beide, dass sich der Herzog von Richelieu ebenso der Gunst Madame de Parabères erfreute wie auch Monsieur John Law ...«

»Still! Da kommt Katherine ...!«

In diesem Fall wäre Rosalba der Unterhaltung gerne weiter gefolgt, denn jeglicher Klatsch über den Mann, den sie für einen gewissenlosen Verführer ihrer Schwester Angela hielt, interessierte sie brennend. Sie rechtfertigte diese Sensationsgier vor sich selbst mit dem Gedanken, dass jede Information nur von Vorteil sein könne und unter Umständen dazu diene, Angela zu warnen. Doch statt weiterer Geschichten vernahm sie nur das Schmatzen in die Luft geworfener Küsse, begeisterte Ausrufe der Begrüßung und die gegenseitige Beteuerung, wie wunderbar man heute Abend wieder aussehe.

»Meine Teuerste ...« Crozat trat neben Rosalba, in jeder Hand einen so gut gekühlten Sektkelch, dass das Glas milchig angelaufen war. »Ihr seht enttäuscht aus. Fühlt Ihr Euch nicht wohl?«

Errötend schüttelte Rosalba den Kopf und fächelte sich demonstrativ etwas Luft zu. »Die vielen Eindrücke erschöpfen mich ein wenig. Von Enttäuschung kann keinesfalls die Rede sein.«

»Dann lasst uns auf einen erfolgreichen Abend anstoßen. Ich bedaure, dass Eure Frau Mutter und Schwester lieber in ihren Räumen bleiben wollten, als uns ins Theater zu begleiten, aber ich gebe andererseits gerne und unumwunden zu, dass ich es genieße, Eure Gesellschaft nicht teilen zu müssen.«

Bevor Rosalba an ihrem Champagner auch nur nippen konnte, dröhnte neben ihr eine Stimme: »Oh, da ist ja Monsieur Crozat ...!« Sie erkannte sie als zu dem Mann gehörend, der sich eben über Madame de Parabère unterhalten hatte. Interessiert wandte sie sich um, während sich Crozat über die Logenbrüstung beugte, um seinen Nachbarn zu begrüßen.

Dieser war ein maniert wirkender Geck, der einem Storch ähnlicher sah als einem Kavalier. An seiner Seite befand sich eine zauberhaft anmutige junge Frau, die Rosalba an ihrem blauen Abendkleid als seine Gesprächspartnerin erkannte, die sie zuvor nur von hinten gesehen hatte. Zu den beiden hatte sich eine Dame in Rosalbas Alter gesellt, die dezenter frisiert und gekleidet war, aber keinerlei Eleganz vermissen ließ. Ihr Äußeres verblasste neben dem bildhübschen Puppengesicht der Jüngeren. Sie war keine Schönheit, ein Eindruck, der noch durch das Feuermal verstärkt wurde, welches sich über eine Wange zog. Aber in ihren Augen leuchteten Willensstärke, Kraft und Intelligenz, was auf eine starke Persönlichkeit schließen ließ.

Über Crozats Schultern hinweg musterten die Herrschaften interessiert die Fremde in seiner Loge, was Rosalbas Wohltäter mit einem vergnügten Schmunzeln beantwortete. Er deutete eine Verbeugung an. »Mesdames, Monsieur, darf ich Euch mit meinem Gast aus Venedig bekannt machen? Das ist Madame Carriera, die große Malerin.«

Als sie sie jetzt direkt ansah, bemerkte Rosalba, dass das Puppengesicht der jüngeren der beiden Damen ein gelungenes Täuschungsmanöver der Natur war. Bei dieser Person handelte es sich fraglos um eine intelligente, ehrgeizige Frau, die ihre Reize mit äußerster Berechnung einzusetzen verstand. »Marquise de Prie«, wurde sie von Crozat vorgestellt, der unverzüglich in Richtung der anderen Dame hinzusetzte: »Madame Law, die Gattin des Generalkontrolleurs der Finanzen. Und dies ist der Herzog von Bourbon, ein Cousin unseres Regenten.«

Louis-Henri de Bourbon neigte sein Haupt ebenso hoheitsvoll wie sein königlicher Vetter. »*Enchanté, Madame Carriera.*«

»Eine Künstlerin ist uns immer willkommen«, sagte Katherine herzlich. »Bedauerlicherweise haben wir uns noch nicht kennen gelernt, aber ich hörte Euren Namen, als ich zuletzt in

Venedig war. Mein Gemahl ist ein großer Verehrer italienischer Malerei, wenn es sich dabei auch weniger um zeitgenössische, als vielmehr um Bilder der Renaissance handelt. Es würde Monsieur Law sicher freuen, wenn er Euch seine Sammlung vorstellen könnte.«

Widersprüchliche Gefühle kämpften in Rosalbas Brust. Von John Laws Interesse an italienischer Kunst hatte sie bereits gehört. Auch hatte sie sich, seit sie seinen Namen in Angelas Brief zum ersten Mal gelesen hatte, eine gewisse Vorstellung von seiner Leichtlebigkeit gemacht. Ein Ruf, den das belauschte Gespräch zwischen Madame de Prie und dem Herzog von Bourbon bestätigt hatte. Wie aber passte diese sympathische Ehefrau in das Bild? Unwillkürlich fühlte sie Mitleid für die Gattin in sich aufsteigen. Gleichzeitig aber dachte sie, dass Katherine Law alles andere als einen bedauernswerten Eindruck machte. Neugier packte Rosalba.

»Es ehrt mich sehr, Euch besuchen zu dürfen, Madame.«

»Ich empfange jeden Nachmittag um vier. Bringt doch Euer Skizzenbuch mit, vielleicht möchtet Ihr uns eine Demonstration Eures Zeichentalents gewähren.«

Crozat nickte Rosalba zufrieden zu. Suchend blickte er sich um, bevor er fragte: »Und wo versteckt sich unser werter Generalkontrolleur der Finanzen heute Abend? Sagen Sie mir nicht, Monsieur lasse sich diese einzigartige Premiere entgehen.«

»Law dürfte sein Fernbleiben kaum bedauern«, meldete sich der Herzog von Bourbon zu Wort. »Ich denke, er mag Voltaire nicht besonders, seit dieser unaufhörlich Spottverse auf ihn dichtet. Wie ich hörte, werden Voltaire die Pamphlete aus den Händen gerissen, sobald er sie niedergeschrieben hat.«

»Monsieur Law«, erwiderte Katherine kühl, »befindet sich auf einer Reise durch die Provinz. Wäre er in Paris, hätte er es sich nicht entgehen lassen, Voltaire seinen gerechten Applaus zu spendieren.«

»*Touché!*«, entgegnete Louis-Henri de Bourbon unbekümmert. »Wahrscheinlich habt Ihr Recht, liebste Katherine, und Euer Gatte schätzt insgeheim noch immer den geistreichen Witz Voltaires…« Trotz seiner Hässlichkeit gelang ihm ein überaus charmantes Lächeln. »Wie ist Eure Meinung dazu, Madame Carriera? Was haltet Ihr von unserem umjubelten jungen Dichter?«

»Ich muss gestehen, dass ich noch nicht das Vergnügen hatte, das Genie Monsieur Voltaires kennen zu lernen.«

»Nur Voltaire, kein Monsieur«, korrigierte die Marquise de Prie. »Er ist eigentlich ein Monsieur Arouet, aber nach seinem ersten Erfolg wurde er größenwahnsinnig und legte sich einen neuen Namen zu… Oh, seht nur, die Diener beginnen die Lichter zu löschen und die Türen zu schließen. Es geht los.« Sie zwinkerte Rosalba zu. »Wenn Ihr Euch bei Monsieur Crozat langweilt, Madame, besucht uns doch einfach auf ein Glas Champagner.«

Rosalba lächelte höflich. »Vielen Dank, das ist sehr freundlich.«

Die Herrschaften zogen sich auf ihre Plätze zurück, während sich das allgemeine Stimmengewirr zu einem Flüstern und Raunen senkte.

»Wenn ich es recht bedenke«, wisperte Crozat in Rosalbas Ohr, »solltet Ihr die Einladung von Madame Law baldmöglichst annehmen. Sie könnte Eurer Karriere förderlich sein. Obwohl der Finanzminister eine stetig wachsende Reihe von Feinden besitzt, ist Madame Laws Salon nach wie vor unerreicht der beste Platz in ganz Paris, um die Bekanntschaft der *haute volée* zu machen.«

»Dann sollte ich mich Madame Laws Unterstützung versichern«, nickte Rosalba. »Danke für Euren Rat.«

Aus den Augenwinkeln beobachtete sie, dass die Vorhänge in der Loge zu ihrer Linken zugezogen wurden. Offenbar waren diese Theaterbesucher an Vergnüglicherem als an Voltaires neuer Tragödie interessiert. Langsam hob sich der Bühnenvorhang. Beifall brandete auf.

172

»Seht nur!«, rief Crozat euphorisch aus, obwohl Rosalba auch ohne seinen Kommentar oder die Benutzung ihres Opernglases sehr gut erkennen konnte, was auf der Bühne vor sich ging. »Adrienne Lecouvreur im Kostüm der griechischen Göttin der Jagd.« Dann wandte er seine ungeteilte Aufmerksamkeit der berühmten Schauspielerin zu, und Rosalba vermutete, dass er seine Begleiterin binnen Sekunden vergessen hatte.

Die Tragödie *Artémire* von Voltaire gab in zeitgemäßen Worten die Geschichte der griechischen Artemis-Sage wieder. In diesem Drama war viel die Rede von Gewalt und Tod, von Treue und Ehre, Eifersucht und Rache. Rosalba fragte sich, ob die Texte die Gesellschaft nur aufrütteln sollten oder ihre Verderbtheit an den Pranger stellten. Vielleicht war es aber auch nur eine griechische Tragödie ohne aktuellen Hintergrund, überlegte sie, mit einer Rolle, in der die Lecouvreur brillieren und die Voltaires Ruhm vertiefen sollte.

Da erklangen die ersten Pfiffe.

»Mon dieu«, entfuhr es dem entsetzten Crozat. »Voltaires Ruf, ein Genie zu sein, scheint gerade einen Sprung zu bekommen.«

Der Unmut unter den Zuschauern wurde deutlicher. Anzügliche Witze wurden wie Pfeile abgefeuert und im Parkett mit lautstarkem Johlen bejubelt.

»Ich wünschte«, wandte sich Crozat an Rosalba, »Euer erster Besuch in der *Comédie Française* würde nicht mit einem Skandal enden, aber wie mir scheint, ist dies unausweichlich. Setzt Euch ein wenig zurück, Teuerste, falls die Leute mit Gegenständen zu werfen beginnen und Geschosse ihr Ziel verfehlen. Man weiß schließlich nie, wo man in der Öffentlichkeit heutzutage noch sicher ist.«

Unwillkürlich fiel ihr Zanetti ein, der sich aus Sorge um ihr Wohl im unruhigen Paris zu der Reise entschlossen hatte. Die Einladung zu diesem Theaterbesuch hatte er ausgeschlagen. Natürlich hatte niemand mit dem Tumult gerechnet, der sich auszubreiten begann, doch Rosalba fühlte sich plötzlich merkwürdig allein gelassen. Crozat war ein liebenswerter Gesellschafter, aber nicht zu vergleichen mit Zanetti.

Seufzend folgte sie Crozats Anweisung und flüchtete in den hinteren, dunklen Teil der Loge.

9

Monsieur Zanetti! Wie schön, Euch wiederzusehen.«

Der Angesprochene löste den Blick von einem einsamen Schachspiel und sah mit Freuden Jean Mariette vor sich.

»Wie lange ist es her, dass wir uns zuletzt begegnet sind?«, erwiderte Zanetti und erhob sich, um Mariette die Hand zu schütteln. »Es kommt mir wie eine Ewigkeit vor. Ich freue mich, dass Ihr meiner Einladung gefolgt seid. Nehmt bitte Platz.« Mit einem verschmitzten Blick auf die den Tisch füllenden Figuren fragte er: »Möchtet Ihr eine Partie Schach mit mir spielen? Ich kann Euch nur dazu raten, denn mir scheint mein Geist heute einen Streich zu spielen.«

»Um so besser«, gab Mariette lächelnd zurück. »Eure mangelnde Konzentration ist ein Pluspunkt für jeden meiner Züge… Aber nein, ich würde mich lieber mit Euch unterhalten. Deshalb habt Ihr mich doch hergebeten. Oder bedeutete Eure Nachricht, Ihr wolltet Schach mit mir spielen?« Da diese Frage rein rhetorischer Natur war, setzte sich Jean Mariette auf den freien Stuhl und schob die Figuren zur Seite, um sich mit dem Ellbogen auf dem Tisch aufzustützen. Dann winkte er einem Kellner und bestellte sich einen *vin d'orient,* und dieser »Wein des Orients«, stellte sich wenig später als Kaffee heraus.

Zu dieser frühen Abendstunde war es nicht sehr voll im »Café de la Régence«, da die meisten Gäste entweder ihren Geschäften nachgingen oder sich vor ihren zu erwartenden nächtlichen Vergnügen ausruhten. Außerdem war das Wetter trocken und mild. Um diese Uhrzeit füllte sich das Kaffeehaus meist nur, wenn es regnete und die Spaziergänger aus dem Park des Palais Royal in die trockene Wärme flüchteten. Zanetti hatte diesen Ort für seine Verabredung gewählt, da es hier deutlich ruhiger zuging als in den zahlreichen vergleichbaren Etablissements, die in den vergangenen Jahren rund um die Wohnung des Regenten eröffnet worden waren. Das lag vor allem daran, weil das »Café de la Régence« besonders bei Schachspielern beliebt war, die für gewöhnlich schweigend ihrer Passion nachgingen, und keine Musik aufgespielt wurde.

Unwillkürlich dämpfte Zanetti seine Stimme, kam jedoch umgehend zur Sache: »Ich möchte mit Euch über meine Freundin Rosalba Carriera sprechen.«

Pierre-Jean Mariette war mit seinen sechsundzwanzig Jahren noch relativ jung und darüber hinaus vierzehn Jahre jünger als Zanetti. Dennoch besaß er weitaus markantere Züge als der Venezianer, vom guten Leben ein leichtes Doppelkinn und den tiefsinnigen Verstand eines Gelehrten. Er war kein Beau und auch kein Libertin, aber er hatte die Erziehung eines Edelmannes genossen, als ihn sein Vater, ein in Paris berühmter Gemäldehändler und Kupferstecher, auf Kavalierstour geschickt hatte. An den kulturell wichtigsten Orten Frankreichs, Flanderns, Italiens und Deutschlands hatte Mariette seine Studien betrieben und war binnen kürzester Zeit zu einem der geachtetsten Kunstkenner und -kritiker Europas aufgestiegen. Kein Geringerer als Kaiser Karl VI. hatte ihn bereits vor zwei Jahren nach Wien berufen, um das Kaiserliche Kupferstichcabinet zu reorganisieren. In dieser Funktion war er nach Venedig gereist, wo er Zanetti begegnet war, der den jungen Experten zeitweise als Kurator der eigenen Sammlung einstellte. Gerade erst zurück in Paris, hatte er Zanetti von der unglaublichen Geschichte des Mörders de Horn geschrieben. Er gehörte zum Kreis um Pierre Crozat, doch hatte es Zanetti vorgezogen, sich mit ihm in der ruhigen Abgeschiedenheit dieses Lokals zu treffen anstatt im Hôtel Crozat, da er vermeiden wollte, dass Rosalba Zeugin ihres Gesprächs würde.

»Ich wüsste nichts Angenehmeres als eine Unterhaltung über Madame Carriera. Ihr wisst, dass ich Eure Freundin bewundere und tief verehre. Ich traf sie übrigens gestern im Theater. Warum wart Ihr nicht bei der Uraufführung von Voltaires neuem Stück?«

»Darf ich offen zu Euch sein? Ich wollte Monsieur Crozat nicht des Vergnügens berauben, sich allein mit Madame Carriera zu zeigen. Außerdem fand ich es sehr angenehm, einen Abend ohne Gesellschaft mit einer guten Lektüre zu verbringen.« Zanetti unterbrach sich, um an seiner Schokolade zu nippen. »Irgendjemand – ich erinnere mich nicht mehr genau, wer – empfahl mir diesen kürzlich in England erschienenen Abenteuerroman, *Robinson Crusoe* von Daniel Defoe. Kennt Ihr das Buch?«

»Bedaure. Ich spreche kein Englisch.«

»In der Tat. Ja. Ich vergaß. Nun, ich bin mir auch nicht sicher, ob Ihr etwas versäumt. Wahrscheinlich ist die Geschichte nichts für Euch. Viel zu roh. Viel zu wenig künstlerisch. Jedenfalls dachte ich mir, dass ich mir Voltaires Tragödie ein andermal ansehen könnte.«

Mariette lehnte sich auf seinem Stuhl zurück, um in seiner Rocktasche nach seiner Tabaksdose zu fingern. »Die Frage ist«, bemerkte er, »ob Ihr die Gelegenheit dazu bekommen werdet. Voltaires neue Tragödie ist entgegen den Lorbeeren, mit denen seine Freunde ihn vorab überhäuften, kaum als literarisches Meisterwerk zu bezeichnen …«

Er unterbrach sich, da er die Tabatiere gefunden hatte, öffnete den zauberhaft zart bemalten Emailledeckel, schüttete etwas Tabak auf den Daumenballen und sog die duftenden braunen Krümel entzückt in sein linkes Nasenloch. Nachdem er sich anschließend in ein blütenweißes Batisttüchlein geschnäuzt hatte, fuhr er fort: »Wenn Voltaire doch nur so schreiben würde, wie er redet! Ein exzellenter Rhetoriker, aber nicht immer ein guter Schriftsteller.«

»Ich hörte davon. Voltaire überzeugte das Publikum mit leise gesprochenen Worten und legte auf diese Weise einen Tumult bei …«

»Man stelle sich das einmal vor«, rief Mariette aus, woraufhin ein Schachspieler am Nebentisch entrüstet den Blick hob und leise protestierend den Kopf schüttelte. Mariette entschuldigte sich höflich mit einer kleinen Verbeugung und gab Zanetti seinen Bericht deutlich leiser ab: »Nachdem die Zuschauer begonnen hatten, Adrienne Lecouvreur auszupfeifen und Zoten über die Verse zu reißen, sprang Voltaire von seinem Platz auf und verteidigte sein Werk. Im Grunde beschimpfte er das Publikum, aber seine Worte klangen wie diamantene Kaskaden, die von seiner Loge ins Parkett tropften. Bevor es zu größeren Ausschreitungen kommen konnte, gab es plötzlich Beifall.«

»Madame Carriera berichtete mir, dass es ein beeindruckendes Erlebnis gewesen sei, Voltaire sprechen zu hören.«

»In der Tat. Es war faszinierend, zu beobachten, wie die Stimmung umschlug.«

Zanetti fand, dass er nun genug Zeit auf den literarischen Exkurs verwendet hatte, und kam zu seinem eigentlichen Thema zurück. »Am Rande der Aufführung konnte meine Freundin Bekanntschaften schließen, die ihre Hoffnung nähren, bald eine Reihe von Aufträgen zu erhalten.«

»*Tout Paris* war zugegen. Mit Ausnahme von Euch, natürlich. Aber Ihr seid ja bereits von Madame Carriera portraitiert worden.«

Zanetti beugte sich vor, eine eindringliche Geste, um seinen Freund und Mitarbeiter ins Vertrauen zu ziehen. »Meine Pläne für Rosalba Carrieras Zukunft sind sehr konkret. Monsieur Crozats Beziehungen sind nur der Anfang eines Netzes, das systematisch geknüpft gehört. Schwört mir, Mariette, dass dieses Gespräch unter uns bleibt!«

»Welche Frage?! Ich bitte Euch. Das Wohl von Madame Carriera liegt mir ebenso am Herzen wie mein eigenes bescheidenes Dasein. Für mich ist sie wie ein rosaroter Sonnenaufgang. Unerreicht in seiner Schönheit. Nie würde ich mich zu einer Bemerkung hinreißen lassen, die der illustren Dame schaden könnte.«

Mit einem anerkennenden Lächeln quittierte Zanetti den

Sprachwitz, der hinter Mariettes Worten steckte: Ihr Vorname – Rosalba – konnte tatsächlich, wie von Mariette schwärmerisch umschrieben, übersetzt werden, da das italienische *alba* Sonnenaufgang bedeutete.

»Wir wissen beide, dass es für die Kunst meiner Freundin keinen Vergleich gibt«, bestätigte Zanetti. »Dennoch steht sie bis jetzt nur am Fuße des Olymps, dessen Gipfel zweifelsohne ihr gehört.«

»Ein vortrefflicher Vergleich«, bestätigte Mariette. »Rosalba Carriera erscheint mir in der Tat wie ein lebendiger Apelles, der bedeutendste Künstler, den die griechische Antike hervorgebracht hat. Auch er ein Portraitist, der berühmt wurde durch seine Darstellung von Alexander dem Großen. Apelles war übrigens der erste Maler überhaupt, der ein Selbstbildnis schuf.«

Während Mariette wieder eine Prise aus seiner Tabaksdose nahm, entsann sich Zanetti der historischen Überlieferung. »Musste er sich nicht einem Wettbewerb mit anderen Künstlern stellen?«

Die Antwort ließ eine Weile auf sich warten, da Mariette mit seiner Nase beschäftigt war. Schließlich sagte er: »Die Aufgabe lautete: Wer kann die Wirklichkeit am besten nachahmen? Apelles siegte mittels seines Könnens, aber auch durch seine Klugheit und mit einer List.«

»Erkennt Ihr die Duplizität?«

»In gewisser Weise.« Mariette zögerte, da ihm nicht ganz klar war, welchen Plan Zanetti verfolgte. »Rosalba Carrieras Virtuosität trifft den Zeitgeschmack wohl ebenso, wie dies bei Apelles der Fall gewesen sein muss. Ihre leuchtenden Farben spiegeln den Glanz unserer Epoche wider. Aber – um ehrlich zu sein – mehr Vergleiche kann ich nicht anstellen. Von Apelles ist kein einziges Bild bis in die Gegenwart erhalten geblieben. Man kennt seine Kunstfertigkeit nur aus Überlieferungen. Wir sollten hoffen, dass die Portraits Eurer Freundin die Jahre etwas besser überdauern.«

»Ihr habt die Klugheit vergessen.« Zanetti legte eine bedeutsame Pause ein. »Und die List. Das Können allein brachte Apelles nicht ans Ziel. Wir wissen beide, dass ein göttliches Talent niemals ausreicht. In der Antike wie heute. Es bedurfte und bedarf eines gewissen Geschicks, eine besondere Begabung in den Augen der künstlerischen Laien als unbezahlbar darzustellen.«

»Interessant. Das Gespräch mit Euch ist äußerst anregend. Fahrt bitte fort.«

Zanetti lächelte. »Wir sind uns also einig darüber, dass Rosalba Carriera ohne Unterstützung niemals die Anerkennung erfahren wird, die ihr gebührt.«

»Noch kein Künstler kam ohne einen einflussreichen Mäzen aus. Was wäre ein Leonardo da Vinci ohne François I.?«

Zanetti widerstand seinem italienischen Patriotismus und erinnerte den auf seinen König so stolzen Franzosen nicht an die Verdienste der Familien Medici in Florenz oder der Sforza in Mailand. Er beschloss, dass es Zeit für einen Branntwein war, winkte dem Kellner und bestellte sich das Getränk, woraufhin Mariette einen zweiten Kaffee für sich orderte.

Nachdem der Kellner gegangen war, fuhr Zanetti fort, seinen Plan darzulegen: »Da sich Monsieur Crozat um die gesellschaftlichen Verbindungen kümmert, bleiben uns die wirtschaftlichen Überlegungen. Ihr, mein Freund, verfügt über die Kontakte und ich über das nötige Geld. Gemeinsam sollten wir es schaffen, Rosalba Carrieras Werk unvergleichlich populär zu machen.«

»Ich lege mich der Kunst der Dame zu Füßen. Was kann ich tun?«

»Es geht um die Einzigartigkeit ihres Werks. Jede Konkurrenz fügt Rosalba Carrieras Ansehen Schaden zu, obwohl andere Pastellmaler zweifellos weniger talentiert sind. Eine oberflächliche Gesellschaft lässt sich nur allzugern blenden. Die Qualität eines Bildes spielt dabei nicht immer eine Rolle. Deshalb möchte ich dafür sorgen, dass selbst nur annähernd vergleichbare Portraits vom Kunstmarkt verschwinden.«

180

Überrascht zog Mariette die Augenbrauen hoch. »Rosalba Carriera braucht keinen Wettstreit zu fürchten…«

»Nein, natürlich nicht«, unterbrach Zanetti rasch, »und ihre Klugheit steht auch außer Frage. Ich denke an die List, die Apelles zum Sieg führte. Meine teure Freundin ist viel zu bescheiden, um sich selbst ins rechte Licht zu rücken. Deshalb sollten wir dafür sorgen, dass dies geschieht.«

Mariette schwieg. Mit einer eleganten Handbewegung forderte er Zanetti auf weiterzusprechen.

»Ihr kennt die Maler, die gerade *en vogue* sind in Paris. Ihr kennt die Namen und viele Portraits von unterschiedlichster Hand. Die Beziehungen Eures Vaters gestatten es Euch, die fraglichen Bilder zu erwerben, ohne dass sonderlich viel Aufsehen entsteht. Ihr kauft für den Kunsthandel Eurer Familie ein. Das ist doch sehr nett von Euch, findet Ihr nicht?«

»Ich verstehe nicht…« Mariette unterbrach sich, da der Kellner die Bestellung brachte. Nachdem Kaffee und Cognac serviert worden waren und der Bedienstete wieder außer Hörweite war, fragte Mariette: »Welchen Sinn sollte es haben, Portraits von anderen Künstlern zu erwerben? Es würde den Markt unnötig anfachen und Rosalba Carrieras Konkurrenz vergrößern.«

»Nicht, wenn Ihr mit Eurem Urteil entsprechend verfahrt. Ihr sollt die Bilder heimlich aufkaufen – der Preis spielt dabei keine Rolle – und anschließend so günstig wie möglich im Kunsthandel anbieten. Je billiger, desto besser…«

»Ihr scheint ein schlechtes Geschäft machen zu wollen, Monsieur.« Ein zerknirschtes Lächeln huschte über Mariettes ratlose Züge. »So kenne ich Euch gar nicht.«

»Es ist das beste Geschäft, das ich je machen durfte, denn es handelt sich um einen unbezahlbaren Freundschaftsdienst. Mit anderen Worten: Wir kaufen Rosalba Carrieras Konkurrenz vom Markt und verschleudern die Bilder anschließend. Natürlich werdet Ihr als Fachmann dafür sorgen, die Portraits, die nicht von Madame Carriera stammen, in entsprechendem Maße zu diskreditieren. Auf diese Weise wird das Niveau der

Arbeiten unserer Freundin deutlich erhöht, meint Ihr nicht auch?«

Endlich verstand Mariette. »Je preiswerter die Bilder anderer Künstler verkauft werden, desto uninteressanter sind sie für die *haute volée*«, resümierte er. »In bestimmten gesellschaftlichen Kreisen glaubt man bekanntlich, etwas sei nur deshalb gut, weil es teurer ist als anderes. In demselben Maße, in dem sich herumsprechen wird, dass andere Maler nur noch Ramsch-preise erzielen, wird das Ansehen Rosalba Carrieras steigen … Das ist genial ausgedacht.«

Zanetti verneigte sich bescheiden. »Jeder wird sich ein Por-trait von ihrer Hand wünschen, um auf diese Weise den eige-nen Kunstsachverstand zu demonstrieren. Wer gibt sich schon freiwillig mit billigem Plunder ab und zeigt diesen noch seinen Freunden? Kein Mensch lässt sich von einem Maler zeichnen, dessen Bilder nichts wert sind. Dabei spielt es keine Rolle, ob sie etwas taugen. Die wenigsten Sammler verfügen über ein so gutes Auge wie etwa Monsieur Crozat.«

»Oder Ihr selbst«, lobte Mariette in aufrichtiger Bewunde-rung. »Abgesehen davon, braucht Eure illustre Freundin kein fachliches Urteil zu fürchten. Sie ist die Königin der Pastellpor-traits. Damit dies auch andere erkennen, bin ich gerne bereit, den Markt zu beeinflussen. Trinken wir auf ein glückliches Ge-lingen. Trinken wir auf *la reine du pastel*…«

Zanetti hob sein Glas und prostete Mariette mit einem zu-friedenen Lächeln zu.

10

Ein Lakai geleitete Rosalba in eines der beiden ovalen *Cabinets,* die die zur Straßenseite gelegene Zimmerflucht des *entresol* flankierten. Nicht wenig beeindruckt nahm sie auf ihrem Weg durch das imposant ausgestattete Treppenhaus wertvolle Gemälde der niederländischen Renaissance wahr, während die dicken orientalischen Teppiche jeden ihrer Schritte schluckten und vergoldete Engel aus Wandreliefs auf die Besucherin herabblickten. Ein bisschen erinnerte das Ambiente Rosalba an die Salons in den neueren der venezianischen Paläste – und doch wirkte hier alles viel heller und freundlicher als in den Palazzi der *Serenissima.* Sie hatte von Pierre Crozat erfahren, dass die Häuser an der Place Vendôme erst vor wenigen Jahren erbaut und mit dem zeitgemäßen Sinn für Leichtigkeit eingerichtet worden waren. Deshalb war dieses Quartier – durch die räumliche Nähe zum Palais Royal und dem Regenten – nicht nur die derzeit bevorzugte Wohngegend der Pariser *haute volée,* sondern auch die zeitgemäßeste.

Der Generalkontrolleur der Finanzen war vor zwei Jahren mit seiner Familie hierher gezogen, nachdem er ein Grundstück in der nordöstlichen Ecke des inzwischen vollendeten Platzes erworben hatte. Die privaten Empfangsräume befanden sich in dem Stockwerk zwischen dem Parterre und der *Beletage,* und Katherine Law hatte in ihrem Lieblingssalon Kaffee und Schokolade auftischen lassen. Sie hielt die Fenster geschlossen, da sich der Börsenhandel seit dem Mordfall Horn und der Schließung der Rue Quincampoix praktisch vor ihrer Haustür abspielte und sich verarmte Spekulanten vor dem Palais herumtrieben, bettelten, demonstrierten oder einfach nur ihrem Unmut mit anzüglichen Pöbeleien Luft machten. Diese

»Zuschauer« waren der Grund, warum Katherine zunehmend bedauerte, dass sie sich beim Bau dieses Hauses gegen ihren Willen von den architektonischen Moden hatte überzeugen lassen. Die Empfangsräume waren zur Straßenseite ausgerichtet und gingen nicht mehr auf die Gärten hinaus. Katherine empfand diese Aufteilung zunehmend als Last – und fühlte sich unendlich ohnmächtig.

Sie empfing ihre Besucherin mit ausgebreiteten Armen und einem herzlichen Lächeln. »Ich freue mich sehr, dass Ihr meiner Einladung gefolgt seid.«

»Es ist mir ein Vergnügen, Madame Law«, erwiderte Rosalba und meinte diese Floskel tatsächlich ernst. Katherine war ihr auf Anhieb sympathisch gewesen. Sie hatte sogar eine gewisse Verbundenheit mit dieser Frau gefühlt, obwohl sie üblicherweise nicht so rasch für eine Geschlechtsgenossin einzunehmen war.

Katherine hatte den Lakaien ebenso wie zuvor ihre Zofe entlassen und bediente ihren Gast selbst. Die beiden Damen betrieben höflich Konversation, während Katherine Kaffee in zierliche Porzellantassen einschenkte. Man sprach über das Wetter und Rosalbas erste Eindrücke von Paris, wobei das unangenehme Thema der Demonstrationen vor dem Haus ausgeklammert wurde. Dann berichtete Katherine von ihren verschiedenen Aufenthalten in den Ländern Italiens, von ihrer Zeit in Venedig, als ihr Mann noch als Spieler sein Glück gemacht und die Geschäfte der venezianischen Bankiers studiert hatte. Schließlich erzählte Katherine von ihrer Bekanntschaft mit dem Herzog von Savoyen und kam auf diese Weise ganz selbstverständlich auf ihre Tochter zu sprechen.

»Kate…«, unwillkürlich lächelte sie zärtlich und fügte erklärend hinzu: »Sie heißt eigentlich Mary Katherine, aber wir nennen sie immer nur bei ihrem Kosenamen… Also, Kate wurde in Genua geboren. Sie ist unser jüngstes Kind. Unser erstgeborener Sohn kam in Den Haag zur Welt.«

Welche Qualitäten mochte ein Mann besitzen, dass seine

Frau ihm quer durch Europa folgte und sogar seine Kinder in der Fremde gebar? fragte sich Rosalba verwundert.

Natürlich kannte sie Ehepaare, die gemeinsam durch die Welt reisten – ihre Schwester Angela fuhr ja auch ständig mit Pellegrini von Ort zu Ort –, aber sie hatte dieses Nomadentum immer als Privileg von Künstlern gesehen und niemals in Verbindung mit einer adligen Dame gebracht. Außerdem erschien es ihr unvorstellbar, ein so persönliches Erlebnis wie eine Geburt fern der Heimat erleben zu müssen. Ihre Gastgeberin war offenbar eine starke Frau. Musste Rosalba deshalb nicht zwangsläufig ihre Meinung über John Law revidieren? Eine Frau wie Katherine gab ihr Zuhause doch wohl kaum für einen zweitklassigen Galan auf. Im Stillen dachte sie, dass sie nun noch neugieriger auf diesen Mann war.

»Ich habe mir stets gewünscht, ins Ausland reisen zu dürfen«, gestand Rosalba. »Fremde Städte besaßen für mich schon immer eine große Anziehungskraft. Niemals aber könnte ich mir vorstellen, meinen Wohnort zu wechseln. Ich bewundere Euren Mut, Madame Law.«

Katherine machte eine wegwerfende, leicht selbstgefällige Handbewegung. »Das ist nicht der Rede wert. Notwendigkeiten sind dazu da, angenommen zu werden, ohne dass man sie hinterfragt …« Sie unterbrach sich, um ihrem Gast noch ein wenig Kaffee nachzuschenken. Dann brachte sie das Gespräch rasch auf die beiden Portraits, die sie bei Rosalba bestellen wollte.

»Könntet Ihr Euch vorstellen, meine Kinder zu zeichnen? Für John und Kate ist es sicher eine großartige Erfahrung, Euch Modell zu sitzen, auch wenn es vor allem meiner kleinen Kate schwerfallen wird, stundenlang ruhig sitzen zu bleiben …«

»Die Anfertigung der ersten Skizze geht recht schnell«, warf Rosalba ein. Sie konnte kaum die Aufregung verbergen, die sie angesichts Katherines Vorschlag erfasst hatte. Es war die erste Anfrage dieser Art in Paris. Seit ihrer Ankunft hatte sie sich bisher nur mit dem Gesicht von Pierre Crozats Nichte beschäftigt – und dies auf seinen Auftrag hin. Sie empfand dieses Portrait mehr als einen Freundschaftsdienst. Crozat wollte ihr wohl das Gefühl geben, gefragt zu sein.

»Ach, Kate wird schon durchhalten.« Katherine lächelte still. »Sie liebt ihren Vater über alles, und allein die Tatsache, dass ihr Bild eine wundervolle Überraschung für ihn sein soll, wird sie zur Salzsäule erstarren lassen. Natürlich werdet Ihr Euch fragen, Madame, warum ich so kurz nach unserer ersten Begegnung ausgerechnet auf Euch verfallen bin. Ich denke aber, dass Ihr als Ausländerin und noch neu in Paris viel besser das Wesen der Kinder erfassen könnt als ein Künstler, der mit unserer Familie vertraut ist. Euer Auge ist neutraler. Darüber hinaus habe ich mir erlaubt, mich nach Euch zu erkundigen, und mein erster Eindruck wurde nur bestätigt. Ihr seid eine bewundernswerte Frau.«

Rosalba gelang es nicht, den Stolz über dieses Lob aus ihren Augen zu verbannen. Mit einem zufriedenen Lächeln neigte sie hoheitsvoll den Kopf, Zustimmung und Dankbarkeit zugleich ausdrückend. Die Freude über die Portraitaufträge war ihr anzusehen.

Trotz ihrer Begeisterung klang ihre Stimme sachlich und professionell, als sie ihrer neuen Kundin ihre Arbeit erklärte. »Wie gesagt, das Skizzieren geht recht rasch. Mit den Pastellkreiden beginne ich erst in meinem Atelier. Dabei brauche ich die Anwesenheit meiner Modelle nicht. Es genügt, wenn Ihr mir für diese Zeit einen persönlichen Gegenstand von John und Mary Katherine überlasst, den ich auch in dem Bild aufnehmen könnte. Eine Perücke etwa, eine Haarschleife oder einen Schal.«

In der Vergangenheit war sie in Venedig häufig derart mit Aufträgen überschwemmt worden, dass sie die Endfertigung ihren Schwestern überlassen hatte. Früher hatte Angela an ihren Miniaturen mitgearbeitet, später hatte Giovanna viele Portraits beendet. In ihrer derzeitigen Situation hatte sie jedoch genug Zeit zur Verfügung, um das Bild von John Law junior und Mary Katherine selbst fertigzustellen.

Katherine klatschte in die Hände. »Dann ist unser kleines *Fait accompli* also abgemacht. Wir müssen uns nur noch auf einen Preis einigen und ...« Sie unterbrach sich, da angeklopft wurde. Bevor sie reagieren konnte, schwang die Tür auf.

Mit einem Blick, mit dem ein Kaninchen auf die Schlange starrt, sah Rosalba auf den hochgewachsenen Mann, der mit der Selbstverständlichkeit des Hausherrn in Katherines Cabinet trat. Er füllte den Raum mit seiner Persönlichkeit und Attraktivität aus, wie sie es bisher noch bei wenigen Menschen erlebt hatte. Eine beeindruckende Gestalt, die ihr auf den ersten Blick ins Gedächtnis gebrannt war. Der Mann, in den sie sich vor fünfundzwanzig Jahren unglücklich verliebt und den sie vor vier Wochen in Lyon unter nicht sonderlich erfreulichen Umständen wiedergesehen hatte, stand nun erneut vor ihr. Und es war keine Frage mehr, um wen es sich bei seiner Person handelte.

Gedanken wirbelten durch Rosalbas Kopf, Erinnerungsfetzen, Fragmente aus ihren Gesprächen. Ihr schwindelte angesichts der vielen Bilder und Worte, die durch ihr Gehirn rasten.

»Entschuldigt, Katherine, man hat mir nicht gesagt, dass Ihr einen Gast empfangt«, sagte der Generalkontrolleur der Finanzen. Er klang so souverän, dass Rosalba hoffte, er würde sich nicht an ihre peinliche Begegnung in Lyon erinnern. Ihre Hoffnung war nicht unbegründet, da sie als Besucherin im Hôtel Law natürlich erheblich aufwendiger zurechtgemacht war denn als schlafwandelnde Herbergsbewohnetin. Doch ein Aufblitzen in seinen dunklen Augen nahm ihr jede Zuversicht.

»Madame ist die berühmte Miniaturmalerin Rosalba Carriera aus Venedig«, erläuterte Katherine arglos. »Madame Carriera, dies ist mein Gemahl.«

Ob er jetzt in ihr das Mädchen von einst erkannte? fragte sich Rosalba mit einem Hauch Verzweiflung, die ihr Herz erschwerte. Sollte sie sich so verändert haben, dass kein äußerlicher Hinweis auf ihre Jugend mehr erhalten geblieben war? Oder war sie ein so unwichtiger Teil seiner Vergangenheit, dass er sie vollständig aus seiner Erinnerung gelöscht hatte? Dabei mussten ihm doch die Stichworte »Miniaturmalerin« und »Venedig« zu denken geben.

Doch Johns charmante Antwort entsprach nur seinem neuesten Wissensstand. »Die Schwägerin von Antonio Pellegrini also. Es ist mir eine Ehre, Madame Carriera, Euch in meinem Haus begrüßen zu dürfen. Eure reizende Schwester berichtete mir bereits von Eurem Aufenthalt bei Monsieur Crozat. Niemals hätte ich es jedoch für möglich gehalten, dass ich so rasch Eure Bekanntschaft machen dürfte.«

Rosalba schnappte nach Luft, sprachlos und verwirrt. Johns Bemerkung über Angela brachte sie in die Gegenwart zurück. Gerade weil sie Angelas Schwärmerei für diesen Mann nun in jeder Hinsicht nachvollziehen konnte, wurde ihr Verdacht um so drängender. Dazu kamen Eifersucht und Wut, weil sie sich der Anziehungskraft, die er ungebrochen ausstrahlte, mit jeder Sekunde, die er sie eindringlich betrachtete, deutlicher bewusst wurde.

Ihr Schweigen lastete auf der kleinen Gesellschaft. Katherine blickte erstaunt von ihrer Besucherin zu ihrem Mann, während John geduldig wartend Rosalba ansah.

Sie musste etwas sagen, das wusste sie, aber ihre Kehle fühlte sich trocken an, und ihre Zunge war aus Blei.

»Guten Tag, *Monsieur le Ministre*«, sagte sie rau.

»Möchtet Ihr Euch zu uns gesellen?«, fragte Katherine John. »Ich lasse rasch etwas Kaffee für Euch aufbrühen ...«

Einer plötzlichen Eingebung folgend, griff Rosalba nach ihrem Täschchen und erhob sich abrupt, um John keine Gelegenheit zu geben, sich an dem Tischchen niederzulassen und eine Konversation zu beginnen, der sie sich im Moment nicht gewachsen fühlte.

»Verzeiht meine Unhöflichkeit«, entschuldigte sie sich, »aber ich sollte jetzt besser gehen. Ihr habt sicher einiges mit Eurem

Gemahl zu besprechen, Madame Law, und ich habe Eure Gast-freundschaft schon viel zu lange in Anspruch genommen.«

»Ach, wie schade …!« Katherines Bedauern war warmherzig und offensichtlich echt. »Ihr seht plötzlich nicht wohl aus, Ma-dame Carriera. Wahrscheinlich leidet Ihr noch immer unter den Strapazen der Reise. Wie selbstsüchtig von mir, dass ich Euch so lange mit meinen Angelegenheiten aufgehalten habe.«

»In der Tat, die Reise …«, murmelte Rosalba vage und vermied es, John anzusehen. Statt dessen richtete sie ihren Blick wie gebannt auf Katherine. »Schickt nach mir, wann immer Ihr mein Talent wünscht, Madame. Ich erwarte Eure Nachricht. Über weitere Einzelheiten können wir uns später unterhalten.«

»Hatte ich Euch nicht einen Rundgang durch die Ge-mäldesammlung meines Gatten versprochen?«, erinnerte sich Katherine, die noch immer mit Rosalbas brüskem Abschied zu hadern schien. »Bei Eurem nächsten Besuch müsst Ihr Euch ein wenig mehr Zeit nehmen. Mein Gatte wird erfreut sein, zu hören, was es Neues aus Venedig zu berichten gibt. Es ist seine Lieblingsstadt.«

»Allerdings«, versicherte John, »und deshalb werde ich mir erlauben, Euch zu Eurer Equipage zu geleiten. Auf dem Weg dahin könnt Ihr mir kurz berichten, wie es in Venetien steht. Ich hörte, der Doge sei erkrankt …«

Es blieb Rosalba nichts anderes übrig, als John zur Tür zu folgen. Sie hätte zwar gern vermieden, mit ihm allein zu sein, aber ihr fiel keine Ausflucht ein. Es gab keinen Grund, Kathe-rine zu bitten, sie ebenfalls zum Innenhof zu begleiten.

Die Dame des Hauses verabschiedete sich auf der obersten Stufe des Treppenaufgangs. »Es war mir ein großes Vergnügen, mich mit Euch unterhalten zu dürfen, und ich würde mich sehr freuen, wenn wir uns demnächst wieder ein wenig aus-tauschen könnten. Habt Ihr schon viele Bekannte in Paris?«

Überrascht über diese Frage schüttelte Rosalba den Kopf. »Monsieur Crozat stellt mich allerlei Herrschaften vor, aber im

Großen und Ganzen konnte ich noch keine Freundschaften schließen.«

Mit einer ungewöhnlich spontanen Geste streckte ihr Katherine die Hand entgegen. »Das soll sich nun ändern. Wenn Ihr erlaubt, Madame Carriera, wäre ich sehr gerne Eure Freundin.«

Rosalba fühlte sich wie vor den Kopf gestoßen. Sie hatte vor ihrem Besuch im Hôtel Law alle Facetten von vorzüglichem Benehmen über Freundlichkeit bis hin zu einer gewissen Überheblichkeit erwartet, ganz sicher aber nicht diese Herzlichkeit. Objektiv betrachtet gab es wahrscheinlich nichts, was gegen eine Freundschaft mit dieser Frau sprach. Es rührte sie, mit welcher Offenheit ihr diese schwesterliche Bindung angetragen wurde. Aber wie konnte sie Katherines Vertraute sein, da sie einst deren Ehemann geliebt hatte und diesen nun der Verführung ihrer eigenen Schwester verdächtigte?

Ohne wirklich eine Entscheidung getroffen zu haben, hörte sie sich jedoch sagen: »Ich danke Euch. Ich danke Euch sehr, Madame Law.«

Still wandte sie sich ab und trat mit gerafften Röcken, aufmerksam jeden ihrer Schritte beachtend, den Weg ins Erdgeschoss an. Gefolgt vom Hausherrn, dessen Nähe sie bis zur Unerträglichkeit spürte. Er berührte sie nicht, hielt angemessen Abstand, aber sie fühlte seinen Atem auf ihrem Haar – oder bildete sich dies zumindest ein, was zu ihrer Verwirrung erheblich beitrug.

Sie stolperte. Für einen Augenblick hatte sie nicht aufgepasst und blieb mit dem Absatz im Saum ihres Kleides hängen. Wahrscheinlich wäre sie kopfüber in die Tiefe gestürzt, hätten zwei Hände nicht schnell ihre Taille umfasst. Es vergingen ein paar Sekunden, bevor sie sich bewusst wurde, dass sie in John Laws Armen lag. Wie im Zeitlupentempo nahm sie seinen ruhigen Herzschlag wahr, der durch die mit Goldtressen besetzte Seide seines Rocks gegen ihren Körper pochte. Sie spürte seine Wärme, seine innere Kraft und Gelassenheit. Es war ein ungewöhnliches Gefühl für sie, sich auf diese Weise der Macht eines Mannes zu unterwerfen und diese gleichsam als angenehm und sicher zu empfinden.

Wie mochte es wohl in den Armen eines Liebhabers sein?

Erstaunt und entsetzt zugleich über ihre eigenen Sehnsüchte, fragte sich Rosalba plötzlich, was Zanetti eigentlich machte. Während sie sich gerade bereitwillig wieder in den Schwarm ihrer Jungmädchenzeit zu verlieben begann, ging ihr alter Freund ausschließlich seinen Geschäften nach. Seit sie in Paris weilten, hatten sie nur wenige Stunden miteinander verbracht. Diese Überlegung katapultierte sie in die Realität zurück. Eine Spur zu energisch befreite sie sich aus Johns Armen.

»Das wäre nicht nötig gewesen. Habt dennoch vielen Dank für Eure Tatkraft.«

»Keine Ursache, Madame. Es wäre doch nicht auszudenken gewesen, wenn Ihr Euch auf meiner Treppe den Hals gebrochen hättet.«

Seine Worte klangen leicht süffisant, aber seine ernsten Augen forschten in ihrem Gesicht nach einer tieferen Wahrheit, wie ihr schien. Sein Blick fesselte sie. Obwohl sie eigentlich weitergehen wollte, blieb Rosalba wie angewurzelt stehen.

»Gesteht mir, Madame«, fragte er rundheraus, »warum findet Ihr mich so abscheulich? Was habe ich Euch mehr getan, als Euch eines Nachts um den Schlaf zu bringen? Dafür habe ich mich allerdings entschuldigt, wenn ich mich recht entsinne, und mich anschließend um mehr Ruhe bemüht.«

Eine Nacht! dachte sie bitter. Nie hatte sie die Stunden gezählt, die sie seinetwegen geweint hatte. Außerdem konnte sie ihm unmöglich sagen, dass sie um die Tugend ihrer Schwester Angela fürchtete. Zu ihrem eigenen Entsetzen bemerkte sie, wie schwer es war, sich gegen seinen Charme zur Wehr zu setzen. Unabhängig von ihrer Erinnerung an ihn konnte sie sich kaum seiner Anziehungskraft entziehen. Seine Gegenwart verunsicherte sie, und sie hätte gerne auf weitere Begegnungen mit ihm verzichtet.

Andererseits brauchte sie den Portraitauftrag. Katherine Law war eine der mächtigsten Damen in der Pariser Gesellschaft. Das Wohlwollen dieser Frau würde ihr Türen öffnen und über Pierre Crozats Bemühungen hinaus ihren Namen bekannt machen. Nüchtern betrachtet hatte sie gar keine andere Wahl, als sich mit ihren Erinnerungen und John Law zu arrangieren.

»Ihr befindet Euch im Irrtum, Monsieur«, erwiderte sie kühl.

Er sah sie an, als könne er tief in ihre Seele blicken. »Offen gestanden hatte ich den Eindruck, Ihr wolltet mir unser Zusammentreffen in Lyon vorwerfen. Wahrscheinlich habe ich mich damals in der Tat ziemlich ungehörig benommen. Aber vielleicht könnt Ihr mein Benehmen entschuldigen, wenn Ihr die Hintergründe kennt. Die neuen Gesetze zwangen mich zu einer Reise durch die Provinzen, um die Filialen der *Banque Royale* zu kontrollieren. Inkognito. Ich mag ein wenig unfreundlich zu Euch gewesen sein, da ich versehentlich annahm, Ihr hättet mein Versteckspiel durchschaut.« Ein Lächeln breitete sich auf seinem Gesicht aus. »Ich konnte ja nicht wissen, dass Ihr mich gar nicht kanntet.«

Sie schluckte. »Es wäre das Beste, Ihr würdet die kleine Episode in Lyon vergessen und so tun, als hättet Ihr mich heute im Salon von Madame Law zum ersten Mal gesehen.«

»*Episode?*« Er zog die Augenbrauen hoch. »Ist das nicht ein wenig zu hoch gegriffen? Ich wollte Euch nicht kompromittieren und kann mich eigentlich nicht erinnern, dies getan zu haben. Vergessen wir trotzdem Lyon …«

Er unterbrach sich, um strahlend auszurufen: »Was für ein wunderbarer Einfall. Ich reiste unter einem falschen Namen. Ihr könnt John Law also damals gar nicht begegnet sein. Eine fabelhafte Lösung unseres kleinen Problems, nicht wahr?«

»Absolut«, versicherte sie ihm. Sie ließ es zu, dass er ihren Ellbogen umfasste und sie sanft die Treppe hinuntergeleitete. Der neue Status ihrer Bekanntschaft schien so unverfänglich, dass sie den kleinen Teufel übersah, der sich ihrer Gedanken bemächtigte. Ohne es zu wollen, rutschte ihr die Frage heraus: »Reistet Ihr schon früher unter einem Pseudonym?« Im nächsten Moment ärgerte sie sich über sich selbst. Wahrscheinlich interpretierte er ihre Neugier als weibliches Interesse an seiner Person.

Doch seine Antwort blieb sachlich. »Nein, eigentlich nicht. Ich befinde mich seit meinem vierundzwanzigsten Lebensjahr auf Wanderschaft und hatte es in der Regel nie nötig, mich für irgend etwas zu schämen, das ich unter meinem Namen getan habe. Es ist lediglich so, dass ich die Kontrolle der Bankfilialen in meiner offiziellen Funktion nicht hätte erfolgreich durchführen können. Im Übrigen ist es ein Wunder, dass ich unerkannt geblieben bin. Meistens wissen die Menschen, wer ich bin. Es kursieren ausreichend Flugblätter, auf denen mein Äußeres relativ gut getroffen ist.«

»Da ich noch niemals in Frankreich war, kannte ich diese Bilder natürlich nicht …«

»Ihr habt nichts versäumt. Die Texte sind häufig nicht sehr schmeichelhaft für mich … Aber genug von dem Geschwätz über meine Person. Wie kann es nur sein, dass wir einander nie begegnet sind? Ich hielt mich oft und für lange Zeit in Venedig auf.«

Rosalba spürte ihren Herzschlag bis in den Hals. Dies war die Gelegenheit, ihm zu gestehen, dass sie einander schon einmal gesehen hatten. Sie könnte nach der Tabatiere fragen und sie ihm jetzt ganz lässig, sollte er sie noch besitzen, sozusagen offiziell zum Geschenk machen. Wenn sie es richtig anstellte, würden sie anschließend über die gemeinsame Erinnerung schmunzeln. Sie würde völlig zwanglos wieder in dieses Haus kommen können, die Freundschaft mit Katherine aufnehmen und seine Kinder portraitieren. Selbst ein Wiedersehen mit John wäre leichter, wenn sie das Geschick und den Mut aufbrachte, ihre aufwallenden, verwirrenden Gefühle unter Kontrolle zu bringen.

»Ein enger Freund fragte mich kürzlich genau dasselbe«,

murmelte sie, den Blick nicht von ihren Füßen wendend, damit sie nicht noch einmal stolperte. »Offensichtlich bewegten wir uns in verschiedenen Kreisen. Das ist ja eigentlich auch kein Wunder, nicht wahr, *Monsieur le Ministre?* Ich bin doch nur eine kleine Künstlerin.«

Endlich hatte sie wohlbehalten das Portal erreicht. Sie drehte sich um, wollte sich verabschieden und stellte verblüfft fest, dass er sie mit zusammengezogenen Augenbrauen nachdenklich musterte, als sehe er sie in diesem Moment zum ersten Mal.

»Zu viel der Bescheidenheit, Madame Carriera. Wenn meine Gemahlin Euch um Eure Freundschaft bittet, seid Ihr eine Ausnahmeerscheinung. Könnte es nicht doch sein, dass wir uns in Venedig begegnet sind? Möglicherweise machte uns Euer Freund bekannt, mit dem Ihr über meine Person zu sprechen beliebtet. Darf ich fragen, um wen es sich dabei handelt?«

Rosalba stockte der Atem. Unter gar keinen Umständen würde sie jetzt zugeben, dass sie sich an jenen Karneval erinnerte. Die Chance für eine harmlose Aufklärung der Angelegenheit war vertan. Im Geist dankte sie der Vorsehung dafür, dass sie seinen Namen nicht gekannt und diesen nicht vor ihrer neugierigen Schwester herausposaunt hatte. Wenn sie darüber nachdachte, waren ihr auf diese Weise sogar einige Peinlichkeiten erspart geblieben.

»Ich erfreue mich der guten Bekanntschaft mit Graf Zanetti«, erwiderte sie, plötzlich zutiefst erleichtert über den Lauf der Dinge.

»O ja, selbstverständlich. Ein großer Kunstmäzen und ein talentierter Zeichner. Ich wünschte, meine Begabungen würden sich nicht nur auf Wirtschaftstheorien erstrecken. Ein wenig künstlerisches Blut in meinen Adern ... Nun ja, wahrscheinlich wäre das zu viel verlangt vom Schicksal. Glücklicherweise besitze ich wenigstens das Auge eines Sammlers. Dabei fällt mir ein, dass Euch Madame Law eine Besichtigung meiner

Galerie versprochen hat. Erlaubt mir bitte, dass ich Euch bei Eurem nächsten Besuch persönlich herumführe.«

Obwohl sie sich nichts mehr wünschte, als diese Begegnung möglichst zu vermeiden, lächelte sie wohlerzogen. »Euer Angebot ehrt mich, doch denke ich, die Gesellschaft Eurer Gemahlin ist mehr als zuvorkommend. Ich möchte den französischen Staat nicht um die kostbare Zeit seines Finanzministers berauben.«

Er schüttelte den Kopf. »Verflixt, ich werde das Gefühl nicht los, Ihr seid mir noch immer gram wegen meiner Unhöflichkeit in Lyon. Dann sollte ich mich anstrengen, dass sich das ändert. Wir sehen uns bald wieder. Adieu, Madame. Hier ist Eure Kutsche.«

11

Wie wolkenbruchartige Regenfälle, die zu einer Sintflut an-
schwellen, begannen sich die Vorgänge in Paris zu einer Katastrophe auszuweiten. In den vergangenen zwölf Monaten
waren die Franzosen wie durch ein Rad gedreht worden. Der
plötzliche, unermesslich scheinende Reichtum für jedermann
hatte sich mit derselben Geschwindigkeit – vor allem für rechtschaffene Menschen – in einen Pleitegeier verwandelt. John
Law hatte dem Land zwar den Aktienhandel schmackhaft
gemacht und das Papiergeld aufgezwungen, doch mit Betrug
und Korruption hatte er ebensowenig gerechnet wie mit Habgier und Raub. Am schwersten wog dabei die von Spekulanten aus der Hofclique geförderte Inflation, gefolgt von den
Edikten zur Abschaffung des Münzgeldes sowie dem krassen
Währungsschnitt. Der Generalkontrolleur der Finanzen hatte
seine Glaubwürdigkeit eingebüßt, und Gesetzlosigkeit brach
sich Bahn.

Die Nachrichten, die Antoine Watteau in seinem Londoner Exil aus Paris erreichten, waren die schlechteste Medizin
für seine angeschlagene Gesundheit. Seine Freunde schrieben
zwar nur gelegentlich von finanziellen Schwierigkeiten oder
öffentlichem Aufruhr, doch glaubte er längst nicht mehr an die
angebliche Harmlosigkeit der Situation. Er war sich im Klaren darüber, dass dies für einen Kranken bestimmte, gnädige
Lügen waren. Auf den Straßen und in den Kaffeehäusern des
Londoner Handelsviertels wurde schließlich über nichts anderes geredet als über die schlimmen Zustände auf dem Konti-
nent. Übertreibungen, vielleicht, aber Watteau fürchtete, dass
im Kern des Geredes die Wahrheit steckte. Die Frage nach
dem Verbleib seines eigenen Vermögens bereitete ihm zuneh-

mend Sorgen, die Angst um die Sicherheit seiner Freunde beschäftigte ihn. Um möglichst unzensierte Neuigkeiten aus der Heimat zu erfahren, trieb es ihn deshalb auf der Suche nach seriösen Informationen aus seinem Zimmer.

Es stand nicht sonderlich gut um Watteau. Die Behandlung von Dr. Mead schien nicht anzuschlagen, obwohl Watteau stets Mohnsaft mit sich führte und gelernt hatte, einen Saft aus Süßholz, weißem Eibisch und Zucker selbst zuzubereiten, der als konventionelle Medizin gegen Tuberkulose galt. Seine Stunden an der Staffelei wurden immer weniger, die Hand, die den Zeichenstift zum Skizzieren hielt, zunehmend müder.

Ein Spaziergang durch die milde, wenn auch feuchte Frühlingsluft war eine angenehme Abwechslung für den Maler. Gerne hätte er »Old Slaughter's Pub« in Covent Garden aufgesucht, in der Hoffnung, die dort verkehrende französische Theatertruppe anzutreffen, die gerade in London gastierte, aber die Schauspieler waren schon zu lange fort von zu Hause, um mit Neuigkeiten aufwarten zu können. Deshalb führte ihn sein Weg ins Finanzviertel.

Die Menschenmassen, die sich in der Exchange Alley drängten, waren nicht die geeignete Umgebung für einen Schwindsüchtigen. Selbst unter freiem Himmel schien die Luft zum Schneiden, doch Watteau schob sich tapfer durch die Menge zu dem betriebsamsten Kaffeehaus der Straße.

Während der Teehandel noch unter freiem Himmel stattfand und sich in »Lloyd's Coffee House« Kaufleute und Schiffseigner trafen, um ihre Geschäfte in respektabler Atmosphäre zu tätigen, wurde in »Jonathan's Coffee House« ein Großteil des Finanzmarkts Englands abgewickelt. Seit Mitte April befand sich in diesen Räumen nämlich auch die Börse der *South Sea Company*, dem Äquivalent der französischen Mississippi-Kompanie. Ein Ort, an dem Watteau auf neue Nachrichten aus Paris hoffte.

Doch niemand schien ihn zu beachten oder der geeignete Gesprächspartner für ihn zu sein. In dem Kaffeehaus herrschte das reinste Chaos. Vornehm aussehende Herren in steifen Kragen und eleganten Anzügen schwenkten Papierrollen in den Händen, brüllten einander nieder und feilschten wie die Fischhändler am Tower.

»Wer verkauft Südseeaktien?«, krächzte ein inzwischen heiserer Händler.

Ein undefinierbarer Chor antwortete. Die Stimme eines anderen *Jobbers* überschlug sich und war deshalb deutlicher wahrnehmbar: »Verkaufe fünftausend zu fünfhundertzwanzig Pfund…!«

»Biete zehntausend zu fünfhundertfünfundzwanzig Pfund…«

»Ein gutes Geschäft für den, der es versteht. Ein lausiges für einen Mann wie mich«, behauptete ein Gentleman, der zufällig neben Watteau stand und das Geschehen beobachtete, anscheinend mehr zu sich selbst als auf der Suche nach einer Unterhaltung. »Vor zwei Wochen waren die Aktien noch rund vierhundert Pfund pro Stück wert. Wenn das so weitergeht, steht das Papier in einem Monat bei achthundert bis eintausend Pfund.«

Die Szene regte Watteau mehr auf, als er sich einzugestehen bereit war. Es war wie ein fatales Déjà-vu. Säcke mit Münzen, die kaum von den Aktienhändlern oder ihren Kunden getragen werden konnten, wechselten den Besitzer. Eine allgemeine Hysterie lag auf der Menge, die sich in keiner Weise von den Vorgängen in der Rue Quincampoix im Herbst vorigen Jahres unterschied – mit der einzigen Ausnahme, dass »Jonathan's Coffee House« ein reiner Herrenclub war, der Frauen keinen Zutritt gewährte. Ansonsten jedoch war dies das Schattenspiel der Ereignisse in Paris.

Den Direktoren der *Bank of England* waren die Pläne des französischen Generalkontrolleurs der Finanzen seit langem ein Dorn im Auge gewesen. Auf die unglaublichen Profite, die John Law mit dem Monopol der Mississippi-Kompanie erzielte, blickten die in Amerika ebenfalls herrschenden Engländer mit Argwohn. Um ihr eigenes Handelssystem zu retten, mussten sie über kurz oder lang reagieren. Als das System in Paris ins Trudeln geriet, schien die Stunde der Londoner Börse zu schlagen: Die *South-Sea Company* erhielt ein Königliches Privileg und durfte Aktien nach dem französischen Vorbild vertreiben. Engländer wie Ausländer, französische Finanziers ebenso wie Geschäftsleute aus den Niederlanden, die zuvor ein Vermögen in Paris gemacht hatten, legten ihr Geld nun in Südseepapieren an. Dabei trieben falsche Informationen wie etwa ein angeblich bevorstehendes Handelsabkommen mit dem britischen Erzfeind Spanien wie auch die Vorgänge in Paris den anfänglichen Ausgabewert der Aktien von nicht einmal zweihundert Pfund grenzenlos in die Höhe.

Watteau betrachtete neugierig den Herrn an seiner Seite. Er war hierhergekommen, weil er ein Gespräch suchte. Warum also nicht gleich mit diesem Mann, der eindeutig nach *Upperclass* aussah. Er kam ihm sogar vage bekannt vor. Nachdem er sich von einem Hustenanfall erholt hatte, ließ er sich auf eine Plauderei ein: »Warum beteiligt Ihr Euch nicht an dem Geschäft, wenn Ihr so weise vorausschaut?«

»Aktien sind für meinen Geschmack ein wenig zu ordinär.« Die wegwerfende Handbewegung des Gentlemans machte deutlich, was er von dieser Anlageform hielt. »Ich investiere mein Vermögen in Kunstwerke. Bilder entzücken meine Augen mehr als ein Haufen hässlicher Papiere.«

»Oh! Für Sammler ist dies aber der falsche Ort. Niemand kommt hierher, der nicht mit Aktien handeln möchte.«

»Es bereitet mir Vergnügen, zuzuschauen, wie diese Dummköpfe scheitern. Meiner Ansicht nach wird über kurz oder lang halb England bankrott gehen. Dann ist die Zeit für meinesgleichen gekommen, um Geschäfte zu machen. Ich freue mich darauf, die Ländereien und Fabriken von hirnlosen Spekulanten aufzukaufen.«

»Wie könnt Ihr von einer baldigen Illiquidität ausgehen? Ihr selbst sagtet doch eine Hausse der Aktien voraus«, wunderte sich Watteau. Er sah sich um. Die Männer in seinem Blickfeld schienen auf der Gewinnerseite zu stehen und ganz sicher keine Verlierer zu sein. »Mir scheint, die Geschäfte gehen ganz vortrefflich.«

»Der Schein trügt, und das solltet Ihr als Franzose nun wirklich wissen, Monsieur Watteau.«

Der Maler schaute den Herrn überrascht an. Er glaubte zwar selbst, dem Gentleman schon einmal begegnet zu sein, konnte sich aber beim besten Willen nicht an die Gelegenheit – geschweige denn an dessen Namen – erinnern. Um seine Vergesslichkeit nicht preiszugeben, rettete sich Watteau in ein leicht überhebliches: »Pardon?«

Der Gentleman erwies sich als jovial. Er schlug dem Franzosen auf die Schulter, so dass dieser leicht zusammenzuckte. »Wie ich sehe, konnte ich keinen bleibenden Eindruck bei Euch hinterlassen«, rief er lachend aus. »Das passiert mir nicht oft, aber Ihr seid ein Genie, nicht wahr? Deshalb nehme ich Eure Ignoranz als Kompliment. Ich bin Charles Earl of Manchester. Wir begegneten einander im vergangenen Jahr bei ›Button's‹. Hätte ich gewusst, dass Ihr noch in London weilt, hätte ich Euch aufgesucht und mir Eure Werke zeigen lassen.«

Jetzt stand die Erinnerung klar vor Watteaus geistigem Auge. Es war nach seiner ersten Visitation bei Dr. Mead gewesen. Er war von Antonio Pellegrini angezogen gewesen und hatte über diese Faszination dessen damaligen Gastgeber in England völlig vergessen. Wie hatte ihm das nur passieren können? Einen Mann zu vergessen, der einer der bedeutendsten Mäzene Englands war? Watteau führte diesen Fauxpas auf seinen schlechten Gesundheitszustand zurück und entschuldigte sich mit der entsprechenden Erklärung.

»Keine Ursache«, erwiderte der Earl freundlich, wobei er seine Stimme heben musste, um den allgemeinen Lärmpegel zu übertönen. »Einem Künstler von Eurer Qualität würde ich einzig übelnehmen, wenn Ihr Euer Talent meinem Auge verweigert. Also, Monsieur Watteau, wie lange bleibt Ihr noch in London? Wann gedenkt Ihr ins unruhige Paris zurückzureisen? Besteht die Hoffnung, dass ich mir Eure Bilder ansehen kann?«

Watteau versuchte sich trotz des Gedränges an einer einladenden Verbeugung. »Ich stehe zu Eurer Verfügung.«

Obwohl er sich daran erinnerte, dass der Graf seinerzeit in »Button's Coffee House« eine Menge Übertreibungen über die Vorgänge in Paris zum besten gegeben hatte, war er höchst zufrieden mit der Vorsehung, die ihn in Manchesters Gesellschaft gebracht hatte. Der Gentleman besaß zweifellos gute Kontakte und verfügte deshalb über Informationen, die Watteau in der Exchange Alley zu erhalten gehofft hatte. Selbst wenn es aufgebauschte Berichte waren, so waren ihm diese im Moment lieber als die Geheimniskrämerei seiner Freunde.

Ein Hustenanfall unterbrach die Unterhaltung. Während er sein Taschentuch nach Gebrauch in gewohnter umständlicher Manier wieder unter die rüschenbesetzte Manschette seines Jackenärmels schob, meinte Watteau: »Ein Termin für meine Rückkehr nach Frankreich steht noch nicht fest.«

Diese Behauptung entsprach nicht ganz der Wahrheit, da ihn gestern die Einladung eines Freundes erreicht hatte, der im kommenden Monat zu heiraten beabsichtigte, und er sich ernsthaft überlegte, zu diesem Anlass wieder in Paris zu sein.

»Mich beunruhigen gewisse Nachrichten ...«, gestand Watteau abschließend und brach in beredtem Schweigen ab.

»Ich stehe mit Monsieur Pellegrini in Verbindung«, antwortete der Graf prompt, »so dass ich erfahren konnte, wie es einem Künstler in diesen Tagen in Paris ergeht. Monsieur Pellegrini befindet sich inmitten des Geschehens, da er nicht nur in der *Banque Royale* beschäftigt ist, sondern dort auch mit seiner reizenden Gattin Quartier bezogen hat.«

Schweigend wartete Watteau auf die unzensierten Neuigkeiten des venezianischen Künstlers. Doch Manchester sagte: »Monsieur Pellegrini ist kein Mann, der sich in Tiraden über Geldpolitik ergeht. Er schrieb mir vielmehr von dem höchst talentierten Maler, mit dem er gemeinsam an dem Fresko arbeitet, für das er engagiert wurde. Kennt Ihr François Lemoyne, Monsieur Watteau?«

»Wir sind uns in der Akademie begegnet.« Watteau verspürte kein Interesse, sich mit dem Earl of Manchester über den Künstlerkollegen auszutauschen, dessen Werk in akademischen Kreisen gelegentlich höher geschätzt worden war als das seine. Schließlich brach es aus ihm heraus: »Ist es denn möglich, in Paris zu sein, ohne sich mit den Erlassen des Finanzministers auseinanderzusetzen? Ich würde allzugern wissen, wie der Stand der Dinge ist.«

»Habt Ihr das Flugblatt der heutigen *Gazette* noch nicht gesehen? Es herrscht Aufruhr in der Stadt.«

Watteau starrte den Gentleman an. Wenn der Graf derart deutliche Worte fand, musste es schlimmer stehen, als er befürchtet hatte. Er wünschte, er hätte ein Exemplar des erwähnten Flugblattes in die Hände bekommen. Andererseits war fraglich, ob er überhaupt in der Lage war, den Inhalt korrekt zu übersetzen. Vor lauter Aufregung schüttelte ihn ein erneuter Hustenanfall, in dem sein gestammeltes »… ich habe keine Ahnung …« fast unterging.

Plötzlich jubelte in der Menge ein in mittleren Jahren stehender, bürgerlich gekleideter Mann und zog für einen flüchtigen Augenblick die Aufmerksamkeit einiger Anwesender auf sich. Er hüpfte auf und nieder und wedelte dabei mit den Armen, als seien dies die Flügel eines hässlichen Vogels. »Ich habe zweitausend Pfund gewonnen!«, rief er mit vor Begeisterung, Stolz und Rührung brechender Stimme. »Innerhalb von fünf Stunden bin ich um zweitausend Pfund reicher geworden!«

Manchester schüttelte den Kopf. »Was in Paris geschieht«, wandte er sich wieder an Watteau, »widerspricht allem, was wir hier erleben. Aber die Katastrophe ist niemandem eine Lehre. Das System von Monsieur Law steht vor dem Zusammenbruch, und wir tun nichts anderes, als dieses System zu imitieren.«

202

»Sprecht offen heraus«, flehte Watteau nervös. »Was gibt es Neues in Paris?«

»Die riesigen Berge von Aktiencoupons, die in den vergangenen zwölf Monaten den Besitzer gewechselt haben, treten irgendwie ihren Rückweg an. Per königlichem Erlass war der Wert des Mississippi-Papiers zwar von neuntausend auf fünftausend *livre* herabgesetzt, aber das stützte den Kurs nicht, sondern drückte ihn vielmehr weiter nach unten. Darüber hinaus wurde der Wert der Banknoten im Verhältnis zum *Louisdor* ebenfalls um fünfzig Prozent verringert. Jeder Franzose ist damit von seinem Regenten und seinem Finanzminister um mindestens die Hälfte seines Besitzes beraubt worden ... Da ist es wohl verständlich, dass es zu öffentlichem Aufruhr kommt. Monsieur Law wird als Betrüger tituliert und, offen gestanden, neige ich selbst zu der Annahme, dass er mit dieser letzten Entscheidung ebensowenig Moral wie Geschick bewiesen hat.«

Watteau fehlten die Worte. Fassungslos rang er nach Luft. Seine Ersparnisse hatten sich mit einem Federstrich ganz erheblich reduziert. Zahlen wirbelten durch seinen Kopf, Fragen, Rechenbeispiele. Verzweifelt bemühte er sich, Haltung zu bewahren.

»Ich hoffe«, hörte er durch den Nebel seiner finanziellen Last den Grafen sagen, »Ihr habt Euer Vermögen frühzeitig der *Bank of England* anvertraut.«

»Bedauere ... nein ...«, stammelte Watteau. »Ich fürchte, Ihr seht einen Bankrotteur vor Euch.«

12

Die ständigen Auseinandersetzungen um Geld zerrten an Rosalbas Nerven. Einer Frau wie ihr, die ihren Unterhalt selbst verdiente, lag zwar nichts ferner, als die Notwendigkeit eines geregelten Einkommens zu bagatellisieren, aber die sich zuspitzende Problematik der französischen Finanzen überforderte sie. Seit sie in Paris war, schienen allein Münzen, Banknoten und Aktienkurse das alles beherrschende Thema zu sein. Die Demonstrationen bankrotter Anleger schränkten inzwischen sogar ihre Bewegungsfreiheit ein, und ihre Hoffnung auf künstlerischen Erfolg trat wegen der dramatischen wirtschaftlichen Entwicklung in den Hintergrund. Selbst im Hôtel Crozat geriet jede Unterhaltung über Kunst angesichts der Misere zur Bedeutungslosigkeit.

Um Rosalbas Renommée zu vergrößern, hatte ihr Gastgeber zu einer kleinen, aus nur zehn Personen bestehenden Abendgesellschaft geladen, deren Mittelpunkt Antoine Coypel war. Doch der Hofmaler und Direktor der Akademie schien sich lieber über die aktuelle Lage auslassen zu wollen, als sich Rosalbas Bildern zu widmen. Dabei war gerade der Kontakt zu diesem Mann ein wichtiger Baustein in der Planung ihrer Karriere.

Anfangs hatte sich das Gespräch zwischen Rosalba und Coypel tatsächlich um Kunst gedreht, denn der Sechzigjährige hatte als junger Mann alle wichtigen Städte Italiens bereist, in Rom studiert und sich von den Werken Correggios, Tizians und Veroneses stark beeinflussen lassen. Irgendjemand an der Tafel –·Rosalba konnte nicht genau sagen, wer – hatte sich dann plötzlich nach den finanziellen Verhältnissen der Republik Venedig erkundigt, woraufhin ein Diskurs darüber ausbrach, ob die Pläne der *Signoria* sinnvoll waren, die Piazza San Marco neu zu pflastern, um sie der steigenden Fluthöhe anzupassen. Da gab Zanetti zu bedenken, dass dem Staat möglicherweise das Geld für ein neues »Marmorparkett« fehle. Eine Bemerkung, die fast zwangsläufig zum gegenwärtigen Chaos des französischen Finanzmarktes führte.

»Der Regent war überzeugt davon, das Richtige zu tun, als er dem Rat des Marquis d'Argenson folgte und die Abwertung von Aktien und Noten festschrieb«, meinte Antoine Coypel, der über Informationen aus erster Hand verfügte, da er – seinem Status gemäß – mit seiner Familie in einer Wohnung im Louvre residierte. »Jedermann bei Hofe glaubte an eine Konsolidierung der französischen Finanzen.« Da Coypel ein Gehalt von tausendfünfhundert *livre* bezog, lag ihm dieser Punkt besonders am Herzen.

»Nur scheinen die Anleger ihr Vertrauen in die Anordnungen des Regenten verloren zu haben«, warf Pellegrini ein. »Die Menschen drängen in die Bank, um ihr verbliebenes Vermögen zum aktuellen Kurs in Münzen einzuwechseln. Alle Welt scheint zu befürchten, dass der Wert der *billets* weiter sinkt.«

»Wie schrecklich!«, rief Marguerite Crozat aus, die Schwägerin von Rosalbas Gastgeber. Ihr Gatte, Antoine Crozat, galt als reichster Mann Frankreichs, weshalb sein Bruder Pierre im Volksmund als »der arme Crozat« bezeichnet wurde. Da Antoine Crozat einer der größten Gegner des *Système du Law* war, stand nicht zu befürchten, dass Madames angeheiratetes Vermögen durch die Inflation geschmälert werden würde. Ihr Interesse galt eher dem Abenteuer, das sie hinter den Berichten über verstörte Anleger vermutete. »Wohnt Ihr und Madame Pellegrini nicht in Räumen der Bank? Das muss ja schrecklich aufregend sein. Ihr seid mitten im Geschehen.«

»In der Tat, ja …«

Madame Crozats Neugier ließ sich nicht bremsen. Sie beugte sich ein wenig vor, wobei ihr ausladendes Dekolleté die

Tischkante berührte. Mit glühenden Augen fragte sie: »Stimmt es, dass bereits auf die Menge geschossen wurde?«

»Die Gardisten feuerten einmal einen Schuss ab, als es zu einem Handgemenge kam. In die Luft«, versuchte Pellegrini die Sensationslust der Dame etwas zu dämpfen. »Derzeit werden nur Großinvestoren eingelassen, und die Wachleute müssen häufig eingreifen, um das Volk vom Sturm auf die Bank abzuhalten. Aber es sind noch ausreichend Millionäre unterwegs, um für chaotische Zustände vor den Schaltern zu sorgen.«

»Über kurz oder lang wird die Situation eskalieren«, prophezeite Pierre Crozat. »Auf der Straße kocht der Volkszorn, und bei Hofe spinnen die Intriganten ihre Netze. Wenn das so weitergeht, wird der Herzog von Orléans gemeinsam mit John Law zu Fall kommen.«

Rosalba fiel vor Schreck der kleine Silberlöffel aus der Hand, mit dem sie gelangweilt in ihrer Vorspeise gerührt hatte. Klirrend schlug er auf den Teller, und unwillkürlich richteten sich aller Augen auf sie. Nur Angela reagierte nicht auf den Fauxpas ihrer Schwester, sondern sprach aus, was Rosalba dachte: »Wie kann der Herzog von Orléans stürzen? Er ist doch der Regent des Königs! Und Monsieur Law…! Wird der Regent denn nicht an seinem Finanzminister festhalten müssen? Ich meine, er hat ihn doch selbst eingesetzt.«

»Die alte Hofgesellschaft ist nicht mit dem Tode des Sonnenkönigs ausgestorben, Madame«, erklärte der Gastgeber freundlich. »Eine gewisse Clique stellte sich von Anfang an gegen Philippe von Orléans. Diese Herrschaften wollten stets einen anderen Regenten, einen, der fortschrittlichen Ideen gegenüber weniger aufgeschlossen ist und möglichst alles so belässt, wie es unter Ludwig XIV. war. Vor zwei Jahren wurde von diesen Leuten eine Verschwörung gegen den Herzog angezettelt. Erfolglos, wie wir wissen, aber natürlich fühlen sich die Feinde von einst heute in ihrem Urteil bestätigt, dass die Regierungsgeschäfte von einem unfähigen Mann geführt werden.«

Es war nicht auszudenken, grübelte Rosalba, welche Folgen ein Umsturz für sie persönlich und die Ihren hätte. Im Chaos eines Intrigenspiels an oberster Stelle und eines Regentschaftswechsels wäre eine Pariser Karriere unmöglich. Die zarten Fäden, die Pierre Crozat ihretwegen zum Herzog von Orléans bereits gesponnen hatte, und die Bekanntschaft mit Coypel, dem künstlerischen Mentor Philippes, wären sinnlos angesichts eines drohenden Umsturzes. Darüber hinaus würde Pellegrinis Auftrag in Frage gestellt und seine sowie Angelas Sicherheit in der Bank nicht mehr gewährleistet sein. An die Person John Laws durfte sie dabei nicht erinnert werden. Und an Katherine und die Kinder auch nicht …

In den vergangenen Wochen hatte Rosalba das Haus des Generalkontrolleurs der Finanzen häufig besucht. Die Sitzungen mit dem jungen John und seiner kleinen Schwester Kate sowie die anschließenden, mit allerlei Plauderei gefüllten Kaffeestunden mit Katherine waren ihr zur lieben Gewohnheit geworden. Im Grunde waren sie eine der wenigen Abwechslungen, die sie im Moment hatte. Seit ihrer Ankunft in Paris verbrachte sie die meiste Zeit im Hôtel Crozat in Gesellschaft ihres Gastgebers, ihrer Mutter und Giovannas, bei der Betrachtung der Galerie oder bei den Skizzen der Portraits von Familienmitgliedern Pierre Crozats. Der öffentliche Aufruhr hinderte sie an ausgiebigen Stadtbesichtigungen, erschwerte schließlich und endlich auch die Besuche bei Katherine Law. Natürlich war die Tür des Finanzministers ein bevorzugtes Ziel der Demonstranten, denn er wurde ja für die Misere verantwortlich gemacht. Darüber hinaus war Rosalbas Mission als Malerin ohnehin erfüllt, da sie die Portraits der Kinder in ihrem Atelier in der Rue de Richelieu fertigstellte.

Aber sie vermisste nicht nur die Gespräche mit ihrer neuen Freundin Katherine, sondern auch die Kinder, allen voran John junior, der in der Hierarchie bei Hofe so hoch oben stand, dass er sogar mit König Ludwig XV. zusammen unterrichtet wurde. Später sollte Rosalba erfahren, dass es sich hierbei nicht um den üblichen Wettbewerb unter Gleichaltrigen handelte, denn der intelligente John Law durfte den minderjährigen Monarchen mit seinen Leistungen niemals übertrumpfen. Eine Zurückhaltung, die angesichts der Lernschwäche von Ludwig nicht ganz einfach aufzubringen war. Doch John liebte den König wie einen Bruder. Deshalb hatte er Rosalba von dem »schrecklichsten Erlebnis« seines jungen Lebens berichtet, als er einen gemeinsamen Ballettauftritt mit seinem königlichen Freund absagen musste, weil er die Masern bekommen hatte.

Manchmal hatte sie die Harmonie und Herzlichkeit geschmerzt, die diese Familie ausmachte. Es war gut, dass sie dieses Dreigestirn aus Mutter, Sohn und Tochter ohne den Vater erlebte, denn dieses Bild hätte ihrem Herzen wahrscheinlich noch mehr zugesetzt. Doch der Hausherr war stets mit seinen Verpflichtungen anderswo beschäftigt, wofür Rosalba aus tiefster Seele dankbar war. Sie hätte ohne die Distanz zu John niemals diese tiefe Sympathie zu seiner Frau entwickeln können. Seine Nähe hätte sie zweifellos verwirrt.

Obwohl sie wusste, dass ihre Gedanken dumm waren, hatte sich Rosalba überlegt, wie alles wohl gekommen wäre, wenn John sie damals nicht versetzt hätte und ein Paar aus ihnen geworden wäre. Vielleicht wären der Junge und Kate dann ihre Kinder, und sie würde sie mit derselben Liebe erziehen, die einen Teil von Katherines Wesen ausmachte. Die Frage war freilich, ob sie ihre eigenen Bedürfnisse derart hintangestellt hätte und dem Mann ihres Herzens quer durch Europa gefolgt wäre, auf der Suche nach der Vollendung seiner Wirtschaftsreformen …

Durch den Nebel ihrer Träume hörte Rosalba den Hofmaler berichten: »Der Herzog von Orléans rief gestern eine eilige Sitzung des Regentschaftsrates ein, um eine Entscheidung herbeizuführen. Das von Monsieur Law bei dieser Gelegenheit angebotene Rücktrittsgesuch lehnte er ab.«

»Der Generalkontrolleur der Finanzen soll sich gut geschlagen haben in dieser Konferenz«, bemerkte Antoine Crozat, während er sich mit einer Serviette die Lippen abtupfte. »Es heißt, er habe sich mit Anstand und Würde gegen die Anschuldigungen der anwesenden Herren zur Wehr gesetzt. Außerdem hörte ich zu meiner Überraschung, dass der Regent von Monsieur Law abgerückt ist. Widerspricht das nicht der Information, er habe die Kündigung abgelehnt? Wisst Ihr etwas darüber, Monsieur Coypel?«

Der Angesprochene schüttelte den Kopf. »Der Regent hofft wohl, dass Monsieur Law nun um so mehr versuchen wird, die Staatsmittel zu retten. Der Generalkontrolleur der Finanzen scheint nicht das geeignete Bauernopfer zu sein, das der Hof braucht, um der Situation Herr zu werden.«

»Ein einziger Pfeiler kann den reißenden Strom nicht aufhalten«, philosophierte Antoine Crozat. »Meine Herren, wir wissen doch alle, wo des Übels Ursache liegt. Die Abschaffung des Münzgeldes und das Handelsverbot mit Juwelen und Edelmetallen förderten die Inflation, anstatt sie einzudämmen. Darüber hinaus ist der Notenumlauf innerhalb weniger Wochen von sechshundert Millionen auf über eine Milliarde *livre* gestiegen. Die hohen Aktienkurse gaben der ganzen Sache den Rest. Allein der Regent tauschte einhunderttausend Aktiencoupons, die ihm der Finanzminister zum Geschenk machte, gegen neunhundert Millionen *livre* ein. Dieses Geld muss doch irgendwoher kommen. Es wird gedruckt, ja, aber ohne dass es ausreichende Goldreserven gäbe.«

»Ohne die Damen unnötig zu langweilen«, Zanetti erhob sich leicht und verbeugte sich in die Richtung von Madame Crozat, Alba, Angela, Giovanna und Rosalba, »gestatte ich mir die Frage, wie des Rätsels Lösung aussehen sollte?«

»Die Damen können Eurem Disput problemlos folgen«, zischte Rosalba verärgert. Dabei war sie ebensowenig erbaut über die Entwicklung des Tischgesprächs wie Madame Crozat, die ihren beleidigten Blick über die Köpfe der Herren zu den Wandpaneelen von Watteau wandern ließ, ohne die Motive in sich aufzunehmen. Alba und Giovanna führten ein leises Gespräch in ihrer Muttersprache, und lediglich Angela saß mit wachem Gesichtsausdruck zwischen Pellegrini und Pierre Crozat und schien jedem Wort interessiert zu folgen.

»Es soll zu einer Rücknahme aller Gesetze kommen, die den Wert der Banknoten und Aktien herabgesetzt haben«, erklärte Antoine Crozat, ohne dass einer der Anwesenden auf Rosalbas Bemerkung eingegangen wäre. »Der Regentschaftsrat hofft, dass wieder Ruhe einkehrt, wenn alles ist wie zuvor. Beim Volk, das seinen Besitz wieder in derselben Höhe vorfindet wie vor ein paar Wochen, und bei den Feinden des Regenten, die ebenfalls nichts verloren haben.«

»Und wer glaubt, dass das funktioniert?« wunderte sich Zanetti und erntete bei Antoine Crozat ein müdes Achselzucken.

»Eine Anekdote für die Damen«, rief Pierre Crozat aus.

Seine Schwägerin schenkte ihm ein dankbares Lächeln und heftete ihren Blick auf ihn. Alba und Giovanna unterbrachen ihre leise Unterhaltung und hoben die Köpfe.

»Marguerite, meine Liebe, Ihr wisst, welche Folgen es hatte, als der Generalkontrolleur der Finanzen dieses Gesetz erließ, wonach jeder Franzose nicht mehr als fünfhundert *livre* Bargeld besitzen dürfe; jedes Vermögen muss bei der *Banque Royale* deponiert oder angelegt werden. Unsere ausländischen Freunde hingegen können sich vielleicht nicht vorstellen, wie daraufhin sogar gegen vornehmste Familien vorgegangen wurde. Diener wurden zu Spitzeln, Kinder spionierten ihre Eltern aus. Nicht besonders amüsante Umstände, wie ich Euch versichern kann.«

Crozat ließ diese Geschichte auf seine Gäste wirken, indem er eine kleine Kunstpause einlegte. Seine Schwägerin klatschte begeistert in die Hände und forderte ihn mit leuchtenden Augen auf: »Weiter, erzählt weiter.«

Genüsslich kostete Crozat zunächst von seinem Bordeaux, dann fuhr er fort: »Irgendwann erwischte es auch den Herzog von Bourbon, seines Zeichens einer der besten Freunde des Finanzministers und immerhin königlicher Cousin. Bei einer Polizeikontrolle auf seinem Schloss weigerte sich der Herzog, seinen Bestand an Bargeld offenzulegen. Also musste er sich eine Durchsuchung gefallen lassen, bei der sogar in den Stallungen und mit Mistgabeln nach seinen Reserven gestochert wurde. Es wurde natürlich nichts gefunden, aber man stelle sich vor: Louis-Henri de Bourbon macht aus Dreck Gold! Es muss so gewesen sein, denn ganz sicher wurden die Kontrolleure bestochen.«

Marguerite Crozat brach in schallendes Gelächter aus, ihr üppiger Körper bebte unter ihrer Belustigung, und die Löckchen ihrer Perücke zitterten. Auch Rosalba schmunzelte amüsiert bei der Vorstellung, wie der storchenbeinige Pferdenarr Louis-Henri de Bourbon sein Geld unter einem Heuhaufen versteckt haben könnte – fast so wie in dem alten Sprichwort. Der Herzog gehörte zu den wenigen Menschen, die sie sich als Modell eines Pastellportraits kaum vorstellen konnte, da sie keine Möglichkeit sah, seine Hässlichkeit mit einem Hauch Ansehnlichkeit zu kaschieren. Als habe er ihre Gedanken gelesen, bemerkte Antoine Coypel plötzlich spöttisch zu ihr gewandt: »Seht Euch vor, Madame Carriera. Einen Portraitauftrag des Herzogs von Bourbon solltet Ihr – mit Verlaub – genau prüfen. Ihr würdet seinem Äußeren nie gerecht werden.« Eine Äußerung, die das Gelächter bei Tisch nur noch verstärkte.

»Traut Ihr unserem illustren Gast aus Venedig so wenig zu?«, gab Pierre Crozat zurück und wischte sich mit seiner Serviette über die Augen, da er Tränen gelacht hatte. Dankbar griff er nach einem frischen Leinentuch, das ihm sein Diener auf einem Silbertablett reichte.

»Mitnichten, Monsieur«, konterte Antoine Coypel charmant. »Einem Auge wie dem von Madame Carriera sind nur wirklich schöne Dinge zuzumuten, wie ich meine.« Er verneigte sich vor Rosalba. »Ihr solltet ein Portrait des Königs anfertigen ...«

»Brillant!«, rief Pierre Crozat begeistert aus. »In der Tat, eine wundervolle Idee. Wie wäre es mit einer Miniatur von Seiner Majestät?«

Verblüfft blickte Rosalba vom Hofmaler zu ihrem Mäzen.

Die rasche Wendung des Gesprächs überforderte ein wenig ihre Kenntnisse der französischen Sprache. Sie brauchte eine Weile, um den versteckten Auftrag richtig zu verstehen. Die plötzliche Stille wurde unterbrochen vom leisen Klirren des Porzellans, da ein neuer Menügang serviert wurde. Doch Rosalba achtete kaum auf die Rebhuhnpastete, sie war zu sehr damit beschäftigt, den Hintersinn von Coypels und Crozats Worten zu verstehen. Es war wie ein *Fait accompli* der beiden Männer, und allein das verschlug ihr die Sprache. Schließlich hatte sie während der bisherigen Unterhaltung auf nichts anderes als auf eine Aufmerksamkeit des Hofmalers – scheinbar vergebens – gehofft.

»Ihr solltet am Sonntag in die Kirche *Filles Saint-Thomas* zur Messe gehen, Madame«, regte Coypel an. »Wenn Ihr mir die Ehre Eurer Begleitung gewährt, könnt Ihr den König sehen und eine kleine Skizze anfertigen. Ich wäre beglückt, Euch bei der Arbeit beobachten zu dürfen.«

»Ich nehme Eure Einladung gerne an, Monsieur Coypel, es ist mir eine große Freude«, erwiderte Rosalba höflich. Ihre Beine zitterten leicht, aber sie waren umgeben von mehreren Metern Taft, so dass ihre Aufregung niemandem auffiel. Äußerlich ruhig und gefasst lächelte sie ihren Gastgeber an. »Wenn Ihr eine Miniatur von Seiner Majestät wünscht, werdet Ihr sie selbstverständlich erhalten.«

»Warum nicht gleich ein Pastellportrait des Königs?« warf Zanetti ein.

»Ach, einen so hochkarätigen Auftrag würde ich vielleicht gerne klein beginnen«, sagte Rosalba, wobei sie eher meinte, dass sie den jugendlichen Monarchen lieber in einer Form zeichnen würde, die ihr mehr lag und erprobter war. Obwohl sie sich seit über fünfzehn Jahren mit der Pastellmalerei beschäftigte, war ihr die Arbeit für die Miniaturbilder stets lieber gewesen. Ein sicheres Feld, auf dem sie erfolgsverwöhnt war. Nicht nur die Sammelleidenschaft gekrönter Häupter hatte ihren Namen berühmt gemacht – mit einer Miniatur war sie schließlich auch als erste Frau in die *Accademia di San Luca* in Rom aufgenommen worden.

Ihre Bemerkung löste Heiterkeit bei Tisch aus, da die Herren Rosalbas Vorsicht lediglich als Bescheidenheit abtaten.

»Ist es richtig, dass Ihr Bühnenbilder für die *Comédie Française* entworfen habt?«, erkundigte sich Marguerite Crozat bei Coypel, die ihrer Ansicht nach schon zu lange geduldet hatte, dass eine andere Frau im Mittelpunkt des Gesprächs stand. Ihre Stimme klang etwas verschwommen, da sie gerade von dem Rebhuhn kostete.

»Es sind Werke für die italienische Komödie«, korrigierte der Hofmaler freundlich, »aber insofern habt Ihr recht, Madame, es sind Karikaturen des französischen Theaters. Wenn Ihr Interesse daran habt, werde ich sie Euch gerne vorstellen. Und selbstverständlich auch Euch, Madame Carriera.«

»Was für eine wunderbare Gelegenheit!«, rief Pierre Crozat aus. »Allerdings, mein lieber Coypel, solltet Ihr Madame Carriera nicht die Sicht auf Eure hervorragenden Adaptionen des Alten Testaments vorenthalten.«

»Selbstverständlich«, pflichtete er ihm bei. An Rosalba gewandt fügte Coypel hinzu: »Es wäre mir eine Ehre, Madame Carriera, Euch durch die Galerie des Palais Royal führen zu dürfen. Beginnen wir unsere Besichtigungen doch einfach mit dem Kirchgang, und anschließend kommt Ihr in mein Atelier. Seid Ihr mit so viel künstlerischer Autorität einverstanden? Ich verfüge hier blind über Eure Zeit und weiß gar nicht, ob Ihr nicht anderweitig verabredet seid.«

»Nun, Monsieur Coypel, bislang sind meine Verabredungen äußerst überschaubar, was jedoch nicht bedeutet, dass ich nicht viele Termine wüsste, die ich zugunsten Eurer Einladung absagen würde. Ich danke Euch sehr für Eure Freundlichkeit.«

Zanetti warf Pierre Crozat einen raschen Blick zu. Dieser nickte kaum merklich.

»Ich hörte, Ihr habt die Kinder des Generalkontrolleurs der Finanzen portraitiert«, wandte sich Antoine Crozat unvermittelt an Rosalba. »Erstaunlich, dass der Mann noch Sinn für Bilder besitzt nach allem, was gerade passiert.«

»Hoffentlich erhaltet Ihr Euer Honorar«, zischte Marguerite Crozat. »Heutzutage weiß man schließlich nie, wo das Geld bleibt.«

»Im Zweifel bei Eurer Schneiderin, liebste Schwägerin. Aber ich bin sicher, dass wir uns um das Vermögen von Monsieur Law keine Sorgen machen müssen. Er ist sicher der Mann, der von seinem eigenen System am meisten profitieren konnte.«

»Ich hatte das Vergnügen, Madame Law zu begegnen«, erwiderte Rosalba ruhig, »und ich vertraue ganz auf ihre Respektabilität. Im Übrigen werde ich bald Näheres wissen, da ich schon morgen bei Madame Law angemeldet bin, um das fertige Portrait des jungen John Law abzuliefern.«

Marguerite strahlte. »Oh, dann solltet Ihr mich anschließend auf einen Kaffee besuchen. Schließlich wohnen wir auch an der Place Vendôme und sind sozusagen Nachbarn von Madame und Monsieur Law. Ich bin begierig darauf, alle Neuigkeiten aus dem Hôtel Law aus erster Hand zu erfahren. Dem Klatsch des Personals kann man nun einmal nicht immer trauen, nicht wahr?«

Antoine Crozat stieß einen tiefen Seufzer aus.

»Was hast du?« wunderte sich Marguerite in leicht beleidigtem Ton. »Wenn ich mich schon mit dem Mob vor unserer Tür rumärgern muss, der es auf den Finanzminister abgesehen hat, habe ich auch ein Anrecht auf Informationen aus seinem Haus. Oder etwa nicht?«, fragte sie entrüstet in die Tafelrunde.

13

Ich mache mir große Sorgen um meinen Gatten«, vertraute Katherine ihrer neuen Freundin an. »Er leidet unter steter Schlaflosigkeit. Des Nachts höre ich ihn in seinem Zimmer herumpoltern. Dabei führt er Selbstgespräche und scheint gar nicht zu merken, wie laut er ist...«

Diese Allüre des Generalkontrolleurs der Finanzen kannte Rosalba nur zu gut. Inzwischen hatte sie allerdings deutlich mehr Verständnis für seine nächtliche Nervosität als seinerzeit in Lyon. Das Gesetz zur Abwertung von Aktien und Banknoten war inzwischen widerrufen und sogar die Einschränkungen bezüglich des Besitzes von Edelmetallen aufgehoben worden; selbst Juwelen durften wieder getragen werden, aber böse Zungen lästerten, dass niemand mehr etwas besäße, das als Schmuck dienen könne.

Wieder hatte sich der Herzog von Orléans von verschiedenen Parteien bei Hofe zu einer Entscheidung drängen lassen, die John Law nicht unbedingt teilte. Der Verzweiflungsschlag des Regenten erwies sich als fatal. Die Situation beruhigte sich nicht. Die einzige Folge der Rücknahme aller Einschränkungen war Panik. Anleger und Sparer strömten in die Königliche Bank, um ihre Mississippi-Papiere zu verkaufen und ihr verbliebenes Vermögen anderweitig zu investieren. Der Kurs befand sich trotz aller Bemühungen von oben in freiem Fall, und die Atmosphäre verdüsterte sich noch mehr. Dank des massiven Einsatzes von Polizeitruppen konnte der Mob zwar unter Kontrolle gebracht werden, und die Leute aus der Umgebung, die mit den Unruhen nach Paris gedrängt waren, flüchteten zurück auf die Île-de-France, aber der Aufruhr veränderte sich nur, ohne wirklich nachzulassen. Insgesamt lastete eine depressive Stille auf der Stadt, fast so, als stünde ein schweres Gewitter bevor. Rosalba fand es deshalb wenig überraschend, dass der für all diese Probleme öffentlich verantwortliche Generalkontrolleur der Finanzen von Sorgen geplagt nicht mehr schlafen konnte.

»Mein Gatte ist völlig verändert, abergläubisch und ganz krank vor Kummer«, fuhr Katherine fort, und Rosalba wunderte sich ein wenig, dass sie sich ihr in dieser intimen Weise öffnete.

Der Klatsch im Hôtel Crozat hatte Rosalba allerdings zugetragen, dass sich inzwischen jene Damen aus Katherines Gesellschaft zurückgezogen hatten, von denen sie zuvor wie eine Königin behandelt worden war. Die Herzoginnen, Prinzessinnen und Gräfinnen distanzierten sich zwar nicht direkt, aber sie warteten ganz offensichtlich die Klärung der politischen Situation ab, bevor sie wieder in Katherines Salon erscheinen würden. Wahrscheinlich, resümierte Rosalba im Geiste, sprach Katherine nur deshalb so frei über ihre Gefühle und Ängste, weil sie niemanden hatte, dem sie sich anvertrauen konnte.

»Manchmal denke ich, John hat Recht, und das Unglück begann damit, dass er seine Tabaksdose verlor«, sprach Katherine mehr zu sich selbst als zu ihrem Gast. »Diese Tabatiere war wie ein Talisman für ihn, und er glaubt fest daran, dass ihn das Glück verließ, als er nicht mehr auf sie Acht geben konnte.«

Für einen Moment setzte Rosalbas Herzschlag aus, und es gelang ihr nur mit Mühe, eine unbeteiligte Miene aufzusetzen. »Was für eine Tabaksdose?«, fragte sie mit heiserer Stimme.

Wie aus einem Traum erwacht, blickte Katherine die Dame an ihrem Tisch überrascht an. Sie zwinkerte ein wenig, nippte nervös an ihrer eisgekühlten Limonade und lächelte schließlich, wieder ganz souverän die große Dame mimend. »Ihr könnt natürlich nicht wissen, dass mein Gatte seit seiner Jugend im Besitz einer Tabaksdose war, die ihm sehr am Herzen lag. Vor ein paar Monaten verlor er sie, und seitdem ...«, seufzend und gleichsam beredt brach sie ab.

»Dann muss es sich ja um ein ganz besonderes Stück gehandelt haben«, konstatierte Rosalba scheinbar gleichmütig. »Wurde diese Tabatiere von einem bekannten Künstler angefertigt?«

»Vermutlich ja, aber ich weiß es nicht genau. Mein Gatte weiß selbst nicht mehr, wo er sie erwarb. Jedenfalls war es die wunderschöne Miniatur einer jungen Frau.« Katherine lächelte in der Erinnerung. »Ich darf Euch verraten, dass ich gelegentlich eifersüchtig war, weil ich mir einbildete, er sei in das Bildnis verliebt.«

Rosalba dachte an ihre Schwester Angela. Wenn Katherine wüsste, wie nah ihre scheinbar lächerliche Phantasie Rosalbas eigenen Ängsten gekommen war. Gleichzeitig fragte sie sich, wieso weder Katherine noch John die Ähnlichkeit zwischen der jungen Frau auf der Miniatur und Madame Pellegrini höchstselbst aufgefallen war. Angela war natürlich reifer geworden, aber sie hatte sich nicht wesentlich verändert. Jedenfalls nicht so stark wie Rosalba, die durch den Erfolg selbstsicherer geworden war und an Persönlichkeit gewonnen hatte, was man ihr auch ansah.

Dunkel erinnerte sie sich, dass Angela im Herbst nach ihrer ersten Begegnung mit John geschrieben hatte, er habe behauptet, sie zu kennen. Es war zwar erstaunlich, dass Angela die fragliche Tabaksdose nicht aufgefallen war, aber vielleicht war sie so fasziniert von dem Mann gewesen, dass sie seine Requisiten übersehen hatte.

Rosalba fragte sich, was sie so sicher machte, dass es sich um die Miniatur aus ihrer Hand handelte, zumal John nicht einmal mehr wusste, woher sie stammte. Aber die Gewissheit war so stark wie das Bild des maskierten jungen Mannes damals an ihrem Stand in San Marco, das sie noch immer im Geiste vor sich sah. Dennoch fragte sie: »Ist Monsieur Law ein Sammler von Miniaturen?«

»Nein, eigentlich nicht. Er besitzt eine kleine Kollektion von ausgewählten Tabaksdosen, die er mehr als Gebrauchsgegenstand betrachtet, denn seine Sammelleidenschaft beschränkt sich in der Regel auf Gemälde…« Wieder unterbrach sie sich, fuhr diesmal aber, ohne zu zögern, vehement fort. »Es kann doch nicht alles die Schuld einer verlorenen Tabatiere sein, nicht wahr? Das ist Aberglaube, und die großen Philosophen unserer Zeit lehren uns doch, dass es sich dabei nur um Vorurteile und den Gegensatz von Vernunft handelt. Mein Gott, ich habe wirklich Angst um Johns Verstand. Es ist, als führe er in der Nacht einen Veitstanz auf. Ihr wisst ja sicher, dass dies eine Krankheit des Geistes ist und unheilbar…« Ihre Stimme erstickte in einem Schluchzen.

Sanft berührte Rosalba Katherines Arm. Die Vorstellung, John könnte verrückt geworden sein, erschreckte sie nicht minder als seine Frau. »Ich bin sicher, Ihr übertreibt«, murmelte sie, sich selbst dafür scheltend, dass sie keine aufmunternderen Worte finden konnte.

»Bei Tag und Nacht sitzt er stundenlang in seinem Arbeitszimmer und sortiert Papiere«, berichtete Katherine scheinbar zusammenhanglos und als spräche sie zu sich selbst. »Auch heute arbeitete er wieder in seinem privaten *bureau,* und ich weiß gar nicht, was er dort dauernd zu tun hat…«

»Ach?« Rosalba zog ihre Hand zurück. »Monsieur Law ist im Haus?«

Endlich schien Katherine wahrzunehmen, dass sie eine Unterhaltung führte. Sie hob den Kopf und blickte Rosalba aus traurigen, von ungeweinten Tränen glasigen Augen an. »Ja. Jetzt hört Ihr meinen Gatten nicht. Bei Tage kramt er leise herum. Dann ist es oft so still, dass ich es auch mit der Angst bekomme.«

Rosalbas Gedanken wanderten wieder einmal von der Gegenwart fünfundzwanzig Jahre zurück in die Vergangenheit. Es erfüllte sie mit Stolz, dass John ihr Geschenk so hoch geachtet hatte, wenn auch seine Wertschätzung die Erinnerung an ihre Person nicht mitgetragen hatte. Es verlieh ihr ein seltsames Gefühl von Macht, dass eine Tabatiere aus ihrer Hand für sein

Glück verantwortlich sein sollte, obwohl sie sich im nächsten Moment für diesen Anflug von Überheblichkeit schalt. Ein ungewöhnlich lautes Poltern irgendwo im Haus brachte Rosalba ins Diesseits zurück.

Katherine zuckte bei dem ungewöhnlichen Geräusch zusammen wie unter einem Peitschenhieb. Sie erbleichte, fasste sich aber rasch wieder. Bevor Rosalba fragen konnte, ob es sich bei dem Lärm um einen neuen Anfall des Hausherrn handelte, kommentierte Katherine das Geschehen mit einem scheinbar gleichmütigen Achselzucken. »Auf die Diskretion des Personals kann man sich heutzutage auch nicht mehr verlassen.«

Stumm streckte Rosalba die Hand aus und legte sie über Katherines zitternde Finger. Jedes Wort erübrigte sich, die beiden Frauen lauschten angespannt.

Der Lärm war inzwischen als das Getrampel schwerer Stiefel zu identifizieren. Offenbar marschierte eine größere Gruppe Männer durch das Treppenhaus.

Rosalbas Stimme war nur ein ängstliches Flüstern, als sie vorsichtig fragte: »Könnte sich der Volkszorn Zugang zum Haus verschafft haben?« In Gedanken beschäftigte sie sich damit, warum sich die Leibgarde des Finanzministers nicht möglichen Angreifern in den Weg stellte.

Verstohlen blickte sich Rosalba nach einem Gegenstand um, mit dem sie sich notfalls gegen tätliche Angriffe zur Wehr setzen könnte. Unwillkürlich wanderten ihre Augen zu den beiden Eingängen des *cabinets*. Warum schob ihre Gastgeberin nicht einfach die Riegel vor? Kaum hatte Rosalba diesen Gedanken gefasst, kannte sie auch schon die Antwort: Kein Schloss würde den Volkszorn aufhalten, irgendwer in der Menge würde die Tür eintreten.

Allerdings klangen die Schritte nicht nach dem aufgebrachten Mob, der die Straßen von Paris unsicher machte, sondern eher nach militärischer Disziplin. Wortfetzen eines heftigen Gesprächs wehten in den stillen Raum, in dem die beiden Damen wie versteinert ausharrten, und verwandelten sich immer deutlicher in die hysterisch angeschwollene Stimme eines Dieners: »Messieurs … Ihr könnt doch nicht … bitte … Messieurs … Das ist das Empfangszimmer von Madame …« Die Tür flog auf.

Katherine sprang so heftig auf, dass das Teetischchen vor ihr ins Wanken geriet und umgestürzt wäre, hätte es Rosalba nicht mit beiden Händen festgehalten.

»Monsieur le Blanc!«

Der Kriegsminister Seiner Majestät füllte den Türrahmen nicht nur mit seiner Autorität aus. Claude le Blanc war ein Eiferer, dessen Lebensinhalt der Beruf war, was ihn zu einem Freund Marc-René d'Argensons machte. Er hatte bereits unter König Ludwig XIV. gedient und gehörte – ebenso wie d'Argenson – dem sogenannten *alten Hof* an, obwohl er in mancher Hinsicht nicht unaufgeschlossen war gegen die aufgeklärte Politik des Regenten. Hinter ihm waren die Uniformen der Schweizer Garde des Herzogs von Orléans zu sehen.

Formvollendet verneigte er sich. »Verzeiht mein Eindringen in Euer Privatgemach, Madame. Ich bin auf der Suche nach Eurem Gatten. Seine Königliche Hoheit sandte mich mit einer Nachricht für den Generalkontrolleur der Finanzen aus …«

In gespielter Naivität schenkte Katherine dem ungebetenen Besucher ein Lächeln. Rosalba beobachtete sie staunend und bewunderte die Contenance, die die Dame des Hauses in dieser Situation aufbrachte.

»Warum überbringt Ihr die Mitteilung des Regenten meinem Gatten nicht direkt?«, fragte Katherine. »Möchtet Ihr, dass ich Euch den Weg abnehme?«

»Nein, Madame, bedaure. Die Nachricht muss persönlich überbracht werden. Leider traf ich Monsieur Law nicht in seinem *bureau* an, und vielleicht könnt Ihr mir sagen …«

»Was ist hier los?«, donnerte eine Rosalba wohlbekannte, tiefe Männerstimme im Hintergrund. Selbst die Soldaten zuckten bei ihrem Klang zusammen.

Ein im Flur wartender Diener setzte zu Erklärungen und Entschuldigungen an, doch er verhaspelte sich hoffnungslos.

Die sechzehn vor der Türe wartenden Gardisten bildeten eine Gasse, um John ins Lieblingszimmer seiner Frau eintreten zu lassen. In seinem Rücken schlossen sie sich zu einem engen Halbkreis, als müssten sie einen Ring bilden, durch den es kein Entkommen gab.

Mit offensichtlichem Erstaunen betrachtete John die Versammlung und das Verhalten der Männer. Dann drehte er sich kurz um, ließ seine Augen flüchtig durch den Raum streifen, nahm die Besucherin wahr und schenkte Rosalba ein flüchtiges Nicken. Schließlich wandte er sich an den Kriegsminister.

»Wozu die Aufregung? Ihr verschafft Euch ungebeten Zutritt in das *cabinet* meiner Gemahlin und stört Madame Law bei ihrer Plauderstunde mit Madame Carriera. Wenn Ihr auf der Suche nach meiner Person wart, hättet Ihr jeden Dienstboten nach meinem Verbleib fragen können.«

Le Blanc beantwortete den Affront mit Gelassenheit. »Das war anscheinend nicht nötig, denn nun steht Ihr ja vor mir, Monsieur John Law, Marquis de Lauriston.« Er nahm Haltung an. »Ich bin hier, um Euch eine Nachricht Seiner Königlichen Hoheit Regent Philippe d'Orléans zu überbringen.«

Der Angesprochene öffnete den Mund zu einer Erwiderung, überlegte es sich aber dann anders und wartete schweigend ab.

Rosalba hielt den Atem an.

»Ich habe Euch davon in Kenntnis zu setzen, Monsieur Law«, fuhr Le Blanc fort, und jedes seiner Worte klang wie ein Pistolenschuss, »dass sich der Regent entschlossen hat, Euch mit sofortiger Wirkung aus dem Amt des Generalkontrolleurs der Finanzen zu entlassen!«

Noch Jahre später sollte sich Rosalba an jedes Detail dieser Szene erinnern – und an ihre Bewunderung für John und Katherine. Denn beide reagierten mit einer Souveränität, die selten zu finden war. Jede andere Frau hätte die Entlassung ihres Gatten wahrscheinlich mit einem Ohnmachtsanfall quittiert.

Nicht so die tapfere Katherine. Sie straffte die Schultern, als müsse sie sich jetzt einer noch größeren Aufgabe stellen, und trat vor, dichter an ihren Mann heran, berührte ihn aber nicht. Offenbar wollte sie ihn nur ihre Nähe spüren lassen. Stumm stand sie neben ihm, als sei sie ein eiserner Schutzschild.

John selbst trug die undurchdringliche Miene des Glücksspielers. Obwohl ihn der Verrat des Herzogs von Orléans bis ins Mark treffen musste, verbarg er geschickt seine Gefühle. Die Karten waren neu gemischt worden, und ihm blieb nichts anderes übrig, als den Joker aus der Hand zu legen. Da Rosalba üblicherweise keine Casinos besuchte, hatte sie noch niemals erlebt, wie ein Hasardeur alles verlor. Wenn sie erwartet hatte, Law würde wütenden Protest gegen die Absetzung einlegen, wurde sie enttäuscht. Er trug die Situation mit Würde.

»Danke«, sagte er knapp und mit fester Stimme. »Selbstverständlich werde ich mich den Wünschen des Regenten fügen.«

»Ihr seid angewiesen, das Haus nicht zu verlassen.«

Law nickte.

»Die Schweizer Garde wird vor Eurer Tür Stellung beziehen«, fuhr Le Blanc fort. »Seine Königliche Hoheit bestimmte diese Maßnahme zu Eurem Schutz, Monsieur … Madame …«, er verneigte sich höflich vor Katherine und fügte wie zur Entschuldigung hinzu: »Man weiß schließlich nie, wie der Pöbel reagieren wird.«

Trotz dieser Erklärung war allen Anwesenden klar, dass John unter Hausarrest stand. Es entsprach nicht dem üblichen Prozedere, Wachposten vor dem Haus eines entlassenen Ministers aufstellen zu lassen, um diesen vor dem Volkszorn zu schützen. Während Rosalba wünschte, der Boden möge sich unter ihren Füßen auftun und sie verschlingen, damit sie nicht weiter Zeugin dieses unwürdigen Vorgangs sein müsse, schien Katherine nicht einen Moment um ihre Fassung zu ringen. Wie ein Fels in der Brandung ihrer schottischen Heimat stand sie neben ihm, unbeweglich und fast gleichgültig anmutend. Sie bildete eine Einheit mit ihrem Mann, um die sie Rosalba selbst in diesem Moment beneidete.

»Ich danke dem Regenten für seine Fürsorge und Euch, Monsieur le Blanc, dafür, dass Ihr den Weg zur Place Vendôme auf Euch genommen habt«, sagte John mit ungebrochener Höflichkeit.

Le Blanc gestattete sich ein kleines Lächeln der Anerkennung. »Ich danke Euch für Euer Verständnis.« Er verneigte sich, und sein Säbel klirrte leise in der edelsteinbesetzten Scheide. »Wenn Ihr mich nun entschuldigen wollt, Monsieur ... Mesdames ...« Ein formvollendeter Kratzfuß folgte in Richtung der Damen.

»Welcher Mann hat eigentlich die Ehre, mein Nachfolger zu werden?« Ein kleines Aufflackern in den Augen des Kriegsministers ließ vermuten, dass er das lukrative Amt gerne selbst übernommen hätte, aber er antwortete mit ruhiger Stimme: »Der Siegelverwahrer. Euer Vorgänger, Marquis d'Argenson, ist der neue Generalkontrolleur der Finanzen.«

»Ah, ja. Das hätte ich mir denken können, nicht wahr?«

Dieser erste persönliche Kommentar veranlasste Claude Le Blanc, sich rasch zurückzuziehen. Seine Garde folgte ihm mit rasselnden Säbeln. Im Treppenhaus hob er die Stimme, um den Soldaten Anweisungen zu erteilen.

Mit zum Zerreißen gespannten Nerven wartete Rosalba auf eine menschliche Reaktion bei John. Niemand konnte eine Entlassung wie diese mit derart stoischer Ruhe ertragen. Seine Haltung zeigte jedoch noch immer alles andere als Schwäche. Aufrecht schritt er zur Tür und schloss diese hinter den ungebetenen Gästen. Er warf sie nicht zu, sondern blieb äußerlich gelassen. Als er sich jedoch umwandte, war sein Gesicht schneeweiß. Leise sagte er: »Als Nächstes werden sie meine Hinrichtung verlangen.«

Rosalba schrie auf.

Zum ersten Mal blickte er Rosalba direkt an. In seinen dunklen Augen lag eine Mischung aus Trauer und Verzweif-

lung. »Der Regent wird nichts unternehmen, um mein Todesurteil abzuwenden. Jetzt nicht mehr. Eure Gastgeberin, Madame Carriera, wird Euch bestätigen, dass mein Kopf nicht
mehr zu retten ist.«

In diesem Moment fiel Katherine in Ohnmacht.

14

John hielt seine bewusstlose Frau in den Armen und bat Rosalba rau, sie möge gehen. Er sah sie nicht an, und sie wusste, dass jeder Einwand oder das Angebot zu helfen zwecklos gewesen wären.

Im Treppenhaus hatte sich das Personal versammelt. Mit angsterfüllten Gesichtern schauten die Diener und Hausmädchen stumm zu Rosalba hin, in der Hoffnung, sie könnte für Aufklärung sorgen oder ein paar beruhigende Worte sagen. Aus der oberen Etage erklang wie aus einer anderen Welt eine zarte Gesangsstimme: Mary Katherine, die offenbar noch nicht über die Vorgänge um ihren Vater informiert worden war, übte seelenruhig ein Lied für ihre nächste Musikstunde ein. Schweigend und mit gesenktem Kopf schritt Rosalba das Defilee der Bediensteten ab. Erst als sie am unteren Treppenabsatz Katherines Zofe erkannte, wies sie diese leise an, Riechsalz zu besorgen und nach ihrer Herrin zu sehen.

Im Eingangsportal hatte sich ein Kontingent der Schweizer Garde versammelt. Es überraschte Rosalba nicht, dass ihr ein Musketier den Ausgang versperrte, als sie in den Innenhof treten wollte. »Wohin des Wegs?«, fragte die brüchige Jungenstimme in dem erfolglosen Versuch, Autorität auszustrahlen.

Rosalba wollte dem jungen Soldaten gerade antworten, als sie den Kriegsminister aus dem Hintergrund treten sah. Le Blanc hatte das Anwesen noch nicht verlassen und in einer Gruppe Uniformierter das weitere Vorgehen diskutiert. »Madame Carriera darf passieren«, rief er, bevor Rosalba Protest gegen das Benehmen seines Untergebenen einlegen konnte. »Zwei Musketiere eskortieren den Wagen der Dame zur Rue de Richelieu.« Mit einem Lächeln, das seine Augen nicht erreichte, wandte er sich anschließend an Rosalba: »Der Mob hat sich auf dem Platz versammelt und wird jeden verfolgen, der das Hôtel Law ungehindert verlässt. Meine Maßnahme erfolgt zu Eurem Schutz, Madame, denn selbstverständlich seid Ihr über jeden Zweifel erhaben.«

»Das hatte ich nicht anders erwartet«, protestierte sie matt. Ohne ein weiteres Wort drehte sie sich zu Crozats Equipage um, die im Schatten einer Platane auf sie wartete. Doch mit einer behenden und trotzdem galanten Bewegung kam Le Blanc dem Kutscher zuvor und öffnete ihr den Schlag. Auf diese Weise versperrte er ihr den Tritt, sodass sie ihn zwangsläufig anhören musste. »Wenn Ihr meinem Rat folgen wollt, solltet Ihr Eure Besuche bei Madame Law mit dem heutigen Tag einstellen. Es gibt Orte in Paris, die einer Dame von Eurem Format zweckdienlicher sind als dieser.«

Es erstaunte sie nicht, dass Le Blanc ihren Wagen als den ihres Gastgebers identifizierte und dessen Adresse kannte. Vielmehr erzürnte sie, dass der Kriegsminister über ihre Gepflogenheiten informiert war. »Wie kommt es, dass Ihr Euch so für meine Belange interessiert, Monsieur?«, fragte sie scharf. »Ich wüsste nicht, dass sie Euch irgend etwas angingen.«

»Selbstverständlich nicht. Ich bin lediglich um Euer Wohl besorgt. Eine Besucherin aus dem Ausland sollte eine angenehme Erinnerung an ihren Aufenthalt in Paris mit in die Heimat nehmen.«

»Woher wisst Ihr überhaupt, wer ich bin?«

»Der abgesetzte Generalkontrolleur der Finanzen war so freundlich, Euren Namen zu nennen«, versetzte Le Blanc. »Außerdem wurden wir einander von Monsieur Crozat vorgestellt. Leider war es ein unglaublich grässlicher Theaterabend. Auf die Premiere des neuen Stücks von Voltaire hätte jeder Zuschauer zweifelsohne gerne verzichtet. In Anbetracht dieser literarischen Schmach nehme ich es Euch nicht übel, dass Ihr Euch meiner nicht mehr erinnert. Da Ihr fremd in der Stadt

seid und von Euren Eindrücken anscheinend ein wenig überfordert, solltet Ihr um so mehr meinem Rat folgen.«

»Dieser klingt eher nach einer Warnung. Ich werde intensiv
darüber nachdenken, wenn Ihr mir erlaubt, meine Kutsche zu
besteigen und Euch zu verlassen.«

Kommentarlos gab er ihr den Weg frei. Er unterließ jeden
Versuch eines höflichen Gebarens, verbeugte sich nicht und
grüßte auch nicht zum Abschied. Es war offensichtlich, dass
der Kriegsminister jedermann als Feind betrachtete, der sich
als Freund von Katherine und John Law offenbarte. Wenn Rosalba es recht betrachtete, mochte auf diese Weise die *haute volée*
von Paris in schlechten Ruf geraten. Aber während sie in ihren
Wagen stieg, fiel ihr ein, dass diejenigen, die sich nach dem
Wind drehten, sich bereits von dem ehemaligen Finanzminister
und dessen Familie distanziert hatten. Zweifellos waren das die
meisten Menschen in Katherines und Johns Umgebung. Rosalba beschloss, sich nicht zu diesen charakterlosen, sogenannten Freunden zählen zu lassen. Auch die ehrgeizigen Ziele der
Malerin würden nichts an der Aufrichtigkeit der Person Rosalba Carriera ändern. Einem Rat, der wie eine Drohung klang,
würde sie niemals folgen – höchstens einem ausgesprochenen
Verbot.

Nachdem der Kutscher den Schlag geschlossen hatte, steckte
Rosalba ihren Kopf zum Fenster hinaus, blinzelte ins helle Sonnenlicht und schenkte dem Kriegsminister ein liebenswürdiges
Lächeln. »Seid mir bitte nicht gram, sollte ich Euren Vorschlag
nicht annehmen … Adieu …«

Als sie in ihrer Equipage saß, fiel die vor Charles Le Blanc
demonstrierte Kraft wie ein Kartenhaus in sich zusammen.
Sie fühlte sich matt und erschöpft. Selbst die Erinnerung an
Le Blancs verblüfften Gesichtsausdruck konnte sie nicht aufheitern. Sicher gehörte er zu jener Sorte adliger Herren, die
den Widerspruch einer Frau nicht ertragen konnten. Dabei
hatten seine Äußerungen ihre Reaktion erst provoziert. Wenn
sie sich anfangs auch nicht in so deutlicher Form über ihre

freundschaftlichen Gefühle für Katherine klar gewesen war, so hatte die unverhohlene Missbilligung diese gefördert. In einem Moment wie diesem brauchte die Frau des entmachteten Generalkontrolleurs der Finanzen zweifellos eine Freundin – und wenn sich keine andere fand, würde Rosalba diese Rolle mit ganzem Herzen ausfüllen. Für den Augenblick konnte sie jedoch nichts anderes tun, als die Entwicklung abzuwarten und Katherine einen Brief zu schreiben. Während sie darüber nachdachte, rollte der Wagen an pöbelnden Menschengruppen vorbei in Richtung Rue de Richelieu. Rosalba war kurz versucht, den Kutscher anzuweisen, sie zur Bank zu bringen, verwarf diesen Gedanken jedoch wieder. Sie hätte sich zwar gerne mit einer Vertrauten über die Vorgänge im Hôtel Law unterhalten, und Angela schien die geeignete Person dafür zu sein, doch war anzunehmen, dass Johns *bureau* ebenso von bewaffneten Truppen abgeriegelt worden war wie seine Wohnung, und sie empfand nicht die geringste Lust, Charles Le Blanc am heutigen Tage irgendwo ein zweites Mal zu begegnen.

Am westlichen Ende der Place Vendôme blieben ihre militärischen Begleiter zurück. An der Ecke Rue Saint-Honoré klopfte Rosalba und erklärte dem Lakaien, dass sie noch nicht zurück ins Hôtel Crozat, sondern ein wenig ausfahren wolle. Der Kutscher lenkte das Gespann zu den Champs-Elysées, einem ehemaligen Sumpf- und Waldgebiet vor den Toren der Stadt, das noch nicht lange urbanisiert und deshalb nicht systematisch bebaut worden war. Von hier führte eine Querverbindung zu einer eleganten, am Seineufer angelegten Promenade, die ein beliebtes Ausflugsziel und für Spazierfahrten wie geschaffen war.

Plötzlich fühlte Rosalba eine große Leere in sich. Sie hatte sich gegen den Kriegsminister aufgelehnt und ihre Freundschaft zu Katherine verteidigt. Bisher hatte sie aber noch keinen Gedanken an John verschwendet.

Unwillkürlich trat der junge Mann vor ihr geistiges Auge, dessen Anblick sie seit dem Karneval damals nie vergessen hatte. Sie hatte sich in ihn, vielleicht aber auch nur in den Gedanken an die große Liebe, verliebt – und dieses Gefühl bis heute in ihrem Herzen bewahrt. Aber als sie den Mann ihrer Träume endlich wiedergesehen hatte, stand er vor den Ruinen seines Glücks. Was wäre, wenn John recht behielte und der Regent nichts unternehmen würde, um ihn zu retten? Sollte sie dann Zeugin seiner Hinrichtung sein? Rosalba schauderte.

Tränen traten ihr in die Augen. Und dann weinte sie. Um die verlorenen Chancen im Leben eines jeden Menschen. Um sich selbst und John Law. Und ein bisschen auch um Zanetti, der sie aus ihrer Sehnsucht niemals befreit hatte.

15

Das Palais Royal wurde vor nicht einmal hundert Jahren im Auftrag von Kardinal Richelieu erbaut. Dieser vermachte das Gebäude dem König, eine testamentarische Verfügung, die seinem Urgroßneffen noch heute den Schlaf rauben dürfte. Jedenfalls ging das Palais Anfang der neunziger Jahre in den Besitz des Herzogs von Orléans über und – *voilà* – da sind wir nun im Mittelpunkt des höfischen Lebens von Paris.«

Antoine Coypel holte zu einer schwungvollen Geste aus, die jeden einzelnen Raum der Residenz zu umschließen schien. Dieser prunkvolle Rahmen der Régence war an diesem Nachmittag zwei Tage nach John Laws Amtsenthebung so ruhig wie ein verschlafenes Häuschen irgendwo auf dem Lande. Unter dem Eindruck der veränderten Machtverhältnisse hatten sich viele Mitglieder der Hofgesellschaft zurückgezogen. Die klügeren Köpfe warteten ab, wie sich die Dinge entwickeln sollten und wer letztlich das Sagen haben würde. Gewisse Rufe nach einer Veränderung an der Spitze des Regentschaftsrates waren auch mit Johns Entlassung nicht verklungen; durch die Ernennung des Marquis d'Argenson zum neuen Finanzminister gewann der *alte Hof* jedoch weiter die Oberhand. Lediglich die Schritte von Lakaien, Bediensteten und anderen Hofchargen klangen verhalten durch die Räume, und zum Gespräch senkte jedermann seine Stimme wie in einem Totenhaus.

Bei dieser Stimmung wirkte Coypels gute Laune gänzlich fehl am Platz, doch schien er es zu genießen, eine gebildete Besucherin wie Rosalba durch die Galerien des Palais Royal zu führen. Ihr brauchte er die Gemäldesammlung des Kardinals Richelieu nicht zu erklären. Voller Faszination betrachtete sie die Werke von Raffael, Tizian und Correggio, und als sie vor

Leonardo da Vincis *Hl. Anna Selbdritt* stand, traten Tränen der Ergriffenheit in ihre Augen. Rosalba wusste, dass dieses Bild und die im Louvre befindliche *Mona Lisa* die einzigen seiner Werke gewesen waren, die sich bei Leonardos Tod noch in dessen Besitz befunden hatten. Die zart hingeworfene Landschaft im Hintergrund der *Hl. Anna Selbdritt* berührte Rosalba zwar mehr als die teilweise unvollendeten Figuren, aber der Gesamteindruck ließ ihr einen angenehmen Schauer über den Rücken rieseln. Nur ein einziges Mal wünschte sie sich in die Lage, auch nur annähernd diesen Charme in der Darstellung einer Person und den geheimnisvollen Schimmer ihres Wesens in einem ihrer eigenen Portraits einfangen zu können.

Der Besuch im Palais Royal erfüllte Rosalba mit tiefer Dankbarkeit für Antoine Coypel. Nicht nur, dass es überaus angenehm war, sich nicht ständig der französischen Finanzmisere und Fragen nach ihrer Anwesenheit bei John Laws Entmachtung ausgesetzt zu fühlen. Der Hofmaler brachte sie in die Welt der Kunst zurück, die in Anbetracht der wirtschaftlichen Lage selbst bei Pierre Crozat in den Hintergrund getreten war. Zwar brauchte ihr Gastgeber den Zusammenbruch des Aktienmarktes nicht zu fürchten, aber ein Thema war die drohende Pleite der meisten Franzosen allemal, vor allem, wenn Freunde empfangen wurden. Sogar Zanetti schien sich kaum noch um ihr Wohl zu kümmern, sondern sich nur noch mit Crozat über die finanziellen Möglichkeiten der Pariser Oberschicht austauschen zu wollen.

»Der westliche Anbau wurde vom Regenten persönlich in Auftrag gegeben«, fuhr Coypel fort und bot Rosalba seinen Arm, um sie ungewöhnlich energisch zur neuen Galerie zu führen, die nördlich der privaten Räume des Herzogs von Orléans eingerichtet worden war. Der Grund für seine Zielstrebigkeit war nicht nur eine gewisse Eitelkeit, da sich in dieser Galerie hauptsächlich Fresken von seiner Hand befanden. Vielmehr hielt er den Besuch der südlich gelegenen Räume für eine Dame wie Rosalba Carriera für wenig erstrebenswert:

Dort befanden sich nicht nur eine Wohnung für die Mätresse des Regenten, die derzeit allerdings leer stand, weil Marie-Madeleine de Parabère lieber an der Place Vendôme logierte, sondern auch Räume, die Philippe von Orléans geläuterten Kurtisanen und wenig gesellschaftsfähigen Kumpanen für einen würdevollen Lebensabend zur Verfügung stellte.

»Ich erlaubte mir, Vergils Epos *Aeneis* als Motiv für diese Dekorationen zu verwenden«, erklärte Coypel die farbenprächtigen Fresken der Galerie und verharrte vor einem Werk, das den Tod der Königin von Karthago darstellte: Dido, die sich aus Verzweiflung über den Verlust ihres Geliebten auf einem Scheiterhaufen verbrennen ließ.

»Ihr benutzt rote und schwarze Töne zusammen mit weißem Kalk«, stellte Rosalba nach eingehender Betrachtung des Bildes fest. »Dadurch gelingt Euch eine wundervolle Farbgebung. Das ist ungewöhnlich, aber sehr beeindruckend.«

Tief versunken in das Studium von Coypels Pinselführung, achtete sie nicht darauf, dass sich eine dritte Person in der Galerie befand. Der Besuch der Sammlungen im Palais Royal schien sie auf eine andere Ebene zu heben, die nichts mit der Realität gemein hatte. Es war wie ein Rausch der Sinne, der sie aus dem Strudel der Wirklichkeit riss und in einen tranceähnlichen Zustand versetzte.

Auch ihr Begleiter schien sich der Anwesenheit eines weiteren Kunstliebhabers nicht bewusst zu sein. Erst ein leises Räuspern ließ den Hofmaler aufhorchen. Im selben Moment wandte sich auch Rosalba um. Verärgert über die Störung, fühlte sie sich gleichzeitig merkwürdig belästigt, als sei ein Fremder in ihre Intimsphäre eingedrungen, während sie schweigend Coypels beste Arbeiten würdigte.

Verblüfft blickte sie auf John, der sich von einer der am Rande der Galerie plazierten, eigens für den Regenten entworfenen Sitzgelegenheiten erhob. Statt sich zu fragen, ob der chemalige Generalkontrolleur der Finanzen nicht mehr unter Hausarrest stand und was er im Palais Royal zu schaffen hatte, dachte Rosalba darüber nach, dass sie ihn seit ihrer Begegnung in Lyon jedes Mal in einem Überraschungsmoment angetroffen hatte.

»Monsieur Law…!«, rief Coypel erstaunt aus, und seine Worte klangen eher nach einer Frage als nach einer Begrüßung.

John bedachte ihn mit einem flüchtigen Nicken, schenkte ihm aber keine weitere Beachtung. Er starrte Rosalba an.

Sie wusste nicht, dass er sie in einem Moment erblickt hatte, in dem sie die Verzückung selbst gewesen war. Eine Sanftheit hatte ihre Züge erfasst, die ihnen sonst fremd war, ein Lächeln hatte ihre Lippen umspielt, das sie niemals einem Menschen, wohl aber einem wundervollen Gemälde schenkte. Sie leuchtete von innen und war unendlich schön. Ein Anblick, der sich jedoch wieder verflüchtigte, je länger er sie ansah, und als Illusion zurückblieb.

»Das Schicksal hält die erstaunlichsten Zusammentreffen für uns bereit«, sagte John, als habe er ihre Gedanken lesen können. »Allerdings gehört gerade Ihr zu den wenigen Menschen, die ich mich freue zu sehen.«

»Ihr seid sehr freundlich«, erwiderte Rosalba distanziert. Sie empfand keine Freude darüber, ihm ausgerechnet in einem Moment zu begegnen, als er für sie allmählich in Vergessenheit geriet. Es schien, als könne sie sich ihm nicht mehr entziehen.

John trat zwischen sie und Coypel, betrachtete nachdenklich das Gemälde des Hofmalers, das er jedoch längst gut kannte. »Dido und Aeneas«, sinnierte er. »Eine große Liebe, die an der ewigen Rastlosigkeit scheitert. Ein Mann, der nicht bei der Frau seines Herzens bleiben darf, da er dazu verurteilt ist, ein Zugvogel zu sein.« Dann wandte er sich zu Rosalba um: »Wenigstens ein Gutes hatte dieser Befehl der Götter, nicht wahr? Der Legende nach errichtete Aeneas das Römische Reich. Eine vortreffliche Wahl, möchte ich meinen. Der Sohn der Venus als Gründervater Italiens. Kein Wunder, dass es ein so besonders schönes Land ist.«

»Aeneas Blutslinie soll nie ausgestorben sein«, fügte Coypel nicht unbeeindruckt von Johns Diskurs in die Antike hinzu. »Meint Ihr nicht, dass dies ein entscheidender Gedanke bei der Frage nach den Motiven sein musste? Diese Mythologie findet ihren lebenden Beweis in der Tradition unserer königlichen Familie, der Bourbonen …«

»Monsieur Law …« Ein Kammerdiener war unbemerkt durch eine Seitentür in die Galerie getreten und tauchte nun unvermittelt bei der kleinen Gruppe auf. Er verneigte sich vor dem Hofmaler und der fremden Dame, bevor er sich wieder an den ehemaligen Generalkontrolleur der Finanzen wandte: »Seine Königliche Hoheit der Regent bedauert, sieht sich aber im Moment nicht in der Lage, Euch zu empfangen.«

John erbleichte. »Ich warte seit Stunden …«, hob er zu einem schwachen Protest an, brach aber ab, als ihm die Ausweglosigkeit seiner Situation bewusst wurde.

Durch Vermittlung des englischen Gesandten hatte er Philippe um eine Audienz gebeten, die ihm unverzüglich versprochen worden war. Der Regent hatte ihm sogar eine königliche Eskorte für den Weg zum Palais Royal zur Verfügung gestellt. Doch statt vorgelassen zu werden, wurde John wie ein armseliger Bittsteller behandelt. Stundenlang hatte er sich die Zeit in der Galerie mit Kartentricks und der Hoffnung auf ein klärendes Gespräch vertrieben. Das Ergebnis konnte kaum fataler sein: Der Herzog von Orléans fügte seinem früheren Minister auf diese Weise in voller Absicht eine öffentliche Demütigung zu. Johns Feinde würden jubeln, wenn sie davon erführen – und es stand außer Zweifel, dass die Geheimverbindungen der Hofgesellschaft bereits arbeiteten.

Obwohl Rosalba die Hintergründe nicht kannte, durchschaute sie die Situation sofort. Dass ein einst so mächtiger Mann wie John Law abgewiesen wurde, bedeutete nichts Gutes. Die Botschaft war eindeutig: Philippe stand nicht mehr zu John. Bekümmert blickte sie zu ihm auf, sprachlos über den ihm zugefügten Affront.

Binnen Sekunden hatte sich John in einen gebrochenen

Mann verwandelt. Sein Gesicht war aschfahl und faltig, seine Augen trüb. Mit hängenden Schultern verneigte er sich vor Rosalba und Antoine Coypel.

»Wenn die Herrschaften mich nun entschuldigen wollen. Es wird Zeit für mich zu gehen.«

»Monsieur Law…«, wiederholte der Hofmaler, und diesmal klangen seine Worte wie ein Ausrufezeichen, wie der Endpunkt nach einem prägnanten Satz, als sei nun auch das Ende der aufregenden Ära John Laws gekommen.

»Auf Wiedersehen«, wünschte Rosalba mit fester Stimme.

John, der sich bereits umgedreht hatte und im Begriff war, seines Weges zu gehen, sah zu ihr zurück. Ein kleines Lächeln umspielte seine Lippen. »Beinahe hätte ich vergessen, Euch zu danken. Ich habe Euer Portrait meines Sohnes gesehen, Madame Carriera, und ich verbeuge mich tief vor Eurer Kunst.« Als würde dieses Kompliment allein nicht genügen, knickte er zu einem höfischen Kratzfuß ein.

»Es war mir ein Vergnügen.«

»Meine Gattin verriet mir, dass Ihr auch an einem Portrait meiner Tochter arbeitet«, fuhr er fort, nachdem er sich wieder aufgerichtet hatte. »Es wäre mir eine große Ehre, wenn ich der Erste sein dürfte, der es zu sehen bekommt.«

»Das lässt sich selbstverständlich einrichten.«

»Wenn es meine Zeit zulässt, würde ich gerne mit Euch in einen Diskurs über Malerei eintreten. Euer Stil erinnert mich ein wenig an eine Miniatur, die ich einst besaß. Die Darstellung auf dem Bildchen war zwar weniger ausgereift, aber Eurer Kunstfertigkeit sehr ähnlich. Eine überraschende Duplizität, wie ich finde. Darf ich nach Euch schicken, sobald ich die Möglichkeit dazu habe?« Es stand deutlich im Raum, was er wirklich meinte: *Darf ich nach Euch schicken, falls ich nicht in die Bastille geworfen werde?*

Rosalba schluckte. Zumindest hatte sie jetzt den Beweis, dass es sich bei der verlorenen Tabaksdose tatsächlich um diejenige handelte, die sie ihm vor fünfundzwanzig Jahren gegeben hatte. Die Vorstellung jedoch, dass John Law bald kein freier Mann mehr sein könnte, raubte ihr die Freude um das Wissen, wie wichtig ihm ihre Tabatiere gewesen sein musste. Sie sagte: »Ihr wisst, wo Ihr mich finden könnt.« In Gedanken fügte sie hinzu, dass sie auf eine Nachricht von ihm warten würde.

Stumm nickte er. Dann wandte er sich ab und ging davon, ohne sich noch einmal umzudrehen.

Coypels Augen folgten John, während Rosalba in ihrem Täschchen nach einem Spitzentüchlein kramte und sich fragte, ob sie John je wiedersehen würde. Um die belastende Stille zu überspielen, rettete sich der Hofmaler in allerlei Plauderei: »Wie gerne würde ich Euch meinen Freskenzyklus *Triumph der Liebe über die Götter* zeigen, den ich eigens auf den speziellen Wunsch des Herzogs von Orléans hin anfertigen durfte, aber bedauerlicherweise befindet sich dieser in Räumlichkeiten, die im Moment nicht zugänglich sind. Vielleicht aber interessiert Ihr Euch für die Portraits von Philippe de Champagne, wobei diese Arbeiten natürlich in keinem Verhältnis zu Euren Werken stehen. Sie sind viel zu düster und erscheinen dem Betrachter äußerst bedrohlich. Kommt, Verehrteste, hier entlang…«

16

Watteau freute sich über seine Rückkehr nach Frankreich. Das Wetter war gut und die Überfahrt auf dem Ärmelkanal glücklicherweise ruhig verlaufen, sodass Watteau nicht auch noch seekrank geworden war. Als das Postschiff aus Dover im Hafen von Calais anlegte, atmete er tief durch und sog die Luft der Heimat ein wie ein Lebenselixier, obwohl es nach Brackwasser und faulendem Holz roch. Von Deck aus beobachtete er das Treiben am Kai, wie die Gangway heruntergelassen wurde und die eiligsten unter den Passagieren ungeduldig darauf warteten, an Land gehen zu können.

Zu seiner Überraschung tauchte eine Handvoll Soldaten auf, der Hauptmann verhandelte eifrig mit dem Matrosen, der die Gangway vertäute, und wild gestikulierend wurde nach dem Kapitän gerufen.

Inzwischen hatten sich die meisten Reisenden an Deck versammelt, drängten sich um Watteau, der ganz vorne an der Reling stand, und blickten voller Erstaunen hinunter auf das Geschehen an Land. Ein Raunen ging durch die Menge, Fragen nach den Gründen der Verzögerung. Gerüchte über die Ursache machten die Runde, dazwischen die Drohgebärden verschiedener Herren von Rang, die angeblich keine Zeit zu verschenken hatten und ihren Terminen nachkommen mussten.

Auch Watteau empfand die Verzögerung als Ärgernis, da er so schnell wie möglich eine Kutsche nach Paris erreichen wollte. Die Hochzeit seines Freundes Jean de Jullienne stand unmittelbar bevor, und er musste sich beeilen, wollte er seinen Platz als Ehrengast an der Tafel pünktlich einnehmen.

Überdies sah sich Watteau dringend dazu veranlasst, seine

Finanzen zu überprüfen. Er hatte Pierre Crozat zwar weitreichende Vollmachten erteilt, fürchtete aber nach den Informationen, die er aus Frankreich erhalten hatte, um seine Ersparnisse. Es war nicht auszuschließen, dass er sein letztes Geld für die Fahrtkosten verwenden würde, um bei seiner Ankunft in Paris mit leeren Händen dazustehen. Glücklicherweise hatten sich seine Freunde bereits um ein Quartier gekümmert. Da im Hôtel Crozat derzeit die Reisegesellschaft aus Venedig logierte, musste er bei Edme-François Gersaint, dem Schwiegersohn seines alten Freundes Pierre Sirois unterkommen, der eine Kunsthandlung am Pont Notre-Dame betrieb. Sirois war der erste Händler gewesen, der ein Bild des damals völlig unbekannten Malers gekauft hatte. Das war nun über zehn Jahre her, und Watteau freute sich auf das Wiedersehen ebenso wie auf sein Zimmer bei Gersaint.

Plötzlich kam Bewegung in die Menge. Die Gangway wurde freigegeben, und die ersten Passagiere gingen an Land. Watteau blieb noch eine Weile an seinem Platz an der Reling stehen und genoss die Sonne, die von einem azurblauen Himmel herabschien und seinen kranken Körper wärmte. Zufrieden beobachtete er, wie die Bediensteten Gepäckstücke, Reisekisten und Säcke mit Waren von Bord trugen und auf dem Kai abstellten. Er sorgte sich ein wenig, dass man seinen Koffer mit einem anderen verwechseln könne, doch hatte er ihn ausreichend beschriftet und einem Matrosen sogar ein Extrasalär versprochen, wenn dieser besonders Acht gab. In seinem Gepäck befand sich sein gesamtes Hab und Gut. Nicht viel von Wert, außer seinen Malutensilien und der kleinen Sammlung von Theaterkostümen, die er stets mit sich führte, aber man konnte ja nie sicher sein, woran ein Gauner Interesse finden würde.

»Es ist die Pest…«

Ein ältliches Ehepaar schritt langsam an Watteau vorbei. Die beiden sprachen leise, aber er hatte die Worte des Mannes deutlich gehört. Aus den Augenwinkeln bemerkte Watteau ein jüngeres Paar, das von der Uferstraße aus nach oben schaute und winkte: die Kinder der alten Leute, die sie nach Hause holen wollten.

Doch bevor sich Watteau durchringen konnte, den Herrn anzusprechen, ging dieser an der Seite seiner Frau bereits weiter. Wahrscheinlich, dachte Watteau, hatte er sich verhört. Worüber die Leute auch gesprochen haben mochten, ganz sicher nicht über eine Epidemie. Und selbst wenn, so meinten sie bestimmt die Seuche, die über den Finanzmarkt Frankreichs gekommen war, und nicht die todbringende Infektionskrankheit.

Die Reisenden zerstreuten sich, und bald stand Watteau allein an der Reling. Eine Weile hing er so seinen Gedanken nach, bis der Matrose neben ihm auftauchte, den er als Gepäckträger entlohnen wollte: ein drahtiger Mann seines Alters mit sonnenverbranntem Gesicht, das jetzt allerdings ein wenig blass wirkte.

»Verzeiht, Monsieur, dass ich erst jetzt zur Stelle bin. Es gab einige Aufregung mit der Hafenpolizei, weil schlechte Nachrichten aus dem Süden kommen. Es geht das Gerücht, ein Frachtschiff aus Syrien habe die Pest nach Marseille gebracht.«

»Die Pest?« wiederholte Watteau entsetzt. »Seid Ihr sicher, dass von der Pest die Rede gewesen war?«

»Ja, Monsieur, ganz sicher«, bestätigte der Matrose atemlos, da er lange Reden dieser Art wohl nicht gewohnt war. »Es wird jedem Passagier geraten, der über Land weiterfährt, sich um eine Gesundheitsbescheinigung zu kümmern – sonst könnte es Schwierigkeiten geben. Wohin geht Eure Reise, Monsieur?«

»Ganz sicher nicht in den Süden. Wenn es stimmt, was Ihr sagt, muss dort die Hölle sein...« Der Husten, der ihn seit der Einfahrt in den Hafen verschont hatte, brach sich Bahn. Erstaunt, als habe er seine eigene Erkrankung vergessen, und überwältigt von der Heftigkeit des Anfalls, zerrte Watteau sein Taschentuch aus dem Ärmel und presste es auf den Mund. Unwillkürlich sackte er in sich zusammen.

Um den Passagier von seinem Hustenanfall abzulenken und weil er nicht wusste, wie er sonst helfen konnte, gab der

Matrose einfach zum Besten, was ihm in den Sinn kam: »Die meisten der syrischen Seeleute sollen gleich nach ihrer Ankunft im Hafen von Marseille zu Tode gekommen sein. Man weiß aber nichts Genaues. Es heißt, die Besatzung habe die strengen Quarantänekontrollen umgangen, und die Ladung sei bereits gelöscht gewesen, als die Kranken entdeckt wurden.«

In welchen Zeiten leben wir? dachte Watteau bitter. Erst John Law und nun auch noch die Pest. Wie lange würde es dauern, bis die gefährliche Seuche Paris erreichte? Watteau schauderte bei der Vorstellung, dass das ganze Land von der Pest ergriffen werden könnte. Dann hatte sich Gott nicht nur von Frankreich abgewandt – dann hatte Gott die Franzosen und ihre Nation vergessen!

»Man erzählt sich, dass inzwischen überall die Angst umgeht. In Holland sollen drei Frachter aus der Levante angezündet worden sein, um eine Ansteckung zu verhindern und …«

»Dummes Geschwätz!«, herrschte Watteau den verdutzten Matrosen an. Er richtete sich auf, fuhr sich über sein plötzlich schweißnasses Gesicht und wünschte sich nichts sehnlicher, als in einem bequemen Bett ein paar Stunden ausruhen zu dürfen. »Wer weiß das schon. Wie kann die Gerüchteküche in Calais brodeln, und bei unserer Abfahrt in Dover gab es keine solche Nachricht, eh? Ich will Euch etwas sagen: Das ist alles nur Seemannsgarn und ich gebe nichts auf Gerede. Geht lieber Eurer Arbeit nach, und bringt mein Gepäck zum Zoll. Und dann sagt mir, wo ich eine Herberge finde.«

Die Pest, dachte Watteau wieder, als er dem Matrosen von Bord folgte. Es fiel ihm ein, dass Tizian an der Epidemie in Venedig gestorben war. Der große Renaissance-Maler war jedoch fast hundert Jahre alt gewesen, als ihn die Pest aus dem Leben gerissen hatte. Watteau war sechsunddreißig Jahre alt und hatte trotz seiner schweren Krankheit noch nicht die Absicht zu sterben. Furchtbare Angst vor dem Tod bemächtigte sich seiner, als er schließlich, nach einem Jahr Abwesenheit, französischen Boden betrat.

17

Antonio Pellegrini befürchtete, jeden Moment vom Gerüst zu stürzen. Der Verputzmaurer und sein Gehilfe hatten längst die Flucht ergriffen, und auch seinen Künstlerkollegen François Lemoyne hatte er fortgeschickt, da dieser unter der anwachsenden Menschenmenge krank zu werden schien, eine geistige Unpässlichkeit, die Pellegrini schlicht als Verfolgungswahn diagnostizierte.

Deshalb kauerte er nun allein auf den von Flaschenzügen gehaltenen Schwebebalkenträgern und überprüfte den sogenannten Malputz. Trotz seiner wachsenden Sorge rieb Pellegrini mit einem in ein Leinentuch gewickelten, feuchten Flachsballen sorgsam über den Kellenstrich des Handwerkers. Diese Art der Glättung war eine neue Erfindung aus Spanien, und Pellegrini fand sie bedeutend praktischer als das traditionelle Abkörnen mit Papierbogen. Normalerweise bereiteten ihm diese Vorbereitungen einer Freskomalerei viel Freude, doch heute war er nicht nur nicht konzentriert, sondern in tatsächlich arge Bedrängnis gebracht. Immer wieder wanderten seine Augen, die er zum Schutz gegen den Putzsand hinter einer Brille verbarg, in die Tiefe.

Der Lärm war ohrenbetäubend. In der *Banque Royale* drängten sich die Menschen wie Sardinen in einer Büchse. Niemand interessierte sich für das Hängegerüst und den Maler darauf. Bislang war keiner gegen die Vorrichtung gestoßen, aber das verdankte Pellegrini mehr dem Zufall als der Vorsicht.

Selbst die vornehmsten Herrschaften benahmen sich seit Öffnung der Geschäftsräume wie die Barbaren, schoben, traten, wurden handgreiflich, wenn es der Weg zum Ziel verlangte. Viele brüllten herum, manche schluchzten, die meisten protestierten auf irgendeine Weise lautstark. Pellegrini fühlte sich schmerzlich an seine erste Besichtigungsfahrt mit Crozat durch die Rue Quincampoix im vergangenen Herbst erinnert. Jetzt traten die riesigen Berge von Aktiencoupons, die damals den Besitzer gewechselt hatten, ihren Rückweg an.

Vom Regenten eingesetzte Revisoren saßen seit Tagen in den *bureaus* des ehemaligen Direktors und prüften dessen geschäftliche wie private Unterlagen. Die Geschäftsführer der Bank wurden angewiesen, alle Konten offenzulegen. Doch hatte Pellegrini noch nicht gehört, dass ein aufsehenerregender Fund aufgetaucht wäre. Die Herren in ihren dunklen Anzügen und hohen Kragen huschten durch die Flure des Palais Mazarin wie Spinnen, die ein tödliches Netz auszulegen versuchten.

Wie schon an den Tagen zuvor gewährte man nur Großinvestoren Einlass, und die Gardisten, die die beiden Eingänge bewachten, mussten immer energischer eingreifen, um die vor der *Banque Royale* ausharrende Menge aufzuhalten. Es kam zu Handgemengen, und Pellegrini sagte sich ganz nüchtern, dass es nur noch eine Frage der Zeit wäre, bis die Schüsse, die bislang nur in die Luft abgefeuert wurden, einen Menschen trafen.

Vor der Tür tobte der Mob – oder zumindest Verzweifelte, die wohl fast ihre gesamten Ersparnisse verloren hatten. Bevor die Bank heute geöffnet wurde, war es vor dem Palais zu Ausschreitungen gekommen. Steine waren gegen das Gebäude geschleudert worden, und Fenster waren zerborsten, während etwas friedvollere Kleinaktionäre ihrem Unmut mittels Kochlöffeln Luft machten, mit denen sie auf Töpfe einschlugen. Die Zahl der Demonstranten wuchs von Stunde zu Stunde, denn inzwischen drängten auch Bauern und Bürger von der Île-de-France in die Stadt, um ihr Glück zu versuchen und in der Bank zu retten, was noch zu retten war.

Die Entmachtung von John Law und die Ernennung von Marc-René d'Argenson zum Generalkontrolleur der Finanzen hatte die Stimmung nicht beruhigen können. Rasch hatten böse Zungen behauptet, der Marquis wolle sich und seine Clique bereichern, bevor der Finanzmarkt endgültig zusammenbrach. Hinzu kam die wachsende Angst der Bevölkerung vor den schrecklichen Nachrichten aus Marseille. Allerorts wurde die Gefahr der Pest diskutiert, und es war wohl kein Wunder, dass jedermann versuchte, soviel Bargeld wie möglich zu horten. Niemand glaubte mehr an die Mississippi-Papiere, die sich auf den Handel mit Amerika stützten. Wie konnten diese von Wert sein, nachdem ein Frachtschiff gerade die Pest ins Land gebracht hatte? Dabei spielte es keine Rolle, woher der Schwarze Tod gekommen war. Außerdem: Wem nützte schon eine Aktie, wenn sich der hilfreiche Medikus nur mit Silber zufriedengab?

Immer neue Gerüchte heizten die Stimmung an, trugen aber nicht zur Stabilisierung der Lage bei. Ein Schreiber, der Beziehungen zum Regentschaftsrat unterhielt, behauptete gehört zu haben, dass in der heutigen Ratssitzung zur allgemeinen Überraschung Monsieur Law aufgetaucht war: »Er benahm sich, als habe es seine Absetzung nicht gegeben. Dabei liegt diese nur eine Woche zurück. Man sagt, es sei ihm irgendwie gelungen, sich einer Verhaftung zu entziehen, und er wurde vom Herzog von Orléans mit Gnaden wieder aufgenommen.« Da niemand sonst über sichere Nachrichten aus dem Palais Royal verfügte, brodelte die Propaganda der einen oder anderen Seite unvermindert weiter, und die Situation drohte zu eskalieren.

Pellegrini war dankbar dafür, dass Angela seinen Vorschlag widerspruchslos akzeptiert hatte, sich vorläufig bei ihrer Mutter und ihren Schwestern im Hôtel Crozat in Sicherheit zu bringen. Er selbst hielt im Chaos durch, aus Angst, die bereits erfolgten Arbeiten für das Deckenfresko im *Salle Mississippi* könnten beschädigt werden. Deshalb hatte er sich auf das Gerüst geschwungen, als gäbe es keine Unruhen vor der Bank und keine sich drängenden, schiebenden und stoßenden Menschenmassen darin. Wenn er die Arbeit von Wochen nicht zunichte machen wollte, blieb ihm nichts anderes übrig, als den frischen Verputz abzuschleifen und den Untergrund vorzubereiten. In seinem Zimmer zu warten, bis sich der Sturm legte, war ohnehin seine Sache nicht, obwohl es noch einiger Pinselstriche bedurfte, bevor der Karton zu seiner vollständigen Zufriedenheit fertiggestellt war.

»Neuigkeiten aus dem Regentschaftsrat! Es gibt eine neue Anweisung des Regenten!« Die Stimme eines königlichen Bürodieners überschlug sich, als er sich einen Weg durch die Menge zu bahnen versuchte. »John Law ist wieder zum Minister ernannt worden!«

Die aufgestaute Stimmung entlud sich in Tumult, steigerte sich zur Hysterie. Der Informant wurde fast überrannt. Er wurde eingekreist, mit Fragen überhäuft, fast erdrückt. Ein allgemeines Geschrei hing über den Kunden und Angestellten, die Masse wurde zu einem taumelnden Knoten, der hin- und herschlingerte wie an einem Tau im Wasser.

Pellegrini schnürte es die Kehle zu. Wie lange würde er noch in schwindelnder Höhe ausharren können, ohne von den Balken gerissen zu werden und sich das Genick zu brechen? Es war nur noch eine Frage der Zeit – und keinesfalls der Gelegenheit –, bis irgend jemand gegen die Vorrichtung stieß und die Konstruktion ins Wanken brachte.

Zweifelnd blickte er nach unten. Wie konnte er wohlbehalten auf den Boden zurückkommen, ohne bereits auf halbem Weg abzustürzen? Pellegrini, normalerweise eine Frohnatur und kein besonders ängstlicher Mensch, fürchtete plötzlich um Leib und Leben.

18

John Law öffentlich zu demütigen, indem er ihn wieder un-
verrichteter Dinge fortschickte, war ein genialer Schachzug des
Herzogs von Orléans«, behauptete Zanetti. Da das Verdeck
wegen des lärmenden Mobs auf den Straßen trotz der warmen
Junisonne hochgeklappt war, herrschte in der Equipage eine
diskrete Abgeschiedenheit, in der er sich eine derartige Mei-
nungsäußerung gestatten durfte. Dennoch sprach er so leise,
dass der Kutscher nicht einmal den winzigsten Gesprächsfet-
zen verstehen konnte.

Pierre Crozat tat es ihm gleich und dämpfte seine Stimme,
als er hinzusetzte: »Erst in der späten Nacht sollte Monsieur
Law erfahren, dass der Regent nicht willens war, ihn der Staats-
räson zu opfern.«

»Dann ist es also wahr, dass Monsieur Law nach Mitternacht
zurück ins Palais Royal gerufen wurde?«, fragte Rosalba matt.

Sie hätte sich lieber auf das für sie so wichtige Ereignis in
Ruhe vorbereitet, als an John erinnert zu werden. Zwar interessierte sie sich inzwischen brennend für alle Neuigkeiten,
die ihn betrafen, und die Nachricht, dass die Wachen von der
Place Vendôme abgezogen waren, hatte sie mit unendlicher Erleichterung aufgenommen. Aber nun war sie auf dem Weg in
den Louvre zu einem der vielversprechendsten Ereignisse ihrer
Karriere. Es wäre verhängnisvoll, wenn sie in diesem Moment
mit ihren Gedanken irgendwo anders wäre als bei den Möglichkeiten, die sich ihr boten.

Es war ihr bei dem gemeinsamen Kirchgang und dem anschließenden Besuch der Bildergalerien des Palais Royal offenbar gelungen, Antoine Coypel derart für sich einzunehmen,
dass er sie zu protegieren beabsichtigte. Er hatte ihr eine exqui-

site Einladung zukommen lassen, die sie in die Hofgesellschaft einführen würde: Sie durfte beim Mittagessen des Königs zusehen – ein Privileg, das nur ganz besonderen Personen zuteil wurde.

Deshalb saß sie ein wenig nervös mit Crozat und Zanetti in ihrer Equipage auf dem Weg zur offiziellen Residenz der französischen Herrscher. Von König Franz I. als Renaissancepalast auf den Mauern einer mittelalterlichen Festung entworfen, waren die Baumaßnahmen immer wieder verschoben oder ganz eingestellt worden, sodass der Prachtbau fast zweihundert Jahre nach seiner Planung noch immer nicht ganz fertiggestellt war. Es war ein reichlich düsteres Gebäude, und Rosalba konnte sich sehr gut vorstellen, warum Ludwig XIV. sein Sonnenschloss in Versailles errichten ließ. Nach dessen Tod und der Rückkehr der Hofgesellschaft nach Paris wurde das glanzvolle Hofleben zwar im Palais Royal gefeiert, aber der Dauphin lebte im Louvre.

Da auch Crozat an der Tafel des jungen Königs zugelassen war, hatte er eine Einladung für Zanetti kaufen können, der darauf bestanden hatte, Rosalba zu begleiten. Ohne darauf Rücksicht zu nehmen, dass sie ihr Ziel fast erreicht hatten und jede weitere Unterhaltung über das Thema John Law in Kürze unpassend war, beantwortete Crozat geduldig ihre halbherzige Frage: »Die Spatzen pfeifen es von den Dächern: Monsieur Law wurde vom Herzog von Orléans mit *mille amitiés* begrüßt, als er mitten in der Nacht im Palais Royal erschien. Er erhielt die geheime Anweisung, die Rückkehr in sein altes Amt vorzubereiten und eine Strategie zur Lösung der finanziellen Probleme zu ersinnen. Offenbar glaubt Seine Königliche Hoheit, John Law sei der einzige Mann, der in der Lage ist, die Nation aus dem Irrgarten herauszuführen, in den er sie brachte. Wie dem auch sei, drei Tage später erschien Law vor dem Regentschaftsrat, um der Versammlung ungehindert eine angeblich neue Politik vorzuschlagen, indem er das Kreditwesen als Möglichkeit darstellte, den Ruin eines ganzen Volkes abzuwenden. Man mag es kaum glauben, aber damit zog er seine alten Freunde wieder auf seine Seite.«

»Wahrscheinlich hatten die hohen Herren, die durch Monsieur Law viel gewonnen haben, befürchtet, ohne ihn viel zu verlieren.«

»Brillant erkannt.« Zanetti schenkte ihr ein anerkennendes Lächeln. »Mir persönlich ist jedoch unerklärlich, wieso unser Freund Law keine Ahnung vom Charakter der Menschen haben will. Meiner unbescheidenen Meinung nach ist es die Habgier jedes einzelnen, die zu dieser Misere führte. Die Menschen wurden bei den kleinsten Gewinnen größenwahnsinnig, und in ihrem blinden Leichtsinn verpfändeten sie Haus und Hof an jeden, der ihnen goldene Berge versprach ...«

»... oder Berge von Smaragden, wie die Mississippi-Kompanie«, warf Crozat ein.

»Richtig. Die Frage ist also, warum ein Glücksspieler diesen Umstand nicht erkannte. Für einen Hasardeur ist Laws Verhalten jedenfalls absolut unverständlich ...«

»Verzeihen Sie, mein Lieber, dass ich unser anregendes Gespräch unterbreche, aber ich würde Madame Carriera gerne etwas zeigen«, warf Crozat unvermittelt ein, als die Equipage durch ein Tor in den sogenannten *Cour Carré* rollte. Mit dem edelsteinbesetzten Knauf seines Stocks deutete er aus dem kleinen Fenster. »Seht Euch die Fassade an. Dieser Teil des Louvre wurde auf Anweisung des Urgroßvaters Seiner Majestät errichtet. König Ludwig XIV. schrieb einen Wettbewerb aus, der in ganz Europa beachtet wurde und an dem sich sogar Lorenzo Bernini mit einem Entwurf beteiligte. Zwar gewannen am Ende drei französische Baumeister, aber es heißt, Berninis Pläne hätten trotzdem einen ganz erheblichen Einfluss auf die Architektur gehabt. Ein kleines Stück Rom in Paris, könnte man sagen.«

Rosalba lächelte verlegen. Sie war noch nie in Rom gewesen und kannte die Bauwerke, die das beherrschende Genie der römischen Baukunst entworfen hatte, nicht. Dennoch hatte sie einige Zeichnungen von Werken Berninis gesehen und konnte sich deshalb ein schwaches Bild machen. Für die Venezianerin war es allerdings schwierig, Bernini wertfrei als den größten Baumeister Italiens zu sehen, wie es manche Ausländer taten, da einige Kirchen und viele Villen ihrer Heimat von einem nicht minder bedeutenden Architekten, Andrea Palladio, erschaffen worden waren. Auf den ersten Blick erkannte sie jedoch, was Crozat mit seiner Äußerung gemeint hatte: Ganz offensichtlich war die Bauweise der neueren Flügel des Palastes mit ihren Säulen, Sockeln und Kolonnaden stark von der römischen Antike beeinflusst worden.

Der Kutscher zügelte die Pferde, und keine Minute später sprangen zwei Diener in der blauen Livree der königlichen Angestellten herbei, um den Schlag zu öffnen und den Tritt herabzulassen. Von der Junisonne geblendet, blieb Rosalba einen Moment neben ihrem Wagen stehen, während sich Crozat bereits anschickte, vor der Helligkeit und Wärme in den Schatten des Eingangsportals zu flüchten. Zanetti jedoch hatte Rosalbas abwartende Haltung bemerkt und trat neben sie.

»Geht es Euch nicht gut?«, fragte er besorgt.

»Die Aufregung lässt meine Knie erzittern«, gab sie offen zu.

»Aber, Liebste, seit wann verliert Ihr die Contenance vor hochherrschaftlicher Bewunderung? Wenn Ihr Euch daran haltet, was Euch Monsieur Coypel geraten hat, werdet Ihr nicht nur nichts zu befürchten haben, sondern die königlichen Weihen für Euren Aufenthalt in Paris erhalten.«

»Eure Zuversicht ehrt Euch«, seufzte Rosalba beklommen.

Tatsächlich fühlte sie sich plötzlich unendlich klein, unwürdig und schwach. Wie konnte sie, die Tochter eines mittleren Beamten, so maßlos sein und an der Tafel eines Monarchen teilhaben wollen, auch wenn dieser noch ein Junge war? Sie dachte an die elitäre Erziehung, die ihr im Hause von Giovanantonio Lazzari zuteil geworden war, und daran, wie unendlich dankbar sie ihrem Lehrmeister sein musste, weil sie sich vortrefflich auf gesellschaftlichem Parkett zu bewegen ver-

248

stand. Vor der dunklen Pracht des Louvre fürchtete sie jedoch um ihre Selbstsicherheit, da ihre Begegnungen mit gekrönten Häuptern bislang in der vertrauten Umgebung Venedigs stattgefunden hatten. Überdies schwindelte ihr bei dem Gedanken, wie rasant ihr Aufstieg in die *haute volée* von Paris erfolgte.

Zanetti nahm ihren Arm, des Herumstehens müde und weil er Crozats Ungeduld bemerkte. »Ihr solltet Marschall de Villeroi für Euch einnehmen«, erinnerte er Rosalba. »Als weltlicher Erzieher Seiner Majestät ist seine Person ebenso von Bedeutung wie die von Kardinal Fleury.« Er lächelte ihr aufmunternd zu. »Ich bin sicher, dass Eure Persönlichkeit jeden noch so eigensinnigen Lehrer bezaubern wird.«

Der Erste stellte sich als ein sympathischer sechsundsiebzigjähriger Haudegen heraus, der Zweite als ein elf Jahre jüngerer Geistlicher aus der Bretagne von sanftem Wesen. François Herzog von Villeroi war der Sohn des Hauslehrers von Ludwig XIV. und der vielleicht einzige wirklich intime Freund des Sonnenkönigs gewesen, was ihn zu einem Mitglied des *alten Hofes* machte. Antoine Coypel hatte Rosalba darauf hingewiesen, dass der Marschall in den jungen Ludwig vernarrt war wie in ein Spielzeug und den König entsprechend behandelte. Kardinal André-Hercule de Fleury hingegen war etwas fortschrittlicher eingestellt, wenn auch ehrgeizig und unerbittlich, ohne dabei despotisch zu sein, weshalb er nach Meinung des Hofmalers den stärkeren Einfluss auf den Jungen ausübte. Um einen Portraitauftrag des Königs zu erhalten, musste Rosalba mindestens einen der beiden Würdenträger auf ihre Seite ziehen.

Zunächst hatte sie jedoch eher das Gefühl, in der Menge unterzugehen, die sich im Speisezimmer des Monarchen versammelte. Rosalba erkannte in der eleganten Masse aus pastellfarbenen Seiden den Herzog von Bourbon und Madame de Prie, daneben auch einige andere Herrschaften, die sie in der *Comédie Française* gesehen hatte, deren Namen sie aber nicht mehr wusste. Zu ihrer großen Erleichterung befand sich der wie Phönix aus der Asche aufgestiegene John Law nicht in diesem illustren Kreis. Seine Anwesenheit hätte sie von ihrer Aufgabe abgehalten, denn sie hätte ihre Aufmerksamkeit vom König abgelenkt.

Da sie den zehnjährigen Ludwig bereits beim Kirchgang beobachtet hatte, war sie nicht überrascht über den wie eine Marionette wirkenden Jungen, der herausgeputzt war wie ein mindestens doppelt so alter Kavalier. Er war ausgesprochen hübsch mit großen, dunklen Augen und langen, gebogenen Wimpern in einem blassen Gesicht, das von weich fallenden, rotbraunen Locken umgeben war, die bis zu seinem Gürtel reichten. Er besaß die gerade Nase seiner Ahnen und einen kleinen Mund, der viel zu ernst gewirkt hätte für einen Knaben seines Alters, wäre der Junge nicht dazu auserkoren, der Herrscher über die bedeutendste Nation der Welt zu sein. Rosalba musste sich fast zwingen, sich der Anekdoten zu erinnern, die der junge John Law über Ludwig zum Besten gegeben hatte – ansonsten wäre sie versucht gewesen, vergeblich nach einem menschlichen Zug im Äußeren des Königs zu suchen. Doch auf diese Weise wusste sie von den Streichen des Kindes, die seiner Person eine gewisse Lebendigkeit verliehen.

Rosalba stand mit ihren Begleitern nah an dem mit goldenem Besteck und silbernen Tafelaufsätzen, feinstem Porzellan, Kristall und Leinen gedeckten Tisch, an dem der königliche Knabe allein Platz genommen hatte. Es war ein allgemein übliches Ritual, nach dem eine handverlesene Schar dem Monarchen beim Speisen zuschaute, selbst aber nur mit gierigen Blicken an den gereichten Köstlichkeiten Anteil nehmen durfte. Der eine oder andere Gast versuchte seinen knurrenden Magen mit einem Hüsteln zu übertönen, andere hatten bereits gegessen und waren von der Völlerei so müde, dass ihnen beinahe die Augen zufielen. Rosalba selbst war viel zu aufgeregt gewesen, um den Imbiss anzurühren, den Pierre Crozat reichen ließ, und ein Hungergefühl sollte in Anbetracht ihres wichtigen Auftritts auch nicht aufkommen.

»Was sagt Ihr zu der Schönheit meines Königs?«, fragte eine männliche Stimme neben Rosalba.

»Alles ist Gottes Fügung«, erwiderte sie automatisch, da sie annahm, bei dem Fragenden handele es sich um einen anderen Gast. Erst als sie ihren Kopf ein wenig zur Seite neigte, nahm sie die großgewachsene, hagere Gestalt des Marschalls von Villeroi wahr. Bei ihrem Eintritt in das Speisezimmer war sie mit einer Gruppe anderer Ankömmlinge dem Hauslehrer vorgestellt worden, und es beeindruckte sie, dass er sich ihrer erinnerte. Mit einem leisen Räuspern verbesserte sie sich: »Gott sei gedankt für Seine Großzügigkeit.«

»Ist Seine Majestät nicht gut gewachsen? Und beachtet vor allem, dass er keine Perücke trägt. Es sind alles seine echten Haare.«

Unwillkürlich dachte Rosalba an die freundliche Warnung des Hofmalers. Der Marschall schien tatsächlich vernarrt in seinen Schützling zu sein und diesen eher als eine Puppe zu sehen denn als reales Wesen.

Sie sagte, was sie in diesem Moment für opportun hielt. »Kein Portrait kann dem authentischen Bild gerecht werden.«

»Auch sein Gang ist sehr schön«, fuhr Villeroi entzückt fort. »Ihr solltet einmal sehen, wie er gelernt hat zu schreiten. Er läuft äußerst leichtfüßig.«

Im Augenblick konnte Rosalba jedoch nur feststellen, dass Ludwig über ausgezeichnete Tischmanieren verfügte, was letztlich nicht anders zu erwarten gewesen war. Sie zollte Villeroi und auch Kardinal Fleury Respekt, die dem schwächlichen Waisen, der in den vergangenen fünf Jahren zum Instrument zahlreicher Hofintrigen geworden war, ein königliches Wesen und majestätische Haltung beigebracht hatten. Von John Law junior wusste sie, dass Ludwig gelegentlich zum Jähzorn neigte, mit den Füßen aufstampfte, wenn ihm etwas nicht passte, und den Höflingen die Spitzen zerriss, wenn sie ihn zu beruhigen versuchten. Einem Freund, der beim Kartenspiel gewann, hatte Ludwig sogar eine Ohrfeige verpasst. In der Öffentlichkeit des Speisezimmers war von dieser Wachstumskrise, wie der despotische Charakterzug des Königs allgemein genannt wurde, nichts zu spüren. Mit derselben Perfektion, mit der er seit seinem fünften Lebensjahr Audienzen und Truppenschauen, Eidesleistungen und Ordensverleihungen beiwohnte, absolvierte er geduldig sein Mittagessen. Dass er dabei ein wenig verkrampft wirkte, fiel kaum jemandem auf.

»Ich bin überzeugt davon, Seine Majestät erfüllt jeden Franzosen mit großem Stolz.«

»Sicher findet Ihr ihn sehr liebenswürdig«, meinte Villeroi.

Rosalba schluckte. Sie hatte nicht die geringste Ahnung, welche Antwort von ihr erwartet wurde. Hätte sie gemäß ihrer Gefühle reagiert, müsste sie neben ihrer Bewunderung für den Knaben auch die natürliche Fürsorge einer mütterlichen Frau äußern, die bei so viel Anbetung um das Wesen des Kindes fürchtete. Villerois Erziehung war dazu angetan, aus Ludwig einen eitlen, leeren, ängstlichen und einsamen Menschen zu machen. Andererseits stand es ihr nicht zu, den Hauslehrer zu kritisieren. Tatsächlich hatte er in gewisser Weise sogar recht: Ludwig war ein – zumindest äußerlich – perfektes Geschöpf, und wenn er dazu gelegentlich ein lärmender, aufstampfender Junge war, schien ihr sein Verstand recht in Ordnung zu sein.

»Gottes Segen ruht auf dem Haupt Seiner Majestät«, entschied sie sich schließlich zu sagen. Sie blickte mit einem kleinen Lächeln zu Villeroi auf und fügte aufrichtig und betont hinzu: »Der König ist ein *ausgesprochen* reizender junger Kavalier.«

Villeroi verbeugte sich. »Ihr macht einen vortrefflichen Eindruck, Madame. Würdet Ihr mich nun bitte entschuldigen. Die Pflicht ruft.«

Rosalba wusste nicht, was sie von Villerois Bemerkung und vor allem von seinem brüsken Abgang halten sollte. Ratlos blickte sie sich um, doch die anderen Gäste schienen ihre Unterhaltung nicht bemerkt zu haben, da die Aufmerksamkeit aller dem König galt. Wie die Zuschauer eines Theaterstücks

252

beobachteten die Besucher im Speisezimmer jede Bewegung des Knaben, und als Ludwig ein Eclair besonders anmutig mit gespreizten Fingern zum Mund führte, brandete Beifall auf wie nach einer brillanten schauspielerischen Leistung. Selbst der sonst eher introvertierte Pierre Crozat applaudierte begeistert.

Obwohl Rosalbas Augen auf der Tischdekoration und den zarten Händen des Königs ruhten, blickte sie ins Leere. Ihre Gedanken wanderten zu Marschall de Villeroi, der im Hintergrund leise mit dem Herzog von Bourbon plauderte. Hatte sie ihre Worte richtig gewählt, oder hatte sie gar etwas falsch gemacht, als sie das Entzücken des Hauslehrers zu kommentieren genötigt war? Warum war sie nicht Kardinal Fleury vorgestellt worden, der als graue Eminenz im Rücken des jungen Monarchen über jede seiner Handbewegungen wachte? Andererseits war sie sich bewusst, dass sie nicht gleich bei ihrem ersten Besuch im Louvre erwarten durfte, von Ludwigs Erziehern als Portraitistin des Königs engagiert zu werden. Doch trotz aller Vernunft fühlte sie eine leichte Enttäuschung an ihrer Seele nagen.

Das Mittagessen neigte sich seinem Ende zu.

»Was wird er wohl jetzt tun?«, flüsterte Zanetti. »Wie ich hörte, vertreibt sich Seine Majestät die Zeit am liebsten mit Spaziergängen und Ausritten, Krebsfischen und Federballspielen. Abgesehen natürlich von seinen öffentlichen Auftritten und dem Studium der Geschichte, Politik und Staatslehre.«

Rosalba verspürte plötzlich unerträgliche Kopfschmerzen. Die stark parfümierte Luft, die dicht gedrängt stehenden Menschen und die hohen Temperaturen des frühsommerlichen Paris waren dazu angetan, ihre Migräne zu fördern. Sie hätte sich gerne für ein paar Minuten irgendwo hingesetzt, doch Bequemlichkeit gehörte nicht zu den Privilegien für die Gäste eines königlichen Mahls. Sie griff nach Zanettis Arm.

»Es wäre schön, wenn wir den Weg zurück ins Hôtel Crozat zu Fuß gehen könnten«, bat sie leise, und während sie das sagte, dachte sie bei sich, dass sie sich in Paris tatsächlich viel weniger bewegte als in Venedig, wo es keine Kutschen und keine Pferde gab und selbst die nobelsten Bürger durch so manche enge Gasse auf den eigenen Beinen spazieren mussten, da es mit einer Sänfte kein Durchkommen gab.

»Ich glaube nicht, dass dies eine gute Idee ist.« Zanetti schüttelte bekümmert den Kopf, weil er ihr einen Wunsch abschlagen musste. »Obwohl der Regent mit der Wiedereinsetzung von Monsieur Law versprach, dass sich die Dinge zum Besten regeln würden, regiert noch der Mob auf der Straße. Nein, meine teure Freundin, ich kann Euch nicht erlauben, anders als mit der Equipage und Eskorte in Eure Wohnung zurückzukehren.«

Ludwig legte seine Serviette nieder und erhob sich. Die Wachen an den Eingangstüren standen stramm. Das Raunen in den Besucherreihen verstummte. Mit einem geziemenden Kopfnicken dankte der König seinem Publikum, dann wandte er sich ab und verließ, gefolgt von Marschall de Villeroi, Kardinal Fleury und einem Kammerdiener, das Speisezimmer. Das Spektakel war beendet. Einige Gäste versammelten sich zu kleinen Grüppchen und einer Plauderei, andere verabschiedeten sich von ihren Bekannten und machten sich auf den Weg zu einem anderen Vergnügen. Irgendwie schienen alle Anwesenden plötzlich in Bewegung zu sein, ein stetes Rauschen der Reifröcke und Klirren von Säbeln erfüllte den Raum.

»Nun, Madame, hat Euch dieses reizende kleine Mahl gefallen?« wandte sich Pierre Crozat an seinen Gast. »Ich wurde Zeuge Eures Gesprächs mit Marschall de Villeroi. Ganz offensichtlich war er recht angetan von Euch.«

»Ach, das glaube ich nicht«, wehrte Rosalba weniger bescheiden als vielmehr entmutigt und müde ab. »Doch die wahrscheinliche Missachtung meiner Person ändert nichts an der wunderbaren Gelegenheit, des Königs ansichtig geworden zu sein. Wenn es Euch recht ist, würde ich gerne so schnell als möglich in meine Wohnung zurückkehren und eine Skizze

Seiner Majestät anfertigen. Nicht, dass ich das Gesicht des Königs vergessen könnte, aber ...«

»Pardon, Madame!« Ein Diener verneigte sich vor Rosalba. Er hielt in Brusthöhe ein kleines Silbertablett, auf dem sich ein zusammengefalteter Briefbogen befand. »Eine Nachricht für Madame Carriera«, fügte der Bedienstete höflich hinzu.

Überrascht flog Rosalbas Blick von Pierre Crozat zu Zanetti. Doch ihr Gastgeber schenkte ihr nur ein geheimnisvolles Lächeln, und Zanetti zuckte ratlos mit den Achseln.

Ihr Hals wurde plötzlich rau, und sie räusperte sich. Es war eigentlich keine Frage, wer ihr in diesen Räumen durch einen königlichen Diener eine Nachricht zukommen lassen würde. Doch sie konnte ihr Glück kaum fassen, wollte sich auf eine mögliche Enttäuschung vorbereiten. Deshalb zögerte sie und griff erst nach dem Brief, als der Bote bereits nervös von einem Bein auf das andere trat. Sie nahm sich nicht die Zeit, das Siegel näher zu betrachten, sondern brach es energisch auf. Mit wachsendem Staunen las sie die wenigen Zeilen, die in der kleinen Schrift eines alten Mannes und offenbar in Eile auf das Papier geworfen waren:

Verehrte Madame Carriera, Seine Majestät König Ludwig XV. geruht, Euch die Erlaubnis zu erteilen, ein Portrait seiner Person anzufertigen. Seine Majestät wird Euch am Donnerstag, den 20. Juni, zu einer Sitzung empfangen. F. de Villeroi.

19

Angela beobachtete den raschen Erfolg ihrer Schwester mit großer Freude, wenn auch nüchterner und weniger aufgeregt als etwa Rosalbas Freunde Crozat, Zanetti und Mariette. Diese schwärmten unablässig und in höchsten Tönen vom künstlerischen wie gesellschaftlichen Geschick Rosalbas und ließen dabei außer Acht, dass sie selbst einen hohen Anteil an ihrer Karriere hatten. Angela war zu lange an der Seite eines berühmten Malers durch Europas Fürstenhäuser gereist, um die Macht eines Mäzens zu schmälern. Sie wusste sehr wohl, dass Können allein nicht ausreichte, um an die Spitze zu kommen. Doch abgesehen von dem notwendigen Protegé spielte neben einem Quäntchen Glück die Mode eine wesentliche Rolle beim Erfolg eines Künstlers – und in diesem Fall verfügte Rosalba über zwei Trümpfe.

Die Zeiten hatten sich insofern zu Rosalbas Vorteil gewandelt, als dass die großen Schlachtengemälde der Vergangenheit kleinen dekorativen Bildern gewichen waren. Niemand verlangte mehr nach riesigen, dunklen Ölgemälden; es war *en vogue*, seinen Salon mit der Leichtigkeit des neuen Lebensstils auszuschmücken. Pellegrinis leuchtend farbige Fresken profitierten davon ebenso wie Rosalbas Pastellportraits. Sie hatte Kreide bereits benutzt, als es sich noch um eine weitgehend unbekannte Technik handelte; erst seit kurzem wagten sich immer mehr renommierte Künstler an die rund zweihundert Jahre lang in Vergessenheit geratene Kunst. Auf diese Weise aber war Rosalbas Name das Synonym für einen Stil, der jetzt gefragt war. Darüber hinaus war sie die richtige Person, die zum geeigneten Zeitpunkt am passenden Ort war: Im Frankreich dieser Tage spielten Frauen im gesellschaftlichen wie politischen Leben eine große Rolle – es war nur eine logische Konsequenz, dass eine begabte Malerin in diesem Umfeld und mit entsprechenden Verbindungen zu Ruhm und Ansehen kommen konnte.

Während Rosalba im Louvre und im Palais Royal ein und aus zu gehen begann, verschärfte sich die Finanzlage in Paris. Angela, die wieder ausschließlich in den Räumen der Bank lebte, beobachtete mit Traurigkeit und Sorge die Dramen, die sich regelmäßig vor den Schaltern abspielten. Um den Geldumlauf zu reduzieren, war eine von Johns ersten Amtshandlungen nach dem Wiedereintritt in das Cabinet des Regenten die Einführung eines Rationierungssystems. Es durften nur noch Scheine im Wert von zehn *livre* pro Tag und Person in Münzen eingetauscht werden, zweimal in der Woche öffnete die Bank nur, um Hundert-*livre*-Noten in kleinere *billets* zu wechseln. Für die normalen Bürger war dies eine Katastrophe, denn nun besaß ihr Geld nicht nur keinen Wert mehr, sie verfügten schlicht auch über keines mehr. Lautstarke Proteste waren deshalb an der Tagesordnung, und Angela hatte einen Bäcker erlebt, der vor Verzweiflung weinte, weil er sein Geschäft schließen musste, da die Getreidehändler kein anderes Zahlungsmittel als Münzen annahmen. Ein Bäcker, dessen Familie am Hungertuch nagte, war für Angela der Widersinn schlechthin, und sein Schicksal schnitt ihr ins Herz.

Ihr und Pellegrini erging es deutlich besser, ebenso wie ihrer Mutter und ihren Schwestern im Hôtel Crozat. Die Mitglieder der besseren Kreise lebten wie in einen seidenen Kokon gehüllt und feierten, als gebe es keine Inflation und deren dramatische Folgen. Obwohl Angela auf den Straßen immer mehr Bettler beobachtete, wurde in den eleganten Häusern unvermindert üppig gegessen und getrunken, denn keiner der Lebensmittelhändler und Lieferanten wagte es, einer Persönlichkeit von Rang einen Kredit zu verweigern. Es regierte sogar eine gewisse Verschwendungssucht, die einem Tanz auf dem Vulkan ähnelte.

Dieser begann Anfang Juli.

Trotz der Restriktionen reichten die Münzvorräte der *Banque Royale* nicht aus, um die vorgelegten Papiernoten in die harte Währung einzuwechseln. John sah sich gezwungen, die Angestellten der Bank anzuweisen, die Schalter nur noch sporadisch und für eng bemessene Zeiträume für den allgemeinen Publikumsverkehr zu öffnen. Eine Entscheidung, die die Menschenschlange vor dem Palais Mazarin verlängerte und den Unmut und die Angst der Wartenden verschlimmerte. Auch die Wachposten wurden nervöser, und ein Gardist eröffnete irgendwann das Feuer. In dem Chaos schoss er jedoch nicht in die Luft, wie andere Musketiere in den vergangenen Wochen, sondern in die Menge. Drei Kleinaktionäre wurden von der tödlichen Salve getroffen. Lähmendes Entsetzen machte sich breit, und John verfügte, dass die Bank für einige Tage geschlossen zu bleiben habe.

Eine Woche später erwachte Angela aus einem unruhigen Traum. Als sie noch schlaftrunken neben sich tastete, bemerkte sie, dass ihr Mann bereits aufgestanden war. Erstaunt öffnete sie die Augen. Durch die Spalten in den Fensterläden kroch die blasse Morgendämmerung ins Zimmer. Im Halbdunkel erkannte sie Pellegrinis zerwühltes Kissen und seinen Schlafrock, den er nachlässig über eine Stuhllehne geworfen hatte, doch von ihm selbst war nichts zu sehen. Sie vernahm jedoch ein Krachen und Hämmern, das sie im ersten Moment für die Arbeitsgeräusche der Handwerker am Deckenfresko hielt. Im nächsten Augenblick begriff sie jedoch, das es noch viel zu früh dafür war. Der Lärm musste eine andere Ursache haben. Angela warf die Decke zurück und sprang aus dem Bett.

Auf dem Weg zum Fenster zog sie sich Pellegrinis Hausmantel über das feine Batistnachthemd, das sie trug. Dann stieß sie die Läden auf, während sie sich ihre Haube zurechtschob. Sie blickte zwei Etagen tiefer auf die Straße hinab – um gleich wieder erschrocken zurückzuweichen.

Eine unübersichtliche Menge hatte sich in den Straßen rund um das Gebäude versammelt. Zehntausend Menschen oder zwanzigtausend, vielleicht auch mehr. Obwohl noch das blasse Violett der Dämmerung am Himmel leuchtete und es noch nicht einmal fünf geschlagen hatte, drängten immer mehr Leute zur Bank.

Angezogen von der furchtbaren Gewissheit, dass der Aufstand, den alle Welt seit Wochen fürchtete, in Kürze losbrechen würde, lehnte sich Angela wieder aus dem Fenster, um hinunterzusehen.

Wie offenbar all die Menschen draußen auf der Straße hatte natürlich auch Angela gestern von dem Gerücht gehört, die Schalter würden heute wieder öffnen und ab neun Uhr eine Stunde lang Zehn-*livre*-Noten in Münzen wechseln. Der Bau von Absperrungen an den beiden Eingängen der Bank hatte diese Nachricht bestätigt. Pellegrini hatte schließlich tatkräftig mitgeholfen, die Holzlatten anzubringen, die den zu erwartenden Andrang auf gewisse Weise kontrollieren sollten.

Mit Entsetzen beobachtete sie, wie eine Gruppe einfach gekleideter Männer über die Absperrungen zu klettern begann. Offenbar wollten sie sich auf diesem Wege einen Platz vorne in der Warteschlange erkämpfen. Lautstarke Proteste der näher an der Bank stehenden Kunden waren die Antwort. Geschrei und Wut führten zwangsläufig zu Handgreiflichkeiten.

»Du musst sofort hier weg!«

Angela fuhr herum. In der Tür stand ihr Mann, zerzaust und nur notdürftig gekleidet, sein Gesichtsausdruck war ernst und unerbittlich. Noch nie hatte sie ihn derart aufgebracht erlebt.

»Du musst das Gebäude unverzüglich verlassen«, bestimmte Pellegrini und trat auf sie zu, als wolle er sie mit Gewalt fortbringen, wenn sie seiner Anweisung nicht gehorchte. »Von allen Seiten strömt ein hysterischer Mob auf das Palais zu. Die Männer klettern über Gartenmauern und schwingen sich von Ast zu Ast, um an die Spitze der Schlange zu geraten …«

»Sie brechen gerade die Absperrungen ein«, erwiderte Angela matt.

»Wenn das so weitergeht, ist hier niemand mehr sicher.« Pellegrini trat auf sie zu und umfasste ihre Arme mit den Händen. »Zieh dich rasch an, und dann bringe ich dich durch den Seiteneingang auf die Rue de Richelieu. Dort ist noch ein Vorwärtskommen möglich. Die meisten Menschen versammeln sich vor dem Tor in der Rue Vivienne.«

Angela schüttelte den Kopf. »Ich gehe nicht, wenn du nicht mit mir gehst. Wo soll ich denn überhaupt hin?«

»Ins Hôtel Crozat. Zu deiner Mutter und deinen Schwestern. Dort bist du besser aufgehoben als hier.«

»Nein. Antonio, nein. Ohne dich werde ich keinen Schritt tun.«

Ein Lächeln glitzerte in seinen Augen, aber sein Mund blieb ernst. »Wenn der Mob die Bank erstürmt, möchte ich wenigstens versuchen, meine Arbeit zu retten, soweit es geht. Angela, ich liebe dich, aber ich werde nicht einfach die Flucht ergreifen.«

Schreie drangen durch das Fenster in ihr Schlafzimmer, unverständliche Wortfetzen, Gebrüll, das Bersten von Holz.

Angela zuckte bei jedem Ton zusammen. Wahrscheinlich hatte ihr Mann Recht, aber ihr war nicht wohl bei dem Gedanken, dass sie ihn in diesem Tumult zurücklassen sollte. Wieder schüttelte sie den Kopf, wenn auch diesmal etwas weniger vehement.

»Ich kann nicht. Ich kann dich nicht verlassen.«

Mit einer unerwarteten, raschen Bewegung riss er sie in seine Arme. »Du bist meine Frau«, flüsterte er zwischen zwei leidenschaftlichen Küssen. »Du wirst tun, was ich dir befehle!«

Nicht nur vor der Bank, es herrschte so gut wie überall in Paris Aufruhr. Die verärgerten und verzweifelten Kleinaktionäre und Kunden, die ihrem Unmut lautstark Luft machten, hatten den Mob angezogen. Banden, die sich in der Nacht reichlich Mut angetrunken hatten, zogen unter dem Schutz der allgemeinen Aufregung durch die Gassen, Plünderungen waren keine Seltenheit. Es kam zu Protesten der bankrotten Bevölkerung, während der Abschaum zu Überfällen auszog, um rechtschaffenen Menschen das letzte Hab und Gut zu nehmen. Brutaler als in den Wochen zuvor zog der Pöbel aus, als wolle er sich nicht nur gegen das einst so märchenhaft scheinende Finanzsystem zur Wehr setzen, sondern die gesellschaftliche Ordnung Frankreichs zerstören.

Angela fühlte sich inmitten der Menschen, die durch die Straßen strömten, wie in einer Nussschale auf offener See. Die aufgebrachte Menge kam ihr entgegen, und sie musste sich dicht an der Mauer halten, um nicht überrannt zu werden. Ihr Körper wurde rasch taub gegen die Rempeleien, und sie spürte die Stöße nicht mehr, die ihr die Ellbogen der Demonstranten versetzten. Ihr Rock hing bald in Fetzen herab von den vielen Stiefeln, die auf den Saum traten.

Tränen traten ihr in die Augen. Für einen Moment schob sie dies auf das Schießpulver, das über der Szene hing wie Nebel, und auf die geballte Masse menschlicher Ausdünstungen, die unerträglich war. Sie konnte kaum Luft schöpfen, und das Geschrei des Volkes dröhnte in ihren Ohren. Als sie sich – schon nach wenigen Schritten bis zur Besinnungslosigkeit erschöpft – gegen die Hauswand lehnte, gestand sie sich ihre Furcht ein. Wie sollte sie es in diesem Chaos unbeschadet zum Hôtel Crozat schaffen? Es war nur ein kurzer Weg, und sie hatte in der Vergangenheit mehr als einen Spaziergang unternommen, um die Ihren zu besuchen, aber nichts war wie zuvor. Auf der Straße war der Teufel los. Ihr Mann hatte die Situation zweifellos falsch eingeschätzt, als er sie fortgeschickt hatte. Ich hätte mich niemals von ihm trennen dürfen, fuhr es Angela durch den Kopf. Es war, als würde der Ansturm jegliche Ordnung hinwegfegen. Wie sollte Pellegrini in dieser Situation seine Haut retten? Wären sie doch nur zusammengeblieben! Gemeinsam wären sie stärker als jeder auf sich gestellt. Bei jedem ihrer Gedanken krampfte sich ihr Herz ein bisschen mehr zusammen. Sie versuchte zu atmen, ihre Kräfte zu sammeln, doch es fiel ihr schwer. Auf ihrer Brust lastete ein unerträglicher Druck. Ihrer Kehle entrang sich ein Schluchzen. Was sollte sie nur tun?

Angela hatte sich noch nie so einsam gefühlt wie in diesem Moment. Sie drückte sich so nah an die Hauswand, dass sie einen Mauervorsprung in ihrem Rücken spürte und ein spitzer Stein ihr Korsett aufzuschlitzen drohte.

Sie begriff, dass sie hier nicht ewig stehenbleiben und den Mob an sich vorüberziehen lassen durfte. Doch der Weg zurück und in die Sicherheit von Pellegrinis Armen war ihr versperrt. Sie spürte noch seine Lippen auf ihrem Mund …

Angela fühlte, wie ihre Beine unter ihr nachzugeben begannen. In diesem Moment griff eine Hand nach ihr. Sie schrie. Doch ihr Hilferuf ging in dem Gekreische der Menge unter.

20

Angela war die niedrige Holztür, die in die Mauer eingelassen war, nicht aufgefallen. Es gab diese Eingänge zu Wein- oder Kohlenkellern in nahezu jedem Haus. Bei dem Lärm auf der Straße und in ihrer Verzweiflung hatte sie das Knirschen der alten Scharniere nicht gehört, als sich die Tür geöffnet hatte.

Völlig überrumpelt konnte sie daher nicht einmal den Versuch unternehmen, sich zur Wehr zu setzen. Sie schrie und schrie, während sie – hilflos wie eine Stoffpuppe – in ein schwarzes Loch gezerrt wurde. Über ihr fiel die Tür ins Schloss.

»Verzeiht. Ich wollte Euch nicht erschrecken.«

Er ließ sie ebenso überraschend los, wie er nach ihr gegriffen hatte, und Angela hatte einige Mühe, sich auf den Beinen zu halten.

»Madonna!«, keuchte sie und dann, als sie sein Gesicht im Zwielicht erkannte: »Was tut Ihr hier?«

John Law zupfte den Rüschenbesatz seiner Manschetten zurecht. »Unter weniger ernsten Umständen würde ich Euch weiszumachen versuchen, ich sei nur hier, um Euch zu retten. Die Wahrheit ist weniger romantisch. Ursprünglich war ich nur um meine eigene Haut besorgt. Ihr seid mir sozusagen über den Weg gelaufen, Madame Pellegrini. Wie kamt Ihr bloß auf die Idee, ausgerechnet jetzt einen Morgenspaziergang zu unternehmen?«

Angelas Augen gewöhnten sich langsam an das schwache Licht, sodass sie besser sehen konnte. Schräg durch einen Spalt in der Holztür einfallendes Morgenlicht durchschnitt die Finsternis. Es war gerade hell genug, um zu erkennen, dass sie auf einer gemauerten, ausgetretenen Treppe stand, die in ein tieferliegendes Gewölbe führte, welches offenbar von Fackeln erhellt wurde, da irgendwo weiter unten ein gelbes Feuer schimmerte. Das Toben auf der Straße war zu einem leisen Murmeln verstummt. Es roch ein wenig feucht und modrig, und Angela erinnerte sich, gehört zu haben, dass sich unter den Häuserzeilen von Paris eine Reihe von unterirdischen Gängen befand, die bereits von den Römern angelegt worden waren. Schaurige Geschichten rankten sich um die Katakomben. Unwillkürlich zog ein leises Frösteln durch ihren Körper. Vor Ratten fürchtete sich die Venezianerin nicht unbedingt, wohl aber vor den Skeletten und ihren Geistern, die in dieser Unterwelt herrschen sollten.

Als habe er ihre Gedanken gelesen, versicherte John rasch: »Ihr braucht keine Angst zu haben. Es kann Euch nichts passieren.«

Angela verschlang die Arme vor ihrer Brust. Die Erinnerung an den tobenden Mob oben auf der Straße zerrte an ihren Nerven, der Schreck saß tief. Unwillkürlich verstärkte sich das Zittern in ihren Gliedern. Plötzlich fürchtete sie sich nicht mehr vor Gespenstern, sondern vor dem drohenden Zusammenbruch. Zum ersten Mal in ihrem Leben fühlte sie sich nicht stark genug für eine unvorhergesehene Situation.

Irgendwo tropfte Wasser. Ein unheimlicher, metallischer Klang …

»Wo sind wir hier?«, fragte sie mit zusammengebissenen Zähnen.

»Direkt unter der Bank«, antwortete John. »Ein geheimer Gang wird uns in Sicherheit führen. Ihr braucht Euch nicht zu fürchten, Madame Pellegrini.«

Seine Worte wirkten wie ein Beruhigungstee, der ihren Körper wärmte. Sie vertraute der wohltuend ruhigen, angenehm tiefen Stimme.

»Ihr wisst, dass das Palais Mazarin nach seinem wichtigsten Bewohner, dem Kardinal Jules Mazarin, benannt wurde. Hattet Ihr schon Gelegenheit, sich seine großartige Bibliothek anzusehen, die noch gut erhalten und wirklich ganz bemerkenswert ist?«

Angela nickte stumm. Sie blickte zu ihm auf, um sich von seinem gelassenen Gesichtsausdruck zu überzeugen. Er strahlte unendlich viel Freundlichkeit, Zuversicht und Stärke aus. Am liebsten hätte sie sich in die Arme ihres Beschützers geworfen, doch statt dessen trat sie ängstlich einen kleinen Schritt zurück.

»Mazarin war Mitte des vorigen Jahrhunderts als engster Vertrauter und Nachfolger des Kardinals Richelieu Premierminister von Frankreich«, plauderte John weiter. »Ein hervorragender Diplomat, der ganz entscheidend zur Befriedung Europas nach dem Dreißigjährigen Krieg beitrug. Nach dem Tod Richelieus wurde Mazarin vor allem von der Mutter des späteren Sonnenkönigs gefördert. Man sagt, er unterhielt eine Liebesbeziehung zu Anna von Österreich…«

Als er ihr Überraschtsein bemerkte, schmunzelte er. Einer sittenstrengen Katholikin mochten derartige intime Verwicklungen unvorstellbar erscheinen. Unwillkürlich dachte er, dass sich ihm hier die vielleicht einmalige Gelegenheit bot, die schöne Angela zu verführen. Bedauerlicherweise war es jedoch ein schlechter Zeitpunkt für ein amouröses Abenteuer.

»Der Herzog von Orléans war so freundlich, mich mit den Geheimgängen vertraut zu machen, die das Palais Mazarin mit dem Palais Royal und anderen Gebäuden in der Nähe verbindet«, fuhr John lächelnd fort. »Wahrscheinlich wurden diese Wege ursprünglich genutzt, damit sich Kardinal Richelieu ungesehen mit seinem Vertrauten Mazarin treffen konnte. Übrigens kann man auf diesen unterirdischen Straßen bis zum Louvre gehen. Eine überaus praktische Fügung für ein Liebespaar, nicht wahr?« Mit einer pedantisch anmutenden Geste entfernte er eine Staubflocke von seinem Ärmel und meinte: »Urteilt nicht zu hart über Königin Anna. Jules Mazarin wurde zwar aus politischen Gründen in das Amt des Kardinals berufen, ist aber niemals zum Priester geweiht worden. Er unterlag damit nicht dem Zölibat.« Zufrieden über seine Pointe blickte er ihr in die Augen.

Er ist wirklich ein Mann, dachte sie, der es versteht, einer

Frau ein Gefühl von Geborgenheit zu vermitteln. Er wirkte so vertrauenerweckend und vornehm … Dieser Gedanke brachte sie in die Wirklichkeit zurück.

»Wie konnte das passieren?«, flüsterte sie, selbst ein wenig bestürzt über den Mut, den sie plötzlich aufbrachte, um mit einem Minister des Regenten in diesem Ton zu reden. »Wieso toben die Menschen da draußen?«

Er seufzte. Das Lächeln wich aus seinem Gesicht, und selbst bei der schwachen Beleuchtung konnte sie die Anspannung erkennen, die auf ihm lastete.

»Eine Liebelei aus der Vergangenheit zu erörtern ist wesentlich angenehmer, als über den Zorn der Gegenwart zu sprechen. Aber Ihr habt natürlich Recht. Außerdem verdient Ihr die Wahrheit, da Ihr Euch ja sozusagen mittendrin befindet.« Er räusperte sich, seine Stimme veränderte sich leicht, als er mit offenbar nur mühsam zurückgehaltenem Ärger erklärte: »Man hat meine Pläne missverstanden, Madame. Und ich selbst habe den Fehler begangen, die Habgier der Leute zu unterschätzen. In meinem Namen wurden Gesetze erlassen, die weder aus meinem Gehirn noch aus meiner Feder stammten, die ich nicht einmal mit meinem Gewissen vereinbaren kann. Meine Feinde triumphieren über mich. Inzwischen geben sie mir sogar die Schuld am Ausbruch der Pest in Marseille.«

Angela riss die Augen auf. »Die Pest?« wiederholte sie fassungslos. Ihr schauderte bei der Erinnerung an die grausigen Zahlen, die jedes Kind in Venedig kannte: Bereits im 14. und 16. Jahrhundert war jeweils die Hälfte der venezianischen Bevölkerung von der Pest dahingerafft worden, und als 1630 die Krankheit am Canal Grande wütete, reduzierte sie die Einwohner auf den niedrigsten Stand, der je gezählt wurde. »Ihr sprecht tatsächlich von der Seuche? O mein Gott!«

»Es gibt noch keine offizielle Stellungnahme, aber es wurden bereits verschiedene Maßnahmen angeordnet, die die Epidemie eindämmen sollen. Etwa ein *cordon sanitaire*, ein Quarantänering, der verhindert, dass gesunde Personen nach Marseille

266

kommen oder infizierte die Stadt verlassen. Es wird Mittel und Wege geben, die Ansteckungsgefahr zu reduzieren … Wir befinden uns schließlich nicht mehr im 16. Jahrhundert!« Sein Ausruf klang wie ein Aufbäumen, wie die Bestätigung für seine Finanztheorien. Es war, als wollte John mit diesen Worten erklären, dass die Zeit reif war für Reformen und die Gegenwart andere Handlungsweisen erforderte als die Renaissance, ob auf medizinischem Feld oder auf anderen Gebieten. Er wirkte auf seltsame Weise verletzlich, obwohl er seinen Körper in kämpferischer Manier zu straffen schien. Doch gleich darauf fiel die Maske der Überlegenheit von ihm ab, und er sagte bekümmert: »Meine Feinde sind gewissenlos und verwenden selbst diese Tragödie gegen mich. Sie behaupten, die Pest sei die Metapher für mein System.«

Angela fragte sich, warum er so offen zu ihr war. Sie kannten sich kaum. Seit sie als sein Gast in der *Banque Royale* wohnte, hatte sie ihn sogar seltener getroffen als während ihres Paris-Aufenthaltes im Herbst des vergangenen Jahres. Damals hatte sie nur wenige persönliche Worte mit John gewechselt und die Anziehungskraft, die er auf sie ausübte, als einseitige, eher selbstverständliche Anfälligkeit für seinen Charme gewertet. Hatte es nicht geheißen, dass selbst die nobelsten Damen in Paris für ihn schwärmten? Und seit ihrer Rückkehr hatte sie sich mit ihm ein- oder zweimal über Malerei unterhalten, mehr nicht, aber er schien nicht sonderlich bei der Sache gewesen zu sein, was Angela in Anbetracht der finanziellen Misere kaum verwunderlich fand. Da sie niemals eine Affäre in Erwägung gezogen hatte, war eine nähere Bekanntschaft für sie nicht erstrebenswert gewesen. In diesem Moment jedoch wünschte sie, sie wäre seine Vertraute, und sie könnten ewig miteinander plaudern.

Vom unbequemen Stehen auf der Kellertreppe spürte sie einen stechenden Schmerz im Rücken, und gedankenlos legte sie die Hände in ihre Taille, um sich zu strecken. Zwangsläufig schob sie dabei ihren Busen vor. Erst als sie seinen Blick auffing, wurde ihr die Zweideutigkeit ihrer Geste bewusst. Sie ließ die Arme sinken.

»Warum tretet Ihr nicht vor die Öffentlichkeit und klärt die Situation?«, fragte sie ausweichend.

Impulsiv griff er nach ihrer Hand und zog sie an seine Lippen. »Ihr seid bezaubernd, Madame Pellegrini. Bedauerlicherweise gehe ich davon aus, dass meine Sorgen nicht überall so überzeugend Gehör finden wie bei Euch. Im Übrigen ist der Ausbruch der Seuche in Marseille noch ein Gerücht und nur inoffiziell bestätigt. Hoffen wir, dass sich die Lage stabilisiert, bevor der Hof ein Bulletin veröffentlicht.«

Angela spürte, wie sie errötete. Das Vertrauen, das er ihr entgegenbrachte, ehrte und verwirrte sie zugleich. Es war, als spüre sie, wie ein unsichtbares Band von ihr zu ihm gewoben wurde. Sie ahnte, dass sie sich ihm hingeben würde, wenn er es in diesem Augenblick verlangen sollte …

»Es ist besser«, hörte sie sich mit ungewohnt schroffer Stimme sagen, »wenn wir diesen Ort verlassen. Wir können nicht ewig auf dieser Treppe herumstehen und reden, nicht wahr?«

Er hatte die Liebkosung nicht beabsichtigt, aber er wurde magisch angezogen von der Zartheit ihrer Haut. Unendlich sanft strichen seine Fingerspitzen ihre Halsbeuge entlang.

»Ihr braucht Euch nicht zu fürchten, Madame. Vor nichts und vor niemandem. Am wenigstens vor meiner Person. Das verspreche ich Euch.« Er zog seine Hand zurück und fügte in sachlicherem Ton hinzu: »Ihr habt Recht. Hier können wir nicht ewig herumstehen und plaudern. Kommt, ich zeige Euch den unterirdischen Weg zurück in die Bank.«

Sie zögerte und warf einen unsicheren Blick auf den Verschlag am oberen Ende der Treppe. Durch die Ritzen drang jetzt Sonnenlicht. Wieviel Zeit mochte vergangen sein, seit sie ihren Mann verlassen hatte? Ob der Mob die Bank bereits gestürmt hatte? Der Lärm auf der Straße klang wie ein stetes Brausen und Toben, kein Ton war mehr vom anderen zu unterscheiden.

»Eigentlich wollte ich mich zu meiner Familie begeben. Mein Gatte sagte, in der Obhut von Monsieur Crozat sei ich besser aufgehoben als in den Räumen der Bank...« Während sie diese Erklärung abgab, entschied sie bei sich, dass sie Pellegrinis Befehl endlich uneingeschränkt gehorchen wollte. »Wenn die Möglichkeit besteht, würde ich am liebsten meine Schwester besuchen.«

»Ich weiß zwar nicht, wie weit die Gänge den Straßen oben folgen, aber wir werden versuchen, einen Weg zu finden. Ihr habt mein Wort, Madame, dass Ihr das Hôtel Crozat unbehelligt erreichen werdet.« Ohne ein weiteres Wort und als sei ein Spaziergang in den Katakomben die natürlichste Sache der Welt, wandte sich John um und schritt ein oder zwei Stufen voraus in die Tiefen des Gewölbes.

»Danke...«

Er blieb stehen, um sich zu ihr umzudrehen. »Ich habe zu danken, Madame«, erwiderte er galant. Dann reichte er ihr seine Hand. Es war keine zärtliche Geste, sondern die Aufforderung, ihm zu vertrauen, und Angela wusste, dass sie ihm mit verbundenen Augen gefolgt wäre. Schweigend ging sie ihm nach, und schließlich warfen die Mauern nur noch ihre Schritte mit einem Echo zurück.

21

Das Gesicht des Herzogs von Orléans war so weiß wie die Krawatte, die er sich um den Hals band. Noch nie in seinem Leben hatte er solche Angst gehabt, nicht einmal auf einem Schlachtfeld. Am liebsten hätte er sich wieder im Bett verkrochen, um im Schlaf Vergessen zu finden, doch gehörte Tapferkeit schon immer zu seinen hervorstechendsten Charaktereigenschaften, und er würde auch jetzt nicht feige fliehen. Wenigstens sollte er vollständig angekleidet sein, wenn es dem Mob gelänge, sein Arbeitszimmer zu stürmen, dachte er bitter.

Vor nicht einmal einer halben Stunde hatten ihn seine Diener mit der Nachricht geweckt, dass eine gewaltige Menschenmenge von der *Banque Royale* in Richtung Palais Royal marschiere. Kurz darauf hatten Wachposten gemeldet, dass die Spitze der Demonstration vor den Toren angekommen war. Die Männer trugen die Leichen ihrer Kameraden auf den Schultern, die sie nun in einer ebenso anklagenden wie verzweifelten Geste vor dem Sitz des Regenten ablegten. Fünfzehn Menschen waren umgekommen, hieß es. Einige, die seit der Nacht ganz vorne in der Schlange am Eingang zur Rue Vivienne ausgeharrt hatten, waren von der nachrückenden Menge zu Tode gequetscht worden, als die Bank geöffnet worden war. Andere waren von den Absperrungen, Mauern oder Bäumen gestürzt – vielleicht auch gezerrt – und niedergetrampelt worden. Die ständig neu herbeieilenden Bediensteten berichteten Philippe, dass es vor dem Palais Mazarin zu grauenvollen Szenen gekommen war. Das Geschiebe und Gedränge wäre unvorstellbar gewesen, die Todesschreie der Verletzten hätten sogar das ohrenbetäubende Gebrüll des Pöbels übertönt, der wohl nur auf Krawall aus gewesen war. Die Situation war vollkommen unübersichtlich. Wahrscheinlich waren bereits zwanzigtausend Menschen vor oder auf dem Weg zum Palais Royal.

»Den Regenten!«, skandierte die wütende Menge. »Den Regenten! Wir wollen den Regenten!« Das Geschrei war sogar in Philippes Privatgemächern zu hören, wenn auch etwas gedämpfter als in anderen Räumen. Er brauchte jedoch nicht sehr viel Phantasie, um sich den Protest auf der Straße deutlich vorzustellen.

Seine Hände zitterten. »Wurden die Truppen zur Verstärkung der Schweizer Garde angefordert?«, fragte er zum wiederholten Male.

»Der Bote ist unterwegs, Königliche Hoheit.« Dass die rund sechstausend Soldaten, die vor den Toren von Paris lagerten, frühestens in einer oder zwei Stunden in der Innenstadt sein würden, wagte der Sekretär nicht anzufügen.

Der Regent wünschte, er wüsste, wie er eine Eskalation verhindern könnte. Doch ein anderes Mittel als Waffengewalt wollte ihm gegen den Aufruhr nicht einfallen. Wie lange konnte seine Leibgarde dem Druck der Straße noch standhalten?

Gleichzeitig drängte sich ihm die Frage nach dem Warum auf. Was hatte das Volk gegen ihn? Mit seiner Regierung hatte er die Verhältnisse der einfachen Leute erheblich verbessert. Er hatte mit dem Regentschaftsrat die absolutistische Herrschaft abgeschafft und ein relativ unabhängiges Parlament geschaffen. Mit Hilfe von John Law als Generalkontrolleur der Finanzen hatte er das Steuersystem reformiert, sodass sich die zu zahlenden Belastungen nur noch nach der Höhe des Grundeinkommens richteten; außerdem wurden die Steuern inzwischen durch unabhängige Staatsbeamte eingezogen und nicht mehr durch korrupte Geldeintreiber, unter denen vor allem die Bauern gelitten hatten. In den vergangenen Jahren war es zu einem deutlichen Abbau der Staatsschulden gekommen, die Wirtschaft hatte geblüht, Manufakturen waren gebaut worden, ebenso Straßen und Kanäle. Durch das *Système du Law* war es selbst Franzosen niederster Herkunft gelungen, ein Vermögen zu machen und in einem Rausch zu leben, der jahrhundertelang nur dem Adel vorbehalten gewesen war. Was konnte er dafür, wenn das Geld verspielt war? fragte er sich grimmig.

»Königliche Hoheit... Königliche Hoheit... der Pöbel stürmt das Palais...!«

Philippe erschrak, als sehe er den Teufel vor sich. Und auf gewisse Weise sah Marc-René d'Argenson tatsächlich aus wie ein leibhaftiger Satan. Ohne anzuklopfen, war der ehemalige Finanzminister ins Zimmer gestürzt; eine Grobheit die in Anbetracht des Tobens auf der Straße entschuldbar war. In seiner üblichen schwarzen Kluft, mit zerzauster Perücke und hektischen Bewegungen wirkte er diabolischer denn je.

Während sich der Herzog von Orléans zu erinnern versuchte, ob er dem Marquis eine Audienz versprochen hatte, wurde ihm dessen Ausruf erst bewusst.

»Sprecht, Marquis. Was führt Euch her?«

D'Argenson verneigte sich. »Die Menge hat sich soeben Zugang zum Palais verschafft«, berichtete er, sowohl um Atem als auch um Fassung ringend. Seine Stimme klang ein wenig beleidigt und mit dem stummen Vorwurf, dass es einen solchen Vorfall unter seiner Amtsführung niemals gegeben hätte. »Ich kam mit der Kutsche des Kriegsministers Le Blanc, uns folgte die Equipage des Herzogs von Tresmes mit einer Eskorte. Als die Wachen die Tore aufstießen, um unsere Wagenkolonne einzulassen, drängten die Aufrührer mit in den Hof. Der Mob rannte die Garde nieder...«

»Wie...?« Philippe schluckte, um seinem Tonfall den schrillen Klang zu nehmen. »Was soll das heißen?«

»Eine Revolte, Königliche Hoheit. Ein paar tausend Menschen... vielleicht drei-, vier- oder fünftausend Unruhestifter stürmten mit uns in den Innenhof. François de Tresmes gelang es, den Rest der Menge aufzuhalten, indem er eine Handvoll Silbermünzen und ein paar Goldstücke unter das Volk warf...«

»Soviel zum Gouverneur von Paris. Wo ist Le Blanc?«, unterbrach der Regent ungehalten. Aus den Augenwinkeln nahm er wahr, wie sich hinter der nach d'Argensons Auftritt noch immer offen stehenden Tür zu seiner Zimmerflucht verschreckte Diener drängten. Von irgendwoher vernahm er den Marschschritt einer kleinen Gruppe Soldaten. Wie ein Rauschen klang dumpf der Lärm von der Straße herauf.

»Monsieur Le Blanc verhandelt mit den Rädelsführern.«

»Was wollen diese Leute?«

In beredtem Schweigen hob d'Argenson die Arme und ließ sie wieder fallen.

Philippe verschränkte seine Hände hinter seinem Rücken und begann, im Zimmer auf und ab zu laufen. Sein kurzsichtiges, fast blindes Auge zuckte vor Nervosität, bis das Lid schlaff herunterhing und wie eine Augenklappe wirkte.

»Geld«, murmelte er. »Geld. Die Menschen wollen immer nur Geld.«

Schließlich fiel ihm etwas ein, und er blieb dicht vor d'Argenson stehen, obwohl ihm dessen körperliche Nähe zuwider war. Es war ihm stets unerklärlich gewesen, warum seine Mutter eine so hohe Meinung von diesem Mann hatte. Auch war ihm der Moment, in dem er d'Argenson seiner Ämter enthoben und ihm das Staatssiegel abgenommen hatte, nicht besonders schwergefallen. »Was führt Euch eigentlich zu mir?«

Der Marquis sah sich verschlagen nach den Dienern und Sekretären im Raum um. »Die Sorge um das Wohl Seiner Königlichen Hoheit«, erwiderte er und fügte nach einer wirkungsvollen Pause hinzu: »Überdies konnte ich in meinem Amt als Polizeipräfekt Bekanntschaften schließen, die mir noch heute nützlich sind. Es gibt da gewisse Informanten, die Vertrauen zu mir haben …«

Philippe konnte sich kaum vorstellen, dass es einen einzigen Menschen in Paris gab, der Marc-René d'Argenson Vertrauen entgegenbrachte. Respekt, möglicherweise, aber das beherrschende Gefühl der Bürger, das sie für den ehemaligen Polizeipräsidenten empfanden, war sicherlich Furcht. Dennoch forderte er ihn auf: »Fahrt fort.«

»Wenn ich Seine Königliche Hoheit unter vier Augen sprechen dürfte ...«

Eigentlich hielt der Herzog von Orléans ein ausführliches Gespräch mit d'Argenson unter den gegebenen Umständen für unnötig. Dennoch forderte er sein persönliches Personal mit einer deutlichen Handbewegung auf, den Raum zu verlassen. Nachdem sie alleine waren, fuhr er verärgert zu seinem Besucher herum. »Kommt zur Sache, Marquis. Vor meiner Tür tobt der Mob, und Ihr bittet um eine Audienz. Mir fehlt die Zeit, mich mit Plaudereien aufzuhalten. Ich warne Euch. Wenn es nicht etwas wirklich Wichtiges ist, das Ihr mir zu sagen habt, verliere ich die Geduld.«

D'Argenson verneigte sich. »Was ich vorzutragen habe, ist dermaßen prekär, dass ich Euch unbedingt alleine sprechen musste.« Er griff in seine Rocktasche, nahm einen kleinen Gegenstand heraus, umschloss diesen jedoch mit seinen Fingern, sodass Philippe nicht erkennen konnte, worum es sich handelte. »Mit ein wenig Glück ist es mir gelungen, den Anstifter des Aufruhrs gegen Eure Königliche Hoheit ausfindig zu machen.«

»Wie schön für Euch. Dann geht hin und verhaftet den Mann. Warum haltet Ihr uns deswegen auf?«

»Mit Verlaub, ich glaube nicht, dass es Euer Wunsch ist, die fragliche Person ohne Rücksprache mit Euch verhaften zu lassen.«

D'Argenson öffnete seine schwammige Hand, um dem Regenten den Beweis seiner Behauptung darzubieten. Neugierig schaute Philippe auf den Gegenstand, um im nächsten Moment noch bleicher zu werden.

»Ihr erkennt also diese Tabatière«, stellte der abgesetzte Finanzminister zufrieden fest. »Sie wurde einem der Rädelsführer für seine Verdienste im Interesse des *Système du Law* überlassen. Das Geschenk für einen Anarchisten, damit sich dieser gegen den Regenten Seiner Majestät stellt.«

Der Druck, der die ganze Zeit schon auf seiner Brust gelastet hatte, verstärkte sich. Philippe hatte das Gefühl, ein eiserner Ring umschließe seinen Rumpf. Er hatte Atembeschwerden, und sein Herz klopfte unregelmäßig und schnell. Obwohl er wegen der ungeheuerlichen Anschuldigung am liebsten die Wachen gerufen und d'Argenson verhaften lassen hätte, gelang es ihm, Contenance zu bewahren. Überraschend ruhig wehrte er den Angriff ab.

»Wahrscheinlich ist dies kein großzügiges Präsent, sondern ein plumper Diebstahl. Ich pflege Verbrechern nicht alles zu glauben, Marquis. Es wäre in Eurem Sinne, wenn Ihr ebenso verfahren würdet.«

»Mein Agent ist absolut überzeugend«, protestierte d'Argenson. »Ebenso dieses Corpus delicti.« Er sah sich einen Moment um, schritt dann zu einem Beistelltisch und legte die Tabaksdose ab. »Im Übrigen sprechen auch die Indizien gegen Monsieur Law«, meinte er triumphierend.

»Ach?« Dies war die einzige Antwort, die Philippe von Orléans unter Aufbietung seiner Manieren möglich war. Die Anschuldigungen gegen seinen Finanzier waren so ungeheuerlich, dass ihm die Worte fehlten.

»Tatsächlich könnten Monsieur Law eine Vielzahl Gründe dazu veranlasst haben, den Pöbel zu mobilisieren. Mit Verlaub, Königliche Hoheit, aber wir wissen doch eigentlich alle, dass sein System gescheitert ist. Nur Monsieur Law selbst will diesem Umstand nicht ins Auge sehen. Er ist nicht bereit, sein Versagen zuzugeben und seinen Kopf für seine Fehler hinzuhalten. Ein öffentlicher Aufruhr aber lenkt von seiner Person ab, verschafft ihm sogar die Chance, sich als Retter zu profilieren. Ihr stimmt mir doch darin zu, dass diese Argumente weit mehr als Unterstellungen sind.«

»Nein!«, stieß der Regent brüsk hervor. »Nein, Marquis, ich bin absolut nicht Eurer Meinung. Denn, selbst wenn Ihr Recht haben solltet, so ist Euer sogenanntes Beweismittel das Leck in Eurer Indizienkette. Wenn Monsieur Law irgendwelche Personen angestiftet haben sollte, für Unruhe zu sorgen, stellt sich die Frage, warum er einem dieser Leute seine liebste Tabaksdose schenken sollte. Wahrscheinlich besitzt diese für einen Aufrührer ohnehin nur einen materiellen Wert, während sie für Monsieur Law von höherer Bedeutung war, soviel ich weiß, Euer Gerede ist Unsinn, d'Argenson, und ich habe gute Lust...«

Ein energisches, aufgeregtes Klopfen unterbrach seine zornige Rede.

»Ja?«, brüllte Philippe.

François Joachim de Tresmes stürzte herein. Seine Beine konnten ihn kaum tragen, und er bot einen entsetzlichen Anblick: Die Perücke des Statthalters von Paris saß schief, und sein Rock hing dort, wo einmal ein Ärmel gewesen war, in Fetzen von seinen Schultern. Auch die Manschetten waren zerrissen, und seine Hände mit Kratzspuren übersät. Offenbar war der Herzog den tätlichen Angriffen der Aufständischen nur knapp entkommen. Als er sich vor Philippe zu verbeugen versuchte, schien es, als würde er das Gleichgewicht verlieren und hinfallen.

»Setzt Euch, setzt Euch«, bot Philippe rasch an. Ihm wurde bewusst, dass ihm ein ähnliches Schicksal widerfahren könnte, wenn ihn seine Wachen nicht ausreichend beschützten. Tief durchatmend vergaß der Regent für einen Moment die unglaublichen Behauptungen des Marquis d'Argenson. Mitfühlend fragte er den Duc de Tresmes, was ihm geschehen sei.

Der Gouverneur lehnte sich auf dem angebotenen Stuhl zurück und tupfte mit einem Tüchlein über seine schweißnasse Stirn. »Es gelang mir, den Volkszorn in Schach zu halten, indem ich so viele Münzen aus meiner Equipage warf, wie ich auffinden konnte. Die Demonstranten haben sich an meinen Wagen geklammert und ihn beinahe umgeworfen, aber nicht nur das. Wie Ihr seht, haben die Menschen meinen Rock völlig zerfetzt, und ich kann von Glück sagen, dass man mir meinen Arm nicht abgerissen hat.«

»Eure Tapferkeit ehrt Euch«, erwiderte der Herzog von Orléans in aufrichtiger Anerkennung. »Wie konntet Ihr die Kutsche verlassen?«

»Wahrscheinlich retteten mir Eure Musketiere das Leben,
Königliche Hoheit. Auf gewisse Weise auch Monsieur Le Blanc.
Der Kriegsminister verhandelt mit den Rädelsführern und
verwehrt ihnen standhaft den Zutritt zu Euren Gemächern.
Wenn ich recht gehört habe, verspricht er den Leuten, dass in
der ganzen Stadt Geld verteilt wird. Wenn das Volk Münzen in
die Hände bekommt, will es sich wieder zerstreuen …«

»Almosen!«, zischte Philippe grimmig. Er wusste besser als
viele andere Mitglieder seines Regentschaftsrates, dass die Mittel erschöpft waren. Es gab so gut wie kein Metallgeld mehr in
Frankreich, und das, was noch vorhanden war, würde niemals
ausreichen, die Bedürfnisse der Bevölkerung zu decken. Doch
er vertraute auf den Erfindungsreichtum seines Finanzministers. John Law würde schon etwas einfallen, um die Situation
zu bereinigen und ein weiteres Vorgehen in Ruhe zu ermöglichen. Er hatte in der Vergangenheit schließlich immer eine
Lösung gefunden.

Wer kann schon sagen, ob das *Système du Law* tatsächlich
der Auslöser für die Unruhen ist? fragte er sich im Stillen.
Schließlich, sagte er sich weiter, hatte vor allem der Marquis
d'Argenson in seinem Amt als Finanzminister versagt, und er,
der Regent, hatte sich von diesem Schwachkopf überzeugen
lassen, Edikte zu unterschreiben, die weder im Sinn von John
Law waren noch sich als richtig herausgestellt hatten. Diese
Gedanken erinnerten Philippe an d'Argensons ungeheuerliche
Anschuldigungen. Er fuhr zu dem altgedienten Höfling herum. Die Angst, die sich in ihm aufgestaut hatte, das beklem-
mende Gefühl in der Brust, die Ratlosigkeit und der Zorn ent-
luden sich in einem ungewöhnlich heftigen Ausbruch.

»Was steht Ihr noch hier herum, Marquis?«, tobte der sonst
so sanftmütige und freundliche Herzog von Orléans. »Unser
Gespräch ist beendet. Ich will nichts mehr von dem Unsinn

hören, den Ihr mir unterbreitet habt. Geht mir aus den Augen. Am besten, Ihr kommt nie mehr wieder. Ihr solltet Euch auf Eure Ländereien nach Valenciennes zurückziehen. Und nehmt Eure Söhne gleich mit. Wir wollen keinen d'Argenson mehr sehen in Paris.«

Der Herzog von Tresmes schnappte überrascht nach Luft.

D'Argensons ohnehin bleiches Gesicht wurde unter der schwarzen Perücke noch blasser. Einen Herzschlag lang zögerte er, dann gab er auf. Stumm verbeugte er sich vor Philippe. Als er sich wieder aufrichtete, warf er einen raschen Blick auf die Miniatur mit dem engelsgleichen Portrait. Einen Moment lang erwog er, John Laws Tabaksdose ein zweites Mal zu stehlen, aber er wusste, dass er mit diesem Pfand nichts mehr anfangen konnte. Eine neue Lüge, wie er in den Besitz gekommen war, würde er dem Regenten oder einer anderen hochgestellten Persönlichkeit nicht auftischen können. Deshalb ließ er sie auf dem Beistelltisch liegen, verbeugte sich ein zweites Mal vor Philippe und trat schweigend seinen Rückzug an. Die Gewissheit, dass er noch einen anderen Weg finden würde, sich an John Law zu rächen, begleitete ihn.

22

Bringt Ihr Neuigkeiten?«

Fünf Augenpaare richteten sich auf Pierre Crozat. Die Patri-archin der Carrieras saß neben Giovanna auf einem Sofa, beide waren beschäftigt mit einer Stickarbeit, von der sie nun aufsa-hen. Rosalba schlug gedankenverloren und lustlos die Tasten des Cembalos an, ohne dass eine Harmonie erklang, und Angela saß in einem Sessel am Fenster, scheinbar in einem Buch le-send, sprang aber im Moment seines Eintretens auf, der Band glitt ihr aus den Händen und fiel zu Boden. Zanetti, der am Kamin gestanden hatte, bückte sich, um das Buch aufzuheben.

Vor einigen Stunden hatte Crozat zwei kräftige, junge Die-ner zur Bank und zum Palais Royal geschickt, um die Lage auszukundschaften. Mit zerfetzten Kleidern waren die Boten gerade zurückgekommen, und nach einem ersten aufgeregten Bericht hatte Crozat die beiden in die Küche zu einer heißen Suppe entlassen. Der Abend nahte, und inzwischen war die Anspannung seiner Gäste fast unerträglich geworden. Alba Carriera und ihre Töchter hatten sich die größte Mühe gege-ben, ihre Ungeduld und Neugier nicht allzu deutlich zu zeigen, und für Angelas Nervosität zeigte Crozat Verständnis, denn schließlich war sie unter schwierigsten Umständen zu ihm ge-flohen und hatte ihren Ehemann mitten im Aufstand zurück-lassen müssen. Doch die Unruhe, die auf seinen Gästen lag, hatte ihn schließlich angesteckt, sodass er in Erwartung neuer Nachrichten durch seine Eingangshalle marschiert war wie ein werdender Vater bei der Geburt seines ersten Sohnes. Lediglich Zanetti hatte die Situation ignoriert und versucht, die Damen mit seiner Unterhaltung abzulenken, was ihm jedoch nicht ausreichend gelungen war.

Crozat nahm dankbar das Weinglas entgegen, das ihm sein Kammerdiener servierte. Für einen Moment verdrängte er die unglaublichen Informationen aus seinem Kopf, schloss die Augen und kostete von dem vorzüglichen Bordeaux. Als er spürte, dass die erwartungsvolle Stille unerträglich zu werden begann, blickte er in die Runde und berichtete von den dramatischen Szenen, die sich am Morgen vor der Bank abgespielt hatten, und davon, dass sich anschließend ein wütender Leichenzug zum Palais Royal bewegt hatte, wo es zu weiteren Ausschreitungen gekommen war.

»Der Kriegsminister und der Gouverneur von Paris eilten zum Schutz des Regenten sofort herbei«, fuhr Crozat fort, während er sich – trotz der Aufregung überaus elegant – in einen Sessel setzte. »Monsieur Le Blanc gelang es, mit den Rädelsführern zu verhandeln. Nachdem er versprochen hatte, dass in der ganzen Stadt Münzen verteilt werden würden, begann sich die Menge zu zerstreuen. Eine Gruppe Aufrührer rottete sich jedoch erneut zusammen und marschierte zur Place Vendôme. Wie ich hörte, sind Morddrohungen gegen Monsieur Law ausgestoßen worden ...«

Angela erstickte ihren Aufschrei, indem sie sich die Hand vor den Mund schlug. Fast gleichzeitig glitten Rosalbas Hände mit einem disharmonischen Akkord von der Tastatur des Cembalos.

»Die einfachen Leute sind nun einmal der Auffassung, die Schuld an dem Geschehen liege einzig bei Monsieur Law«, kommentierte Zanetti das Entsetzen der Damen. Er warf einen Blick auf den schmalen Band in seiner Hand. Es war ein Buch über die Regeln des Glücksspiels. Wie passend! dachte er zynisch, legte den Ratgeber auf den Kaminsims und wandte sich erneut an Crozat. »Konnte man Monsieur Laws habhaft werden?«

»Nein. Er soll bereits seit den frühen Morgenstunden unterwegs gewesen sein, was man sicher als großes Glück für ihn werten kann. Als der Pöbel Fensterscheiben einwarf, weilte er nicht mehr in seinem Palais.« Mit einem tiefen Seufzer ließ sich Angela zurück in den Sessel sinken. Sie war die einzige Person im Raum, die sicher wusste, wo sich John am Morgen aufgehalten hatte, und dieses geheime Wissen ließ ihr Herz schneller schlagen. Bisher hatte sie keiner ihrer Schwestern oder sonst jemandem anvertraut, wer sie durch die Katakomben in Sicherheit geführt hatte. Sie wollte dieses Geheimnis in sich verschließen, da sie nicht nur die vielen Fragen fürchtete, denen sie zwangsläufig ausgeliefert wäre, sondern auch ihre eigenen Antworten.

Die Situation verwirrte sie zutiefst. Die Gefahr, die von dem Aufstand ausging, und ihre bisher unbekannten Gefühle und Gedanken wirkten verstörend auf ihren Kopf – und ihr Herz. Niemals zuvor während ihrer jetzt sechzehnjährigen Ehe hatte sie auch nur daran gedacht, den Avancen eines Verehrers nachzugeben und eine Affäre zu beginnen. Schmerzlich erinnerte sie sich der Anklagen ihrer älteren Schwester bei ihrer Rückkehr nach Venedig. Rosalba hatte damals bereits vermutet, dass sich Angela zu John Law hingezogen fühlte. Aus vollster Überzeugung hatte Angela jeden Verdacht ausgeräumt. Kein Mann der Welt hatte ihrer Ansicht nach Pellegrini das Wasser reichen können. Eigentlich stimmte das auch jetzt noch – aber eben nicht mehr vollkommen. Mit Entsetzen musste sie sich in diesem Augenblick eingestehen, dass sie sich John ohne Wenn und Aber hingegeben hätte, wenn er die Situation herbeigeführt hätte. Es war sogar noch schlimmer: Angela wusste, dass sie sich ihm an den Hals werfen würde, wenn er in dieser Sekunde den Raum beträte …

»Wie geht es der reizenden Madame Law?«, erkundigte sich ihre Mutter. »Hat sie Schaden genommen?«

»Madame Law ist nichts geschehen«, versicherte Crozat. »Man sagte mir, ein Corps der Stadtwache sei eingetroffen, bevor die Ausschreitungen weiter eskalierten. Man hat die Anführer verhaftet und in die Bastille gesteckt. Dort wird mit ihnen wahrscheinlich kurzer Prozess gemacht.«

Rosalba fuhr sich mit der Hand über die Augen, presste die Fingerspitzen auf die Nasenwurzel, um ihre Kopfschmerzen zu lindern. Sie wollte gerade fragen, ob er etwas von John junior und der kleinen Kate gehört habe, als sich Angela zu Wort meldete: »Was wisst Ihr über Monsieur Laws Schicksal?«

Überrascht sah Rosalba ihre jüngere Schwester an und realisierte nicht minder erstaunt, dass Angela vor Aufregung – oder aus einem anderen Grund – errötete.

Crozat gestattete sich ein leises, bösartiges Kichern. »Ich gebe zu, die Vorstellung amüsiert mich. Es wäre sicher nicht uninteressant gewesen, zuzusehen, wie die Kutsche von Monsieur Law zu Kleinholz zerschlagen wurde.« Das Entsetzen in den Augen der Damen genießend, trank er von dem vorzüglichen Rotwein, bevor er weitersprach: »Eine Horde Jugendlicher soll direkt vor dem Palais Royal zum Angriff übergegangen sein, als sie die Equipage des Ministers bemerkten. Der Kutscher wäre um ein Haar an Stelle seines Herrn gelyncht worden, hätte er nicht in Todesangst entkommen können.«

Rosalba fühlte sich wie vor einer Wand aus Nebel. Waren es die Kopfschmerzen, die sie zunehmend plagten, oder das merkwürdige Verhalten ihrer Schwester, das sie in größte Verwirrung stürzte? Sie hatte das Gefühl, die anderen nur schemenhaft erkennen zu können und ihre Stimmen wie gefiltert und mit einem leisen Echo zu hören.

Gedanken und Fragen rasten durch ihren Kopf. Welche Auswirkungen würde der Aufruhr auf sie und ihre Familie haben? Würde sich der Aufstand negativ auf ihre Karriere auswirken? Der Marschall de Villeroi hatte ihr Münzen als Lohn für das Portrait des Königs versprochen, doch wie stand es mit anderen potentiellen Kunden? Drei Monate nach ihrer Ankunft litt Rosalba unter den finanziellen Einschränkungen, die die meisten Franzosen hinnehmen mussten, obwohl sie für das feudale Leben, das sie und die Ihren führten, viel weniger aufwenden musste, als es tatsächlich kostete. Und was war mit John? Würde er die Revolte überleben? Würde sie es sich selbst je verzeihen, dass sie John die Wahrheit über ihre erste Begegnung verheimlicht hatte? Was wäre, wenn sie nie mehr die Chance bekäme, mit ihm über die Tabaksdose zu sprechen? Der Wunsch, mit ihm über die Vergangenheit zu reden, war so stark, dass er ihr fast den Atem raubte.

»Wenn schon Monsieur Laws Kutsche zerstört wurde, frage ich mich, wie es wohl in der Bank aussieht«, bemerkte Zanetti. »Der Volkszorn muss sich doch vor allem gegen das königliche Kreditinstitut richten. Schlichtere Gemüter nehmen die Dinge, wie sie sie verstehen, einerlei, ob sie so sind oder nicht. Ergo ist die Bank neben der Person des Generalkontrolleurs das zweite Sinnbild ihres finanziellen Untergangs.«

»In der Tat«, stimmte Alba Carriera zu. »Ist im Palais Mazarin inzwischen Ruhe eingekehrt, sodass wir nach meinem Schwiegersohn schicken können?«

»Monsieur Crozat, Ihr habt noch nichts darüber gesagt, ob sich Monsieur Law in Sicherheit befindet?«

Angelas drängender, verzweifelt klingender Ausruf war so überraschend und verwunderlich, dass für einen Moment absolute Stille herrschte.

Bevor Crozat berichten konnte, dass sich John unbemerkt von den Demonstranten ins Palais Royal hatte retten können, wo zur Stunde eine außerordentliche Sitzung des Regentschaftsrates stattfand, brach Alba das Schweigen. Nicht ohne kritischen Unterton, aber in erster Linie verwundert sprach sie aus, was alle anderen dachten: »Aber, Angela! Möchtest du nicht wissen, wie es deinem Ehemann geht?«

DRITTER TEIL

August – Dezember 1720

Man kann durch Bilder begreifen und sich ausdrücken,
aber weder urteilen noch schließen.

Joseph Joubert
(1754–1824)

1

An einem heißen Nachmittag stand Antoine Watteau auf der Pont Notre-Dame und blickte sich nach einer zufällig vorbeirollenden Droschke um, die er für die Fahrt zum Hôtel Crozat mieten wollte. Doch der Kutscher war offenbar eingenickt. Jedenfalls bemerkte er den wild gestikulierenden Fahrgast ebensowenig wie den Bettler, der auf der Suche nach ein paar verlorenen Münzen im Straßenstaub scharrte und etwas Essbares im Abfall der Anwohner zu finden hoffte. Der in Lumpen gekleidete Mann musste zur Seite springen, um nicht unter die Räder zu kommen. Er wirkte wie ein Greis, war aber wohl nicht älter als Watteau selbst und hatte sicher schon bessere Zeiten erlebt.

Angeekelt von so viel Elend wandte sich Watteau ab. Er hatte Glück gehabt. Pierre Crozat hatte sechstausend *livre* seines Vermögens retten können, sodass er sich um seine täglichen Ausgaben weniger Sorgen zu machen brauchte als um seine Gesundheit. Anderen war es wesentlich schlechter ergangen – in seinem Bekanntenkreis traf dies vor allem auf seinen Lehrer Claude Gillot zu, den die Spekulation mit den Mississippi-Papieren ruiniert hatte.

Die Aktien hatten sich zwar nach dem Aufstand vor vier Wochen erholt, aber der Handel damit war kurzzeitig eingefroren worden, da der Güterverkehr zwischen Frankreich und dem Rest der Welt wegen der Pestepidemie zum Erliegen gekommen war. Ein Drittel der Bevölkerung Marseilles' war inzwischen gestorben, und die Seuche hatte wie die Arme einer Krake ausgeholt und nach weiteren Opfern in Südfrankreich gegriffen: In Toulon wurden neuntausend Leichen gezählt, in Aix-en-Provence waren es über siebentausend Menschen, die dem Schwarzen Tod erlagen.

Dennoch sah Watteau seit seiner Rückkehr nach Paris nicht nur Leid, Bettler und endlose Schlangen hungriger Menschen vor den Geschäften und auf den Märkten, sondern auch unvorstellbaren Luxus. Die Karten für einen Opernbesuch kosteten in dieser Saison zehnmal mehr als im Vorjahr und waren trotzdem kaum zu bekommen. Theateraufführungen und Ballette wurden verschwenderischer ausgestattet als je zuvor, und in den Stadtpalästen der Reichen wurden Feste gefeiert, die sich eines nie dagewesenen Glanzes erfreuten.

Watteau fragte sich mehr als einmal, woher diese Unmengen von Geld kamen, und wunderte sich deshalb kaum, als er hörte, dass die Hofgesellschaft im Wesentlichen auf Pump lebte. Kein Händler wagte es, einem Mitglied der *haute volée* den gewünschten Kredit zu versagen. Natürlich gab es auch jene, die von der Inflation profitiert hatten und tatsächlich unvorstellbar reich geworden waren. Zu diesem Kreis gehörte der Herzog von Bourbon, dessen Beliebtheit bei der einfachen Bevölkerung stark gesunken war, nachdem bekanntgeworden war, wie sehr er sich durch das System bereichert hatte.

Watteau hörte eine Menge Klatsch, wenn er sich unter die Kunden im Laden seines Freundes Edme-François Gersaint mischte. Der Kunsthandel im »Au Grand Monarque« florierte gut, was Watteau in Anbetracht der allgemeinen Lage etwas überraschte.

Das Geschäft befand sich in einem der schmalen, dreistöckigen Häuser am Pont Notre-Dame, der kleinen, eng bebauten Brücke, die zur Kathedrale von Paris führte und eine der reizvollsten Einkaufsstraßen der Stadt war.

Als sehe er sie zum ersten Mal, starrte er die Fassade des Gebäudes nachdenklich an, runzelte die Stirn, zog die Brauen hoch, kniff die Lider zusammen. Es war ihm bisher nicht aufgefallen, aber je länger er den Laden jetzt von außen betrachtete, desto stärker drängte sich ihm der Eindruck auf, dass da etwas fehlte. Watteaus Blicke wanderten zu den Betrieben in der Nachbarschaft – und da fand er plötzlich, was er vor dem

»Grand Monarque«, vermisste: Über der Tür von Gersaints Kunsthandel fehlte ein Firmenschild.

Es dauerte eine Weile, bis Watteau sich wieder auf die Suche nach einer Droschke machte und einen Wagen fand, der ihn in die Rue de Richelieu brachte. Als er ankam, wurde ihm von Pierre Crozats Kammerdiener mitgeteilt, dass der Hausherr überraschend abberufen worden sei, aber bald zurückerwartet würde. Deshalb wurde Watteau gebeten, er möge es sich in der Bibliothek bequem machen und auf Monsieur Crozats Rückkehr warten. Der Gast nahm das Angebot gerne an und bat um ein Glas Limonade. Es kam Watteau nicht ungelegen, einen Moment für sich zu sein, da er sich vom sommerheißen Paris ein wenig ausgedörrt und derangiert fühlte. Er nahm es als glückliche Fügung, dass er sich sammeln konnte, bevor er seinen Mäzen wiedersehen würde. Ihm war durchaus bewusst, welch erbärmlichen Eindruck er im Winter in London gemacht haben musste, als er von Crozat besucht worden war, und es lag ihm viel an Crozats Meinung über seine Person.

Eine Weile lang streifte er an den Bücherregalen entlang, nahm den einen oder anderen Folianten in die Hand, wog ihn ab, warf einen kurzen Blick hinein oder stellte ihn gleich wieder an seinen Platz. Er überlegte, ob er nicht lieber in der Bildergalerie auf den Hausherrn warten sollte, wo er sein Auge an den schönsten Gemälden der italienischen Renaissance erfreuen könnte. Doch ihn überkam eine bleierne Müdigkeit, die er auf seinen krankheitsbedingten Erschöpfungszustand zurückführte, und er ließ sich in einen Sessel fallen. Mit geschlossenen Lidern hing Watteau seinen Gedanken nach und wäre beinahe eingeschlafen, hätte ihn der Klang klappernder Absätze nicht aufgeschreckt.

Der feine Musselinvorhang vor der geöffneten Terrassentür blähte sich in der Zugluft. Eine Hand schob ihn zur Seite, und eine Dame trat ein, die offenbar erwartet hatte, alleine zu sein. Als sie den Fremden bemerkte, schrak sie derart zusammen,

dass sie mit einem kleinen Aufschrei den Stapel großer Papierbogen fallen ließ, die sie im Arm gehalten hatte.

Mehr höflich als behände sprang Watteau auf und bückte
sich nach den grauweißen Blättern. Unwillkürlich warf er einen Blick darauf. Verblüfft hob er noch in gebeugter Stellung
den Kopf und knickte zu einer Verbeugung ein, die ihm nicht
sonderlich gut gelang, seine Ehrerbietung aber deutlich zum
Ausdruck brachte.

»Ich bin entzückt, Euch auf so unkonventionelle Weise begegnen zu dürfen«, sagte er. »Unterbrecht mich, wenn ich den
unentschuldbaren Fehler begehen sollte, mich zu irren, aber
ich bin nach Betrachtung dieses Werkes absolut sicher, dass Ihr
Madame Carriera aus Venedig seid.«

Die devote Haltung des Fremden irritierte Rosalba mehr,
als dass sie sie erfreute. Ratlos sah sie sich nach ihren Arbeiten
um, die noch auf dem Boden lagen. Da der Mann sich in die
Betrachtung des Bildes vertiefte, welches er aufgehoben hatte,
und sich weder aus seiner Verbeugung erhob noch Anstalten
unternahm, ihr behilflich zu sein, sah sie sich gezwungen, die
losen Seiten ihres Skizzenblocks selbst einzusammeln. Während sie in die Knie ging, bemerkte sie ein wenig ungehalten:
»Steht doch bitte bequem, Monsieur. Niemand ist damit gedient, dass Ihr in Euch zusammensackt wie ein Soufflé.«

Verlegen hüstelnd richtete sich Watteau auf. Er konnte die
Augen nicht von dem Portrait des Königs wenden; immer wie-
der wanderten seine Blicke zu dem noch unfertigen Bildnis
Ludwigs XV. in seiner Hand. Dabei vergaß er jede Form der
Höflichkeit und überließ es der Dame, ihre Papiere vom Bo-
den aufzuklauben.

»Euer Stil ist exorbitant, Madame. Würdet Ihr die Güte besitzen, mich zu informieren, mit welcher Farbkomposition Ihr
Seiner Majestät Ausdruck zu verleihen gedenkt?«

Rosalba empfand diese Frage als reichlich anmaßend. »Vielleicht seid Ihr so freundlich und stellt Euch erst einmal vor, bevor Ihr die Geheimnisse meiner Arbeit zu erfahren versucht«,

erwiderte sie und stand auf. Mit einer unwirschen Geste nahm sie ihm die Skizze ab und murmelte: »Gott allein weiß, woher Ihr meinen Namen kennt …«

»Ich bin Watteau«, unterbrach er sie. »Jean Antoine Watteau.«

»Pardon …?«

»Wenn Ihr Euch erinnern würdet, Madame, so standen wir vor geraumer Zeit in schriftlichem Kontakt, und Ihr wart so großzügig und schicktet mir eine Arbeit von Eurer Hand. Außerdem zeigte mir Monsieur Crozat in der Vergangenheit wiederholt die Bilder, die Ihr ihm gewidmet habt. Es fiel mir also nicht schwer, die Portraitstudie als die Eure zu erkennen. Überdies konnte ich von Eurer Anwesenheit nicht wirklich überrascht sein, da mir unser gemeinsamer Freund von Eurem Aufenthalt hier schrieb.«

Rosalba errötete. »Wie sollte ich wissen, wer Ihr seid?«, rechtfertigte sie ihre Unduldsamkeit. »Monsieur Crozat sagte mir nicht, dass er Besuch erwartet.« Als habe sich ihr Gastgeber irgendwo im Raum versteckt, blickte sie sich ratlos um. »Wo ist er überhaupt?«

»Ein Diener sagte mir, Monsieur Crozat habe kurzfristig ausgehen müssen und käme bald wieder …«

Er wurde von einem Hustenanfall unterbrochen, dessen Heftigkeit Rosalba zu ignorieren versuchte. Ohne sich zu rühren oder mit einer mütterlichen Geste einzuschreiten, wartete sie geduldig, bis Watteau fortfahren konnte. Eine Reaktion auf seine Erkrankung, die er sehr schätzte, da die übertriebene Fürsorge von Fremden in der Regel zu nichts anderem als Peinlichkeiten führte. Seine Sympathie für die energische Venezianerin wuchs.

»Solltet Ihr keine andere Verabredung haben, Madame, würde ich mich sehr freuen, wenn Ihr mir ein wenig die Wartezeit vertreiben würdet.«

»In der Tat«, erwiderte Rosalba, »dann könnte ich Eure Fragen nach meiner Arbeit an dem Portrait Seiner Majestät beantworten.« Sie deutete auf die kleine Sitzgruppe. »Bitte. Nehmt Platz.«

Er wartete damit jedoch, bis sie ihre Skizzenblätter ordentlich auf einem Beistelltisch abgelegt und sich selbst gesetzt hatte.

»Eure Arbeiten interessieren mich vor allem, weil ich selbst ein leidenschaftlicher Zeichner bin«, bemerkte er und meinte nicht uneitel: »Ein hervorragender Zeichner, wie meine Kritiker behaupten, und ich gebe ihnen gerne Recht. Wie ich feststellen durfte, arbeitet Ihr ausschließlich mit Rötel, Madame. Ich hingegen bevorzuge schwarze Kreide und greife lediglich zur Nuancierung zu einem Rötelstift.«

»Ihr wisst sicherlich, dass Pastellstifte nichts anderes als eine bunte Weiterentwicklung der traditionellen Kohlekreiden sind. Ich benutze helle Terrakottatöne für die Skizze eines Portraits, weil jeder andere Ton zu hart wäre. Die zarte Farbgebung meiner Pastelle wäre dann zu stark konturiert, und die Kreiden, die ich für die Ausarbeitung benutze, ließen sie sich nicht mehr gut verwischen.«

Eine Attacke seiner kranken Lungen störte Watteaus Antwort, und wieder wartete Rosalba geduldig, bis sich der Anfall gelegt hatte. Ermattet lehnte er seinen Kopf gegen die Rückenlehne seines Stuhls.

»Ich liebe das Zeichnen mehr als das Malen«, sagte er leise und mehr zu sich selbst als zu seiner Gesprächspartnerin. »Der Stift ermöglicht mir eine unverfälschte Sicht auf die Dinge und Personen. Die Stimmung einer Situation und die Naturtreue des Anblicks können mit Ölfarben kaum jemals so wiedergegeben werden wie mit dem Zeichenstift. Aus diesem Zweifel heraus habe ich wahrscheinlich auch so lange gebraucht, das richtige Gemälde für die Aufnahme in die Akademie einzureichen. Fünf Jahre liegen zwischen meinem Antrag und der Fertigstellung des Bildes, mit dem ich schließlich Aufnahme in den Kreis der Akademiemitglieder fand.« Er wandte den Kopf und blickte Rosalba mit einem überraschend verschmitzten

Lächeln an. »Böse Zungen lasten mir an, dass ich kaum zu den ordentlichen Sitzungen erscheine, aber – ehrlich gesagt – ich habe wenig Interesse daran. Der wichtigste Grund, warum ich mich damals um die Aufnahme bewarb, war das Stipendium für einen Studienaufenthalt in Rom. Da ich es nicht bekommen habe, ist mir die Akademie recht gleichgültig geworden.«

»Ich schätzte mich sehr glücklich, als die Akademie in Rom auf Empfehlung eines Freundes meine Aufnahme beschloss«, meinte Rosalba etwas kleinlaut. »Leider ist es mir nie gelungen, bei einer der akademischen Versammlungen zugegen zu sein. Dieser Aufenthalt in Paris ist die erste große Reise meines Lebens ...«

»Dann möchtet Ihr vielleicht auch gerne Mitglied im illustren Kreis der Pariser Akademie sein«, überlegte Watteau wohlwollend. »Wir sollten unseren Freund Crozat darüber informieren. Er wird Euch den entsprechenden Ratschlag geben. Hattet Ihr übrigens bereits Gelegenheit, den Hofmaler und Akademiedirektor Coypel kennen zu lernen?«

Das Strahlen, das bei dieser Frage über Rosalbas Antlitz glitt, war mehr als jedes Wort. »Ich hatte mehrfach die Ehre, Monsieur Coypel zu begegnen«, antwortete sie. »Er war so freundlich, mir die Sammlungen im Palais Royal zu zeigen und mich bei Hofe einzuführen. Ich bin ihm sehr zu Dank verpflichtet.«

»Nun, dann habt Ihr zweifellos den besten Fürsprecher für Euren Aufnahmeantrag, den Ihr in ganz Paris finden könnt.«

»Ich weiß gar nicht, ob ich mich überhaupt bewerben soll«, murmelte sie, ganz schwach und schwindelig von so viel Enthusiasmus.

Noch keinen einzigen Augenblick hatte sie mit dem Gedanken gespielt, in die noble *Académie Royale de Peinture et de Sculpture* Einzug zu halten. Ihre Bescheidenheit und ihr Realitätssinn verbaten ihr hochfliegende Pläne dieser Art. Die Aufnahme in die Akademie in Rom hatte sie einem früheren Förderer ihrer Kunstfertigkeit zu verdanken und sich nicht selbst beworben, was einen erheblichen Unterschied für sie machte.

Außerdem war die Entscheidung der Mitglieder der römischen *Accademia di San Luca* ohne ihre persönlichen Präsenz gefallen, was in Paris zweifellos anders wäre.

Nein! ermahnte sie sich. Werde nicht größenwahnsinnig! Nur, weil sie den König portraitierte, eine Reihe von einflussreichen Männern kannte und fast täglich neue Aufträge erhielt, durfte sie nicht nach den Sternen greifen.

Sie richtete sich auf. »Nein«, wiederholte sie laut und energisch. »Ich glaube nicht, dass ich mich der Schmach einer Ablehnung aussetzen möchte.«

»Ihr enttäuscht mich, Madame«, entgegnete Watteau. »Ich hätte Euch für couragierter gehalten. Wen fürchtet Ihr? Die anderen Künstler oder Euren Wagemut? Es wäre doch sehr amüsant, eine Dame von Format in unseren Kreisen anzutreffen. Ich verspreche unter diesen Umständen auch wieder meine Präsenz bei den Sitzungen … Nun zieht kein so erschrockenes Gesicht! Mein Zynismus ist schon verflogen. Sprechen wir lieber von den Farben. Wie seid Ihr darauf gekommen, Madame, Euch von Öl und Tempera zu verabschieden und den Pastellkreiden zuzuwenden?«

Noch ein wenig verwirrt von den Allüren, die er in ihr geweckt hatte, sprach Rosalba anfangs ein holpriges, fast unverständliches Französisch, doch je mehr sie erzählte, desto sicherer wurde sie, und je interessierter Watteau zuhörte, desto intensiver wurde ihr Bericht: »Ein vornehmer Herr aus England brachte mich zur Trockenmalerei. Ihr wisst ja sicher, dass diese eigentlich eine italienische Erfindung ist und vor allem auf Leonardo da Vinci zurückgeht. Seine Studien zu dem berühmten *Abendmahl* werden als erste Pastellportraits angesehen. Dennoch gewann diese Technik nie an Bedeutung, und Ihr habt natürlich Recht, meine ersten Erfahrungen als Malerin großformatiger Bilder machte ich mit Öl. Dann begegnete ich Monsieur Christian Cole, dem damaligen Sekretär des englischen Gesandten in Venedig. Er ließ sich für eine Miniatur von mir portraitieren. Während er mir Modell saß, entspann sich ein erstes Gespräch, dem viele weitere folgten. Er war selbst ein Künstler, wenn auch nur aus Leidenschaft und zu seinem eigenen Vergnügen. Wahrscheinlich war sein amateurhafter Umgang mit unserem Metier der Grund für seine Experimentierfreudigkeit. Monsieur Cole hatte sich ein wenig mit den Pastellkreiden beschäftigt und empfahl sie mir nicht nur, sondern wies mich auch ein …«

Als Pierre Crozat eine halbe Stunde später von einem dringenden Besuch im Palais Royal zurückkehrte, fand er in seiner Bibliothek Rosalba in einem angeregten Gespräch mit Watteau. Verblüfft blieb er einen Moment an der Tür stehen, um das Paar bei einem Disput zu beobachten, der die beiden alles um sich herum vergessen ließ, sodass weder Watteau noch Rosalba sein Eintreten bemerkte. Es war lange her, dass Crozat seinen Malerfreund dermaßen freudig erregt erlebt hatte: Watteau saß vornübergebeugt, die Ellbogen auf die Knie gestützt. Konzentriert verfolgte er der Beschreibung von Rosalbas Weiß-in-Weiß-Technik, die sie besonders bei jener Miniatur eines Mädchens mit Taube zur Perfektion gebracht hatte, mit der sie in die Akademie in Rom aufgenommen worden war. Hin und wieder warf Watteau eine Frage ein, die Rosalba mit einem Lächeln und einer ausführlichen Erklärung beantwortete.

Die beiden Menschen, die Crozat unter allen lebenden Malern am meisten verehrte, in solcher Vertrautheit zu sehen, das erwärmte sein Herz. Fast automatisch begann in seinem Kopf eine Idee zu reifen. Rosalba Carriera und Antoine Watteau erschienen ihm als ideales Paar. Zwar wusste er um die Freundschaft Rosalbas mit Zanetti und auch, dass Watteau noch niemals eine Liebesbeziehung zu einer Frau gepflegt hatte, aber eine Romanze zwischen diesen beiden Künstlern wäre mehr als eine bloße Affäre. Seiner Ansicht nach wäre dies der Höhepunkt seiner Ambitionen als Musaget. Er würde sich etwas einfallen lassen müssen, damit die Harmonie, die seine Bibliothek in diesem Moment erfüllte, in Innigkeit verwandelt würde …

2

Angela zerriss das Flugblatt in viele kleine Fetzen. Die Pamphlete, die John Law in obszöner Pose darstellten, waren ihr ein Gräuel. Es war nicht der erste Stich seiner Art, den sie in den letzten Wochen gesehen hatte, aber sicherlich einer der widerwärtigsten.

Die beleidigenden Zeichnungen kursierten seit dem Aufstand in Frankreich und im Ausland. Sie wurden hierzulande heimlich in irgendeinem Keller hergestellt, vervielfältigt und anschließend in Tavernen und Kaffeehäusern verteilt, während sie in anderen Staaten von Johns Gegnern ganz offiziell als neue Kunstform gefeiert wurden. Aber auch die Bänkelsänger und Possenreißer machten nicht halt vor der Person des Finanzministers. Ihre Verse handelten ebenso wie die Bilder von Käuflichkeit und Erniedrigung, Torheit und Chaos.

Wütend warf sie die Schnipsel in einen Papierkorb, und obwohl der Druck als Ganzes nicht mehr zu erkennen war, sah sie das Motiv noch deutlich vor sich.

Man müsste diesen Schund verbrennen, dachte Angela.

Da um diese Jahreszeit kein Ofen brannte und es noch taghell war, sodass noch keine Kerzen entzündet worden waren, sah sie sich einen Moment ratlos nach einer Möglichkeit um, wo sie ein Feuer entfachen könnte. Unwillkürlich fiel ihr dabei ein anderer Scheiterhaufen ein: Vor einigen Wochen hatte es vor dem Rathaus ein riesiges Spektakel gegeben, als knapp eine halbe Million Aktien verfeuert worden waren, um auf diese Weise die Emission zu verringern und den Kurs stabil zu halten …

»Suchst du etwas Bestimmtes?«

Angela fuhr herum. Sie hatte Pellegrini nicht kommen hören und fühlte sich seltsam ertappt, als habe sie etwas Verbotenes getan.

»Nein ... nichts«, haspelte sie. »Es war nur ... Nein. Es ist nichts.«

Pellegrini schien ihre Nervosität nicht zu bemerken »Dann ist es ja gut«, gab er ohne jede Neugier zurück. »Ich wollte dich nur davon unterrichten, dass Monsieur Law vorgefahren ist. Du solltest ihn begrüßen, wenn er schon einmal die Zeit findet, die Räume der Bank zu besuchen.« Sprach's und wandte sich zum Gehen, ohne ihre Antwort oder ihre Begleitung abzuwarten.

Verwirrt schaute Angela ihm nach. Warum hatte er nicht ihren Arm genommen und sie aus ihren Privaträumen hinunter in die Empfangshalle geführt, um John gemeinsam anzutreffen? Seit geraumer Zeit schien Pellegrini von seinem Deckenfresko derart in Anspruch genommen zu sein, dass er selbst sie darüber vergaß. Ihre innige Zweisamkeit schien Risse zu bekommen und eine Leere zu hinterlassen, die Angela wütend machte. Seine Höflichkeit ließ ebenso zu wünschen übrig wie seine Aufmerksamkeiten, und manchmal fragte sie sich, ob sich die Liebe vielleicht doch eines Tages abnutzte, wie viele verheiratete Frauen behaupteten. Aber konnte dies über Nacht und erst sechzehn Jahre nach der Hochzeit geschehen? Sie hatte stets geglaubt, dass Gleichgültigkeit ein schleichender Prozess sei.

Die Tatsache, dass sie sich zu John hingezogen fühlte, beunruhigte sie ebenso wie die verwirrende Zurückhaltung ihres Mannes. Sie bemühte sich gerade deshalb, Pellegrini zu gefallen, und suchte seine Nähe, wo sie nur konnte, doch er war offenbar viel zu beschäftigt, um sich um ihre Seelenqualen zu kümmern. Sie erhoffte sich mit schmerzlicher Intensität seine Zuneigung – und er stieß sie nicht minder leidenschaftlich zurück. Obwohl sie annahm, dass er keinen einzigen ihrer Gedanken kannte, schien er doch im Umgang mit ihr plötzlich alles falsch zu machen. Eine Situation, die sie fast zwangsläufig in die Arme eines anderen trieb. Dieses Ansinnen beschränkte sich allerdings nur auf ihre Phantasie, denn der Held ihrer Träume war in mehrfacher Hinsicht unerreichbar.

Nach dem Aufstand hatte sich John in eine Arbeitswut hineingesteigert, die jedes gesunde Maß überstieg. Angela hatte gehört, dass er sich in den vergangenen Wochen von seinen gesellschaftlichen Verpflichtungen weitgehend zurückgezogen hatte. Statt Saufgelage mit der Clique des Regenten zu veranstalten, beschäftigte er sich wie besessen mit einem neuen Projekt.

John hoffte, dass die Wirtschaft und der Überseehandel bald wieder florieren würden. Der finanzielle Erfolg hing aber sowohl vom Ende der Pest als auch von der Menge an Münzen ab, die in Umlauf gebracht werden könnten. Damit zum gegebenen Zeitpunkt genügend Edelmetall zur Verfügung stünde, war es nötig, neues Geld zu prägen. Deshalb stellte der Finanzminister sechshundert Arbeiter ein und ließ eine neue Münzanstalt bauen. Zudem nutzte er die Stunde, um den Aktienhandel an einem anderen Ort unterzubringen. Anfang des Monats waren die Makler mit einem großen Jahrmarktsspektakel in die Gärten des Hôtel de Soisson gezogen, in dem sich das von Katharina de Medici erbaute Observatorium befand, und man nannte das Pariser Zentrum des Aktienmarktes jetzt *La Bourse.* Es herrschte viel Betrieb in der Rue de Grenelle-Saint-Honoré, und offenbar war der Ortswechsel ein Erfolg.

Im Palais Mazarin war es dagegen still geworden. Man hatte die Bank wegen der Unruhen zeitweise geschlossen und schließlich ihren Betrieb nur sehr eingeschränkt wiederaufgenommen, sodass es für John kaum einen Grund gab, sich dort blicken zu lassen. Der Besuch heute, von dem Angela nichts gewusst hatte, war der erste seit Monaten.

Warum war sie von Pellegrini nicht früher darüber informiert worden, dass der Finanzminister erwartet würde? Pellegrinis so kurzfristig geäußerte Bitte, John zu begrüßen, versetzte sie in gewisse Nöte. Er gab ihr nicht einmal Zeit für eine angemessene Toilette. Sie trug nur ein einfaches Tageskleid, und ihre Frisur entsprach ganz und gar nicht dem gesellschaftlichen Stil. Keine Aufmachung also, in der sie dem Mann ihrer heimlichen Sehnsüchte unter die Augen zu treten wünschte. Dennoch blieb ihr unter den gegebenen Umständen nichts anderes übrig, als aus der Not eine Tugend zu machen.

Angela nahm sich nicht einmal die Zeit, sich an den Frisiertisch zu setzen, sondern puderte sich auf die Schnelle im Stehen die Nase. Vor den Spiegel zupfte sie sich einige Locken in die Stirn und betrachtete anschließend skeptisch ihr Äußeres, mit dem sie auf den ersten Blick jedoch nicht übermäßig zufrieden war.

Für einen Moment erwog sie, einen oder zwei Knöpfe ihres schlichten Kleides zu öffnen, um es mit der Betonung ihres Dekolletés ein wenig mondäner zu gestalten. Doch dann verwarf sie diese Möglichkeit. Auch die Hand, die bereits nach dem Döschen mit den Schönheitspflästerchen greifen wollte, zog sie zurück. Zu einer großen Robe hätte ein schwarzseidener Halbmond an ihrem Kinn oder auf ihrem Busen gepasst, nicht aber zu dieser Aufmachung. Seufzend wandte sie den Kopf hin und her. Es war nichts zu machen. Sie konnte in der knappen Zeit nichts verändern. Wenn sie es allerdings recht bedachte, sah sie vielleicht nicht einmal schlecht aus, wenn auch nicht so herausgeputzt wie die Damen, mit denen sich John sonst umgab. Unter den gegebenen Umständen wirkte sie überraschend alterslos – fast wie ein junges Mädchen.

»Na, das ist doch immerhin etwas«, sagte sie zu ihrem Spiegelbild.

Tief durchatmend verließ sie ihre Privatgemächer, um ins Foyer zu schweben. Es war das erste Mal, dass sie John seit ihrer Begegnung im Keller des Palais Mazarin wiedersehen sollte, und ihr Herz klopfte unglaublich laut.

Wie vom Donner gerührt stand John am Fuß der Treppe, die Angela herabschritt. In eine Unterhaltung mit Pellegrini vertieft, hatte er zunächst nur einen flüchtigen Blick auf die Gattin des Malers geworfen, doch plötzlich hatte er das Gefühl eines Déjà-vu, und seine Augen hefteten sich wie gebannt auf sie. Ohne dass er es wollte, starrte er sie an.

Er sah das Antlitz eines jungen Mädchens, gestochen scharf in zarten Farben gezeichnet. Es war ein Portrait in Emaille, das er schon so lange bei sich trug, dass er darüber vergessen hatte, wo er es erworben hatte. Es war sein verloren geglaubter Talisman, den Philippe d'Orléans ihm überreichte, als er sich während des Aufstands ins Palais Royal geflüchtet hatte.

»Ihr habt Eure Tabaksdose in unserem Arbeitszimmer liegen lassen«, hatte der Regent mit seltsamer Distanz erklärt. »Einer unserer Diener hat sie zufällig entdeckt. Offenbar ist sie hinter einen Schrank gefallen. Folgt unserem Rat und passt besser auf Euer Eigentum auf, wenn Euch daran gelegen ist.«

Johns Blick blieb Angela nicht verborgen. Da sie den Ausdruck in seinen Augen falsch deutete, belohnte sie John mit einem strahlenden Lächeln. Es wirkte auf sie ebenso rührend wie anziehend, dass John wie verzaubert von ihrem schlichten Erscheinungsbild war. Ein Mann, der ständig vom schönen Schein umgeben war, würde doch nicht etwa Natürlichkeit zu schätzen wissen? Andererseits gab sich John selbst viel bescheidener als die meisten Herren seiner Kreise. Angela war sich im Klaren darüber, dass diese Tugend der Grund für einen großen Teil der Sympathie war, die sie für ihn empfand. Warum also sollte er denselben Geschmack nicht auch bei einer Frau zu schätzen wissen? fragte sie sich im Stillen, unvermutet glücklich über die Umstände, die eine große Toilette verhindert hatten.

Er führte ihre Hand an seine Lippen. »Madame Pellegrini, Ihr verblüfft mich. Ich erwartete eine Dame und sehe ein Mädchen vor mir. Nicht nur irgendein Mädchen, wie ich Euch gestehen darf, sondern eines, welches ich mir oft zu kennen wünschte.«

Sie nahm seine Worte als Kompliment für ihr jugendliches Aussehen, über das sie in Anwesenheit ihres Mannes jedoch lieber hinwegging. Deshalb erwiderte sie zaghaft: »Ich bin froh, Euch wohlbehalten wiederzusehen. Es wurde viel über die Gesundheit von Monsieur le Ministre gesprochen, und ich dachte manchmal bei mir, es bestünde Anlass zur Sorge.«

»Im Moment fürchte ich in der Tat ein wenig um meinen Verstand.«

Das Blut raste durch ihre Adern. Die unverfrorene Art, mit der er ihr den Hof machte, grenzte im Beisein von Pellegrini fast an Unverschämtheit. John Law war also doch nicht anders als die anderen Galane seiner Kreise, die sich rücksichtslos jede Frau nahmen, die ihnen gefiel – einerlei, ob sie verheiratet oder Jungfrau war. Er würde sie als Spielzeug betrachten oder als Trophäe, je nachdem, welchen Kumpan in der Clique des Regenten er mit dieser Liebelei zu beeindrucken beabsichtigte. Es ging nicht wirklich um sie, sondern um seine ganz private Sammlung williger Damen, der er sie einverleiben wollte, gleichgültig, welches Kleid sie trug oder wie ihre Frisur gelegt war.

Enttäuscht und ernüchtert sank ihr das Herz. Ihre Augen flogen zu Pellegrini, doch diesem fiel offenbar nichts Ungewöhnliches am Verhalten seines Gönners auf: Ihr Mann verfolgte das Gespräch stumm, aber mit nüchtern-interessiertem Gesichtsausdruck, als handele es sich um gesellschaftliches Geplänkel.

»Wenn ich Euch einen Kaffee anbieten dürfte, würde es Euch sicher bald bessergehen«, schlug sie kühl vor.

Verblüfft registrierte sie, dass sich Johns hingerissene Miene in Heiterkeit verwandelte.

»Pardon, Madame … Monsieur …«, er bedachte Pellegrini mit einem freundlichen Nicken, bevor er sich wieder an Angela wandte: »Ihr könnt natürlich nicht wissen, wovon ich sprach. Ich wurde sozusagen mitgerissen von einer frappierenden Ähnlichkeit und habe darüber vergessen, dass ich gerade einem Irrtum zum Opfer falle. Ihr seid die lebendige Schwester eines Portraits, das ich bei mir trage, Madame Pellegrini. Diese erstaunliche Verwandtschaft hat mich Unsinn reden lassen.«

Angela wusste nicht recht, ob sie über diese Entwicklung lachen oder weinen sollte. Sie verstand den Sinn seiner Worte zwar nicht ganz, aber sie war sich bewusst, dass seine verwirrenden Äußerungen nicht als Beginn einer Tändelei gemeint gewesen waren. Was für ein peinlicher Irrtum. Und ein Schlag gegen ihre Eitelkeit. In diesem Moment fasste sie die Erkenntnis, dass John nicht der Sinn nach einer romantischen Verführung gestanden hatte, keineswegs als glückliche Fügung für ihre Tugend, sondern als grobe Beleidigung auf. Vergessen war auch die Sorge, er könnte sie als amouröses Abenteuer zur Prahlerei unter seinesgleichen benutzen…

»Wie interessant! Wenn Euch mein Wunsch nicht zu aufdringlich erscheint, Monsieur le Ministre, würde ich mir gerne selbst einen Eindruck verschaffen«, sagte Pellegrini plötzlich. »Ihr müsst verstehen, dass großartige Portraitisten schon immer mein Interesse geweckt haben.«

Ohne Zögern griff John in seine Rocktasche. »Wahrscheinlich hätte ich Euch diese ausgezeichnete Arbeit schon viel früher gezeigt, hätte ich die Tabatiere nicht für geraume Zeit verlegt.« Er reichte dem Maler die kleine Miniatur und fragte: »Ist sie nicht wunderbar? Findet Ihr nicht auch, dass das Modell wie ein Abbild Eurer Gattin wirkt?«

Angela fühlte sich seltsam überflüssig. Da Pellegrini die Tabaksdose ins Licht halten musste, um das Portrait besser studieren zu können, hatte er sich von ihr abgewandt. Unglücklicherweise stand sie am Fuße der Treppe ein wenig hinter den beiden Männern, sodass ihr Johns hohe Gestalt die Sicht auf die Miniatur versperrte. Der Finanzminister drehte sich nun ebenfalls zum Fenster, sodass sie völlig ausgeschlossen zu sein schien. Sie dachte bei sich, dass dies eine gute Gelegenheit war, den Rückweg in ihre Gemächer anzutreten, um ihre Gedanken zu sortieren und ihre Gefühlswelt in Ordnung zu bringen. Wahrscheinlich würden die Herren ihre Abwesenheit nicht einmal bemerken, so, wie sie jetzt die Köpfe zusammensteckten. Doch Pellegrinis Ausruf ließ sie zur Salzsäule erstarren.

»Bei diesem Portrait handelt es sich eindeutig um das Bildnis meiner Gattin. Es ist schon einige Jahre alt, und sie war damals ein sehr junges Mädchen, aber für mich besteht kein Zweifel.«

»Das kann doch gar nicht sein«, wehrte John ab. »Ihr wollt mir allen Ernstes weismachen, dass ich seit Jahren … nein, Jahrzehnten … mit einer Miniatur in meiner Tasche herumlaufe, die Madame Pellegrini zeigt? Derartige Zufälle sind entweder göttliche Fügung oder das Werk des Teufels. In Anbetracht des Charmes Eurer Gattin hoffe ich auf ersteres, aber irgend etwas in mir weigert sich trotzdem, Euch zu glauben.«

»Ein Irrtum ist ausgeschlossen«, beharrte Pellegrini. »Angela, komm her, schau dir das an. Erkennst du das Bild?«

Mit wachsender Nervosität trat sie neben ihren Mann. Sie fühlte Johns Atem in ihrem Nacken, als sie sich über die Tabaksdose beugte. Angela wusste sofort, von wem diese Zeichnung stammte.

»Die Miniatur ist von Rosalba hergestellt worden«, murmelte sie, vom Zauber ihrer Erinnerung ebenso gefangen wie von der Unvorhersehbarkeit des Schicksals. »Sie muss zu der Zeit entstanden sein, als die Portraits venezianischer Schönheiten, wie man es nannte, besonders gut verkäuflich waren. Ich weiß noch, wie Rosalba mir erzählte, ihr gingen die Modelle aus, um die Nachfrage zu erfüllen. Die Touristen waren ganz verrückt nach diesen Motiven …« Einen Moment lang hielt sie inne und fuhr dann fort: »Das muss etwa zwanzig Jahre oder sogar noch länger her sein.«

»Dann stammt diese Tabatiere also aus Venedig«, stellte John sachlich fest. »Nun habe ich endlich des Rätsels Lösung. Ich habe mich nämlich oft gefragt, wo ich sie eigentlich erworben habe. Auch ich war vor zwanzig Jahren und noch früher ein Tourist in Eurer Heimatstadt. Was für ein Glück, dass ich Euch damals wenigstens in Form eines Portraits begegnen durfte.« Er verneigte sich galant. »Ihr seid eine wunderschöne, ewig junge Frau, Madame, wenn mir Euer Gatte diese Bemerkung gestattet. Den Beweis dafür haben wir hier. Ich hatte mir übrigens wiederholt den Kopf darüber zerbrochen, wo ich Euch schon einmal gesehen haben könnte. Bedauerlicherweise habe ich nie daran gedacht, dass die Antwort im wahrsten Sinne des Wortes in meiner Hand liegt.«

»Ich denke, es handelt sich um eine sehr frühe Arbeit meiner Schwägerin«, meinte Pellegrini nüchtern und gab John die Tabaksdose zurück. »Ihr Stil ist noch nicht so ausgereift wie bei den späteren Miniaturen, mit denen sie bekannt geworden ist. Wenn es nicht zu viel verlangt ist, Monsieur Law, solltet Ihr Rosalba Carriera diese Tabatiere zeigen. Sie wird nicht nur erfreut sein, das alte Stück wiederzusehen, sondern auch, es in Eurem Besitz zu wissen.«

»Ja. Das ist eine ausgezeichnete Idee. Ich werde bei Gelegenheit daran denken. Mir ist bekannt, wie groß das Problem vieler Maler ist, dass ihre Werke meist für immer verloren sind, wenn sie sie erst einmal verkauft haben. Sie haben selten die Gelegenheit, ihre Bilder dann noch einmal studieren zu dürfen. Da habt Ihr es mit Euren Fresken besser, wenn Ihr öffentlich zugängliche Gebäude wie Kirchen ausstattet. Oder eine Bank.«

Der Künstler deutete mit einer großartigen Geste an die Decke. »In der Tat, Ihr habt Recht. Die Arbeit hier gedeiht ganz prächtig. Darf ich Euch zur näheren Betrachtung in die oberen Stockwerke bitten, Monsieur le Ministre?«

Nachdem er sich eine Prise gegönnt hatte, steckte John seine Tabaksdose wieder in die Rocktasche. Er machte Anstalten, mit Pellegrini die Treppe hinaufzugehen, doch bevor er seinem Dekorationsmaler folgte, wandte er sich noch einmal an dessen Ehefrau. Er musterte sie nachdenklich, wobei er sie einen Moment länger, als es schicklich war, anstarrte. Dann sagte er ohne jede Spur von Anzüglichkeit: »Es ist mir eine große Freude, Euer Portrait mit mir zu führen, Madame. Mir erscheint die Aufklärung der Hintergründe eine gute Gelegenheit zum Feiern. Würdet Ihr mir die Ehre erweisen, Euch als mein Gast das Feuerwerk zum Namenstag Seiner Majestät anzuschauen?«

»Oh! Sehr gerne…«

»Ihr seid sehr zuvorkommend, Monsieur Law«, wurde Angela von ihrem Mann unterbrochen, »aber leider werden wir Eure freundliche Einladung ablehnen müssen. Meine Arbeit lässt mir keine freie Minute für gesellschaftliche Verpflichtungen.«

»Als französischer Minister kann ich kaum zulassen, dass eine wundervolle Besucherin wie Madame um die Bewunderung französischer Pyrotechnik gebracht wird. Wenn Eure Gattin nicht alleine ausgehen möchte und Ihr selbst überzeugt seid, dass Ihr nicht bei ihr sein könnt, würde ich die Begleitung von Madame Carriera empfehlen. Es wäre mir ein Vergnügen, eine zusätzliche Eintrittskarte für die Festivität ins Hôtel Crozat schicken zu lassen.«

»Vortrefflich«, stimmte Pellegrini arglos zu. »Ich möchte Euch nicht überfordern, aber tut ein gutes Werk, Monsieur Law, und gestattet meiner Gattin auch das Zusammensein mit ihrer Mutter und jüngeren Schwester. Unser aller Verpflichtungen zerren etwas am Familienleben von Madame und den Ihren.«

»Wie könnte ich dem Modell eines geliebten Portraits eine Bitte abschlagen? Wenn Ihr es verlangt, Madame, würde ich eine Wagenladung Gäste nur zu Eurer Unterhaltung einladen.«

Angela blickte auf und direkt in Johns Augen. »Ihr seid sehr großzügig, Monsieur Law.«

»Das wird sich noch herausstellen, Madame Pellegrini.« Er schenkte ihr ein charmantes Lächeln. »Ich bin selbstsüchtig genug, hinter der Gesellschaft einer Malerin und ihres Modells ein anregendes Gespräch und einen interessanten Abend zu vermuten… Nun habe ich einen Wunsch. Ihr habt Recht, Monsieur Pellegrini, ich sollte Madame Carriera die Tabaksdose unverzüglich zeigen, aber das würde uns allen den Spaß verderben. Lasst uns deshalb diese Geschichte als unser Geheimnis bewahren. Es ist sicher originell, Madame Carriera zu überraschen. Darf ich mich auf Eure Diskretion verlassen, Madame? Vielleicht fällt mir bis zu unserem Treffen ein, wo und wann ich die Miniatur erworben habe. Immerhin weiß ich ja nun, aus welcher Stadt sie stammt.«

3

Der Brief von John, in dem sich nicht nur eine Eintrittskarte für sie selbst, sondern auch *billets* für ihre Mutter und Giovanna befanden, verwirrte Rosalba zutiefst. Die Mitteilung, dass auch Angela zum Feuerwerk zu Ehren des Namenspatrons des Königs eingeladen worden sei, trug nicht zur Klärung des Wunders bei. Spontan sagte Rosalba zu, fragte sich aber seither unaufhörlich, welcher Umstand John dazu veranlasst haben könnte, ihr und ihrer Familie Einlass zu einer der glanzvollsten Veranstaltungen der Sommersaison zu verschaffen.

Sein eigenes Erscheinen zu dieser Festivität war allein schon ungewöhnlich. Der Finanzminister hielt sich seit seiner Wiedereinstellung mit öffentlichen Auftritten zurück. Auch Rosalba hatte ihn seit ihrer schmachvollen Begegnung im Palais Royal nicht wiedergesehen, obwohl sie inzwischen die Besuche bei Katherine wiederaufgenommen hatte. Während sie sich in Katherines Salon an heißer Schokolade und köstlichen kleinen Kuchen labte, verschanzte sich der Hausherr in der Regel hinter seinen Aktenbergen und blieb auf diese Weise unsichtbar. Katherine hatte Rosalba unter dem Siegel der Verschwiegenheit anvertraut, dass John nicht nur neue Reformen plane, die dem gemeinen Volk zugute kommen sollten, wie etwa die Einführung von Steuern für Mitglieder des Adels und des Klerus, die bislang von den Geldeintreibern des Staates verschont geblieben waren. Zur Wiederherstellung seines Rufes hatte John zudem verschiedene Schriften verfasst, in denen er seine Ideen verteidigte. Doch als diese im *Mercure de France* erschienen, war die Stimmung bereits zu schlecht, und der Erfolg blieb aus: John wurde weiter massiv angefeindet. Inzwischen war der öffentliche Druck sogar so groß, dass Katherine sich gezwungen sah, ihre Kinder in Sicherheit zu bringen. Der junge John und die kleine Kate waren auf eine der Besitzungen des Herzogs von Bourbon gereist – offiziell, um die Ferien auf dem Land zu verbringen; Rosalba aber kannte die Wahrheit und wusste, dass Katherine die beiden aus Sorge um ihr Wohl fortgeschickt hatte.

Je länger Rosalba darüber nachdachte, desto plausibler erschien ihr, dass niemand anderer als Johns Frau hinter seiner überraschenden Einladung steckte. Wahrscheinlich musste Katherine aus Gründen, die Rosalba nicht bekannt waren, zu diesem Anlass in den Tuilerien erscheinen und suchte die Unterstützung einer Vertrauten im Kreis ihrer wenig zuverlässigen Freundinnen aus der Hofgesellschaft. Doch John war allein, als ihm Rosalba kurz nach ihrem Eintreffen am Eingangsportal des Schlosses begegnete.

Eine endlos scheinende Prozession von eleganten Wagen bewegte sich die Auffahrt entlang. Elegante Damen stiegen aus ihren Kaleschen, begleitet von Fackelträgern, Pagen und Lakaien und ihren Verehrern, die ebenso prachtvoll gekleidet waren wie sie selbst. In dieser Saison begann man, die übertriebenen Umhänge der Vergangenheit gegen schlichtere Schleppen einzutauschen. Dennoch waren die Roben äußerst aufwendig geschneidert. Zwar zierten trotz der Aufhebung des Juwelenverbots keine glitzernden Steine die Busen, dafür aber üppige Rüschen, Bänder, Schleifen und Bordüren. Eine extravagante Marquise hatte sich eine Herrenkrawatte um den Hals geschlungen, die in ihr ausladendes Dekolleté fiel. Sie trug, ebenso wie die meisten anderen mondänen Pariserinnen, ihr Haar gepudert, was der allgemeinen, fast an Hysterie grenzenden Begeisterung für Blondinen entsprach. Wer nicht von Natur aus helles Haar oder eine entsprechende Perücke besaß, griff großzügig in einen Topf mit Getreidestärke, dem bestem Haarpuder, wie allgemein behauptet wurde. Eine Duftwolke hing wie dichter Nebel über den königlichen Gästen, die den zarten Geruch der Blumen in der prachtvollen

308

Parkanlage überdeckte und ein wenig süßlich und nach Verwesung roch.

»Monsieur le Ministre«, sagte Angela und neigte zur Begrüßung ihr Haupt, um John unter neckisch gesenkten Lidern anzulächeln.

Rosalba drehte sich mit leicht hochgezogenen Augenbrauen zu ihr um. Es war das erste Mal, dass sie Angela und John gemeinsam erlebte, und was sie sah, gefiel ihr nicht. »Guten Abend«, wünschte sie daher etwas steif. »Ich danke Euch für die Einladung. Ihr seid sehr gütig. Darf ich Euch meine Mutter und meine jüngste Schwester vorstellen, Monsieur Law? Mama, Giovanna, dies ist Monsieur John Law, der Finanzminister Seiner Majestät.«

Mit vorzüglicher Hochachtung verneigte er sich vor der älteren Dame und dann vor der zarten Giovanna. »Es ist mir ein Vergnügen, Mesdames… In der Galerie werden Erfrischungen gereicht. Darf ich Euch dorthin begleiten?«

»Ist Madame Law nicht zugegen?«, fragte Rosalba.

»Nein, ich bedauere. Eure Freundin ist untröstlich, aber sie fühlte sich nicht wohl. Es wäre mir deshalb ein großes Vergnügen, wenn die Damen Carriera einem einsamen Mann Gesellschaft leisten würden … und Madame Pellegrini, natürlich.«

»Nichts, was wir lieber täten«, zwitscherte Angela und blickte ihre Mutter und ihre Schwestern an. »Nicht wahr?«

Albas Sinn für das Praktische siegte. »Eine Erfrischung wäre sehr angenehm, Monsieur. Es ist überraschend heiß in Paris in diesen Tagen. Fast wie zu Hause in Venedig. Ist der Sommer immer so schwül in diesen Breitengraden, oder erleben wir gerade eine ungewöhnlich extreme Jahreszeit?«

Weiter über das Wetter plaudernd, nahm Rosalbas Mutter Johns Arm und ließ sich von ihm durch die buntschillernde Menge geleiten. Ihre Töchter folgten in einer stummen Prozession, jede in Gedanken versunken, wobei sich die beiden älteren mit der Person des Finanzministers beschäftigten, während

Giovanna in unschuldiger Neugier einfach nur die Pracht um sie herum bestaunte.

Unzählige Kerzen verströmten vor elfenbeinweißen, goldverzierten Wänden ein dem Teint der Damen schmeichelndes Licht. Wie eine Welle wogte die Gesellschaft mal hierhin, mal dorthin, mehr zufällig als absichtlich darauf bedacht, dass die Statuen griechischer und römischer Gottheiten nicht umfielen, die scheinbar zufällig, tatsächlich aber mit Bedacht in den Räumen verteilt waren. Man unterhielt sich, lachte, flirtete, alberte herum; ernsthafte Gespräche waren fehl am Platz. Königliche Lakaien schwirrten bienenfleißig mit silbernen Tabletts in den Händen herum, um den Gästen Erfrischungsgetränke anzubieten. Irgendwo spielte ein kleines Orchester, denn die melodischen Klänge eines Kammerkonzerts tropften so zart in die Unterhaltungen wie die Bläschen in dem reichlich fließenden Champagner.

Es war dies ein ganz anderes Erlebnis für Rosalba und ihre Familie als ihr erster öffentlicher Auftritt bei Voltaires Premiere in der *Comédie Française*. Damals waren die Damen Carriera neu in Paris gewesen und ebenso verwirrt wie beeindruckt vom Glanz der *haute volée*. Heute gehörten sie in gewisser Weise dazu, denn Rosalba wurde von einer Reihe von Herrschaften zumindest gegrüßt, wenn nicht sogar in einen flüchtigen Wortwechsel verwickelt. Es hatte sich rasch herumgesprochen, dass sie zur Portraitistin des Königs avanciert war, und vielen Mitgliedern des Hofes war sie bei den Sitzungen mit Ludwig in irgendeiner Weise begegnet. Wer zur sogenannten »alten« Clique gehörte, beobachtete mit Missfallen, dass sich John Law in ihrer Begleitung befand, auch wenn ihre enge Freundschaft zu Katherine inzwischen jedem bekannt war. Die Freunde des Regenten hingegen zeigten sich jovial und gut gelaunt, der eine oder andere kündigte bei Rosalba sogar den Besuch für eine Sitzung an.

Es ist immer wieder erstaunlich, ging es Rosalba durch den Kopf, wie wichtig die Gesellschaft eines einflussreichen

Mannes zu gegebener Zeit ist. Mit diesem Gedanken zu einer gewissen Dankbarkeit genötigt, schenkte sie John ein großzügiges Lächeln, und es fiel ihr eine Minute zu spät auf, dass sie so mit Angela um die Wette strahlte. Ihre Miene gefror schlagartig zu einer eisigen Maske.

Angelas Lippen hingen an John, während dieser mit Alba über die unterschiedliche Architektur von italienischen und französischen Gärten sprach. »Der Park der Tuilerien wurde von Katharina von Medici im florentinischen Renaissancestil angelegt. Wenn Ihr darin lustwandeln könntet, würdet Ihr Euch wahrscheinlich wie zu Hause fühlen, aber leider wurde die Architektur einhundert Jahre nach ihrem Tod vollständig verändert und dem Geschmack des französischen Barock angepasst.«

»Ach«, wehrte Alba ab, »die Gärten in Venedig sind wieder anders. Allerdings hörte ich, dass die Villen der *terra ferma* die schönsten Parkanlagen in ganz Europa besitzen sollen. Natürlich möchte ich nicht so unhöflich sein und die Kunst französischer Gartenbaumeister schmälern …«

John schmunzelte charmant. »Ich bin von Geburt kein Franzose, Madame, deshalb ist Euer Urteil keinesfalls verletzend für mich. Die Engländer bilden sich eine Menge auf ihre Gärten ein, aber auch dort bin ich nicht zu Hause. Ich war stets gerne in der Republik Venedig, und deshalb trifft Eure Meinung auf meine ungeteilte Zustimmung.«

»Wie werden denn die Grundstücke in Schottland angelegt?«, erkundigte sich Angela.

Während John zu einer Beschreibung der manchmal kargen, häufig fruchtbaren Landschaft seiner Heimat ausholte, dachte Rosalba bei sich, dass der Abend zweifellos angenehmer verlaufen würde, wäre Angela nicht so aufdringlich. Die Art, wie sich John um ihre Mutter kümmerte, war ganz reizend. Auch Giovanna schien sich sehr gut zu unterhalten. Nur sie selbst fühlte sich unwohl. Angelas ungewöhnliches Verhalten versetzte sie in Erstaunen – und Wut.

311

Ich bin nicht eifersüchtig! protestierte sie im Stillen gegen diesen Gedanken und wusste doch im selben Moment, dass genau diese Empfindungen sie leiteten. Die Sorge um Angelas Ehe war nicht mehr der Grund, warum sie deren Umgang mit John Law mit Skepsis betrachtete. Es war vielmehr die Erkenntnis, dass ihre Schwester mit dem Mann flirtete, von dem sie selbst so lange schon geträumt hatte. Andererseits war Rosalba in Liebesdingen viel zu introvertiert, um zumindest harmlos mit John zu poussieren. Sie erkannte, dass jede andere Frau im Raum diese Möglichkeit in Betracht ziehen würde, aber Rosalba entschloss sich zur Flucht.

Nervös fächelte sie sich Luft zu. »Mir ist plötzlich ganz schrecklich warm«, behauptete sie. »Ein Anfall von aufsteigender Hitze. Wenn Ihr mich entschuldigen wollt, werde ich einen Moment nach draußen gehen. Ich bin gleich wieder zurück.«

»Ihr solltet nicht alleine durch den Park spazieren«, protestierte John. »Jedenfalls nicht heute Abend. Die Anlagen sind geöffnet, und man weiß nie, wer sich hinter den Büschen versteckt. Erlaubt mir, dass ich Euch begleite.«

Angelas entsetzter Gesichtsausdruck entging Rosalba nicht. Was dachte ihre Schwester nur? Wo war Angelas Vernunft geblieben? Welche Ziele verfolgte sie? Glaubte Angela etwa, Rosalba würde sich mit John wie mit einem leidenschaftlichen Verehrer in eine Grotte oder an einen anderen romantischen Platz zurückziehen? Obwohl sie keinen Wert auf Johns Begleitung legte, hoffte sie, Angela in die Schranken weisen zu können. Deshalb nahm sie sein Angebot an.

»Ich bin sicher, Madame Carriera wird es an der Luft rasch bessergehen. Wir werden sicher bald zurück sein. Das Feuerwerk wird demnächst beginnen, und die Damen sollten ihre Plätze einnehmen. *A bientôt, Mesdames.*«

Mit energischen Schritten führte er sie fort von dem Trubel in den Pavillon de Flor, der mit seinen Spiegelfenstern die architektonische Verbindung zum Louvre darstellte. Hier roch es nicht mehr nach süßlichem Parfüm und menschlichen Ausdünstungen, vielmehr duftete es nach den Kastanien und Linden, die den Kiesweg säumten. Der Lärm war gedämpft, und die Dunkelheit wirkte nach der hell erleuchteten Galerie nicht mehr so schwarz und undurchdringlich. Ihre Augen hatten sich an das veränderte Licht gewöhnt, und Rosalba nahm die Umrisse von Vasen, Statuetten und Skulpturen wahr. Irgendwo hinter den Eiben erklang ein erschrockenes Flüstern, das in einem leisen Lachen erstickt wurde. Ein Liebespaar schien hier sein Nest gefunden zu haben. Abrupt blieb John stehen.

»Verzeiht meine Aufdringlichkeit«, begann er sanft, »aber ich hatte den Eindruck, Euer Unwohlsein ist anderer als körperlicher Natur. Deshalb wollte ich mit Euch sprechen. Was bedrückt Euch, Madame Carriera?«

»Ach«, seufzte sie. Nie würde sie die Wahrheit in Worte fassen können. Allein seine sensible Frage jagte einen Schauer über ihren Rücken.

Er wartete geduldig auf ihre Antwort, doch als sie schweigend ihren Kopf senkte, meinte er: »Wahrscheinlich haltet Ihr mich für anmaßend und unhöflich den Damen Eurer Familie gegenüber. Ich hätte Mesdames nicht alleine lassen sollen, aber der Gelegenheit, mit Euch ungestört ein paar Worte zu wechseln, konnte ich nicht widerstehen.«

Überrascht sah sie zu ihm auf. Der Glanz der Sterne war zu schwach, der Mond wurde von einer Wolke verdeckt. Sie konnte seinen Gesichtsausdruck nicht erkennen. »Gibt es denn etwas, das Ihr mit mir zu besprechen wünscht?«

»Nun, unsere Begegnungen verliefen in der Vergangenheit niemals sehr glücklich ...«

Als sie zu einer Bemerkung ansetzte, hob er die Hand, um sie am Sprechen zu hindern, und fuhr fort: »Keine Sorge, ich spreche nicht von der Nacht in Lyon. Ich erinnere mich, Euch versprochen zu haben, dieses Intermezzo zu vergessen. Das habe ich auch getan ...«, er grinste jungenhaft, »nun, fast ...« Sein Ton wurde wieder ernst: »Ihr könnt aber nicht umhin, zu bestätigen, dass Ihr zufällig Zeugin mehrerer entscheidender

Begebenheiten in meinem Leben geworden seid. Ich denke, dieses Wissen macht uns zu ... mhmm ... Verbündeten ...«

»Gegen wen, Monsieur?«, unterbrach sie verwirrt.

»Keine Ahnung, Madame, meine Feinde sind überall. Ich hoffe jedoch aufrichtig, in Euch eine Freundin zu finden.«

Wollte er sie in eine politische Intrige hineinziehen? War das der Grund seiner großzügigen Einladung? Mit ihren Kontakten zum *alten Hof* wäre sie wahrscheinlich eine geeignete Spionin, aber sicher gab es in Paris eine Reihe reizvoller Frauen, die nicht nur über bessere Verbindungen verfügten, sondern sich zudem noch immer gerne in John Laws Dienste stellten. Er würde nicht auf die Hilfe einer alternden italienischen Malerin zurückgreifen müssen, um ein Ohr am richtigen Ort zu haben, dachte sie bitter.

Rosalba zerrte mit zitternden Fingern an der Kordel, die von ihrem Mieder herabhing. Sie beschloss, dass er genug Zeit für höfliche Umschreibungen aufgewendet hatte und nun die Zeit der Wahrheit gekommen war. »Was erwartet Ihr von mir?«

Er setzte an, um etwas zu sagen, schwieg aber dann. Der Kies knirschte unter seinen Füßen, als er von einem Bein auf das andere trat.

»Haltet auch Ihr mich für ein Ungeheuer?«, brach es schließlich aus ihm heraus. »Ich habe versucht, ein anständiges Leben zu führen und Gutes zu tun. Dabei kam es zu Missverständnissen, zugegeben, aber dennoch habe ich mich meinen Freunden gegenüber stets großzügig und ehrenhaft gezeigt. Wenn ich um Eure Freundschaft bitte, Madame, so geschieht dies, weil ich Euch als Künstlerin verehre und als Menschen zu schätzen gelernt habe. Ich habe keine Hintergedanken. Ich fühle mich lediglich sehr einsam.«

»Pardon?«

»Wisst Ihr, mir kommt oft der Gedanke, dass man sich wahrscheinlich weniger unglücklich fühlen muss, wenn man in einer verseuchten Stadt wie etwa Marseille eingeschlossen

314

ist, als wenn man in Paris von missgünstigen Menschen erdrückt wird, wie es mir gerade geschieht.«

Im Park wurde es lebhafter. Schnelle Schritte erklangen auf
den Wegen, Schatten huschten zwischen den Bäumen hindurch. Die erste Kanone wurde gezündet, und ein goldener
Sternenregen ergoss sich in einen der künstlich angelegten
Seen. Die Zuschauer riefen begeistert »ahhh« und »ohhh«,
doch da wurde schon die zweite abgefeuert.

Rosalba hatte keinen Blick für das Szenario am Himmel.
Fassungslos vor Staunen starrte sie John an. Sein Gesicht
leuchtete im Schein der Feuerwerkskörper auf. Ein Spiel aus
Licht und Schatten, das ihm den Ausdruck tiefer Verletzlich-
keit nicht zu nehmen verstand. Nicht zum ersten Mal sah sie
diesen mächtigen Mann ganz klein vor sich, doch heute Abend
hatte er seine Seele entblößt.

Jetzt oder nie! rief ihr eine innere Stimme zu. Erzähl ihm die
alte Geschichte! Doch ein kleiner Teufel saß auf ihrer Schulter,
der ihr etwas ganz anderes zuflüsterte: *Es ist nicht die schöne Angela, um deren Freundschaft er fleht. Er sucht deine Nähe allein.*

Wieder krachte ein Böller.

John ergriff ihre Hand. »Verzeiht, wenn ich Euch zu nahe
getreten bin, Madame Carriera.«

»Das seid Ihr nicht«, widersprach sie sanft und hoffte, er
könnte im Widerschein des Feuerwerks ihr Lächeln sehen.
»Ich darf mich glücklich schätzen, eine Vertraute von Madame
Law zu sein. Auch glaube ich, dass Eure Kinder mich mögen.
Warum sollte ich Euch den Wunsch abschlagen, Eure Freun-
din zu sein? Ich bin es doch längst.«

Seine Lippen berührten ihre Hand.

»Wir sollten zu Eurer Familie zurückgehen, bevor sich die
Damen Sorgen machen«, sagte er rau.

4

Was wollte er von dir?«

Rosalba saß an dem hübschen Frisiertisch in ihrem Boudoir und beobachtete im Spiegel, wie sich ihre Besucherin auf einem Sofa niederließ. Angela wirkte aufgeregt wie ein junges Mädchen und konnte kaum erwarten, zu erfahren, was ihr am vorherigen Abend vorenthalten worden war. Die Neugier hatte sie zu einer ungewöhnlich frühen Stunde bei ihrer Schwester auftauchen lassen, und Rosalba überkam wieder einmal ein ungutes Gefühl angesichts Angelas so deutlich geäußerter Affinität zum Finanzminister.

Enttäuscht hatten beide Schwestern gestern Abend zur Kenntnis nehmen müssen, dass John von Mitgliedern der Hofgesellschaft mit Beschlag belegt wurde, kaum dass er und Rosalba aus dem Garten auf die Terrasse getreten waren, wo sie die Plätze für die Damen Carriera vorgefunden hatten. Die vier Venezianerinnen hatten sich dennoch gut unterhalten, doch die Person, der vor allem Angelas Interesse galt, machte sich rar, sodass Angela den Abend als Misserfolg betrachtete. »Monsieur Law wollte nichts von mir«, entgegnete Rosalba ungerührt. Sie ließ sich von Angela nicht bei ihrer Morgentoilette stören und fuhr fort, ihr Gesicht mit der dicken Salbe einzucremen, die für einen gleichmäßigen, hellen Teint sorgen sollte, welcher für eine Dame unerlässlich war. »Wie du sehr wohl weißt, war er so freundlich, mir seine Begleitung anzutragen, als ich ein wenig frische Luft schnappen wollte. Wir haben über Belanglosigkeiten geplaudert. Es ist nichts passiert, und ich bitte dich inständig, deine neuen Allüren nicht auf mich zu übertragen.«

Angela fühlte, wie sie errötete. Diese Schwäche ärgerte sie

mehr als Rosalbas Angriff auf ihre Tugend. Mit einer leicht schrillen Stimme fragte sie: »Welche Allüren? Wovon sprichst du?«

»Streite es nicht ab. Du hast mit Monsieur Law zu poussieren versucht. Es war nicht zu übersehen. Was beabsichtigst du? Willst du dich in die endlose Schlange der höfischen Mätressen einreihen? Ich kann deine Ambitionen beim besten Willen und aus verschiedenen Gründen nicht gutheißen. Aber das weißt du!«

»Du dichtest mir seit Monaten eine Affäre mit ihm an, und ich versuche ebensolange, dich von deiner schmutzigen Phantasie abzubringen«, gab Angela wütend zurück.

Einen Moment sah es aus, als wolle sie aufspringen, sich auf ihre Schwester stürzen und sie an den Haaren ziehen wie damals, als sie noch Kinder waren. Doch hatte sich ihr aufbrausendes Temperament in ihrer Ehe mit Pellegrini abgenutzt, und sie hatte zudem gelernt, ihre Gefühle unter Kontrolle zu halten.

Angela erhob sich und blieb einen Moment scheinbar unschlüssig stehen. Während sie sich zu sammeln versuchte, fiel ihr Blick auf ein orientalisches Silberdöschen auf dem Toilettentisch. Um das Thema zu wechseln, trat sie näher und griff danach.

In dem kleinen Gefäß befand sich eine umfangreiche Kollektion von Schönheitspflästerchen. Interessiert betrachtete Angela die winzigen Flecken aus schwarzem Taft. Diese besaßen die Form von Monden, Sternen oder Blumen und dienten dazu, die Stimmung einer Dame zu offenbaren – oder ganz prosaisch einfach nur einen Pickel abzudecken. Angela kannte die diskreten Botschaften, mit denen die Französinnen mit ihren Kavalieren kommunizierten: In der galanten Geheimsprache bedeutete ein schwarzer Punkt an den Augenwinkeln Leidenschaft oder an der Lippe Wollust...

»Wozu bewahrst du diese Dinger auf?«, fragte sie und legte das Döschen zurück. »Du benutzt sie doch nie.«

Rosalba spielte mit dem blauen Schminkstift, mit dem sie ein paar feine Äderchen in ihrem Gesicht nachgezeichnet hatte. Jede Frau, die Wert auf ihr Äußeres legte, benutzte die Farbe, um den eigenen Teint durchscheinender zu gestalten, als er tatsächlich war. Nicht nur eine alabasterweiße Haut war in Mode, sie sollte auch so durchscheinend sein wie Pergament.

»Die Schönheitspflästerchen sind für meine Modelle«, erwiderte sie. »In Paris sind sie sehr *en vogue*. Manchmal vergisst eine Dame ihre Utensilien, wünscht aber für ihr Portrait ein zusätzliches modisches Requisit. Ich helfe dann aus.«

Zwischen den verschiedenen Gefäßen mit allerlei kosmetischen Hilfsmitteln, zerdrückten Taschentüchern und Flakons mit Duftwässerchen und kostbaren Ölen entdeckte Angela ein Schmuckstück, das sie bei Rosalba noch nie gesehen hatte. Neugierig nahm sie es in die Hand. Es war eine modische kleine Damenuhr aus Gold und Emaille. Angela drehte an einer goldenen Schraube, und das Läutwerk setzte sich mit einer zauberhaft zarten Melodie in Bewegung.

»Oh, là, là!«, rief Angela beeindruckt und für einen Moment die Sehnsüchte vergessend, die sie ebenso verwirrten wie bedrückten. »Welcher Verehrer versucht denn auf diesem Wege deine Gunst zu erschleichen?«

»Niemand. Die Uhr ist das Geschenk einer Verehrerin. Oder besser gesagt: die Bezahlung einer Kundin. Sie kostet vierundsiebzig *Louisdor*. Die Marquise de la Carte gab sie mir für ein Portrait, da sie nicht über ausreichend Bargeld verfügte.«

Angela kicherte. »Ach je, die Gattin des Gardehauptmanns des Regenten ist pleite. Mir scheint, unsere Vermögensverhältnisse sind derzeit gesicherter als die mancher Grafen.«

»Ich weiß nicht …«, begann Rosalba, unterbrach sich dann aber mit einem Seufzer. Sie stellte das Rougedöschen, das sie in der Hand hielt, wieder zurück auf den Toilettentisch. Dann drehte sie sich mit ernster Miene zu Angela um.

»Hör zu: Unsere Finanzen stehen nicht zum Besten. Die Inflation macht auch mir zu schaffen. Im Grunde darf ich nur

Zehn-*livre*-Noten als Honorar annehmen, doch nicht jeder Auftrag wird entsprechend bezahlt. Andererseits kann ich es mir nicht erlauben, ein Mitglied der Hofgesellschaft zu verprellen und meinen Forderungen energisch nachzugehen. Dummerweise schaffe ich es kaum, die großen Noten zu wechseln, bevor sie an Wert verlieren. Deshalb muss ich immer wieder unsere Freunde um Gefälligkeiten bitten.«

»Das *Système du Law* zeigt wohl jedem seine Schattenseiten«, meine Angela und legte ihrer Schwester beruhigend eine Hand auf die Schulter. Ihre Gedanken wanderten zurück zu John, doch für den Moment verbat sie sich jede Sentimentalität, und sie dachte an ihren Mann: »Antonio bemängelt, dass er bisher nur einen Teil des versprochenen Geldes für das Deckengemälde bekommen hat und befindet sich in einer ähnlichen Situation wie du. Er mahnt wohl den Rest an, aber er will niemanden verärgern. Im Übrigen ist das Fresko noch in Arbeit, sodass seine Forderung eher halbherzig ausfällt. Man wird sehen, wie die Dinge bis zur Fertigstellung stehen, aber ich bin sicher, Monsieur Law wird seine finanziellen Verpflichtungen erfüllen.«

Rosalba senkte die Lider und nickte stumm. Angelas Überzeugung glich der ihren. Sie selbst hatte weder John noch Katherine um die Begleichung ihrer Schulden gebeten. Dabei hatte sie für die Portraits der Kinder nur eine Anzahlung erhalten. In Anbetracht der schwierigen Lage, in der sich John befand, erschien ihr die Frage nach Geld nebensächlich. Pfennigfuchserei entsprach nicht ihrem großzügigen Charakter. Außerdem verbat ihr das neue freundschaftliche Verhältnis zum Finanzminister jegliche Mahnung.

»In der Bank wird hinter vorgehaltener Hand von einem neuen Edikt des Regenten gemunkelt«, berichtete Angela. »Geldscheine von hohem Wert sollen als Zahlungsmittel überhaupt nicht mehr anerkannt werden, und man wird nur noch etwas kaufen können, wenn fünfzig Prozent der zu zahlenden Summe in Münzen beglichen werden …«

»Aber das wäre ja schrecklich!«, rief Rosalba erschrocken aus. »Wie soll denn dann das tägliche Leben funktionieren? Die Menschen, die nicht zur Hofgesellschaft gehören, werden kaum noch etwas kaufen können und verhungern.«

Angela warf einen letzten Blick auf die Damenuhr und legte sie zurück an ihren Platz. »Es wäre sicher am besten, wenn du deine Honorare künftig regelmäßig mit kostbaren Gegenständen anstatt mit Geld begleichen lässt. Antonio sagt, die kleinen Kupfermünzen, die als Ersatz für Silberlinge ausgegeben werden, sind nichts als Tand ... Meine Güte, als ich zum ersten Mal in der Rue Quincampoix war, dachte ich, Paris sei eine Goldgrube. Kannst du dir vorstellen, dass das noch nicht einmal ein Jahr zurückliegt?«

»Nein, eigentlich nicht.« Rosalba lächelte Angela an. Obwohl sich ihr Gespräch nicht gerade um Angenehmes drehte, war sie versöhnt. Sie hätte sich – unter Ausklammerung des Themas John Law – gerne weiter mit ihrer Schwester ausgetauscht, aber die Zeit drängte, und sie war verabredet. »Tut mir leid, aber ich muss mich ankleiden. Zanetti wartet auf mich.«

»Ich dachte schon, du hättest deinen alten Freund vergessen. Was tut er eigentlich den ganzen Tag?«

Rosalba erhob sich. Während sie zu der Wäschekommode ging und Strümpfe heraussuchte, antwortete sie: »Hauptsächlich ist er mit Monsieur Mariette in Geschäften unterwegs. Sie sagen mir nicht, worum es sich dabei handelt, aber es ist nicht schwer zu erraten, dass sie sich mit dem An- und Verkauf von Gemälden beschäftigen. Paris ist sicher ein geeigneter Ort, um Zanettis Sammlung zu bereichern. Die finanzielle Situation vieler Franzosen ermöglicht es ihm, günstig an Bilder von hohem Wert zu gelangen. Monsieur Mariette ist ihm dabei eine kenntnisreiche Stütze.«

»Ja, wahrscheinlich«, räumte Angela ein. »Lass mich raten: Dein Rendezvous mit Zanetti wird eine Besichtigung seiner Neuerwerbungen sein ...«

Rosalba hielt mitten in der Bewegung inne. »Nein, unsere Verabredung erfüllt einen anderen Zweck …«

»Ach ja?«

»Ich muss ihn um Geld bitten. Um ein Darlehen.«

»Oh!«

Um Fassung ringend, sank Angela auf den Stuhl, auf dem Rosalba zuvor gesessen und sich geschminkt hatte. Sie hatte die Notlage ihrer Schwester nicht so extrem eingeschätzt. Immerhin wuchs Rosalbas Beliebtheit als Portraitistin mit jedem Tag, zumal sie inzwischen die unterschiedlichsten Förderer besaß, die jeder für sich eine andere Gruppe in der Gesellschaft vertraten. Hier, dachte Angela, zeigte sich die Schattenseite von Rosalbas bewundernswerter Selbstständigkeit. Während Angela sich auf Pellegrini als ihren Ernährer verlassen konnte, musste sich Rosalba um ihr eigenes Auskommen kümmern.

Und nicht nur das. Ihre Mutter und Giovanna waren in hohem Maße von Rosalba abhängig. Pellegrini trug demnach nur für einen anderen Menschen Verantwortung, seine Ehefrau, während Rosalba – sie selbst eingeschlossen – für drei Personen sorgen musste. Zum ersten Mal seit dem Tod ihres Vaters wurde sich Angela bewusst, wie gedankenlos sie sich bisher auf Rosalba als Stütze ihrer Familie verlassen hatte.

Sie zerbrach sich noch den Kopf darüber, wie sie Rosalba bei der dramatischen finanziellen Entwicklung helfen konnte, als ihr plötzlich entfuhr: »Hat dich Monsieur Law eigentlich auf seine Tabaksdose angesprochen?«

Der Seidenstrumpf, den Rosalba gerade im Begriff war anzuziehen, glitt aus ihrer Hand.

»Was … was für eine Tabaksdose …?«

Angela schüttelte den Kopf. »Ach, ich dachte nur … Wahrscheinlich bin ich einer Verwechslung zum Opfer gefallen«, improvisierte sie. Es versöhnte sie mit dem gestrigen Abend, dass John offenbar Stillschweigen bezüglich der Miniatur mit Angelas Portrait bewahrt hatte, als er mit Rosalba alleine gewesen war. So nährte sich die Hoffnung auf eine neue Gelegenheit für die Aufdeckung des Geheimnisses, und sie plapperte einfach drauflos. »Ich durfte neulich einen Blick auf die Tabatiere von Monsieur Law werfen und dachte bei mir, die Miniatur könnte von dir sein. Ein Irrtum. Weiter nichts. Geradezu lachhaft, wenn ich's recht bedenke. Wieso sollte Monsieur Law auch eine Tabaksdose von dir besitzen, nicht wahr?«

Angela stand abrupt auf. »Verzeih mir, aber gerade fällt mir ein, dass wir die Zeit verplaudert haben. Mama wird sich sicher wundern, wo ich so lange bleibe. Sie erwartet mich zum Kaffee. Bitte sei so freundlich und grüße Graf Zanetti von mir.«

Verblüfft beobachtete Rosalba den Abgang ihrer redseligen Schwester. Ihr fehlten die Worte, und ihre Kehle fühlte sich ohnehin zu trocken an, um etwas zu sagen. Während Angela das Boudoir verließ, drehten sich Rosalbas Gedanken nur um eine einzige Frage: Wieso wusste sie nach so langer Zeit von der Tabatiere?

5

Nicht nur Angela, auch einige Mitglieder der Hofgesellschaft schienen Rosalbas Spaziergang mit John im Tuilerienpark mit Skepsis beobachtet zu haben. Bei einer zufälligen Begegnung im Foyer der *Comédie Française* wurde sie von Marschall de Villeroi angesprochen: »Ich sah Euch neulich mit dem Finanzminister sehr vertraut tuscheln. Darf ich mir die Frage erlauben, wie eng Eure Beziehung zu Monsieur Law ist?«

Rosalba schnappte nach Luft. Jeden anderen Mann hätte sie wegen dieser Frage scharf zurechtgewiesen, dem Erzieher des Königs ließ sie jedoch diese kleine Unverschämtheit durchgehen. Ihr war inzwischen bekannt, dass Villeroi ein erbitterter Gegner des Regenten war; eine Haltung, die ihn zum natürlichen Feind des reformfreudigen, glücklosen Finanzministers machte. Verwunderlich war nur, dass er erst jetzt auf ihren engen Kontakt zu Madame und Monsieur Law zu sprechen kam, denn Rosalba hatte nie einen Hehl aus ihrer Sympathie für Katherine gemacht. Villeroi musste davon bereits gewusst haben, als er sie engagiert hatte. Sie konnte sich kaum vorstellen, dass er von ihrer Anwesenheit bei Johns Verhaftung und ihrer Zurechtweisung von Monsieur Le Blanc nicht gehört hatte.

Sie fragte sich, welcher Prüfung sie der alte Haudegen mit seiner Frage unterziehen mochte oder ob er sie wirklich für so einfältig oder wankelmütig hielt – für eine Frau, die sich nach dem richtigen Wind drehte. Dieser Gedanke brachte sie derart in Rage, dass ihre Antwort ohne Rücksicht auf mögliche Verluste energischer als beabsichtigt ausfiel.

»Mit Verlaub, *Maréchal,* meine Bekanntschaften gehen Euch nichts an. Ich würde niemals wagen, irgendetwas zu tun, das dem Wohl Seiner Majestät schaden könnte, dessen kann ich Euch versichern. Die Tatsache, dass ich eine Freundin des Finanzministers und seiner Gattin bin und zu bleiben beabsichtige, bedeutet jedoch nicht mehr und nicht weniger als ebendies.«

Ein süffisantes Lächeln erhellte Villerois Miene. »Ich hatte nichts anderes von Euch erwartet, Madame. Eine Frau ohne Charakter hätte ich niemals als Portraitistin Seiner Majestät engagiert. Als Ausländerin sind Euch überdies gewisse Extravaganzen gestattet.« Er verneigte sich höflich. »Im Übrigen wird Euch demnächst Euer Honorar für das Portrait Seiner Majestät zugestellt werden. Ich beabsichtige, Euch mit gutem Geld zu bezahlen. Selbstverständlich werdet Ihr von mir nur Münzen erhalten. Das versichere ich Euch.« Sprach's und ließ sie ohne ein weiteres Wort stehen.

Verblüfft sah sie ihm nach. Sie wusste nicht recht, ob sie sich über seine Arroganz ärgern oder sich lieber über die Aussicht auf ihre Bezahlung freuen sollte. Die Gerüchte, die Angela in der Bank aufgeschnappt hatte, waren inzwischen zur Realität geworden und ein schmerzlicher Schlag für Rosalbas Finanzen. Die Marquise de la Carte war nicht mehr ihre einzige Kundin, die ihr Honorar mit anderen Werten als mit Bargeld beglich, wenn auch ihre freigebigste: Neben der Uhr hatte sie Rosalba sechs Schultertücher gegeben, mehrere Bänder zur Verschönerung ihrer Garderobe und einige Fächer. Überdies hatte sie ihr ihre Loge in der *Comédie Française* für die Aufführung von Marivaux' Komödie *Arlequin poli par l'Amour* zur Verfügung gestellt, was Rosalba deshalb gefreut hatte, weil sie auf diese Weise ihre Schulden bei Zanetti zumindest ein wenig ausgleichen konnte.

Das neue Edikt des Regenten beschränkte sich nicht nur auf die von Rosalba gefürchtete Entwertung großer Papiernoten und die Bestimmung, künftig alle Zahlungen zur Hälfte mit Münzen zu begleichen – eines jeden Kunden Guthaben bei der *Banque Royale* wurde um fünfundsiebzig Prozent reduziert, und der Wert der Mississippi-Aktien wurde ebenfalls deutlich herabgesetzt. Nun hatte wirklich niemand mehr ausreichend Bargeld zur Verfügung, ausgenommen einige kluge Köpfe oder gewissenlose Profiteure. Auf den Straßen wimmelte es von Bettlern, doch in den Kreisen, in denen sich Rosalba bewegte, scherten sich offenbar nur die wenigsten um die zunehmende Not. Wenn sie sich umsah, waren die auf fünf *livre* heraufgesetzten Preise für eine Theaterkarte keineswegs zu viel, denn die heutige Aufführung war ausverkauft.

Vielleicht, so dachte Rosalba, ist es auch der Wunsch nach Ablenkung von den Sorgen, die die Menschen ins Theater führt. Das neue Stück des jungen Dichters Pierre Carlet de Chamblain de Marivaux versprach unterhaltsam zu sein, ein Einakter, der in der Tradition der *Commedia dell'arte* verfasst worden war. Rosalba hegte zwar recht patriotische Bedenken gegen einen französischen Autor, der mit seiner ersten Tragödie gerade einen Misserfolg erlebt hatte und sich nun ausgerechnet an die berühmte italienische Komödie wagte, aber Pierre Crozat hatte sie auf Marivaux' große Förderin, Madame de Tencin, hingewiesen, was für eine gewisse Qualität bürgte.

Während Rosalba auf Zanetti wartete, schaute sie sich nach bekannten Gesichtern um und belauschte fast zwangsläufig das eine oder andere Gespräch in ihrer Nähe. Es war Sonntag, und wie an jedem Wochenende war das Publikum recht gemischt, denn da kamen nicht nur Mitglieder der Aristokratie, sondern auch bessergestellte Bürger in die *Comédie Française*. Sie hatte davon gehört, dass zur Blütezeit der Mississippi-Aktien selbst einfachste Arbeiter und Bauern, die vom schnellen Geld profitiert hatten, zu den Theaterbesuchern zählten, doch diese Zeiten waren offensichtlich vorbei.

Wie zur Bestätigung ihrer Gedanken hörte sie einen jungen Beau zu seiner Begleiterin bemerken: »Der Dichter Voltaire sagt, mit der Herabsetzung des Notenwertes gibt man dem Papier endlich seinen eigentlichen Wert zurück. Ich meine darüber hinaus, mit dem Ende des *Système du Law* werden die

Verhältnisse zurechtgerückt. Es ist wieder nur einer gewissen Schicht vorbehalten, reich zu sein – und das ist gut so, wie ich finde.«

»Ich hörte von einem Couplet, das sich mit diesem oder einem ähnlichen Thema befasst. Es soll sehr komisch sein und macht sich über Monsieur Law lustig, aber auch Seine Königliche Hoheit, der Regent, tritt als Harlekin auf«, wusste die junge Frau zu berichten. »Das Stück wurde von einem anonymen Autor verfasst ... vielleicht gar von Voltaire ...?«

»Wohl kaum. Diese Machwerke sind viel zu volkstümlich und nur dazu angetan, den einfachen Leuten nach dem Mund zu reden. Das ist nichts für unsereins. Ich hörte, Seine Königliche Hoheit setzte eine Belohnung von einhunderttausend *livre* aus, um den Namen des Verfassers eines besonders schmachvollen Schauspiels zu erfahren, aber die Suche soll bislang ergebnislos geblieben sein ... Wenn Ihr allerdings eine Freundin Voltaires seid, sollten wir uns um Karten für eine Lesung bemühen. Voltaire liest höchstpersönlich und öffentlich Passagen seines neuen Stücks *Henriade*. Würde Euch das gefallen, Mademoiselle?« Ihr verstohlenes Kichern war mehr als jede Antwort, und Rosalba hoffte, endlich von dem Geschwätz in ihrer unmittelbaren Nähe erlöst zu werden. Sie hatte Glück, denn in der Menge tauchte Jean Mariette auf.

»Die gesamte *Jeunesse dorée* ist heute Abend anwesend, obwohl man sich ja sonst eher im Theater an der Rue des Fossés Saint-Germain trifft«, sagte er und beugte sich über Rosalbas Hand. »Kein Wunder also, dass auch Ihr zugegen seid. Ich bin entzückt, Euch zu sehen. Wie *tout Paris* liege auch ich Euch zu Füßen.«

Lächelnd entzog sie ihm ihre Rechte. Die Verehrung des jungen Kunstexperten schmeichelte ihr. Mariette war nicht nur charmant, sondern auch gebildet – eine für Rosalba beeindruckende Kombination.

»Wie immer übertreibt Ihr«, wehrte sie ab. »Im Übrigen ist es mir eine ebenso große Freude, Euch anzutreffen.«

»Nun, Ihr scheint in unmittelbarer Vergangenheit die bemerkenswertesten Begegnungen erlebt zu haben. Ich erlaubte mir, zufällig Zeuge Eures Gesprächs mit Marschall de Villeroi zu werden. Respekt, meine teuerste Madame Carriera. Eure Klugheit im Umgang mit diesem Herrn ist atemberaubend. Monsieur Zanetti berichtete mir bereits, wie vorzüglich Ihr auf die Fragen des alten Kombattanten reagiert.«

»Ich lege Wert auf meine Integrität. Das ist kein Kunststück.«

»Aber, wie der Marschall bereits ausführte: Es ist Charakter. Etwas, das man heutzutage nur selten findet. Es ehrt Euch, dass Ihr selbst in diesen Tagen zu Monsieur Law haltet. Mit Ausnahme des Regenten tun dies wenige so vehement.«

Rosalba spürte, wie eine kleine Hitzewallung in ihre Wangen stieg. Um Atem ringend, fächelte sie sich mit einem der exquisiten Zahlungsmittel von Madame de la Carte Luft zu. Sie wünschte plötzlich, es würde sie nicht jedermann auf ihre neu erblühte Freundschaft mit John ansprechen. Sie war sich ja nicht einmal selbst darüber im Klaren. Sein im Park der Tuilerien ausgesprochener Wunsch hatte sie gerührt und gleichsam bezaubert. Obwohl sie es sich nicht einzugestehen wagte, war vor allem ihre Eitelkeit durch seine Bitte gestreichelt worden. Es war jedoch nicht ihre Absicht, durch den Spaziergang zum Mittelpunkt des Hofklatsches zu werden. Wenn Mariette Zeuge ihres Gesprächs mit Villeroi geworden war – wer sonst mochte ihre Standhaftigkeit belauscht haben und die falschen Schlüsse daraus ziehen?

Glücklicherweise wurde sie einer Antwort enthoben, da Mariette in diesem Moment einen Bekannten unter den in das Foyer strömenden Theaterbesuchern entdeckte. Er winkte diesem lebhaft zu und bedeutete gestenreich, sich zu ihm und Rosalba zu gesellen.

»Ich hätte mir denken können, dass man Euch bei der Aufführung einer italienischen Komödie antreffen wird«, erklärte Mariette, um sich anschließend an die Dame in seiner Gesellschaft zu wenden. »Hattet Ihr schon Gelegenheit, den großartigen Monsieur Watteau kennen zu lernen?«

»Allerdings. Es war mir ein großes Vergnügen.« Rosalba vertrieb dankbar die Erinnerung an John aus ihrem Kopf und strahlte Watteau wohlwollend an. »Wie Ihr Euch denken könnt, höre ich gerne, dass Ihr ein Verehrer der *Commedia dell'arte* seid.«

»Vor allem ein Freund der echten *Comédiens Italiens,* die im Hôtel de Bourgogne gastieren«, erklärte Watteau mit einem leichten Hüsteln. »Meine Lieblingsfigur ist der Mezzetin, aber seit dem Weggang des Schauspielers Angelo Costantini aus Paris scheint der Truppe ein wichtiges Element zu fehlen.«

»Ich hoffe«, wagte Rosalba einzuwerfen, »dass die Tage der echten italienischen Komödianten, wie Ihr sie zu nennen beliebt, nicht gezählt sind, da nun auch französische Autoren gute Stücke in unserer Tradition verfassen zu können scheinen.«

»Eine Patriotin!«, stellte Watteau amüsiert fest. »Diese Attitüde steht Euch gut zu Gesicht, Madame. Es ist sehr vernünftig, auf die eigenen Wurzeln zu bauen. Seht mich an: Den Papieren nach ein Franzose, im Geiste ein Flame, denn meine Heimatstadt Valenciennes gehörte noch bis kurz vor meiner Geburt zu den Spanischen Niederlanden, und im Herzen eine unstillbare Sehnsucht nach Italien. Wohin gehöre ich wohl?«

»Im Zweifel dorthin, wo Euch Euer Herz hinführt«, erwiderte Rosalba lächelnd. »Wenn ich es allerdings bemerken dürfte, so dachte ich bei unserer Begegnung, einen Engländer vor mir zu sehen. Ihr kleidet Euch nach dem Vorbild der britischen Gentlemen.«

Watteau gestattete sich eine wegwerfende Handbewegung. »Nichts anderes als die Gelegenheit, in London einen für wenig Geld arbeitenden Schneider zu finden. Wie ich hörte, gehören die günstigen Preise inzwischen aber auch an der Themse der Vergangenheit an.«

»Die Südseeaktie ist in den vergangenen Wochen ebenso

eingebrochen wie die Mississippi-Papiere«, bestätigte Mariette, während er sich an seiner Tabaksdose zu schaffen machte, um sich eine Prise zu gönnen. »Der Einbruch des Londoner Börsenmarktes führt wahrscheinlich zu denselben fatalen Konsequenzen wie hierzulande. Amsterdam wird danach zweifelsfrei der nächste Ort der Unruhe sein.«

»Wenn ich an London denke, kommt mir fast von selbst die Erinnerung an Monsieur Pellegrini in den Sinn«, sagte Watteau ausweichend, da er keine Lust verspürte, über seine eigenen Verluste nachzudenken. »Wie geht es Eurem Schwager, Madame? Es ist bedauerlich, aber in diesen hektischen Zeiten sieht man sich in Paris viel zuwenig.«

»In der Tat«, stimmte Rosalba lebhaft zu. »Ich werde Monsieur Crozat bitten, einen Abend zu arrangieren, der ein Fest des Wiedersehens sein soll ...« Und dann malte sie bis zu Zanettis Auftauchen in viel bunteren Farben, als sie jemals für ihre Portraits benutzen würde, das Bild der geplanten Zusammenkunft – nicht ahnend, dass die Wirklichkeit all ihre Pläne übertreffen sollte.

6

Die Chancen, John zufällig zu begegnen, standen für Angela deutlich schlechter als für Rosalba. Ihre ältere Schwester pflegte einen intensiven Kontakt zum Hof, was ihr eine gewisse Nähe zum Finanzminister sicherte. Sie war obendrein mit Katherine befreundet, die sie jederzeit besuchen und dabei John treffen konnte. Angela war in der schlechteren Situation, denn John besuchte die Bank in den Wochen nach dem Feuerwerk kaum noch – und wenn doch, dann war sie meist gerade nicht zugegen.

Sie hasste sich für ihre Gefühle, aber sie war so aufgeregt wie ein junges Mädchen bei seiner erster Liebelei, wenn sie nur an ihn dachte. Da John keine Anstalten machte, ein heimliches Rendezvous herbeizuführen, verirrte sie sich in einem Labyrinth aus zärtlichen Träumen, die wahrscheinlich jede romantische Realität, so es sie denn gäbe, weit überstiegen. John Law entwickelte sich zu einer Art phantasievollen Ersatzmann, der für alle Fehler und Versäumnisse Pellegrinis geradestand. So ging ihre Vorstellungskraft wie von selbst eigene Wege und trug sie auf einer Wolke, die ihr gleichsam großes Glück und tiefes Unglück zu bescheren drohte, sie aber vor allem einer realistischen Einschätzung der Situation beraubte.

Als Angela hörte, dass Pierre Crozat ein Hauskonzert veranstalten wolle und als Höhepunkt einen Auftritt der drei Carriera-Töchter plane, der an die berühmten Musikabende in der Casa Biondetti erinnern sollte, zögerte sie eine Zusage hinaus. Die Pariser Gesellschaft hatte ihren Glanz verloren. Wenn die Person, um die sich ihre Gedanken drehten, nicht anwesend war, wollte sie sich nicht produzieren. Und dass Pierre Crozat als bekannter Gegner des *Système du Law* nicht ausgerechnet dessen Erfinder auf seine Einladungsliste setzen würde, verstand sich unter den gegenwärtigen Umständen von selbst. Als Angela jedoch zufällig aus einem Gespräch mit ihrer Mutter erfuhr, dass der Herzog von Orléans persönlich zugesagt habe, aber in seinem Gefolge ausdrücklich die Anwesenheit von Monsieur Law wünsche, engagierte sich Angela mit großer Energie für das gemeinsame Gastspiel mit Rosalba und Giovanna.

»Du siehst wunderschön aus«, stellte Pellegrini fast ein wenig verwundert fest, als er Angela an jenem letzten Septemberabend ins Hôtel Crozat begleitete. Er konnte sich nicht entsinnen, wann er seine Frau zuletzt so strahlend gesehen hatte. Auch schien ihm das aus einem zarten Lachsorange geschneiderte Brokatkleid neu zu sein – es stand ihr vortrefflich zu Gesicht und harmonierte mit dem tiefen Mahagoniton ihres Haares, das sie nicht gepudert, aber mit zahllosen Bändern, Kämmen und sonstigen Hilfsmitteln, die einem Mann für gewöhnlich verborgen blieben, zu einem bombastischen Kopfschmuck aufgesteckt hatte. Ihre Erscheinung beeindruckte ihn, denn er erkannte, dass sie es heute Abend selbst mit Madame de Parabère aufnehmen konnte. Gleichzeitig fragte er sich, wieso ihm Angelas äußerliche Veränderung entgangen war, die sie in die Lage versetzte, geradezu von innen zu leuchten.

Es war einer jener warmen Herbstabende, an denen die milde Luft so seidig wie im Frühling war, die Vögel in den Platanen und Zypressen in Crozats Garten zwitscherten und die Blütendüfte schwer und erdig waren. Die Gästeschar, die sich zu einem ersten Glas Champagner an den offenen Terrassentüren versammelte, wirkte wie einem der Genrebilder Watteaus entstiegen, die von der Akademie *Fêtes galantes* genannt wurden. Crozat hatte eine beeindruckende Auslese der *haute volée* von Paris getroffen, die, wie der vorzügliche Imbiss, der gereicht wurde, fein gewürzt war – das eine mit erlesenen Kräutern und Importen der Mississippi-Gesellschaft, das andere mit berühmten Künstlern wie etwa Antoine Coypel oder Watteau. Die anwesenden Damen befanden sich in der

Minderheit, und Angela spürte ihr Herz im Hals klopfen, als sie entdeckte, dass John ohne Katherine oder eine andere weibliche Begleitung erschienen war.

»Ich bedauere sehr, dass Eure Gattin nicht mitkommen konnte«, beantwortete Rosalba Johns Begrüßung. »Wir haben uns lange nicht gesehen. Wie geht es Madame Law?«

»Sie würde sich über Euren Besuch zweifellos freuen«, erwiderte John. »Nach dem Angriff auf unsere Tochter und den Vorfall um Madame de Torcy geht sie kaum noch aus dem Haus.«

»Die arme Kleine«, seufzte Rosalba mitfühlend. Eine ihrer inzwischen so zahlreichen Kundinnen aus der Hofgesellschaft hatte ihr kürzlich berichtet, dass Mary Katherine verletzt worden war, als eine aufgebrachte Menge die Kutsche des Finanzministers erkannt und mit Steinen und Pferdeäpfeln beworfen hatte. Eines der Wurfgeschosse hatte das unschuldige Kind getroffen. »Ich hätte Eure Gattin und Kate so gerne getröstet, aber ich fürchtete, niemanden anzutreffen. Man sagte mir, Eure Kinder wären wieder auf den Landsitz des Herzogs von Bourbon nach St. Maur gereist, und ich nahm an, Madame Law wäre mit ihnen gefahren.«

»Nein. Eure Freundin weilt in Paris.« John senkte seine Stimme und neigte sich näher zu Rosalba, als er erklärend hinzufügte: »Die Sache mit Madame de Torcy hat sie sehr mitgenommen, sodass sie sich derzeit äußerst unwohl fühlt. Ich nehme an, Ihr habt davon gehört, dass die Gattin des Außenministers einer Verwechslung zum Opfer gefallen ist ...«

Dieser Klatsch war noch nicht zu Rosalba vorgedrungen. Auch hatte sie nicht gehört, dass Madame de Torcy etwas zugestoßen sei. Die Neuigkeit versetzte sie deshalb in Aufregung, und ganz automatisch wandte sie sich John ein wenig mehr zu, um jedes Wort seines leisen Berichts verstehen zu können, der im Gelächter der allgemeinen Unterhaltungen um sie her unterzugehen drohte. Dass sie plötzlich seinen Atem auf ihrer Haut spürte, nahm sie erst in zweiter Linie wahr, gefangen von seinem warmherzigen, schuldbewussten, fast um Vergebung bittenden Tonfall.

»Ein aufgeregter Pöbel hielt Madame de Torcy irrtümlicherweise für Katherine und versuchte, sie in einem Teich zu ertränken. Glücklicherweise wurde die Konfusion noch rechtzeitig aufgeklärt, und Madame de Torcy ist mit dem Schrecken und ein paar nassen Kleidern davongekommen. Es ist nicht vorstellbar, was hätte geschehen können …!« Er brach in einem beredten Schweigen ab.

Ohne sonderlich darüber nachzudenken, sagte Rosalba: »Es ist nicht Eure Schuld, was Madame de Torcy passiert ist.«

»Doch, ich denke schon, dass ich verantwortlich bin. Wenn mich die Leute nicht missverstehen würden, wären die Maßnahmen des Finanzministers von Erfolg gekrönt.«

Rosalba legte ihren Kopf in den Nacken und blickte zu John auf. Ihre Augen begegneten den seinen und sahen eine Verzweiflung, die sie zwar seinen Worten entnommen, die sie aber nicht geglaubt hatte. Mit Bestürzung registrierte sie, wie stark John unter dem Verhalten der Öffentlichkeit litt. Die Intrigen des *alten Hofes* und die frostige Behandlung durch Menschen, die sich nach dem Wind richteten, mochten ihm zu schaffen machen, zerstören aber würde ihn der Zorn der einfachen Bürger, deren Wohl ihm stets am Herzen gelegen hatte.

Plötzlich wurde sie sich seines tiefen, fast sehnsuchtsvollen Blicks bewusst. Erst jetzt fiel Rosalba auf, wie dicht sie bei John stand. Sie steckten die Köpfe zusammen wie … Freunde …? Ein Liebespaar …? Entsetzt wich sie einen Schritt zurück. Was würden Crozats Gäste denken, wenn sie sie so sahen?

»Ich bin sicher«, erklärte Rosalba energisch, doch ihre Stimme wankte vor Unsicherheit, »Madame Law wird nichts geschehen, und Eure Kinder sind bei Monsieur le Duc hervorragend aufgehoben …«

»Ich höre, man spricht von mir«, rief Louis-Henri de Bourbon fröhlich aus. Er hatte mit Antoine Crozat, Zanetti und anderen Geschäftsleuten zusammengestanden, löste sich aber aus der kleinen Runde, da ihn das Gespräch über die Börsenmärkte in London und Amsterdam zu langweilen begann, und schlenderte zu John und Rosalba. Die offensichtliche Intimität der beiden hatte ihn überrascht und neugierig gemacht. Eine ungeahnte Verbindung zwischen dem Finanzminister und der wie ein heller Stern aufsteigenden Malerin gab seinem Sinn für Klatsch Nahrung.

»Von Euch spricht man allerdings auch allerorten, Madame Carriera. Mir scheint, man reißt Euch Eure Portraits förmlich aus den Händen. Zeigt sie mir.« Er streckte seine Arme aus und drehte die Handflächen nach oben, als würde er eine Opfergabe darbieten. »Lasst mich die Hände einer großen Künstlerin sehen«, forderte er die verblüffte Rosalba auf. »Es muss etwas Besonderes an diesen Fingern sein, die die Pastellkreiden so unnachahmlich führen können.«

Verunsichert legte Rosalba ihre Hände in die des Herzogs von Bourbon. Die Szene war ihr peinlich, doch überspielte sie ihre Verlegenheit mit der Erkenntnis, dass der Wunsch Louis-Henris eine vortreffliche Ablenkung darstellte. Wenn sie vor aller Augen ein wenig mit seinem Freund poussierte, würde ihre innige Zweisamkeit mit John schnell vergessen sein.

Erwartungsvoll lächelnd senkte sie die Lider. Ihre Hände waren klein und kräftig, aber doch wohlgeformt, da sie nicht zu kurze, schmale Finger besaß. Sie hatte sich nie Gedanken über deren Schönheit gemacht, obwohl sie angenehme Hände zu schätzen wusste, häufig setzte sie sie sogar als Kontrapunkt in ihren Werken ein. Sich selbst gegenüber war sie wesentlich kritischer als bei der Betrachtung ihrer noblen Kundinnen, weshalb es nur ein einziges Selbstportrait gab, auf dem ihr Körper bis zur Taille zu sehen war, und das nur, weil sie darin ein Bild ihrer Schwester Giovanna hielt.

»Es sind aber in erster Linie die Augen«, bemerkte John. »Ohne die richtige Sicht auf die Dinge könnte kein Bild entstehen.« Er griff in seiner Tasche nach seiner Tabatiere, um die Unterbrechung seines Gesprächs für eine Prise zu nutzen. Als ihm klar wurde, dass er die Miniatur bei sich trug, die Angela und Antonio Pellegrini als Werk von Rosalba Carriera identifiziert hatten, zögerte er, doch bevor er sie wieder wegstecken oder eine treffende Bemerkung machen konnte, war sie seinem Freund aufgefallen.

»Holla!«, rief Louis-Henri de Bourbon überrascht aus. Er hatte umgehend das Interesse an Rosalbas Händen verloren und ließ sie etwas unsanft los. »Da ist sie ja wieder! Ich dachte, Ihr hättet Eure geliebte Tabaksdose für immer verloren. Hinter welchen Kissen war sie wohl die ganze Zeit versteckt?«

Eifersüchtig hatte Angela beobachtet, wie ernsthaft und gleichsam vertraut Rosalba und John tuschelten. An der Seite von Pellegrini in eine Unterhaltung mit Antoine Coypel und Jean Mariette verstrickt, war es ihr nicht möglich gewesen, die Zweisamkeit ihrer Schwester und des Helden ihrer Träume zu unterbrechen. Wenn sie später gefragt worden wäre, worüber sich die Herren in ihrer Gesellschaft unterhalten hatten, hätte sie nicht antworten können. Ihre Blicke waren auf das ungewöhnliche Paar gerichtet, und sie wünschte, näher bei Rosalba und John sein zu können, um wenigstens einen Wortfetzen aufzufangen. Doch sie hörte nichts von dem Flüstern, zumal hinter ihr Philippe von Orléans einen neuen Witz über den Herzog von Richelieu zum Besten gab, der mit dem lauten, dröhnenden Gelächter der Umstehenden beantwortet wurde. Als sich der Herzog von Bourbon zu Rosalba und John gesellte und mit einer Mischung aus Ergebenheit und Zärtlichkeit nach Rosalbas Händen griff, traute sie ihren Augen nicht. Der Mann, dessen Mätresse zu den berühmtesten Schönheiten von Paris gehörte, machte doch nicht etwa ihrer Schwester den Hof? Und als John die Tabaksdose aus seiner Rocktasche nahm, konnte sie sich nicht mehr zurückhalten. Wohl wissend, dass sie unfreundlich wirkte und darüber hinaus wohl auch ihren Mann brüskierte, drehte sie sich ohne ein Wort der Erklärung um und rauschte zu der kleinen Gruppe, der ihre Aufmerksamkeit galt.

»Madame Pellegrini, Ihr kommt wie gerufen«, verkündete John. »Gerade bin ich dabei, das Geheimnis meiner Tabatiere zu lüften ... Louis-Henri, wurdet Ihr bereits mit Madame Pellegrini bekannt gemacht? Sie ist die Schwester von Madame Carriera und mit dem großartigen Künstler verheiratet, der für das Deckenfresko in den Räumen der *Banque Royale* engagiert wurde.«

Der Herzog von Bourbon taxierte Angela auf eine Weise, die ihr unangenehm war. Er sah sie mit einer Eindringlichkeit an, als wolle er sie begutachten. Sein Blick wanderte von ihrer kunstvollen Frisur hinab, blieb kurz an ihrem ausladenden, offenherzigen Dekolleté haften, bevor er sich weiter abwärts bewegte, möglicherweise im Geiste bereits mit den verschiedensten Phantasien beschäftigt. Schließlich verneigte er sich formvollendet.

»Bedauerlicherweise war mir Eure nähere Bekanntschaft bisher versagt geblieben, Madame Pellegrini. Wir sind uns nur flüchtig begegnet. Ein Jammer, möchte ich betonen, denn der Anblick einer so schönen Frau sollte einem niemals vorenthalten werden.«

»Wenn ich's recht bedenke«, meinte John und schenkte Angela ein schelmisches Lächeln, »habt Ihr Madame bereits mehrfach gesehen ...« Er hatte seine Tabaksdose zwischen Daumen und Zeigefinger geklemmt und hielt sie nun hoch, das Miniaturportrait ins Licht eines mehrarmigen Kerzenleuchters haltend. »Es ist Euch allerdings verziehen, dass Ihr sie nicht gleich erkannt habt. Ich war ja selbst viel zu lange blind für die Ähnlichkeit.«

Rosalba stockte der Atem. Fassungslos starrte sie von Angela auf John und auf ihr Werk in seiner Hand. Hin- und hergerissen von den zwiespältigsten Gefühlen, fragte sie sich, was sie mehr erzürnte: die Tatsache, dass John von der Herkunft der Tabaksdose wusste, ohne sie darauf angesprochen zu haben, oder Angelas Verrat. Allzu deutlich klangen ihr noch die Worte im Ohr: *Ich durfte neulich einen Blick auf die Tabatiere von*

Monsieur Law werfen und dachte bei mir, die Miniatur könnte von dir sein. Ein Irrtum. Nichts sonst. Geradezu lachhaft, wenn ich's recht bedenke …

Der Herzog von Bourbon folgte Rosalbas Blicken, wenn auch aus einem anderen Grund. »Das seid Ihr, Madame Pellegrini?«, fragte er. »Verzeiht meine Unwissenheit, aber ich kann höchstens vage erkennen …«

Angela war sich durchaus im Klaren darüber, dass ihre heutige Aufmachung wenig mit dem jungen Mädchen von damals gemein hatte. Die Verwunderung des Herzogs war nachzuvollziehen und entschuldbar. Außerdem genoss sie die ungeteilte Aufmerksamkeit der beiden Herren und den Augenblick, der sie in den Mittelpunkt stellte, viel zu sehr, um eingeschnappt zu sein. Allein die strahlende Miene, mit der John sie begrüßt hatte, ließ sie sich wie in einem Märchen fühlen.

»Das Portrait ist schon ziemlich alt«, sagte sie vergnügt. »Es ist lange her, dass ich dafür Modell saß, und es ist Euch gestattet, dass Ihr mich nicht einwandfrei erkennen könnt. Wo kämen wir denn hin, wenn wir uns über die Jahre nicht verändern würden, nicht wahr?«

Mit einem kleinen Taschenspielertrick ließ John die Tabaksdose in seinem Ärmel verschwinden. »Eine Wette«, schlug er vor. »Was glaubt Ihr, wer das Portrait von Madame Pellegrini gezeichnet hat?«

Louis-Henri de Bourbon zeigte sich begeistert. »Was ist der Einsatz? Wie wäre es, wenn ich um ein Zeichen Eurer Sympathie bäte, Madame Pellegrini?«

»Versprecht Euch nicht zu viel«, lächelte Angela zwinkernd.

Rosalba öffnete den Mund zu einer scharfen Bemerkung, aber sie blieb stumm. Angelas ungewohnte Frivolität verschlug ihr die Sprache. Als habe Angela mit ihrer atemberaubenden Aufmachung gleichsam ihren Charakter in den einer *Femme fatale* verwandelt, flirtete sie sowohl mit dem Finanzminister als auch mit dem Herzog von Bourbon. Unwillkürlich fragte sich Rosalba, wie weit ihre Schwester zu gehen bereit war.

Hilfesuchend sah sie sich nach Pellegrini um, konnte diesen jedoch in der feiernden Menge nicht ausmachen. Warum ließ er seine Frau alleine herumscharwenzeln? Es war jedoch nicht der Augenblick, sich über Pellegrinis Gleichgültigkeit Gedanken zu machen. Er würde die Tugend seiner Frau nicht retten – das musste Rosalba tun. Tief durchatmend hob sie an: »Es ist kein faires Spiel, weil die Frage viel zu leicht zu beantworten ist. Wer könnte wohl ein Portrait der jungen Angela Carriera angefertigt haben? Ich bitte Euch, Messieurs, diese Antwort zu finden ist leichter als das Einmaleins.«

»Sie liegt sozusagen auf der Hand«, stimmte Louis-Henri de Bourbon zu. »Natürlich ist das Bild von Euch gezeichnet, Madame Carriera. Ihr seid eine unvergleichliche Künstlerin, in der Tat…« Zweifellos angetan, wandte er sich wieder der schöneren der beiden Schwestern zu: »Madame Pellegrini, ich habe gewonnen. Welches Zeichen Eurer Sympathie seid Ihr bereit, einem Euch zu Füßen liegenden Hasardeur zu gewähren?«

»Leider muss die Einlösung dieser Wettschuld ein wenig warten«, behauptete Rosalba und fasste Angela grob am Arm. »Die Zeit fliegt so schnell dahin. Das Konzert steht unmittelbar bevor, und ich möchte mit meinen Schwestern den Auftritt noch einmal durchsprechen. Würdet Ihr uns bitte entschuldigen?«

Obwohl sich seine Geschäfte und auch seine Bemühungen um Rosalba Carriera hervorragend anließen, er Kontakte zu hochgestellten Persönlichkeiten knüpfen und alte Freundschaften wie etwa zu Jean Mariette wiederaufleben lassen konnte, fragte sich Zanetti seit geraumer Zeit, ob die Reise nach Paris eine wirklich gute Idee gewesen war. Das größte Kopfzerbrechen bereitete ihm die Veränderungen, die mit Rosalba vor sich gingen. Sie vollzogen sich in einem schleichenden Prozess, wie bei einer chronischen Erkrankung. Aus der tatkräftigen Provinzlerin war in den vergangenen Monaten eine Dame von Welt geworden, für den Jugendfreund kaum wiederzuerkennen. Natürlich hatte sie nichts von ihrer Klugheit und

Freundlichkeit eingebüßt, aber sie gewann zunehmend an Selbstsicherheit, und Zanetti fürchtete, dass sich diese eines Tages in Überheblichkeit verwandeln würde. Allein die Tatsache, dass er nicht mehr ihr engster Vertrauter und Förderer war, bedrückte ihn.

Er unterhielt sich angeregt mit den mächtigsten Gästen Crozats, doch immer wieder wanderten seine Blicke heimlich zu Rosalba. Ihr Gespräch mit John Law blieb ihm dabei ebensowenig verborgen wie die Plänkelei mit dem Herzog von Bourbon, die in einem Fiasko zu enden schien, als eine offensichtlich wütende Rosalba ihre nicht weniger zornige Schwester Angela am Arm packte und in die Stille des Gartens hinauszerrte. Fast automatisch spürte Zanetti das Bedürfnis, Rosalba in jeder Lebenslage hilfreich zur Seite zu stehen, und dass sie irgendwelche Schwierigkeiten hatte, war deutlich zu sehen. Darüber hinaus befürchtete er, Rosalba könnte mit ihrer Contenance auch ihren guten Ruf verlieren und Crozats wohlgeplanten, für ihre Karriere so wichtigen Abend verderben. Also entschuldigte er sich bei den Herrschaften in seinem Kreis und folgte den beiden Schwestern auf die Terrasse.

»Was fällt dir eigentlich ein?«, hörte er Angela kreischen. »Du tust mir weh. Und im Übrigen behandelst du mich wie ein unartiges Kind!«

»Ich verhalte mich dir gegenüber, wie du es verdienst«, gab Rosalba lakonisch zurück. »Wenn du dich wie eine verantwortungsbewusste, erwachsene Frau geben würdest, bräuchte ich nicht einzuschreiten.«

»Du hast mich bei den Herren unmöglich gemacht, weil … weil du es nicht ertragen kannst, dass ich Erfolg habe!«

Zanetti trat einen Schritt auf die beiden zu, um eine Handgreiflichkeit zu verhindern, die er der einen oder anderen temperamentvollen Schwester in dieser Situation durchaus zutraute. Er hatte nicht die geringste Ahnung, worum der Streit ging, und konnte nur vermuten, dass es sich um einen Flirt handelte. Im Stillen wunderte er sich darüber, dass Rosalba eifersüchtig auf Angela sein sollte, was gänzlich untypisch für sie war, und diese Überlegung trieb ihn noch stärker an, sich zwischen die Fronten zu stellen. Obwohl der Kies unter seinen Füßen knirschte und er auch gar nicht die Absicht hatte, im Verborgenen zu lauschen, bemerkten ihn weder Rosalba noch Angela.

Die beiden Frauen standen einander gegenüber unter dem filigranen Geäst einer Buche und funkelten sich zornig an, das Weiß in ihren Augen blitzte in der bleiernen Dämmerung auf. Die etwas kräftigere Rosalba erinnerte Zanetti an einen Stier, der sein Haupt angriffslustig senkte, während Angela mit ihrem ganzen Putz wie ein siegessicherer Kampfhahn wirkte. Rosalbas Atem ging schwer und so stoßweise wie bei einem Herzkranken. Schließlich aber war sie es, die als Erste die Sprache wiederfand, und sie klang überraschend sachlich, nicht anklagend, fast wehmütig, als begriffe sie, dass sie an diesem Abend etwas Wertvolles unwiederbringlich verloren hatte.

»Viel schwerer wiegt deine Lüge. Warum hast du mir nicht gesagt, dass du die Tabatiere von Monsieur Law erkannt hast? Was hast du mir in all den Jahren noch verschwiegen?«

Angela vergaß über ihrer Verwunderung jegliche Wut. »Wie konnte ich ahnen, dass du dich über diese Entdeckung derart aufregst. Monsieur Law nahm es als charmantes Spiel, sie dir zu zeigen. Ich habe erst kürzlich davon erfahren und fand nichts dabei. Übrigens wusste auch mein Mann davon, wenn dich das beruhigen sollte.«

»Darum geht es ausnahmsweise einmal nicht, wenn von dir und Monsieur Law die Rede ist«, versetzte Rosalba.

Angela hob die Arme und ließ sie als Zeichen ihrer Resignation wieder fallen. »Ja, aber ... Ich verstehe dich nicht. Es ist doch nur eine Miniatur von unzähligen, die du angefertigt hast.«

»Nein, das ist sie nicht. Für mich ist sie etwas Besonderes, denn ich habe sie einem Mann geschenkt, der mir den Glauben an die Liebe nahm.«

Zanetti erstarrte. Fassungslos beobachtete er Rosalba und wünschte, unsichtbar zu werden. Wenn sie den Kopf nur wenige Zentimeter drehte, würde sie ihn bemerken. Sie würde wissen, dass er Zeuge eines Geständnisses geworden war, das ihm lieber verborgen geblieben wäre. Er hatte Rosalba stets für eine tugendhafte Jungfrau gehalten und geglaubt, dass sie niemals einen anderen Mann als ihn auch nur in Betracht gezogen hatte. Dass da ein anderer gewesen sein könnte, setzte ihm mehr zu, als er sich selbst einzugestehen wagte. Wie ein gehetztes Tier blickte er über die Schulter. Bis zur Terrassentür waren es nur wenige Schritte, aber wenn er jetzt zurückging, würde er wahrscheinlich irgendeinen Lärm verursachen und Rosalba oder Angela auf sich aufmerksam machen. Also ergab er sich in sein unrühmliches Schicksal und verfolgte weiter als heimlicher Zuhörer das Gespräch der beiden Schwestern.

Angela war nicht minder verblüfft als Zanetti. Es vergingen einige Sekunden – vielleicht waren es auch Minuten –, bis sie imstande war, Rosalbas Worten einen Sinn zu geben. Unsicher rettete sie sich in eine für sie selbst harmlos klingende Vermutung. »Nun, möglicherweise hat Monsieur Law diese Tabaksdose beim Spiel gewonnen. Es könnte doch sein …«

»Nein«, unterbrach Rosalba leise. »Jede andere Möglichkeit ist ausgeschlossen. Ich habe sie vor fünfundzwanzig Jahren John Law geschenkt.«

Der Kies knirschte, als Zanetti zu einer heftigen Bewegung ansetzte.

Angela atmete tief durch. Sie blickte Rosalba an und versuchte, sich an das junge Mädchen zu erinnern, das ihre Schwester damals gewesen war. Das diffuse Licht verwischte Rosalbas Züge, und für einen Moment glaubte Angela tatsächlich, zurückversetzt zu sein in jene Zeit, als Rosalba zum Familienunterhalt beitrug, indem sie Miniaturen mit den Portraits venezianischer Damen an Touristen verkaufte. Vornehmlich Reisende aus England … Angelas Gedanken rasten. Sie wusste, dass John Law in der Vergangenheit häufig in Venedig gewesen war. Es wäre auch anzunehmen, dass er damals irgendwann auf der Piazza San Marco auf Rosalbas Stand aufmerksam geworden war... *Wenn dein Verehrer erscheint, werde ich ihm sagen, dass er auf das wunderbarste Mädchen der Welt warten muss, sonst wird er niemals glücklich werden.*

»Heiliger Strohsack!«, entfuhr es Angela, als sie endlich verstand. »Was für ein Schlamassel!«

Durch die Geräusche, die Zanetti in seiner Überraschung verursacht hatte, war Rosalba auf den Zuhörer aufmerksam geworden. Sie wandte sich um, blickte nach allen Seiten, doch die Dunkelheit hatte sich wie ein schwarzer Mantel über den Garten gelegt. Ein feine Wolkendecke verschleierte Mond und Sterne, und selbst das aus dem Haus fallende Licht war zu schwach, um mehr als nur schemenhafte Umrisse zu erkennen.

»Wer ist da?«, fragte sie scharf in die Finsternis. »Da ist doch jemand... Zeigt Euch. Ich mag es nicht, wenn hinter mir herspioniert wird.«

Zanetti atmete tief durch.

»Nur keine Aufregung, meine Teuerste«, rief er frohgemut aus. »Monsieur Crozat schickt mich, um die Damen für ihren Auftritt zu holen. Darf ich jeder von Euch einen Arm anbieten? Ihr könntet in der Dunkelheit stolpern und Schaden nehmen, wenn Ihr meine Hilfe ausschlagt. Ich werde Euch wohlbehalten zu Eurem Publikum bringen und hoffe, auf diese Weise auch ein wenig des Beifalls zu erheischen, der für Euch bestimmt ist.«

Rosalba blickte ihn fragend an. Doch seine Miene war undurchdringlich. Die schwache Beleuchtung machte es ihr unmöglich, in seine Augen zu sehen. Also ergab sie sich der Hoffnung, dass er nichts von ihrer zweifelhaften Offenbarung gehört hatte. Ein Geständnis, das sie bereute, kaum, dass sie es ausgesprochen hatte. Nicht nur wegen Zanetti oder Angela. Vor allem um ihrer selbst willen, denn sie fürchtete, mit jedem Wort mehr von dem Panzer zerstört zu haben, der ihr Herz in all den Jahren so gut geschützt hatte.

Mit geschultem Auge betrachtete Watteau die Gästeschar, die sich im Musiksalon von Pierre Crozat versammelte. Stühlerücken, Füßescharren, raschelnde Seidenröcke, leises Gekicher, ein diskretes Hüsteln, Flüstern – jeder Laut wies auf die erwartungsvolle Anspannung vor dem für die Pariser Gesellschaft ungewöhnlichen Konzert hin. Crozat hatte die vornehmsten und mächtigsten Personen eingeladen, und Watteaus Augen wanderten immer wieder zum Regenten, der es sich zwischen seinen Freunden John Law und Louis-Henri de Bourbon in der ersten Reihe bequem gemacht hatte. Die Herren wirkten aufgeräumt und entspannt, was Watteau in Anbetracht der allgemeinen Lage für bewundernswert hielt. Wie von einem anderen Stern wirkten dagegen die Gegner des Systems, der Marschall von Villeroi etwa oder Antoine Crozat, die mit strenger Miene neben ihren Gattinnen saßen und sich mit diesen offensichtlich weniger gut unterhielten als die anderen Herren unter sich. Watteau bedauerte, dass der Herzog von Bourbon ohne Madame de Prie erschienen war, denn er hätte ihre legendäre Schönheit gerne einmal aus der Nähe betrachtet.

Statt dessen flog der Kohlestift über die Skizzenblätter, während er – mehr schemenhaft als tatsächlich erkennbar – den einen oder anderen weniger attraktiven Gast unter den Anwesenden zeichnete. Es ging ihm mehr darum, die Stimmung einzufangen als Portraits anzufertigen. Letztere überließ er Rosalba Carriera, und für ihn bedeuteten diese Skizzen einen Spaß, eine Fingerübung, damit er etwas zu tun hatte und sich von dem auf seiner Brust lastenden Hustenreiz ablenken konnte.

Seine schwindenden Kräfte setzten ihm stark zu, vor allem, weil seine Arbeit immer stärker darunter litt. Er konnte nicht mehr so viele Aufträge annehmen, wie er es gerne getan hätte und es auch notwendig gewesen wäre. Eine Situation, die langfristig in einem finanziellen Desaster zu enden drohte, weshalb er Crozats Anregung dankbar aufgenommen hatte, sich um die

Anfertigung von Stichen zu bewerben, deren Originalgemälde sich im Besitz des Königs und des Regenten befanden. Es war zwar aufwendiger, einen Kupferstich herzustellen, als ein Bild auf Leinwand zu malen, aber körperlich weniger anstrengend, da diese Tätigkeit im Sitzen durchgeführt werden konnte. Watteau wusste, dass sich Pierre Crozat für sein künstlerisches wie handwerkliches Talent starkmachte, und die Tatsache, an diesem Abend dem Herzog von Orléans vorgestellt worden zu sein, war so etwas wie ein Vorvertrag. Da nicht anzunehmen war, dass Philippe das Können Watteaus geringschätzte, könnte nur noch ein negativer persönlicher Eindruck das lukrative Engagement vereiteln.

Als das Konzert endlich begann, legte Watteau ein frisches Blatt aus dem Stapel auf seinem Schoß obenauf und ließ den Stift mit schnellen Strichen über das Papier gleiten. Es war, als sehe er mit seiner Hand: Rosalba, die an dem neumodischen Hammerklavier Platz genommen hatte, während Giovanna eine Geige in ihre Halsbeuge schob und Angela das Textbuch auf dem für die Sängerin bereitgestellten Notenständer aufschlug.

Die drei Damen aus Venedig hatten ein Repertoire zusammengestellt, welches dem Geschmack ihres Gastgebers entgegenkam, eine Hommage an Frankreich war und zugleich an die Musiker in ihrer Heimat erinnerte. Zuerst gaben sie eine Opernarie von Jean-Baptiste Lully, die ein wenig altmodisch klang, zumal es nicht der musikalischen Avantgarde entsprach, die Crozat üblicherweise pflegte, aber der Titel war zweifellos eine Verbeugung vor den Vertretern des *alten Hofes*. Die meisten Libretti Lullys bezogen sich ganz in der Tradition Ludwigs XIV. auf Geschichten aus der Antike, die von Liebe, Verrat, Eifersucht und Rache handelten. Angela sang davon mit einer Inbrunst, die Watteau anfangs überraschte, ihn aber schließlich sehr für sie einnahm.

Rosalba hielt den Kopf gesenkt über die Klaviatur, scheinbar hochkonzentriert, bei genauerer Betrachtung sah man jedoch,

dass sie mit ihren Gedanken weit weg war. Sie spielte perfekt –
wirkte dabei aber wie eine Marionette und vollkommen entrückt. Wo mochte sie wohl sein? War es Heimweh, das sie
lenkte, als sie ein Stück des berühmten venezianischen Priesters
Antonio Vivaldi anstimmte?

Anschließend trugen die drei Damen zeitgenössische Musik
vor: ein Scherzo von Antonio Guido, dem Musiklehrer des
Herzogs von Orléans, und ein Lied von Jean-Féry Rebel, einem Meister der Kammermusik, mit dem Watteau eng befreundet war. Der Künstler schloss die Augen und ließ sich
von den bekannten Melodien forttragen. Er liebte die Musik
fast mehr noch als die Komödie, nicht zuletzt deshalb hatte
er auf den meisten seiner Bilder irgendwo einen Musikanten
oder zumindest ein Instrument versteckt. Jetzt lauschte er den
Klängen, die Rosalba dem Klavier entlockte, und ließ sich in
seine Träume von einem gesunden, glücklichen Leben in Italien gleiten. Giovannas Geige schluchzte dabei so zart wie ein
weinendes Mädchen, und Angelas Stimme perlte wie die Tropfen von Tränen dahin …

Beifall brandete auf, kaum dass der letzte Ton verklungen
war. Watteau hatte Mühe, seinen Stapel mit Skizzenblättern
auf seinem Schoß zu balancieren, denn die anderen Zuhörer
drängten und schoben sich plötzlich rücksichtslos zu den drei
Interpretinnen vor, um diesen zu gratulieren, Komplimente
auszutauschen oder einfach nur dabeizusein und mit anzuhören, wie ein noblerer Gast dies tat. Vor allem die Reaktion des
Herzogs von Orléans galt es, genau zu beobachten und gegebenenfalls zu imitieren.

»Vortrefflich«, lobte Philippe und verneigte sich in übertrie-
bener Verehrung vor Rosalba. »Ihr seid nicht nur eine vorzügliche Malerin, sondern auch eine überaus begabte Musikerin.
Da ich nun Zeuge Eures hervorragenden Klavierspiels war,
wünsche ich mir, die Portraitistin gelegentlich ebenso eingehend beobachten zu dürfen.«

Rosalba neigte sich zu einem devoten Hofknicks. »Ich bin Euch jederzeit gerne zu Diensten, Königliche Hoheit. Verfügt bitte über meine Zeit.«

»Wie man hört, habt Ihr aber gar nicht so viel davon«, mischte sich Louis-Henri de Bourbon ein. »Alle Welt will ein Portrait von Euch. Madame de Prie liegt mir auch ständig damit in den Ohren.« Wie schon zuvor griff er nach Rosalbas rechter Hand. »Wie kann man diese Hand engagieren?«

Schmunzelnd registrierte John, dass Rosalba einen Moment erschrak und zurückwich. Sie hatte sich jedoch schnell wieder in der Gewalt und ließ den Herzog von Bourbon gewähren, auch wenn sie dabei ein wenig konsterniert lächelte.

»Monsieur le Duc sind vollkommen fasziniert von Madames Händen«, kommentierte John. »Für das Spiel am Piano scheint es tatsächlich ebenso viel Feingefühl zu bedürfen wie bei der Führung eines Pastellstiftes. Wenn Ihr weiter die zarten Finger von Madame zerquetscht, Louis-Henri, wird sie mit beidem künftig Schwierigkeiten haben.«

Philippe von Orléans brach in schallendes Gelächter aus. »Sehr komisch. Ihr seid bester Laune, Law, das ist angenehm. Es gibt da übrigens ein Zitat von Aristoteles über den Sinn von Händen, die die Natur als Werkzeug einteilt. Ich kann mich nicht genau an den Wortlaut erinnern, aber es geht wohl darum, dass jeder die Gerätschaft erhält, die er gebrauchen oder bedienen kann. Madame Carriera ist offenbar reich beschenkt worden.«

Achselzuckend ließ der Herzog von Bourbon Rosalbas Rechte los. Als habe er damit jegliches Interesse an Rosalba verloren, blickte er sich suchend um. »Ich sollte Madame Pellegrini zu ihrem Auftritt gratulieren. Sie ist nicht nur wunderschön, sie besitzt auch eine bezaubernde Stimme. Wo ist sie nur?«

Rosalba entsann sich, dass sie den Herzog von Bourbon von ihrer ersten Begegnung an nicht sonderlich sympathisch gefunden hatte. Sie wünschte plötzlich, sie könnte ihre Hand, die er eben noch gehalten hatte, an ihrem Kleid abwischen. Die Aufdringlichkeit, mit der er ihrer verheirateten Schwester den Hof zu machen beabsichtigte, erschien ihr unwürdig. Doch mit seiner Hässlichkeit und Macht verkörperte Louis-Henri de Bourbon genau den Typus jener ignoranten Männer, die Frauen als Spielzeug betrachteten und sich nahmen, was sie wollten, gleichgültig, was sie damit anrichteten.

Es ist Pellegrinis Sache, auf Angela aufzupassen, dachte sie. Sie sollte sich in diesem Fall nicht einmischen. Der Herzog von Bourbon ging sie viel weniger an als John Law, und nach ihrem Bekenntnis fühlte sie sich – zumindest für den heutigen Abend – nicht mehr in der Lage, über Angelas Tugend zu wachen. Mit der Wahrheit über die Tabaksdose schien alle Kraft aus ihr gewichen zu sein.

»Ich glaube, meine Schwester bespricht sich gerade mit ihrem Gatten«, sagte Rosalba matt.

Diese Bemerkung schien den Herzog von Bourbon weder zu verwirren noch zu erzürnen. »Ach ja, dieser hervorragende Maler von Fresken. Sollte ich mein Palais etwa neu dekorieren lassen? Ich werde die Angelegenheit mit Madame Pellegrini unverzüglich erörtern.« Er nickte Rosalba ebenso aufmunternd wie erwartungsvoll zu. »Ihr werdet von mir hören. Sobald ich einen Termin mit Madame de Prie abgesprochen habe, sende ich Euch eine Nachricht. Betrachtet das Portrait von Madame de Prie als in Auftrag gegeben.«

»Oje«, seufzte der Regent in gespielter Resignation, während er den Abgang seines Cousins beobachtete. »Ein Portrait der schönen Agnès de Prie wird Madame de Parabère zutiefst erzürnen. Ich denke, Madame Carriera, Ihr solltet meiner Favoritin den Vorzug geben. Um meinetwillen. Stellt Euch doch einmal vor, wie anstrengend es werden dürfte, Madame de Parabère zu erklären, dass sie sich irgendwo hintanstellen muss.«

»Diese Sorge werde ich Euch sicher abnehmen können«, versicherte Rosalba. Im Geiste fragte sie sich zwar, wie sie ihr

Pensum überhaupt schaffen sollte, aber sie hätte sich lieber die Zunge abgebissen, als einen einzigen Auftrag abzulehnen. Vielleicht sollte sie Angela wieder ein wenig mehr in ihre Arbeit mit einbeziehen. Dann wäre ihre Schwester zumindest beschäftigt und hätte keine Zeit für amouröse Abenteuer.

Sie fühlte Johns Blick auf sich ruhen und sah unwillkürlich zu ihm auf. Ihr Blick begegnete seinem, und sie glaubte eine Mischung aus Anerkennung und Stolz darin zu erkennen. Freute er sich über ihren Erfolg? Wie konnte er das, fragte sie sich, da sie im Grunde seines Herzens eine Fremde für ihn war ...?

»Meine Tochter kann sich glücklich schätzen, die erste Schönheit in Paris gewesen zu sein, die von Euch portraitiert wurde«, sagte John zu Rosalba. »Wahrscheinlich sollte ich nun auch in Erwägung ziehen, Euch mit einem Bild von meiner Gattin zu beauftragen, und wenn's nur darum ginge, Euch wieder an der Place Vendôme zu sehen?«

»Nichts gegen die liebenswerte Katherine«, mischte sich Philippe ein, bevor Rosalba etwas erwidern konnte, »aber ist es nicht an der Zeit, ein Portrait unseres Finanzministers anzufertigen? Ich denke ...« Er tippte sich mit dem Finger an die Schläfe, als wollte er seinem Gehirn auf die Sprünge helfen, und zwinkerte mit seinen kurzsichtigen Augen. »Ja, Madame, ich denke wirklich, Ihr solltet zuerst Monsieur in Pastell verewigen, und ich werde mir erlauben, dieses Bild Madame Law zum Geschenk zu machen. Vielleicht ergibt sich dabei sogar die Gelegenheit, dass ich Euch bei Eurer Arbeit beobachten darf, Madame Carriera.«

John verbeugte sich vor dem Regenten. »Eine vortreffliche Idee«, sagte er, bevor er sich wieder an Rosalba wandte: »Wann kann ich Euch Modell sitzen?«

Sie dachte an die unzähligen Skizzen, die sie einst von ihm angefertigt hatte. Ohne weiteres wäre sie in der Lage, sein Gesicht aus dem Gedächtnis zu zeichnen. Das des jungen Mannes von einst ebenso wie das Antlitz des mächtigen Financiers des

Regenten. Im Grunde brauchte John seine Zeit nicht mit Sitzungen als Modell zu vergeuden ...

»Ich sammle übrigens Bilder von Madame Carriera«, hörte sie ihn plötzlich zum Herzog von Orléans sagen. »Wusstet Ihr schon, dass meine Tabaksdose eine Miniatur von Madame ziert?«

Während Philippe mit spitzen Fingern eine Prise aus bewusster Tabatiere nahm, die John ihm hinhielt, erwiderte er ernst: »Wie gut also, dass ich sie für Euch wiedergefunden habe, nicht wahr?«

Für den Bruchteil einer Sekunde überraschte sie die Antwort des Regenten. Dann jedoch überwogen ihre eigenen Gefühle, und sie wünschte, flüchten zu können. Fort von diesem Gespräch und den Erinnerungen ... Doch sie konnte vielleicht John brüskieren, ganz sicher aber nicht den Regenten einfach stehen lassen.

Aus den Augenwinkeln bemerkte sie eine Regung neben sich, und als sie sich umsah, entdeckte sie Watteau, der mit einigen Skizzenblättern hantierte. Erleichtert strahlte sie ihren Kollegen an.

»Monsieur Watteau, ein Meister wie Ihr sollte nicht so zurückhaltend sein. Möchtet Ihr Seiner Königlichen Hoheit ein Beispiel Eures Zeichentalents präsentieren?«

Am Rande des Geschehens hatten sich Zanetti, Mariette und der Hausherr zu einem Glas Champagner zusammengefunden. Crozat war ein wenig erschöpft von den zahllosen Honneurs des Abends, aber äußerst zufrieden mit dem Werdegang. Voller Genugtuung beobachtete er, wie sich seine illustren Gäste um Rosalba drängten, und gab es auf, die Angebote und Aufträge zu zählen, die ihr zugetragen wurden. Vor allem das so offensichtlich geäußerte wohlwollende Verhalten des Regenten beflügelte seine Phantasie. Ihre Erfolgsgeschichte ist noch nicht zu Ende geschrieben, dachte Crozat und suchte in der Menge den Reporter des *Mercure,* der über das Konzert berichten würde. Crozat beschloss, dafür zu sorgen, dass der Name Rosalba Carriera künftig häufiger in der Zeitung auftauchte. Entsprechend lancierte Notizen waren zweifellos dazu angetan, die Popularität eines Menschen zu steigern.

Lächelnd wandte er sich an Zanetti, der ein wenig bleich und müde wirkte. »Madame Carriera wird umschwärmt wie kaum ein anderer Künstler heutzutage. Ihr habt gut daran getan, sie zu der Reise nach Paris zu überreden.«

»Es war mehr die Überzeugungskraft von Madame Pellegrini«, wehrte Zanetti ab. »Aber in der Tat: Ihr habt Recht. Obwohl Madame Carriera vor lauter Arbeit nun kaum Zeit für sich und ihre Familie bleibt. Schade, wenn man bedenkt, was sie sich noch alles in dieser wunderschönen Stadt ansehen könnte.«

Crozat nickte Mariette aufmunternd zu. »Nun, unter diesen Umständen lege ich Madames Schicksal in Eure Hände als sachverständigen Führer durch die Sehenswürdigkeiten von Paris. Wie ich hörte, hattet Ihr Madame bereits nach Versailles eingeladen …. Dabei fällt mir ein, Messieurs: Meint Ihr nicht, die Zeit sei gekommen, über einen Beitritt von Madame Carriera in die Akademie nachzudenken? Ihr Erfolg berechtigt sie zu einer akademischen Karriere.«

»Monsieur Watteau berichtete mir, dass sie kein Interesse an einer Aufnahme habe«, erwiderte Mariette. »Bedauerlicherweise ist unsere illustre Madame Carriera zu bescheiden.«

»Dann liegt es an uns, sie zu motivieren«, erwiderte Crozat. »Zanetti, Ihr könntet sie meiner Ansicht nach am ehesten überzeugen, ein Bild für den Aufnahmeantrag anzufertigen. Das weitere Vorgehen erlaube ich mir zwischenzeitlich mit Monsieur Coypel zu besprechen.«

Zanetti zögerte. Er dachte an die kleinen, aber steten Veränderungen im Wesen Rosalbas, die er wahrgenommen, und an das, was sie Angela anvertraut hatte. »Ich weiß nicht … ich weiß nicht, ob sie auf mich hören wird.«

»Auf wen sonst?«, fragte Crozat ungeduldig. »Wenn Monsieur Watteau nicht überzeugend genug ist, solltet Ihr es in jedem Fall sein.«

»Wenn Ihr meint, werde ich tun, was ich kann.«

Mariette warf einen langen Blick auf Rosalba, die sich gerade über eine Zeichnung beugte, die Watteau ihr zeigte. Der Herzog von Orléans und sein Finanzminister blickten ihr dabei über die Schulter, als wären sie allesamt die besten Freunde. Eine Szene, die alle Erwartungen überstieg. Crozat hatte recht: Die Aufnahme in die Akademie wäre die Krönung für Rosalba Carrieras Pariser Karriere. Wenn ihr dieser Schachzug gelänge, stand ihr tatsächlich jener Titel zu, den Mariette ihr schon vor langer Zeit als Zeichen seiner Anbetung verliehen hatte: *La reine du pastel* – die Pastellkönigin.

7

Die Veröffentlichung des Gesetzes zur Abschaffung des Papiergeldes fiel Anfang Oktober mit Rosalbas Einladung ins Hôtel Law zusammen. Der Regent hatte entschieden, dass alle Banknoten aus dem Verkehr gezogen werden sollten. Ab 1. November durften nur noch Münzen als Zahlungsmittel akzeptiert werden, und wer noch *billets* besaß, musste diese in Staatsanleihen umtauschen. Die Aktien blieben von dieser Verfügung zwar weitgehend verschont, aber es glaubte ja ohnehin niemand mehr an deren Wert. Gerüchte besagten, dass allein achtzig Prozent der Vermögen, die als Guthaben bei der *Banque Royale* deponiert waren, durch diese Maßnahme verloren gingen.

Die Situation war ähnlich der im vergangenen Mai, als Rosalba zur Besuchszeit an der Place Vendôme eintraf: Eine verzweifelte Menge hatte sich trotz des einsetzenden Regens gemeinsam mit dem Mob vor Johns Haus versammelt und protestierte gegen das neue Edikt. Das Geschrei des Pöbels verfolgte Rosalbas Equipage bis in die Einfahrt hinein, und hätte sie nicht ihr den Leuten unbekanntes Gesicht am Kutschenfenster gezeigt, wäre sie womöglich weiter verfolgt worden. Sie war dankbar, dass sie Katherines Nachricht positiv beantwortet hatte, obwohl sie die Situation bei Erhalt ihres Briefes noch nicht hatte einschätzen können. Angesichts der Demonstranten war Rosalba aber davon überzeugt, dass Katherine ihres Zuspruchs dringend bedurfte.

Tatsächlich wirkte Katherine äußerst derangiert, als sie ihre Freundin empfing. Johns Frau, die für ihre elegante Erscheinung Berühmtheit erlangt hatte, trug ein schlichtes Kleid, wie es eine Zofe in ihrer Freizeit kaum angezogen hätte, welches ihr darüber hinaus auch noch zu weit war. Als sie Rosalbas verblüfften Blick auf ihre Taille bemerkte, deutete sie auf ein kleines Kissen, das achtlos auf einen seidenbezogenen Diwan geworfen worden war.

»Verzeiht meinen Aufzug, aber ich musste vorhin unbedingt kurz das Haus verlassen und hielt es für ratsam, mich als Schwangere zu verkleiden. Mein Gatte wird von Musketieren beschützt, er bewegt sich in relativer Sicherheit, aber die Wachen stehen nicht für meine Person bereit. Nach den Schreckensnachrichten der vergangenen Wochen und Tage wage ich mich lieber nur inkognito unter die Menschen.«

Mitfühlend ergriff Rosalba ihre Hände. »Gibt es irgendetwas, womit ich Euch helfen kann?«

Katherine schüttelte nachdenklich den Kopf. »Nein, uns ist nicht mehr zu helfen. Wie mir scheint, hört der Regent ab jetzt mehr auf die Gegner des *Système du Law*. Das neue Edikt wurde weder mit dem Finanzminister abgesprochen, noch ist es seine Idee. Oder denkt Ihr vielleicht auch, John würde mit einem Federstrich vernichten, woran er seit Jahrzehnten glaubt?«

»Nein, natürlich nicht«, antwortete Rosalba und ließ Katherines Hände los. Ihre Worte klangen nicht überzeugend, aber ihr fiel keine angemessene Erklärung ein.

Doch Katherine schien ihr kaum zugehört zu haben, denn sie sprach mehr zu sich selbst und starrte ins Leere an Rosalba vorbei, als aus ihr herausbrach: »Es sind die neuen Ratgeber des Regenten, die am meisten von dem System profitieren. Den enormen Preisanstieg und damit den Zorn des Volkes haben eine Handvoll Höflinge zu verantworten. Sie haben Kartelle gebildet, um Rohstoffe und lebenswichtige Waren zu horten, die sie später zu erpresserisch hohen Preisen verkaufen werden.« Sie zerdrückte ein Taschentuch in ihrer Faust, während sie mit der gleichen tonlosen Stimme sagte: »Der Marschall d'Estrées etwa besitzt das Kaffeemonopol und der Herzog de la Force das auf Wachs und Talg, andere das auf Zucker und Mehl. Manche von ihnen waren Freunde meines Gatten, und ich verzweifle bei dem Gedanken, dass er von diesen Machenschaften weiß. Ich kann ihm aber nicht verübeln, dass er nichts gegen die Kartelle unternimmt, obwohl die Not der Bevölkerung steigt. Er muss parteiisch sein, weil er weder seine letzten Verbündeten noch seine Feinde weiter gegen sich aufbringen kann. Und der Regent darf den *alten Hof* nicht erzürnen, um seine eigene Position nicht zu gefährden. Gewisse Subjekte verbreiten üble Verleumdungen über den Herzog von Orléans, Todesdrohungen wurden bereits gegen ihn ausgestoßen, und seine Mutter soll zu einem Giftmord am eigenen Sohn aufgefordert worden sein. Wie ich Madame kenne, war ihre Antwort sicher tödlicher als jedes Pulver …«

Plötzlich zuckte Katherine zusammen, als bemerke sie erst jetzt ihre stille Zuhörerin. Sie versuchte zu lächeln, was ihr jedoch kläglich misslang. Mit einem leisen Seufzer trat sie ans Fenster und beobachtete für einen Moment den Regen, der in feuchten Rinnsalen an den Scheiben hinabrann. Ihren hängenden Schultern war die Verlegenheit anzusehen. Ihre offenen Worte waren ihr peinlich, sie konnten sogar gefährlich sein.

»Verzeiht mir diesen Ausbruch«, entschuldigte sie sich niedergeschlagen. »Ich weiß nicht mehr, was ich denken soll, und offenbar auch nicht, was ich sage. Wahrscheinlich liegt das an meinem begrenzten Umgang. Ich habe niemanden, mit dem ich mich austauschen kann. Meine früher so zahlreichen Freundinnen gibt es nicht mehr. Und wenn, so muss ich mich mit meinen Äußerungen vorsehen, denn selbst ein Wort unter vier Augen gehört heutzutage der Vergangenheit an. Es tut gut, Euch wiederzusehen. Auf Eure Diskretion konnte ich mich stets verlassen.«

Langsam, als bereite ihr jede Bewegung größte Schwierigkeiten, drehte sie sich um. »Aber ich weiß, dass Ihr nicht gekommen seid, um Euch mein Palaver anzuhören«, fügte sie hinzu.

»Das ist nicht wahr«, protestierte Rosalba. »Eure Nachricht barg zweierlei: den Termin für die Sitzung mit Eurem Gatten, aber auch die Aussicht auf eine Stunde in Eurem *Cabinet.* Ich habe mich darauf gefreut, hierherzukommen, weil ich die Verabredung für das Portrait mit einem Gespräch mit Euch verbinden kann.«

Als Katherine jetzt lächelte, gelang es ihr schon besser. Sie straffte die Schultern und fand ein wenig zu der beeindruckenden Haltung zurück, die man an ihr so gut kannte.

»Ich werde eine heiße Schokolade für Euch zubereiten lassen. Es kann sehr feucht werden, wenn es in Paris regnet, und die Nässe geht in die Knochen. Hier gibt es selten Wolkenbrüche wie in Italien, aber dafür oft ein stetes Nieseln wie in England. Ein heißes Getränk ist das beste Rezept gegen eine Unterkühlung… Aber nun kommt, bitte, ich bringe Euch zu Monsieur Law. Er erwartet Euch bereits voller Ungeduld, und ich hoffe, wir werden später Gelegenheit zum Plaudern haben.«

»Das versichere ich Euch.«

Als sie an ihr vorüberging, drückte Katherine ganz kurz Rosalbas Hand. »Ich danke Euch für Eure aufrechte Freundschaft.«

Rosalba war klar, dass es für Katherine – wie für alle einmal erfolgsverwöhnten und dann im Zentrum der Kritik stehenden Menschen – schwierig sein musste, Freund und Feind zu unterscheiden. Die Damen, die in der Vergangenheit, wie Motten das Licht, ihre Nähe gesucht hatten, distanzierten sich nun aus Angst zu verbrennen. Andererseits agierte in der Hofgesellschaft eine Unzahl von Spionen, die sich bei Katherine lieb Kind machen würden, um Johns Pläne auszukundschaften. Und dann gab es noch jede Menge Opportunisten, die je nach Lage kamen und gingen, auf die aber in keinem Fall Verlass war. Eine Vertrauensperson war in diesem Umfeld so selten wie Schneeflocken in Venedig.

Allerdings fühlte Rosalba sich selbst nicht ganz frei von Schuld. Sie fühlte, dass sie Katherine von der Tabaksdose erzählen sollte. Vielleicht nicht mit dem Pathos ihres verletzten Jungmädchenherzens, aber mit dem Stolz einer erwachsenen

Frau, die sich an eine für Dritte harmlose Episode erinnerte. Dass Katherine nichts von Angelas Portrait wusste, lag auf der Hand – sie hätte Rosalba zweifellos darauf angesprochen. Doch Rosalba ließ die Gelegenheit wieder einmal verstreichen und beruhigte das eigene Gewissen, indem sie sich einredete, dass sie der ganzen Geschichte viel zuviel Bedeutung beimaß und Katherine nichts zu erfahren brauchte, was sie beunruhigen könnte und was in der gegebenen Lage ohnehin völlig unwichtig war.

John erhob sich von seinem Schreibtischstuhl, als Katherine mit dem Gast eintrat. Nachdem er eine Akte zugeschlagen hatte, schenkte er Rosalba ein strahlendes Willkommenslächeln. Seine Erscheinung wirkte so glanzvoll wie ehedem, und wenn er Sorgen haben sollte, so verbarg er diese geschickt hinter einer vergnügten Stimmung. Rosalba fragte sich, für welchen Betrachter diese Fassade bestimmt war – für sie selbst oder um Katherine zu beruhigen? Vielleicht aber auch für den Diener, der gerade eine Karaffe mit rubinrot schimmerndem Bordeaux ins Arbeitszimmer gebracht hatte.

»Meine Portraitistin!«, rief John aus. »Es ist mir ein Vergnügen, Euch Modell sitzen zu dürfen. Wir können dem Regenten nicht genug für seinen Einfall danken. Ich hörte, dass die meisten Eurer Anhänger im Hôtel Crozat vorsprechen, um von Euch skizziert zu werden, und ich weiß es durchaus zu schätzen, dass Ihr der Einladung meiner Gattin gefolgt seid.«

Rosalba neigte hoheitsvoll ihr Haupt. Sie versuchte, in Johns Zügen zu lesen. Das neue Edikt musste ihn tief getroffen haben, doch das Leuchten seiner Augen verlieh diesen einen Glanz, der auf ein sonniges Gemüt und eine unglaubliche Sorglosigkeit schließen ließ. Niemals hätte sie ernsthaft dem Gedanken nachgehangen, dass diese offensichtliche Freude in Verbindung mit ihrem Besuch stehen könnte; sie dachte nur einen kurzen Moment daran und verdrängte diese Möglichkeit sofort wieder.

Obwohl das Zimmer ausgesprochen ordentlich wirkte und mit Ausnahme der Aktenberge auf dem Schreibtisch perfekt aufgeräumt war, sah sich Katherine gezwungen, in nervösem Übereifer Kissen auf einem Sessel am Fenster zurechtzuklopfen und imaginäre Fussel von der Lehne zu schnippen. Sie schob das Möbelstück ein wenig hin und her, bevor sie mit einer einladenden Geste darauf deutete.

»Wenn Ihr hier sitzt, fällt das Licht über Eure linke Schulter auf das Papier. Ich meine, dies ist der angenehmste Platz für Euch.«

Rosalba lächelte. »Ihr erinnert Euch also an meine Vorliebe während der Portraitstudien Eurer Kinder. Das ist sehr nett.«

Sie legte die Mappe mit dem Skizzenpapier auf den Fußschemel neben dem Sessel, um ihren Hut abzunehmen. Nachdem sie diesen auf einem Beistelltischchen deponiert hatte, raffte sie ihre Röcke und ließ sich nieder. Dann griff sie nach dem Folianten und breitete die losen Blätter auf ihren Knien aus. Erwartungsvoll blickte sie zu John auf. Bevor dieser jedoch etwas sagen konnte, war Katherine wieder um Rosalbas Bequemlichkeit bemüht. Sie rückte das Bänkchen am Boden zurecht.

»Ich bitte Euch«, wehrte Rosalba beschämt ab, »das ist nicht nötig. Ihr macht viel zuviel Aufhebens um meine Person.«

»Euer Besuch ist ein Lichtblick in diesen dunklen Tagen«, erwiderte Katherine leise. Sie warf John einen flüchtigen Blick zu, der ihr ein für Rosalba schmerzlich vertrauliches Lächeln schenkte. »Tja«, meinte Katherine dann ein wenig ratlos, sich offenbar ziemlich überflüssig fühlend, »nun gibt es für mich wohl nichts mehr zu tun …«

»Ihr könnt hierbleiben und zuschauen«, schlug Rosalba vor, der es plötzlich unangenehm war, mit John alleine zu sein. Sie hatte angenommen, Katherine würde sich zu ihnen gesellen, denn die Zweisamkeit mit John machte sie nervös. Wenn sie sich an die wenigen Gelegenheiten erinnerte, die sie mit ihm unter vier Augen gesprochen hatte, begann ihr Herz zu rasen, und sie fürchtete, durch seine Nähe einen Großteil ihrer Gelassenheit einzubüßen.

»Ach nein«, wehrte Katherine bescheiden ab, »wahrscheinlich würde ich doch nur stören. Ich werde mich besser um die Schokolade kümmern, die ich Euch versprochen habe.«

»Eine brillante Idee«, lobte John. »Würdet Ihr bei dieser Vorbereitung bitte auch an mich denken.« Er hielt Katherine die Tür auf, durch die sie mit einer Anmut schwebte, die nicht zu ihrem Kleid passte. »Sie nimmt sich alles so sehr zu Herzen«, murmelte er und schloss die Tür wieder. Seine Miene verdüsterte sich kurz wie die Sonne, wenn eine Wolke am Himmel vorüberzog, doch gleich darauf setzte er wieder seine Maske der Fröhlichkeit auf. »Wo möchtet Ihr, dass ich mich plaziere?«

»Hier. Mir gegenüber.«

John ließ sich in den zweiten Sessel am Fenster sinken, schlug die Beine übereinander und lehnte sich entspannt zurück. »Es ist ja nicht so, dass ich noch nie Modell gesessen bin«, plauderte er dabei. »Dennoch ist dies eine Premiere für mich, da ich noch nie von einer Frau gezeichnet wurde.«

»Ich glaube kaum, dass es einen Unterschied macht, welchen Geschlechts der Portraitist ist...«

»Im Grunde wohl nicht, da mögt Ihr Recht haben. Dennoch birgt ein Novum immer etwas Aufregendes, nicht wahr?« Er griff in seine Rocktasche und förderte seine Tabaksdose zutage. »Wie geht es übrigens Eurer Schwester, Madame Pellegrini?«, erkundigte er sich beiläufig, während er den Deckel aufschnappen ließ.

»Ich wäre Euch dankbar, wenn Ihr Euch nicht zu viel bewegen würdet«, gab Rosalba zurück, ohne von ihrem Skizzenpapier aufzusehen. Sie hoffte, er würde nicht bemerken, dass sie errötete. Der Stift in ihrer Hand zitterte leicht.

»Einverstanden.« Er setzte sich gerade hin. »Aber wir können uns unterhalten – oder muss ich meine Lippen verschließen?«

»Meiner Schwester Angela geht es ausgezeichnet«, behauptete Rosalba, obwohl sie sich dessen nicht sicher war. Seit dem Konzert hatte sie noch keine Gelegenheit für ein Gespräch unter vier Augen gefunden. Ständig waren sie von anderen Familienmitgliedern umgeben, und wenn sie es jetzt recht bedachte, schien es fast so, als vermeide Angela jeden engen Kontakt zu Rosalba. Wahrscheinlich ging sie ihr sogar aus dem Weg, und Rosalba war dieser Umstand wegen ihrer wachsenden Verpflichtungen nicht aufgefallen. Im tiefsten Inneren ihres Herzens war sie sogar dankbar, dass es zu keiner weiteren Aussprache gekommen war.

»Denkt Ihr, es ist Schicksal, dass ich seit Jahren eine Miniatur von Eurer Hand besitze, ohne davon zu wissen?«

»Nein«, antwortete sie knapp, die Augen starr auf die Zeichenblätter auf ihren Knien gerichtet. »Nein, das glaube ich nicht.«

»Natürlich gibt es eine logische Erklärung dafür«, räumte John ein. »Dennoch hat die Situation etwas Romantisches. Ein Schöngeist, der ich nicht bin, würde jetzt sicher eine Ode an Eure Kunst dichten. Ich kann nur sagen, dass meiner Ansicht nach alles einen Sinn hat.«

Sie schaute hoch und fand so viel Wärme in seinen Zügen, dass sie verlegen ihre Lider senkte. In ihrer Brust tobte der uralte Kampf zwischen Herz und Vernunft. Mit überraschend fester Stimme sagte sie: »Ich widerspreche Euch ungern, Monsieur le Ministre, doch solltet Ihr bei aller Sensibilität berücksichtigen, dass ich in meiner Jugend Tabatieren nicht aus Leidenschaft, sondern allein zum Verkauf herstellte. Ich trug damit zum Lebensunterhalt meiner Familie bei. Das ist nicht besonders romantisch, wie ich Euch versichern kann.«

»*Touché*. Dennoch bleibt die Frage, wo ich diese Tabaksdose gekauft haben könnte. Ich kann mich nicht erinnern, und je mehr ich meine Gedanken darauf fokussiere, desto geheimnisvoller wird der Umstand des Erwerbs. Allein diese Tatsache wertet die ganze Geschichte auf, findet Ihr nicht?«

»Ganz und gar nicht. Ich habe meine Tabaksdosen früher an

einem Stand auf der Piazza San Marco an Touristen verkauft, und wahrscheinlich seid Ihr irgendwann vorbeigekommen und habt Euch inspirieren lassen. Ihr könnt Euch daran nicht mehr erinnern. Und ich auch nicht. Warum sich also den Kopf über derartig Unwichtiges zerbrechen?«

Merkwürdig, dachte Rosalba, dass er sich viel mehr dafür interessierte, von wem die Miniatur stammte, als dafür, welche Person das Portrait darstellte. Seine halbherzige Frage nach Angelas Wohl sollte anscheinend nur die Einleitung zu diesem Thema sein. Doch Rosalba fehlte der Mut, von ihrer Begegnung vor fünfundzwanzig Jahren zu erzählen. Sie fürchtete, ihre Gefühle preiszugeben. Die von damals. Und die von heute, denn je näher sie John Law als Bekannte, Freundin seiner Frau oder auch nur als Portraitistin kam, desto stärker spürte sie seine männliche Anziehungskraft.

Nachdenklich spielte er mit der Tabaksdose. Seine Augen wanderten von dem Emailledeckel zu der konzentriert skizzierenden Künstlerin ihm gegenüber. Sein Blick war skeptisch, und Rosalba fragte sich unwillkürlich, ob er auf diese Weise stumme Kritik an ihrer brüsken Äußerung übte. Er verunsicherte sie, und sie wünschte, sie hätte sich niemals auf diesen Auftrag eingelassen. Jedenfalls nicht auf eine Sitzung, die eine Gelegenheit zu diesem persönlichen Gedankenaustausch bot. Warum war Katherine nicht als Zuschauerin geblieben? Ihre Anwesenheit hätte das in Rosalbas Augen überflüssige Gespräch wahrscheinlich verhindert – oder zumindest in eine andere Bahn gelenkt.

»Ich wäre Euch dankbar, wenn Ihr ein wenig mehr Ruhe bewahren würdet«, sagte sie. »Vielleicht sollten wir nicht reden. Meine Skizze beginnt unter unserer Unterhaltung zu leiden.«

»Noch nie hat mir jemand vorgeworfen, ich wäre ein Zappler«, brummte John beleidigt, und Rosalba blickte erschrocken hoch, da sie befürchtete, zu weit gegangen zu sein. Er machte eine ernste Miene, doch seine Mundwinkel zuckten verschmitzt. Angesteckt von seiner guten Laune, lächelte sie ihn an, bevor sie sich wieder ihrer Arbeit zuwandte.

Konzentriert skizzierte Rosalba die Züge, die sie fast ebenso gut wie ihre eigenen kannte. Deshalb ging ihr das Zeichnen schneller als bei anderen Kunden von der Hand. Mit ziemlicher Verwunderung stellte sie fest, wie angenehm es war, gemeinsam mit John zu schweigen. Er strahlte eine sanfte Ruhe aus, die den Raum mit einer harmonischen Atmosphäre füllte, als wären sie weit weg von Korruption, Intrigen, Inflation und Protesten. Die Stille belastete sie nicht, wie es manchmal geschah, wenn ein Gespräch abrupt abgebrochen wurde. Das Schlagwerk einer Uhr im Raum, das Kratzen ihres Stiftes auf dem Papier, die üblichen Geräusche des Haushalts hinter den Türen, das Knarren einer Diele – all das klang wie eine angenehme Untermalungsmusik.

»Wenn ich nur wüsste ...«, murmelte John plötzlich gedankenverloren, unterbrach sich aber wieder und wich Rosalbas Blick aus, als sie ihn ansah.

»Es wäre für die weitere Ausarbeitung des Portraits sinnvoll, wenn ich einige persönliche Gegenstände von Euch ausleihen dürfte, die Ihr auf dem Bild gerne sehen würdet«, bemerkte sie sachlich. »Oder etwas, das wie selbstverständlich zu Euch gehört«, fügte sie hinzu, als sie seinen überraschten Gesichtsausdruck bemerkte. Offensichtlich war John in seinem Kopf weit weg gewesen und fand nur mit einiger Verblüffung zu ihr zurück. Ob er derart geistesabwesend gewesen war, dass er sie vergessen hatte, oder ob er ihre Bitte seltsam fand, konnte sie nicht erkennen. »Eure Perücke, vielleicht, und eine Krawatte ...«

»Warum verewigt Ihr nicht Eure Tabaksdose auf meinem Bildnis? Zweifellos ist das ein Gegenstand, der wie kaum ein anderer zu mir gehört.« Er griff erneut in seine Tasche. »Bevor wir es vergessen, nehmt Ihr sie lieber gleich an Euch ...«

»Aber sie ist Euer Talisman«, protestierte sie schwach. »Ich könnte sie nie so wertschätzen wie Ihr. Dass ich sie gefertigt habe, ändert daran nichts. Ich habe eine distanziertere Haltung dazu. Eine Perücke und eine Krawatte würden als Vorlage völlig genügen.«

Bittend streckte John die Hand aus, in der er die Tabatiere hielt. »Dann nehmt sie als Pfand …«

Der Stift glitt ihr aus den Fingern. Ihr stockte der Atem.

»… und wenn Ihr mir das fertige Portrait bringt, gebt Ihr sie mir zurück.«

Stumm starrte sie ihn an.

In diesem Moment öffnete sich die Doppeltür, und eine strahlende Katherine erschien im Rahmen, gefolgt von einem rotwangigen Dienstmädchen und einem schmalen Diener. Das Mädchen trug ein Tablett mit allerlei Kaffeegeschirr darauf, der junge Lakai einen transportablen Teetisch. Katherine hatte sich in der Zwischenzeit umgezogen und neu frisiert. Sie war jetzt wieder die perfekte Hausherrin, die zu einem Nachmittagsbesuch empfing. Ihre Augenbrauen hoben sich eine Spur, als sie den seltsamen Blick registrierte, den Rosalba John zuwarf, und sie seine Hand bemerkte, die er Rosalba fast flehend entgegenhielt. Selbst als sie sah, dass er Rosalba seine geliebte Tabaksdose reichte, verlor sie kein Wort darüber.

Sie lächelte die Malerin und ihr Modell freundlich an und verkündete: »Ich bringe Euch eine Erfrischung, die Eure Sitzung sicher beleben wird. Kaffee und heiße Schokolade. Wenn ich Euch nicht störe und Ihr gestattet, würde ich gerne einen Moment bei Euch verweilen.«

»Selbstverständlich«, antwortete Rosalba eine Spur zu hastig. »Eine kleine Plauderei schadet keiner Skizze … Ihr hättet … ehmmm … Ihr hättet von Anfang an in unserer Gesellschaft bleiben sollen.«

Während sich Katherine zu ihrem Personal umdrehte, um diesem mit wenigen knappen Worten und Gesten zu verdeutlichen, wo sie den Beistelltisch aufgestellt und gedeckt zu haben wünschte, warf John kommentarlos seine Tabaksdose in Rosalbas Schoß. Dann sah er zu Katherine auf und lächelte zärtlich. »Es ist schön, wenn Ihr uns ein wenig unterhaltet. Madame Carriera hat recht. Ihr hättet gar nicht erst weggehen dürfen.«

Rosalbas Fingerkuppen berührten vorsichtig die kühle Emailleglasur der Miniatur. Sie hatte sie dem namenlosen Touristen vor fünfundzwanzig Jahren als Pfand für eine Portraitstudie gegeben, und nun kehrte sie zu ihr zurück. Ein plötzlicher Gedanke schnürte Rosalbas Kehle zu: Hoffentlich würde sie dieses Mal die Gelegenheit haben, die Tabaksdose gegen das Bild einzutauschen, für das sie damals wie heute als Sicherheit stand.

8

Mit der Intensität eines Feuerwerks war Angela ein Licht aufgegangen. Rosalbas jugendliche Verliebtheit hatte sie nie vergessen. Sie erinnerte sich noch lebhaft an das Aufblühen ihrer großen Schwester, an ihre Träume, die sie selbst so interessant gefunden hatte, und an Rosalbas heimliche Lehrzeit in Sachen damenhafte Umgangsformen bei Signora Lazzari. Wenn Angela jetzt darüber nachdachte, so waren ihr Rosalbas Tränen um den Touristen aus Schottland so gegenwärtig, als hätte sie sie erst gestern vergossen; sie selbst fühlte noch ihre Bestürzung und das Mitleid angesichts der Verzweiflung und Zerbrechlichkeit der sonst so starken Rosalba. Natürlich wusste sie auch von den zahllosen Skizzen – Rosalba hatte sie ihr ja selbst gegeben, damit sie den Herrn erkennen könnte, wenn er denn an den Stand käme –, doch waren die Züge im Laufe der Jahre verblasst. Andere Bilder hatten sich in Angelas Kopf vor das fremde Gesicht geschoben, die für sie wichtiger gewesen waren.

Ich habe die Tabaksdose einem Mann gegeben, der mir den Glauben an die Liebe nahm…

Angela hatte nicht einen Moment gezweifelt. Obwohl sie von dem kostbaren Präsent nichts gewusst hatte, war ihr sofort klar gewesen, um welche Person es sich handelte. Rosalbas Leben war zu wenig spektakulär und zu keusch verlaufen, um eine andere Vermutung zuzulassen. Außerdem erschien ihr John Law als Idealbesetzung des romantischen Helden, des Abenteurers, der das Herz eines einfachen Mädchens brach und sich anschließend aus dem Staube machte. Sie stellte sich heute allerdings die Frage, ob zwischen Rosalba und John mehr gewesen war als das Wenige, das Rosalba ihr erzählt hatte. Rosalba besaß einen großzügigen Charakter – das stimmte –, aber hätte sie eine Tabatiere einfach so aus der Hand gegeben, ohne dafür nicht wenigstens einen Kuss zu bekommen? Frustriert stellte sie fest, dass sie darauf wahrscheinlich niemals eine Antwort erhalten würde, denn Rosalba würde sich ihrer Neugier entziehen, dessen war sich Angela sicher.

Mit einem Mal fielen Angela auch die vielen Begebenheiten in den vergangenen Monaten in Paris ein, als sie Rosalba und John mit einiger Verwunderung beobachtet hatte. Welche Verbindung bestand noch zwischen den beiden? War die alte Geschichte der Grund, warum er sich Angela gegenüber zurückhaltend gezeigt hatte, obwohl er gespürt haben musste, dass sie ihn begehrte? Gleichzeitig wurde ihr die Konsequenz aus dem neuen Wissen für sie selbst bewusst: Der Mann war künftig tabu. Sie musste ihre Schwärmerei in andere Kanäle lenken und all das, was sie in ihn hineininterpretiert hatte, vergessen. Nur konnte sie ihre Gefühle nicht einfach auslöschen wie eine Kerze. Eine unbestimmte Sehnsucht glomm in ihrem Herzen weiter, und sie war zutiefst erschrocken, als sie feststellte, dass sie den Schmerz mit Rosalba teilte – nur, dass diese ihn bereits vor langer Zeit empfunden hatte.

Unter diesen Umständen mied sie Rosalbas Gesellschaft. Und wenn sie sich sahen, legte sie größten Wert darauf, dass zumindest ihre Mutter oder Giovanna, wenn nicht gar Pellegrini, anwesend waren. Sie musste sich irgendwann mit Rosalba aussprechen, aber sie hoffte, dann die Stärke zurückgewonnen zu haben, die sie brauchte, um über die ganze Episode herzhaft lachen zu können.

Zu ihrem großen Ärger war Pellegrinis Fürsorge noch immer nicht dazu angetan, einen Ausgleich zu schaffen. Sie suchte seine Nähe, aber er gab sie ihr nicht zurück. Er war gefangen von dem irrationalen Ehrgeiz, trotz aller Widrigkeiten ein Fresko zu schaffen, welches das *Système du Law* auf ewig überdauern sollte. Je kritischer die Situation für den Geldmarkt und damit für die *Banque Royale* wurde, desto eifriger schienen Pellegrini und François Lemoyne bei der Sache zu sein.

Die Nachrichten überschlugen sich. Es hieß, die Abschaffung der Noten sei nur der Anfang vom Ende John Laws. Im Salon von Madame Tencin, wohin Angela mit Pellegrini eingeladen worden war, hatte sie Voltaire getroffen, der die Sache gelassener nahm als die meisten seiner Landsleute und lakonisch bemerkte: »Jetzt gibt man dem Papier wieder seinen eigentlichen Wert.«

Wie Angela erfuhr, hatte der Dichter im Gegensatz zu seinem Freund Richelieu keinen Profit aus dem System gezogen und auch keinen Verlust gemacht – wahrscheinlich, weil er gar nicht über die Mittel zu waghalsigen Spekulationen verfügte; und Richelieu gab sein Geld viel zu schnell aus, um irgendetwas zu verlieren. Er war seit jeher ständig pleite. Angela las neuerdings den *Mercure de France* interessierter als zuvor, nachdem sie eine Notiz über ihr Konzert mit Rosalba und Giovanna in der Zeitung gefunden hatte. Sie schnitt die Lobeshymne auf ihre ältere Schwester aus, doch im Laufe der Zeit überwogen die Meldungen über die Finanzkrise, aber auch diese las sie gewissenhaft. Den Bericht über eine hitzige Debatte im Parlament des Regenten hob sie sogar auf. Der Rechtsanwalt Mathieu Marais hatte das Ende der *billets* mit einem Zornausbruch kommentiert: »Damit endet das System, das eintausend Bettler reich gemacht und einhunderttausend ehrenwerte Männer an den Bettelstab gebracht hat.« Die Noblesse einiger Mitglieder der Hofgesellschaft trug einigen Schaden bei der Bevölkerung davon.

Mitte Oktober fand Angela einen Artikel in der Zeitung, in dem es hieß, dass die Steuerwächter des Regenten im Auftrage Seiner Majestät jedermann aufzuspüren beabsichtigten, der nicht in guter Absicht agitiert habe oder sich eines finanziellen Überflusses erfreue, der der Öffentlichkeit zuwider und dem Wohle des französischen Staates abträglich sei.

»Natürlich geht es bei diesen Drohungen nur um weniger

privilegierte Börsenmakler und andere arme Teufel, die es dank Monsieur Law geschafft haben, ein wenig mehr Geld zu verdienen als durch ihre gewohnte Arbeit«, behauptete Pellegrini, als Angela ihn auf die neueste Nachricht aus dem Palais Royal ansprach. »Niemand wird sich an die Mitglieder der Hofgesellschaft wagen. Wahrscheinlich will man einfach nur die alte Ordnung zwischen Arm und Reich, Privilegiert und Bürgerlich wiederherstellen.«

»Das kann aber nicht in Monsieur Laws Interesse sein«, widersprach Angela. »Er hatte immer das Wohle des ganzen Volkes im Auge.«

Pellegrini blickte seine Frau scharf an. »Seit wann weißt du denn etwas von den Hintergründen der Reformen von Monsieur Law?«

Angela konnte nicht verhindern, dass sie errötete. Sie beugte sich tief über ihr Stickzeug, damit er nicht allzu deutlich in ihrem Gesicht lesen konnte.

»Wenn man in Paris lebt, gibt es keine Möglichkeit, den Gerüchten und Berichten über das *Système du Law* auszuweichen«, sagte sie leise. »Außerdem gehören wir zum Kreise um Monsieur Law. Da ist es doch ganz selbstverständlich, wenn ich mich ein wenig mit dem Denken des Finanzministers beschäftige.«

»Ja, sicher, aber ...« Er brach ab, unterließ es aber nicht, sie weiter anzustarren. Schließlich raffte er sich zu einer Frage auf, die ihm anscheinend auf der Seele brannte: »Geht es dir nicht gut, Angela? Du bist so blass, und ich denke häufig, dass nur dein Körper noch bei mir ist, dein Herz und dein Geist aber ganz woanders sind.«

Die Nadel stach ihr in die Fingerkuppe. Ein dunkelroter Blutstropfen perlte auf das über einen Stickrahmen gezogene Linnen. Angela sah darauf, ohne zu begreifen, dass sie sich verletzt und das Monogramm verunstaltet hatte, mit dem sie das feine Gewebe verzieren wollte. In ihrem Kopf herrschte Chaos, denn sie erkannte, dass Pellegrini von ihrem Unglück und ihrer Sehnsucht wusste: Warum nur hatte er nicht früher etwas dagegen unternommen?

»Angela …«

»Ist schon gut.« Angela schob den Finger zwischen ihre Lippen und saugte die kleine Wunde aus. Sie sah ihren Mann an und schenkte ihm ein Lächeln. Er ist also nicht so ignorant, wie ich angenommen hatte, dachte sie. Vielleicht würde ja doch alles wieder werden, wie es war, bevor sich John Law in ihre Träume geschlichen hatte. Ein wenig undeutlich sprechend, erklärte sie: »Das gesellschaftliche Leben in Paris ist sehr anstrengend, nicht wahr? Ich fühle mich unendlich matt, aber ich bin nicht krank oder sonst etwas. Das Einzige, das mir wahrscheinlich fehlt, ist unser Zuhause in Venedig.«

Pellegrini nahm ihre Hand und hauchte einen zärtlichen Kuss auf die Stichverletzung, die man nicht mehr sah. »Ich dachte, ich sollte mich mehr um dich kümmern. Würde es dir Freude bereiten, den Opernball zu besuchen? Graf Zanetti berichtete mir, dass Monsieur Crozat vorhabe, Rosalba in seine Loge einzuladen.«

»Ja, ich denke, das wäre eine gute Idee …«, behauptete sie, war sich dessen aber gar nicht sicher. Sie fühlte sich unendlich schlecht, weil ihre Gedanken nur um die Frage kreisten, ob John Law auch zum Opernball gehen würde.

9

Das Palais du Luxembourg war eine der ersten Bildergalerien, die für die Öffentlichkeit zugänglich gemacht wurden. Einmal in der Woche durften Besucher die Sammlungen besichtigen. Für Watteau eine vortreffliche Gelegenheit, Rosalba durch die Witwenresidenz der französischen Königin Maria von Medici zu führen. Allerdings hätte er durch persönliche Kontakte jederzeit Einlass in das Palais gefunden, denn er hatte während seiner ersten Jahre in Paris als Assistent bei Antoine Coypels Freund Claude Audran III. gearbeitet, der nicht nur ein berühmter Dekorationsmaler, sondern auch Concierge im Palais du Luxembourg war.

Es war still an diesem sonnigen Vormittag in dem im italienischen Stil erbauten Palais. Wenn überhaupt, so zog der Park ein größeres Publikum an als das Palais. Watteau umrundete ein oder zwei Paare und ein mit einem Reifen spielendes Kind, von dem er fast umgerannt worden wäre, da er nicht auf die anderen Personen um sich her achtete. Auch hatte er nur einen flüchtigen Blick für die schönen Wasserspiele übrig. Es war sein alles beherrschender Wunsch, Rosalba jene Gemälde nahezubringen, die seine künstlerische Entwicklung wie wenige andere beeindruckt und beeinflusst hatten.

Im Vorbeigehen erklärte er seiner Begleiterin: »Dieser Brunnen soll einem Äquivalent im Palazzo Pitti in Florenz nachgebaut sein.«

Rosalba hätte gerne einen Moment an der künstlichen Quelle verweilt, doch Watteau eilte überraschend behände weiter, als könne er es gar nicht abwarten, den Anblick jener Bilder zu genießen, die ihm mehr bedeuteten als die Wärme der späten Sonne.

Rosalba ergab sich in ihr Schicksal und folgte ihm mit raschen Schritten die Stufen zum Eingang hinauf. Schließlich hatte sie seine Einladung angenommen, um den berühmten *Medici-Zyklus* von Peter Paul Rubens zu sehen, und nicht, um zu einem Spaziergang durch die in den rot-goldenen Farben des Herbstes schimmernden Anlagen zu schlendern.

»Erinnert Ihr Euch, dass ich mich einmal als Flame im Geiste bezeichnete?«, hörte sie Watteau atemlos fragen.

Rosalba hatte Mühe, bei seinem bewundernswerten Tempo mitzuhalten. »Natürlich«, antwortete sie nach einer Weile, während sie ihren Rock etwas höher raffte, um nicht über den Saum zu stolpern. Das Gehen erforderte allergrößte Konzentration, denn der Marmorboden fühlte sich unter ihren hohen Absätzen rutschig an. »Ich entsinne mich allem, was Ihr gesagt habt.«

»Dann könnt Ihr verstehen, dass ich mich in der Tradition flämischer Maler sehe...« Er unterbrach sich, um einem Mitglied der Wache zuzunicken, das er vielleicht kannte. »Besonders einem Künstler wie Peter Paul Rubens bin ich von Herzen verbunden.« Der wieder einsetzende Husten zwang ihn, seinen Schritt zu verlangsamen. »Vielleicht liebe ich seine Art zu malen auch deshalb so sehr, weil er meinen Traum lebte und eine Brücke zwischen der flämischen und der italienischen Kunst schlug.«

»Soviel ich weiß, hielt sich Rubens eine Weile in Venedig auf«, bemerkte Rosalba. »Er ließ sich von Tizian inspirieren...«

»...und schuf seine Werke bald in fast ebenso großen Formaten«, fügte Watteau begeistert hinzu.

Verblüfft registrierte sie, dass er ihren Arm heftig packte, als wolle er sie plötzlich zurückhalten oder vor Ungemach beschützen. Konsterniert über diese allzu freundschaftliche Geste starrte sie auf seine Hand. Doch Watteau schien nicht zu bemerken, wie sehr er sie in Erstaunen versetzte.

»Schließt die Augen. Ich werde Euch führen und Euch sagen, wann Ihr sie wieder öffnen könnt. Aber seid vorbereitet: Wenn ich Euch erlaube, Eure Augen zu öffnen, werdet Ihr von den imposantesten Gemälden und der unglaublichsten Farbenpracht geblendet sein, die Ihr je gesehen habt.«

Wie bei einem Blinde-Kuh-Spiel tastete sie sich mit seiner Hilfe vorwärts. Sein Überschwang war ihr ein wenig peinlich, aber sie wusste, dass die Wachen wenig an ihrer beider Verhalten aussetzen, sich nicht einmal wundern würden, da dergestalt alberne Vergnügungen in der Oberschicht nicht ungewöhnlich waren. Sie war erleichtert, als Watteau endlich stehenblieb, einen Moment atemlos auf seinem Platz verharrte und ihr schließlich mit großem Pathos mitteilte, sie seien an ihrem Ziel angekommen.

Rosalba öffnete die Augen. Ihr erster Gedanke war: *Er hat Recht!*

Sie brauchte eine Weile, um sich zu fassen, denn tatsächlich sah sie sich einem Werk gegenüber, wie sie es kaum zuvor gesehen hatte. Auf einer Fläche von über dreihundert Quadratmetern Leinwand, in vierundzwanzig Gemälde aufgeteilt, hatte Rubens die Lebensgeschichte der französischen Königin Maria von Medici dargestellt. Die allegorischen Bilder erzählten fast alle Stationen ihres Lebens, von der Geburt über ihre Hochzeit mit Heinrich IV. von Frankreich, ihrer Krönung, seiner Ermordung bis hin zum Zerwürfnis und der späteren Versöhnung mit ihrem Sohn, Ludwig XIII. Mit seinem außergewöhnlichen Malertalent und den leuchtenden Farben eines Tizian oder Tintoretto war Rubens ein Zyklus gelungen, der seinesgleichen in der Welt suchte und für Rosalba in seiner Dimension höchstens mit den riesigen Tafelbildern im Dogenpalast vergleichbar war.

»Natürlich fehlt ein wesentlicher Teil in der Geschichte«, bemerkte Watteau, als müsse er sich für einen Fehler in dem gigantischen Werk rechtfertigen. »Den endgültigen Bruch zwischen Mutter und Sohn auf Anraten von Kardinal Richelieu wird man in diesen Bildern nicht finden. Und auch nicht ihren Tod in der Emigration in Köln.«

Rosalba lächelte. »Nun, was man sieht, genügt doch eigentlich, nicht wahr? Ich denke, als katholische Witwe eines protestantischen französischen Königs war es ihr wichtig, eine politische Botschaft zu verbreiten, und das ist ihr mit diesen phantastischen Bildern sicher gelungen.«

»Monumentalgemälde sind zwar seit dem Hinscheiden des Sonnenkönigs aus der Mode, aber ich habe mir überlegt, ob ich mich nicht auch einmal an ein anderes Format wagen sollte«, brach es aus Watteau heraus, und Rosalba hatte das Gefühl, er habe nur auf die richtige Gelegenheit gewartet, um ihr diese Neuigkeit mitzuteilen. Immerhin hat er sich dafür einen beeindruckenden Rahmen ausgesucht, fuhr es ihr amüsiert durch den Kopf.

»Natürlich spreche ich nicht von einem Werk dieser Dimension«, erklärte Watteau bescheiden. »Diese Arbeit gelänge mir gar nicht, da man ein großes Atelier und zahllose Assistenten dafür braucht. Es heißt, der *Medici-Zyklus* stamme nicht wirklich ausschließlich von Rubens' Hand – und es ist ja auch verständlich, wenn er gewisse Ausfertigungen seinen Mitarbeitern überließ. Einer der bedeutendsten Maler, die unter seiner Anleitung arbeiteten, war übrigens Anton van Dyck ...«

Watteau unterbrach sich. Er blickte ehrfurchtsvoll zu dem Gemälde auf, das die Krönung Marias von Medici darstellte, und seine Worte hallten in den über hundert Jahre alten Räumen wider, als er vor Begeisterung eine Spur zu laut weitersprach: »Wie findet Ihr diesen kleinen Hund hier? Ist er nicht zauberhaft? Ich werde mich davon inspirieren lassen.«

»Für Euer neues Werk?«

»Ja, natürlich«, erwiderte er eine Spur ungeduldig. »Und seht nur hier in der Darstellung der Geburt des Thronfolgers die Pose der sitzenden Dame ... Rubens schafft eine unvergleichliche Lebendigkeit der Personen und stellt ihre Beziehungen zueinander in vollkommenem Licht dar ... Ich könnte ein ganzes Leben vor diesen Bildern stehen und immer wieder ein neues Detail finden, welches für meine eigene Orientierung von Nutzen ist.«

Während Watteau sein Taschentuch zückte, um nach dem heftigen Redefluss einen Hustenanfall zuzulassen, fragte sie sich, wie ein schwerkranker Mann wie er überhaupt in der Lage sein wollte, ein großformatiges Ölgemälde zu erschaffen. Sie wünschte Watteau von ganzem Herzen, dass er zu diesem augenfälligen Lebenstraum in der Lage sein würde, aber sie hatte große Zweifel.

Um sich von dem Würgereiz abzulenken, der den Ärmsten befallen hatte, trat sie näher und studierte eingehend den Ausdruck auf den Gesichtern der Königin, ihrer Familie, ihres Gefolges und der Götter, die diese auf allen Bildern begleiteten.

»Was haltet Ihr von eineinhalb mal dreieinhalb Metern?«, hörte sie ihn unvermittelt fragen.

»Wie meinen?«

»Mein neues Bild«, erinnerte Watteau. In seinen leicht zusammengekniffenen Augen zeigte sich seine Bestürzung angesichts Rosalbas Vergesslichkeit. »Ich spreche vom Format meines neuesten Werkes. Es ist natürlich deutlich größer als alles, was ich bisher gemalt habe, aber als Fingerübung ausreichend. Findet Ihr nicht?«

»Darf ich fragen, welches Motiv Ihr dafür auserwählt habt?«

»Ich plane ein Ladenschild ...«

Bevor sich Rosalba ihrer Unhöflichkeit bewusst wurde, starrte sie Watteau schon mit weit aufgerissenen Augen an. »Bitte, was?«, entfuhr es ihr.

Es war absolut unüblich und darüber hinaus auch vollkommen unwahrscheinlich, dass sich ein Künstler von der Reputation Watteaus mit der Herstellung eines Ladenschildes abgab. Derartige Geschäftswerbungen wurden in der Regel bei unbekannten Dekorationsmalern in Auftrag gegeben. Rosalba war kein Fall bekannt, bei dem es anders gewesen wäre. Wieso, um alles in der Welt, wollte sich das Akademiemitglied Antoine Watteau auf dem Höhepunkt seiner Karriere auf ein Niveau zurückbegeben, das er schon früh verlassen hatte? Wenn er wirklich ein großformatiges Bild schaffen wollte, sollte er sich ein Denkmal setzen und nicht seine Gesundheit für etwas ruinieren, das in den Augen der Öffentlichkeit keinen Wert besaß.

»Ihr geht zu streng mit mir ins Gericht«, beklagte Watteau. »Natürlich habt Ihr Recht, wenn Ihr meint, dass ein Ladenschild nicht meinen Ansprüchen genügt. Aber ich beabsichtige ein ganz Besonderes seiner Art zu malen. Ein guter Freund ist Eigentümer der Kunsthandlung *Au Grand Monarque* auf der Pont Notre-Dame, und er besitzt kein Firmenkennzeichen. Könnt Ihr Euch das vorstellen, ein so bekanntes Geschäft und keine Werbung am Eingang?«

»Also ein Freundschaftsdienst«, räumte sie einigermaßen versöhnt ein.

»In gewisser Weise – ja. Wahrscheinlich sehe ich darin aber mehr eine Gegenleistung für Gersaints Freundlichkeit, mir ein Zimmer in seinem Haus zur Verfügung zu stellen.« Spontan ergriff Watteau ihre Hand und senkte seine Lippen darauf.

Rosalba befürchtete, er wolle sich für seinen Rückzug in die künstlerischen Niederungen entschuldigen, doch dann blickte er ihr ernst in die Augen und sagte: »Ihr haltet mir etwas vor, das Ihr für Euch selbst in Anspruch nehmt, Teuerste. Wenn Ihr meint, ein Ladenschild entspräche nicht meinem Stil, so mögt Ihr auf den ersten Blick vielleicht Recht haben, ich werde Euch aber eines Besseren belehren. Mit Eurer Weigerung, einen Aufnahmeantrag für die Akademie zu stellen, gebt Ihr Euch selbst und Euren Verehrern nicht einmal die Chance, dem Höhepunkt Eures künstlerischen Lebens beizuwohnen.«

»Ach Gott!«, seufzte sie und entzog ihm ihre Hand. Um einer schnellen Antwort enthoben zu sein und darüber nachdenken zu können, was sie ihm sagen sollte, schlenderte sie langsam an der Lebensgeschichte Marias von Medici entlang, ohne die Bilder allerdings jetzt mit der gebührenden Aufmerksamkeit zu würdigen. »Ich wollte es nicht publik machen, da ich eine Ablehnung befürchte, aber Ihr seid selbst Akademiemitglied, und deshalb werdet Ihr ohnehin von meinem Geheimnis erfahren.« Mit einem zaghaften Lächeln auf den Lippen sah sie ihn an. »Ich habe mich von meinen Freunden überreden lassen. Besonders Monsieur Coypel ist ein Meister dieses Faches.«

Die krankheitsbedingten rötlichen Flecken auf Watteaus Wangen leuchteten vor Aufregung rosa. »Ihr habt ein Werk eingereicht? Was ist es? Welches Motiv habt Ihr ausgewählt?«

»Mit der Hilfe der Messieurs Crozat und Mariette habe ich mich für das Portrait eines jungen Mädchens entschieden, das eine Taube in den Händen hält. Ich dachte, es sei ein gutes Omen, weil ich damals eine ähnliche Darstellung nach Rom geschickt habe.«

Watteau kämpfte mit seinen Gefühlen. Normalerweise selten so überschwänglich wie seine französischen Landsleute, übte er sich vielmehr in der Zurückhaltung, die man von den Nordeuropäern kannte. In diesem Moment aber hätte er Rosalba vor Freude am liebsten umarmt. Da fiel ihm etwas ein, das er ihr unbedingt mitteilen wollte und ihn glücklicherweise von der ungewohnten Jovialität abhielt: »Am 26. Oktober ist die nächste Akademiesitzung. Ich verspreche Euch, dass ich selbstverständlich für Euch stimmen werde.«

Sie nickte dankbar, nicht ahnend, dass der Akademiedirektor Antoine Coypel zur selben Zeit, in der sie mit Watteau durch das Palais du Luxembourg schlenderte, bereits an einem anderen Ort die Strippen zog.

10

Am Ende überwog das Urteil ihrer Fürsprecher und Bewunderer, und Rosalba wurde ohne eine einzige Gegenstimme in den Kreis der Akademiemitglieder aufgenommen, was der höchsten Auszeichnung entsprach, die ein Künstler ihrer Generation überhaupt erhalten konnte.

»Nicht eine einzige schwarze Kugel wurde in die Waagschale geworfen«, berichtete Antoine Coypel, den sie nach der Sitzung Ende Oktober in seiner Wohnung im Louvre besuchte. Da er den Titel eines Hofmalers trug, stand ihm ein Appartement in der Königlichen Residenz zu. Außerdem war Coypel Akademiedirektor, was ihm ebenfalls private Räume innerhalb des Instituts sicherte. Nach der Übersiedlung des Sonnenkönigs nach Versailles waren einige Künstler und sämtliche Pariser Akademien in dem aufgelassenen Schloss einquartiert worden, wobei es geblieben war, als die Hofgesellschaft wieder zurück nach Paris zog, sodass Coypel praktischerweise gleich mehrere Privilegien besaß, um sich auf Lebzeiten in einem Flügel des Louvre einzurichten. Rosalba spürte ihren Herzschlag, als wäre sie zu schnell gelaufen. Dabei saß sie ganz ruhig neben Giovanna auf dem Diwan im Salon von Madame Coypel. Fast alle ihre Empfindungen konzentrierten sich auf das offizielle Schreiben, welches ihr der Akademiedirektor im Namen der Mitglieder überreicht hatte. Sie spürte nicht einmal, wie Giovanna ihre Hand ergriff und drückte.

»Ich kann es nicht glauben ... Ich kann nicht glauben, dass es niemanden in Eurem Kreise gibt, der an meinen künstlerischen Fähigkeiten etwas auszusetzen haben könnte. Nicht im Traum hätte ich damit gerechnet, dass ich aufgenommen würde. Und schon gar nicht, mit derart großem Erfolg.«

»Euer Portrait von Seiner Majestät überzeugte Eure schärfsten Kritiker«, erklärte Coypel. »Dass ihr überdies eine Miniatur des Königs angefertigt habt, auf der ihm die Siegesgöttin
den Weg des Ruhmes weist, war ein überaus genialer Einfall.
Einer Malerin, die auf diese Weise dem Hof huldigt, kann die
Aufnahme in die Akademie nicht verwehrt werden. Wir alle
verbeugen uns in endloser Bewunderung vor Eurer Kunst.«

Es dauerte eine Weile, bis Rosalba die ganze Tragweite
dieser Entscheidung begriff – und lernte mit der Prominenz
umzugehen, die ihr seit der öffentlichen Verkündung dieser
Wertschätzung zuteil wurde. Die Schlange der Besucher, die
dem hellsten Stern am künstlerischen Himmel von Paris ihre
Aufwartung machen wollte, schwoll zu einem Menschenstrom
an. Sie erhielt so viele Portraitaufträge, dass sie sogar am späten
Abend und des Nachts bei Kerzenlicht arbeiten musste, um
ihre Kunden zufriedenzustellen. Ihre finanzielle Lage änderte
sich dadurch zwar nicht erheblich, denn die allgemeine Misere
nahm eher zu als ab, aber Anfang November konnte sie Zanetti
wenigstens das Geld zurückgeben, das er ihr vor drei Monaten
geliehen hatte.

In jenen Tagen begann sich die Not unter der Bevölkerung
auszuweiten. Der Hunger auf den Straßen von Paris war erschreckend, und Rosalba hielt es aufgrund ihrer neuen gesellschaftlichen Stellung für angemessen, sich verstärkt der Wohltätigkeit zu widmen. Es gab nicht viel, was sie gegen das Leid
tun konnte. Ihre eigenen finanziellen Möglichkeiten waren
derart beschränkt, dass innerhalb ihrer Familie eine permanente Bewegung der Geldmittel in Form von Leihgaben und
Rückzahlungen herrschte. Gemeinsam mit ihrer Mutter und
Angela besuchte sie Krankenhäuser, Klöster und die wenigen
kirchlichen Einrichtungen, die sich der leidenden Bevölkerung
annahmen – die Besichtigungen der meisten Kirchen und ihrer Ausstattungen kamen eher der kunsthistorischen Betrachtung zugute als der sozialen.

Auf den Tag genau zwei Wochen nach ihrer Aufnahme in

die Akademie erschien Rosalba zum ersten Mal als Mitglied in dem exklusiven Kreis. Coypel stellte sie in einer schwungvollen Rede seinen Künstlerkollegen vor, und nach einem eher flüchtigen Austausch unter Fachleuten drehte sich das Gespräch anschließend wieder einmal um nichts anderes als den Staatshaushalt und den Ruin der zahlreichen Kleinanleger. Der fast fünfzigjährige Claude Gillot war ein leibhaftiges Beispiel für den allgemeinen Bankrott, denn der Lehrer von Watteau und Nicolas Lancret, mit denen sich dieser schon vor Jahren entzweit hatte, besaß außer seinem Talent nichts mehr. Für Rosalba besonders erschreckend war die Erfahrung, dass ein Mann von so vielfältiger Begabung – Gillot hatte nicht nur Gemälde, sondern auch Theaterkostüme, Bühnenbilder, Dekorationen und Tapisserien entworfen – und einer im Rückblick äußerst erfolgreichen Karriere plötzlich keinen Sou aus seinen einst üppigen Honoraren mehr hatte.

»Wie konnte nur geschehen, dass sich so viele Menschen durch das *Système du Law* derart hoffnungslos verschuldeten?«, fragte sie später Zanetti.

»Bei näherer Betrachtung sind die Finanztheorien von Monsieur Law gar nicht so schlecht«, räumte Rosalbas Freund ein. »Er hat sie nur dem falschen Land verkauft. Was etwa in England oder bei uns in Venedig möglich ist, kann für Frankreich nicht gültig sein. Die Franzosen sind zu eitel, leichtfertig und schwerfällig, um von Reformen dieser Art profitieren zu können. Hinzu kommt, dass die Leute geblendet waren von ihrer Gier, sich auf schnellstmöglichem Wege zu bereichern. Ich frage mich, wie lange sich Monsieur Law unter den gegenwärtigen Umständen halten kann …«

Er blickte sie eindringlich an, als könnte er die Antwort in ihren Zügen finden, doch eigentlich suchte er nach einer ganz anderen Erklärung, die er in ihrem Gesichtsausdruck jedoch nicht fand.

»Dieses ewige Hin und Her an Entscheidungen, diese Rücksichtnahme auf alle möglichen Intriganten und gesellschaftlichen wie politischen Gruppen kann nur negative Konsequenzen haben. Für alle … Wenn Ihr es auf eine Wette ankommen lasst, können wir um die Tage spielen, die er noch im Amt ist.«

Rosalba dachte an das Portrait, das wie eine Reihe anderer in ihrem Atelier auf seine Fertigstellung wartete. Und sie dachte an die Tabaksdose, die sie gut versteckt in ihrem Täschchen bei sich getragen hatte, als sie in die Akademie gegangen war. Johns Tabatiere war ein besonderer Talisman, und sie hatte ihr tatsächlich Glück gebracht …

»Was, glaubt Ihr, wird mit Monsieur Law geschehen?«

Zanetti schaute weg, da er die Sorgen in ihren Augen nicht sehen wollte. Nachdenklich schob er sein Glas auf dem Tisch hin und her, als könne er auf diese Weise die Unschlüssigkeit dokumentieren, die von ihm Besitz ergriffen hatte. Noch nie in seinem Leben hatte er sich so unsicher und ratlos gefühlt wie seit dem Konzert, als er Rosalbas Geheimnis erfahren hatte. Er wusste nicht, was er ihr sagen sollte. Schließlich entschied er sich für einen Kompromiss: Er würde ihr die brutale Wahrheit vorenthalten, aber ihr einen Weg dahin weisen.

»Das Schicksal von Monsieur Law hängt hauptsächlich vom guten Willen des Regenten ab. Wenn der Herzog von Orléans weiter zu ihm steht, dürfte ihm relativ wenig passieren. Sollte er sich aber zur Belastung für Seine Königliche Hoheit entwickeln, werden seine Gegner die Oberhand gewinnen.«

Sie sollte ihm die Tabatiere auf schnellstem Wege zurückgeben, dachte Rosalba bei sich. Er brauchte sie sicher, und vielleicht könnte sie Fortuna bestechen und sein Schicksal beeinflussen. Ihr fiel ein, dass er im Frühling dieses Jahres vom Pech verfolgt gewesen war, nachdem er die Tabaksdose verlegt und für eine Weile nicht wiedergefunden hatte. Am liebsten wäre sie sofort aufgesprungen, hätte das seltene Zusammensein mit Zanetti abgebrochen und anspannen lassen, um zu der Place Vendôme zu fahren.

Als sie gerade im Begriff war, sich bei Zanetti zu entschuldigen und sich zu erheben, traf sie die Erkenntnis, dass ihre unüberlegte Handlung nur dazu diente, John zu brüskieren. Sie durfte ihm die Hintergründe ihres Vorhabens nicht erklären, ohne ihn oder – noch schlimmer – Katherine mit ihrem Aberglauben zu belasten. Eine beiläufige Rückgabe wäre jedoch blanke Unhöflichkeit. Das Pastellportrait von John war noch längst nicht fertig – also musste das Pfand in ihrem Besitz bleiben.

Ihr Herz schlug unregelmäßig, als sie sich in Gedanken fünfundzwanzig Jahre zurückversetzte. War es John damals ebenso ergangen wie ihr jetzt? Hatte er zwar den Willen besessen, aber keine Möglichkeit gehabt, sein Versprechen einzulösen? Warum, fragte sie sich im Stillen, hatte sie nicht schon viel früher erwogen, dass er gar nicht absichtlich oder nachlässig gehandelt haben könnte, sondern zwangsläufig?

11

Mit dem Opernball wurde zwei Tage nach Rosalbas Einführung in die Akademie die gesellschaftliche Wintersaison eröffnet. Das noble Tanzvergnügen war vor fünf Jahren, kurz vor dem Tod des Sonnenkönigs, von Philippe von Orléans ins Leben gerufen worden, um den Höflingen und ihren Damen eine Alternative zu den Kneipenbällen in den kleinen Lokalen am Seineufer zu bieten. Letztere waren deshalb zwar nicht ausgestorben und wurden nach wie vor von Vertretern aller Schichten besucht, doch der fortan bis Ende Februar dreimal in der Woche ausgerichtete Opernball hatte sich zu einem der glanzvollsten Ereignisse des vornehmen Lebens entwickelt. Wer es sich leisten konnte, kaufte sich eine Eintrittskarte für den Saal; wer auf sich hielt, mischte sich nicht ins Getümmel, sondern beobachtete es von seiner Loge aus bei reichlich Champagner und liebreizender Begleitung.

Wenn Rosalba geglaubt hatte, die schillernden Festivitäten der *haute volée* bereits zu kennen, so waren diese nur die Ouvertüre zum eigentlichen Spektakel gewesen. Die Pariser Oper befand sich in einem Flügel des Palais Royal und hatte sich rasch zu einem Zentrum des nobelsten Publikums entwickelt. Der Regent erschien regelmäßig nach dem Souper in seiner Loge, zu der er durch einen geheimen Korridor direkt aus seinen Privaträumen gelangte, und schaute dem Treiben meist schon recht angeheitert zu, ohne dass er oder seine Freunde und Mätressen ein Teil davon waren, wenn sie es nicht wollten. Meist aber polterte Philippes Clique recht ausgelassen und ebenso öffentlich über das Parkett, was viele kritisierten, denn ein betrunkener Regent war niemand, zu dem das Volk aufsah.

Als Rosalba mit Pierre Crozat und ihrer Familie im Gefolge

kurz vor Mitternacht erschien, war es, als halte eine Königin nach ihrer Krönung triumphalen Einzug. Die Menschenmenge teilte sich bei ihrem Eintreffen, und man bildete ein Spalier, nachdem sich herumgesprochen hatte, um wen es sich bei der kleinen Dame handelte.

Rosalba schritt an Crozats Arm hoheitsvoll durch den Kreis ihrer Bewunderer, lächelte, grüßte, lächelte. Sie bemühte sich, so würdevoll wie möglich aufzutreten, was – gepaart mit einer kleinen Portion Unsicherheit – recht überheblich wirkte, doch war dies eine Fassade, hinter der sie sich wunderbar verstecken konnte. Niemand hätte ihr die Aufregung geglaubt, die ihr Herz schneller schlagen ließ, und die Fassungslosigkeit, mit der sie ihre eigene Prominenz beobachtete.

In diesem Augenblick ahnte sie leise, warum sich ihr Gastgeber derart engagiert für ihre Karriere eingesetzt hatte: Es ging nicht nur um ihr Talent oder seine persönliche Sympathie, sondern auch um Crozats Eitelkeit, denn eine Künstlerin ihres Formats und Ansehens adelte den bürgerlichen Geschäftsmann auf höchst elegante Weise. Sie nahm ihm diesen Egoismus nicht übel, denn schließlich musste heutzutage jeder sehen, dass er Vorteile aus den sich bietenden Situationen schlug.

Ihre Gedanken wurden jedoch nicht lange von nüchternen Überlegungen dieser Art belastet. Der Ball beanspruchte all ihre Sinne, und das, was sie sah, hörte, roch und fühlte, war von einer Intensität, die ihr den Atem raubte. Wenn überhaupt, so war diese Veranstaltung nur vergleichbar mit den glanzvollen Festen, die einige wenige Patrizierfamilien in Venedig gelegentlich ausrichteten – sofern sie noch die Mittel dafür besaßen. Nur einmal hatte Rosalba so viele Kerzen brennen sehen, diese Verschwendung an Kandelabern, Lüstern, falschen und echten Edelsteinen und Champagner erlebt: Damals war der Ballsaal der Cà' Foscari für den dänischen König herausgeputzt worden. Doch das war zwölf Jahre her, und Rosalba hatte diesen betäubenden Duft von Wachs, gemischt mit Duftwässerchen, Haarpuder und Alkohol fast vergessen.

Die sanften Klänge eines Streichorchesters mischten sich mit Stimmengewirr, Lachen und Unterhaltungen, Kristall klirrte, es wurde gefeiert, geflirtet, getanzt und getrunken, als gelte es, so prunkvoll wie möglich einen Untergang zu begießen. Die meisten Ballbesucher waren in farbenprächtigen Theaterkostümen und maskiert erschienen, was verstohlene Blicke, heimliche Berührungen und dekadentes Sündigen in aller Regel erleichterte.

Rosalba hatte für ihren Auftritt auf eine Verkleidung und eine Maske verzichtet, obwohl diese gerade das traditionelle Requisit aller Opernpremieren und Karnevalsveranstaltungen in Venedig war. Die Maske baumelte an Seidenbändern von ihrem Handgelenk. Sie vertraute ihre Beweggründe weder ihrer Mutter noch ihren beiden Schwestern an – und schon gar nicht den Herren in ihrer Begleitung –, aber sich selbst gegenüber gestand sie sich sehr wohl ein, dass sie unbedingt gesehen werden wollte, um erkannt und gefeiert zu werden!

An der Balustrade von Crozats Loge sitzend und Champagner schlürfend, ließ Rosalba das Ballgeschehen an sich vorüberziehen. Immer wieder machten ihr Bekannte ihre Aufwartung, kamen hochgestellte Persönlichkeiten auf eine Plauderei vorbei, um sich anschließend wieder ins Vergnügen zu stürzen. Irgendwann ließen sich auch Angela und Pellegrini anstecken und liefen in den Saal, um zu tanzen. Als Zanetti sie aufforderte, gab Rosalba ihm einen Korb.

»Ihr wisst, dass ich keine große Tänzerin bin«, entschuldigte sie sich. Kokett hob sie ihren Fächer vor ihr Gesicht und fügte hinzu: »Das Orchester spielt zu einem *Cotillon* auf, und – ehrlich gesagt – ich kann mir die Schrittfolge nicht merken. Es ist der diesjährige Modetanz in Paris, und ich würde mich furchtbar lächerlich machen, denn ich habe nicht die geringste Ahnung, was man dabei tun muss.«

Zanetti streckte genüsslich seine Beine von sich, offensichtlich sehr zufrieden über ihre Absage. »Mir soll's recht sein, wenn Ihr nur ein wenig zuschauen möchtet. Vielleicht kann ich Euch später zu einem Tanz überreden, wenn ...«, er schmunzelte, »... wenn zu etwas Altmodischem wie etwa einem Menuett aufgespielt wird.«

Sein liebevoller Spott versetzte ihr einen Stich. Während sie sich eine Antwort überlegte, die weder bissig noch zickig klingen sollte, wanderten ihre Augen über die bunte Menge im Saal. Sie entdeckte Pellegrinis beeindruckende Gestalt. Gerade stellte er sich mit Angela in einer der vielen Vierergruppen auf, die sich zum *Cotillon* formierten. Sie wollte sich eben wieder an Zanetti wenden, als ihr Blick zufällig auf den zweiten Kavalier in dem Quartett fiel. Verblüfft starrte sie den Mann an, für einen Moment Zanetti und die anderen um sie herum vergessend ...

Es war ein Déjà-vu. Sie fühlte sich unvermittelt in den Karneval von Venedig versetzt. Der hochgewachsene Mann trug die traditionelle *maschera nobile:* Seinen Kopf bedeckte die *bauta,* ein großes schwarzes Tuch, welches bis über die Schultern reichte, und den kurzen schwarzen Seidenmantel, den man in der Lagune *tabarro* nannte, sein Gesicht wurde von einer weißen Halbmaske verdeckt und sein Haar von einem mit weißen Federn geschmückten Dreispitz. Soweit Rosalba es von ihrem Platz aus beurteilen konnte, war dies der einzige Mensch im Opernhaus, der sich mit seiner Garderobe vor ihrer Heimatstadt verbeugte.

»... Seine Königliche Hoheit entwarf höchstpersönlich eine Maschine, die es möglich macht, über den Orchestergraben einen Tanzboden zu schieben und die Bühne mit dem Zuschauerraum auf eine Ebene zu bringen«, drang Crozats Stimme wie durch einen Nebel in Rosalbas Gedanken.

»Ist es wahr«, fragte Zanetti, »dass der Regent in seinen Gemächern einen Esstisch besitzt, der mittels einer ausgeklügelten Mechanik in den Küchentrakt versenkt werden kann, wo die Tafel je nach Bedarf gedeckt wird, so dass kein Diener beim Souper erscheinen muss?«

Rosalba hörte Crozats Antwort nicht. Sie verfolgte weder

das Gespräch der beiden noch die leise Unterhaltung von ihrer Mutter und Giovanna. Es war nicht mehr nur die Helligkeit und der Glanz um sie her, die sie blendeten, sondern der Fremde im Ballsaal, der bei einer Tanzfigur gerade mit Pellegrini den Platz tauschte und nach Angelas Hand griff.

Erstaunt registrierte Rosalba, dass Angela ihren neuen Partner offenbar kannte. Die Haltung ihres Kopfes und die Bewegung ihrer Hüften verrieten, dass sie mit der vornehmen Maske vertraut war und sich zu dieser in irgendeiner Weise hingezogen fühlte. Unter den Augen ihres Gatten war dies ein reichlich unverfrorenes Benehmen.

Es gab nur einen Mann in Paris, von dem Rosalba angenommen hatte, er könnte Angelas Tugend gefährden …

»Schau nur, Rosa, sieht Angela nicht zauberhaft aus?«

Und es gab nur einen Mann in Paris, von dem sie sicher wusste, dass er schon einmal ein typisch venezianisches Kostüm getragen hatte …

»Rosalba …?«

Der Mann neigte seinen Kopf zu Angela, und ihre Schwester lachte. Sie sah bezaubernd aus in dem gelb-rosé schimmernden Seidenkleid und wirkte auf Rosalba wie eine Figur aus einem Bild von Watteau, die vom Kuss einer Muse zum Leben erweckt worden war. Ihre Schritte harmonierten mit denen ihres Partners, sie wirkte seltsam entrückt und glücklich.

Vermutungen und Befürchtungen rasten in schwindelerregender Geschwindigkeit durch Rosalbas Kopf. Eine maßlose Enttäuschung griff mit kalter Hand nach ihrem Herzen. Selbst als sich Angela bei einer neuen Pose ihrem Mann zuwenden und ihr Kavalier wieder mit seiner Dame tanzen musste, ließ die Übelkeit nicht nach, die auf Rosalbas Zwerchfell drückte. Die Kohlensäure des Champagners sprudelte in Rosalbas Magen, ihre Zähne klapperten hinter ihren zusammengepressten Lippen aufeinander.

»Ent…entschuldigt… bitte…«, haspelte Rosalba und sprang auf, um fluchtartig aus der Loge zu stürzen. »Meine

Migräne«, rief sie ihren erstaunten Begleitern von der Tür her zu, wo sie mit Madame de la Carte zusammenstieß. Trotz der Unhöflichkeit, die in ihrem Benehmen lag, stürzte sie an der Dame vorbei und hinaus ins Foyer, als sei der Teufel hinter ihr her. Sollten doch die anderen ihre Launenhaftigkeit erklären. Die Wahrheit wusste ohnehin niemand, und so war es vollkommen gleichgültig, was Crozat, Zanetti, ihre Mutter oder Giovanna sagten.

Als sie bemerkte, dass sie von einigen Ballbesuchern, die zufällig in der Nähe standen, angestarrt wurde, wandte sie sich zu einem Spiegel um. Sie löste die Bänder von ihrem Handgelenk und setzte die Halbmaske auf. Bis sie sich beruhigt hatte, würde sie besser inkognito auftreten.

Rosalba hatte nicht die geringste Ahnung, wie sie ihre Contenance zurückgewinnen sollte. Vor allem: Wie sollte sie Angela unter die Augen treten, nach ihren zweifelhaften Beobachtungen? Rosalba erschien es nach diesem Tanz bewiesen, dass Angela mehr für John Law empfand, als sie je zugegeben hatte. Sie wagte sich kaum auszumalen, wie seine Gefühle aussehen mochten, doch das Bild des Mannes, der seinen Kopf zu ihrer Schwester neigte, ließ sich nicht mehr aus ihrem Gedächtnis löschen.

Vor lauter Aufregung konnte sie sich nicht erinnern, welche Figur Pellegrini in dem Spiel gemacht hatte – wenn sie es recht bedachte, hatte sie ihn gar nicht angesehen, aber der gehörnte Ehemann spielte wohl auch keine Rolle. Ebenso unwichtig schienen dem betrügerischen Paar die Gefühle von Katherine. Christliche Gelübde, gesellschaftliche Konventionen, Freundschaften, Liebe – all das hatte angesichts einer blinden Leidenschaft, von der Angela und John offensichtlich ergriffen worden waren, kein Gewicht mehr.

Erst nachdem sie schon eine Weile lang vor den schlimmsten Gedanken davongelaufen war, die sie immer wieder einholten und nicht losließen, begriff sie, dass sie ziellos durch die Flure des Palais Royal irrte und sich verlaufen hatte. Es war, als würde das Kartenhaus ihrer Phantasien in sich zusammenstürzen und die Kraft unter sich begraben, die sie vorwärts getrieben hatte. Mit der Erkenntnis, dass sie keine Ahnung hatte, wo sie sich befand und wie sie überhaupt hierhergelangt war, wuchs der Zorn über die Situation, in die sie sich selbst gebracht hatte.

Wie hatte sie nur so dumm sein und die Nerven verlieren können? Es war Pellegrinis Sache, um Angelas eheliche Treue besorgt zu sein. Genaugenommen ging es sie auch nichts an, was John trieb. In bitterer Ehrlichkeit gestand sie sich in diesem Moment ein, dass Enttäuschung und Eifersucht sie beherrschten. Sie hatte an Angelas Stelle sein wollen. Sie hatte mit John tanzen, lachen und vielleicht auch ein wenig schäkern wollen. Sie hatte geglaubt, von ihm höher geachtet und geschätzt zu werden als ihre wunderschöne Schwester. Im Grunde hatte nichts anderes als tiefe Verletzung sie zu ihrem Verhalten verleitet.

»Wie dumm von mir«, sagte sie laut.

Erschrocken sah sie sich beim Klang ihrer eigenen Stimme um. Es war überraschend still um sie her. Der Lärm des Balles drang nicht einmal gedämpft bis hierher. An den Wänden flackerten Kerzen, sodass die langgestreckte Galerie gut beleuchtet war, aber es gab niemanden, den sie hätte fragen können, wie sie wieder in Crozats Loge zurückfinden könnte. Womöglich war sie im Labyrinth der Fluchten zufällig auf den Geheimgang des Regenten gestoßen.

Mit der nüchternen Überlegung, dass sie über kurz oder lang irgendwo einen Diener auftreiben würde, unterdrückte sie die aufsteigende Panik. Nachdenklich blickte sie sich um. Dabei glaubte sie, von irgendwoher ein leises Geräusch wahrzunehmen. Kurz entschlossen drückte sie eine Türklinke herunter.

Dunkelheit empfing sie. Und Schweigen. Dabei spürte sie zunächst intensiv die Gegenwart mindestens eines anderen Menschen. Im vom Flur hereinfallenden Licht glaubte sie sogar, die Konturen einer Gestalt erkennen zu können. Jemand versuchte vergeblich, eine Kerze anzuzünden. Niemand sagte etwas, und Rosalba fürchtete, ein nobles Paar bei einem Schäferstündchen gestört zu haben.

Verzweifelt bemühte sie sich, ein bisschen Würde in diese alberne Situation zu legen. »Pardon…«, murmelte sie betreten, hin- und hergerissen zwischen dem Wunsch, den möglichen Schauplatz irgendwelcher Verlustierungen so schnell wie möglich zu verlassen – und der Hoffnung auf eine Auskunft. »Ich… ich habe mich verlaufen…«

»Natürlich. Ich hatte nicht angenommen, dass Ihr mir nachgegangen seid.«

Sie schnappte nach Luft. Es gab wenige Stimmen in Paris, die sie auf Anhieb identifizieren konnte. Diese eine gehörte zweifellos dazu.

»Kommt nur herein…«

Ihre Knie fühlten sich weich an wie eine Mousse au Chocolat, ihre Beine waren Blei. Es war ihr unmöglich, sich zu bewegen oder seiner Aufforderung nachzukommen.

»Es soll mir zwar nicht gelingen, in diesem Antichambre für ausreichend Licht zu sorgen«, plauderte John, als sei dies die selbstverständlichste Begegnung, »aber wenn wir die Portieren zurückschieben, werden Mond und Straßenbeleuchtung ausreichen, um nicht vollkommen von Dunkelheit eingeschlossen zu sein. Ich gebe zu, ich empfand es bisher als sehr angenehm, meine Augen ruhen zu lassen. Es gibt nichts Besseres als ein kleines Zimmer, um sich nach erschöpfenden Tänzen, inhaltsleeren Gesprächen und einem zu hohen Quantum an Wein zu entspannen…«

Endlich schien er zu bemerken, dass sie noch immer reglos an der Tür verharrte. »Was ist? Warum kommt Ihr nicht herein? Wir könnten uns ein wenig die Zeit vertreiben. Ich hatte ohnehin vor, mich mit Euch zu unterhalten, Madame Carriera.«

Ihre Hand flog an ihr Gesicht. Sie trug noch immer die Maske, die sie vorhin aufgesetzt hatte. Da sich der Schutz als nicht besonders effektiv erwies, zerrte sie an den Bändern, die ihn hielten. Doch ihre Finger verknoteten die Seide mit ihren Haaren, anstatt sie zu lösen.

»Lasst nur, ich helfe Euch«, bot er sich an. Er trat aus dem Schatten, und sie bemerkte, dass er das venezianische Kostüm abgelegt hatte. In den schwarzen Hosen über weißen Seidenstrümpfen und einem schlichten weißen Hemd, ohne Rock oder dem üblichen Putz an Rüschen und Spitzen, wirkte er seltsam burschikos. Widerwillig musste sie zugeben, dass dieser Hauch von Jugendlichkeit ihn ausgesprochen anziehend machte.

»Wo ist meine Schwester Angela?«, brach es aus ihr heraus, während er ihre Perücke von den Bändern der Maske befreite. Erstaunt über diese Frage ließ er die Hände sinken. »Ich habe keine Ahnung. Warum fragt Ihr mich?«

Rosalba biss sich auf die Unterlippe. Sie ärgerte sich über sich selbst. Wenn sie inzwischen etwas in dem halbdunklen Raum vor sich erkannt hatte, dann, dass sich nur eine Person darin befunden hatte.

Er deutete ihr Schweigen falsch und meinte: »Wahrscheinlich befindet sich Madame Pellegrini in der Obhut ihres Gatten. Wenn Ihr sie gesucht habt, dann seid Ihr hier falsch. Kommt herein und überzeugt Euch davon, dass ich sie nirgendwo verstecke.«

Seufzend folgte sie seiner Aufforderung und rauschte in das kleine Nebenzimmer. Bevor er die Tür hinter ihr schloss, entdeckte sie einen Diwan. Erleichtert und erschöpft zugleich setzte sie sich, während John ans Fenster schritt, um die schweren Brokatportieren zurückzuziehen. Ein schwacher Lichtstreifen fiel von draußen in den Raum und schien ihn zu teilen.

»Wie kommt Ihr eigentlich dazu, Euch nach dem Verbleib Eurer Schwester ausgerechnet bei mir zu erkundigen?«

»Ich … nun … ich …«, stammelte sie in dem hilflosen Bemühen, eine glaubwürdige Geschichte zu erfinden, die ihre eigene Schwäche verbergen mochte. Doch es wollte ihr partout nichts einfallen. »Ich habe Euch tanzen gesehen«, erwiderte sie schließlich, »und da dachte ich mir, Ihr seid... zu einem kleinen Beisammensein entschwunden.«

»Mein Gott!«, entfuhr es John. »Ihr glaubt, ich habe ein romantisches Interesse an Madame Pellegrini, nicht wahr? Du lieber Himmel, nein. Eure Schwester ist eine schöne Frau, aber ich... Nein. Ich habe kein Verlangen nach ihr, wenn es das ist, was Ihr wissen wollt.«

»Ihr braucht Euch nicht mit Flüchen und unpassender Deutlichkeit zu rechtfertigen...«

»Und Ihr solltet Euch nicht zur Gouvernante Eurer Schwester aufspielen«, versetzte er gereizt. Er lehnte sich gegen eine kleine Kommode, und Rosalba glaubte, trotz der Dämmerung um sie her ein Aufblitzen seiner Augen zu sehen. »Ihr seid eine reizvolle Person, die sich ganz sicher nicht zur Anstandsdame einer anderen eignet.«

»Oh...«

»Wenn Ihr mich beim Tanzen beobachtet habt«, fragte John plötzlich, »wie konntet Ihr mich erkennen?«

Rosalba seufzte. Noch ganz gefangen von dem Kompliment, fiel es ihr schwer, ihre Gedanken zu ordnen. »Wie könnte ich nicht?« widersprach sie leise. »Ich habe Euch skizziert und bin dabei, ein Portrait von Euch anzufertigen. Ein Maler kennt sein Modell wahrscheinlich besser als dieses sich selbst.«

»Wie albern von mir. Ich glaubte, es sei die Maske, durch die Ihr verstehen würdet...« Er brach ab, und eine Weile lang schien er seinen Gedanken nachzuhängen. Sie lauschte den gleichmäßigen Zügen seines Atems, wie gebannt von der Hoffnung auf das Unvorstellbare, die sie unvermittelt umhüllte. Doch als John sprach, waren es keine romantischen Erinnerungen, denen er sich hingab, sondern sein Umgang mit den Problemen der Gegenwart, die er anscheinend erklären wollte.

»Im Grunde habe ich in meiner derzeitigen Lage nichts auf dem Opernball zu suchen. Hätte mich der Regent nicht gedrängt, wäre ich wahrscheinlich niemals auf die Idee gekommen, ein Tanzvergnügen mit meiner Anwesenheit zu beehren. Andererseits fand ich es ganz originell, verborgen im Kostüm der *maschera nobile* zu hören, was meine sogenannten Freunde über mich reden. Im Gegensatz zu Euch, Madame Carriera, gelang es meines Wissens niemandem, meine Tarnung zu lüften. Allerdings ist das nur konsequent, denn Ihr seid es ja gerade, der ich die Idee für diese Verkleidung verdanke.«

Er stieß sich von der Kommode ab und trat vor sie hin. Der Lichtstreifen warf Schatten auf seine Beine, die dadurch fast so stelzenhaft dünn wie die des Herzogs von Bourbon wirkten. Das Lächeln in seinem Gesicht konnte sie nicht sehen.

»Als wir neulich über meine Tabaksdose sprachen, erzähltet Ihr von Eurem Verkaufsstand an der Piazza San Marco …«

Ihr Herz raste. Er hatte sie also doch endlich erkannt. Er erinnerte sich an die Begegnung vor langer Zeit, die ihr so viel bedeutete.

»Also dachte ich bei mir: Markusplatz, Venedig, Karneval. Es bedurfte keiner Phantasie, die geeignete Maske für meinen geheimen Auftritt auszuwählen. Ich muss Euch also für diesen Hinweis dankbar sein.«

Er griff nach ihren Händen, die eiskalt und wie gelähmt in seinen lagen.

»Ich sollte besser gehen«, versetzte Rosalba brüsk.

»Bitte, bleibt noch einen Moment.«

Hörte sie ein Flehen in seiner Stimme? Zornig über die eigenen Träume und enttäuschten Hoffnungen, verärgert über seinen Annäherungsversuch und die Peinlichkeit ihrer Situation, hatte Rosalba nicht die Absicht, sich als höflich oder gar geduldig zu erweisen. Sie schüttelte seine Hände ab und sprang auf. Da er sich nicht gerührt hatte, stand er plötzlich wie eine unüberwindbare Mauer vor ihr, und sie war ihm so nah, dass sein Atem ihre Wangen streifte. Die kleinste Bewegung von ihr würde dazu führen, ihren Busen gegen seine Hemdbrust zu drücken. Hitze stieg in ihr Gesicht, und sie fühlte, wie sie errötete. »Eure Geschichte war aber auch zu etwas anderem gut.« Seine Stimme war leise und sanft. »Ich habe mich einer Begebenheit in meiner Jugend erinnert, als ich zum ersten Mal in Venedig weilte. Es waren damals nur wenige Tage, da ich bald gezwungen war weiterzuziehen, aber ich machte die Bekanntschaft einer jungen Dame, die ich ... das muss ich leider zugeben ... fast vergessen hatte ...«

Seine Stimme war nur noch ein warmes Flüstern. »Warum habt Ihr mir nicht gesagt, dass Ihr das damals gewesen seid? Könnt Ihr mir mein schlechtes Gedächtnis nicht verzeihen?«

Sie rang nach Luft. Unwillkürlich hob sich ihre Brust, und sie spürte zu spät, wie sich ihr Körper dem seinen zuwendete, als würde sie von einer unsichtbaren Hand geschoben.

Es war fast dunkel in dem kleinen Raum. Es war eine unwirkliche Situation, und was spielte es schon für eine Rolle, für einen kurzen Augenblick einen Traum zu leben, der fünfundzwanzig Jahre alt war? Rosalba überließ sich ihren Sehnsüchten. Sie wollte nicht darüber nachdenken, ob das, was nun zweifellos geschehen musste, die Erfüllung oder das peinliche Ende einer alten Geschichte war.

Sie fühlte sich wie von einer Woge getragen, als er seine Arme um sie legte und sich über sie beugte. Obwohl sie die Augen geschlossen hatte, wusste sie, dass er sie ansah, ihre Züge studierte, über die sie jede Kontrolle längst verloren hatte. Ihr schien es, als würden riesige Wellen tosend über ihr zusammenbrechen. Jeder vernünftige Gedanke ging in dem Sturm unter, der sie ergriff, und sie tauchte ein in die Fluten der Sinnlichkeit, wie sie es noch nie zuvor gewagt hatte.

12

Es kam einer tiefen Verbeugung gleich, dass Madame de Parabère die Fahrt ins Hôtel Crozat auf sich nahm, anstatt Rosalba zur ersten Sitzung für das geplante Portrait zu sich an die Place Vendôme zu bestellen. Die Favoritin des Regenten hatte es üblicherweise nicht nötig, sich anderen anzudienen, und Bescheidenheit gehörte überdies nicht zu ihren Eigenschaften.

Ihr Gastgeber hatte Rosalba auf gewisse Schwächen der Dame hingewiesen, sodass sie den hohen Besuch sorgfältig vorbereiten konnte. Marie-Madeleine de Parabère war neben der Mutter des Regenten die mächtigste Frau in Frankreich. Die rechtmäßige Gattin des Herzogs von Orléans hatte herzlich wenig in der Pariser Gesellschaft zu sagen, da alle Welt wusste, wie unglücklich Philippe über die seinerzeit erzwungene Vermählung mit der unsympathischen Tochter des Sonnenkönigs und Madame de Montespans war und nicht nur aus Lust am Abenteuer ein wenig Glück in den Armen anderer Frauen suchte. Neben der wenig attraktiven, einfältigen und instinktlosen Françoise-Marie de Bourbon wirkte die derzeit offizielle Mätresse wie eine Lichtgestalt. Die verwitwete Marquise de Parabère war nicht nur ausgesprochen schön, sondern besaß auch eine Sinnlichkeit, die jedem Mann den Verstand zu rauben schien. Ihre Lebensfreude, ihr Humor und ihr Charme waren sprichwörtlich – ihre Koketterie, ihre Habgier und ihre Trinkfestigkeit ebenso.

»Ein Glas ohne Champagner ist wie ein Leben ohne Luft«, stellte sie gleich nach ihrer Ankunft klar, und Rosalba läutete nach einem Diener, der die auf Crozats Geheiß bereits gut gekühlte Flasche servierte. Rosalba schenkte selbst ein – für sich nur ein paar Tropfen, den Sektkelch ihres Gastes füllte sie wesentlich großzügiger. Ein Ungleichgewicht, das der Gräfin nicht weiter auffiel, die grazil, aber gierig, das edle Getränk probierte. »Das ist so herrlich erfrischend«, lautete ihr Urteil, woraufhin Rosalba ein stilles Dankeschön an ihren Ratgeber schickte, der zur Zeit unten im Arbeitszimmer seine Post erledigte.

Ohne dass Rosalba etwas zu sagen brauchte, nahm ihre Besucherin eine zauberhafte Pose ein, die ohne Zweifel all ihre Reize zur Geltung brachte. Sie war bereits von vielen bekannten Malern, darunter auch von Antoine Coypel, portraitiert worden, sodass sie eine gewisse Übung bei der Selbstdarstellung besaß. Außerdem betrachtete sie vielgelobte Künstler offenbar als ihresgleichen, denn nachdem sie sich auf dem Sofa ausgestreckt hatte, plauderte sie mit Rosalba, als wären sie seit Jahren die besten Freundinnen. Launig sprach sie vom Wetter und der *Comédie Française,* von der neuen Mode und einer geplanten Operninszenierung, und Rosalba begann, sich zu entspannen und dieser Sitzung eine durchaus angenehme Seite abzugewinnen. Katherine hatte ihr einmal erzählt, dass Marie-Madeleine de Parabère eine ausgesprochen gute Unterhalterin war, die ihre nicht übermäßige Intelligenz durch einen ausgeprägten Witz und große Herzlichkeit wettzumachen verstand.

Rosalba war dankbar für das andauernde Gerede der Parabère. Es plätscherte wie eine Untermalungsmusik dahin, und auf diese Weise konnte sie sich still ihrer Arbeit hingeben. Während sie konzentriert und mit flinken Strichen die Züge der Dame zu Papier brachte, überlegte Rosalba mit zunehmender Ratlosigkeit, wie sie diesem Gesicht gerecht werden sollte. Form und Ausdruck waren nicht das Problem, sondern die ungewöhnliche Tatsache, dass sich Marie-Madeleine de Parabère nicht schminkte. Da sie ein sehr dunkler Hauttyp war, würde es einiger gewagter Farbmischungen bedürfen, um dieses Antlitz in Pastelltönen festhalten zu können …

»… jedermann weiß natürlich, dass Madame de Saint-Sulpice nicht zufällig zu nah an den Kamin kam, sodass ihre Kleider Feuer fingen«, plapperte Rosalbas Modell, und Rosalba fiel auf, dass sie einen guten Teil der Unterhaltung überhört haben musste, denn sie hatte den Themenwechsel zum Klatsch nicht mitbekommen. »Die Ärmste hat schwere Brandverletzungen an der Brust und ihren Beinen davongetragen, aber sie ist wenigstens nicht gestorben.«

»Ja, das ist ein Glück«, bestätigte Rosalba geistesabwesend.

»Niemand wünscht einer Freundin so etwas Schreckliches, aber Madame de Saint-Sulpice ist natürlich selbst schuld an allem, wenn sie mit dem Herzog von Bourbon *und* dem Feuer spielt. Diese Seite des Skandals darf man nicht unbeachtet lassen, nicht wahr?«

»Keinesfalls«, stimmte Rosalba zu und fragte sich, wie wohl die Reaktion von Agnès de Prie auf diese diabolische Geschichte sein mochte – die gesetzmäßige Frau an der Seite von Louis-Henri de Bourbon zog sie gar nicht erst in Betracht.

Sicher werden offizielle Mätressen ebensowenig von Eifersucht geplagt wie die Gattinnen der Kavaliere, die unersättlich und von einem inneren Drang immer wieder neu zur Jagd getrieben wurden, resümierte Rosalba in Gedanken. Unwillkürlich trat ihre eigene Verfehlung vor ihr geistiges Auge, und sie glaubte, Johns Mund noch immer so intensiv wie in jenem Moment auf ihren Lippen zu spüren, obwohl der Opernball bereits mehr als eine Woche zurücklag.

Sie wünschte, sie könnte dieses Bild endlich verdrängen. Vor der Erinnerung davonlaufen, wie sie in jener Nacht vor John geflüchtet war, als sie eine innere Stimme plötzlich zur Ordnung gerufen hatte. Sie hatte ihn einfach stehenlassen und war mit wehenden Röcken zurück in Crozats Loge geeilt. Im Nachhinein erschien es ihr äußerst merkwürdig, dass sie den Weg ohne Nachfrage sofort gefunden hatte. Jedenfalls musste sie wohl einen ziemlich aufgewühlten Eindruck gemacht haben, denn als sie ihre Migräne vorschob und den Ihren erklärte, sie müsse sich dringend hinlegen, erhob niemand einen Einwand.

Es war ihr sehr angenehm, dass Pellegrini sich anbot, sie ins Hôtel Crozat zu geleiten, damit die anderen den Ball noch genießen konnten. Er wollte sich anschließend wieder dazugesellen. Erschöpft von ihren Seelenqualen, glücklich, dass nicht etwa Zanettis Ritterlichkeit gesiegt hatte, verließ Rosalba das Palais Royal. Auf diese Weise konnte sie eine räumliche Trennung zu John herbeiführen, von der inneren Distanz war sie jedoch so weit entfernt wie von der Lagune Venedigs.

Ein leises Aufstöhnen von Marie-Madeleine de Parabère brachte sie in die Gegenwart zurück. Verlegen bemerkte Rosalba, dass ihre Hand, die den Zeichenstift führen sollte, zitterte und tatenlos in der Luft verharrte. Sie hatte ins Leere gestarrt und ihr Modell weder angesehen noch an dem schönen Gesicht gearbeitet. Glücklicherweise schien die Marquise jedoch in ihrer eigenen Gedankenwelt versunken und gar nicht beobachtet zu haben, dass Rosalba nicht bei der Sache war.

»Ach«, seufzte Marie-Madeleine de Parabère, »es passiert so viel zur Zeit, dass man fast den Überblick verliert. Selbst mein armer Regent ist schon ganz durcheinander. Ich glaube, es bedarf eines kleinen weiblichen Tricks, um den Herzog von Orléans wieder zur Räson zu bringen. Zum Wohle Frankreichs, versteht sich.«

Als ahne sie, worauf ihre Besucherin hinauswollte, hielt Rosalba den Atem an. Sie versuchte, weiter an den Konturen des Portraits zu zeichnen, wartete aber im Grunde nur angespannt darauf, dass die Marquise jenes Thema zur Sprache brachte, das zwar unausweichlich war, von Rosalba aber zutiefst gefürchtet wurde. Es war nicht mehr die Frage, wie sie sich zum *Système du Law* äußern sollte, sondern ob sie die Gelassenheit besäße, mit der gebotenen Neutralität über den Finanzminister zu reden. Wahrscheinlich wäre es leichter, wenn sie sich mit einer Freundin besprechen könnte, doch gab es nicht eine einzige Person, der sie den Austausch von Zärtlichkeiten mit John beichten wollte. Angela kam natürlich nicht in Frage, Giovanna würde ebenso erstaunt und verständnislos reagieren wie ihre Mutter, und ihre engste Vertraute in Paris war ausgerechnet Johns Ehefrau …

»Der öffentliche Ruin schreitet in atemberaubender Geschwindigkeit voran«, sagte Marie-Madeleine de Parabère. »Was soll nur geschehen, wenn der Hof über Nacht kein Geld mehr hat?«

»Glaubt Ihr wirklich, dass es so weit kommen könnte?«, fragte Rosalba kühl.

Sie war sich im Klaren darüber, dass Marie-Madeleine de Parabère ausschließlich am eigenen finanziellen Status interessiert war. Es kursierten Gerüchte, dass sie mit allem, was sich ihr bot, Geld zu machen verstand. Als sie vor vier Jahren von Philippe d'Orléans entdeckt wurde, brachte sie es fertig, seine »Willkommensgeschenke« von ihrem damals noch lebenden Gatten bezahlen zu lassen. Sie behauptete vor dem Marquis, sie könne den Diamantring und die goldene Tabaksdose preiswert erwerben, und dieser gab ihr zweitausendzweihundert *livre* dafür. Später nutzte sie ihre Position, indem sie von Höflingen Bestechungen annahm, wenn diese aus irgendwelchen Gründen verhaftet wurden oder Probleme mit Steuereintreibern hatten und sich freikaufen mussten. Rosalba war nicht bekannt, welchen Profit die offizielle Mätresse des Regenten aus dem *Système du Law* gezogen hatte, aber er war gewiss nicht gering. Andererseits mussten ihr die einschneidenden Reformen des Finanzministers ein Dorn im Auge sein, auch wenn ihr der Mann – wie der Klatsch behauptete – einst sehr gefallen hatte.

»Die Münzknappheit nimmt bedrohliche Züge an. Wird jedenfalls behauptet. Und der Beweis scheint dadurch erbracht, dass die Mississippi-Gesellschaft neuerdings jedes Papier, das sich im Umlauf befindet, mit hundertfünfzig *livre* beleihen will. Jeder Aktionär muss bezahlen, sonst wird sein Besitz für ungültig erklärt. Ich hörte jedoch davon, dass viele Leute ihr gesamtes Vermögen in Aktien angelegt haben und deshalb gar nicht zahlen können. Das Edikt Seiner Königlichen Hoheit wird also kaum von Nutzen sein.«

Marie-Madeleine de Parabère, die in ihrer vorteilhaften Pose bislang geduldig ausgeharrt hatte, bewegte sich etwas, um nachdenklich ihre Fingernägel zu betrachten. Rosalba wollte sie gerade bitten stillzusitzen, als sie in verschwörerischem Ton sagte: »Euch kann ich vertrauen, nicht wahr? Ein Maler ist so etwas wie ein Beichtvater, glaube ich. Schließlich erlaubt man dem Künstler, in die eigene Seele zu blicken, was für ein gelungenes Portrait wohl notwendig ist. Als Gegenleistung erhält man – so Gott will – Verschwiegenheit. Ich habe so viel Gutes über Euch gehört, Madame Carriera, dass ich überzeugt davon bin, in diesen Räumen absolutes Stillschweigen zu erfahren ...«

Erschrocken zuckte Rosalba zusammen. Beabsichtigte die Parabère etwa, ein Komplott zu schmieden? Rosalba empfand weder den Ort noch den Zeitpunkt für geeignet, und ihre potentielle Mitwisserschaft hielt sie für gänzlich überflüssig.

Vorsichtig erwiderte sie: »Gerede ist meine Sache nicht, dessen könnt Ihr versichert sein. Andererseits bin ich nur eine Ausländerin und mit den Gepflogenheiten in Frankreich nicht vertraut. Deshalb wäre jede Information an die falsche Person verschwendet. Ich glaube nicht einmal, dass meine französischen Sprachkenntnisse ausreichen, um Euch folgen zu können.«

»Mag sein, aber Ihr seid eine Frau, die auf sich selbst gestellt ist. Ebenso wie ich. Deshalb werdet Ihr meine Situation verstehen. Man muss ständig auf der Hut vor Ungemach sein, nicht wahr?«

»Nun, es kommt wohl eher darauf an, wie sehr man Widrigkeiten an sich heranlässt.«

»Da habt Ihr Recht. Andererseits gibt es Probleme, die man nicht selbst geschaffen hat, denen man aber ausgeliefert ist. So geht es uns allen mit dem *Système du Law*. Niemand weiß heute mehr, wer es eigentlich wollte, aber jeder steht irgendwie damit in Verbindung. Das muss nun endlich ein Ende haben. Wir sollten zu den alten Regeln zurückkehren. Deshalb werde ich dem Herzog von Orléans sagen, dass ich erst wieder in sein Bett komme, nachdem er Monsieur Law losgeworden ist!«

Rosalbas Finger umklammerten den Zeichenstift. Es kostete sie unendlich viel Mühe, Ruhe und Gelassenheit zu bewahren. Dabei konnte sie nicht einmal sagen, was sie mehr schockierte: die Tatsache, dass Madame de Parabère so offen zu ihr war, oder die Drohung, die sie ausgestoßen hatte. Es war kaum auszudenken, welche Folgen es für John haben könnte, wenn die Favoritin des Regenten auf diese Weise in das Lager seiner Gegner wechselte. Schließlich wusste jeder in Paris, wie stark Philippe von der Gunst seiner Mätresse abhängig war.

»Ich bin sicher«, behauptete Rosalba diplomatisch, »dass Eure Motive überaus edel sind. Selbstverständlich seid Ihr um das Wohl des Herzogs von Orléans besorgt. Verzeiht mir, wenn ich Euch darüber hinaus nicht weiter folgen kann. Ich verstehe nichts von den Problemen des Hofs. Wie gesagt, ich bin nur ein Gast in diesem Land.«

»Und was für einer!« Marie-Madeleine de Parabère lächelte Rosalba überraschend herzlich an. »Alle Welt spricht nur von Euch. Eure Person ist das Thema in den Salons, und der *Mercure* berichtet neuerdings über jeden Schritt, den Ihr tut …«

Das war zwar übertrieben, aber Rosalba war dankbar für Madames Sprunghaftigkeit, die das Gespräch in andere Bahnen lenkte. Die Plaudereien der Marquise befanden sich wieder auf seichterem Terrain als der Wirtschaftspolitik, und Rosalba schaltete erneut ein wenig ab.

Eine Frage allerdings ging ihr ständig durch den Kopf und bereitete ihr höchste Seelenqual: War es ihre Aufgabe, John zu informieren, oder sollte sie tatenlos zuschauen, wie er nun auch in das offene Messer der Madame de Parabère lief?

Andererseits – und das war nicht weniger dramatisch – riskierte sie ihre Karriere, wenn bekannt würde, dass sie John nach einer vertraulichen Unterhaltung bei einer Portraitsitzung gewarnt hatte.

13

Die dramatischen Szenen in der Bank schienen sich immer aufs Neue zu wiederholen. Für Angela waren die scheinbar endlosen Menschenschlangen ein ewiges Déjà-vu.

Nachdem die Börse plötzlich geschlossen worden war, da die Polizei im Garten des Hôtel de Soissons angeblich den Versammlungsort einer aufrührerischen Gesellschaft ausgemacht hatte, konzentrierte sich der Aktienhandel nun auf die Räume der *Banque Royale* im Palais Mazarin. Sämtliche Händler und jeder Besitzer eines Wertpapiers musste sich registrieren lassen, was letztlich zu nichts anderem führte als zu einer engmaschigen Kontrolle der noch verbliebenen Anleger. Es galt, verschiedene Formulare auszufüllen, die an verschiedenen Schaltern abgestempelt wurden, was mehrere Stunden in Anspruch nahm. Wer am Ende sämtliche Schikanen erfolgreich überwunden hatte, bekam ein angeblich amtliches Papier ohne Unterschrift, auf dem der Name des Investors, die Anzahl seiner Aktien und die Seite des Registers genannt wurden, auf der die Papiere verzeichnet waren. Die allgemeine Empörung der Bankkunden war groß, doch zu Demonstrationen der Massen wie im Frühsommer kam es nicht. Wohl aber zu lautstarken Protesten, als John hocherhobenen Hauptes Ende November die Geschäftsräume der Bank betrat und durch ein Spalier wütender Menschen zu seinem *bureau* schritt.

»Ihr seid ein Dieb, Monsieur«, schrie ein verzweifelter Mann in der Menge, dessen Worte auf ein vielfaches Echo stießen. »Ihr habt mich ruiniert und meine Familie um ihren Lebensunterhalt gebracht.«

»Schurke«, echote ein anderer irgendwo im Gewühl. »Scharlatan.«

Angela, die bei seiner Ankunft beflissen herbeigeeilt und John durch die Schalterhalle gefolgt war, stieß die Tür zu seinem Arbeitszimmer mit einem wütenden Fußtritt zu.

»Es ist nicht recht, dass die Leute Euch so behandeln dürfen«, fauchte sie. »Soll ich Anweisung geben, dass die Garde gerufen wird, um den Aufrührern den Garaus zu machen?«

Er schenkte ihr ein mildes Lächeln. »Nein, nein, lasst nur. Es ist ja nicht so, dass die Menschen im Unrecht wären. Ich wünschte nur, ich könnte ihnen begreiflich machen, dass nicht mein System der eigentliche Fehler ist, sondern der Umgang meiner Feinde damit. Andererseits: Was würde dieses Wissen für den einzelnen Kleinanleger ändern?« Er seufzte. »Wahrscheinlich nichts, denn es würde ihm sein Erspartes nicht zurückbringen.«

Da er ihr Gespräch für beendet betrachtete, nahm er die zuoberst liegende Akte von seinem Schreibtisch und blätterte gedankenverloren darin. Er setzte sich nicht hin, was Angela in ihrer Hoffnung bestärkte, noch ein oder zwei Worte mit ihm wechseln zu können. Es war das erste Mal seit langer Zeit, dass sie sich mit John allein in einem geschlossenen Raum befand, und sie wollte diese Möglichkeit nicht verstreichen lassen. Mutig blieb sie mitten im Zimmer stehen, räusperte sich demonstrativ und wartete darauf, dass er ihr wieder seine Aufmerksamkeit schenkte.

»Madame Pellegrini«, fragte John schließlich verwundert, »habt Ihr etwas auf dem Herzen?«

»Ich … ja … wahrscheinlich … ich …«, stotterte Angela, plötzlich hilflos und verstört. Sie konnte ihm nicht sagen, was sie wirklich bewegte.

Sie hatte Gerüchte gehört, dass auch die Bank demnächst geschlossen werden sollte. Seither plagten sie die schlimmsten Sorgen. Um ihren Mann, das noch nicht vollendete Fresko und die nicht unerhebliche Summe, die Pellegrini weiterhin als Honorar erwartete. Aber auch um sich selbst und ihre verzweifelte Gefühlswelt. Die Tatsache, dass sie John wenigstens sehen und räumlich nah sein konnte, hatte die Realität irgendwie erträglich gemacht. Sie begnügte sich inzwischen damit, diesen Mann anzuhimmeln und zu wissen, dass sie nie die Seine sein konnte. Wie würde es aber sein, wenn die Bank geschlossen würde und ihr damit die Möglichkeit geraubt wäre, John wenigstens gelegentlich zu treffen? Außerdem war sich Angela darüber im Klaren, dass John sehr gefährdet war, wenn sein System endgültig zusammenbrach und sich der Regent unter dem Druck seiner Gegner von seinem Finanzminister abwenden musste. Sie hatte von den Personen gehört, die wünschten, ihn lieber heute als morgen hängen zu sehen.

»Ich habe Angst um Euch«, platzte sie heraus und schlug die Augen verlegen nieder. Ihr Herz raste, und sie fragte sich, wie sie diese Peinlichkeit je wieder gutmachen könnte, wenn sie jetzt vollends die Kontrolle über sich verlor.

»Ihr habt also von dem bösen Klatsch gehört, den meine Gegner verbreiten lassen«, resümierte er. Ohne Groll über die Störung klappte er die Akte, in der er gelesen hatte, wieder zu. »Ihr solltet nicht jeden Unsinn glauben, der Euch zu Ohren kommt. Der Herzog von Orléans wird mich nicht fallen lassen. Er schlägt den einen oder anderen Kurs nur ein, um sich zu amüsieren. Es bereitet Seiner Königlichen Hoheit Vergnügen, mal in dieser, mal in einer anderen Richtung zu agieren.«

Angela knabberte an ihrer Unterlippe, und John stellte nicht ohne Rührung fest, dass sie dabei Rosalba überraschend ähnlich sah.

»Ich hoffe von ganzem Herzen«, stieß sie schließlich mutig hervor, »dass der Opernball nicht die letzte Gelegenheit war, mit Euch zu tanzen.«

»Ach? Dann habt Ihr mich also auch erkannt?«

»Nein. Nicht wirklich. Es war die Stimme, die mir ein freundliches Wort über mein Aussehen zuflüsterte. Sie schien mir vertraut. Außerdem gibt es wenige Herren von Eurer Statur in Paris.«

Amüsiert legte John den Ordner auf seinen Schreibtisch zurück. Ihm ging flüchtig Rosalbas Vermutung durch den Kopf, er habe ein leidenschaftliches Interesse an ihrer Schwester. Natürlich hatte er ihr nicht verraten, dass er Angela nach ihrer ersten Begegnung durchaus gerne Avancen gemacht hätte – aber das war, bevor er in Rosalba eine äußerst anziehende Frau entdeckt hatte. Für einen jüngeren und leichtfertigeren Mann als ihn – etwa für Richelieu oder den Herzog von Bourbon – wäre es sicher eine hübsche Abwechslung, die eine Schwester gegen die andere auszuspielen. Seine Lebensumstände erlaubten ihm jedoch nicht einmal eine derartige Phantasie.

»Wenn Eure Bemerkung über den Opernball romantischer Natur gewesen sein sollte, danke ich Euch für die Ehre Eurer Bewunderung, Madame Pellegrini. Ich bin sicher, es wird irgendwann wieder die Gelegenheit für einen *Cotillon* geben ...«

Er unterbrach sich, da es an der Tür klopfte. Angela zuckte zusammen, als erwarte sie, von Pellegrini in flagranti erwischt zu werden. Unwillkürlich fragte sich John, wieso er die so deutlich dargestellten romantischen Wünsche von Madame Pellegrini in den vergangenen Monaten hatte übersehen können.

Obwohl zwischen ihm und Angela zwei Meter Orientteppich lagen und jede Vermutung über mehr als eine harmlose Plauderei böswillige Unterstellung sein würde, griff er reflexartig nach einem Schriftstück. Dann bat er mit donnernder Stimme: »Herein ...«

Johns Sekretär trat mit einer tiefen Verbeugung ein. »Pardon, Monsieur, wenn ich störe ...«

»Es ist Eure Aufgabe, mich zu stören«, versetzte John energisch. Er blickte Pietro Angelini mit zunehmendem Staunen an. Der Schreiber, den er wegen seiner italienischen Herkunft vor vielen Jahren eingestellt hatte, wirkte wie das leibhaftige Elend. Er trug Trauerkleidung, und John verkniff sich die Frage, ob Angelini auf diese Weise das System zu Grabe trug.

»Entschuldigt mich bitte.« Angela knickste leicht und wandte sich zum Gehen. Sie war noch nicht ganz an der Tür, als sie Angelini in einem theatralischen Tonfall sagen hörte: »*Mio padre …* mein Vater … er ist gestorben, Monsieur Law. Ich muss Euch kurzfristig um Urlaub bitten, da ich nach Campagna reisen muss, um mein Erbe anzutreten.«

»Wie wollt Ihr denn um diese Jahreszeit nach Italien kommen? Ihr werdet Schwierigkeiten bei der Einreise haben. Wegen der Pest herrschen noch immer strenge Quarantänebestimmungen.«

»Ich werde ein Schiff nach Neapel nehmen …« Mehr konnte Angela nicht hören, wenn sie nicht als Lauscherin auffallen wollte. Nachdenklich schloss sie hinter sich die Tür.

Angelini hatte den ganzen Morgen über keinen Augenblick verstört gewirkt. Im Gegenteil. Er hatte mit Pellegrini sogar einige Scherze auf Kosten der armen Anleger in italienischer Sprache getrieben. Sie konnte sich auch nicht erinnern, dass ein Kurier mit der traurigen Nachricht angekommen war. Nun ja, andere Menschen nahmen den Tod des Familienoberhauptes vielleicht mit geringerer Trauer entgegen als sie selbst. Merkwürdig erschien ihr nur, dass Angelini die Angelegenheit so dringend machte. Und von einem Erbe hatte sie ebenfalls noch nichts gehört.

Sie drückte ihren Reifrock zusammen, um sich durch die Menschenmenge zu drängen, und eilte zum *Salle de Mississippi*, wo Pellegrini allein seinem Tagwerk nachging und am Fuße des Gerüstes gerade damit beschäftigt war, Farben zu mischen. Sie erkannte die große Schale mit dem pulverisierten Marmor, den John für Pellegrini eigens in Carrara bestellt hatte und aus dem ein schönes Weiß hergestellt wurde. Daneben hantierte Pellegrini in einem Eimer mit einer leuchtenden Rotmischung, die er vermutlich aus Zinnober gewonnen hatte. Sie wusste, dass ein Freskenmaler stets eine große Menge an frisch zubereiteter Farbe zur Verfügung haben musste. Es entstanden Unebenheiten und ungewollte Schattierungen beim Trocknen eines Motivs, wenn er den Malvorgang unterbrechen musste, um neue Töne zu mischen. Es war eine gute Gelegenheit, ihn zu stören. Wenn er erst den Pinsel schwang, gäbe es kein Problem, welches wichtiger wäre als seine Arbeit.

»Signor Angelini will die Bank verlassen«, berichtete Angela.

»Ach?«, fragte Pellegrini trocken und ohne von seinen Farbtöpfen aufzusehen. »Der auch?«

»Wieso? Wer beabsichtigt denn noch, seinen Dienst bei Monsieur Law zu quittieren?«

»Monsieur Vernezobre ist heute nicht an seinem Schreibtisch erschienen«, erwiderte ihr Mann. Er legte den Holzlöffel beiseite, mit dem er in dem Gefäß mit dem leuchtenden Rotton gerührt hatte, und richtete sich auf. Er schaute sich suchend um, als könnte er den leitenden Angestellten irgendwo unter dem Gerüst ausmachen. Schließlich blickte er kopfschüttelnd auf Angela herab und fuhr fort: »Irgend jemand behauptete, gesehen zu haben, wie Monsieur Vernezobre gestern in Windeseile seine Aktentaschen mit irgendwelchen Papieren vollstopfte. Es sieht ganz so aus, als befinde er sich auf der Flucht. Wie drei weitere seiner Kollegen.«

»Gemeinsam mit Monsieur Angelini, wie mir scheint. Er behauptete, er müsse nach Campagna, um das Erbe seines verstorbenen Vaters anzutreten, aber ich glaube ihm kein Wort. Was hat das zu bedeuten, Antonio?«

Beschützend legte er den Arm um ihre Schultern. Er hörte die aufsteigende Panik aus ihrer Frage und hätte sie gerne getröstet, doch hatte er selbst gewisse Mühe, sich nicht wie der letzte Standhafte auf einem sinkenden Schiff zu fühlen. Andererseits konnte er nicht umhin, Angelini, Vernezobre und die anderen Angestellten, die in hastiger Eile davongelaufen waren, auf gewisse Weise zu verstehen. Es war unübersehbar, dass sich diese Männer einer energischen Überprüfung ihrer Bücher durch die Buchhalter des Regentschaftsrates widersetzen mussten. Keiner von ihnen hatte je gedarbt, und Pellegrini war sich sicher, dass jeder sich mit einer beachtlichen »Abfindung« bedacht hatte, bevor er fortging. Allerdings hatte er keine Achtung vor Männern, die sich im Angesicht der verzweifelten

Anleger, die an den Bankschaltern um ihren Lebensunterhalt bettelten, mit prall gefüllten Taschen auf und davon machten.

»So ist die Welt, meine liebste Angela«, sagte er in ihr Haar. »Viele nehmen sich rücksichtslos, was sie wollen, und nur wenige geben irgend etwas zurück … Seien wir froh, dass wir unser Auskommen haben und uns dank Monsieur Crozat nicht zur Aktienspekulation verleiten ließen. Vielleicht haben wir deshalb weniger Geld als manch anderer, aber wir brauchen uns wenigstens keine Sorgen zu machen.«

»Du meinst also, Betrüger haben das System von Monsieur Law korrumpiert?«

»Genauso, wie diese Leute den Bankrott vieler ehrbarer Bürger auf dem Gewissen haben. Graf Zanetti ist da übrigens einer Meinung mit mir«, setzte er hinzu, als käme es bei seiner Beurteilung der Lage auf den profunden Rat seines millionenschweren Freundes an. »Es tut mir aufrichtig Leid für Monsieur Law, der sich bemüht, aber nicht in der Lage sein wird, alle Defizite auszugleichen.«

Angela legte ihren Kopf in den Nacken, um ihren Mann anzusehen. »Was heißt das denn nun schon wieder?«

»Wusstest du nicht, dass Monsieur Law verarmten Anlegern persönlich aushilft? Er stellt den Leuten Wechsel von seinem Privatvermögen aus, um sie zu entschädigen. Warum, glaubst du wohl, kommt er in diesen Tagen überhaupt in die Bank?«

Unwillkürlich sah sie den Generalkontrolleur der Finanzen vor sich, wie er selbstbewusst durch das Spalier der unzufriedenen Aktionäre geschritten war und Verständnis für die Anschuldigungen aufbrachte, die man ihm entgegenschleuderte. Was für ein Mann! dachte sie. Zu allen positiven Eigenschaften kam nun auch noch das Prädikat Großherzigkeit. Es war für sie kaum vorstellbar, dass ein nobler Herr in seiner Position derart nachgiebig war.

Wie passte dieses heldenhafte Bild zu dem Mann, der einst Rosalbas Herz gebrochen hatte? Wahrscheinlich war es ein Missverständnis. Rosalba wird sich in der Person von John

Law irren, dachte Angela störrisch. Es konnte, durfte nicht sein, dass ausgerechnet ein sanftmütiger Geist wie dieser ihrer Schwester den Glauben an die Liebe genommen haben sollte.

In einer leisen Bewegung löste sie sich von Pellegrini und hauchte ihm einen zärtlichen Kuss auf die Wange. »Du solltest deine Arbeit nicht so lange wegen meines dummen Geschwätzes unterbrechen. Monsieur Law verdient das schönste Fresko aus deiner Hand. Möchtest du vielleicht eine Tasse Kaffee, um deine künstlerische Phantasie anzuregen?«

Fünf Tage später wurde die *Banque Royale* auf Geheiß des Regenten für immer geschlossen.

14

Wie gelingt es Euch nur, diese zarten Pastelltöne zu schaffen?« wollte Philippe von Orléans wissen. Interessiert betrachtete er den grau eingefärbten Bogen, der zuoberst auf dem Papierstapel auf dem Arbeitstisch lag und auf dem erste farbige Konturen eines Frauenportraits zu sehen waren.

»Das liegt an der chemischen Zusammensetzung«, erklärte Rosalba. »Pastellkreiden werden aus einem wässrigen Brei hergestellt, der viel feiner ist als eine fertige Ölfarbe und dadurch einen leichteren Strich ermöglicht.«

»Oh!«, bemerkte der Regent beeindruckt. Mit einer Handbewegung forderte er Rosalba auf fortzufahren. »Bitte, erzählt mir mehr über die Technik Eures Arbeitsmittels.«

Rosalba lehnte sich ein wenig vor, um nach der hölzernen Schatulle zu greifen, in der sich ihr Handwerkszeug befand. Sie klappte sie auf und strich mit den Fingerspitzen liebevoll über die Kreiden, als hege sie eine tiefe Zärtlichkeit für die Farben, die nicht unwesentlich zu ihrer Berühmtheit beigetragen hatten. Dann reichte sie ihrem hohen Besuch die offene Kassette.

»Aus dem Farbteig werden Stifte geformt und diese anschließend getrocknet. Hier seht Ihr das Ergebnis, Königliche Hoheit. Möchtet Ihr damit vielleicht einen Versuch wagen?«

»Noch nicht, meine Teuerste. Ich bin gekommen, um Euch bei der Arbeit zuzusehen, und nicht, Euch diese abzunehmen«, erwiderte Philippe lächelnd. Er blickte sich nach einer Sitzgelegenheit um und entschied sich für das Sofa, auf dem seine Mätresse vor einer Woche posiert hatte. Nachdem er es sich bequem gemacht und seine Beine von sich gestreckt hatte, fragte er: »Ihr wisst sicherlich alles über diese Pastellkreiden, und ich bin fasziniert davon, wie ich gerne zugebe. Helft einem

Laien bitte weiter und berichtet mir mehr davon. Beginnen wir bei diesem Teig, von dem Ihr gesprochen habt. Was ist daran so außergewöhnlich? Soweit ich mich entsinnen kann, ist die Konsistenz von Ölfarben auch musig.«

»Das stimmt, Königliche Hoheit, aber der Flüssigkeitsanteil als Bindemittel ist bei den Kreiden höher. Allein das Wort *Pastell* beschreibt bereits, worum es sich dabei handelt, denn es leitet sich vom italienischen *pasta* ab, was eben Teig bedeutet. Die ersten Portraitstudien, die mit farbigen Kreiden ausgeführt wurden, stammen von Leonardo da Vinci, weshalb man die Grundlagen dieses Stils in Italien findet …«

Bei aller Bescheidenheit konnte Rosalba nicht umhin, sich in der Rolle der königlichen Dozentin zu gefallen. Als der Herzog von Orléans seinen Besuch in ihrem Studio angekündigt hatte, war sie geehrt, aber auch ein wenig verunsichert gewesen. Sie hatte befürchtet, er wolle sich von der Qualität des Portraits von Madame de Parabère überzeugen, was schon allein deshalb schwierig war, weil Rosalba zunächst andere Aufträge in der Reihenfolge ihrer erarbeiteten Skizzen fertiggestellt hatte. Doch offenbar war Philippe aufrichtig an ihrer Kunst interessiert und weniger am Bild seiner Mätresse, was Rosalba zutiefst schmeichelte. Sie lehnte sich scheinbar gelassen gegen den Tisch und hoffte im Stillen, mit den ausladenden Röcken ihres eleganten Seidenkleides, welches sie für den hohen Besuch angezogen hatte, keine Farbreste von der Arbeitsplatte abzureiben, was den Stoff ruinieren würde.

»In italienischen Chroniken des 16. Jahrhunderts findet man bereits Beschreibungen der damals neuen Technik«, fuhr sie lebhaft und mit dem Gehabe einer Hauslehrerin fort: »Für die Stifte wurden wie heute weiße Kreide, das Basispulver der jeweiligen Farbe und ein dünnflüssiges Bindemittel wie etwa Molke, Milch oder etwas in der Art gemischt. Das Verhältnis variiert je nach der Intensität der Farbe, die man erhalten möchte. Ganz wichtig ist für die Tongebung aber – wie bei jedem Gemälde – die Grundierung, und hierfür eignet sich bei Pastellbildern vor allem ein Stärkeaufstrich aus Bimsstein-pulver.«

Während ihres Vortrags hatte Philippe die Augen geschlossen gehalten, als würde er schlafen, doch Rosalba war von Antoine Coypel vor dieser Eigenheit des Herzogs von Orléans gewarnt worden. Sie wusste, dass Philippe hellwach war und ihren Ausführungen mit dem Interesse eines Mannes folgte, der seine breite intellektuelle Bildung vervollkommnen wollte. Es überraschte sie deshalb nicht, als er seine schweren Lider ein wenig hob und eine neue Frage stellte: »Wie kommt es, dass die Konturen Eurer Portraits so verschwommen wirken und stufenlos von einem Ton in den anderen übergehen?«

»Man nennt diese Technik im Italienischen *sfumato*, was soviel wie duftig heißt.« Rosalba legte die Schatulle mit den Farbkreiden, die sie während ihrer Erklärungen wie einen Talisman in der Hand gehalten hatte, zurück auf den Tisch und nahm statt dessen die in verschiedenen Stärken hergestellten zugespitzten Stäbe aus Chamoisleder in die Hand. »Durch Verreiben der Farbstriche mittels dieser Wischer wird der Eindruck erreicht, von dem Ihr beliebt zu sprechen, Königliche Hoheit. Allerdings ...«, sie lächelte ein wenig verlegen, »nehme ich gelegentlich ganz gerne meine Finger zu Hilfe.«

»Vortrefflich«, rief Philippe breit grinsend aus. »Ihr seid amüsant, Madame Carriera. Ihr bringt mich zum Lachen. Das ist anderen Künstlern vor Euch nicht gelungen.«

Rosalba errötete vor Freude über dieses Kompliment. Es war kein Geheimnis, dass der Herzog von Orléans derzeit unter enormem Druck stand und deshalb für jede Abwechslung und ein wenig Freude aufgeschlossen war. Die Front seiner Widersacher hatte sich seit Schließung der Bank noch vergrößert, womit Philippe zweifellos nicht gerechnet hatte, denn er hatte diese Verfügung ganz bewusst offiziell gegen seinen Generalkontrolleur der Finanzen getroffen. Doch wie bereits in der Vergangenheit, wenn er etwa den Willen des früheren Finanzministers d'Argenson kritiklos übernommen hatte, ließen weder die Intrigen bei Hofe noch die Proteste in der Bevölkerung nach. Nachdem sich Marie-Madeleine de Parabère zu seinen Gegnern gesellt hatte, schien Philippe vor lauter Verzweiflung regelrecht kopflos zu agieren.

Oder trieb ihn sein schlechtes Gewissen um, weil er über kurz oder lang gezwungen sein würde, seinen Freund Law fallen zu lassen? Rosalba hatte aus zuverlässiger Quelle von Pierre Crozat gehört, dass der Finanzminister um seine Entlassung und um die Ausreise für sich und seine Familie gebeten hatte. Aber wie bereits im Frühsommer hatte der Regent dieses Ersuchen ignoriert. Es ging sogar das Gerücht, Philippe habe John eine Audienz verweigert, und Rosalba fühlte sich unweigerlich an ihre Begegnung in der Galerie des Palais Royal erinnert. In ihr wuchs die Hoffnung, dass sich die Dinge ebenso positiv regeln ließen wie damals.

Mit einer einladenden Geste wies sie auf ihren Arbeitsplatz. »Möchtet Ihr Euch nicht vielleicht doch einmal an der Pastellmalerei versuchen, Königliche Hoheit? Monsieur Coypel berichtete mir von Eurer höchst beachtlichen künstlerischen Begabung. Ich bin sicher, diese wird meinen Kreiden alle Ehre machen.«

Um der Höflichkeit Genüge zu tun, stemmte sich der Herzog von Orléans schwerfällig von dem gemütlichen Sofa hoch. »Nun denn«, sagte er, als er neben Rosalba trat, »aber ich möchte nur ein paar Striche und diese Wischtechnik probieren. Anschließend solltet Ihr wieder zu Werke gehen. Ich würde Euch gerne bei der Arbeit zusehen.«

»Dem steht nichts entgegen. Ich sollte Euch allerdings warnen: Die Kreiden färben ab, und Ihr werdet Euch die Finger schmutzig machen, wenn Ihr sie benutzt.«

Philippe lächelte breit. »Ich hatte noch nie etwas dagegen, mir die Finger schmutzig zu machen, Madame Carriera.«

Während sie eine Vorlage aus dem Stapel ihrer Skizzenblätter auswählte, die sie ihm zum Üben geben konnte, wartete der Regent geduldig neben seiner Lehrmeisterin. Sein Blick wanderte über den Tisch, unterzog die dort herumliegenden Gegenstände und Papierbögen einer mehr oder weniger flüchtigen Betrachtung, um schließlich zögernd zu der Schachtel mit den Pastellkreiden zurückzukehren. Es stimmte schon, dass er recht geschickt an der Leinwand war, aber er zweifelte stark an seinem Talent bezüglich der Kreiden. Wie war es möglich, mit diesem klobiger wirkenden Malgerät feinere Linien auszuführen als mit einem Pinsel? Wahrscheinlich, dachte Philippe, lag hier das Geheimnis der großen Kunst einer Rosalba Carriera ...

Überrascht registrierte er inmitten des Sammelsuriums einen Gegenstand, den er kannte. Er hatte die Tabaksdose zunächst zwar irgendwie wahrgenommen, aber – wie oft bei vertrauten Dingen – als selbstverständlich übersehen. Erst auf den zweiten Blick wurde ihm bewusst, dass dieses Teil eigentlich nicht an diesen Ort gehörte. Er beugte sich vor und griff nach der Miniatur.

»Ist dies nicht die Tabatiere von Monsieur Law?«

Die Hand, die Philippe gerade eine unfertige Zeichnung reichen wollte, sank herab. Es war Rosalba unangenehm, auf dieses kleine Bindeglied zwischen sich und John angesprochen zu werden. Sie hatte nicht daran gedacht, dass der Regent die Tabaksdose erkennen könnte, und sie deshalb vor seinem Besuch nicht weggeschlossen. Zögernd erwiderte sie: »Ja ... sie ist ein Pfand ... sie ... Nun ja, es ist die Tabatiere von Monsieur Law.«

»Ein Pfand?« wiederholte er verblüfft. »Schuldet Euch der Generalkontrolleur der Finanzen etwa auch Geld?«

Rosalba wünschte inniglich, dieses Gespräch nicht führen zu müssen. Eine Unterhaltung über das *Système du Law* war in diesen Tagen in Paris unausweichlich – eine Konversation über ihre persönliche Beziehung zu John aber alles andere als erquicklich. Am liebsten hätte sie Philippe die Miniatur weggenommen und rasch irgendwo versteckt, um das Thema zu beenden. Doch sie musste Ruhe bewahren und sich eine glaubwürdige Geschichte für den Regenten einfallen lassen.

412

»Natürlich ist es kein Pfand für einen Kredit«, sagte sie leichthin. »Monsieur Law war so freundlich, mir einige persönliche Dinge zu geben, um sein Portrait fertigzustellen. Meistens versuche ich Gegenstände in einem Bild einzubauen, die der betreffenden Person viel bedeuten.« Erleichtert über diese Eingebung, legte Rosalba die für Philippe bestimmte Skizze zur Seite und wandte sich ihren bereits vollendeten Arbeiten zu, die sie in den nächsten Tagen an ihre Auftraggeber liefern wollte. Sie wollte dem Regenten weitere Beispiele zur Untermauerung ihrer Ausführung zeigen, doch dieser ließ sich nicht ablenken.

«Ich entsinne mich«, murmelte er, »dass Monsieur Law in dieser Tabatiere stets einen Talisman sah. Es erstaunt mich, dass er sie überhaupt wieder aus der Hand gegeben hat, nachdem er sie verloren hatte.«

»Selbstverständlich erhält Monsieur Law sein Eigentum zurück, sobald ich sein Portrait abliefere«, erklärte Rosalba eifrig. »In meinem Besitz befindet sich übrigens auch seine Perücke und eine Krawatte ...«

»Ihr solltet Euch beeilen!«

Sie erstarrte. »Wie bitte?«

Philippe griff nach ihrer Hand und legte die Miniatur hinein. »Die Zeit drängt. Wir werden nicht mehr viel für Monsieur Law tun können. Nur noch großes Glück kann ihm helfen. Er wird zwar mehr als nur einen Talisman brauchen, aber dieser ist immerhin ein Anfang, nicht wahr?«

15

Es war seltsam still an der Place Vendôme, als Rosalbas Equipage zur Einfahrt des Hôtel Law rollte. Flocken wirbelten durch die Luft, aber der Schnee blieb nicht liegen, sodass der Straßenbelag feucht schimmerte. Obwohl es erst früher Nachmittag war, dämmerte es bereits so stark, dass in den Fenstern der Palais Kerzenlicht schimmerte.

Wahrscheinlich wird der Nachtwächter heute früher als sonst die Straßenbeleuchtung anzünden müssen, dachte Rosalba.

Im nächsten Moment schalt sie sich, wie dumm es war, in der gegenwärtigen Situation an Laternen zu denken. Doch gerade das Alltägliche war es, das sie den schweren Konflikt ertragen ließ. Es hatte zwar genug Anzeichen und Warnungen gegeben, aber Rosalba hatte nicht damit gerechnet, von Crozat beim Frühstück mit der Nachricht aufgeschreckt zu werden, dass John Law verhaftet worden sei. Kurz darauf rauschte Angela atemlos herein, die zu berichten wusste, dass John entlassen und auf seinen Besitz in der Auvergne verbannt worden sei. Außerdem würden wüste Schmähreden gegen ihn gehalten, aber auch gegen den Regenten.

»Es ist mir gleich, welche schlimmen Erfahrungen du mit Monsieur Law gemacht haben willst«, hatte Angela ebenso zornig wie offensichtlich verzweifelt ausgestoßen, »aber ich betrachte ihn als einen Freund, und deshalb muss ich die Wahrheit wissen. Bitte, Rosa. Du bist die Einzige von uns, die problemlos Zugang zu seinem Haus bekommt ...«

»Ich kann nicht einfach ins Hôtel Law fahren und mich nach den Befindlichkeiten des Hausherrn erkundigen«, protestierte Rosalba.

Über Angelas Drängen machte sie sich in diesem Moment weit weniger Sorgen als um ihr eigenes Seelenheil. Sie hatte John seit dem Opernball nicht wiedergesehen und auch eine schriftliche Einladung von Katherine ausgeschlagen, um ihm bei dem beabsichtigten Souper nicht etwa begegnen zu müssen. Vordergründig redete sie sich ein, dies sei aus Rücksicht auf Katherine geschehen, da sie jede Peinlichkeit zu vermeiden beabsichtigte; darüber hinaus hatte sie gar keine Zeit für den Besuch. Insgeheim gestand sie sich jedoch ein, dass ihre Eitelkeit verletzt war, weil John sich nicht bei ihr meldete. Auch wenn sie nach diesem leidenschaftlichen Austausch von Zärtlichkeiten wortlos davongelaufen war – warum hatte er ihr nicht wenigstens eine kurze private Botschaft zukommen lassen? Hatte der Kuss so wenig Eindruck auf ihn gemacht? Natürlich war eine Liaison falsch, und Rosalba hätte jeden Vorstoß in diese Richtung energisch unterbunden, aber warum versuchte er nicht wenigstens, sie zu einer Affäre zu überreden? Rosalbas Vernunft kannte die Antwort: Was auch immer John fühlen mochte, er war in diesen Tagen derart mit dem Zusammenbruch seines Systems und seinen daraus resultierenden persönlichen Schwierigkeiten beschäftigt, dass er an eine romantische Verwicklung nicht einmal denken konnte. Doch von dieser Logik wollte sich ihr Herz nicht überzeugen lassen.

»Bitte, Rosa«, wiederholte Angela, die den Tränen nahe war. »Madame Law ist deine Freundin. Sie wird dich empfangen, und ... und ... und wenn es wirklich so schlimm um Monsieur Law steht, wie man sich erzählt, wird sie deinen Zuspruch brauchen.«

Diesem Argument hatte Rosalba nichts entgegenzusetzen. »Gut. Ich frage mich aber, ob ich überhaupt vorgelassen werde. Vielleicht ist das Haus von Gardisten umstellt. Wir werden sehen. Ich lasse gleich anspannen. Zuvor möchte ich aber von dir wissen, welche Beziehung du zu Monsieur Law unterhältst. Sag mir die Wahrheit, Angela. Sag mir, um Gottes willen, jetzt die Wahrheit.«

Erstaunt starrte Angela ihre ältere Schwester an. Schames-
röte überzog ihre Wangen. Mit dieser Bedingung hatte sie
nicht gerechnet. Wie sollte sie erklären, dass sie seit Monaten
Ehebruch im Geiste beging? Ihr Mund fühlte sich trocken, ihre
Zunge pelzig an, als sie leise gestand: »Um ehrlich zu sein: Ich
bin fasziniert von seiner Person. Aber so ging es Tausenden von
Frauen in Paris, nicht wahr? Es hat nichts zu bedeuten. Monsieur Law hat mir niemals den Hof gemacht ... Ich glaube ...«
Angela stockte, weil sie die Erkenntnis wie ein Blitz aus heite-
rem Himmel traf. »Ich glaube, er war immer einzig nur an dir
interessiert.«

Das ist die Wahrheit! Endlich hatte sie ausgesprochen, was
sie seit Wochen bewegte, aber nie sehen wollte. Sie blickte
Rosalba mit einer Mischung aus Hochmut, Aggressivität und
Zufriedenheit an, als wollte sie ihr entgegenschleudern: *Nun
weißt du es. Ist es das, was du hören wolltest? Sicher nicht, weil
es dir seelische Probleme bereiten wird, aber damit musst du nun
fertig werden.* Es war, als fühlte sie sich endlich frei von der
Sehnsucht, die sie in all den Monaten gefangen gehalten hatte.

Zu Angelas größter Überraschung reagierte Rosalba mit
unglaublicher Gelassenheit auf diese Mitteilung. Ihre Mimik
veränderte sich ebensowenig wie ihre Körpersprache. Einzig
ein Flackern in ihren Augen verriet eine gewisse Irritation. Sie
nickte und wiederholte ruhig: »Ich werde anspannen lassen.«

Der alte Hausdiener, der Rosalba von ihren vielen Besuchen
in der Vergangenheit kannte, öffnete die Tür. »Madame Law
empfängt eigentlich niemanden, aber für Euch wird sie sicher
eine Ausnahme machen. Wenn Ihr so freundlich sein würdet
und einen Augenblick warten wolltet. Ich werde nachsehen,
ob Madame Law Zeit hat.« Mit hängenden Schultern schlurfte
er davon, als laste der Druck seines Herrn nun allein auf ihm.

Seufzend knöpfte Rosalba ihren Mantel auf. Es war wohl-
temperiert in der Eingangshalle, und ihr war warm. Vielleicht
brach ihr aber nur auch der Schweiß aus, weil sie sich vor dem

fürchtete, was Katherine ihr sagen würde. Und wenn sie gar nicht vorgelassen würde? Wenn Katherine nun unpässlich oder aus irgendeinem Grund beleidigt wäre? Verzweifelt rang Rosalba die Hände. Dabei fiel der Muff herab, den sie über ihr Handgelenk zurückgeschoben hatte. Sie machte Anstalten, sich zu bücken.

»Bemüht Euch nicht …«

Beim Klang seiner Stimme zuckte Rosalba wie unter einem Peitschenhieb zusammen.

»Pardon. Ich wollte Euch nicht erschrecken«, erklärte John und reichte ihr den Muff, den er vom Boden aufgehoben hatte. »Ich hatte einen Wagen in der Einfahrt bemerkt und Euer Eintreffen vom Fenster meines Arbeitszimmers aus beobachtet. Deshalb bin ich sofort herbeigeeilt. Es ist schön, Euch zu sehen.«

»Ich … ich habe Euch nicht kommen hören …«

Ein müdes Lächeln erhellte für einen Moment sein sorgenzerfurchtes Gesicht. »Die Teppiche sind so dick, dass sie jedes Geräusch schlucken. Es ist angenehm, wenn das eigene Ohr nicht jedem Schritt eines Dienstboten folgen muss. Für Euch war das nun von Nachteil, und ich bitte dafür um Entschuldigung.«

»Das … das ist doch nicht nötig …«

Sie wünschte, das Karussell in ihrem Kopf würde endlich zum Stillstand kommen. Sie war weder in der Lage, eine vernünftige Überlegung zu treffen, noch einen vollständigen Satz zu sagen. Wie konnte es sein, dass John hier leibhaftig vor ihr stand, nachdem Crozat behauptet hatte, er sei verhaftet worden, und Angela von Verbannung gesprochen hatte? Waren sie alle wieder einmal nur böswilligen Gerüchten aufgesessen? Die Niedergeschlagenheit in Johns Gesichtsausdruck bedeutete allerdings nichts Gutes. Offensichtlich hatte er mehrere Nächte nicht geschlafen, denn seine Augen waren rot umrandet und bläulich umschattet, seine Haut wirkte aschfahl und teigig. Der einst so gutaussehende Mann, der mit seinem sprühenden

Witz und einzigartigem Charme Tausende von Frauenherzen erobert hatte, wie Angela richtig erkannt hatte, wirkte gebrochen und krank. Seltsamerweise fühlte sich Rosalba zu diesem Menschen noch stärker hingezogen als zu dem strahlenden Kavalier der Vergangenheit.

»Hätte ich gewusst, dass Ihr anwesend seid, hätte ich Eure Tabaksdose mitgebracht«, hörte sie sich ohne nachzudenken sagen.

»Das Pfand …«, erinnerte er sich müde, und ein grimmiger Unterton schlich sich in seine Worte: »Ihr werdet mir die Miniatur schon noch bei anderer Gelegenheit geben können. Bisher habe ich keine Erlaubnis erhalten, die Stadt zu verlassen.« Als habe er damit ungewollt viel über seine Lage enthüllt, wechselte er das Thema: »Gebt mir Euren Mantel. Ihr werdet Euch eine Erkältung zuziehen, wenn Ihr länger derart dick eingepackt in der Wärme herumsteht.«

Schweigend ließ sie den Umhang von ihren Schultern gleiten, den er mit einer geschickten Bewegung auffing. Sie fragte sich, wo das ganze Personal war, das bisher für das Wohl des Hausherrn und die Bequemlichkeit der Gäste gesorgt hatte. Außer dem Diener, der ihr die Tür geöffnet hatte, war weder ein Lakai noch eine Zofe aufgetaucht. Es war kaum vorstellbar, dass sich John oder Katherine in irgendeiner Weise einschränken mussten.

»Vielleicht sollten wir schon in den kleinen Salon gehen«, schlug er vor, nachdem er den Mantel sorgfältig zusammengerollt über einen Stuhl gelegt hatte. »Meine Gattin wird sicher gleich zu uns stoßen. Ich glaube, sie war gerade bei den Kindern, um …« Er unterbrach sich, als habe er schon zu viel verraten. Mit einer eleganten Geste, ein Überbleibsel der Nonchalance der Vergangenheit, wies er ihr den Weg in die Beletage. »Bitte …«

Rosalba spürte eine fatale Sehnsucht in sich aufsteigen. Am liebsten hätte sie ihn in ihre Arme gezogen, seinen Kopf an ihrer Schulter gebettet und ihr Gesicht in seinem Haar vergraben. Verzweifelt wünschte sie sich, ihn berühren und ihm Trost spenden zu können. Sie wollte ihn wenigstens ihrer unerschütterlichen Freundschaft versichern, doch nicht einmal diese Möglichkeit blieb ihr hier im Treppenhaus seines Palais. Jeden Moment konnte der Diener zurückkommen – oder Katherine oder sein Sohn und seine Tochter erscheinen. Sie war gezwungen, die Distanz eines Gastes zu zeigen, der keine persönliche Beziehung zu ihm hatte, sondern lediglich ein Besuch seiner Frau war.

Schließlich war er es, der die Kluft zwischen ihnen überwand. Während sie mit einer Stufe Unterschied die Treppe so gut wie nebeneinander hinaufstiegen, fühlte sie plötzlich seine Finger an ihrer Hand. Die Berührung war so zart wie der Flügelschlag eines Schmetterlings, und Rosalba glaubte an einen Zufall. Doch da wurde der Druck deutlicher. Unwillkürlich stockte ihr der Atem.

Sie hätte protestieren, sie hätte ihn fortstoßen können.

Doch statt dessen legte sie ihre Hand in die seine und erwiderte seine Zärtlichkeit. Sie sah ihn nicht an, und einen Moment später war dieses stille Einverständnis zwischen ihnen wieder vorbei. Schweigend gingen sie weiter.

Ein paar Minuten nachdem Katherine mit ausgebreiteten Armen im Salon erschienen war, um Rosalba herzlich zu begrüßen, verabschiedete sich John.

Er entschuldigte sich mit dem Hinweis auf die vielen Papiere, die er noch zu ordnen habe. Mit einer tiefen Verbeugung neigte er sich über Rosalbas Hand, ohne diese zu küssen. »Wir werden uns wiedersehen«, versprach er, aber es fiel ihr auf, dass kein Lächeln sein überschattetes Gesicht erhellte. Dann verließ er die beiden Damen, die es sich an dem kleinen Teetisch bequem gemacht hatten.

»Die privaten finanziellen Angelegenheiten meines Gatten sind derart mit denen der Mississippi-Kompanie und der *Banque Royale* verquickt, dass mein Gatte vierundzwanzig

Stunden am Tag kaum etwas anderes tut als eine Entflechtung derselben zu versuchen«, kommentierte Katherine seinen Abgang. Auch sie wirkte ungewöhnlich blass und müde, sodass Rosalba sich unweigerlich fragte, ob sie an seiner Seite wachte, wenn er arbeitet.

»Es tut mir Leid, dass ich ohne Anmeldung gekommen bin«, hob Rosalba entschlossen an. »Ich konnte nicht anders, da Gerüchte kursieren, die mich auf das Stärkste beunruhigten. Es tat gut, sich davon zu überzeugen, dass Ihr und Monsieur Law wohlauf seid.«

Betrübt schüttelte Katherine den Kopf. »Ich weiß, es wird allerlei geredet, an dem nichts Wahres dran ist. Dennoch kann sich die Situation stündlich ändern. Mein Gatte grämt sich, er ist niedergeschlagen und verzweifelt, da ihn der Herzog von Orléans nun offensichtlich fallen lässt …«

»So solltet Ihr nicht sprechen!« warf Rosalba rasch ein. Sie dachte an die Traurigkeit in der Stimme des Regenten, als dieser Johns Tabaksdose betrachtet hatte. Es durfte nicht sein, dass er nichts mehr für seinen Generalkontrolleur der Finanzen tun konnte. Der Sturm, der John hinwegzufegen drohte, hatte sich längst auch über dem Herzog von Orléans zusammengebraut. Würde es Philippe nicht die eigene Glaubwürdigkeit kosten, wenn er den Mann, den er jahrelang gegen jede Vernunft unterstützt hatte, seinen Feinden auslieferte?

Katherine schob die kleine vergoldete Vase mit dem winzigen Rosensträußchen darin nervös hin und her. »Jedenfalls erweckt der Regent den Anschein, als wolle er mit seinem Finanzminister nichts mehr zu tun haben. Erst heute Morgen erneuerte mein Gatte die Bitte um eine Audienz. Ohne Erfolg. Seine Königliche Hoheit sei krank und könne ihn nicht empfangen, hieß es. Wenn der Regentschaftsrat nun tagt und anordnet …«

Weiter kam sie nicht – in ihrer Ausweglosigkeit schlug sie die Hände vor das Gesicht. Ihr ersticktes Schluchzen war deutlicher als jedes Wort, das sie über die drohende Verhaftung,

Einkerkerung in die Bastille, eine mögliche Folter oder gar die Hinrichtung verlieren konnte.

Es gab nichts, womit Rosalba die schlimmsten Befürchtungen hätte ausräumen können. Obwohl die Gerüchte, die Crozat und Angela weitergegeben hatten, nicht den Tatsachen entsprachen, bedeutete dies nicht, dass es sich um Vorgaben der Gegner Johns im Regentschaftsrat handelte, die bestimmte Informationen ausgestreut wissen wollten, bevor sie Realitäten schafften. Vielleicht würde der Regent nach so viel Gerede, das ihm sicherlich auch zugetragen wurde, gar nicht mehr reagieren, wenn John wirklich verhaftet und verschleppt würde, weil er nicht daran glaubte – und wenn ihm die Wahrhaftigkeit der Nachricht klar werden würde, wäre es möglicherweise schon zu spät.

Rosalba legte ihren Arm um die bebenden Schultern der Freundin. »Wenn Ihr möchtet, werde ich bei Euch bleiben, bis sich die Schrecken gelegt haben«, versprach sie, obwohl sie nicht wusste, wie sie dies realisieren sollte. »Ich werde immer für Euch und Monsieur Law dasein. Dessen könnt Ihr versichert sein.« Insgeheim wünschte sie, dass John Zeuge ihres Ehrenwortes wäre. Gleichzeitig fühlte sie sich schäbig, weil ihr Herz für ihn schlug, ihre Freundschaft aber seiner Frau galt.

»Ihr seid sehr liebenswürdig.« Katherine schluckte, ließ ihre Hände sinken und schenkte Rosalba ein zaghaftes, trauriges Lächeln. »Ich bin dankbar, dass ich jemanden in dieser Stadt weiß, dem ich vertrauen kann. Ist es nicht seltsam, dass ich nach all den Jahren in Paris keine Freundin besitze, der ich so nahe stehe wie Euch, deren Bekanntschaft ich erst vor ein paar Monaten machen durfte? Ob wir wohl eine Verbundenheit fühlen, weil wir beide Ausländerinnen sind?«

Wahrscheinlich besteht diese Zuneigung, weil wir beide denselben Mann aufrichtig lieben, dachte Rosalba. Laut sagte sie: »Das ist möglich, aber zerbrecht Euch nicht den Kopf darüber. Wichtig ist doch nur, dass wir zusammenstehen, nicht wahr?«

»Dann solltet Ihr Euch bereithalten. Ihr braucht natürlich nicht hierzubleiben, obwohl Ihr in meinem Heim immer willkommen seid. Ich weiß ja, wie beschäftigt Ihr seid und dass Ihr auch Verpflichtungen gegenüber Eurer Familie und anderen Freunden habt. Aber es könnte sein, dass ich von Eurem Angebot Gebrauch machen werde und nach Euch schicken lasse, sobald es notwendig ist.«

Rosalba drückte Katherines Hand in stiller Zustimmung – gerade so, wie sie zuvor Johns Hand gehalten hatte.

16

Der Bote aus dem Palais Royal erschien am frühen Abend an der Place Vendôme, lange nachdem Rosalba das Hôtel Law wieder verlassen hatte. Es schneite inzwischen stärker, und an dem Dreispitz des jungen Sergeanten der Schweizer Garde klebten Schneeflocken. Mit eiskalten Fingern überreichte er dem Diener, der ihm die Tür geöffnet hatte, eine dringende Botschaft für Monsieur Law, die mit dem Siegel des Herzogs von Orléans verschlossen war.

»Wurde er angewiesen, auf Antwort zu warten?«

Der junge Mann schüttelte den Kopf. »Nein«, sagte er und wandte sich ab. Er hatte sich auf dem Ritt hierher selbst Gedanken darüber gemacht, aber offenbar erwartete der Regent keine Reaktion des Finanzministers auf sein Schreiben – oder aus dem Inhalt ergab sich kein Anlass dafür. Das konnte allerdings nur eines bedeuten, und unter diesen Umständen fragte sich der Gardist, warum man ihn allein zu John Law geschickt hatte und nicht mit einer bewaffneten Eskorte. Vielleicht, so resümierte er in Gedanken, als er sich wieder in den Sattel schwang, wollte Seine Königliche Hoheit auf diese Weise dem Generalkontrolleur einen Vorsprung verschaffen.

Katherine vernahm dumpf das Klappern der Hufe eines eilig angetriebenen Pferdes auf dem Kopfsteinpflaster im Innenhof, als sie durch die Eingangshalle rauschte. Sie riss dem verdutzten Diener die Depesche aus der Hand. »Ich werde das Monsieur selbst übergeben«, erklärte sie und marschierte mit großen Schritten auf das Arbeitszimmer zu.

Ihre Gefühle befanden sich in Aufruhr. Nachdem sie durch die Versicherung von Rosalbas Freundschaft wieder etwas aufgemuntert worden war, fühlte sie sich nun, als müsse sie jeden

Moment in Ohnmacht fallen. Einerseits empfand sie Erleichterung, weil das Warten auf eine Nachricht des Regenten nun ein Ende hatte, andererseits fürchtete sie den Inhalt wie der Teufel das Weihwasser. Sie fühlte sich elend, als sie Johns *bureau* ohne anzuklopfen betrat.

Sein Anblick hob ihre Stimmung keineswegs. Er stand vor dem Portrait ihrer Tochter, und vielleicht war es nur eine Reflexion des Lichts in seinen Augen, aber Katherine hätte schwören können, dass sie John weinen sah.

Bitterkeit stieg in ihr auf, und sie kam nicht umhin, ihren Botengang zu kommentieren: »Der Regent beliebte, sich Eurer zu erinnern.«

»Keinen Sarkasmus, bitte«, murmelte John gedankenverloren. Es dauerte einen Moment, bis er sich gesammelt hatte. Dann drehte er sich zu Katherine um, und es gelang ihm sogar, sie mit einem amüsierten Schmunzeln anzusehen.

Sie erwiderte sein Lächeln und reichte ihm die Nachricht. Gespannt beobachtete sie, wie er das Siegel brach und den Bogen mit dem Wappen des Herzogs von Orléans auseinanderfaltete. Es war so still im Raum, dass sie glaubte, er müsste ihr tobendes Herz hören.

Ausreise oder Verhaftung? Katherine hielt den Atem an und betete still.

Es dauerte nicht lange, die wenigen Zeilen zu überfliegen. Nach einigen Sekunden hob John seinen Blick, und Katherine entdeckte Verwunderung darin, dann Triumph.

»Der Herzog von Orléans geruht, mich noch heute Abend zu empfangen. Er bittet mich zu einem privaten Gespräch in das Palais Bourbon.«

Er hielt Katherine das Schreiben hin, damit sie sich von der schriftlich gewährten Audienz selbst überzeugen konnte.

»Was hat das zu bedeuten?«, fragte sie zögernd.

»Dass sich der Regent nicht von seinem Generalkontrolleur der Finanzen abwenden wird«, erwiderte er hoffnungsfroh.

Eine knappe Stunde später fuhr John vor dem prachtvollen Sitz des Herzogs von Bourbon auf der anderen Seite des Seineufers vor. Dichte Nebelschwaden hingen über dem Fluss, und das Schneegestöber hatte zugenommen. Obwohl es kalt und ungemütlich war, empfand John eine tiefe Dankbarkeit angesichts der schlechten Sichtverhältnisse, die es einem Passanten unmöglich machten, seine Kutsche zu erkennen.

Das Palais Bourbon in Faubourg Saint-Germain war nach den drei königlichen Besitzungen der drittgrößte Adelssitz in Paris. Ein aufwendig gestalteter Prachtbau, der sowohl Louis-Henris politischen Machtansprüchen wie auch seinem Einfluss und seinem Reichtum entsprach. Eine endlose Schar von Dienstboten entzündete täglich Tausende von Kerzen, und in den hohen Fenstern flackerte gelbes Licht. Es erzeugte eine warme, einladende Atmosphäre, sodass sich der späte Besucher leichten Herzens melden ließ.

Louis-Henri de Bourbon befand sich mit dem Herzog von Orléans seit geraumer Zeit im Spielzimmer. Die beiden Herren saßen an einem kleinen, rechteckigen Tisch vor dem Trictrac-Brett und schoben lustlos die Spielsteine hin und her, legten ihr Holzstäbchen in das vorgesehene Loch, ohne im nächsten Moment zu wissen, wer von beiden nun die höchste Punktzahl erreicht hatte. Es war reiner Zeitvertreib, um sich das Warten auf den wichtigen Gast zu vertreiben, von Amüsement konnte an diesem Abend keine Rede sein. Zu ernst war die Lage, die vom Regenten nun so schnell wie möglich bereinigt werden musste. Zu lange hatte er sich gewunden. Im Grunde hoffte Philippe noch immer vergeblich auf eine göttliche Eingebung, doch ihm war klar, dass er jetzt handeln musste. Es war ohnehin fast schon zu spät. Hätte ihn der Herzog von Bourbon nicht vehement gedrängt, unverzüglich etwas zu unternehmen, hätte er wohl noch weiter versucht, seine Entscheidung hinauszuzögern. Unter dem Druck des Cousins und dem Hinweis auf die Gefährdung seiner eigenen Position war Philippe allerdings nichts anderes übrig geblieben, als John Law einzubestellen – ob er sich nun mit dem Schicksal seines General-kontrolleurs der Finanzen auseinandersetzen wollte oder nicht.

»Ihr seht schlecht aus«, stellte der Hausherr trocken fest, als sein neuer Gast den anheimelnd wirkenden Raum betrat, und erhob sich von seinem Platz, um John mit einem freundschaft-lichen Schlag auf die Schulter zu begrüßen.

Dieser verneigte sich formvollendet vor dem Regenten. »Ich danke Euch für diese Audienz, Königliche Hoheit«, sagte er höflich, bevor er sich gestattete, sich einen Moment umzuse-hen.

Das unbeendete Spiel auf dem Tisch, daneben zwei halb-leere Weingläser, eine schön geschliffene Kristallkaraffe, in der in einem satten Rotton ein sicher vorzüglicher Burgunder schimmerte, die beiden überaus elegant gekleideten Herren – alles wirkte ein wenig wie das sorgfältig ausgewählte Bühnen-bild eines Stücks, in dem die Hauptrolle mit dem glücklosen Finanzminister besetzt war, während die Herzöge von Orléans und Bourbon nur Statisten waren und sich mit den Requisiten beschäftigten.

»Das Spielzimmer ist ein vortrefflich gewählter Ort. Wollt Ihr einen Hasardeur damit an die Prinzipien seines Lebens erinnern?«, fragte John. »Aalglatt, unverschämt, selbstsicher, sich keine Schwäche anmerken lassend. Oder wollt Ihr einem Glücksritter seine Ehrenschuld nach einer verlorenen Wette vorhalten?«

»Nichts dergleichen«, erwiderte Philippe von Orléans. »Ihr interpretiert unsere ureigensten Bedürfnisse viel zu philoso-phisch. Meiner Ansicht nach ist dies der gemütlichste Raum in diesem riesigen Kasten. Und der wärmste. Es ist verdammt kalt heute Abend. Ihr solltet Euch ein Glas einschenken, um Euer Blut aufzuheizen. Und dann setzt Euch. Ich mag es nicht, ständig zu Euch aufschauen zu müssen.«

Der Herzog von Bourbon ging John beflissen zur Hand, schob ihm sogar einen Stuhl zurecht.

Philippe stierte derweil in sein Glas, als könnte er dort die

Lösung für seine Probleme finden. Da er noch immer nicht recht wusste, was er wirklich tun sollte, wagte der in seiner Jugend für seine Tapferkeit berühmte, hochdekorierte Soldat die Flucht nach vorne. Nachdem sich John gesetzt hatte, blickte der Regent auf und kam ohne Umschweife zum Thema: »Ihr habt mehrfach um Eure Entlassung gebeten, Monsieur Law. Steht Euer Entschluss unwiderruflich fest, Euer Amt aufzugeben?«

John räusperte sich. Er hatte sich auf diesen Moment in unzähligen Stunden der Verzweiflung gut vorbereitet, sodass er überaus korrekt antworten konnte. »Es fällt mir schwer, zwischen dem Verlangen, mich aus dem öffentlichen Leben zurückzuziehen, und dem Wunsch, den Ruhm Seiner Majestät zu mehren, zu entscheiden. Ich habe jegliche Eitelkeit abgestreift, Königliche Hoheit, sodass es mir nur noch um das Wohl des Staates geht. Die Gründe, warum ich mir die Missgunst des Regentschaftsrates zugezogen habe, spielen keine Rolle mehr. Deshalb bitte ich Euch, meine Kündigung anzunehmen.« Als wollte er den Schlusspunkt seiner Karriere deutlich markieren, hob er sein Glas und trank einen großen Schluck.

»Eine Kassation«, resümierte Philippe müde, der sich noch immer nicht wirklich von seinem Generalkontrolleur der Finanzen trennen wollte. Doch hallten noch die Worte des Herzogs von Bourbon in seinen Ohren, der zuvor gedroht hatte: »Ihr riskiert Euren Kopf, *mon cousin,* wenn Ihr weiter an John Law festhaltet. Nur er allein kennt die genauen Zahlen, weiß, wieviel Geld gedruckt worden ist und wer von seinem System am meisten profitierte. Wenn ihn seine Feinde in einer geheimen Aktion verhaften sollten, werden sie unter der Folter ein Geständnis erzwingen – und Euch damit in größte Verlegenheit bringen. Es ist in Eurem Interesse, um das leibliche Wohl und die Sicherheit von Monsieur Law besorgt zu sein.«

«Ich gestehe, dass ich viele Fehler gemacht habe«, sagte John in Philippes Gedanken. »Bedenkt, dass ich diese begangen habe, weil ich ein Mensch bin und alle Menschen fehlbar sind. Ich erkläre Euch feierlich, Königliche Hoheit, mit Monsieur le Duc als Zeugen, dass ich niemals von bösartigen oder unehrenhaften Motiven geleitet wurde.«

»Habt Ihr eine Vorstellung, wer Eure Nachfolge antreten könnte?«, erkundigte sich Louis-Henri de Bourbon, ohne auf Johns Entschuldigung weiter einzugehen.

Über diese Frage hatte Johns lange gegrübelt und eine Lösung gefunden. »Ich schlage vor, dass Félix le Pelletier de la Houssaye zum Generalkontrolleur der Finanzen ernannt wird.«

Louis-Henri de Bourbon verschluckte sich fast an seinem Wein. »Ihr erwägt tatsächlich, Euer Amt einem Mann zu übertragen, der seit jeher zu der Gruppe Eurer größten Gegner gehört und eine der lautesten Stimmen im Chor jener ist, die Eure Einkerkerung in der Bastille verlangen? Großer Gott, Law, Ihr übt Euch Euren Feinden gegenüber nicht nur in größter Geduld, Ihr seid auch bewundernswert konsequent.«

»Wir halten nichts von de la Houssaye«, versetzte der Regent. »Ihm fehlt es an den nötigen Fähigkeiten.« Nachdenklich schob er die Steine auf dem Trictrac-Brett hin und her. Erst als ihm nach einer Weile auffiel, dass seine Gesprächspartner ebenfalls schwiegen, bemerkte er die plötzlich belastende Stille. Er sah John lange an und fuhr schließlich fort: »Ehrlich gesagt, sehen wir in den Reihen der Franzosen niemanden, der über genügend Intelligenz und Scharfblick verfügt, um mit größerer Aussicht auf Erfolg Euer Nachfolger zu werden.«

»Dann versucht es mit Monsieur le Pelletier de la Houssaye.«

»Er wird dieses Amt nicht antreten, solange Ihr Euch auf freiem Fuß befindet«, gab der Herzog von Bourbon zu bedenken. »Kein Mitglied des Regentschaftsrates würde dies unter den gegebenen Umständen tun.«

»Deshalb bitte ich um die Erlaubnis, Frankreich verlassen zu dürfen«, stimmte John zu. »Ich werde immer meine Liebe für diesen Staat behalten und meine Zuneigung zu Euch, Königliche Hoheit, aber wenn meine Feinde voller Inbrunst gegen mich vorgehen, arbeiten sie gegen die Interessen des Königs und des Volkes. Aus diesem Grund ist es vonnöten, ins Exil zu gehen. Wenn Ihr aber glaubt, dass meine Ansichten von Nutzen sein können, werde ich sie jederzeit gerne äußern und …« Er zögerte für den Bruchteil einer Sekunde, um dann mit fester Stimme und all der Hoffnung, die er noch aufbringen konnte, zu sagen: »Wenn Ihr dies wünscht, könnte ich nach einer Weile auch zurückkehren.«

»Wahrscheinlich wird es seine Feinde milder stimmen, wenn eine größere Entfernung zwischen Ihnen und Monsieur Law liegt«, wandte sich Louis-Henri de Bourbon an seinen Cousin. »Und die Zeit wird sie vielleicht die Lauterkeit seiner Absichten erkennen lassen.«

Philippe richtete sich in seinem Sessel auf und straffte die Schultern, als könnte er seinen Worten durch seine Körperhaltung mehr Gewicht verleihen. »Dann solltet Ihr Euch bemühen, ein Exil zu finden, wo Ihr in Frieden leben könnt. Ihr braucht Euch nicht weit zu entfernen, Monsieur Law, und Ihr könnt jederzeit mit meinem Beistand und meiner Freundschaft rechnen.«

»Ich werde Euch nie fallen lassen oder einen Anschlag auf Eure Freiheit und Euren Besitz zulassen«, setzte der Herzog von Bourbon hinzu. »Ihr habt mein Ehrenwort.«

John nickte lächelnd. Nur mühsam konnte er den zwanghaften Wunsch, tief durchzuatmen, unterbinden. Doch wie bei einem Glücksspiel wahrte er sein Gesicht. »Ich erhebe keinen Anspruch auf mein in Frankreich verdientes Vermögen«, erwiderte er sachlich. »Es würde mir genügen, Königliche Hoheit, wenn Ihr die Erlaubnis erteiltet, das Geld an mich auszuzahlen, mit dem ich seinerzeit nach Paris gekommen bin. Es handelt sich um eine halbe Million *livre,* die ich von meinem damaligen Wohnsitz in Holland mitgebracht habe. Mit dieser Summe könnte ich mich anderswo niederlassen. Vielleicht kehre ich in meine Heimat zurück. Womöglich ziehe ich auch nach Rom.«

»Ich verspreche Euch, dass Ihr Eure fünfhunderttausend *livre* erhalten werdet«, versicherte der Regent. »Darüber hinaus weisen wir Euch hiermit an, Eure Abreise vorzubereiten. Verliert keine Zeit, aber geht heimlich vor. Niemand braucht von unseren Plänen mit Euch zu erfahren. Wir werden den Regentschaftsrat lediglich über Eure Entlassung und die Ernennung von Monsieur le Pelletier de la Houssaye informieren.« Er hob sein Glas, blickte erst John und dann den Herzog von Bourbon an: »Auf ein gutes Gelingen.«

17

Es grenzt an Unverschämtheit, dass Monsieur Law der heutigen Opernpremiere beiwohnen wird«, behauptete Pierre Crozat, während sich sein Kutscher in die endlose Wagenschlange vor dem Palais Royal einreihte. »In einem Moment der größten Krise tritt er an die Öffentlichkeit. Eigentlich ist das bereits grenzüberschreitend.«

Rosalba hatte Katherines Einladung erst am Nachmittag erhalten. In ihrem Brief schrieb die Freundin, dass sich die gesamte Familie Law anlässlich der Uraufführung einer neuen Inszenierung von Jean-Baptiste Lullys Oper *Thésée* in der Loge des Herzogs von Bourbon versammeln wollte. Sie erinnerte Rosalba an ihr Versprechen, sich jederzeit zur Verfügung zu halten, und endete mit der Bitte, Rosalba möge sich aus diesem Anlass zu ihr, Monsieur Law und den Kindern gesellen. Es waren schlichte, klare Worte, die jeder Überprüfung durch einen Spion standgehalten hätten, doch zwischen den Zeilen las Rosalba von Abschied. Sie war überzeugt davon, dass dieser Abend Johns letzter öffentlicher Auftritt sein würde, und deshalb zögerte sie keine Sekunde mit ihrer Zustimmung. Es ergab sich, dass Crozat ohnehin ins Theater gehen wollte und sie auf diese Weise zu einer Begleitung kam.

»Vielleicht möchte Monsieur Law seinen Freunden auf diese Weise Lebewohl sagen«, sagte Rosalba leise.

»Ihr glaubt, dass der Regent ihn ausreisen lässt?« Crozat schüttelte den Kopf. »Nie und nimmer. Monsieur le Pelletier de la Houssaye soll den Kopf von Monsieur Law verlangt haben. Angeblich erklärte er sich nur widerstrebend bereit, das Amt des Generalkontrolleurs der Finanzen zu übernehmen, und unter der Bedingung, dass man Monsieur Law in die Bastille bringt. Ich kann es ihm nicht verdenken. Niemand kann im Schatten seines Vorgängers einen Posten effizient ausfüllen.«

Rosalba unterdrückte einen Aufschrei. Die politische Hektik der vergangenen zwei Tage hatte die Stadt in einen seltsamen Taumel gestürzt. Selbst wenn sie es gewollt hätte, sie hätte sich der Diskussion um das Schicksal des alten Finanzministers nicht verschließen können. Die Nachrichten aus dem Regentschaftsrat überschlugen sich, Gerüchte jeden Inhalts kursierten über John, und die Erwartung dessen, was geschehen würde, war enorm. Die besonders in mageren Zeiten große Gier der Menschen nach Sensationen hatte Nahrung gefunden. Eine Verhaftung ließ jedoch auf sich warten. Rosalba hatte gehört, dass John zumindest in den vergangenen vierundzwanzig Stunden ein relativ normales Leben geführt hatte. Er machte Besuche, empfing Gäste und schien sich in einem selbstverständlichen Freiraum zu bewegen, der alle Befürchtungen zerstreute. Dieses Verhalten war höchst verwunderlich, aber Rosalba wollte gerne glauben, dass die schützende Hand des Regenten über John schwebte und ihm nach dem ganzen Wirbel der vergangenen Wochen nichts mehr geschehen würde, hatte er doch auf alle Macht verzichtet. Crozats grimmige Bemerkung machte diese Hoffnungen zunichte.

»Glaubt Ihr wirklich, dass Monsieur Law jetzt noch verurteilt werden kann?«, fragte sie tonlos.

»Ich wüsste nicht, welchen anderen Ausweg es gäbe, wenn der Regent seine eigene Stellung nicht riskieren möchte. Wenn Ihr davon ausgeht, dass Monsieur Laws Anwesenheit im Opernhaus eine Art Abschied ist, dann ist er anmaßender, als ich je vermutet habe. Es wird ihm keine Zeit mehr bleiben, seinen noch verbliebenen Freunden *adieu* zu sagen. Seine Gegner können jeden Moment zum Zuge kommen. Statt ins Theater zu gehen, sollte Monsieur Law lieber seine Flucht vorbereiten. Aber vielleicht plant er ja auch den letzten Akt seiner persönlichen Tragödie am Ort bedeutenderer Dramen.«

Rosalba wandte sich ab, um blicklos aus dem Fenster zu starren. Tränen schwammen in ihren Augen, und sie sagte kein Wort mehr. Es gab ja auch nichts mehr zu sagen. Weder zur Verteidigung noch zur Rettung des Mannes, der ihr Herz berührt hatte wie kein anderer. Die Vorstellung, John könnte in ihrem Beisein verhaftet, gefesselt und abgeführt werden, überstieg ihre Kraft. Wäre ihr Wunsch, John wenigstens noch einmal zu sehen und Katherine und den Kindern beizustehen, nicht so verzweifelt gewesen – sie hätte Crozat wahrscheinlich gebeten, auf der Stelle umzukehren.

Die *haute volée* von Paris hatte sich an diesem 12. Dezember im Palais Royal versammelt. Die sogenannte »Französische Nationaloper«, deren Begründer der Hofkomponist des Sonnenkönigs gewesen war, erfreute sich großer Beliebtheit, und die neue Inszenierung war ein willkommener Anlass, sich zu zeigen, sehen und gesehen zu werden. Außerdem handelte *Thésée* – wie alle Libretti der *Tragédie lyrique* – von Liebe und Leidenschaft, Eifersucht und Krieg, worüber man sich in der Hofgesellschaft immer wieder gerne aufs Neue ausließ.

Die meisten Anwesenden wussten wohl von der neuesten Entwicklung im Regentschaftsrat. Wer aber nicht informiert war oder an den Gerüchten über die Absetzung von John Law zweifelte, erhielt eine Bestätigung durch das Erscheinen des Herzogs von Orléans. An der Seite des Regenten strahlte Madame de Parabère, die in den vergangenen Wochen durch Abwesenheit geglänzt hatte, und Philippe wirkte anrührend dankbar für die Gunst, die sie ihm wieder gewährte. Der Klatsch hatte sich bereits ausführlich über die Gründe für die Entfremdung zwischen dem Herzog von Orléans und seiner Favoritin ausgelassen, sodass fast jeder im Parkett, auf den Rängen und in den Logen wusste, was die neue Zweisamkeit zu bedeuten hatte: Die schöne Marquise hatte die Gegner des *Système du Law* zum Sieg geführt.

Um so größer das Erstaunen bei all jenen, die von seinem Kommen noch nichts gehört hatten, als sich John an der Seite von Katherine und mit der entzückenden kleinen Kate und John junior im Gefolge in der Loge des Herzogs von Bourbon zeigte. Ein Raunen ging durch die Reihen der Zuschauer, das zu Protesten anzuschwellen drohte. Für Ruhe sorgte erst der Dirigent, als er ans Pult trat, mit seinem Taktstock darauf klopfte und die Ouvertüre anstimmen ließ. Die ersten vollen, langsamen Töne erfüllten das Opernhaus, und das letzte aufgebrachte Flüstern verstummte.

Rosalba saß direkt an der Balustrade, John rechts neben sich, der zwischen ihr und Katherine Platz genommen hatte. Obwohl die Oper durchaus fesselnd und teilweise auch unterhaltend war mit den dramatisch sehr wirkungsvoll eingesetzten mächtigen Chören und schönen Ballettszenen, konnte sie sich weder auf das Stück noch auf Gesang und Musik konzentrieren. Immer wieder wanderten ihre Blicke fort von der Bühne. Mal zu dem Mann an ihrer Seite, der angesichts seiner Situation eine atemberaubende Gelassenheit ausstrahlte. Dann zu Katherine, die still in sich zu ruhen schien, und auch zu den Kindern, die wohlerzogen auf ihren Plätzen saßen und sich gaben, als würden sie nichts lieber tun, als dieser Aufführung beizuwohnen.

Seufzend schaute sie anschließend über die Zuschauerreihen. Sie war sich wohl bewusst, welchen Eindruck sie durch ihre Präsenz in Johns Nähe auf die Mitglieder der Hofgesellschaft hinterließ. Obwohl sie keinen Moment gezögert hatte, Katherines Einladung Folge zu leisten, war ihr durchaus klar, dass sie damit ihre brillante Karriere gefährden konnte. Andererseits vertraute sie ihrer Urteilsfähigkeit und ihrem Können als Portraitistin, sie dachte an den Marschall de Villeroi und dessen Hinweis auf ihre Charakterstärke. Vielleicht würde ihre Begleitung der Laws für Irritationen sorgen, ihrer Reputation dürfte dies aber langfristig nicht schaden.

Ein Rascheln hinter ihr ließ Rosalba aufhorchen. Unruhe machte sich in der Loge breit. Katherine und John bewahrten Haltung, als würden sie davon nichts bemerken, doch die

Kinder wandten die Köpfe und tuschelten leise. Auch Rosalba drehte sich neugierig um und sah gerade noch, wie der Herzog von Bourbon mit seinem Sekretär und seiner Mätresse durch die Tür entschwand. Einen Augenblick später kam der Marquis de la Faye wieder herein, neigte sich zu John und flüsterte ihm etwas zu.

Es versetzte ihr einen winzigen Stich, als sie sah, wie John Katherines Hand nahm und einen Moment lang drückte. Dann erhob er sich und folgte dem Vertrauten seines Freundes Bourbon hinaus.

Drei Augenpaare richteten sich mit stummen Fragen auf Katherine, doch die legte ihren Finger an die Lippen und schüttelte den Kopf, bevor sie ihre ungeteilte Aufmerksamkeit wieder der Bühne zuwandte.

Rosalbas Gedanken überschlugen sich. Ob Crozat recht hatte mit seiner Vermutung, John plane für diesen Abend eine eigene Inszenierung seines persönlichen Dramas? Die Anzeichen sprachen zwar dafür, dass er den nächsten Akt anders organisiert hatte, als Crozat meinte, aber die Entscheidung war zum Greifen nah. Stand er bereits im Begriff, Paris zu verlassen? Rosalba spürte eine irrationale Panik in sich aufsteigen. Sie wünschte, sie hätte die Gelegenheit gehabt, noch einmal mit ihm zu sprechen, irgend etwas über seine Zukunft zu erfahren. Andererseits würde John doch wohl kaum seine geliebten Kinder über seine Flucht im Unklaren lassen. Wenn er nun aber darauf verzichtete, sich von Kate und John zu verabschieden, um sie vor seinen Häschern zu schützen…?

Endlose Minuten verstrichen.

Rosalba kapitulierte vor ihren abenteuerlichsten Befürchtungen. Sie fühlte sich unendlich klein und irgendwie beschädigt, weil sie von Katherine und John offenbar als Alibi für seine Flucht benutzt worden war. Den beiden stand dieser Freundschaftsdienst sicher zu, aber sie hasste es, wenn über ihren Kopf entschieden wurde. Ein wenig mehr Vertrauen in ihre Person hätte sowohl Katherine als auch John zeigen können.

Maßlose Enttäuschung breitete sich in Rosalbas Innersten aus und erfüllte ihre Brust mit Wehmut.

»Papa...«

Der kindliche Ausruf bedeutete wohl, dass Kate dieselben Sorgen geplagt haben mussten wie Rosalba. Am liebsten hätte sie selbst vor Erleichterung aufgeschrien, als sie John mit dem Herzog, dessen Mätresse und Sekretär zurückkehren sah. Was immer die Herrschaften besprochen hatten, es war kein Verrat an seiner Freundschaft zu ihr oder der Liebe seiner Kinder gewesen.

John blickte lächelnd in Rosalbas Augen, als er flüchtig über Kates Kopf strich. Dann nahm er wieder Platz und verfolgte ebenso konzentriert das Geschehen auf der Bühne wie Katherine.

In dem üblichen Durcheinander nach dem Schlussapplaus fand Rosalba Gelegenheit, unbeobachtet mit John zu sprechen. Die an der Inszenierung interessierten Zuschauer im Parkett verließen in lärmenden Diskussionen die Oper, während die größeren oder kleineren Privatfeiern in den Logen ihren Höhepunkt erreichten. Katherine hatte ihre Kinder in die Obhut ihrer Gouvernante übergeben und plauderte nun zwanglos mit Madame de Prie und dem Herzog von Bourbon, während immer wieder Bekannte hereinstrebten, wahrscheinlich, um ihre Neugier zu befriedigen. John hatte sich ein wenig abseits gehalten. Wenn Rosalba später darüber nachdachte, hatte er es offensichtlich so eingerichtet, dass er inmitten der feinsten Pariser Gesellschaft auf ein Wort allein mit Rosalba sein konnte.

»Ich weiß nicht, wann wir uns wiedersehen werden, und ich bedauere sehr, Euch zu verlieren«, sagte er leise. »Aber ich vertraue auf das Schicksal. Wir sind uns schon einmal wiederbegegnet. Es wird uns ein zweites Mal gelingen.«

Rosalba schluckte. Die Gespräche, das Lachen und Gläserklirren um sie her rauschten in ihren Ohren. Sie spürte die vertraute Migräne an ihren Schläfen pochen. »Werdet Ihr Paris verlassen?«, fragte sie zögernd.

»Es bleibt mir nichts anderes übrig. Es ist eigentlich ein Geheimnis, aber ich möchte es mit Euch teilen. Ein herzlicher Abschied von Euch ist mir diese Offenheit wert. Ich werde morgen abreisen.«

»Ich danke Euch für Euer Vertrauen.« Sie senkte ihren Kopf über den kleinen, bestickten Seidenbeutel, den sie bei sich trug. Es war nicht nur, weil sie die aufsteigenden Tränen verbergen wollte. Zwischen einem Spitzentaschentuch, einem winzigen Spiegel und einer zierlichen Emaillekapsel fand sie die Tabaksdose mit der Miniatur von der jungen Angela.

»Euer Portrait ist fertig«, sagte sie und reichte John das alte Geschenk. »Es wird Zeit, dass ich Euch das Pfand dafür zurückgebe.« Sie hatte es eigens für diese Gelegenheit eingesteckt.

Ein wehmütiges Lächeln umspielte seine Lippen, als er die Tabaksdose an sich nahm. »Wie konnte ich nur vergessen … Ich werde versuchen, die Vergangenheit wieder gutzumachen. Das verspreche ich.«

Rosalba war sich nicht sicher, ob er auf ihre Begegnung vor fünfundzwanzig Jahren anspielte oder auf seine Schwierigkeiten in der Gegenwart.

Aus den Augenwinkeln bemerkte sie eine Bewegung am anderen Ende der Loge. Louis-Henri de Bourbon machte Anstalten, sich zu ihnen zu gesellen. Er würde nicht mehr lange von seiner Gesprächspartnerin aufgehalten werden, und Rosalba hatte das Gefühl, als fielen gerade die letzten Körner einer Sanduhr herab. Wenn sie John ein persönliches Wort mit auf den Weg geben wollte, dann musste sie es jetzt vorbringen.

»Wir müssen uns *adieu* sagen«, raunte sie mit wie zugeschnürter Kehle. Ihr wollte nichts mehr einfallen. Ihr Kopf fühlte sich an, als sei er die hohle Gipskopie einer Marmorstatue, und ihr Herz war leer. »Lebt wohl.«

»Warum *Lebt wohl* und nicht *Viel Glück?*«

»Ihr haltet Euer Glück bereits in Eurer Hand. Dieser Talisman hat Euch so viele Jahre gut begleitet, dass er auch in Zukunft für ein gnädiges Schicksal sorgen wird.«

Er blickte kurz auf die Miniatur und anschließend tief in ihre Augen. »In mir habt Ihr einen Mann, der Euch immer lieben wird, Rosalba Carriera.«

Warum sagte er so etwas ausgerechnet in diesem Moment? Warum jetzt, da sie von unzähligen Menschen umgeben waren und er obendrein von seiner Frau und seinen Kindern begleitet wurde? Ihr Herzschlag stand für eine Sekunde still, in ihren Gedanken herrschte heillose Unordnung. Sie öffnete den Mund, um ihm zu antworten …

»Entschuldigt, wenn ich Euch störe«, tönte der Herzog von Bourbon plötzlich neben ihr. »Die Prinzessin de Léon möchte Madame Carriera vorgestellt werden. Sie will unbedingt ein Portrait von sich.«

Es geht mir ebenso, hatte Rosalba sagen wollen. *Auch ich werde Euch immer lieben, John Law. Ich habe Euch mein Leben lang geliebt.*

Doch nun war ihre Zeit abgelaufen.

18

Die Equipage von Madame de Prie rollte in höllischer Fahrt über die Straße. Die flache Landschaft erlaubte glücklicherweise ein solches Tempo. Ohne die Pferde zu zügeln, lenkte der Kutscher das Gespann in eine weite Kurve, und die Insassen des Wagens wurden kräftig durchgeschüttelt. Die Leibwächter, die sich an den Notsitzen der Karosse festklammerten, befanden sich bei zunehmender Geschwindigkeit in Lebensgefahr. Ihre langen grauen Umhänge, die sie übergeworfen hatten, um ihre Uniformen zu verdecken, flatterten im Fahrtwind. Regen peitschte ihnen ins Gesicht.

Der junge John war ein wenig grün im Gesicht. Mit verbissener Miene saß er in der Kutsche und versuchte, die aufsteigende Übelkeit herunterzuschlucken. Er wagte nicht, seinen Vater anzusehen, denn der würde das Flehen in seinen Augen bemerken und den sehnsüchtigen Wunsch, in die Behaglichkeit seines Zuhauses und die Fürsorge seiner Mutter zurückkehren zu dürfen. Doch wusste er um diese Illusion. Sie reisten in eine ungewisse Zukunft, und die einzige Aufmunterung, die ihm blieb, waren das Abenteuer der Flucht und die Hoffnung, dass seine Mutter und seine kleine Schwester nachkommen würden, sobald sein Vater eine neue Heimat gefunden hatte.

Keine sechsunddreißig Stunden nach der Aufführung der Lully-Oper hatte John in Begleitung seines Sohnes Paris verlassen. Sein erstes Ziel war sein Landsitz in der Normandie, wo er das Eintreffen der Pässe und Passierscheine abwartete, die der Herzog von Bourbon in höchster Eile für den ehemaligen Finanzminister und inzwischen meistgehassten Mann Frankreichs ausfertigen ließ. Katherine und Kate sollten in der Zwischenzeit die Auflösung ihres Haushalts an der Place Vendôme überwachen und für einen sicheren Abtransport der Gemäldesammlung sorgen. Außerdem gab es noch einige Rechnungen und sonstige Schulden zu begleichen.

Trotz seines Aufbruchs ins Exil verstummten die Stimmen, die Johns Einkerkerung verlangten, nicht. Sie wurden im Gegenteil immer lauter, und schließlich sahen sich Johns Freunde gezwungen, unverzüglich zu handeln. Agnès de Prie fuhr trotz des winterlichen Wetters persönlich aufs Land, um John ihren eigenen Wagen zu überlassen, damit er inkognito reisen konnte. Desgleichen wurden die Leibwächter des Herzogs von Bourbon mit Mänteln ausgestattet, sodass ihre Uniformen nicht für jeden sichtbar waren.

»Hier sind zwei Pässe«, erklärte die schöne Mätresse des Herzogs von Bourbon. »Einer ist offiziell auf Euren Namen ausgestellt, der zweite für einen Monsieur du Jardin. Es ist wichtig, dass Ihr dieses Pseudonym benutzt, falls es unvorhergesehene Schwierigkeiten gibt.«

»Das ist überaus freundlich und vorausblickend«, erwiderte John skeptisch, »aber ich fürchte, mein Gesicht ist durch die Vielzahl von Schmähschriften inzwischen so bekannt, dass ich keine Chance haben werde, als Monsieur du Jardin unterzutauchen. Übrigens, der Name ist eine nette kleine Geste: Ich habe den Gärten meiner Anwesen schon immer eine große Beachtung geschenkt.«

Agnès de Prie lächelte zuvorkommend, während sie weitere Dokumente vor ihm ausbreitete. »Das ist ein Schreiben des Herzogs von Bourbon mit der Anweisung, Euch jederzeit ungehindert passieren zu lassen. Und hier ein Brief an Monsieur de Prie. Mein Gatte besitzt den Vorzug, als französischer Botschafter in Brüssel zu residieren. Er wird Euch willkommen heißen.«

»Habt Ihr auch daran gedacht, dass ich irgendwo auf frische Pferde zurückgreifen kann?«

»Selbstverständlich. Dem Kutscher wird eine Landkarte ausgehändigt, auf der die Fahrtroute eingezeichnet ist und verschiedene Stationen vermerkt sind, wo die Pferde gewechselt werden können. Ihr werdet über St. Quentin nach Valenciennes reisen und dort die Grenze nach Flandern überqueren. Der Sekretär von Monsieur le Duc hat alles sorgfältig vorbereitet. Es wird nichts passieren, bis Ihr in Sicherheit seid.«

John steckte die Papiere in seine Rocktasche. »Werdet Ihr bis zu meiner Abreise hier bei mir bleiben?«, erkundigte er sich währenddessen. Es gibt weniger anmutige und geistreiche Wärter als diese Dame, fuhr es ihm amüsiert durch den Kopf. Ein unterhaltsamer Abend mit Agnès de Prie war sicherlich das zauberhafteste Abschiedsgeschenk, das ihm Louis-Henri de Bourbon bereiten konnte.

Doch sie schüttelte den Kopf. »Es tut mir leid, Monsieur Law, aber ich werde Euch wieder verlassen und nach Paris zurückfahren. Ich habe eine Verabredung, die ich unmöglich verpassen darf. Die illustre Madame Carriera wird mich portraitieren.«

»Oh! Gratulation. Mit der Kunst kann meine Gesellschaft natürlich nicht konkurrieren.«

»Noch etwas.« Die Stimme der Marquise wurde wieder ernst. »Monsieur le Duc wies mich an, Euch einen Beutel mit Münzen auszuhändigen. Es handelt sich um eine größere Summe, die Ihr für Eure Flucht brauchen werdet.«

»Vielen Dank. Die Dokumente nehme ich gerne und mit tiefster Ehrerbietung an, die Münzen weise ich ab.« Seine Miene zeigte Entschlossenheit. Offensichtlich waren die alte Kraft und der Mut wieder die Charakterstärken des Glücksritters. »Ich brauche keine Almosen. Für die Reise und die nächste Zukunft verfüge ich über genügend Mittel. Seine Königliche Hoheit hat mir darüber hinaus die Auszahlung eines Teils meines Privatvermögens zugesichert, um den ich gebeten hatte. Es handelt sich um einige hunderttausend *livre*, die mir bald zugestellt werden.«

Als er jetzt neben seinem Sohn in Madame de Pries Equipage durch die neblige Landschaft raste, die so platt wie ein

Crêpe war, fühlte er sich in Erinnerung an diese Großspurigkeit etwas beklommen.

Erst nachdem die wohlmeinende Mätresse des Herzogs von Bourbon mit ihrem Geldbeutel abgefahren war, hatte er einen zufälligen Blick in die Kassette mit seinen persönlichen Sachen geworfen und entsetzt festgestellt, dass sich sein derzeitiges Barvermögen auf gerade mal achthundert *Louisdor* belief. Da er sich im Gegensatz zu den meisten Herren seiner ehemaligen Kreise nicht übermäßig mit Juwelen behängte, befanden sich in seinem Besitz lediglich zwei Diamanten von einigem Wert. Sonst hatte er nichts, was er gegebenenfalls zu Geld hätte machen können.

Es gibt keinen Grund, an der Aufrichtigkeit des Regenten und dem Ehrenwort des Herzogs von Bourbon zu zweifeln, dachte John. In absehbarer Zeit würde er die fünfhunderttausend *livres* erhalten, die ihm zustanden.

Das ständige Rumpeln der Kutsche ließ seine Lider schwer werden, und er schlief ein.

19

Aufwachen!«

»Papa! Papa, bitte!«

Nur ungern löste sich John von seinem Traum. Er hatte sich inmitten von Gemälden bewegt, war irgendwie ein Teil dieser Portraits, Landschaftsdarstellungen und Genrebilder gewesen, die verschiedenen Epochen entstammen mussten, denn er glaubte ebenso Werke von Tizian zu erkennen wie von Rembrandt, Poussin und anderen. Auch eine Skizze von Rosalba Carriera war in seinem Unterbewusstsein präsent gewesen. Als er langsam in die Wirklichkeit zurückkehrte, konnte er sich der Details zwar nicht mehr entsinnen, aber er wusste genau, dass ein angenehmes Gefühl seinen Schlaf begleitet hatte.

»Papa, kommt zu Euch.« Die Worte seines Sohnes klangen mit den sich überschlagenen Tönen des Stimmbruchs in sein Ohr. Warum war der Junge so aufgebracht, dass er wie ein altes Marktweib kreischte?

Erst die kräftige Hand auf seiner Schulter nötigte ihn, die Augen aufzuschlagen. Verdutzt sah er in ein fremdes Gesicht.

Die Kutsche stand still, und wie John erkennen konnte, war sie irgendwo auf eisigem Feld angehalten worden. Vielleicht befanden sie sich auch in einem Weiler, denn er glaubte, am Rande seines Blickwinkels einige einfache Behausungen ausmachen zu können. Im ersten Moment fürchtete er, in die Falle von böswilligen Landstreichern getappt zu sein. Die Frage war nur, warum sich die Leibwächter des Herzogs von Bourbon nicht gewehrt hatten und warum der Überfall so leise erfolgt war, dass er darüber geschlafen hatte? Sekunden später wurde ihm bewusst, dass der vermeintliche Räuber eine französische Uniform trug.

»Nehmt Eure Finger von meiner Person«, herrschte John den

Soldaten mit der Autorität seines alten Amtes an. Er war noch immer müde und geistesabwesend, sonst hätte er vielleicht ein wenig freundlicher reagiert. So fühlte er sich jedoch unnötig in seinen wunderschönen Träumen gestört, was seiner Laune nicht gerade zuträglich war. »Ihr braucht Euch nicht zu echauffieren. Unsere Papiere sind in Ordnung.«

Der junge Offizier ließ von John ab. »Es ist meine Aufgabe, Reisende genauestens zu kontrollieren, die den Grenzübergang Valenciennes überqueren und Frankreich verlassen wollen.«

Seine Art hatte etwas Bedrohliches, aber seltsam Bekanntes, und John fragte sich, wo er diesem Mann wohl schon einmal begegnet war. Als er ihm die Pässe aushändigte, erkundigte er sich deshalb beiläufig: »Wie ist Euer Name?«

»René-Louis d'Argenson«, entgegnete dieser und steckte die Passierscheine ein, ohne sie eines Blickes gewürdigt zu haben. »Ich fordere Euch in meiner Eigenschaft als ranghöchster Soldat dieser Grenzstation auf, Euch in die Wache zu begeben. Eure Papiere sind nicht in Ordnung, Monsieur Law. Es handelt sich um Fälschungen.«

»D'Argenson?« wiederholte John nachdenklich. »Dann seid Ihr der Sohn von …«

»Des Marquis d'Argenson«, vollendete der Grenzbeamte ungerührt. »Mein Herr Vater war Euer Vorgänger als Finanzminister Seiner Majestät. Euretwegen wurde er seines Amtes verwiesen!«

Ein harmloser Zwischenfall, versuchte John sich zu beruhigen. Trotzdem griff er in seine Tasche, um das kühle Emaille seiner Tabaksdose zu fühlen. Es war kein Pech, ausgerechnet dem Sohn seines ärgsten Widersachers ausgeliefert zu sein, nur ein kurzes Aussetzen seines Glücks. Es würde sich unverzüglich wieder einstellen. Dessen war er gewiss.

»Komm«, sagte er leichthin zu seinem Sohn, »gehen wir und hören uns an, was Monsieur d'Argenson gegen unsere Papiere einzuwenden hat. Ich bin sicher, das Missverständnis wird sich schnell aufklären.«

Zwei Stunden später hatte Johns Geduld erhebliche Risse bekommen. René-Louis d'Argenson ließ sich viel Zeit bei der Überprüfung der Dokumente. John, sein Sohn, seine Diener, Leibwächter und Kutscher waren gezwungen worden, in der kleinen Dienststube der Grenzstation zu warten. Dort war es äußerst unbequem und kalt. Es gab auch angeblich keine Möglichkeit, den noblen Herrn und den Jungen adäquater unterzubringen als das Personal. Allein die Erkenntnis, dass der junge d'Argenson offenbar zu einem privaten Rachefeldzug aufgebrochen war, half John dabei, die Nerven zu bewahren. Außerdem sagte er sich immer wieder, dass er sich nicht in einer Situation befand, in der er auf seine alte Stellung pochen konnte. Er musste zusehen, dass er Frankreich so schnell wie möglich verlassen konnte. Denn es stand außer Frage, wie die Freunde des Marquis d'Argenson reagieren würden, wenn sie von Johns Festsetzung erfuhren. Gerade sie waren es ja, die am erbittertsten seine Verhaftung forderten.

»Eure Reisedokumente sind Fälschungen«, wiederholte d'Argenson, nachdem er die Papiere zum x-ten Male betrachtet hatte. Die Augen des jungen Mannes leuchteten, als er das Schreiben des Herzogs von Bourbon bedächtig zusammenfaltete und auf die Pässe legte. Offensichtlich genoss er es, die eigene Macht gegenüber einem Mann auszuspielen, der vor nicht allzu langer Zeit das gesamte Finanz- und Wirtschaftswesen Frankreichs beherrscht hatte. »Ich werde Euch mit diesen Falsifikaten nicht passieren lassen. Im Übrigen sind es äußerst schlechte Kopien, wenn Ihr mir diese Bemerkung erlaubt.«

John war überzeugt davon, dass er von Madame de Prie keine Kopien erhalten hatte – und selbst wenn die Pässe vielleicht nicht ganz in Ordnung gewesen wären, der Brief seines Freundes Louis-Henri de Bourbon war echt. Dessen war er sich so sicher wie der Originalität seiner geliebten Tabaksdose. Er kannte die Handschrift des Herzogs fast ebenso wie seine eigene. Um ein wenig Zeit zu gewinnen, nahm er seine Tabatiere heraus und gönnte sich eine Prise.

»Ihr könnt versichert sein«, hob er ruhig an, »dass ich auch nach meiner Absetzung in der Lage bin, Dokumente zu beschaffen, die dem geltenden Recht entsprechen. Meine Kontakte sind nicht deshalb abgebrochen, weil ich nicht mehr im Amt bin.«

D'Argenson starrte auf das Portrait von Angela Carriera. Die Miniatur lag auf der anderen Seite seines Schreibtisches. John hatte sie dort plaziert, weil er sich mit einem Spitzentüchlein ein paar Tabaksreste von der Oberlippe wischte. Gerade wollte er sie wieder in seine Tasche gleiten lassen, doch d'Argenson kam ihm zuvor: »Was ist das?«, fragte er und streckte die Hand nach dem Döschen aus.

»Nichts, was für Euch von Belang ist …«

»Die Entscheidungen überlasst bitte mir, Monsieur Law«, stellte d'Argenson klar. Bevor John reagieren konnte, hatte er bereits nach der Tabatiere gegriffen. Fasziniert betrachtete er das Bild. »Ich habe diese Miniatur schon einmal gesehen …«, murmelte er dabei. Er war derart in den Anblick versunken, dass er sein Gegenüber vergessen zu haben schien. Erst als John nach einer Weile das Wort ergriff, hob er den Kopf.

»Es ist gut möglich, dass Ihr einem Äquivalent begegnet seid«, gab John leichthin zu. »Es ist kein Sammlerstück, sondern ein Gebrauchsgegenstand. Wenn ich richtig informiert bin, stellte die Künstlerin eine ganze Reihe von Duplikaten her und verkaufte sie an jeden, der sie bezahlen konnte. Es ist eine hervorragende Arbeit, sicher, aber der Wert …? Nun ja, ich kenne ihn nicht wirklich.« Ganz bewusst hatte er bei dieser Beschreibung ein wenig tiefgestapelt. Er hatte nicht die Absicht, d'Argensons Interesse an seinem Talisman zu wecken, indem er die Wahrheit über seine berühmte Malerin ausplauderte.

Hinter sich hörte John seinen Sohn schnauben, als würde er angehaltene Luft ausstoßen.

»Habt Ihr diese Tabaksdose durch denselben Betrug erworben, mit dem Ihr zu Euren falschen Pässen gekommen seid?«, fragte d'Argenson.

»Ich muss doch sehr bitten …!«

D'Argenson ignorierte Johns Protest. Er nickte einem Wachsoldaten zu, der daraufhin den Beutel mit den Münzen auf den Tisch legte, die John in seiner Privatschatulle gefunden und in seinem Gepäck verstaut hatte.

Unwillkürlich hob John die Augenbrauen.

»Wir haben uns erlaubt, Eure Koffer zu durchsuchen«, kommentierte d'Argenson Johns Blick. Er wirkte wie eine Katze, die höchst zufrieden über die eigene Hinterhältigkeit mit einer Maus spielt. »Dabei haben wir das hier gefunden.« Er öffnete das Geldsäckchen und ließ die achthundert *Louisdor* auf den Schreibtisch fallen. Die Münzen glänzten im fahlen Licht billiger Talgkerzen, die die Amtsstube beleuchteten, als erstrahlte plötzlich ein Komet in diesem tristen Raum. »Ihr habt Euch strafbar gemacht, Monsieur Law, indem Ihr dieses Geld über die Grenze schmuggeln wolltet. Wisst Ihr nicht, dass die Ausfuhr von Gold gesetzlich verboten ist? Ich erinnere mich, dass Ihr selbst diese Verfügung unterschrieben habt.«

»Die Edikte wurden fast täglich geändert«, sagte John lahm. Er war verstört und müde. Dennoch war sein Kampfgeist ungebrochen. »Wahrscheinlich seid Ihr nicht auf dem Laufenden.«

Eine feine Röte überzog das Gesicht d'Argensons, und John überlegte, dass der junge Mann dankbar sein konnte, nicht die abgrundtiefe Hässlichkeit seines Vaters geerbt zu haben. Er war nicht schön zu nennen, aber wenigstens ansehnlicher als der Marquis, obwohl ihm eine gewisse Ähnlichkeit nicht abzusprechen war.

»Es wird ein Kurier nach Paris entsendet, um Eure Angaben zu überprüfen«, entschied der Intendant der Grenzstation. »Bis zu seiner Rückkehr sind Eure Papiere, Euer Geld und … Euer Gebrauchsgegenstand …«, er spuckte das Wort höhnisch aus, »konfisziert. Ihr selbst, Monsieur Law, werdet in Arrest genommen. Wir werden ja sehen, welche Befehle vom Hof erteilt werden und wie ich anschließend mit Euch zu verfahren habe.«

20

Die Erinnerung an ihren Abschied von John drückte auf Rosalbas Brust wie eine zentnerschwere Last. Es war so viel und doch so wenig gesagt worden. Sie war ihm so nahe gewesen und hatte trotzdem keine Worte gefunden, ihm ihre Gefühle zu offenbaren. Als der Herzog von Bourbon mit der entzückenden Prinzessin de Léon erschienen war, hatte Rosalba geglaubt, sie würde mit brutaler Gewalt von John fortgerissen.

Als sie das Gerücht hörte, er habe Paris verlassen, war sie nicht etwa erleichtert, weil ihm die Flucht gelungen war. Sie fühlte sich verlassen, deprimiert, elend und leer. Allein der Gedanke, dass er in derselben Stadt weilte und sie durch einen harmlosen Besuch bei seiner Frau ein Wiedersehen herbeiführen konnte, wenn sie nur wollte, hatte ihr Auftrieb gegeben. Natürlich respektierte sie seine Ehe und die Tatsache, dass sie niemals mehr als eine gute Freundin für ihn sein könnte, aber war das nicht sehr viel? Doch dann hörte sie, er sei auf sein Gut in der Normandie gefahren, und ein paar Tage später, dass sich Johns Spur irgendwo in Nordfrankreich verloren habe. Es schien ihr, als sei damit aller Glanz aus Paris gewichen und die Freude aus ihrem Leben genommen.

Ihr klarer Verstand sagte ihr, dass diese Betrachtungsweise natürlich Unsinn war. Das gesellschaftliche Leben nahm seinen Lauf, als sei nichts geschehen, doch gerade weil es eigentlich keine Veränderungen gab – jedenfalls keine in bezug auf die finanziellen Verhältnisse im Land –, war John Law schmerzlich präsent. Er blieb das beherrschende Thema ihrer Kreise. Nach ein paar Tagen der allgemeinen Ratlosigkeit über seinen Aufenthaltsort behaupteten die einen, er sei auf dem Weg nach Paris und in St. Denis mit dem Herzog von Orléans zusammengetroffen, um seine Rückkehr vorzubereiten, andere wollten ihn bereits beim Regenten im Palais Royal gesehen haben. Rosalba konnte sich weder das eine noch das andere vorstellen, und sie glaubte auch nicht, dass Johns Leidensfähigkeit groß genug war, um sich der Gefahr auszusetzen, die ihm hier drohte. Andererseits fürchtete sie, dass er die Situation falsch einschätzte und tatsächlich an die Place Vendôme zurückkehren könnte, um seine Wiedereinsetzung in das Amt des Generalkontrolleurs der Finanzen zu fordern. Dieser Schachzug war ihm Ende Mai gelungen, aber sie bezweifelte, dass sich die Geschichte wiederholen ließe, zumal die meisten Menschen ihren Glauben an sein System verloren hatten und er selbst von seinen wohlmeinendsten Kritikern nicht mehr als eine Art Heiland des schnellen Geldes angesehen wurde.

Schließlich wurde die Nachricht verbreitet, John Law sei in Begleitung seines Sohnes in Brüssel eingetroffen und im *Hôtel du Grand Miroir* abgestiegen. Bald überschlug sich der Klatsch: Er sei vom französischen Botschafter empfangen worden, und Louis de Prie habe anschließend ein großes Bankett für ihn veranstaltet, zu dem die Elite der Stadt eingeladen worden war. Offenbar wurde er in Brüssel mit allen Ehren empfangen, denn man erzählte sich, bei einem Theaterbesuch habe ihm das versammelte Publikum tosenden Beifall gespendet. Man traf ihn in Brüssel auch wieder am Spieltisch an, und bei so viel überlegener Selbstdarstellung von seiten Johns blieben die wüstesten Gerüchte natürlich nicht aus. Dass er mit einer gewaltigen Zahl von Lastkarren über die Grenze nach Flandern geflohen war, die mit Gold und Silber so schwer beladen waren, dass die Räder tiefe Furchen in die vereisten Wege rissen, war noch die harmloseste aller Behauptungen.

Als sich Rosalba zu einem längst anstehenden Besuch bei Katherine aufschwang, verdichtete sich ein sie persönlich viel bewegenderes Geschwätz. Es war von einer beabsichtigten Scheidung die Rede und davon, dass John eine Erzherzogin aus dem Geschlecht der Habsburger zu heiraten gedachte. Angeblich hatte der Regent diese politisch günstige Verbindung eingefädelt. Außerdem habe er John erlaubt, die restlichen Bestände der französischen Staatskasse zu plündern und außer Landes zu bringen, um diese Ehe zu finanzieren.

»Ich glaube das alles natürlich nicht«, verkündete Katherine, nachdem sie Rosalba in ihrem *Cabinet* empfangen und die stummen Fragen in den Augen der Freundin erraten hatte. »Jedes Wort, das über meinen Gatten gesagt wird, entspringt irgendwelchen hitzigen Phantasien. Wahr ist einzig, dass er sich zur Zeit in Brüssel aufhält.«

Rosalba bückte sich, um den Perückenkoffer zu öffnen, den ein Lakai hinter ihr hereingetragen hatte. Sie hatte den Dienstboten entlassen und hantierte nun selbst an dem Gepäckstück, in dem sich das Haarteil befand, das ihr von John für die Fertigstellung des Portraits überlassen worden war. Es war für sie selbstverständlich, die Perücke ebenso wie die Krawatte zurückzugeben. Dabei hätte sie beides gerne behalten, denn es waren persönliche Sachen, die ihn auf gewisse Weise in ihrer Umgebung lebendig hielten. Vielleicht wäre es Katherine gar nicht aufgefallen, wenn Rosalba diese Erinnerungsstücke für immer behalten hätte. Doch für Rosalbas aufrichtigen Charakter kam das nicht in Frage. Sie wäre sich wie ein Dieb vorgekommen – nicht etwa wegen des Wertes, sondern weil sie Katherine etwas stahl, auf das diese ein größeres Anrecht besaß.

»Es ist jedenfalls erfreulich, zu hören, dass es Monsieur Law offenbar sehr gut geht«, meinte sie, als sie den Ständer aus dem Koffer nahm, auf dem sich die dunkelhaarige Lockenpracht befand.

Katherine blickte Rosalba überrascht an. Dann lächelte sie dankbar. »Ja. Ihr habt Recht. So habe ich den Klatsch noch gar nicht betrachtet. Natürlich muss er wohlauf sein, wenn er ins Theater, zu Banketten und in die Spielclubs geht und … von einer Ehe die Rede ist.«

Sie macht sich also doch größere Sorgen, als sie zugab, stellte Rosalba voller Mitleid fest.

»Das ist sicher das haarsträubendste Geschwätz«, behauptete sie mit gespielter Fröhlichkeit. »Wer so etwas redet, versündigt sich. Das Sakrament der Ehe ist heilig, und ich glaube kaum, dass der Papst eine Verbindung auflösen würde, aus der zwei wunderbare Kinder hervorgegangen sind, allein aus politischem Machtkalkül.«

Katherine schüttelte stumm den Kopf. Während Rosalba das Haarteil auf einer Kommode plazierte, schob sie versonnen die goldene Gebäckschale hin und her, die mit dem Kaffee serviert worden war. Sie sah Rosalba zwar an, aber es schien, als starre sie ins Leere.

Ein wenig beunruhigt registrierte Rosalba, dass ihre Freundin offensichtlich angestrengt über einem großen Problem grübelte. Sie konnte sich nicht erklären, warum Katherine auf die angebliche Heirat so verstört reagierte. Stets hatte Johns Frau eine großzügige Gelassenheit ausgezeichnet; sie hatte seine wahren oder behaupteten Affären mit Gleichgültigkeit akzeptiert. Rosalba war überzeugt davon, dass Katherine niemals auch nur einen Moment lang an Johns Liebe gezweifelt hatte. Für sie selbst war es schmerzlich, weil sie es sich vielleicht anders gewünscht hätte, aber sie wusste, dass John seine Verantwortung für Katherine, John junior und die kleine Kate niemals verleugnen würde – selbst wenn er damit den Herzog von Orléans brüskierte.

Sie ließ sich auf dem zweiten Sessel nieder und griff über den Tisch nach Katherines Hand. »Ich glaube fest, Euer Gatte würde niemals etwas tun, womit er Euch verletzen oder Euch schaden würde. Außerdem werdet Ihr ihm doch sicher bald nachreisen, sodass Ihr Euch selbst von seiner Integrität überzeugen könnt.«

»Es ist noch so viel zu tun in Paris, so viel zu erledigen…«, murmelte Katherine. Sie wandte den Kopf ab, und Rosalba bemerkte, dass Tränen in den Augen der Freundin schimmerten.

Katherine schluckte, dann sagte sie leise: »Wenn nur nicht diese vielen Schulden wären, die ich begleichen muss, bevor

Kate und ich Frankreich verlassen können. Monsieur Law hat mich angewiesen, keine Rechnung unbezahlt zu lassen, wenn wir gehen. Aber ich weiß nicht, woher ich das Geld nehmen soll. Unser Vermögen ist konfisziert worden. Euch kann ich anvertrauen, dass wir allein bei unserem Fleischer einen Kredit von über zehntausend *livre* ausgleichen müssen.«

Rosalba stockte ein wenig der Atem angesichts dieser erheblichen Summe, doch sie bemühte sich, ihre Irritation zu verbergen. Bei dem Lebensstil dieser Kreise war eine Schlachterrechnung von über zehntausend *livre* nicht ungewöhnlich.

Ihr Ton war überaus zuversichtlich, als sie erwiderte: »Seine Königliche Hoheit wird sich bestimmt unverzüglich für die Freigabe Eurer Bankkonten einsetzen, sobald die Bücher überprüft sind.«

Von Angela hatte sie erfahren, dass der Regentschaftsrat gleich zu Beginn des neuen Jahres eine Reihe von Buchhaltern einsetzen wollte, die erneut die Saldi bei der *Banque Royale* errechnen sollten. Man ging davon aus, dass die noch verbliebenen Angestellten in Abwesenheit des Direktors besser mitarbeiten würden. Auch schien es dem neuen Generalkontrolleur der Finanzen notwendig, jenen Betrag festzustellen, den John Law dem französischen Staat schuldete, da er angeblich riesige Mengen von französischem Gold ausgeführt hatte.

»Die Regelung Eurer Verbindlichkeiten wird bestimmt nicht viel Zeit in Anspruch nehmen«, fügte Rosalba hinzu. »Ihr werdet noch vor Frühlingsbeginn mit Eurem Gatten zusammenkommen, dessen bin ich mir sicher.«

»Es sei denn, er heiratet inzwischen eine andere«, versetzte Katherine grimmig. Sie zog ihre Hand zurück, suchte nach einem Taschentuch in dem kleinen Beutel, den sie am Mieder trug, und putzte sich damenhaft die Nase, während immer neue stumme Tränen über ihre Wangen rannen.

»Ach was. Dazu wird es nie und nimmer kommen. Ihr seid seine Gemahlin, und so leicht kann niemand eine Ehe auflösen. Nicht einmal der Papst. Und der Regent auch nicht.

Wenn man dem Klatsch glauben darf, würde sich der Herzog von Orléans lieber heute als morgen scheiden lassen, aber das ist eben auch nicht möglich.«

Ihre gut gemeinten Worte beruhigten die Freundin nicht einmal ansatzweise. Mit wachsender Bestürzung beobachtete Rosalba, dass sich Katherine am Rande eines Nervenzusammenbruchs zu befinden schien. Das stille Weinen verwandelte sich in ein herzzerreißendes Schluchzen. Katherine schlug die Hände vor das Gesicht.

»John braucht sich nicht scheiden zu lassen, bevor er eine andere heiraten kann. Er ist frei. Wir haben ohne den Segen der Kirche zusammengelebt.«

Zuerst glaubte Rosalba, nicht richtig verstanden zu haben. Katherine hatte leise und mit tränenerstickter Stimme gesprochen. Doch es bestand kein Zweifel, sie hatte richtig gehört. Es gab nicht einmal die Möglichkeit eines sprachlichen Missverständnisses. Rosalba hatte im Geiste jedes französische Wort korrekt übersetzt, und Katherines Aussage besaß im Italienischen dieselbe Bedeutung. Sie ergab für Rosalba jedoch keinen Sinn.

»Wieso könnt Ihr so etwas sagen? Ihr seid Madame Law, die Mutter seines Sohnes und ...«

»Was haben denn Kinder mit einer Ehe zu tun?«, fragte Katherine aufgebracht. Sie ließ ihre Hände sinken und blickte Rosalba aus feuchten Augen verzweifelt an. »Madame de Parabère ist seit neun Jahren verwitwet und andauernd schwanger.«

»Ihr meint, Ihr wäret gar nicht verheiratet, und Eure Kinder sind ...«

»Bastarde!«

»O mein Gott«, hauchte Rosalba entsetzt. Sie hatte das Gefühl, der Boden gebe unter ihr nach. Sie wusste nicht, was sie mehr verstörte, die Brutalität, mit der Katherine die Wahrheit ausspie, oder die Konsequenzen dieser Mitteilung.

Für die in den festen Grenzen ihres katholischen Glaubens

denkende Rosalba war es schwer vorstellbar, dass ein unehelich geborener Knabe wie John junior zum Freund des Dauphin avancieren konnte. Andererseits wimmelte es in der französischen Hofgesellschaft seit Ludwig XIV. nur so von illegitimem Nachwuchs, sodass ein Kind der Liebe mehr oder weniger wohl keine Rolle spielte.

Noch dramatischer erschien Rosalba die überraschende Wendung für ihr eigenes Seelenheil. Wie konnte sie ihre Erinnerungen an John loslassen, nachdem sie nun wusste, dass er keine Angetraute besaß? Er war frei. Für sie ebenso wie für die Erzherzogin, die angeblich seine Frau werden sollte. Zum ersten Mal gestand sie sich den Wunsch offen ein, wie gerne sie an die Stelle der unbekannten Habsburgerin getreten wäre. Bislang hatte sie sich derartige Gedanken strikt verboten, aber nun …? Dennoch kam es ihr so vor, als drehe sich die Welt in die falsche Richtung.

Es dauerte eine Weile, bis Rosalba ihre Gefühle wieder unter Kontrolle hatte. Sie räusperte sich, bevor sie sachlich konstatierte: »Eure Eröffnung ist eine große Überraschung für mich, und eigentlich verstehe ich das alles nicht. Könntet Ihr mir bitte helfen und mir erklären, warum Ihr nicht verheiratet seid? Hat Monsieur Law vielleicht …? Ich meine, war er früher in England …?« Sie brach ab, da sie begriff, dass John unter diesen Umständen bereits vor fünfundzwanzig Jahren gebunden gewesen wäre, als sie sich in Venedig begegnet waren. Ihre Verwirrung wuchs.

»Nein. Mein … John ist frei, absolut ungebunden. Er stand noch nie vor einem Traualtar. Ich bin eine Ehebrecherin. Ich habe mich schuldig gemacht. Was jetzt geschieht, ist meine Strafe.«

Wie sehr muss Katherine ihn lieben! dachte Rosalba, und ihr fiel ein, dass sie zu Beginn ihrer Bekanntschaft einmal eine ähnliche Feststellung gemacht hatte.

»Ich bin überzeugt davon, dass sich Monsieur Law seiner moralischen Verantwortung bewusst ist und immer so zu Euch stehen wird, als hättet Ihr die Ehesakramente gemeinsam erhalten.«

Rosalba glaubte fest an das, was sie sagte, obwohl diese Erkenntnis überaus schmerzlich für sie war. Johns Charakter bedeutete nämlich das Ende ihrer keimenden Hoffnungen. Wenn er aus Liebe und Pflichtgefühl an Katherine festhielt, würde er niemals der Mann einer anderen Frau sein wollen. Einerlei, ob diese eine Erzherzogin war oder die berühmteste Künstlerin ihrer Zeit.

VIERTER TEIL

Februar – März 1721

Die Vernunft erzählt Geschichten,
aber die Leidenschaften drängen zur Tat.

Antoine Comte de Rivarol
(1753–1801)

1

Es betrübt mich, aus dem *Mercure* von Eurer bevorstehenden Abreise zu erfahren.« Watteau bückte sich und zog die neueste Ausgabe des Blattes aus dem Zeitungsständer. »Ist Euch unsere Freundschaft nicht teuer genug, dass Ihr mir von Euren Absichten berichtet, bevor diese in alle Welt hinausposaunt werden?«

Obwohl sie den Text bereits auswendig konnte, unterbrach Rosalba ihre Arbeit und warf einen Blick auf die zweispaltige Meldung. »Ich habe keine Ahnung, wer sich erdreistet hat, diese Behauptungen in meinem Namen aufzustellen«, sagte sie. »Ihr könnt unbesorgt sein, kein Wort davon ist wahr.«

»Oh...« Watteaus Antwort ging in einem Hustenanfall unter. Nachdem er sich wieder beruhigt und tief durchgeatmet hatte, bemerkte er lakonisch: »Offenbar hat der Journalist eine Vorliebe für Rom. Vielleicht träumt er davon, selbst an den Tiber zu fahren. Erst neulich veröffentlichte der *Mercure* die Nachricht, John Law befände sich auf dem Weg nach Rom. Und nun heißt es, die Diva Rosalba Carriera wolle am 15. März in dieselbe Stadt aufbrechen.« Kopfschüttelnd und voller Argwohn betrachtete er die Zeitung. »Es wird heutzutage wirklich jeder Unfug gedruckt.«

Rosalba hatte nicht die Absicht, Watteau – oder sonst irgend jemandem – anzuvertrauen, dass die Information im Grunde gar nicht so falsch war, jetzt, da ihre heimlichsten Wünsche veröffentlicht worden waren. Tatsächlich spielte sie seit einigen Wochen mit dem Gedanken an ihre Abreise aus Paris. Sie gestand sich sehr wohl ein, dass ein Zusammenhang zwischen Johns Flucht, dem Verlust seines Glanzes in ihrem Leben und ihrem plötzlich erwachten Heimweh bestand. Allerdings hatte sie zu keinem Zeitpunkt erwogen, ihm nachzufahren – auch nicht nach Rom.

Überdies bedurfte eine Fahrt ins Ausland gewisser Vorbereitungen, denn die in diesem Februar unverändert harten Witterungsverhältnisse machten eine Überquerung der Alpen nur unter Lebensgefahr möglich, und die scharfen Quarantänebestimmungen für Reisende aus Frankreich bestanden im Habsburgerreich unverändert, sodass eine Seuchensperre zum Alltag gehörte. Diese wenig rosigen Aussichten hatten sie bisher daran gehindert, ihre geheimen Pläne umzusetzen.

»In der Tat«, bestätigte sie geistesabwesend, »auf die Richtigkeit von Meldungen in Zeitungen ist kein Verlass.«

»Dann stimmt natürlich auch nicht, dass Ihr neuerdings Portraitaufträge ablehnt«, resümierte Watteau. Plötzlich etwas beleidigt, fügte er hinzu: »Wie bedauerlich. Ich hätte mir gerne etwas darauf eingebildet, Euch ausgerechnet dann Modell sitzen zu dürfen, da Ihr die nobelsten Kunden unverrichteterdinge nach Hause schickt.«

Unwillkürlich schmunzelte sie. »In diesem Fall ist die Presse zweifellos korrekt informiert. Ich kann unmöglich die ganze Nacht durcharbeiten, deshalb muss ich gelegentlich selektieren. Dem Prinzen Conti habe ich eine Absage erteilt und …«

»Aber als Euch Monsieur Crozat darum bat, für ihn ein Pastellportrait von meiner Person anzufertigen, sagtet Ihr ohne Zögern zu«, unterbrach Watteau.

»Ihr habt es doch vorhin selbst gesagt: weil ich Eure Freundschaft schätze.«

Amüsiert beobachtete sie, wie sich Watteaus Miene wandelte. Sein von der schweren Krankheit gezeichnetes, schmales, spitzes Gesicht strahlte im Nu Begeisterung und Zufriedenheit aus. Watteau liebte es, im Mittelpunkt zu stehen und eine besondere Rolle zu spielen. Um ihm einen Gefallen zu tun, fuhr sie deshalb fort: »Ihr unterscheidet Euch in einem weiteren wesentlichen Punkt von den ›nobelsten Kunden‹, wie Ihr die Hofgesellschaft zu nennen beliebt: Meistens finden die Sitzungen in meinem Atelier im Hôtel Crozat statt. Für Euch habe ich insofern eine Ausnahme gemacht, als dass ich zu Euch gekommen bin.«

Watteau grinste. »Ganz gewiss, aber in Wirklichkeit wart Ihr nur neugierig auf die berühmte Kunsthandlung meines Freundes Gersaint ...«

»Nein. Nicht wirklich, aber verratet das bitte nicht Monsieur Gersaint, der mich überaus freundlich willkommen hieß. Mich interessiert Euer neues Werk, von dem Ihr mir berichtet hattet. Das Ladenschild, erinnert Ihr Euch? Ich brenne förmlich darauf, es sehen zu dürfen.«

»Oh! Es ist aber noch nicht fertig ...«

Er zögerte. Sollte er seiner Besucherin zeigen, was er in den vergangenen Wochen auf die Leinwand gebracht hatte? Nichts wäre ihm lieber, als ihr Urteil zu hören. Andererseits jedoch fürchtete er ihre Kritik. Seit seine Krankheit fortschritt und er sich nach dem milden Wetter des Frühlings sehnte, welches seinem schlechten Befinden hoffentlich Linderung verschaffen würde, war er anfälliger für ein lobendes Wort geworden. Ausgerechnet Watteau, der nie mit einem Urteil hinter dem Berg gehalten hatte und sich lieber mit einem Freund entzweite, als seine Meinung ein weniger gnädiger ausfallen zu lassen, fühlte sich einer etwaigen Nörgelei nicht gewachsen.

Rosalba ignorierte sein plötzliches Schweigen und nahm ihre Arbeit wieder auf. Dabei ging sie so konzentriert vor, dass sie bald nicht mehr auf die Stille lauschte, die auf ihnen lastete. Die Unterbrechung ihrer Unterhaltung war ihr ganz lieb, denn sie verschaffte Watteau eine kleine Ruhepause und ihr die Möglichkeit, den eigenen Gedanken nachzuhängen.

Es stimmte, dass sie Watteau besucht hatte, weil sie sich ihm freundschaftlich verbunden fühlte und interessiert an den Fortschritten war, die der Maler machte. Richtig war allerdings auch, dass sie zum Pont Notre-Dame gekommen war, weil sie wusste, dass ihn jeder Weg, den er tat, inzwischen zu stark beanspruchte. Doch von ihrer Rücksichtnahme auf seine Gesundheit erzählte sie ihm nichts. Die Tuberkulose war nicht mehr zu verleugnen, Watteau machte einen elenden Eindruck. Und während sie sein Gesicht aus verschiedenen Perspektiven skizzierte, fragte sie sich, ob sie dieses von Krankheit gezeichnete Antlitz wirklich mit weichen Linien und Farben optisch kurieren sollte.

»Nun, wenn Ihr es wünscht, werde ich Euch mein neues Werk zeigen«, verkündete Watteau plötzlich und stemmte sich mit überraschender Energie aus dem Stuhl hoch, auf dem er saß. Sein Entschluss, seiner teuren Freundin und Künstlerkollegin das künftige Ladenschild zu präsentieren, schien ihm ungeahnte Kräfte zu verleihen. Mit raschen Schritten durchquerte er den kleinen Raum, um von den zwei Staffeleien, die am anderen Ende und günstig zum Lichteinfall standen, die dunklen Tücher zu ziehen.

Rosalba hatte sich bereits gewundert, wieso Watteau offenbar an zwei Leinwänden gleichzeitig arbeitete. Auf den ersten Blick stach ihr die Antwort nun ins Auge: Ein Firmenschild bestand meist aus zwei Seiten, einer Vorder- und einer Rückseite. Zweifellos war es eine bessere Werbung für den Geschäftsinhaber, wenn das Schild weithin sichtbar im Winkel zur Eingangstür hing und nicht horizontal darüber. »Tretet näher«, forderte er sie auf.

Sorgfältig legte sie ihr Skizzenpapier und ihren Zeichenstift zur Seite, bevor sie zu ihm ging. Dabei musste sie aufpassen, dass sie in dem engen, mit allerlei Malutensilien, Büchern, Zeitungen, Schrankkoffern voller Theaterkostüme und Möbeln vollgestopften Dachzimmer mit ihren Röcken nirgendwo hängenblieb oder ein Malheur passierte, weil sie etwas herunter- oder umstieß. Dann stand sie neben ihm und blickte auf zwei in hellen Farben leuchtende Bilder, die seltsamerweise zwei getrennte Darstellungen zeigten und doch für den Betrachter einen Gesamteindruck vermittelten, als wären beide Teile zusammen entstanden und erst später willkürlich durchschnitten worden. Die Trennungslinie verlief nicht in der Mitte des Motivs, wohl aber so exakt, als habe Watteau mit einer Messlatte gearbeitet. Doch das war nicht das Beeindruckendste an dem Gemälde. Watteau hatte mit der Szenerie die Lebendigkeit von Gersaints florierendem Laden eingefangen, als wäre es ein Bühnenbild.

Rosalba stockte der Atem. »Das ist großartig«, hauchte sie ergriffen. »So etwas habe ich noch nie zuvor gesehen.«

»O doch«, behauptete Watteau lächelnd. »Erinnert Ihr Euch an unseren Besuch im Palais du Luxembourg? Als wir den *Medici-Zyklus* betrachteten, machte ich Euch auf dem Bild, das die Krönung der Maria von Medici zeigt, auf einen kleinen Hund aufmerksam. Erkennt Ihr ihn wieder? Ich habe mir erlaubt, ihn seitenverkehrt in meiner Komposition zu übernehmen. Wie übrigens einige andere Details auch, mit der ich meine Verehrung für das Rubens-Werk und meine persönliche Bindung an Flandern ausdrücken möchte. Seht hier, die Signaturangabe entspricht flämischem Stil …« Er erging sich mit einer Lebendigkeit in der Analyse seiner Bilder, als wäre es das letzte glückliche Aufbäumen eines dem Tode geweihten Mannes.

Rosalba lauschte, ließ sich jedes einzelne Detail erklären, versank in der Betrachtung des faszinierenden Ladenschildes. Sie war dankbar dafür, zuhören zu dürfen und eine Weile auf den sanften Wellen eines künstlerischen Genies getragen zu werden. Eine Stunde lang durfte sie die grausame Wirklichkeit vergessen. Erst sechs Monate später sollte sie erfahren, dass dies ihr ganz persönlicher Abschied von Watteau war.

2

Die Flucht von John Law aus Frankreich änderte auch zwei Monate danach nichts an den massiven Schwierigkeiten, in denen sich der Herzog von Orléans befand. Die allgemeine Lage blieb schlecht, und der Regent wurde stärker als je zuvor für die Misere verantwortlich gemacht, zumal der eigentliche Sündenbock außer Landes weilte. Selbst die Einberufung der Kommissare, die die Unterlagen der *Banque Royale* überprüfen und die Geschäfte der Mississippi-Gesellschaft auflösen sollten, brachte keinen Stimmungswandel, obwohl Philippe ausdrücklich betont hatte, dass er den Buchhaltern alle Freiheiten gewähren und sich nicht im Geringsten einmischen wollte. Allerdings waren die Zahlen, die der neue Generalkontrolleur der Finanzen daraufhin im Regentschaftsrat vorlegte, nicht dazu angetan, neues Vertrauen in Philippes Reformpolitik zu setzen.

»Über eine halbe Million Menschen haben sich gemeldet. Sie alle behaupten, durch das *Système du Law* erhebliche Verluste erlitten zu haben«, erklärte Felix le Pelletier de la Houssaye. »Ihnen gegenüber steht eine Summe von zwei Komma sieben Millionen *livre,* die bezahlt werden muss. Der Betrag errechnet sich aus dem Gegenwert der Banknoten, dem Verlust von Staatsanleihen und der Aufnahme von Krediten, für die die Krone gebürgt hat.«

Er blickte unterwürfig zu dem jungen König, der gerade auf seinem Thron saß, als habe er einen Stock verschluckt, aber gänzlich desinteressiert die Konferenz seiner Minister verfolgte. Daraufhin sah der Finanzminister wieder auf den Regenten, dessen Schicksal mit jeder neuen Katastrophe, die de la Houssaye offenlegte, weiter besiegelt schien.

»Das Fazit ist, dass zu viele Banknoten ausgegeben wurden, für die es keine Deckung gibt. Angesichts der bereits erschöpften Münzreserven besteht keine Hoffnung darauf, die genannte Summe bezahlen zu können.«

Philippe wusste sehr wohl, dass die Inflation des Papiergeldes und der Börsensturz endlos viele Anleger in den Ruin getrieben hatten, aber ihm war auch bekannt, dass das *Système du Law* die Schulden der Krone um zwei Drittel verringert hatte. Abgesehen davon, hatten viele Mitglieder der Hofgesellschaft von Geschäften mit der *Banque Royale* und der Mississippi-Kompanie profitiert. Aber kein Mitglied des Regentschaftsrates war anscheinend gewillt, die positiven Seiten seiner Finanzpolitik darzulegen. Er sah sich einer Runde von zumeist verdrossenen Männern gegenüber, von denen manche seinen Kopf forderten. Um sich selbst zu retten, entschloss er sich zum Verrat.

»Der Überschuss an Banknoten ist nicht mit unserem Wissen und Willen entstanden«, behauptete der Herzog von Orléans mit fester Stimme, während er seinen Federkiel in ein Tintenfass tauchte, um anschließend einige Zahlen zu markieren, die auf der Tabelle verzeichnet waren, welche vor ihm auf dem Tisch lag. »Monsieur Law erlaubte sich ganz offensichtlich, für eintausendzweihundert Millionen *livre* mehr Papiergeld zu drucken, als notwendig und möglich gewesen war. Wir haben ihm dafür zu keiner Zeit die Erlaubnis erteilt.«

Johns Nachfolger starrte Philippe fassungslos an. »Wenn dem so ist, Königliche Hoheit, dann hätte Monsieur Law an den Galgen gehört.«

»In der Tat«, stimmte der Regent zur Überraschung aller Anwesenden zu, »aber uns genügte es, ihn aus der Affäre zu ziehen.«

Mit einem unangenehmen knirschenden Geräusch wurde der Stuhl von Louis-Henri de Bourbon zurückgeschoben. Dann protestierte der Herzog mit donnernder Stimme: »Mit Verlaub, *mon cousin*: Wie konntet Ihr, wenn Ihr von seiner ruinösen Eigenmächtigkeit wusstet, zulassen, dass er das Königreich verließ?«

465

»Dass Monsieur Law fliehen konnte, ist doch Eure Schuld«, verteidigte sich Philippe prompt und ohne sonderlich darüber nachzudenken, was er hier vor Zeugen sagte. »Ihr habt ihm die Mittel dazu in die Hand gegeben.«

»Ich habe Euch niemals gebeten, ihn aus Frankreich zu verbannen ...«

Philippes rundes Gesicht lief dunkelrot an. »Natürlich habt Ihr ihm die Pässe zugestellt, damit er und sein Sohn die Grenze passieren konnten.«

»Das ist wohl wahr, aber Ihr habt mir die Dokumente gegeben, um sie ihm zu schicken. Ich habe Euch nicht darum gebeten.«

Einen Moment herrschte Schweigen, als wären die Herzöge von Orléans und Bourbon nach diesem Wortgefecht zu erschöpft, um weiterzusprechen. Mit angehaltenem Atem wurden sie von den anderen beobachtet. Es war bedrückend still. Jeder der Anwesenden wartete auf die Eskalation der Auseinandersetzung. Selbst der gelangweilte Gesichtsausdruck Seiner Majestät wandelte sich. Ludwig nahm nun nicht mehr nur scheinbar aufmerksam an der Versammlung teil. Er dachte auch nicht mehr über die Ballettschritte nach, die ihm sein Choreograph zu der Musik von Michel-Richard Delalande beigebracht hatte und die er demnächst wieder vor dem nobelsten Publikum im Theatersaal des Tuilerienschlosses zeigen sollte. Mit dem gierigen Interesse, mit dem römische Kaiser den Gladiatorenkämpfen beigewohnt hatten, lauschte der junge französische König dem ungewöhnlichen Spektakel zwischen den beiden mächtigsten Männern in seinem Land.

»Ich war dagegen, dass man John Law in die Bastille steckt«, richtete sich Louis-Henri de Bourbon schließlich etwas ruhiger an Philippe, »weil mir schien, dass es nicht in Eurem Sinne wäre, ihn, nachdem Ihr Euch seiner ausreichend bedient hattet, einfach einkerkern zu lassen.« Als ein leises Raunen durch die Reihen der anderen Ratsmitglieder ging, fügte er leidenschaftlich hinzu: »Doch ich habe Euch niemals darum ersucht, ihn aus dem Königreich zu verbannen.«

»Der junge d'Argenson konnte Monsieur Law seinerzeit an der flämischen Grenze festhalten«, mischte sich der Kriegsminister ein. Le Blanc beugte sich ein wenig vor, und seine Stimme gewann an Gewicht: »Es wurde ein Kurier nach Paris entsendet, um die Echtheit seiner Papiere überprüfen zu lassen. Der Bote wurde mit dem ausdrücklichen Befehl vom Hof nach Valenciennes zurückgeschickt, die fragliche Person ohne weitere Maßnahmen ziehen zu lassen.«

Der Regent ließ sich mit seiner Antwort Zeit. Er wirkte so verzweifelt, als sei er von einem Raubvogel niedergestoßen worden. Nachdem er einen Entschluss gefasst hatte, gab er großmütig zu: »Es ist richtig, dass Monsieur le Duc mich nicht explizit darum gebeten hatte, Monsieur Law außer Landes reisen zu lassen. Ich habe ihm die Ausreise erlaubt, weil ich annahm, dass seine Anwesenheit in Frankreich dem öffentlichen Kredit und den neuen Finanzoperationen von Monsieur le Pelletier de la Houssaye nur schaden würde.«

Louis-Henri de Bourbon atmete tief durch. Triumph glitzerte in seinen Augen. Er drehte sich zu dem Knaben auf dem französischen Thron um, der zu jung war, um alle Intrigen zu verstehen und entsprechend zu reagieren. »Da Seine Königliche Hoheit beschlossen hat, sich von der weiteren Überprüfung und der Liquidation aller Geschäfte fern zu halten, die mit dem *Système du Law* in Verbindung stehen, wird Seine Majestät sicher geruhen, einen entsprechenden Erlass zu erteilen …«

Ein aufgebrachtes Flüstern hier und da zwang den Herzog, seine Rede kurz zu unterbrechen. Bis auf Ludwig begriff jeder Anwesende, dass hier ein ehrgeiziger Mann endlich die Gelegenheit gefunden hatte, nach dem höchsten Amt zu greifen. Außerdem war allgemein bekannt, dass Bourbon zu den großen Profiteuren des Systems gehörte. Es war ihm schon einmal gelungen, die Kontrolleure zu bestechen, die seine Stallungen nach verstecktem Gold durchsucht hatten. Er würde nicht davor zurückschrecken, sich die Kommissare des neuen Finanzministers wieder gefügig zu machen, um seinen Anteil an dem Zusammenbruch der Bank zu vertuschen. Doch niemand würde ihn davon abhalten. Kein Ratsmitglied wusste, was die Zeit bringen würde und ob die Freundschaft des Herzogs von Bourbon nicht eines Tages überaus nützlich sein könnte.

3

Rosalba saß mit Angela und Giovanna zusammen, als Pierre Crozat eintrat, um sich zu verabschieden. Er blieb einen Moment in der Tür stehen, um ihren Anblick in sich aufzunehmen. Es war eine Szene voller Harmonie, die sein Herz öffnete. Die drei Schwestern saßen um den Tisch herum und waren mit der Ausarbeitung einiger Portraits beschäftigt. Sie arbeiteten konzentriert und schnell, was schon allein deshalb notwendig war, weil die Launen von Rosalbas Kunden rasch umschlagen konnten und das Interesse an dem jeweiligen Auftrag möglicherweise nachließ, bevor das bestellte Bild fertig war. Andererseits gab es Verehrer ihrer Kunst, die es gar nicht abwarten konnten, in den Besitz eines Portraits oder einer Miniatur der Pastellkönigin zu gelangen. Rosalba war inzwischen derart beliebt in Paris, dass sie kaum eine freie Minute für sich hatte. Da man sich in den nobelsten Kreisen mit ihrer Gesellschaft schmückte, wurde sie täglich irgendwohin eingeladen; und es sprachen pausenlos Bewunderer im Hôtel Crozat vor, die nicht abgewiesen werden konnten. Unter diesen Umständen blieb ihr weder Zeit für persönliche Besuche und Besichtigungen noch für ihre eigentliche Beschäftigung. Nachdem sie den Prinzen Conti vor vier Wochen einmal abgewiesen hatte, war sie inzwischen immer häufiger gezwungen, »nein« zu sagen. Um ihr Pensum überhaupt noch schaffen zu können, musste ihr deshalb neben Giovanna nun auch Angela zur Seite stehen.

»Ich wünschte mir die Gewissheit, dass Ihr bei meiner Rückkehr noch hier weilt und ich Euch so vorfinde, wie ich Euch verlassen habe«, bemerkte Crozat. »Es erfüllt mich mit Wehmut, wenn ich daran denke, dass Ihr an Abreise denkt.«

Rosalba blickte zu ihm auf. »Ihr wisst, dass wir nicht ewig in Paris bleiben können. Es wird Zeit, nach Hause zu fahren.«

»Mamas Heimweh ist unerträglich«, fügte Giovanna mit einem verschwörerischen Zwinkern hinzu.

Crozat schenkte der jüngsten der drei Grazien ein zustimmendes Schmunzeln, bevor er sich wieder an Rosalba wandte: »Ich kenne Eure Beweggründe und ich weiß auch, dass die bevorstehende Abreise von Monsieur Pellegrini für Euch der zwingende Anlass ist, ebenfalls zu fahren. Dennoch wage ich zu sagen, dass ich Euch vermissen werde… Euch alle drei, Mesdames, und natürlich auch Madame Alba, wenn ich das ausdrücklich erwähnen darf.«

Am liebsten wäre Rosalba aufgesprungen und hätte ihren Gastgeber umarmt, doch sie musste ihr herzliches Temperament zügeln. Crozat wäre bestenfalls verwundert über eine solche Geste gewesen, wenn nicht sogar bestürzt. Statt sich also an seine Brust zu werfen, erhob sie sich, um wenigstens seine Hände zu nehmen.

Sie hatte diesem Mann mehr zu verdanken als irgendjemandem sonst. Pierre Crozat hatte ihre Karriere in Paris auf atemberaubende Weise gefördert, und sie wusste, dass reine Dankbarkeit niemals ausreichen würde, um seine Großzügigkeit zu belohnen. Es war ein seltsames Gefühl, nach einem Jahr des vertrauten Zusammenlebens, Abschied nehmen zu müssen. Vor allem, da Crozats Reise etwas überstürzt erfolgte: Crozat sollte – auf eine Bitte des Herzogs von Orléans hin – der Spur von John Law nach Brüssel folgen. Er hatte Rosalba erklärt, dass er sich auf die Suche nach den Millionen begeben würde, die John über die Grenze geschmuggelt haben sollte, die aber der Krone gehörten. Darüber hinaus leitete ihn ein familiäres Anliegen, den ehemaligen Generalkontrolleur der Finanzen oder wenigstens dessen Gold aufzufinden, denn sein Bruder Antoine war vom Regentschaftsrat eingesetzt worden, Johns private Geschäfte abzuwickeln und sein Imperium zu zerschlagen.

Crozats bevorstehende Abreise hatte Rosalba in ihrem Entschluss bestärkt, dass es an der Zeit war, Paris ebenfalls zu verlassen. Obwohl er ihr uneingeschränktes Gastrecht auch in seiner Abwesenheit eingeräumt hatte, würde sie sich nicht wohl fühlen im Hôtel Crozat ohne den Hausherrn. Außerdem hatten Antonio Pellegrini und François Lemoyne das Fresko im Palais Mazarin fertiggestellt, und es gab für ihren Schwager und Angela keinen Grund, länger in Paris zu verweilen, als es die strengen Gesundheitsbestimmungen für die Fahrt etwa durch Tirol erforderten. Ohne männlichen Schutz wollte Alba Carriera aber unter gar keinen Umständen unterwegs sein, so dass Rosalba gar nichts anderes übrig blieb, als die Kutsche zu nehmen, die Angela und Pellegrini reserviert hatten. Zu ihrem Kummer eröffnete ihr Zanetti jedoch, dass er sie nicht zurück nach Venedig begleiten würde.

»Das könnt Ihr nicht machen«, protestierte Rosalba entsetzt, nachdem er ihr seine Pläne dargelegt hatte.

Das lag nun einige Tage zurück. Sie war mit Zanetti für wenige Minuten durch Crozats Garten spaziert, um die ersten wärmenden Strahlen der Märzsonne zu genießen. Abrupt war sie stehen geblieben. Dann stemmte sie resolut ihre Hände in die Hüften, um damit ihrer Wut noch mehr Ausdruck zu verleihen. Ein Blick in ihre Augen genügte jedoch.

»Das könnt Ihr nicht machen«, wiederholte Rosalba. »Ihr könnt mich nicht alleine lassen. Das ist unverzeihlich.«

»Liebste Freundin …«, hob Zanetti sanft an, unterbrach sich dann jedoch. Er bohrte mit der Spitze seines eleganten Schuhs ein Loch in den säuberlich geharkten Sandboden, als brauche er Zeit, um die richtigen Worte zu finden. Mit ungewohnter Bitterkeit brach es schließlich aus ihm heraus: »Ich hatte nicht den Eindruck, dass Ihr meiner Gesellschaft den Vorzug geben würdet, seit Ihr in Paris seid. Im Gegenteil vermitteltet Ihr mir sogar häufig das Gefühl, gänzlich überflüssig zu sein.«

Verblüfft über die Rage, mit der er gesprochen hatte, blieb ihr eine Antwort im Hals stecken. Er hat Recht, fuhr es ihr durch den Kopf. Die gemeinsamen Unternehmungen, die sie in Venedig seit so vielen Jahren verbanden, ihre Diskussionen und musikalischen Darbietungen, die ein fester Bestandteil ihres Lebens gewesen waren, waren vor dem turbulenten Glanz der französischen Hauptstadt in den Schatten gestellt worden. Natürlich hatte sie Zanetti regelmäßig gesehen, und sie hatte sich wiederholt seiner Freundschaft versichert, aber es stimmte schon, wenn er behauptete, in Paris hätte sie ihn auf gewisse Weise aus den Augen verloren.

Er ist nicht mein Gemahl! dachte Rosalba plötzlich und erschrak gleichsam über diese stille Feststellung. Natürlich waren sie nicht in Liebe verbunden, nur in Freundschaft, sodass es ihr gar nicht möglich gewesen war, Zanetti als ständige Begleitung vorzustellen. Außerdem war er häufig seiner eigenen Wege gegangen, hatte sich mit Mariette getroffen oder Crozat angeschlossen. Hatte nicht vielmehr er sie vernachlässigt und sie damit in die Arme eines anderen getrieben? Eines Mannes, dem Crozat nun an ihrer Stelle nacheilte …

Rosalbas Überlegungen wurden in ihrer Verzweiflung immer irrationaler. Da hörte sie Zanettis traurige Stimme anmerken: »Ihr habt Euch nicht einmal nach dem Ziel meiner Reise erkundigt.« Das war zu viel für ihre zerrissene Seele, sodass sie patzig fragte: »Wollt Ihr mir vorhalten, ich sei selbstsüchtig?«

Der Rasenteppich zu ihren Füßen war übersät mit Sonnenflecken, die durch das noch dünne Baumdach schienen. Zwischen den künstlichen Ruinen und sorgfältig ausgewählten Kulissenelementen des zu dieser Stunde wie eine Einöde wirkenden Parks hatten sich vermutlich bereits viele Paare, die Gäste im Hôtel Crozat waren, zu einer amourösen Affäre gefunden. Zanetti sah wohl, dass die Gelegenheit günstig war, aber er hatte viele Möglichkeiten dieser Art tatenlos verstreichen lassen, ohne sich ständig an die Worte erinnern zu müssen, die Rosalba nur wenige Meter von diesem Platz entfernt Angela entgegengeschleudert hatte.

»Ich reise mit Monsieur Crozat nach Brüssel«, sagte er betont sachlich.

»Wieso das? Was habt Ihr mit den angeblichen Millionen von Monsieur Law zu schaffen?«

»Nichts.« Zanetti hob als Zeichen seiner Resignation die Arme und ließ sie wieder fallen. »In der Tat, diese Dinge gehen mich nichts an. Unser Freund schlug dem Regenten jedoch meine Person als Reisebegleitung vor, da ich vor nicht allzu langer Zeit in engem Kontakt mit den wichtigsten Bankiers in Brüssel stand. Meine Gesellschaft könnte für Monsieur Crozat überaus hilfreich sein.«

Niedergeschlagen senkte sie ihre Lider. »Dem habe ich nichts entgegenzusetzen, nicht wahr?«

»Ich fürchte, meine Pläne sind umumstößlich.«

»Aber wenn ich Euch nun sagte, ich bräuchte Eure Begleitung viel mehr als Pierre Crozat?« Sie hob ihre Augen und flehte ihn mit ihren Blicken an, seinen Entschluss zu ändern. »Die lange Fahrt nach Venedig wird ohne Euch eine noch größere Zumutung sein. Bitte, überlegt es Euch. Was geht uns das französische Geld und das *Système du Law* an?«

Er ergriff ihre Hand und neigte sich darüber. »Das frage ich Euch, Rosalba. Welche Rolle spielt Monsieur Law für Euch?«

Sie hatte sich einer Antwort entzogen, indem sie so getan hatte, als wollte sie ihren Spaziergang wieder aufnehmen. Wenn sie jetzt darüber nachdachte, war sie froh, dass sie ihrem ersten Impuls nachgegangen war. Einen Moment lang hatte sie erwogen, ihm die Geschichte der Tabaksdose zu erzählen, doch dann hatte sie es unterlassen. Zanetti sollte nie erfahren, welche Erinnerungen sie mit John Law verbanden. Sie wollte diese Freundschaft nicht für einen Jugendtraum gefährden, der ohnehin niemals wahr werden konnte. Jedenfalls jetzt nicht mehr. Zu groß waren ihre Versäumnisse gewesen, als sie im vergangenen Jahr die Möglichkeit zu einer Romanze hatte.

Oder ihr Schicksal zu gnädig, dachte sie bei sich. Laut sagte sie: »Ich hoffe aus ganzem Herzen, dass Ihr so bald wie möglich zu mir nach Venedig zurückkommen werdet.«

Einen ähnlichen Satz hätte sie gerne zu Crozat gesagt, als er kam, um sich zu verabschieden. Doch war nicht gewiss, ob ihr teurer Gastgeber je wieder Italien besuchen würde. Crozat war mit seinen bald sechzig Jahren in einem Alter, in dem man Abenteuer jeder Art mied, ganz besonders Exkursionen in den Süden. Die Vorstellung jedoch, dass sie Pierre Crozat in diesem Moment zum letzten Mal sehen würde, schnitt ihr mehr ins Herz als Zanettis Weigerung, ihre kleine Reisegesellschaft nach Venedig zu begleiten.

Sie griff nach seinen Händen und drückte sie fest. »Werde ich Euch jemals danken können?«

»Das habt Ihr bereits.« Er hob ihre Rechte und führte sie an seine Lippen. »Zuzuschauen, wie aus einer Autorität in der Miniaturmalerei eine weltberühmte Portraitistin wird, die sogar kürzlich mit dem König dinieren durfte, war das größte Geschenk, das Ihr mir bereiten konntet. Ich verneige mich vor Euch und wiederhole mein Bedauern, dass ich Euch bei meiner Rückkehr nicht mehr antreffen werde.«

»Statt meiner solltet Ihr Euch um jene Freunde kümmern, die ich in Paris lieb gewinnen konnte. Ich wäre Euch dankbar, wenn Ihr mich über den Gesundheitszustand von Monsieur Watteau auf dem Laufenden halten würdet.«

»Ich werde für ihn sorgen, als sei er ein Sohn. Das verspreche ich Euch. Allerdings gibt es wohl wenig Hoffnung. Er weiß es anscheinend selbst, denn er bittet darum, nach Valenciennes heimkehren zu dürfen. Ich wünschte, ich könnte ihn auf meiner Reise nach Norden mitnehmen, aber sein Arzt hat ihm jede Aufregung dieser Art verboten.«

Stumm nickte sie. Mehr gab es nicht zu sagen.

Als der Wagen mit Pierre Crozat und Zanetti in der Morgendämmerung aus der Einfahrt rollte, stand Rosalba am Fenster und blickte ihnen nach. Sie hatte die ganze Nacht hindurch gearbeitet, um ihre letzten Aufträge zu erfüllen. Sie hatte Angela irgendwann zu später Stunde zu Pellegrini ins Bett geschickt, doch sie hatte unermüdlich feine Linien mit ihren Pastellkreiden gezogen und anschließend wieder verwischt, als würden die Kerzen nicht Stunde um Stunde weiter herunterbrennen. Erst als sie im Morgengrauen eine gewisse Unruhe im Hof bemerkte und gleich darauf das Klappern von Pferdehufen vernahm, gönnte sie sich einen Moment Pause.

Noch während sie am Fenster stand, verspürte sie unvermittelt ein Brennen unter ihren Lidern. Sie schlug die Hände vors Gesicht. Nicht, weil sie die Tränen verbergen wollte, die sie Crozat und Zanetti nachweinte. Einen Herzschlag lang war alles dunkel um sie gewesen, und sie hatte nichts gesehen.

»Meine Augen«, flüsterte sie. »Lieber Gott, lass meinen Augen nichts geschehen. Ich brauche sie doch mehr als alles andere auf der Welt. Mehr noch als Liebe.«

Als sie die Hände sinken ließ, dröhnte die vertraute Migräne in ihren Schläfen. Aber sie konnte wieder alles sehen, was um sie her war. Voller Inbrunst und Dankbarkeit sank sie auf die Knie.

4

Erschrocken registrierte Rosalba die Veränderungen, die mit Katherine vorgegangen waren.

Sie hatte schon vor geraumer Zeit erfahren, dass Johns Frau nicht mehr an der Place Vendôme residierte, da das Hôtel Law samt Einrichtung von Hofbeamten konfisziert worden war. Mit den eingeschränkten Verhältnissen, in denen Katherine inzwischen lebte, hatte sie jedoch nicht gerechnet.

Als ihre Equipage vor der bescheidenen Herberge in St. Germain-des-Prés hielt, die ihr von Katherine in einem Schreiben als Adresse genannt worden war, dachte Rosalba zunächst, sie sei einem Irrtum zum Opfer gefallen. Es war kaum vorstellbar, dass eine Frau, die einst wie eine Königin gelebt hatte und verehrt worden war, mit derart beengten Räumlichkeiten auskommen konnte. Tapfer betrat Rosalba dennoch Katherines neue Unterkunft, in der es wenigstens sauber war und nicht allzu stark nach Küchendunst und abgestandenem Bier roch, wie es in anderen Etablissements dieser Art die Regel war. Der berühmte Besuch wurde vom Wirt wohlwollend begrüßt, und Rosalba fühlte sich regelrecht weitergereicht, als der alte Diener, den sie aus besseren Zeiten kannte, erschien und sie in ein winziges Empfangszimmer geleitete. Beklommen wurde ihr bewusst, dass sie in der Hierarchie der Hofgesellschaft heute weit über Katherine stand.

Der Salon, in dem sie auf Katherine wartete, war schlicht eingerichtet und erinnerte nicht im Entferntesten an Katherines *Cabinet* im Hôtel Law, Die Freundin jedoch, die wenige Minuten nach Rosalbas Eintreffen erschien, hatte sich überraschenderweise wenig verändert. Katherine war nicht ganz so prachtvoll gekleidet wie früher und auch nicht so aufgeputzt, aber sie strahlte noch immer die gelassene Würde und die Eleganz einer großen Dame aus. Neidvoll musste Rosalba anerkennen, dass sie mit einer vergleichbaren Situation wahrscheinlich weniger gelassen umgehen würde.

»Ich hörte, dass Ihr Paris in wenigen Tagen verlassen werdet«, hob Katherine an, nachdem sich die beiden Frauen umarmt hatten. »Deshalb habe ich Euch um Euren Besuch gebeten. Es war mir wichtig, Euch noch einmal zu treffen.«

»Ich hätte mich in jedem Fall von Euch verabschiedet, selbst wenn mich Eure Einladung nicht erreicht hätte«, antwortete Rosalba und sah sich ein wenig hilflos um, da sie nicht wusste, wohin sie sich setzen sollte.

Katherine deutete mit der selbstverständlichen Geste einer Dame, die ein großes Haus zu führen gewohnt war, auf das nicht sehr einladend wirkende Sofa mit dem verschlissenen Bezug. »Bitte, nehmt doch Platz. Meine Verhältnisse sind derzeit ein wenig beschränkt, aber ich hoffe, Ihr stört Euch nicht allzu sehr daran. Ich hätte Euch nicht zu mir gebeten, wenn es nicht wirklich wichtig wäre ...«

»Ich bitte Euch!«, unterbrach Rosalba energisch und setzte sich. »Ihr braucht Euch nicht für diese ... vorübergehende Unbequemlichkeit zu entschuldigen. Mir macht ein beengter Lebensstil nichts aus. Ich komme doch aus viel bescheideneren Verhältnissen als Ihr – und in diese werde ich jetzt zurückkehren.«

Katherine lächelte. »Glaubt Ihr das wirklich? Nach allem, was ich über Euch lese und höre, habe ich nicht den Eindruck, als würdet Ihr in Eure alte Welt zurückgehen können. Eure Verehrer werden Euch gar nicht die Gelegenheit dazu geben. Seht nur, wie sich die Zeiten ändern! Als Ihr nach Paris gekommen seid, war ich die populärste Dame in den Salons. Heute seid Ihr eine gefeierte Künstlerin, und ich ...« Ihre eben noch strahlenden Züge fielen für einen Moment in sich zusammen, doch Katherine fasste sich schnell. Dennoch klang eine Spur Bitterkeit in ihrer Stimme, als sie scheinbar bester Laune verkündete: »Lassen wir das. Lassen wir mein Selbstmitleid ruhen. Darf ich Euch etwas anbieten?«

»Nein, vielen Dank.«

»Oh, Ihr braucht nicht zu zögern. Ich durfte einen Kammerdiener mitnehmen und meine Zofe, die für unser leibliches Wohl sorgen. Kate ist übrigens begeistert von den Veränderungen. Sie vermisst ihren Vater sehr, aber das Abenteuer ihres neuen Lebens lässt sie diesen Verlust leichter ertragen.«

»Ich möchte wirklich nichts. Bitte, setzt Euch und erzählt mir, wann Ihr Eurem ... Gatten folgen werdet.« In Gedanken hatte sie Katherine weiterhin als Johns Frau gesehen, auch wenn diese keinen Trauschein besaß. Seltsamerweise fiel es ihr jedoch plötzlich unendlich schwer, diesen Fakt auszusprechen. Welchen Streich spielte ihr ihr Gehirn? Glaubte sie in ihrem tiefen Innern wirklich, John sei ungebunden und frei für eine andere – für sie? Rosalba räusperte sich, als könnte sie auf diese Weise ihre verwirrenden Gedanken ausmerzen.

Katherine sank in einen antiquierten Sessel. Während sich ihre Röcke um sie bauschten, erwiderte sie: »Von einer Abreise aus Paris kann keine Rede sein. Meine Bitte um Ausreisepapiere wurde vom Hof wiederholt abgelehnt. Mir scheint, als wären Mary Katherine und ich die Geiseln jener Herrschaften, die meinem Gatten Schaden zufügen wollen.«

»Das kann unmöglich sein«, hauchte Rosalba bestürzt.

»John hat damit ja auch nicht gerechnet, sonst hätte er uns schließlich nicht zurückgelassen. Er ist noch heute fest davon überzeugt, dass wir so bald wie möglich zu ihm stoßen werden.«

»Ihr steht in Kontakt mit ihm? Ich dachte, niemand wüsste, wo er sich aufhält.«

»Es werden unverändert Lügen über ihn verbreitet. In seinem letzten Schreiben versicherte er mir, dass er mit dem Regenten und dem Herzog von Bourbon in schriftlichem Kontakt stehe. Warum sollte er das behaupten? Ich glaube ihm, auch wenn der Eindruck, der in Paris verbreitet wird, ein anderer ist.«

»Ja, natürlich…« Rosalba war hin- und hergerissen zwischen ihrem Wunsch, nur Gutes von John zu denken, und ihrem anerzogenen Pflichtgefühl gegenüber der Autorität des Staates. »Ich kann nicht glauben, dass sich Monsieur Law mit so viel Geld abgesetzt haben soll und Euch praktisch mittellos zurücklässt.«

»Er besaß keine tausend *Louisdor*, als er Frankreich verließ. Und die sind ihm an der Grenze von diesem Dieb d'Argenson abgenommen worden.«

Stumm vor Fassungslosigkeit starrte Rosalba ihre Freundin an.

»Ich weiß, dass ich Euch vertrauen kann. Und ich brauche dringend jemanden, der auf meiner Seite steht. Deshalb sage ich Euch die Wahrheit«, hob Katherine an. Nervös spielte sie mit den Bändern an ihrer Korsage. »Nichts ist so, wie es vom Herzog von Orléans dargestellt wird. Ich habe John bislang nichts über das Vorgehen des Hofes geschrieben, auch habe ich ihm meine Lebensumstände verschwiegen. Er hat genug damit zu tun, auf sich selbst aufzupassen, da er durch halb Europa von irgendwelchen geldgierigen Gläubigern verfolgt wird, die sich einbilden, für ihre Börsenverluste von meinem Gatten entschädigt werden zu müssen. Aber er besitzt nichts mehr. Er muss sich seinen Unterhalt am Spieltisch verdienen. Wie früher…« Ihre zuvor feste Stimme verlor sich plötzlich in den Erinnerungen an die Zeit, als sie ihm zum ersten Mal begegnet war.

»Dann ist also alles eine Kampagne, die seinen Ruf ruinieren soll?«, murmelte Rosalba in sich hinein. Sie hatte gehört, dass Mitglieder des Regentschaftsrates von sieben Millionen *livre* Schulden wissen wollten, die John bei der *Banque Royale* auf Kosten des französischen Volkes angehäuft haben sollte, und von einem Minus von rund sechs Millionen *livre* bei der Mississippi-Kompanie. Beide Summen konnten durch sein Vermögen nicht gedeckt werden, hieß es, was Rosalba allein angesichts der Immobilien und seiner bedeutenden Kunst-

479

sammlung nicht wirklich nachvollziehen konnte, aber in ihrem blinden Glauben an die Obrigkeit hatte sie die Gerüchte akzeptiert. Nach allem, was Katherine gesagt hatte, stellte sie sich jedoch nun die Frage, ob in der Öffentlichkeit gezielt falsche Zahlen genannt wurden?

Als habe sie ihre Gedanken gelesen, antwortete Katherine: »Das gesamte Vermögen meines Gatten beläuft sich auf über einhundert Millionen *livre*. Ich weiß es ganz genau, weil wir vor seiner Abreise alle Papiere gemeinsam durchgegangen sind. Von diesem Geld könnten alle angeblichen und tatsächlichen Schulden problemlos bezahlt werden. Doch gibt es Kräfte in diesem Lande, die John weiter schaden wollen.«

»Steht Euch denn nicht irgendetwas von diesem Betrag zu?«

Katherine schüttelte seufzend den Kopf. »Der Regent hat bis jetzt vermieden, ein Versprechen einzulösen, das er meinem Gatten gab. John wolle nichts weiter als jene fünfhunderttausend *livre,* mit denen wir vor fünf Jahren nach Paris gekommen sind. Er verlässt sich darauf, dass er das Geld geschickt bekommt, aber ich zweifle an der Loyalität des Herzogs von Orléans. Wenn ich's recht bedenke, ahnte ich längst, dass es irgendwann zu einem Zerwürfnis und einer Katastrophe kommen würde.«

Rosalba wünschte, sie hätte das angebotene Getränk nicht abgelehnt. Sie sehnte sich nach einem Schluck. Ein teurer Kaffee oder die exquisite Schokolade, die an der Place Vendôme serviert worden war, schien gar nicht nötig. Eine Limonade hätte ausgereicht, um ihre ausgetrocknete Kehle zu beruhigen. Sie schluckte, als könnte sie sich damit begnügen.

»Wo hält sich Monsieur Law überhaupt auf?«, fragte sie heiser. »Oder dürft Ihr mir das nicht anvertrauen?«

»Er bat, seinen Aufenthaltsort nicht preiszugeben, obwohl ich annehme, dass dieser über kurz oder lang bekannt sein wird, da er ein gesellschaftliches Leben führen muss, wenn er in den Casini Geld verdienen will.« Mit erwachtem Eifer blickte Katherine zu Rosalba. »Könnt Ihr es denn nicht erraten?«

»Ist er in Venedig?«

Katherine strahlte. »Ja, selbstverständlich. Wo denn sonst? Es wundert mich, dass noch niemand darauf gekommen ist. Zwar ist es ihm nur unter größten Schwierigkeiten gelungen, mitten im Winter die Alpen zu überqueren, aber mein Gatte befindet sich bereits seit Mitte Januar in Eurer Stadt.«

»Also ist er schon seit sechs Wochen dort«, konstatierte Rosalba. Genaugenommen seit der Zeit, als sie begann, sich intensiv mit der Möglichkeit einer Heimreise auseinanderzusetzen. War es Schicksal, dass sie ihm zwangsläufig an denselben Ort folgen musste? Sie würde ihn wiedersehen. Daran bestand nun kein Zweifel mehr. Ihr Herz pochte schneller und schien dann wieder auszusetzen. Rosalba wurde schwindelig.

»Wenn ich nicht wüsste, dass Ihr auf dem Weg nach Rom seid, würde ich Euch bitten, meinem Gatten Grüße zu überbringen…«, hörte sie Katherine sagen.

»Wie bitte?« Rosalba blickte sie verstört an. »Wie kommt Ihr darauf, dass ich nach Rom reise?«

»Nun, so stand es im *Mercure*…«

»Nein, nein. Das ist ein Irrtum. Nein. Ich reise nach Hause. Mein Ziel ist Venedig.«

Impulsiv griff Katherine nach ihren Händen. »Dann müsst Ihr mir versprechen, dass Ihr nach ihm sehen werdet. Ich hatte gehofft, dass es so kommen würde, denn Ihr seid stets unsere beste und aufrichtigste Freundin inmitten der verlogenen Noblesse der Pariser Gesellschaft gewesen. Sorgt bitte dafür, dass es John auch in Venedig nicht an ehrlicher Zuneigung fehlt. Er braucht sie so sehr!«

Sommer 1720

Der beste Schauspieler ist nicht der mit der größten Rolle,
sondern derjenige, welcher am besten agiert.

John Law
(1671–1729)

Anfang Mai erreichte Rosalbas Reisegruppe Venedig. Mit Erleichterung bezogen ihre Mutter, Giovanna und sie selbst wieder die Casa Biondetti, und auch Angela und Pellegrini schienen sich in ihrem eigenen Heim wieder äußerst wohl zu fühlen. Stundenlang konnte Rosalba in den folgenden Wochen am Fenster oder im Schatten auf dem Balkon sitzen, um den Verkehr auf dem Canal Grande zu beobachten. Sie genoss es sehr, dem Wasser wieder so nah zu sein. Es tat ihr wohl, zu sehen, dass sich in ihrer Abwesenheit nichts verändert hatte in ihrer kleinen Welt. Auch war es angenehm, nicht ständig darauf warten zu müssen, dass angespannt würde. Wann immer sie Besuche machen wollte, konnte sie endlich wieder zu Fuß losgehen, ohne dabei an die zeitraubende Aufrüstung ihrer Equipage denken zu müssen.

Sie war viel unterwegs, da ihre alten Freunde darauf drängten, sie wiederzusehen und detaillierte Berichte von ihren Erfolgen in Paris zu erhalten. Die meisten von ihnen wussten bereits aus Rosalbas seltenen Briefen oder von Touristen oder Durchreisenden von der atemberaubenden Karriere, die sie in Frankreich gemacht hatte, aber man riss sich förmlich darum, die aufregenden Geschichten aus ihrem Munde zu erfahren. Überdies hatte Rosalba viel zu tun, weil sie Aufträge ausführen musste, die sie zuletzt noch in Paris angenommen hatte und die im Laufe des Sommers an ihre fernen Kunden geschickt werden sollten.

Mit ihren französischen Verehrern stand sie weiterhin in schriftlichem Kontakt. Pierre Crozat war etwa zeitgleich mit ihrer Ankunft in Venedig nach Paris zurückgekehrt – ohne in Brüssel sonderlich viel erreicht zu haben, wie er ihr mitteilte.

Die Millionen, die John angeblich dem französischen Staat gestohlen hatte, waren nicht aufzufinden gewesen. Das Einzige, was Crozat an Neuem in Erfahrung bringen konnte, war der derzeitige Aufenthaltsort des ehemaligen Generalkontrolleurs der Finanzen. Und mit der Selbstverständlichkeit, in der man sich in seinen Kreisen bewegte, fragte er Rosalba, ob sie Monsieur Law bereits getroffen habe. Doch diese Begegnung hatte sie – ihrem Katherine gegebenen Versprechen zum Trotz – bislang ebenso vehement wie erfolgreich vermieden.

Während der endlosen Fahrt durch Frankreich, Süddeutschland und die Schweiz hatte sie viel Zeit zum Nachdenken gehabt. Nicht einmal die angenehmen Zwischenstationen in Straßburg und Füssen hatten sie von ihrem Problem ablenken können. Sie befürchtete, dass sie schwach werden würde, wenn sie John unter den veränderten Umständen in Venedig wiedersah. Letztlich würde sie mit Katherines Zustimmung in seine Arme sinken können und gleichzeitig wissen, dass ihr dabei möglicherweise moralische Bedenken, nicht aber der Segen der Kirche im Wege standen. Je näher sie ihrem Reiseziel kam, desto sicherer war sie sich. Die einzige Lösung war, jeden Kontakt mit John zu vermeiden.

Sie wollte nichts, als in ihr altes Leben zurückkehren und nicht mehr an die Leidenschaft denken, die sie in Paris verwirrt hatte. Die liebevollen Briefe, die sie bald von Zanetti erhielt, zeigten ihr, dass sie die richtige Entscheidung traf. Sie versicherte ihm ihre unveränderte Freundschaft, und als sie ihm schrieb, dass sie ihn vermisse, entsprach dies der Wahrheit. Zanetti war mittlerweile nach England weitergereist, wo er als Gast des Grafen von Manchester bis zum Herbst zu bleiben beabsichtigte. Noch vor Weihnachten wollte er zurück in Venedig sein, und Rosalba antwortete ihm, dass sie sich darauf freue.

Natürlich war es in einer in sich geschlossenen Gemeinde wie Venedig nicht möglich, aus den Augen eines Mitglieds derselben Kreise zu verschwinden, zumal es sich bei dem flüchtigen französischen Finanzminister um eine der schillerndsten

Persönlichkeiten Europas handelte. Bald nach ihrer Ankunft wurde Rosalba der Klatsch über John zugetragen. Er hatte vom Grafen Colloredo, dem österreichischen Botschafter, ein Haus nahe dem Palazzo Loredon gemietet, in dem sich die Gesandtschaft befand. Diese Wohnung lag in bequemer Nähe zum *Ridotto,* wo man John angeblich von morgens bis abends beim Spiel beobachten konnte, dem er mit weniger Glück nachzugehen schien als in seiner glanzvollen Vergangenheit. Von amourösen Abenteuern war niemandem etwas bekannt, was die eifrigsten Köche der venezianischen Gerüchteküche zutiefst bedauerten.

Es war nur eine Frage der Zeit, dass John von ihrer Rückkehr erfuhr. Er schickte ihr einen kurzen Willkommensgruß, den Rosalba wehmütig, aber konsequent ignorierte. Dennoch war es ihr unmöglich, das Katherine gegebene Versprechen vollständig zu brechen. Sie arrangierte heimlich eine Zusammenkunft zwischen den Pellegrinis und John, was nicht weiter schwierig war, denn Angela brannte darauf, John wiederzusehen. Obwohl sich Angela wieder zufrieden in ihre Ehe gefügt hatte und in John nur noch die verkörperte Illusion eines charmanten Traumes sah, ließ sie sich nicht zweimal auffordern, sich von seinem guten Befinden persönlich zu überzeugen. Diesem ersten Treffen folgten weitere, sodass Rosalba weitgehend auf dem Laufenden gehalten wurde. Sie erfuhr, dass sich John mehrfach nach ihrer Person erkundigte hatte, aber auf ihr Geheiß versicherte Pellegrini überzeugend, dass sie nur für ihre beruflichen Verpflichtungen Zeit habe und jede gesellschaftliche Verbindung zurückstehen müsse. Zwar würde John diese Lüge über kurz oder lang entlarven können, denn er würde zweifellos von ihren Auftritten in der *Nobilità* erfahren, aber Rosalba hoffte, dass er dann für immer Abstand von ihr halten würde.

Doch sie unterschätzte seine Hartnäckigkeit. An einem heißen Nachmittag Anfang August, als die Casa Biondetti im Halbdunkel lag, meldete die Haushälterin den Besucher: »Signor Law bittet, empfangen zu werden. Es sei dringend und dulde keinen Aufschub. Er lässt sich nicht abweisen, glaube ich.«

John hatte sich keinen glücklichen Zeitpunkt ausgesucht, denn Rosalba fühlte sich matt und elend. In der heutigen Post hatte sie einen Eilbrief von Pierre Crozat vorgefunden, in dem ihr dieser zutiefst betrübt den Tod von Jean-Antoine Watteau mitteilte. Der Gesundheitszustand ihres bedauernswerten Künstlerfreundes habe sich nach ihrer Abreise so dramatisch verschlechtert, dass sich Watteau nichts sehnlicher gewünscht hatte, als Paris unverzüglich zu verlassen. In der guten Landluft habe Watteau auf Linderung seiner Beschwerden gehofft, doch das Haus wenige Kilometer östlich der Stadtgrenze, das ihm von einem Freund zur Verfügung gestellt worden war, wurde seine letzte Wohnung. Am 18. Juli war Watteau in Nogent-sur-Marne gestorben.

Rosalba wischte sich die Tränen von den Wangen und spritzte sich kaltes Wasser ins Gesicht. Ein Blick in den Spiegel genügte, um ihr zu sagen, dass sie nicht richtig zurechtgemacht war für einen Besuch von dem Mann, den sie seit ihrer Jugend begehrte. Doch sie wollte John nicht länger als unbedingt nötig warten lassen. Also richtete sie nur ein wenig ihr Haar und warf sich einen dekorativen Schal um die Schultern. Den Stoff dafür hatte ihr die Prinzessin de Léon als Honorar für ihr Portrait gegeben.

»Ich fürchtete schon, Ihr würdet mich nicht empfangen«, sagte John, als er eintrat.

»Es ist nicht gerade die rechte Stunde, um in Venedig Besuche zu machen. Eigentlich ist es zu heiß dafür.« Sie konnte nicht verhindern, dass ihre Stimme zitterte. Ihre Wangen glühten. Hatte sie tatsächlich vergessen, wie anziehend John Law war? Oder hatte sie geglaubt, sein gutes Aussehen und sein Charme würden sich verlieren mit den Sorgen, die ihn plagten? Ihr Herz flog ihm zu wie bei jener ersten Begegnung vor nun mehr als sechsundzwanzig Jahren.

»Ich weiß. Deshalb bin ich ja gerade gekommen. Ihr konntet mich doch wohl kaum zurück in die vor Hitze dampfenden Gassen schicken, ohne mir ein Glas Limonade zur Erfrischung angeboten zu haben.«

Zumindest gab ihr dieser launige Hinweis die Möglichkeit, sich zu beschäftigen und damit ihre damenhafte Gelassenheit zurückzugewinnen. Sie läutete nach Catarina und forderte diese auf, Zitronensaft zu bringen. Dann hantierte sie in einer Vitrine, aus der sie Kristallgläser nahm, die für noble Gäste reserviert waren. Diese alltäglichen Gesten und Handgriffe taten ihr wohl. Als sie sich umwandte, fühlte sie sich mutig genug, sich Johns unmittelbarer Nähe auszusetzen. Er stand am Fenster und beobachtete interessiert das Treiben auf dem Canal Grande, und sie gesellte sich ohne Scheu zu ihm.

»Ihr habt hier eine wunderschöne Aussicht«, stellte er fest. »Mir scheint, Euer Heim ist ein passendes Refugium für eine große Künstlerin.«

»Es ist nur ein bescheidenes Häuschen ...«

»Nicht wirklich. Diese Wände atmen Harmonie, und der Blick auf den verkehrsreichen Kanal bietet Euch alle Ansichten des Lebens. Auf der einen Seite Stille und Geborgenheit, auf der anderen Turbulenzen, Händler, Verbrecher, Dogen, Liebespaare. Das gesamte Spektrum an Verrat und Liebe, Macht, Hass und Überlebenskampf spielt sich zu Euren Füßen ab. Wenn Ihr etwas anderes als Portraits zeichnen würdet, bräuchtet Ihr nur aus dem Fenster zu schauen, um die besten Motive zu haben.«

»Ich meine, dass sich das Leben in Eurem Gesicht widerspiegelt«, erwiderte Rosalba ruhig. »Ist es nicht so, dass auch Ihr von Verrat, Macht und Hass getrieben wurdet?«

John lächelte. Er wollte gerade zu einer Antwort ansetzen, als Catarina mit einem Tablett in den Händen erschien, auf dem sich eine Karaffe mit Zitronensaft und eine zweite mit frischem Brunnenwasser befanden. Schweigend wartete er, bis die alte Haushälterin ihre Last auf einem Tisch abgestellt hatte und von Rosalba wieder entlassen wurde.

Während sich Rosalba anschickte, ihre Pflichten als Gastgeberin zu erfüllen und die Limonade in den beiden Gläsern zu mischen, sagte er leichthin: »Ihr habt Recht. Im letzten Jahr war ich der reichste Mann, den es vermutlich je gegeben hat, und heute bin ich ein Habenichts, der nicht einmal genügend zum Leben besitzt. Ihr werdet es vielleicht nicht glauben, doch es entspricht der Wahrheit: Es gefällt mir, allein zu sein, ohne Diener, Pferde und Kutsche, und überall hingehen zu können, ohne aufzufallen. Genaugenommen erfahre ich jetzt, dass das Leben als Privatmann mit bescheidenen Mitteln allen Ämtern und Ehren vorzuziehen ist.«

»Es freut mich, zu hören, dass es Euch gut geht.« Sie reichte ihm ein Glas und zuckte zusammen, als sich ihre Finger berührten. Unwillkürlich trat sie einen Schritt zurück. »Bitte, nehmt doch Platz«, bat sie und deutete auf einen Sessel, der in schicklicher Entfernung von dem Sofa stand, auf dem sie sich niederließ.

»Im Prinzip geht es mir wohl gut«, stimmte er zu, »aber ich bin empört über die Nachrichten, die ich aus Paris erhalte. Meine Gattin geruhte, mir endlich die Wahrheit über ihre Verhältnisse zu schreiben. Wusstet Ihr, unter welchen Bedingungen sie leben muss?«

»Ja.« Rosalba senkte beschämt die Augen. Er hatte natürlich Recht, wenn er ihr vorhielt, dass sie ihn hätte informieren sollen. Aber Katherine hatte ihr das Ehrenwort abgerungen, nichts über ihre neue Wohnung zu verlauten. »Ja«, wiederholte Rosalba, »ich habe sie kurz vor meiner Abreise besucht. Aber sie verbat mir, ein Wort über ihren Lebensstil zu verlieren.«

Er nickte. Nachdenklich zeichnete er mit seinem Glas imaginäre Kreise auf die Tischplatte, und Rosalba fühlte sich schmerzlich an Katherine erinnert, an der sie dieselbe gedankenverlorene Geste des Öfteren bemerkt hatte. Nach einer Weile blickte er Rosalba forschend an. »Habt Ihr es deshalb vorgezogen, mich nicht zu treffen? Weil Ihr mir nicht sagen wolltet, wie es um meine Frau und meine Tochter steht?«, fragte er. »Wolltet Ihr mich nicht anlügen müssen?«

»Ja … nein … ich …« In dem hilflosen Versuch, eine vernünftige Antwort zu finden, brach sie resigniert ab.

»Warum wolltet Ihr mich nicht sehen?«, insistierte John. »Als ich Euch willkommen hieß, hoffte ich, dass wir unsere Freundschaft wiederaufleben lassen könnten, auch wenn sich Ort und Situation gewandelt haben. Macht es einen Unterschied, was mit uns in Paris oder in Venedig geschieht?«

Sie fühlte, wie die Mauer, die sie um ihr Herz errichtet hatte, zu Staub zerfiel. Es war nicht nur das unerwartete Wiedersehen mit John. Die Nachricht vom Tode Antoine Watteaus hatte sie zusätzlich empfänglich gemacht für die Liebe und ihr den erneuten Beweis geliefert, dass man sein Glück im Augenblick festhalten musste und nicht auf ferne Tage warten konnte. Ihr Körper neigte sich John entgegen, als dränge er darauf, diesem Mann nahe zu sein. Einzig ihr Verstand erinnerte sie an ihre Vorsätze. Mit einem letzten Rest Konsequenz presste sie ihre Lippen aufeinander, damit ihr nichts Unüberlegtes entfuhr.

Er sah sie an, und mit einem Male schien er in ihrer Seele lesen zu können. Sie spürte, dass er ihre Gefühle erkannt hatte, und sie saß wie versteinert auf ihrem Sofa, ängstlich abwartend, was geschehen würde.

»Ihr fürchtet Euch vor mir«, stellte er leise fest. »Ist es das? Oder fürchtet Ihr Euch vielmehr vor Euch selbst?«

»Ihr redet Unsinn«, murmelte sie, als könne sie sich noch einmal gegen das Unvermeidliche aufbäumen.

Er beugte sich vor, um nach ihren Händen zu greifen, die trotz der drückenden Hitze eiskalt waren. »Ihr braucht keine Angst zu haben, liebste Rosalba. Eine Romanze ist die Fortsetzung einer Freundschaft mit anderen Mitteln. Es ändert sich nichts.« Mit unendlicher Zärtlichkeit hob er ihre Hand an seine Lippen. »Der einzige Unterschied besteht darin, dass wir ein wenig von der Liebe erfahren, die wir beide in unserer Einsamkeit so dringend brauchen.«

Irgendwo tickte eine Uhr, und vom Canal Grande stiegen die um diese Stunde üblichen Geräusche herauf, doch Rosalba glaubte, die Zeit sei stehen geblieben. Ihre Finger verflochten sich wie selbstverständlich mit den seinen. Ihre Augen versanken ineinander, und sie wusste, dass er sie im nächsten Moment küssen würde. Und dieses Mal würde sie nicht davonlaufen wie damals in der Oper. Jetzt konnte ein Paar aus ihnen werden …

Später wünschte sie, es hätte eine Möglichkeit gegeben, diesen Augenblick ein wenig länger auszukosten. Die Erfüllung ihrer Sehnsucht zu erwarten und es gleichsam zu genießen. Doch mit der letzten Kraft, die sie aufzubieten imstande war, entzog sie ihm ihre Hände und richtete sich auf, sodass sie kerzengerade und mit der Aura von Unantastbarkeit vor ihm saß.

»Ich kann nicht«, stieß sie hervor. »Es geht nicht. Ihr seid gebunden und …«

»Wenn ich Euch nun sagen würde, dass Katherine und ich gar nicht verheiratet sind …«

»Dann würde ich Euch antworten, dass ich davon bereits unterrichtet bin. Eure Gattin hat es mir gesagt. Es ändert nichts an meiner Entscheidung.«

Aufstöhnend lehnte er sich in seinem Sessel zurück. Die Qual, die ihm ihre Zurückweisung bereitete, stand ihm deutlich ins Gesicht geschrieben. Wie gerne wäre sie vor ihm hingesunken, um sich zu entschuldigen, alles wieder gutzumachen, ihn anzuflehen, dass sie einem fatalen Irrtum zum Opfer gefallen sei. Sie wollte doch nichts sehnsüchtiger, als ihm ihre Liebe schenken. Ihr Herz schien zu brechen angesichts des Leids, das John empfand.

»Ich kann es nicht ändern«, flüsterte sie. »Ich bin nicht so leichtsinnig wie andere Frauen.«

»Ihr seid niemals wie andere Frauen – und gerade das zeichnet Euch aus.« Gedankenverloren klopfte er auf seine Rocktaschen, als suche er etwas. Dann sah er mit einem verlegenen Lächeln zu ihr auf. »Dies wäre wahrscheinlich die geeignete

Gelegenheit, sich eine Prise zu gönnen ... Leider vergesse ich immer wieder, dass ich keine Tabatiere mehr besitze.«

Die Erinnerung an die Tabaksdose brachte sie seltsamerweise wieder in die Realität zurück. Hier befand sie sich auf sicherem Terrain. Der Schmerz war vertraut, den sie mit ihrer Begegnung von damals verband. »Es tut mir Leid, dass Ihr Eure privaten Sachen in Paris zurücklassen musstet.«

»Mir auch«, gestand er zerknirscht. »Ich konnte nur wenige Dinge mitnehmen. Eigentlich nur das, was ich am Leibe trug. Dazu gehörte übrigens auch die Miniatur von Euch. Sie sollte mir Glück bringen, nicht wahr? Ich habe Eure Worte nicht vergessen. Leider ist mir die Tabatiere gestohlen worden ... Geraubt von einem kleinen, miesen Wichtigtuer, der seinen hasserfüllten Vater zu sühnen beabsichtigte.«

Rosalba entsann sich Katherines Bericht und fragte entsetzt: »D'Argenson? Nahm er Euch neben Eurem Gold auch noch die Tabaksdose?«

»Ganz Frankreich scheint mir ein einziges Land von Räubern zu sein«, brummte John. Nichts war mehr von der romantischen Stimmung geblieben, er wirkte plötzlich weniger heldenhaft und strahlend, sondern in seiner Wut mühsam beherrscht. »Obwohl ich in jedem Schreiben an den Regenten darum bitte, wird mir die versprochene Auszahlung von fünfhunderttausend *livre*, mit denen ich nach Paris kam, verweigert. Anscheinend gibt es Kräfte, die sich an meinem Eigentum schadlos halten wollen. Ich kann zwar nicht glauben, dass der Regent oder der Herzog von Bourbon zu einem solchen Verrat fähig sind, aber eine Reihe von Namen in der Hofgesellschaft fällt mir durchaus dazu ein.«

»Gibt es denn nichts, das Ihr dagegen tun könnt?«

»Es nützt wohl wenig, Briefe zu schreiben, die niemand beantwortet. Wahrscheinlich sollte ich nach Frankreich zurückkehren und mich meinen Gegnern zu einer endgültigen Abrechnung stellen, aber dazu fehlt mir – offen gestanden – der Mut. Deshalb habe ich die zweite Möglichkeit, die mir noch bleibt, ins Auge gefasst: Ich werde Venedig Ende des Monats verlassen und in meine Heimat zurückkehren ...«

»Nach Schottland?«

»Nach London«, korrigierte er lächelnd. Offensichtlich freute er sich, dass sie sich an seine Herkunft erinnerte. »Es ist mir gelungen, gute Beziehungen zum englischen Hof zu knüpfen. Ich hoffe, auf diesem Wege Druck auf den Regenten ausüben zu können.«

Seine Pläne stürzten sie in tiefste Verwirrung und Fassungslosigkeit. »Dann seid Ihr gekommen, um Euch zu verabschieden?«

»Ja, teuerste Freundin. Ich bin gekommen, um Euch adieu zu sagen.«

Tränen traten ihr in die Augen. Ihr Zusammensein mit John war stets von verpassten Chancen begleitet. Wenn sie vorhin zugelassen hätte, dass er sie in die Arme nahm, wäre es ein Abschied gewesen, kein Beginn. Sie hätte es geschehen lassen können, ohne dass sie einander verpflichtet gewesen wären. Wahrscheinlich würden sie sich niemals mehr wiedersehen. Es hätte also keine Rolle gespielt, ob sie ein einziges Mal ihrem Sehnen nachgegeben hätte. Doch nun war es zu spät. Wenn es irgendetwas gab, das sie ihm noch sagen wollte, durfte sie diese letzten Minuten nicht verstreichen lassen.

Unvermittelt sprang Rosalba auf. Sie blinzelte die Tränen fort. »Es fällt mir schwer, Euch gehen zu lassen ...«

Auch John hatte sich erhoben. Mit unergründlicher Miene stand er vor ihr. »Allmählich bekommen wir eine gewisse Übung im Abschiednehmen, nicht wahr? Bevor ich Euch Lebewohl sage, habe ich allerdings eine Bitte: Da ich Euer Herz nicht besitzen darf, möchte ich ein anderes Geschenk als Erinnerung mit mir nehmen.«

In mir seht Ihr eine Frau, die Euch immer lieben wird, John Law ...

Rosalbas Kehle war wie zugeschnürt. Was könnte er wollen? Da fiel ihr plötzlich etwas ein. Eifrig und mit wachsender Gewissheit, das Richtige zu tun, verkündete sie: »Ein Herr wie Ihr kann nicht ohne Tabatiere auf Reisen gehen. Wenn Ihr Euch in mein Atelier begeben wollt, zeige ich Euch meine Kollektion. Sucht Euch die Miniatur aus, die Euch am ehesten zusagt…«

»Ich wünsche mir ein Selbstportrait von Euch.«

Seine Bitte überrumpelte sie ein wenig, aber sie ließ es sich nicht anmerken. »Gut. Das sollt Ihr bekommen. Aber nehmt es nicht als Geschenk. Es ist ein Pfand für Euer Glück…«

Dann ging sie voraus in ihr Studio, das immer der sichere Mittelpunkt ihres Lebens bleiben würde.

2004

Dichtung ist Erinnerung und Ahnen von Dingen,
wer sie besingt, ist nicht gestorben,
wer sie berührt, lebt schon.

Alphonse de Lamartine
(1790–1869)

Am Anfang stand meine Liebe zu zwei Städten: zu Paris, wo
ich über vier Jahre leben durfte, und zu Venedig, wo ich viel
Zeit verbringe und einmal wohnen möchte. Beide Orte haben
für den historisch interessierten Besucher den unbezahlbaren
Vorteil, dass man auf denselben Wegen gehen kann, auf denen
schon die Menschen vor zwei, drei, fünf oder mehr Jahrhunderten gewandelt sind. Die meisten Plätze, Straßen und Gebäude, die im Roman beschrieben werden, gibt es noch immer.
Mit ein bisschen Phantasie ist es deshalb nicht schwer, sich in
vergangene Zeiten zu versetzen. So wird im Kopf ganz schnell
jenes für Rosalba Carriera und John Law entscheidende Jahr
1720 lebendig, was wiederum dazu führt, dass aus Geschichte
Geschichten werden, die sich von selbst weiterentwickeln und
zu einem Ganzen formen.

Um es deutlich zu sagen: Dies ist ein Roman. Kein Sachbuch
über Wirtschaftstheorie, keine kunsthistorische Abhandlung

und auch keine Biographie über Rosalba Carriera, John Law, Jean-Antoine Watteau oder andere historische Persönlichkeiten. Ich habe mich zwar bemüht, jede dieser Personen neu zu erschaffen, aber mich trotzdem weitgehend an die überlieferten Fakten gehalten, sodass die Beschreibung der Charaktere nicht ganz wirklichkeitsfremd ist. Allerdings habe ich versucht, gewisse Ungereimtheiten in den Überlieferungen mit Logik auszugleichen. So ist es aus heutiger Sicht unvorstellbar, dass Rosalba Carriera aus jenen kleinen Verhältnissen stammen soll, die ihre einzige deutsche Biographin Emilie von Hoerschelmann 1908 beschreibt. Keine Frau des 18. Jahrhunderts besaß die Bildung einer Alba, Rosalba, Angela und Giovanna Carriera, wenn sie nicht wenigstens aus großbürgerlicher Familie stammte.

Auch fällt es mir angesichts seiner Gemälde sehr schwer, den wenig schmeichelhaften Worten glauben zu schenken, die der schwedische Sammler Carl-Gustaf Tessin (1695–1770) in seinem *Portrait des hommes illustres* über Antoine Watteau fand. Und John Law wird von seinen Zeitgenossen als derart hinreißender Mann beschrieben, sodass ich mich gerne an das Urteil des Herzogs von Saint-Simon (1675–1755) hielt. Die anderen Figuren der Romanhandlung werden weitgehend so wiedergegeben, wie sie von fast allen ihrer Biographen gesehen wurden.

Um der Handlung gerecht zu werden, war es allerdings notwendig, den Rotstift anzusetzen und verschiedene Begebenheiten wie auch Namen zu streichen, die zwar im Leben der jeweiligen Protagonisten eine bedeutende Rolle spielten, für die Leserin oder den Leser aber im Zusammenhang der Geschichte irrelevant sind und sogar zu einem unverständlichen Durcheinander führen könnten. Deshalb stoßen Sie möglicherweise auf »Fehler«. Diese sind – hoffentlich ausnahmslos – beabsichtigt und ein Ausdruck schriftstellerischer Freiheit.

Aus dem heute noch erhaltenen Briefwechsel von Rosalba Carriera und ihren knappen Tagebucheinträgen über ihre Zeit in Paris lässt sich ihre tiefe Verbundenheit mit John Law lesen.

Ob diese intimer Natur war, lässt sich schwer sagen. Beide Biographen gehen davon aus, dass Rosalba nur mit Katherine befreundet gewesen war, aber einige Indizien sprechen dafür, dass ihre Freundschaft eher John Law galt. So sah sie ihn tatsächlich nach seiner Flucht in Venedig wieder, und auch als er 1726 in die Lagunenstadt zurückkehrte, gab es einen Kontakt zwischen den beiden. Dagegen brach ihre Beziehung zu Katherine nach ihrer Abreise aus Paris offenbar ab. Es gibt keine Korrespondenz zwischen den Frauen, obwohl sich Rosalba mit allen anderen Freunden aus Paris regelmäßig schrieb. Außerdem muss Rosalba tatsächlich Johns Typ gewesen sein: Seine Vorliebe für starke, selbständige und erfolgreiche Frauen, die nicht mehr ganz jung waren, ist überliefert. Im Übrigen geht aus ihren Tagebüchern hervor, dass ihre Nähe zu John Law deutlich größer gewesen sein muss als etwa die zu Antoine Watteau, zu dem ihr eine enge Vertrautheit nachgesagt wird; sie war beispielsweise wesentlich häufiger mit den Laws zusammen als mit ihrem Künstlerkollegen. Aber, wie gesagt: Dies ist ein Roman, und niemand weiß genau, was seinerzeit wirklich geschah.

Abschließend möchte ich mich bei meiner Literaturagentin Dr. Anke Vogel bedanken, die den Weg zur Veröffentlichung dieser Geschichte ebnete und mich in vielen schwierigen Augenblicken motivierte. Mein Dank gilt außerdem meinem Mann Bernd Gabriel, der sowohl meine intensiven Arbeitsphasen wie Schreibblockaden geduldig ertrug. Eine unverzichtbare Hilfe beim »Auferstehen« von Rosalba Carriera und Antoine Watteau war auch meine Tochter Jessica, die als junge Kunsthistorikerin für das nötige Fachwissen sorgte und mich zur Besichtigung von Originalen meiner Hauptpersonen unermüdlich durch verschiedene Museen führte. Auch ihr ein großes Dankeschön.

Micaela Jary

Alle im Roman namentlich genannten Personen haben tatsächlich gelebt. Hier eine Auswahl der wichtigsten Kurzbiographien:

D'Argenson, Marc-René de Voyer de Paulmy, Marquis d' (1652–1721), einflussreiches Mitglied des französischen Hofes, zunächst Polizeipräsident von Paris, bekleidet er später unter Ludwig XIV. wie auch unter dem Regenten verschiedene Ministerämter. Schon als Polizeichef sieht er bei dessen ersten großen Auftritten in Paris 1710 in John Law eine Gefahr für die Sicherheit Frankreichs. Zehn Jahre später drängt ihn John Law aus dem lukrativen Amt des Finanzministers, wofür er sich bitter zu rächen versucht, wird aber binnen kürzester Zeit unter Schmach seines Postens enthoben und vom Regenten auf sein Landgut ins Exil geschickt.

Sein Sohn *René-Louis (1694–1757)* hätte die Flucht von John Law beinahe vereitelt. Seine kleine Rache an der Grenze bei Valenciennes ist Geschichte. Er wird vierundzwanzig Jahre später französischer Außenminister. Auch sein jüngerer Bruder *Marc-Pierre (1696–1764)* machte Karriere: als Kriegsminister, Literat und großer Freund der Aufklärung.

Bourbon, Louis-Henri, Fürst von Condé und Enghien, Herzog von (1692–1740), illegitimer Enkel Ludwigs XIV., Pferde- und Frauennarr, offiziell »Monsieur le Duc« genannt. Er war ein enger Freund von John Law, profitierte enorm von dessen System und plante die Flucht. Nach dem Tode des Herzogs von Orléans stieg Louis-Henri de Bourbon zum mächtigsten Mann Frankreichs auf: Der inzwischen großjährige König

Ludwig XV. machte ihn zum Premierminister und »Ersten Prinzen bei Hof«.

Seine ebenso schöne wie kluge Mätresse *Jeanne-Agnès de Berthelot, Marquise de Prie (1698–1727)* gehörte zu den berühmten Frauen am französischen Hofe, die einen großen Einfluss auf die Politik ihres Geliebten ausübten. Sie unterhielt einen Salon und war so beliebt, dass ihr Voltaire eines seiner Stücke widmete. Verheiratet war sie mit dem Diplomaten *Louis de Prie (1673–1751)*, machte aber von dieser Ehe wenig Gebrauch.

Das im Roman erwähnte Palais Bourbon am linken Seineufer wurde erst 1722 erbaut. Es ist seit 1828 Sitz des französischen Parlaments, der Assemblée Nationale.

Carriera, Angela (1677–1757), Rosalba Carrieras Schwester und Assistentin, war seit 1704 verheiratet mit dem Maler Antonio Pellegrini und begleitete diesen auf seinen zahllosen Reisen durch Europa. Die Ehe blieb kinderlos.

Die Geschichte der unterirdischen Gänge von Paris, die ihr von John Law erzählt wird, stimmt tatsächlich. Unter den Häusern und Straßen der Stadt verlaufen unzählige geheime Wege. Diese wurden bereits zu römischer Zeit angelegt. Während der Französischen Revolution und der deutschen Besatzung im Zweiten Weltkrieg erreichten die Katakomben von Paris grausige Berühmtheit. Heute sind sie eine Touristenattraktion.

Carriera, Giovanna (1683–1737), Rosalba Carrieras jüngste und liebste Schwester. Sie war Rosalbas treueste Gefährtin und Mitarbeiterin. Es ist nicht auszuschließen, dass viele Portraits, die Rosalba zugerechnet werden, in wesentlichen Teilen von Giovanna Carriera stammen.

Carriera, Rosalba (1675–1757), venezianische Malerin, Tochter eines venezianischen Beamten und Hobbykünstlers, begann ihre Karriere mit Miniaturen, seit 1703 Hinwendung zur Pastellmalerei, 1705 als erste Frau Aufnahme in die *Accademia di San Luca* in Rom, später Ehrenmitglied der *Accademia Clementina* in Bologna. 1720 wurde sie in Paris in die Französische Akademie der Künste aufgenommen. Ihrem Aufenthalt in Paris folgen überaus erfolgreiche Reisen an die Höfe von Modena, Wien und Dresden.

Die Augenprobleme, die ihr in Paris zu schaffen machten, führen 1746 zur Erblindung der Malerin. Ihre letzten Lebensjahre verbringt sie tief depressiv, geistig verwirrt und völlig vergessen in Venedig.

Das Haus ihrer Familie, in dem Rosalba Carriera geboren wurde und starb, existiert noch immer. Ende des 19. Jahrhunderts war die Casa Biondetti eine Pension, in der während seines Venedig-Aufenthalts der Schriftsteller Henry James residierte.

Das Hauptwerk von Rosalba Carriera befindet sich heute im Pastellkabinett der Gemäldesammlung Dresden, darunter auch das Portrait von Ludwig XV. als Knaben. Eine Kopie dieses Bildes hatte sie für sich selbst angefertigt; es hing bis zu ihrem Tod über ihrem Bett.

Das im Roman beschriebene Portrait von Antoine Watteau ist heute im Besitz des Museo Civico in Treviso/Italien, ein zweites Pastell-Portrait von Rosalba Carriera, welches vermutlich Watteau zeigt, befindet sich in der Graphischen Sammlung des Städelschen Kunstinstituts in Frankfurt/Main.

Ihr Portrait von John Law bereicherte Mitte des 18. Jahrhunderts die Sammlung des englischen Schriftstellers Horace Walpole, der 1741 übrigens selbst von Rosalba Carriera gezeichnet wurde. Sein Anwesen Strawberry Hill in Twickenham ist heute Teil der Universität von Surrey.

Coypel, Antoine (*1661–1722*), Sohn des Hofmalers und Akademiedirektors *Noël Coypel* (*1628–1707*), erreichte nach dessen Tod dieselben Positionen. Von ihm stammen die Fresken der Kapelle im Schloss Versailles und zahlreiche Dekorationen im Palais Royal. Er war einer der größten Förderer Rosalba Carrieras in Paris. Sein Sohn *Charles-Antoine Coypel* (*1694–1752*) nannte sie den »Correggio ihrer Zeit«. Die meisten Werke von Antoine Coypel sind durch Feuer oder bei Plünderungen während der Französischen Revolution zerstört worden.

Crozat, Pierre (*1661–1740*), französischer Bankier bürgerlicher Herkunft, besaß eine umfangreiche Sammlung von Gemälden der italienischen und niederländischen Renaissance. Er war einer der einflussreichsten Förderer der schönen Künste und Rosalba Carrieras Gastgeber in Paris. Er war der Berater des Herzogs von Orléans bei der Einrichtung von dessen Gemäldegalerie. Seine eigene Sammlung wurde später der Eremitage in St. Petersburg vermacht.

Pierre Crozat trägt im Roman die Züge vieler Förderer und Bewunderer von Rosalba Carriera und Jean-Antoine Watteau, wie etwa die des einflussreichen Grafen Caylus oder von Jean de Julienne. Wegen dessen Hochzeit mit Marie-Louise de Brecey kam Watteau nach Frankreich zurück. Julienne war es auch, der Watteaus sechstausend *livre* vor dem Zusammenbruch des *Système du Law* rettete.

Der ältere und noch vermögendere Bruder der beiden Crozats, *Antoine* (*1655–1738*), begann seine Karriere als Verkäufer in einem Warenhaus in Toulouse, später wurde er einer der wichtigsten Geschäftsmänner Frankreichs und übernahm nach John Laws Flucht auch die Mississippi-Kompanie. Zum Zeitpunkt der Romanhandlung residiert er mit seiner Frau Marguerite und seinen vier Kindern in einem prachtvollen Anwesen an der Place Vendôme. In diesem befindet sich heute das »Hôtel Ritz«.

Gersaint, Edme-François (*1694–1750*), französischer Kunsthändler, verheiratet mit *Marie-Louise,* der Tochter des Kunsthändlers *Pierre Sirois* (*1665–1726*), der 1709 als erster Händler ein Gemälde von Watteau erwarb. Ein Zimmer über Gersaints Kunsthandlung »Au Grande Monarque« am Pont

Notre-Dame Nr. 35 war Watteaus letzte Wohnung in Paris. Aus Dankbarkeit malte dieser sein letztes Bild: *Das Ladenschild des Kunsthändlers Gersaint.*

Die schmalen Häuser am Pont Notre-Dame, die im Roman beschrieben werden, existieren nicht mehr; sie wurden 1858 abgerissen, als der Architekt Baron Georges-Eugène Haussmann seine Pläne für ein neues Stadtbild umsetzte.

Law John, Marquis de Lauriston (1671–1729), schottischer Finanztheoretiker, der 1795 wegen eines Duells aus England fliehen musste, verbrachte mehrere Jahre auf Wanderschaft in Europa, vor allem in Italien und Holland, wo er das Bankwesen studierte. 1716 ließ er sich als Bankier in Paris nieder. Vier Jahre später wurde er auf dem Höhepunkt seiner Macht vom Regenten zum Generalkontrolleur der Finanzen ernannt, stürzte wenige Monate später über sein eigenes System und musste Ende 1720 das Land verlassen.

Er verbrachte einige Jahre in Deutschland und England. In dieser Zeit unterhielt er einen regen Briefwechsel mit dem Herzog von Orléans, was 1723 zu Gerüchten über seine Rückkehr nach Frankreich führte. Der plötzliche Tod des Regenten vereitelte diese Pläne. 1726 kehrte er nach Venedig zurück, wo er sich als Hasardeur mit wechselndem Glück durchschlug und schließlich völlig verarmt starb. Sein Grab befindet sich heute in der Kirche San Moisè am Rande des alten Spielerviertels Frezzaria.

Sein imposantes Palais an der Place Vendôme steht noch heute und ist der Sitz des französischen Finanzministeriums.

In das Palais Mazarin, in dem zu seiner Zeit die *Banque Royale* untergebracht war, ist inzwischen die Französische Nationalbibliothek eingezogen.

Sowohl die Rue Quincampoirix als auch das Hôtel Soissons existieren noch immer fast unverändert. Letzteres ist nach wie vor der Sitz der Pariser Börse »La Bourse«,

Seine Lebensgefährtin *Katherine Knollys (?–1747)* ent-

504

stammte einem schottischen Adelsgeschlecht. Ihre Ahnin war Anna Boleyn, die zweite Frau König Heinrichs VIII. von England, und sie war verwandt mit Königin Elizabeth I. Ihr Bruder war der Earl of Banbury. Für John Law verließ Katherine ihren Ehemann, einen französischen Adeligen, mit dem sie keine Kinder hatte. Bis zu Johns Tod wurde sie als Geisel in Paris festgehalten. Obwohl sie auf ein britisches Gesetz pochte, welches ihr nach dem geltenden »Gewohnheitsrecht« den Status einer Witwe von John Law einräumen sollte, wurde sein Letzter Wille nicht vollzogen und sie nicht als seine Erbin eingesetzt: Das inzwischen freigegebene Vermögen Laws ging an seine in Frankreich eingebürgerten Neffen, die Kinder seines Bruders William. Die folgenden Jahre verbrachte Katherine in Brüssel und Utrecht in der Nähe ihres Sohnes. Sie starb in einem Kloster.

John Law junior (1706–1734) sah seine Mutter erst nach dem Tod des Vaters wieder, bei dem er bis zuletzt gelebt hatte. Er verließ Venedig, konnte ein Offizierspatent erwerben und diente in einem Habsburger Dragonerregiment in Flandern. Er starb an einer Blatterninfektion.

Mary Katherine Law, genannt Kate (1710–1790) heiratete ihren Cousin *William Knollys, Viscount Wallingford (1694–1740).* Sie wurde zu einer berühmten Dame der Londoner Gesellschaft und führte einen ausgezeichneten Salon.

Lemoyne, François (1688–1737), französischer Maler und Konkurrent von Watteau, malte gemeinsam mit Antonio Pellegrini das Deckenfresko in der *Banque Royale.* Er war der Lehrer des berühmten französischen Malers *François Boucher (1703–1770).* Von François Lemoyne stammt auch die Ausstattung des Spiegelsaals im Schloss von Versailles. Er wurde zum Hofmaler und Akademie-Professor ernannt, konnte aber nie die den Tod überdauernde Berühmtheit seiner Zeitgenossen erreichen.

Bilder von Lemoyne befinden sich in verschiedenen großen Museen, darunter natürlich im Louvre, aber auch in der Alten Pinakothek in München.

Ludwig XV. (1710–1774) wurde 1715 nach dem Tode seines Urgroßvaters Ludwig XIV. *(1638–1715)* König von Frankreich. Seine Krönung fand erst 1723 statt, da er minderjährig war. Unter der Regentschaft seines Onkels Philippe von Orléans wurde er von Kardinal Fleury und dem Herzog von Villeroi streng erzogen, galt als schüchtern, ein wenig zurückgeblieben und lernschwach. Als erwachsener König wurde er für seine Mätressenwirtschaft (siehe Madame Pompadour) und Ignoranz berühmt. Alle Reformen, die der Herzog von Orléans versucht hatte, gegen den Willen des *alten Hofes* durchzusetzen, wurden unter der Regierung Ludwigs XV. wieder abgeschafft. Letztlich schaffte er damit die Voraussetzungen für die Französische Revolution. Der junge Dauphin empfing Rosalba Carriera während ihres Aufenthaltes mehrere Male. Er saß ihr auch mindestens einmal Modell.

Manchester, Charles Montagu, Earl of (1656–1722), englischer Diplomat und Kunstmäzen, kam Anfang des 18. Jahrhunderts als britischer Gesandter nach Venedig. Er unterstützte verschiedene venezianische Künstler, vor allem *Sebastiano Ricci* und *Antonio Pellegrini,* die er später nach England einlud. Sein Sekretär, Christian Cole, brachte *Rosalba Carriera* die Pastellmalerei nahe und setzte sich außerdem für ihre Aufnahme in die Akademie zu Rom ein. Der Earl of Manchester war bis 1714 in diplomatischem Dienst tätig, anschließend Mitglied im Haushalt von König Georg I., der ihm die Herzogswürde verlieh.

Mariette, Pierre-Jean (1694–1774), französischer Kunsthistoriker und Stichehändler, verließ 1717 Paris, um im Ausland Karriere zu machen. Er galt als einer der bedeutendsten Kunstsachverständigen seiner Zeit, war lange Jahre Mitarbeiter von Antonio Zanetti und wurde an den Hof nach Wien berufen, um das Kupferstichkabinett der Habsburger zu reorganisieren (das heutige Museum »Albertina«). Er war ein glühender Verehrer von Rosalba Carriera und einer ihrer ersten Biographen. Rosalbas Image als armes Mädchen, das wie der Phönix aus der Asche steigt, ist wahrscheinlich seine Erfindung.

Die Zeichnung, die Antoine Watteau während des im Roman beschriebenen Konzerts bei Pierre Crozat anfertigte, war lange in Mariettes Besitz. Sie befindet sich heute im Louvre.

Orléans, Philippe II., Herzog von (1674–1723), Sohn der deutschen Prinzessin *Liselotte von der Pfalz (1652–1722)* und des Herzogs *Philippe von Orléans (1640–1701)*, übernahm nach dem Tode des Sonnenkönigs 1715 für seinen minderjährigen Neffen Ludwig XV. die Regierungsgeschäfte. Er verlegte die Hofgesellschaft von Versailles nach Paris, der neue Mittelpunkt war sein Palais Royal.

Seine Regentschaft wurde durch die Förderung der schönen Künste und des sinnenfrohen Lebens berühmt. Philippe war Reformen gegenüber sehr aufgeschlossen und deshalb der größte Förderer John Laws, aber auch ein Wegbereiter der Aufklärung. Seine Favoritin zum Zeitpunkt der Romanhandlung ist *Marie-Madeleine de Parabère (1693–1750)*. Er erlag einem tödlichen Herzinfarkt in den Armen ihrer Nachfolgerin Marie-Thèrèse de Falaris.

Das 1629 für Kardinal Richelieu erbaute Palais Royal, in dem der Regent residierte, wurde Mitte des 18. Jahrhunderts von einem Feuer zerstört. Das heutige Palais wurde von 1752 bis 1770 neu erbaut und nach seiner Fertigstellung wieder das Zentrum des gesellschaftlichen Lebens in Paris. Die *Comédie Française* befindet sich heute genau seitenverkehrt zum alten Theater, also links vom Palais Royal.

Die Gepflogenheit des Regenten, seinen verarmten Freunden (Roués) Obdach im Palais Royal zu gewähren, wird noch heute als Tradition betrieben, wenn auch inzwischen mehr als Ehrung für vor allem verdienstvolle Künstler. Eine der bekanntesten Bewohnerinnen des Palais Royal war die Schriftstellerin *Sidonie Gabrielle Colette (1873 bis 1954)*.

Pellegrini, Antonio (1675–1741), venezianischer Maler, Schüler von Sebastiano Ricci, der u. a. Schloss Schönbrunn bei Wien ausstattete. Pellegrini war bekannt dafür, ebenso schnell wie virtuos arbeiten zu können. Seit 1704 war er verheiratet mit Angela Carriera, mit der er zahlreiche Reisen nach London, Düsseldorf, Amsterdam, Hannover, Prag, Paris, Bamberg und Würzburg unternahm, wo er eine Reihe von Fresken schuf. Im Gegensatz zu Rosalba Carriera kehrte er nach dem Aufenthalt von 1720/21 nochmals nach Paris zurück.

Das von John Law in Auftrag gegebene Deckengemälde im Palais Mazarin, der damaligen Banque Royal, wurde durch einen Dacheinsturz 1723 vollständig zerstört. Zahlreiche andere Fresken von Pellegrini sind heute noch erhalten und können besichtigt werden.

Pelletier de la Houssaye, Felix le (1663–1723), französischer Adeliger, langjähriges Mitglied des Regentschaftsrates, Nachfolger von John Law im Amt des Generalkontrolleurs der Finanzen.

Richelieu, Louis François Armand de Vignerot de Plessis (1696–1788), Herzog, Urgroßneffe des berühmten Kardinals Richelieu, Mitschüler und Freund Voltaires. Er ging nicht nur als großer Liebhaber, furchtloser Krieger, Intrigant und französischer Botschafter am Hof zu Wien in die Geschichte ein, sondern geradezu als Personifikation des französischen 18. Jahrhunderts.

Tencin, Claudine-Alexandrine Guérin de (1682–1749), eine der einflussreichsten Salonieres in Paris, galt als eine der Wegbereiterinnen für das *Système du Law*. In ihrer Wohnung in der Rue Saint-Honoré wurden die ersten Aktien der Mississippi-Gesellschaft gehandelt. Sie ist die Mutter des berühmten Aufklärers *Jean d'Alembert (1717–1783)*.

Villeroi, François de Neufville (*1643–1730*), französischer Marschall, einer der engsten Vertrauten von König Ludwig XIV., wurde von diesem testamentarisch als Erzieher des jungen Dauphin eingesetzt. Er war Rosalba Carrieras einzige Verbindung zu Ludwig XV. 1722 überwarf sich Villeroi mit dem Regenten und wurde von diesem aus Paris verbannt. Er starb als Gouverneur von Lyon.

Die Familie Villeroi war im 16. Jahrhundert Eigentümer eines Grundstücks, auf dem sich Müllhalden und Ziegelbrennereien (im Französischen: *tuileries)* befanden. Dieses wurde von der französischen Königin Katharina von Medici für den Bau eines neuen Schlosses erworben. Das Tuilerienschloss war der Schauplatz vieler historischer Begebenheiten: Mozart brachte hier zwei seiner Sinfonien zur Aufführung, König Ludwig XVI. versuchte 1791 von hier aus die Flucht aus dem revolutionären Paris, später residierte Napoleon in diesen Räumen. Beim Aufstand der Kommune 1871 wurde das Schloss gestürmt und in Schutt und Asche gelegt. Es blieb der Park erhalten, der heute ein beliebter Treffpunkt für Pariser und Touristen ist.

Voltaire, François Marie Arouet (*1694–1778*), Philosoph, Schriftsteller, Lebemann, Aufklärer, enger Freund Friedrichs des Großen und einer der bedeutendsten Köpfe, die die französische Nation je hervorbrachte. Diesem Mann kann keine Kurzbeschreibung gerecht werden. Voltaire war einer der wenigen klugen Männer seiner Zeit, die dem schönen Schein des *Système du Law* nicht zum Opfer fielen.

Watteau, Jean-Antoine (*1684–1721*), der wohl berühmteste französische Maler des 18. Jahrhunderts. Watteau begann seine

Karriere als Bühnen- und Dekorationsmaler, bevor er zum beliebtesten Künstler seiner Zeit avancierte. Sein letztes Bild, das er 1721 – schon schwer gezeichnet von der tödlichen Tuberkuloseerkrankung – vollendete, war das *Ladenschild des Kunsthändlers Gersaint*. Watteau wurde für dieses Werk tatsächlich von Rubens' *Medici -Zyklus* inspiriert, und die Ähnlichkeiten, die im Roman genannt werden, sind kunsthistorisch belegbar. Der *Medici-Zyklus* befand sich zu Watteaus Lebzeiten im Palais Luxembourg, hängt heute aber im Louvre. Watteaus »Ladenschild« befindet sich im Schloss Charlottenburg in Berlin. Ebenso eine Variante seiner Cythera-Bilder. Das im Roman genannte Werk *Pilgerzug zur Insel Cythera*, welches ihm die Aufnahme in die Akademie sicherte, hängt im Louvre.

Ebenfalls im Louvre befindet sich eine Zeichnung von Watteau, die Rosalba Carriera bei der Toilette zeigt. Neben der unter Jean Mariette erwähnten Konzertskizze gibt es eine dritte Zeichnung, die vermutlich Rosalba Carriera darstellt; diese ist im Besitz der Armand Hammer Collection in Los Angeles.

Zanetti, Antonio Maria (1680–1757), Sohn des venezianischen Arztes *Girolamo Zanetti,* einer der reichsten Männer seiner Zeit, absolvierte eine Kaufmannslehre in Bologna, studierte anschließend Malerei bei *Sebastiano Ricci* und dessen Neffen Marco, gilt als bedeutender Zeichner und Kupferstecher. Bekannt sind seine Holzschnitte in der Chiaroscuro-Technik, die er zur Reproduktion seiner Sammlung von Werken Raphaels herstellte. Der unverheiratete Zanetti war der langjährige Gefährte von Rosalba Carriera und begleitete sie 1720 nach Paris. Er kehrte allerdings nicht mit ihr zurück, da er zunächst nach Brüssel und später nach London reiste.

Nach Rosalbas Tod schrieb er ein berühmtes Buch über venezianische Malerei, in dem er seine Freundin besonders lobend erwähnt.